國家古籍整理出版專項經費資助項目

國家社會科學基金重大項目《漢魏六朝集部文獻集成》
（項目編號：13&ZD109）成果之一

《文選》文獻叢編

劉躍進 主編

歷代選學文獻綜録

上 徐華 著

鳳凰出版社

圖書在版編目（CIP）數據

歷代選學文獻綜録 / 徐華著. -- 南京 : 鳳凰出版社, 2022.5
（《文選》文獻叢編 / 劉躍進主編）
ISBN 978-7-5506-3616-3

Ⅰ. ①歷… Ⅱ. ①徐… Ⅲ. ①《文選》—古典文學研究 Ⅳ. ①I206.2

中國版本圖書館CIP數據核字(2022)第040218號

書　　名	歷代選學文獻綜録
著　　者	徐　華
責任編輯	李　霏
裝幀設計	陳貴子
出版發行	鳳凰出版社(原江蘇古籍出版社) 發行部電話025-83223462
出版社地址	江蘇省南京市中央路165號,郵編:210009
照　　排	南京凱建文化發展有限公司
印　　刷	南京凱德印刷有限公司 江蘇省南京市江寧濱江開發區寶象路16號，郵編:210001
開　　本	880毫米×1230毫米　1/32
印　　張	26.625
字　　數	618千字
版　　次	2022年5月第1版
印　　次	2022年5月第1次印刷
標準書號	ISBN 978-7-5506-3616-3
定　　價	268.00圓(全二册)

(本書凡印裝錯誤可向承印廠調换,電話:025-52603752)

總　序

漢魏六朝,是文學觀念不斷進步、文學體裁競相發展、文學理論初步成熟、文學作品大量涌現的重要時期,漢魏六朝文學是唐宋文學繁榮的重要基礎,也是唐代以後文學在創新性發展、創造性轉化時尋找理論依據的重要源頭。這個時期,圖書類目按照四部分類的觀念和方法逐漸明晰起來。其中的集部,與近代以來的文學觀念相近,在魏晋以後得到長足發展。一些閥閱世家,甚至人人有集。《隋書・經籍志》中的著録,可謂洋洋大觀。

輯録、彙編漢魏六朝時期的集部文獻,明清以來成果卓著。張燮《七十二家集》、張溥《漢魏六朝百三家集》爲綜合性文獻整理成果。清代嚴可均以一己之力,取廣義之文,傾其半生心血,彙纂而成《全上古三代秦漢三國六朝文》。現代學者逯欽立編《先秦漢魏晋南北朝詩》,收録重點在詩。這幾部大書,至今依然是研究漢魏六朝文學不可或缺的重要文獻資料。然而,限於當時見聞和學術觀念,這些著作在整體性、系統性等方面還存在一些不盡如人意的地方。近百年來,敦煌遺書等出土文獻的面世以及域外漢籍的傳入,爲我們從全域視野出發,重新認識并系統整理漢魏六朝集部文獻提供了新的歷史契機。

在文獻資料積累不斷豐富和現代學科觀念日益發展的背景下,如何運用現代科學的研究方法與學術理論,重新整理與研究漢魏六朝集部文獻,確實是一個值得深入思考的問題。爲此,我們應當跳出狹隘的純文學研究路徑,更廣泛地關注政治文化背景;跳出中國原有的學術疆域，更密切地追踪國外學術界的新資料、新方法、新成果；跳出理論與文獻孰重孰輕的無謂紛争，在文獻與理論并重的基礎上，强調文本細讀的重要性。在此基礎上，回歸傳統的經典著作，回歸主流的思想方法。

二〇一三年度國家社科基金重大項目《漢魏六朝集部文獻集成》努力踐行這一理念，從五個方面開展研究：

第一是《文選》研究，由華僑大學徐華負責。核心成果是劉躍進編纂的《文選舊註輯存》。此外，還有徐華的《歷代選學文獻綜録》，宋展雲的《〈文選〉詩類題解輯考》，黄燕平的《〈文選〉應用文體叙説》，趙建成的《李善〈文選注〉引書考録》，崔潔的《〈文選〉目録標注》，馬燕鑫的《〈文選〉音注輯考》，王瑋的《現當代〈文選〉研究論著分類目録索引》等，充分體現出《文選》作爲文學經典所藴含的豐富内容。第二是《玉臺新咏》研究，由北京大學傅剛負責，主體成果是《〈玉臺新咏〉校箋》。第三是先唐集部文獻叙録研究，由厦門大學胡旭負責。主要成果是《先唐總集叙録》《先唐别集叙録》和《先唐詩文評叙録》三部著作。第四是漢魏六朝文集研究綜録，由陕西師範大學楊曉斌負責。成果有楊曉斌主編的《漢魏六朝集部文獻研究著作提要》，蔡丹君的《陶淵明集文獻研究》等。第五是漢魏六朝文學批評文獻研究，由中國社會科學院文學研究所孫少華負責。主要成果有孫少華的《漢魏六朝文學紀事》，梁臨川的《〈詩品〉疏證》等著作。

爲完整體現"集成"特色，課題組已獲得國家社科基金滚動經費的支持，正在組織學術團隊編纂這個項目的二期工程《漢魏六朝集部文獻叢刊》。這項工作具體由孫少華和劉明負責。

漢魏六朝集部文獻，浩如煙海。我們盡可能以不同形式、不同層次向學界呈其整體面貌，相信能對漢魏六朝文學史研究有所裨益。

重大課題研究,是一個系統工程,需要全體參與人員通力合作,共同推進。通過這次重大課題的集體攻關,我們試圖探索出一條既有鮮明學術個性,又能呈現整體風貌的有效途徑。更重要的是,通過這種合作,各位同仁取長補短,精誠合作,開闊視野,增進友情,大家都受益匪淺。希望這套叢書的出版,能有力地推進漢魏六朝文學研究的深入。對此,我們充滿期待。

劉躍進

二〇一六年三月二十日

目　録

上編　選學叙録(556 種)

下編　《文選》札記與關聯文獻叙録(230 種)

前　言

二十世紀初以來，“《文選》學”呈現由傳統向現代的歷史轉型，第一階段以駱鴻凱《文選學》（1928年授課）、高步瀛《選學舉要》（1930年發表）、周貞亮《文選學講義》（1931年授課）等先賢著作爲代表，注重從傳統的研究方式向系統研究轉化。第二階段爲六七十年代，日本神田喜一郎、清水凱夫等提出“新《文選》學”，在中國學界引起較大反響與争議。其所提出的“新《文選》學”四大課題，包括《文選》真相的探明，理清先行理論對於《文選》的影響，理清各個時代對《文選》接受、評價的變遷，徹底地探討版本、訓詁學的歷史。於現代選學的發展亦不無啓發意義。第三階段爲二十世紀末至本世紀初，許逸民、傅剛、王立群諸位先生對“《文選》學”研究方向提出新思考。許逸民先生認爲《文選》學研究當擴大視野，拓寬領域，打通傳統與現代，可在《文選》注釋學、《文選》校勘學、《文選》評論學、《文選》索引學、《文選》版本學、《文選》文獻學、《文選》編纂學、《文選》文藝學八大方向共同發力。縱觀百年間，《文選》學的研究從注釋、詞藻、考據、評點的“專學”，推進到了以文本爲核心，關聯文學、文獻、文化的“系統之學”，可以説是一種必然的學術趨勢。尤其是新文獻的層出迭見，舊文獻的失而復得，獲取文獻渠道的暢通，都爲我們提供了前所未具的條件。在這一背景下，《文選》文獻的深度整理與目録文獻的編輯，就具有更重要的基礎性意義。

前人所編寫的《文選》學書目，目力所見有蔣鏡寰《文選書録述要》一卷（1932年）、普暄《文選書目》（1934年）、駱鴻凱《文選學·源流第三》和《廣選》(1936年)、劉紀澤撰《文選書録》一卷(存目)、臺灣學者邱燮友《選學考》(1959年)、林聰明撰《昭明文選考略·歷代昭明文選學著述考》(1974年)等。近年來圍遶選學某一領域還編纂有:饒宗頤《敦煌吐魯番本文選叙録》、傅剛《文選版本叙録》、屈守元《文選導讀·清儒文選學著述舉要》、趙俊玲《文選評點研究》附《文選諸評本提要》、羅國威《文選研究文獻輯刊序》等。其他還有一些書目類文獻中涉及《文選》目録提要的如《四庫全書總目提要》(1781年)、王重民《敦煌古籍叙録》(《文選》十一種,1958年)等。此外,《文選》學目録索引類的著作如日本牧角悦子《文選研究論著目録》(1986年)、魏淑琴《中外昭明文選研究論著索引》(1988年)、俞紹初與許逸民主編《中外學者文選學論著索引》(1998年)、王瑋《現當代〈文選〉研究論著分類目録索引》(2020年)等。

與《文選》相關聯著作或零散資料的搜集彙編自清代以來有康熙年間汪師韓《文選理學權輿》整理了"前賢評論",録後世論及《文選》及注者十五類。咸豐年間傅上瀛《文選珠船》,彙集前賢關於《文選》文體、作家、作品的評論。當代則有劉志偉先生等編撰的《文選資料彙編》系列,目前見書的包括《賦類卷》《總論卷》《序跋著録卷》三種。

總體而言,前人關於《文選》學著作文獻的梳理和叙録,取得了開拓性的成就,在綜合書目、專門書目以及索引、資料彙編等方面,都有重要著作問世。但值得注意的是,尚未有一部着眼整體的歷代《文選》學文獻書録問世。由於條件的限制,前人所編選學目録收書尚有一定的局限,遺漏較多。尤其是珍藏於各大圖書館的各類選學著作、新見文獻等尚未經系統的搜集和介紹;體例上多集中在介紹著録情況、内容特徵和資料彙集,對於撰著者的情況、選學著作的選學史地位等較少介紹;近代以來的重要選學著作也未見系統的著録;選學關聯文獻有一定的彙集,但在叙目介紹方面還有較大的空間。這就更需要我們在繼承前賢成果的基礎上,進一步利用資料的便利,夯實基礎,多下功夫。

這本《歷代選學文獻綜録》的編寫,正是在這樣一種認識的基礎上。筆者自2010年開始認真研讀《文選》,加入躍進先生的團隊開始整理《文選》舊注,同時也開始了搜集編録選學文獻目録的工作。前期除細讀影印文獻、書目文獻,藉助古籍普查網絡平臺之外,近年來還分别實地訪查了中國國家圖書館、上海圖書館、南京圖書館、四川省圖書館、湖北省圖書館、北京大學圖書館、清華大學圖書館、華東師範大學圖書館、南開大學圖書館、日本京都大學附屬圖書館等。這一過程可以説備嘗艱辛,然而也自覺得到了難得的鍛煉和學習機會。

本書分上、下二編,其中上編爲《選學叙録》,旨在對歷代以《文選》爲對象的專著或重要篇章、論文進行叙録;下編爲《〈文選〉札記與關聯文獻叙録》,主要是搜集歷代史乘、筆記、類書、詩話等與《文選》有較密切關聯或研究《文選》内容相對集中的著作,加以叙録介紹。上、下編均以時代爲序,分作梁代、隋唐、宋金元、明代、清代、近現代以来六部分。每時代下按具體情况分作不同的類别,類下列著作。基本按作者出生時代先後排列,同時參之以刊刻出版時間。如"宋金元"部分分"詞章類""評注類""考證類""廣續類";明代分"廣續類""考證類""評注類""詞章類""叢編類";清代則包括"評注類""考證類""廣續類""詞章類""引書研究""叢編類"。通過這種方式以見不同時代選學昇降遞嬗的軌迹。

全書重在對《文選》學相關著作進行系統梳理介紹,鑒於學界已有傅剛、范志新等先生較爲系統的《文選》版本提要,南江濤博士已有《清人批校本〈文選〉叙録與研究》(待出版),故本書對於版本與批校本文獻僅擇要收録。

提要的體例，重在叙作者生平撰著情况、著作體例、主要見解及内容舉例、學術評價及版本情况、著録情况、存佚等。其中著作體例部分包括著作性質、篇卷、序跋、成書時間考證等。誠如余嘉錫先生所言"目録之書，實兼學術之史"，故本書偏重學術性叙録，對於版本特徵的描述從略。

本書的特點主要體現在以下幾個方面：

一、綜而求通。所謂"綜"，就是不局限於專門的整本的選學著作，應該説綜合了歷代"《文選》學"包括狹義選學和廣義選學的研究著作、重要評論文獻及其周邊關聯文獻而叙其目。收書也兼包存佚，對於部分雖已佚或未刊，但可見於相關著作過録者，進行輯録復原提要，如明代楊慎評《選賦》今未見其書，但明郭正域評點《選賦》六卷天頭過録，今還原其書并加叙録；林茂春《文選補注》若干卷，未刊，但見於梁章鉅批注汲古閣本《文選》過録，今還原其書并加叙録；部分雖亡佚但可通過作者其他著作旁證者，如清倪思寬《文選音義訂正》已佚，可部分見於其《二初齋讀書記》；方弘静《文選拔萃》，藏北京大學圖書館，可與其《千一録》卷一一《詩釋三》"評《文選》詩"合參。

二、體量上有所突破。本書叙古代選學著述三百二十餘種，古代選學關聯著述近一百五十種。盡可能地網羅於一編。

三、發掘一批不爲世人所知的孤本、善本、稀見本。經過系統普查我們發現，除已影印出版的選學著作，還有不少孤本、稀見本存世，如元沙天錫《刪續昭明文選》、明何喬遠《六朝文選評注》、明華文甫《文選鈎玄》、明李廷機《鼎九我李先生編輯梁昭明太子文選品彙》、明林兆珂《選詩約注》、清姜皋《選賦證遺》、清傅上瀛《文選珠船》、清沈祖棨《文選總》、佚名編《選賦鈔評注解刪補》、清劉世珩《文選札記》、清葉大輅《文選注引説文考異》、清劉翰芳《文選李注釋例》等。

四、辨析發疑。前賢選學書目多列元虞集《文選心訣》,誤認爲選學著作,目驗原書,則爲虞集對韓、柳等文章的評點。故列以證誤;屈守元先生認爲:"清代《文選》之學,發端於何焯,而有專著則始於余蕭客。"然而,事實上倪思寬與余蕭客是同齡人,亦從事於考訂性質、根柢小學的《文選》研究,并且撰有考訂性質的選學著作《文選音義訂正》,在某種程度上與余蕭客同樣承啓清早期選學的發展,此爲前人所未及;重慶圖書館珍藏黄楚枏鈔本《王評文選詩》,首尾無序跋,經考訂爲清王闓運評。駱鴻凱稱,賦則張惠言,詩則王闓運。其評選超越選學諸家,然王氏并無獨立評選專著,今所見究竟是王闓運曾經做過單獨的《文選》評點?還是黄抄的過程中所作整合?這就提出了新的問題點。

五、專設下編。《〈文選〉札記與關聯文獻叙録》,主要收入梁代以下,包括《昭明太子集》《文章緣起》《文心雕龍》《詩品》《漢書注》《匡謬正俗》《文館詞林》《史通》《文苑英華》《夢溪筆談》《麈史》《曝書雜記》《痴學》《癸巳存稿》等,主要目的在於叙其與《文選》的關聯之所在。此可謂前人未有之工作。

六、註明出處。凡存世著作盡量完整標明著録情況、影印叢書及館藏地、館藏情况等,以備查檢原書。

七、叙作者生平學術。選學流傳一千五百年,期間與選學結緣者不計其數。有的讀《文選》而有撰著傳世,堪稱選學家。有的雖無專門撰述傳世,但於選學有獨到的認知體會,留下討論文章者,都對其生平有所考叙。

是編的出發點在於提供一部能較完整瞭解選學文獻資料的目録類工具書。能爲研究《文選》的學者提供目録文獻之津梁,爲進一步梳理《文選》學通史，提供較爲系統的文獻支撑。以《文選》學發展演進的文獻脉絡爲切入點，亦可進一步觀照文學史的若干問題，探索選學源流與經典文學傳播的關係與規律，爲當下文學教育、文學創作提供有益的借鑒。

此書能有機會出版面世，要衷心感謝鳳凰出版社的大力支持。感謝鳳凰出版社姜小青、倪培翔社長及林日波博士，中國國家圖書館南江濤博士，中國社會科學院劉明博士，日本京都大學道坂昭廣教授，廣島大學陳翀教授，哈爾濱師範大學張曉濤教授的大力支持。也得益於團隊中馬燕鑫、趙建成、宋展雲、苗民、王瑋、崔潔、黄燕平等各位青年學者的好學深思，互相啓發，切磋研討。如今即使分散各地，他們也積極提供最無私的幫助。

本書即將付梓，肯定還有不少遺漏和不足之處，希望能在今後得以補正，也歡迎讀者不吝賜教，匡正補益。

徐華於福建泉州華僑大學

庚子歲末

凡　例

一、全書共分上、下二編:上編爲《選學敘録》;下編爲《〈文選〉札記與關聯文獻敘録》。

二、上編旨在對歷代以《文選》爲整理、研究對象的專著或重要文獻進行提要介紹。《古詩十九首》《文賦》《咏懷詩十七首》現存最早見於蕭統《文選》,故亦收録與其相關重要著作。

三、下編爲搜集歷代筆記文獻中散見的關於《文選》作家和作品的考證批評文獻,以及雖非以《文選》爲撰著對象,但是與《文選》有密切關聯的著作。

四、本書收録著作以時代爲序,分作梁代、隋唐五代、宋金元、明代、清代、近現代以来六部分。下限截至二〇一八年。

五、古代部分大致按作者生活時代先後排列,同時則參之以刊刻、出版時間列次。

六、提要叙作者生平、著作體例、主要見解及内容舉例、學術評價及版本情況。其中著作體例包括著作性質、篇卷、序跋、成書時間等内容。誠如余嘉錫先生所言"目録之書,實兼學術之史",故本書偏重學術性叙録。

七、近現代以來部分,二十世紀八十年代以後出版的著作以介紹著作體例、主要見解爲主,作者生平和學術評價方面從略。

八、本書重點在於對《文選》學整理研究著作的系統梳理,《文選》鈔刻本等版本提要,鑒於學界已有傅剛、范志新等先生的相关研究成果,本書僅根據需要酌情收録。

九、現存《文選》批校本不下百餘種，南江濤博士已有《清人批校本〈文選〉叙録與研究》(待出版)，故本書對於批校本僅擇要收録。

十、本書上編所收選學著作範圍包括仍存世的傳本及雖佚失但有相關載録的著作、殘本、斷序等。

十一、本書的目標在於對梁代迄今中國歷代選學著作進行全面的清理，力圖反映一千五百年來《文選》研究的面貌及成就，爲當代及後世的《文選》研究和創作實踐提供有益的借鑒。

上編　選學叙録(556 種)

一、梁代(1種)

《文選》三十卷　昭明太子蕭統編

提　要

蕭統(501—531),字德施,小字維摩。南蘭陵(今江蘇丹陽)[①]人。梁武帝蕭衍長子,梁簡文帝蕭綱、梁元帝蕭繹長兄。天監元年(502)十一月,蕭統被立爲太子,中大通三年(531)去世,謚號"昭明"。

《文選》,最初爲三十卷,見載於《梁書・昭明太子傳》《南史・昭明太子傳》《隋書・經籍志》。其書亦隨唐人重《文選》而遠播域外,編寫於日本十世紀的書目中就已有《文選》三十卷本。

關於《昭明文選》的編纂時間和編纂過程,歷來是文選學史上一個未解的謎團。傳統的説法認爲是昭明太子主編,衆多選樓學士如劉孝綽、王筠等參與。這一觀點主要是通過考察昭明太子的人生軌迹以及學士們東宫盛衰聚散的時間來得出的。以何融《文選編撰時期及其編者考略》(《文選學研究》上册,國家圖書館出版社 2010 年版)、俞紹初《文選成書過程擬測》(《文學遺産》1998 年第 1 期)等爲代表。俞紹初文章提出了《文選》成書三階段説:第一階段是天監十五年設置東宫十學士,至天監十七年梁武帝《歷代賦》注成。此爲收集

① 學界對齊梁蕭氏的故里存在一定争議,或認爲是常州、武進,或認爲是丹陽。今據俞紹初《昭明太子集校注》(中州古籍出版社 2001 年版),錢永波、昌萬海、紀東《南朝齊梁蕭氏故里研究》(趙昌智、顧農主編《第八屆文選學國際學術研討會論文集》,廣陵書社 2010 年版)。

資料階段。第二階段從天監十八年至普通元年,爲編纂的前期,主要是選文定篇。編成《正序》十卷、《詩苑英華》二十卷。加上梁武帝的《歷代賦》十卷。第三階段自普通四年東宫新置學士到大通三年因"蠟鵝事件",太子失寵,是爲《文選》的實際編纂階段。其説可謂影響廣泛。

日本清水凱夫在《清水凱夫〈詩品〉〈文選〉論文集》(1995 年出版)中提出昭明太子"撰"衹是表示名義上的編者的可能性是充分存在的。"本來,帝、王編著書籍,名義上的占大多數。"實際的編者應該是劉孝綽。

王立群《文選成書研究》(2005 年出版),認爲《文選》是據摯虞《文章流别集》、李充《翰林論》、劉義慶《集林》等前賢總集的二次選編的再選本。《文選》是蕭統親選的總集。"昭明太子十學士"編纂《文選》説難以成立。

正如《梁書·昭明太子傳》中所記:"太子自加元服,高祖便使省萬機,内外百司奏事者填塞於前。太子明於庶事,纖毫必曉,每所奏有謬誤及巧妄,皆即就辯析,示其可否,徐令改正,未嘗彈糾一人。平斷法獄,多所全宥,天下皆稱仁。性寬和容衆,喜愠不形於色。引納才學之士,賞愛無倦。恒自討論篇籍,或與學士商榷古今。閒則繼以文章著述,率以爲常。於時東宫有書幾三萬卷,名才并集,文學之盛,晋、宋以來未之有也。"在没有更多證據的情況下,實不可否定昭明太子的主編地位。《文選》成書的時間也當以天監十四五年到普通六七年這十年的時間爲最接近。普通七年以後,太子母去世、學士分散都削弱了編輯這部大型總集的條件。

當然,前人所提出的問題,也同樣需要引起高度重視,如認爲:"陸倕卒於普通七年,按'不録存者'的通例,不合。""昭明太子是否存在掛名的可能?""《文選》是初選還是二次選本? 如果是二次編選,工作量要小得多。是否還應以人才聚散爲考察根據?"等等。

關於《文選》一書的選録標準,據昭明《文選序》,其選文對於經、史、子三部類文章,除了富於文采的短篇,其他一概不收。用排除的方法,突出了"文"的"篇章",作爲一個獨立的系統,與經、史、子是具有不同特徵的。能算得上"文"的,至少要具有"綜輯詞采""錯比文華""事出於沉思,義歸乎翰藻"等特徵。從正文實際的收文情況看,也大體如此。比如所選文體中"賦"體比例最大,獨占十卷;作家中"陸機"入選作品最多。皆可見其以"文華"爲首要衡量要素的選文標準。然而,與二十年後編成的《玉臺新咏》以"詩緣情"爲首要選録標準不同,《文選》在强調"文華"的同時,也注意文章思想、情感等内容層面的平衡。昭明太子在《答湘東王求文集及詩苑英華書》中認爲文學作品要"麗而不浮,典而不野,文質彬彬,有君子之致"。作爲現存最早的詩文總集,《文選》的編纂思想對於中國獨立文章系統的形成,具有不可替代的作用。

關於《文選》一書的編纂體例,《文選序》稱:"凡次文之體,各以彙聚。詩賦體既不一,又以類分,類分之中,各以時代相次。"具體到正文實際文體分類,與《序》所説稍有出入,不同版本也有所不同。如南宋陳八郎刻五臣注本分作三十七體,分别是賦、詩、騷、七、詔、册、令、教、策秀才文、表、上書、啓、彈事、箋、奏記、書、移、檄、難、對問、設論、辭、序、頌、贊、史論、論、連珠、箴、銘、誄、哀策文、碑、墓志、行狀、吊文、祭文。而南宋尤袤刻李善本同樣列三十七體,分别是賦、詩、騷、七、詔、册、令、教、文、表、上書、啓、彈事、箋、奏記、書、檄、對問、設論、辭、序、頌、贊、符命、史論、史述贊、論、連珠、箴、銘、誄、哀策文、碑文、墓志、行狀、吊文、祭文。兩者的不同在於:五臣本"移""難"二體爲單列,李善注本是"移"放在"書"下,"難"放在"檄"下。李善注本"符命""史述贊"二體單列,而五臣注本是"符命"在"贊"下,"史述贊"列"史論"下。二本的差别在於中間"移""難""史述贊""符命"四種文體的微調。這顯然是文體史上值得探討的問題。因蕭統所編三十卷本《文選》原本今已不可見,衹能通過敦煌本《文選》殘卷和日抄《文選》的殘卷窺其涯略。在没有更爲直接的版本證據之前,還是以今傳李善本、五臣本、六臣本所列三十七體爲是。

再如《文選序》中説:"類分之中,各以時代相次。"具體到《文選》正文,文體下的"類分",如賦體下列:"京都""郊祀""耕籍""畋獵""紀行""游覽""宫殿""江海""物色""鳥獸""志""哀傷""論文""音樂""情"十五類。每類下按時代先後收録賦作。如"京都"類下首列班固《兩都賦》,次列張衡《二京賦》,次列左思《三都賦》。"類分之中,以時代相次"的好處在於,可以集中呈現特定文體特定主題的系列作品,以及其間的首創、模擬、繼承和發展的脉絡。由此可以見出《文選》一書作爲選本類總集,在體類編排上,一方面昭示了中國古代文學創作中、模擬中創新的傳統,另一方面圍繞體類的系列文章作品成爲後世創作的經典範本。

《文選》成書之後,在後世得到廣泛流傳,甚至遠播海外。《舊唐書》卷一九九《東夷列傳・高麗》:"其書有五經及《史記》、《漢書》、范曄《後漢書》、《三國志》、孫盛《晋春秋》、《玉篇》、《字統》、《字林》;又有《文選》,尤愛重之。"《唐會要》卷三六:"開元十九年正月二十四日,命有司寫《毛詩》《禮記》《左傳》《文選》各一部,以賜金城公主,從其請也。"編寫於公元九世紀末期的《日本國見在書目録》也載録了"《文選》卅,昭明太子撰"。可見《文選》是作爲集部最重要的經典,頒賜高麗、吐蕃等地的。蕭該、曹憲、李善、公孫羅、五臣、陸善經等《文選》學家所進行的《文選》音義、注釋等釋讀，也大大推動了《文選》的普及和深入人心。唐段成式《酉陽雜俎》卷一二稱："(李)白前後三擬《詞選》(即《文選》)，不如意悉焚之，唯留《恨》《別》賦。"杜甫《宗武生日》云："熟精《文選》理，休覓彩衣輕。"都説明唐人視《文選》爲可供模擬學習的經典總集範本。

關於《文選》的版本。《文選》一書流傳到今天，版本情况極其複雜。最初的三十卷本《文選》，以寫鈔的方式流傳，今已不可見其原始全貌，衹能通過敦煌本、日鈔本窺其涯略。而今天所見的傳本，主要有李善單注本、五臣單注本和六臣本(李善在前，五臣在後)、六家本(五臣在前，李善在後)、文選集注本，以及敦煌佚注本。其中，李善單注本擴展爲六十卷，在唐代是通過寫卷的方式流傳，李善自己也有初注本、二注本、三注本等不同的寫本。至北宋出現李善刻本，今所謂國子監刻本。南宋出現尤袤刻本。後世的李善單注本多以尤袤刻本爲底本輾轉翻刻。然尤袤刻本已經有不少李善、五臣相混之處。五臣單注本重新恢復爲三十卷，最早有五代後蜀毋昭裔刻本，此後有北宋的平昌孟氏本，南宋建刻的陳八郎本等。域外則流傳朝鮮正德本。然前兩種五臣注本今已不可見，陳八郎本也有不少李善、五臣相混之處。欲瞭解五臣單注本的原貌，衹有通過日抄本五臣注卷二十殘卷、《文選集注》本中所收録的五臣注、奎章閣本六家注《文選》中所收録的五臣注、朝鮮正德本五臣注等。此外，六家注本包括以秀州州學刻本爲底本的朝鮮古活字本(奎章閣本)、明州本。六臣注本包括贛州本、建州本等系統。今較爲通行的《文選》版本有胡克家刻李善注本《文選》、《四部叢刊》收入的建刻本六臣注《文選》等。

二、隋唐五代(26種)

1.《文選音》(《文選音義》)十卷　蕭該撰　佚

提　要

蕭該(约535—约610),祖籍南蘭陵(今江蘇丹陽)。梁武帝蕭衍之弟鄱陽王蕭恢之孫,蕭統的從侄。梁元帝承聖三年(555)梁都荆州陷於西魏軍隊,蕭該年二十餘,與何妥等同時北上入長安。隋立(581),蕭該與當時博學之士如劉臻、顏之推、盧思道、魏彦淵、李若、辛德源、薛道衡"同詣陸法言門宿",於音韵衆説紛紜處,"蕭、顏多所决定"。傳見《隋書·儒林傳》《北史·儒林列傳》。蕭該堪稱開創"《文選》學"第一人。他在精於聲韵訓詁之學的基礎上,著《漢書音義》十二卷,《後漢書音》三卷,同時有《文選音》。其中各書在名稱和卷數方面記載多有差異,以《文選》爲例,《舊唐書·經籍志》、《新唐書·藝文志》、鄭樵《通志二十略·藝文略》第八作:"《文選音》十卷,蕭該撰。"《隋書》卷三五《經籍志》:"《文選音》三卷,蕭該撰。"而《隋書·儒林傳》則稱:"該後撰《漢書》及《文選音義》。"

蕭該《音義》三書久佚,《宋景文公筆記》卷中:"予曾見蕭該《漢書音義》若干篇,時有異議,然本書十二篇,今無全本。顏監集諸家《漢書》注,獨遺此不收,疑顏當時不見此書云,今略記於後。"(朱易安、傅璇琮主編《全宋筆記》第一編五,鄭州:大象出版社2003年)則《漢書音義》唐時已不常見,宋時傳本不完。明焦竑《國史·經籍志》卷五著録。

今所見蕭該《文選音》僅《文選集注》引《音決》所收二十一條，以及蕭該《漢書音義》中與《文選》重合的篇目《甘泉賦》《校獵賦》《長楊賦》《解嘲》《王命論》《幽通賦》《答賓戲》的音義注釋共存三百三十餘條。可窺見蕭該選學一二。參見清臧庸輯《漢書音義》三卷，清嘉慶二年刻，拜經堂叢書本。《玉函山房輯佚書》輯隋蕭該《漢書音義》一卷，上海圖書館藏稿本清王仁俊輯隋蕭該《漢書音義》一卷，清蔡壽昌輯隋蕭該《漢書音義》一卷(《蛻石文抄》)。臧庸在其書後所附叙録中説："蕭博士《漢書音義》十二卷，見隋、唐《志》，小司馬、章懷太子咸徵引之，其書蓋亡於唐末北宋初，宋景文所據即不全之册，故於《楊雄傳》《叙傳》引用頗夥，而他卷僅見。然宋景文本世不可得，不全者亦末由見之。"(清黄奭編《漢學堂知足齋叢書》〔下〕，北京：書目文獻出版社 1992 年版)

2.《文選音義》　曹憲撰　佚

提　要

曹憲(545？—649？)亦有(約 541—645)一説，江都(今江蘇揚州)人。精通文字訓詁。隋時爲秘書學士，每聚徒教授，生徒常數百人。公卿亦多從之受業。隋大業中，曾奉敕與諸儒撰《桂苑珠叢》一百卷，又注釋魏張揖《博雅》十卷。隋煬帝令藏之秘閣。唐貞觀中，太宗讀書有難字，字書所闕，録以問憲，憲皆爲之音訓證解。《舊唐書・經籍志》著録其文集三十卷，《文字指歸》四卷，《新唐書・藝文志》著録有《爾雅音義》二卷。均已散佚。目前所見有曹憲《博雅音》尚存，見清王念孫《廣雅疏證》附録。清馬國翰《玉函山房輯佚書》輯有《文字指歸》一卷。(宋)王欽若等編《册府元龜》(中華書局 1960 年版)卷六〇六第八册《學校部》小學有："曹憲爲秘書學士，撰《古今字圖新録》一卷,《文字指歸》四卷。”

曹憲著有《文選音義》,《舊唐書》本傳曰:“所撰《文選音義》,甚爲當時所重。”歐陽修《新唐書・藝文志》有:“曹憲《文選音義》卷亡。”《日本國見在書目録》惣集家也有“《文選音義》十三,曹憲撰”。

《文選集注》引《音决》、九條本旁記、尤袤本李善注下皆有引曹憲音,目前所見有十一條,今輯録如下:

(1) 揚雄《蜀都賦》“汩(骨)若湯谷之揚濤”,《文選集注》引《音决》條下有:汩,蕭音骨。曹胡没反。

(2)《吴都賦》“泓澄奫潫”,《文選集注》引《音决》條下有:澄,曹直耕反。又如字。

(3)《吴都賦》“鮟鯔琵琶”,《文選集注》引《音决》條下有:琵,曹步兮反。又音毗。

(4)《吴都賦》“刷蕩漪瀾”,《文選集注》引《音决》條下有:刷,蕭音所劣反。曹音子六反。

(5)《吴都賦》“異荂蓲蘛”,《文選集注》引《音决》條下有:荂,《字林》:况於反。曹苦花反。

(6)《吴都賦》“淵客慷慨而泣珠”,《文選集注》引《音决》條下有“忼,曹何朗反”。

(7) 顔延年《赭白馬賦》“踞鑣轡之牽製,隘通都之圈束”,圈,陳八郎本音“求免”。九條本音:“求免反。曹:其敏反。”

(8) 傅毅《舞賦》:“黎收而拜,曲度究畢。”尤袤本李善注:“言舞將罷,徐收斂容態而拜,曲度於是究畢。《倉頡篇》曰:邌,徐也,邌與黎同,力奚切。曹憲曰:瞜睱而拜,上音戾,下居虯反。今檢《玉篇》目部,無此二字。”

(9) 王子淵《聖主得賢臣頌》“清水淬其鋒”,《文選集注》引《音决》條下有“淬,曹七對反,蕭子妹反”。敦煌本《文選音》:“淬,之對、子妹二反。”漢書顔師古注:“焠音千内反。”陳八郎本音“子會”。集注本李善注無此音注,北宋本、尤袤本有“焠,子妹切”。

(10)《離騷》:“長顑(呼感)頷亦何傷。”《文選集注》引《音决》:“顑,口感反。《玉篇》呼感反。頷,胡感反。曹減淫二音。”

(11) 繁休伯《與魏文帝箋》“謇姐名倡”,《文選集注》引《音决》“姐,蕭子也反,曹子預反”。集注本李善注:“《説文》曰:嫭,驕也。子庶反。字或作姐,古字假借也。姐,子也反。”

所存部分主要以音釋爲主,極少釋義。

曹憲選學成果雖所存無多,但作爲江海間《文選》學的倡始者和推動者,其學生許淹、李善、公孫羅、魏模等皆進一步弘揚光大選學。《大唐新語》卷九《著述》載:“江淮間爲《文選》學者,起自江都曹憲。貞觀初,揚州長史李襲譽薦之,徵爲弘文館學士。憲以年老不起,遣使就拜朝散大夫,賜帛三百匹。憲以仕隋爲秘書,學徒數百人,公卿亦多從之學,撰《文選音義》十卷,年百餘歲乃卒。其後句容許淹、江夏李善、公孫羅相繼以《文選》教授。”(《四庫全書》本)

3.《文選注》六十卷　李善注　存

提　要

李善(?—689),江都(今江蘇揚州)人,祖籍江夏。後寓居汴鄭之間以教授《文選》爲業。載初元年(689)卒。高宗顯慶中累補太子内率府録事參軍,崇賢館直學士,兼沛王侍讀。博學經史百家,無不備覽,時人謂之“書簏”。注解《文選》,析爲六十卷。傳見《舊唐書·儒學列傳》上、《新唐書·文藝列傳》中(《李邕傳》附)。《舊唐書·經籍志》、《新唐書·藝文志》、《日本國見在書目録》惣集家、王堯臣《崇文總目》卷五總集類、晁公武《郡齋讀書志》、尤袤《遂初堂書目》總集類、陳振孫《直齋書録解題》卷一五總集類、鄭樵《通志二十略·藝文略》第八、馬端臨《文獻通考》卷二四八皆著録。

李善在《上〈文選注〉表》中説,《文選》一書"搴中葉之詞林,酌前修之筆海","後進英髦,咸資準的"。可作爲後世文章寫作的範本。而自己"弋釣書部,願言注緝,合成六十卷"。其將原三十卷本《文選》一卷分爲兩卷,擴大了容量,對《文選》作品中的字句典故進行了引經據典的注釋。但也存在"迂繁"和"釋事而忘義"的問題。

據《新唐書·李邕傳》記載,李善書成之後,曾經其子李邕修訂補益:"邕少知名。始善注《文選》,釋事而忘意。書成以問邕,邕不敢對,善詰之,邕意欲有所更,善曰:'試爲我補益之。'邕附事見義,善以其不可奪,故兩書并行。"(百衲本)然其説不見於《舊唐書·文藝傳·李邕傳》,且從《舊唐書》本傳載邕卒於唐玄宗天寶五年(746),年七十餘來看,邕當生於唐高宗儀鳳二年(677)。李善書成上表,時值唐高宗顯慶三年(658),此後幾二十年,其子李邕纔出生。李善卒於武則天載初元年(689),李邕也衹有十一二歲。從幾個方面看,李善注《文選》六十卷在李善生前經李邕補益之説并不可信。

另據唐末李匡乂《資暇集》卷上"非五臣"記載:"世人多謂李氏立意注《文選》,過爲迂繁,徒自騁學,且不解文意,遂相尚習五臣者,大誤也。所廣徵引,非李氏立意。蓋李氏不欲竊人之功,有舊注者,必逐每篇存之,仍題元注人之姓字。或有迂闊乖謬,猶不削去之。苟舊注未備,或興新意,必於舊注中稱'臣善'以分别。既存元注,例皆引據,李續之雅,宜殷勤也。代傳數本李氏《文選》,有初注成者,覆注者,有三注、四注者,當時旋被傳寫之。其絶筆之本,皆釋音訓義,注解甚多,余家幸而有焉。嘗將數本并校,不唯注之贍略有異,至於科段，互相不同，無似余家之本該備也。”(中華書局 1985 年版)。由此也造成了李善注《文選》六十卷本版本情況極其複雜，難得其舊的問題。

今所見最早的李善注《文選》爲敦煌寫本中法藏敦煌本 P. 2528 卷第二，存張平子《西京賦》三百五十三行。雙行夾注，薛綜注，李善補注，值得注意的一點是繕寫時間。此本卷末有“永年二月十九日弘濟寺寫”數字，“年”旁有補“隆”字。永隆爲唐高宗李治年號，計一年餘起於公元 680 年 8 月至公元 681 年 9 月。此永隆年二月當爲永隆二年即公元 681 年。上距李善《上〈文選注〉表》進獻的顯慶三年(658)才二十三年，爲現存李善注最早的寫本了。此外，俄藏敦煌本 Дx. 1551 卷，德藏敦煌本 Ch. 3164 卷第三五(張景陽《七命》)斷片，法藏敦煌本 P. 2527 卷第四五(東方曼倩《答客難》、揚子雲《解嘲》存一百一十九行)殘卷；日本正倉院藏古抄本卷第五二節抄殘卷(韋弘嗣《博弈論》、嵇康《養生論》、曹丕《典論・論文》、曹元首《六代論》約存五十二行)見佐佐木信綱、橋本進吉編《南京遺芳》，昭和二年東京清水印刷所第二九，題作《李善注文選拔萃》，抄寫時間在公元 749 至 765 年之間；以及《文選集注》中所集李善注；臺北“故宫博物院”藏北宋國子監刻遞修本《文選》，存前十六卷中的十一卷；中國國家圖書館藏北宋國子監刻遞修本《文選》，存後四十五卷中的二十四卷；劉文興所見北宋本李善注《文選》殘卷卷第一；等等。這些版本都具有重要的文獻校勘意義。

李善在顯慶三年(658)書成表上之，唐高宗賜絹一百二十匹，詔藏秘閣。後除潞王府記室參軍，轉秘書郎。潞王即章懷太子李賢，高宗第六子，武則天所生，永徽六年(655)兩歲時封潞王。若以李善顯慶三年入潞王府，則李賢大約六歲，“已讀《尚書》《禮記》《論語》，誦古詩賦復十餘篇"。"容止端雅,深爲高宗所嗟賞。"(《舊唐書》卷八六《李賢列傳》)李善乾封中(666—667)出爲經城令,當時李賢十四五歲。李善在潞王府及秘書郎任上約八九年時間。李賢有《後漢書注》當亦受到李善《文選注》的影響。

4.《文選音義》十卷　李善撰　佚

提　要

李善生平見"《文選注》六十卷"條下。

《日本國見在書目録》惣集家載"《文選音義》十,李善撰"。是書未見中國古今公私目録著録。日本《正倉院文書》卷一、卷二、卷八涉及此書四條資料,見孫猛《日本國見在書目録詳考》,其考證曰:"此書已佚,似乎音、義兼備,未詳是李善原書抑好事者輯自《文選》李善注。但今本《文選》李善注可作參考。李善所上注本時間雖有二説,距《切韵》僅數十年,故其音注是研究《切韵》與初唐語音之重要資料。徐之明收集李善音注直音、反切一千五百餘條,初步考得李善音系統有三十六聲類,推斷是契合南北兩地官音的讀書音,接近《切韵》。"

5.《文選辨惑》十卷　李善撰　佚

提　要

李善生平見"《文選》六十卷"條下。

《新唐書》卷六〇《藝文四》有:"李善《文選辨惑》十卷。"然未見載於《舊唐書》。但是《舊唐書》李善傳和《經籍志》都記載有李善撰《漢書辨惑》三十卷。另《新唐書·藝文志》也分别載有李喜《漢書辨惑》

三十卷和李善《漢書辨惑》二十卷。李善撰有《漢書辨惑》一書,是毫無疑問的。《新唐書》"李喜"當爲"李善"之誤。但李善是否著有《文選辨惑》尚存疑。雖然宋鄭樵《通志二十略·藝文略》第八、明焦竑《國史經籍志》卷五有"《文選辨惑》十卷,李善撰"。但未知是否乃因《新唐書》之影響,待考。

6.《文選音》十卷　許淹撰(《文選音義》十卷　釋道淹撰)　佚

提　要

許淹,潤州句容(今江蘇句容)人。少爲僧,後還俗,故又名釋道淹。多識廣聞,尤精訓詁,與魏模、公孫羅皆以博學聞世。又與李善、公孫羅相繼以《文選》教授生徒,爲曹憲後之《文選》學名家。撰有《文選音》十卷,已佚。事見新、舊《唐書·儒學傳》。

其書已佚,今僅能通過《文選集注》引録見四條。《文選》卷第二四陸機《贈尚書郎顧彦先》"凄風迕時序,苦雨遂成霖"句下"集注本《鈔》曰:凄風,凉寒之風也。《詩》云:北風其凄。迕,逆也。言爲凄風,是逆其時也。淹上人作迅風,疾也"。淹上人當即許淹。可略見其不僅釋音而且釋義。

《舊唐書·經籍志》有:"《文選音義》十卷,釋道淹撰。"《新唐書·藝文志》總集類:"許淹《文選音》十卷。"又有"僧道淹《文選音義》十卷"。《日本國見在書目録》惣集家"《文選音義》十,釋道淹撰"。鄭樵《通志二十略·藝文略》第八"《文選音》十卷,釋道淹撰",又"十卷許淹撰"。《玉海》卷五四《新唐志》中分别許淹與僧道淹爲二人,其所著也分别爲《文選音》和《文選音義》。據兩唐書,許淹少出家爲僧,後又還俗,故誤爲二人。

7.《文選鈔》六十卷　公孫羅撰　殘

提　要

公孫羅，江都（今江蘇揚州）人。《舊唐書・儒學列傳》稱："公孫羅，江都人也。歷沛王府參軍，無錫縣丞。撰《文選音義》十卷，行於代。"又説："初，江淮間爲《文選》學者，本之於憲，又有許淹、李善、公孫羅復相繼以《文選》教授，由是其學大興於代。"同時代選學家亦有魏模，"武后時爲左拾遺，子景倩亦世其學，以拾遺召，後歷度支員外郎"。傳皆見新、舊《唐書・儒學列傳》。

公孫羅注《文選》六十卷，在《舊唐書・經籍志》、《新唐書・藝文志》、《通志二十略・藝文略》第八、焦竑《國史經籍志》卷五著録作"（注《文選》）又六十卷公孫羅注"。《日本國見在書目録》惣集家"《文選鈔》六十九卷公孫羅撰"。孫猛考證認爲"《文選集注》所稱《鈔》與《音决》作者如同是公孫羅，則此條'六十九'當是'六十'之誤。或所多九卷，乃後人附益"（《日本國見在書目録詳考》）。則公孫羅注《文選》六十卷，傳至日本，又稱爲《文選鈔》。

然《文選鈔》其書名在宋代即不見於公私書目載録，今僅存於日鈔本《文選集注》和《日本國見在書目録》中。《文選集注》載録《文選鈔》於李善注後，可略見其作注的特色所在。

首先，多引異書。《文選》卷四《三都賦序》題下李善注引臧榮緒《晋書》，而《文選鈔》引王隱《晋書》。按：臧榮緒《晋書》爲唐代房玄齡等重修《晋書》的藍本，最爲流行。而關於王隱《晋書》，在唐代房玄齡等所修《晋書》卷八二《王隱列傳》中這樣描繪："時著作郎虞預私撰《晋書》，而生長東南，不知中朝事，數訪於隱，并借隱所著書竊寫之，所聞漸廣。是後更疾隱，形於言色。預既豪族，交結權貴，共爲朋黨,以斥隱,竟以謗免,黜歸於家。貧無資用,書遂不就,乃依征西將軍庾亮於武昌。亮供其紙筆,書乃得成,詣闕上之。隱雖好著述,而文辭鄙拙,蕪舛不倫。其書次第可觀者,皆其父所撰。文體混漫義不可解者,隱之作也。年七十餘,卒於家。"(百衲本)可見唐人對王隱《晋書》的評價并不高。《文選鈔》捨臧榮緒《晋書》而用王隱《晋書》,可見其拓展舊注,廣引異書的注書態度。

其次,文字訓詁與串講文義并重。《文選》卷二四《爲賈謐作贈陸機》首句"肇自初創,二儀烟熅"。集注本《鈔》曰:"《廣疋》云:烟熅,元氣也。天儀於上,地儀於下,天氣下爲烟,地氣上爲熅,上下和同,草木萌動。此詩大意,論自古天地初開闢已来歷代之君,至於晋平吴也。吴國既平,乃得陸生来歸也。然後乃陳與共同官之意,又述離别相思之情,并爲勸誡之事。"蓋盡量避免李善"釋事忘義"的缺失。

最后,注重解題。如《文選》卷二二左太冲《招隱士》二首存《文選鈔》解題曰:"招者,召呼爲名。隱者,藏匿之號。隱有三種。一者求於道術,絶弃喧囂,以居山林。二者無被徵召,廢於業行,真隱人。三者也,求名譽,詐在山林,望大官職,召即出仕,非隱人也,徼名而已。王逸云:以手曰招。《春秋左傳》云:招我以弓。隱者,謂潜養於(以下闕)。"《文選》卷二四《爲賈謐作贈陸機》題下集注本《鈔》曰:"謐字長淵,賈充所養子也,繫充爲魯公,爲散騎常侍。時陸機爲太子洗馬,謐以常侍侍東宫,首尾三年,與機同處。機後被出爲吴王晏郎中,經二年,至元康六年入爲尚書郎。謐乃憶往與機同聚,又經離别遷轉之慶,故请潘安仁作此詩以贈之。"諸如此類。是爲《文選鈔》注《文選》的一大特色。

8.《文選鈔》三十卷　佚名撰　佚

提　要

僅見載於《日本國見在書目録》列公孫羅《文選鈔》六十九卷後，未署作者名，此三十卷本《文選鈔》與前公孫羅六十卷本《文選鈔》關係如何？作者是誰，皆未可知。

9.《文選音》(《文選音義》《文選音决》)十卷　公孫羅撰　殘

提　要

公孫羅生平，見"《文選鈔》六十卷"條。

十卷本《文選音》，傳播過程中，書名一度改易爲《文選音决》《文選音義》。如《舊唐書・經籍志》、《通志二十略・藝文略》第八、焦竑《國史經籍志》卷五著録："公孫羅《文選音》十卷。"《新唐書・藝文志》著録："《音義》十卷。"《日本國見在書目録》惣集家："《文選音决》十，公孫羅撰。"

公孫羅撰《文選音》《文選音義》《文選音决》爲同一本書，學界對此看法較爲一致。高步瀛《選學綱領》："此書言叶韵與顔師古《漢書注》、司馬貞《史記索隱》同。王生重民謂即公孫羅音義，殆是也。"舊鈔本《文選集注》所收《音决》皆緊隨"《鈔》曰"條後。以注音爲主，亦見少量釋義。然《文選集注》所收《鈔》與《音决》是否同爲公孫羅的《文選鈔》與《文選音决》却存在較大争議。傳統看法如狩野直喜、駱鴻凱、王重民等都認爲《鈔》《音决》即公孫羅之《文選鈔》《文選音决》。斯波六郎《文選諸本之研究》、邱棨鐊《〈文選集注〉所引〈文選鈔〉研究》均比較發現《文選集注》中所保留的《文選鈔》和《文選音决》原本正文頗多異文,認爲并非出自同一人之手。但值得注意的是,《音决》注音選字,多爲《鈔》釋義之字詞,似爲相配合而作。也有不少《鈔》《音决》獨有,而與衆本皆異之用字。且《音决》兼引蕭、曹、李、許、王、吴俗音、秦俗音等,更爲豐富。或二書成有先後,或《音决》出於公孫羅弟子之手,皆待考。

10.《文選集注》三十卷　吕延濟等五臣注　存

提　要

唐開元六年(718),工部侍郎吕延祚上《文選集注》三十卷,其書由衢州常山尉吕延濟、都水使者劉承祖之子劉良、處士張銑、吕向、李周翰共同完成。吕延祚在上表中叙述屬作之由曰:“往有李善,時謂宿儒,推而傳之,成六十卷。忽發章句,是徵載籍,述作之由,何嘗措翰。使復精核注引,則陷於末學;質訪指趣,則巋然舊文。祇謂攪心,胡爲析理?臣懲其若是,志爲訓釋,乃求得衢州常山縣尉臣吕延濟、都水使者劉承祖男臣良、處士臣張銑、臣吕向、臣李周翰等,或藝術精遠,塵游不雜,或詞論穎曜,岩居自修。相與三復乃詞,周知秘旨,一貫於理。杳測澄懷,目無全文,心無留義,作者爲志,森乎可觀。記其所善,名曰《集注》。并具字音,復三十卷。”表明其書的宗旨在於疏通文意,并避免過於繁瑣的學術性引經據典。書上後,唐玄宗遣將軍高力士宣口敕曰:“朕近留心此書,比見注本,唯祇引事,不説意義,略看數卷,卿此書甚好,賜絹及綵一百段,即宜領取。”五臣中除了吕向在《新唐書》卷二〇二《文藝列傳》中有傳,其他四人的生平仕履均無相關資料記載。然而,大體可知的是五人在完成五臣注之時,吕延濟爲衢州常山縣尉,劉良、張銑、吕向、李周翰,皆爲處士,基本都是剛剛入仕或尚未入仕的年輕人。如此,這部五臣注《文選》,便相當於一部年輕人根據前人的注釋成果，共同研讀《文選》文本，共同討論文義，所形成的注重文義的簡明注本。

其書問世之後，深受廣大學子的歡迎，比肩李善注本，形成并列的兩大注本系統。自唐末直至北宋，五臣注甚至更爲普遍通行。我們今天所知，五代毋昭裔時最早刻印的《文選》就是五臣本；北宋國子監監庫中舊有《五臣注文選》鏤板；山東平昌孟氏刻《五臣注文選》。宋王堯臣《崇文總目》卷五總集類、宋尤袤《遂初堂書目》總集類、宋晁公武《郡齋讀書志》卷二〇總集類、宋鄭樵《通志二十略・藝文略》第八、元馬端臨《文獻通考》卷二四八、明焦竑《國史經籍志》卷五著録。宋陳振孫《直齋書録解題》卷一五僅録《文選》六十卷、《六臣文選》六十卷，未見五臣單行本。

五臣本在兩宋之際與李善注本合刻，分别形成五臣在前、李善在後的"六家注《文選》"和李善在前、五臣在後的"六臣注《文選》"兩個不同系統的六家合注本。而目前我們能看到的較早期五臣本系統的文獻尚有如下幾種:《文選集注》中所收録的五臣注；日古鈔殘卷存卷第二十；南宋杭州開箋紙馬鋪鍾家刻《文選五臣注》，北京大學圖書館、北京圖書館均有殘卷，卷末刻有"錢塘鮑詢書字，杭州貓兒橋河東岸開箋紙馬鋪鍾家印行"；南宋紹興三十一年(1161)建陽崇化書坊陳八郎家刻本，臺灣"中央圖書館"藏，是目前所見最早最完整的五臣注傳本；朝鮮正德四年(1509)五臣集注《文選》，日本東洋文庫藏，此本雖然在刻印時代上晚於前者，然而，由於流傳域外，刻印精良，保存完整，陳八郎本錯誤之處可藉之訂正，其文獻價值不亞於宋本。

五臣本系統在文體分類方面將"移""難"兩類目均單列標出，而無李善本的"符命""史述贊"兩體，所以雖然兩系統文體都分作三十七類，但實有相應的出入，究竟何者更接近昭明三十卷本《文選》的原貌,則頗多猜測。又現今所見各五臣注《文選》的文本内容,亦存在較多分歧,乃同屬一系統還是底本來源不同,都需要進一步細緻深入的研究。

11.《文選注》　馮光震撰　佚

提　要

馮光震,生平無考,衹知其爲東宫衛佐。

《大唐新語》卷九《著述》記載:"開元中,中書令蕭嵩以《文選》是先代舊業,欲注釋之。奏請左補闕王智明、金吾衛佐李玄成、進士陳居等注《文選》。先是,東宫衛佐馮光震入院校《文選》,兼復注釋,解'蹲鴟'云:'今之芋子,即是著毛蘿蔔。'院中學士向挺之、蕭嵩撫掌大笑。智明等學術非深,素無修撰之藝,其後或遷,功竟不就。"(《四庫全書》本)《譚賓録》及《太平廣記》卷二五九《嗤鄙》皆載録此事作爲笑談。王應麟《玉海·藝文》卷二〇引《集賢注記》:"開元十九年三月,蕭嵩奏王智明、李元成、陳居注《文選》。先是,馮光震奉敕入院校《文選》,上疏以李善舊注不精,請改注。從之。光震自注,得數卷。嵩以先代舊業,欲就其功,奏智明等助之。明年五月,令智明、元成、陸善經專注《文選》,事竟不就。"

馮光震改注《文選》,是在五臣注已於開元六年完成并奏進《文選集注》之後,中書令蕭嵩欲發揚蕭該選學而重注《文選》的背景之下。作爲東宫衛佐的馮光震在認爲李善舊注不精的基礎上,打算改注,也做成了"數卷"。但是開元十九年三月,蕭嵩奏請王智明、李元成、陸善經等來幫助他一道注釋《文選》,據《大唐新語》,馮光震的注本似乎終究没有完成。然值得注意的是,現在留下來的陸善經注本當中,應該還保留有馮光震的《選》注。

12.《選譜》十卷　裴行儉撰　佚

提　要

裴行儉(619—682),字守約,絳州聞喜(今山西聞喜)人。歷任左屯衛倉曹參軍、西州都督府長史、安西都護等職。後還朝任吏部侍郎,與李敬玄、馬載同掌選事十餘年,甚有能名。上元三年(676),出任洮州道左二軍總管、秦州右軍總管,參與防禦吐蕃。調露元年(679),以功升任禮部尚書兼檢校右衛大將軍,身兼文武兩職。次年,大破東突厥阿史德温傅及阿史那伏念所部,盡平東突厥殘部。工於書法,尤擅草、隸。有文集二十卷,并著有《草字雜體》、《選譜》十卷及兵法秘訣四十六條,今已佚。《舊唐書》卷八四《裴行儉傳》:高宗以行儉工於草書,嘗以絹素百卷,令行儉草書《文選》一部,帝覽之稱善,賜帛五百段。行儉嘗謂人曰:"褚遂良非精筆佳墨,未嘗輒書,不擇筆墨而妍捷者,唯余及虞世南耳。""有集二十卷,撰草字雜體數萬言,并傳於代。又撰《選譜》十卷,安置軍營、行陣部統、克料勝負、甄别器能等四十六訣,則天令秘書監武承嗣詣宅,并密收入内。"《新唐書·藝文志》有"裴行儉《選譜》十卷"。

《選譜》十卷,早佚,不見於宋以後文獻載録。其書是否爲《文選》學著作,尚不可知。因《舊唐書》本傳記載,唐高宗令裴行儉草書《文選》一部,蓋以其能書且精選學,由此而判斷,此書很有可能亦爲選學著作。

13.《文選著作人名目》三卷　常寶鼎撰　佚

提　要

常寶鼎,其人生平不詳。

其書已佚。亦未見於《舊唐書》記載。《新唐書·藝文志》有:“常寶鼎《文選著作人名目》三卷。”《崇文總目》卷二目録類、《玉海·藝文》卷二〇亦著録。鄭樵《通志二十略·藝文略》第四“常寶鼎”作“韋寶鼎”。晁公武《郡齋讀書志》卷九史部書目類:“右唐常寶鼎撰。纂《文選》所集文章著作人姓氏、爵里、行事,及其述作之意。”《宋史》卷二〇九《藝文志》亦著録:“常寶鼎《文選名氏類目》十卷。”

14.《文府》二十卷　徐堅撰　佚

徐堅(659—729),湖州長城(今浙江長興)人。幼好學,遍覽經史,舉進士,歷任給事中、太子詹事、集賢院學士等。著作甚富,有集三十卷,修《初學記》《三教珠英》,注《史記》《晋書》等。

《文府》一書久佚,但從編纂初衷來看,其書當爲第一部嘗試續編《文選》之作。《新唐書·藝文志》有:“徐堅《文府》二十卷。開元中,詔張説括《文選》外文章,乃命堅與賀知章、趙冬曦分討,會詔促之,堅乃先集詩賦二爲《文府》上之。餘不能就而罷。”此書未見於《舊唐書》記載。

王應麟《玉海·藝文》卷二〇引《新唐書·藝文志》同,惟“分討”作“分門討”。又引《會要》:“開元十九年二月,禮部員外郎徐安正等撰《文府》二十卷,上之。”又引《集賢注記》:“燕公初入院,奉詔搜括《文選》外文章,别撰一部。於是徐常侍及賀、趙分部檢討,徐等且集詩賦二類,獨簡雜文,歷年撰成三十卷。燕公以所撰非精,更加研考。

及蕭令(嵩)知院,以《文選》是先祖所撰,喜於嗣美(十九年,嵩爲學士,知院事),奏皇甫彬、徐安正、孫逖、張環修《續文選》。徐、孫所取與常侍相乖,别爲二十卷。張始興嫌其取捨未允,其事竟寢。"

鄭樵《通志二十略・藝文略》第八有"《文府》二十卷,徐堅集"。

15.《續文選》二十卷　皇甫彬、徐安正、孫逖、張環撰　未成書

提　要

據王應麟《玉海・藝文》引《集賢注記》曰:"燕公初入院,奉詔搜括《文選》外文章,别撰一部。於是徐常侍及賀、趙分部檢討,徐等且集詩賦二類,獨簡雜文,歷年撰成三十卷。燕公以所撰非精,更加研考。及蕭令(嵩)知院,以《文選》是先祖所撰,喜於嗣美(十九年,嵩爲學士,知院事),奏皇甫彬、徐安正、孫逖、張環修《續文選》。徐、孫所取與常侍相乖,别爲二十卷。張始興嫌其取捨未允,其事竟寢。"此《續文選》一書雖未編成,但從其流傳過程可知玄宗開元年間,由宰相蕭嵩推動集賢院中注《選》、續《選》等活動。署名四人中,唯孫逖有傳見於新、舊《唐書》。

16.《大和通選》三十卷　裴潾撰　佚

提　要

裴潾(? —838),河東聞喜(今山西聞喜)人,以門蔭入仕,曾任刑部侍郎、華州刺史、河南尹等,一生歷唐憲宗、穆宗、敬宗、文宗四朝,史稱"以道義自處,事上盡心,尤嫉朋黨,故不爲權幸所知"。《舊唐書》卷一七一、《新唐書》卷一一八有傳。

其書已佚。屬於續《文選》類,在唐宋史籍中頗多記載。《舊唐

書・裴潾傳》:"大和七年(833),遷左散騎常侍,充集賢殿學士。集歷代文章,續梁昭明太子《文選》,成三十卷,目曰《大和通選》,并音義、目録一卷,上之,當時文士,非素與潾游者,其文章少在其選,時論咸薄之。"《舊唐書・文宗本紀》記載大和八年,"集賢學士裴潾撰《通選》三十卷,以擬昭明太子《文選》,潾所取偏僻,不爲時論所稱"。然其書未見於《舊唐書・經籍志》。《新唐書・藝文志》則載録"裴潾《大和通選》三十卷"。《新唐書・裴潾傳》載潾"嘗裒古今辭章,續梁昭明太子《文選》,自號《大和通選》,上之。當時文士非與游者皆不取,世恨其隘"。王應麟《玉海・藝文》卷二〇引《會要》:"大和八年四月,集賢學士裴潾上《通選》三十卷。"鄭樵《通志二十略・藝文略》第八、焦竑《國史經籍志》卷五著録。

17.《續文選》十三卷　孟利貞撰　佚

提　要

孟利貞,華陰(今陝西華陰)人,初爲太子司議郎,受詔與許敬宗等編《瑶山玉彩》五百卷。累轉著作郎,加弘文館學士。垂拱(685—688)初年卒。《舊唐書・文苑傳》有傳。并稱其又撰《續文選》十三卷。

其書已佚。《新唐書・藝文志》有"孟利貞《續文選》十三卷"。《玉海・藝文》引《唐志》同。鄭樵《通志二十略・藝文略》第八、焦竑《國史經籍志》卷五著録"《續文選》十三卷,孟利正集"。

18.《續文選》三十卷　卜長福撰　佚

提　要

卜長福,新、舊《唐書》無傳。《新唐書・藝文志》著録其"《續文選》三十卷”。并注記曰:“開元十七年上,授富陽尉。”

王應麟《玉海·藝文》、鄭樵《通志二十略·藝文略》第八、焦竑《國史經籍志》卷五著録“又(《續文選》)三十卷,唐卜長福集”。《宋史》卷二〇九《藝文志》:“卜鄰《續文選》二十三卷。”《(宋)秘書省續編到四庫闕書目》卷一總集類著録卜長福《續文選》三十卷,闕。葉德輝案:“《新唐志》二十卷,《宋志》作卜鄰,云二十三卷。”

19.《擬文選》三十卷　卜隱之撰　佚

提　要

卜隱之,開元處士(《新唐書·藝文志》)。

此書見於《新唐書·藝文志》總集類記載,曰:“卜隱之《擬文選》三十卷。”王應麟《玉海·藝文》卷二〇引《唐志》、鄭樵《通志二十略·藝文略》第八、焦竑《國史經籍志》卷五皆著録。

20.《駁文選異義》二十卷　康國安撰　佚

提　要

康國安,新、舊《唐書》無傳。《新唐書·藝文志》“《康國安集》十卷”下有注記曰:“以明經高第直國子監,教授三館進士,授右典戎衛録事參軍,太學崇文助教,遷博士,白獸門内供奉、崇文館學士。”《舊唐書·儒學列傳》中記載:“羅道琮尋以明經登第。高宗末,官至太學博士。每與太學助教康國安、道士李榮等講論,爲時所稱。”

此書見載於《新唐書·藝文志》總集類、《通志二十略·藝文略》第八、焦竑《國史經籍志》卷五,著録爲:“康國安注《駁文選異義》二十卷。”

21.《文選抄韵》一卷　不著撰人　佚

提　要

《日本國見在書目録》惣集家有"《文選抄韵》一"。

22.《小文選》九卷　不著撰人　佚

提　要

《日本國見在書目録》惣集家有"《小文選》九"。

23.《文選注》六十卷　陸善經注　殘

提　要

陸善經,吴郡(今江蘇蘇州)人。日本學者新美寬據黄奭所輯《字林》,認爲其當爲陸該,字善經[①]。其學博通經史。然兩《唐書》無傳,事迹散見於《元和姓纂》卷一〇、《新唐書·藝文志》、《舊唐書·禮儀志》及《李少良傳》,《玉海》卷四六、卷五四引《集賢注記》,可知其開元十六年後,在蕭嵩舉薦下入集賢院,預修國史、《開元新禮》,開元二十年書成奏進。其年又受命與王智明、李元成共注《文選》,未成。又參與注解《禮記·月令》。預修《唐六典》,二十六年書成奏上。天寶間官至國子司業,約卒於天寶三載後數年間。著作尚有《注孟子》七卷、《字林》,見《續修四庫全書·子部·雜家類·黄氏逸書考》。

(宋)王應麟《玉海·藝文》卷二〇引《集賢注記》:"開元十九年三月,蕭嵩奏王智明、李元成、陳居注《文選》。先是,馮光震奉敕入院校

---

① 新美寬《陸善經之事迹》,《日本漢學研究論文集》,馬導源譯,臺北:《中華叢書》編審委員會1960年版,第116頁。

《文選》，上疏以李善舊注不精，請改注。從之。光震自注，得數卷。嵩以先代舊業，欲就其功，奏智明等助之。明年五月，令智明、元成、陸善經專注《文選》，事竟不就。”然今《文選集注》存陸善經注，分列五臣注之後，似已完成其《文選注》。

陸善經本《文選注》具有重要的選學價值，最主要表現在其所據底本爲隋唐内閣所藏《文選》傳本，其來源當與蕭該一系，蓋不同於曹憲傳本。再者，陸善經注《文選》也集合了當時内閣集賢院中學士們的注釋，如《大唐新語》《玉海》中所列左補闕王智明、金吾衛佐李玄成、進士陳居、東宫衛佐馮光震等的校勘成果。可謂唐代選學中江淮選學之外形成於京師的最重要的著作。

從今日鈔本《文選集注》中所保留的陸善經注來看，其原本當也是六十卷。其注内容大體包括以下幾個方面：

(1) 詳釋名物。如《文選》卷四左思《蜀都賦》“鱣(陟連)鮪(于鬼)鱒(在本)魴，鮷(啼)鱧(禮)魦鱨”句下，劉淵林注、李善注、五臣注均略注此八種魚，集注本陸善經曰：“鱣與鮪，并今之黄魚，方俗異名耳。鱒，魚目赤而體圓，一名鯇鮷鮎也。”其説可補舊注之不足。

(2) 訓詁求精從簡。《文選》卷五左思《吴都賦》：“檀欒蟬蜎，玉潤碧鮮。”集注本李善曰：“檀欒，圓勁貌也。枚乘《兔園賦》曰：修竹檀欒，夾池水，旋兔園。蟬蜎，猶便娟，柔弱貌也。《楚辭》曰：便娟之修竹。《礼記》曰：玉温潤，仁也。《山海經》曰：耿山多水碧。郭璞注云：碧，玉也。”集注本《鈔》曰：“蟬蜎，謂長也。玉潤，玉有温潤，謂竹之光潤似之。碧亦名。鮮，明也。青翠如玉之鮮明也。”集注本吕向：“檀欒蟬蜎，皆美貌。”集注本陸善經曰：“檀欒，遍布也。蟬蜎，好貌也。”通過比較，陸善經不滿意於舊注的解釋，重新解釋“檀欒”，意謂“遍布也”。其説蓋據枚乘《兔園賦》“修竹檀欒，夾池水，旋兔園”而來。陸善經注可謂通過簡練的語言，追求精確地訓釋文本。

(3) 斟酌舊注。《文選》卷四左思《蜀都賦》“吉日良辰，置酒高堂，以御嘉賓”。李善注引“《毛詩》曰：以御賓客，且以酌醴”。陸善經注引：“《韓詩》云：以御嘉賓。薛君曰：御，享也。”即以李注爲未精，而加以改注。再如《文選》卷五《吴都賦》：“江斐於是往來，海童於是宴語。”劉淵林注曰：“海童，海神童也。《吴歌曲》曰：仙人賫持何等，前謁海童。”集注本李善注曰：“《列仙傳》曰：江斐二女出游江濱，交甫遇之。《毛詩》曰：燕笑語兮。”集注本《鈔》曰：“《神異經》：海童乘朱白馬，有十八人。童子從，若見則雨。”集注本陸善經注曰：“《神異經》云：河伯使者乘白馬朱鬣，行四海水上，從十二童，斯即海童。”比較各家注語，我們可以看出，劉淵林和李善注都没有很清楚地説明何謂“海童”。《文選鈔》則認爲“海童”出自《神異經》。陸善經進一步詳引《神異經》。今傳本《神異經・西荒經》原文作：“西海水上有人，乘白馬朱鬣，白衣玄冠，從十二童子，馳馬西海水上，如飛如風，名曰河伯使者。”《文選鈔》認爲海童乘馬，陸善經注引文則是河伯使者乘馬，十二童跟隨。通過以上的材料比較，我們可以看出陸善經本的注釋更符合今傳本《神異經》原文，其作注的態度是認真的。

(4) 底本優勢。衆家注《文選》，源頭基本都在曹憲傳本。然陸善經本則源出蕭該傳本，這就使得陸善經注本頗具版本特色。舉例如《文選》卷三四曹子建《七啓》，其文首有序曰：“昔枚乘作《七發》，傅毅作《七激》，張衡作《七辯》，崔駰作《七依》，辭各美麗。余有慕之焉，遂作《七啓》，并命王粲作焉。”(尤袤本《文選》)《文選集注》編者案曰：“陸善經本粲下有‘等并’二字。”而集注本陸善經注曰：“時王粲作《七釋》，徐幹作《七論》，楊修作《七訓》。”陸善經注也清楚地表明其本有“等并”，所以注釋中才一一交代，王粲、徐幹、楊修并遵曹植之命而作此七體之文。值得注意的是唐初編定的《文館詞林》"粲"字下也有"等并"二字,與陸善經本同。這就説明蕭該傳本與曹憲傳本的差異,而蕭該傳本更符合原貌。

綜合言之,陸善經注本《文選》一則成書時間在唐代諸注家之最後,故能彙輯衆本優勢,也能斟酌舊注得失;二則繼承蕭該傳本,也形成了自己的優勢和特色。其注詳釋名物,訓詁求精求簡,多能斟酌舊注有所訂補。其旨在補充舊注之未備,斟酌舊注之未精。

24.《文選注》　佚名撰　殘

提　要

今存《文選》文獻當中,還有一部分佚名的《文選注》,内容與傳世的李善注、五臣注,甚至寫本《文選集注》中保存的諸注皆不相同,故稱"佚名注"。經統計,主要包括以下幾種:

其一,德藏敦煌本 Ch. 3693、Ch. 3699、Ch. 2400、Ch. 3865 卷第七(班固《幽通賦》)殘卷,饒宗頤本著録,王重民《敦煌古籍叙録》七六至七八頁有提要。許雲和《德藏吐魯番本漢班固〈幽通賦〉并注校録考證》,見《漢魏六朝文學考論》,上海:上海古籍出版社 2006 年版。

其二,俄藏敦煌本 Φ. 242a 卷第十殘卷,饒宗頤本著録。殘卷,首尾缺,存九紙。一百八十五行,正文楷書大字,行十三字左右。有小字雙行注釋,行十九字左右。有界欄,背面所抄爲《金剛般若經贊述》。起束廣微《補亡詩》"明明后辟"以下,訖曹子建《上責躬應詔詩表》"馳心輦轂"句,殘卷内容相當於李善注本《文選》卷一九至二〇,其中曹子建《上責躬應詔詩表》在卷二〇,而在五臣本則同爲卷一〇。分卷法及釋文與李善注不同。

饒宗頤《叙録》曰:"《補亡詩六首》,僅存第六首,起自'明明后辟'句,止於'馳心輦轂'句。原非李善注,而爲另一注本。謝靈運事下引丘淵之《新集録》;韋孟《諷諫詩》下引張揖《字詁》,張茂先《勵志詩》引江邃釋蒲盧一名,有裨輯佚。此卷日本狩野直喜有跋,見《支那學》第五卷第一期;德國 Gerhard Schmitt 有考證,見 Mitteilungen des Instituts fur Orientforschung,XIV. 3,一九六八年。"狩野直喜所作跋即《唐鈔本文選殘篇跋》,見狩野直喜著《讀書纂餘》,弘文堂書房 1948 年版。存束廣微《補亡詩》第六首"明明后辟"以下,以及謝靈運《述祖德詩》、韋孟《諷諫詩》、張茂先《勵志詩》、曹子建《上責躬應詔詩表》。

其三,天津藝術館藏敦煌鈔本佚名注卷第二二。存"書下"趙景真《與嵇茂齊書》、丘希範《與陳伯之書》、劉孝標《重答劉秣陵沼書》、劉子駿《移書讓太常博士》、孔德璋《北山移文》五篇,無正文,僅録佚名注。見《天津藝術博物館藏敦煌文獻》第二册,上海:上海古籍出版社 1997 年版。

其四,日本永青文庫藏敦煌鈔本佚名注卷第二二。此卷與上卷形制相同,且前後相接,蓋本爲一書。所存爲卷第四四"檄"下五篇,自司馬相如《喻巴蜀檄》、陳孔璋《爲袁紹檄豫州》《檄吴將校部曲文》、鍾士季《檄蜀文》、司馬長卿《難蜀父老》開篇至"使疏逖不閉,曶爽暗昧,得耀乎光明"止。亦無正文,而僅録佚注。具體可參見《敦煌本文選注》,永青文庫 1965 年版。羅國威《敦煌本〈文選注〉箋證》,成都:巴蜀書社 2000 年版,箋證天津本和永青文庫本。

25.《文選集注》　佚名編　殘

提　要

此爲近代以來發現於日本的《文選》集注古抄本。所收諸注,則李善在前，次《鈔》，次《音决》，次五家（先記五家之音，再記其注解），次陸善經，最後多附有編者校訂異同的案語。

此書未見於中國載録，日本澀江全善、森立之所撰《經籍訪古志》(1856)卷六總類中首次著録《文選集注》零本三卷，云是舊鈔卷子本，賜蘆文庫藏，其提要曰："披覽之際，古香襲人，實係七百許年舊鈔。注中引及李善及五臣、陸善經、《音决》、《鈔》諸書，注末往往有今案語，與温故堂藏舊鈔本標記所引合。就今本考之，是書似分爲一百二十卷者。但《集注》不知出於何人？或疑皇國紀傳儒流所編著者與？"

之後經董康、羅振玉的推動，此書逐漸得到重視，列爲日本國寶。羅振玉於民國七年(1918)將所得殘本十六卷摹寫，以《唐寫文選集注殘本》爲名，輯入《嘉草軒叢書》，影印行事。次年回國之際，將京都净土寺町的一所寓宅出賣，舉其所得，捐贈以爲《文選集注》印行之資，托内藤虎次郎、狩野直喜兩位博士經辦此事。（參見新美寬《新獲〈文選集注〉斷簡》，載《東方學報》第八册。）二人後來編成《京都帝國大學文學部影印舊鈔本叢書》，《文選集注》列在第三集至第九集，1935 至 1942 年歷時七年完成。此套《文選集注》依據原書影印，開本寬大，保存原貌。2000 年周勛初主編《唐鈔文選集注彙存》上中下三册，包括一百二十卷中的二十四卷，其中卷四八和卷九八近於完整，全書整體較京都大學文學部影印本增加了不少篇幅。2011 年，重新再版，增補了新見的三件殘片與一件殘卷。現將現存情況整理如下：

卷七張衡《南都賦》開端一頁，自"於顯樂都"，至"陪京之南"共四行，正文三行。另外一片始自"體爽塏以閒敞"，至注文"難詳難"，共四行。

卷八左思《三都賦序》及《蜀都賦》。末屬"《文選》卷第八"。卷末有"校了源有宗""嘉曆元年仲夏下旬加一見了"。

卷九左思《吴都賦》。包括自開端至"俞騎騁路,指南司方。出車檻檻,被練鏘鏘"句及句下注的部分。末屬"《文選》卷第九"。其後有"源有宗""嘉曆改元之□□及下弦之候燈下一見畢"字様。

卷四三,目録一面,共五行,殘。"招隱"下李善注八行。

卷四七,目録殘,自正文"《贈徐幹》一首五言"標題始,至曹子建《贈丁儀》一首正文之"狐白足禦冬,焉念無衣容",注文"楚詞曰:無衣裘以",後缺。

卷四八,陸機《答賈長淵》始自注文"帝年號。尚書郎,今侍郎"。至《贈顧交阯公真》注文"陸善經曰:惆悵惜别也"。後缺。又自陸士衡《爲顧彦先贈婦》正文"翻飛游江汜"始,至潘安仁《爲賈謐作贈陸機》正文"修日朗月,携手逍遥。其九"。後缺。又自潘正叔《贈陸機出爲吴王郎中令》注文"單以鱗翼,随事宜而用之也"始,至潘正叔《贈侍御史王元貺》注文結尾,標"《文選》卷第卌八"。

卷五六,自鮑明遠《樂府》八首至陸韓卿《中山王孺子妾歌》結尾,完整保存,文末標"《文選》卷第五十六"。

卷五九,始自卷目《和伏武昌登孫權故城》一首,前缺。後至沈休文《應王中丞思遠咏月》一首結尾,標"《文選》卷第五十九"。

卷六一,始自袁陽源《效曹子建樂府白馬篇》注文"五陵:高帝曰長陵",至袁陽源《效古》"勤役未云已,壯年徒爲空"注文"不得官職也《音决》"。後缺。又續自王僧達《和琅邪王依古》至江淹《雜體詩》卅首《李都尉從軍》"袖中有短書,願寄雙飛燕"注文"《音决》燕,一見反,此"爲止,後缺。又續自《魏文帝游宴》"淵魚猶伏浦,聽者未云疲"句下"今案:《音决》疲爲罷也"至《張黄門苦雨》正文"高談玩四時,索居慕疇侶"爲止。

卷六二,卷首完整,標"雜擬三,雜體詩,江文通《劉太尉傷乱》",

至《謝僕射游覽》末句注文“四時遷運，不可留止也，郢人”，後缺。

卷六三，卷首完整，標“騷一，屈平《離騷經》一首”，至“恐導言之不固”陸善經注“不能堅固，復更回移”。并至此標“《文選》卷第六十三”。

卷六六，此卷完整，標“騷四，宋玉《招魂》一首”；“《招隱士》一首，劉安”。末標“《文選》卷第六十六”。

卷六八，此卷完整，標“七二，曹子建《七啓》八首”。卷末有“《文選》卷第六十八”。

卷七一，卷目殘。正文完整，但頗多漫漶不清之處，至《永明九年策秀才文》“昌言所安，朕將親賢”注文“明言所安者何也。昌明也”下標注“後缺”，“《文選》卷第七十一”。

卷七三，前缺。始自《出師表》“先帝不以臣卑鄙，猥自枉屈，三顧臣於草廬之中，咨臣以當世之事”正文下注文“諸葛亮宅”，直至曹子建《求通親親表》文末正文及注。下標注“《文選》卷第七十三”。中間多漫漶脱文之處。

卷七九，前缺。始自任昉《奏彈曹景宗》正文“竊尋”下直至陳琳《答東阿王箋》篇末。下標“《文選》卷第七十九”。

卷八五，前缺。始自嵇叔夜《與山巨源絶交書》“鹿少見馴育”，至孫子荆《爲石仲容與孫皓書》、趙景真《與嵇茂齊書》并完整保存，下標“《文選》卷第八十五”。

卷八八，前缺。始自陳孔璋《檄吴將校部曲文》“能通智者”至司馬長卿《難蜀父老》篇末。下標“《文選》卷第八十八”。

卷九一，前缺。始自陸士衡《豪士賦序》“何者？欲隕之葉，無所假烈風。將墜之泣，不足繁哀響也。是故苟時啓於天，理盡於民”句下李善注，但殘缺不全。至本句下注“陸善經曰：時啓於天，天將與之也。理盡於人,人皆歸之也。《左傳》云:以是始賞,天啓之也"始完整。直至王元長《三月三日曲水詩序》全文并存。下標"《文選》卷第九十一"。

卷九三,卷首目録殘缺。存"史孝山《出師頌》一首"以下。正文始自"頌"及其下注文,直至陸士衡《漢高祖功臣頌》篇末。下標"《文選》卷第九十三"。旁有小字識記曰:"宣統元年十一月得於日本,彦德記。"

卷九四,完整保存贊體兩篇:夏侯孝若《東方朔畫贊》、袁彦伯《三國名臣序贊》。下標"《文選》卷第九十四"。

卷九八,前缺。始自"晋紀總論"及題注,直至范曄《後漢書皇后紀論》篇末正文及注。下標"《文選》卷第九十八"。

卷一〇二,前缺。始自"於是欲顯名號、建功業,不亦難乎"句下李善注,并有殘缺。下至王子淵《四子講德論》篇末正文及注,《文選集注》至此標識"《文選》卷第百二"。

卷一一三,目録殘,自"馬汧督誄"始。潘安仁名下有"島田翰讀書記"印。正文至《馬汧督誄》篇末,保存完整。下標"《文選》卷第百十三"。

卷一一六,卷目完整。收"碑二,蔡伯喈《陳仲弓碑文》一首并序,王仲寶《褚淵碑文》一首并序"二篇。《褚淵碑文》至正文"義既川流,文亦霧"下缺。

關於這些抄本的來源和作者,大家説法不一,董康、楊守敬、田潜、羅振玉、汪大燮、屈守元、傅剛等都認爲是唐寫本。臺灣學者邱啓鐊在其所著《文選集注研究》(1978)一書中從俗體、避諱等方面考察,認爲是中唐人鈔本。日本學者森立之、斯波六郎懷疑是日本學者所抄寫,但持比較謹慎的態度。近年日本九州大學陳翀发表《文選集注之編撰者及其成書年代考》(《域外漢籍研究集刊》第六輯“南京大學域外漢籍研究所成立十周年紀念專號”,北京:中華書局2010年版),通過調查日本平安朝史料,提出一系列證據認爲《文選集注》是日本平安中期大學寮大江家紀傳道之代表人物大江匡衡(953—1012)爲一條天皇侍講《文選》時受敕命所編撰的《集注文選》轉抄本的殘卷。從《文選集注》内部也可以提出卷八、卷九後所附識的“源有宗”(源有宗之子源有元乃大江匡房養子),又卷二四陸士衡《爲顧彦先贈婦》“翻飛浙江氾”句下注《文選鈔》有“案:江,浙江”之類的内證。傅剛撰《〈文選集注〉的發現、流傳與整理》(《文學遺産》2011年第5期)認爲此説是近年來關於《文選集注》作者研究的最新成果,是否能够成立,恐怕還要作多方面的考察。

除此之外,關於《文選集注》,衆家討論的熱點問題還有很多,例如其中所引録的《文選鈔》《音决》是否同爲公孫羅之作?若同爲公孫羅所撰,二書所采正文文字往往不同。若非公孫羅,究竟出自誰手?再者,《文選集注》中的李善注與今傳世宋刻本李善注是何關係?《文選集注》爲何音標五家、注標五臣?其所據五臣本與今宋刻五臣本的關係如何?……皆有待進一步探討。

26.《李善注文選拔萃》　佚名抄　存

提　要

此卷爲李善注本的節抄本,起自班彪《王命論》“思有裋褐之褻,檐石之蓄”句,至韋弘嗣《博弈論》:“足以兼棋局而貿博弈矣。”包含今尤袤本卷第五二《王命論》《典論·論文》《六代論》《博弈論》四篇。共二頁,多半節略抄寫正文,李善注文僅見抄數條。其中李善注前標“注”字。其抄寫年代不明,若爲正倉院出土,有可能抄寫於較早的奈良時代。雖所存無多,然對今本的争議問題,頗有參考價值。

如班彪《王命論》“思有裋褐之褻,檐石之蓄”句,“裋”尤袤本作“短”。王先謙《漢書補注》:“官本裋作短。”引蕭該《音義》曰:“《字林》曰:裋,衷衣也。丈篋反。”錢大昕云:“《説文》:裋,豎使布長襦。《貢禹》《貨殖傳》并有‘裋褐不完’之語。作短非。”驗之北宋本《文選》、宋本《漢書》則正作“裋”字。

又曹丕《典論·論文》“里語曰:家有弊帚,享之千金。斯不自見之患也”。胡克家《文選考異》據尤袤本李善注“亨或爲享”,謂“正文是‘亨’字甚明。後來以‘享’改‘亨’,各本皆然,與注不相應,非也”。然北宋本則作“享或爲亨”。據此則正文正作“享”,而非“亨”也。正倉院本作“享,享通也”。無下“享或爲亨”四字,蓋爲刻本校改所加。

此卷,見佐佐木信綱、橋本進吉編《南京遺芳》,昭和二年東京清水印刷所第二九,題作《李善注文選拔萃》,抄寫時間在公元 749 至 765 年之間。

三、宋金元(33 種)

辭章類

1.《文選雙字類要》三卷　蘇易簡撰　存

提要

蘇易簡(958—996),字太簡,梓州銅山(今四川中江)人。蘇頲之後。少聰穎好學,太平興國五年(980)庚辰科狀元,以文章名揚天下。初任監丞通判、左贊善大夫、右拾遺知製造、秩祠部員外郎、翰林學士。淳化元年(990),升爲中書舍人。與蘇舜欽、蘇舜元并稱"銅山三蘇"。有《文房四譜》《續翰林志》。《宋史》有傳。

《文選雙字類要》其書今存世。《四庫全書總目提要》、高步瀛《選學綱領》疑是書僞托。雖爲托名,但構字、勗字、殷字避諱,亦當編定於宋世,具有較高的文章學及文獻學價值。

此書爲一部以摘録辭藻偶對爲中心的《文選》類書。按"天道""地道""君道""官職""帝王""聖賢"爲上卷;"文教""武功""道教""釋教""農商""人物""肢體""性命""百行""禮樂""雜伎""親族""雜録""仕宦"爲中卷;"刑獄""京邑""室宇""服用""器物""財貨""修身""宴樂""畋獵""行旅""喪服""方色""蠻夷""寇賊""百禽""百獸""鱗介""百虫""花木"爲下卷。共分作三十九門。將《文選》所録文章中的詞語分門分類編排,詞語下列原句及出處,編寫用意當在便於當日學子屬文之用。

是書在詞句下列簡要的注釋之文，經比較，爲五臣各家注。則其所用之本爲五臣本。由此可以用以考察宋代五臣本的傳承及其與今五臣傳本之間的關係。專門就《文選》編排的辭藻類書，當以此書爲最早。

此書載録於《宋史》卷二〇六《藝文志》，有四十卷。宋陳振孫《直齋書録解題》謂“三卷”；宋尤袤《遂初堂書目》類書類：“《文選事類》《文選雙字》《選類》《文選華句》。”(南京圖書館藏舊抄本)其中僅《文選雙字》流傳至今，其他三種皆已佚。《文淵閣書目》則爲“一部三册闕”。佚名録《四明天一閣藏書目録》：“存《文選雙字類要》一本。”宋袁説友《東塘集》卷一九《題〈文選〉〈雙字〉》：“此係本朝蘇公易簡所編也。池陽既鋟《文選》板矣，而《雙字》者又《文選》之英華，與法當并刊，同置郡學。昔韓退之謂‘大玩於詞而與世采掇’，吾於是書見之。學者乘流涉源，溉根食實，則思過半矣。”(《四庫全書》本)

今存宋淳熙八年池陽郡齋刻紹熙三年重修本，原缺卷中，用南京圖書館藏明嘉靖十九年姚虞等刻本配補。見《四庫全書存目叢書子部》第一六六册。《文選研究文獻輯刊》《中華再造善本》所收録者乃宋刻原本影印。中國國家圖書館藏明抄本存上下兩卷，明嘉靖庚子(1540)姚虞長沙刊本，前有嘉靖庚子春仲之望姚虞序，後有前進士添注黄州府推官吴郡皇甫汸載跋。

2.《文選抄》十二卷　蘇易簡撰　佚

提　要

蘇易簡生平見《文選雙字類要》條下。

《崇文總目》卷三類書類：“《文選抄》十二卷，蘇易簡撰。”《玉海》

卷五四引《崇文總目》未著作者名。焦竑《國史經籍志》卷五著録。高步瀛《選學綱領》:“《玉海》引《崇文總目》有《文選抄》十二卷,今檢錢侗所輯《崇文總目》,此書爲蘇易簡撰,在類書類。《通志二十略·藝文略》同。則是宋人之作,恐與《集注》所引非一書也。”

3.《文選菁英》二十四卷　蘇易簡撰　佚

提　要

蘇易簡生平見《文選雙字類要》條下。

《玉海》卷五四有:“蘇易簡《文選菁英》十二卷。”《宋史》卷二〇六《藝文志》:“蘇易簡《文選菁英》二十四卷。”鄭樵《通志二十略·藝文略》第八:“《文選菁英》二十四卷,蘇易簡編。”《(宋)秘書省續編到四庫闕書目》卷一總集類著録。

4.《文選類林》十八卷　舊本題宋劉攽撰　存

提　要

劉攽(1022—1088),字貢父,臨江新喻(江西新余)人,慶曆六年(1046)進士。仕州縣二十年,始爲國子監直講。熙寧中,判尚書考功、同知太常禮院、開封府判官,復出爲京東轉運使。徙知兗、亳二州。哲宗初,起知襄州。入爲秘書少監,以疾求去,加直龍圖閣、知蔡州。給事中孫覺、胡宗愈,中書舍人蘇軾、范百禄言:“攽博記能文章,政事侔古循吏,身兼數器,守道不回,宜優賜之告,使留京師。”至蔡數月,召拜中書舍人。請復舊制,建紫微閣於西省。竟以疾不起,年六十七。攽所著書百卷,尤邃史學。作《東漢刊誤》,爲人所稱。預司馬光修《資治通鑑》,專職漢史。今屬名劉邠所作者有《中山詩話》,又稱

《劉貢父詩話》《劉邠詩話》,以及此《文選類林》。《宋史》有傳。

杭世駿、四庫館臣、高步瀛《選學綱領》皆疑是書僞托。吴思賢刻本卷末附王十朋跋曰,陸務觀最早稱道此書。然此跋未見於王十朋集。駱鴻凱《文選學·源流第三》對於宋代幾部《文選》辭章學著作的評價不高,曰:"以上諸書類多亡佚,其僅存者,傳本亦稀,大抵或臚類典,或摘辭藻,衹供辭章家撏扯之用,無當於選學也。"郭寶軍認爲此書"在一定程度上保存了平昌孟氏本的五臣注部分内容"[①]。故而其價值主要體現在:一是文獻價值。一是《文選》學史研究價值。其説甚是。具體而言,首先,此書的文獻價值在於可作爲五臣注校勘的重要參照,因其引録所據的底本很可能早於今所見宋刻五臣注本如陳八郎本,域外五臣刻本如朝鮮正德本、奎章閣本五臣部分。除日古抄卷二〇所保留的五臣注之外,恐怕就屬此本爲最早了。不僅正文,其對五臣注文的大量引用,皆有值得注意的異文。如《文選類林》卷九"危亂"條下"群鹿"一詞下引楊子雲《解嘲》原文曰:"往者,周網解結,群鹿争逸。"并引注曰:"逸,失也。"今陳八郎本、朝鮮正德本、奎章閣本皆作"逸,走也"。據《説文》卷一〇上即作"逸,失也"。九條本"逸"直接寫作"佚"。可見《類林》所引更保留五臣原貌。再如引張平子《西京賦》"藻井"下五臣注"藻井,當棟中交木如井幹"。今陳八郎本、朝鮮正德本、奎章閣本皆無"幹"字。然據薛注當有,否則不成文句,陳八郎本等諸本皆脱。其次,此書可見五臣注本《文選》在北宋廣泛流傳的情況。最后,亦應重視其在《文選》辭章學領域的價值。汪習波評價此類書時云:"《類要》近於詞典,

---

① 郭寶軍《文選類林的三個問題》,《漢語言文學研究》2011 年第 2 卷第 3 期。

《類林》則似手册。”①的確,《類林》的編纂先列詞語,其詞語不局限在雙字,更有三、四、五、六等多字,并下引詞語整句及出處,有必要則詳引五臣注及音注;其體例不設門,以類劃分,凡六百七十類;卷帙達十八卷,亦遠超《類要》。

總體而言,其對於《文選》翰藻的歸類整理在内容含量上遠超前代,體例也較完善。作爲依傍《文選》而生成的以應用性爲編寫目的的著作,顯然已達到爲文章寫作提供辭藻的目的。然存在的最大問題在於,從《文選》一書的文章中摘録出來的辭藻,脱離開文章的具體背景語境,真的就成了衹供臨時查閲翻檢的工具書。

是書今存明嘉靖三十七年(1558)吴思賢刻本,見於《文選研究文獻輯刊》、《四庫全書存目叢書》第一六七册子部,爲浙江范懋柱家天一閣藏本,今藏東北師範大學圖書館。重慶圖書館、日本内閣文庫公文書館藏明隆慶六年(1572)序刊本。

5.《三謝詩》一卷　唐庚輯　存

提　要

唐庚(1071—1121),字子西,眉州(今四川眉山)人,工於詩詞,人稱“小東坡”。紹聖(1094—1097)進士,官宗學博士,擢京畿常平。後蟄居惠州,赦歸返蜀,道卒。《宋史》有傳。著有《唐子西文録》。今存《唐先生集》明嘉靖三年任佃刻本、《唐先生文集》清钞宋绍兴己卯饶州刊本。

《三謝詩》爲輯《文選》中三謝詩作而成,其子唐文若於 1164 年在江州刊刻,并藏版於江州,後來譙令憲於嘉泰四年重修此本,“重修之

① 汪習波《隋唐文選學研究》,上海:上海古籍出版社 2005 年版,第 298 頁。

迹歷歷在目,有補刻數字,有改刻整頁”。本書收謝靈運詩四十首,謝惠連詩五首,謝朓詩二十一首,乃爲唐庚從《文選》中輯出,輯録年代已不可考,但大體爲南宋寧宗嘉泰四年左右。其文對於《文選》來説,堪稱不可多得的校勘資料。

《三謝詩》一卷著録於陳振孫《直齋書録解題》卷第一五、馬端臨《文獻通考》卷二四八。皆稱“不知何人集”。清代藏於蔣氏賜書樓,後歸黄丕烈所有。黄丕烈《百宋一廛書録》叙述其由來曰:“《三謝詩》,此書得諸貯書樓蔣氏,卷尾有蔣篁亭墨迹數行,叙述是書原委頗悉。蓋是書爲唐庚子西所集,《通考》據《中興書目》云然。近時大興朱竹君得此刻本,定爲宣城本。今卷中有嘉泰甲子,郡守譙令憲重修。宋刻洵不誣也。在明有邵氏僧彌收藏印。又有臣指之一印,思學齋一印,并有‘□氏木葉齋鑒定宋本’九字。皆未知其人。蔣氏又有贋本,予亦曾見之,不如此刻多矣。”(《叢書集成續編》第七一册)而所謂蔣氏的題跋,據楊紹和《楹書隅録》卷五録爲:“書《三謝詩》後:江左諸謝詩文見《文選》者六人,希逸無詩,宣遠、叔源有詩不工,今取靈運、惠連、元暉詩合六十四篇爲《三謝詩》。是三人者,詩至元暉語益工,然蕭散自得之趣亦復少減,漸有唐風矣。於此可以觀世變也。唐子西書,康熙壬辰九月蔣杲録。”(《續修四庫全書》史部目録類)

今見各版本亦十分複雜,宋刻原本,明清時先後由藏書家邵彌、蔣杲、黄丕烈、汪士鍾、楊紹和等收藏,後歸大連圖書館。日人橋川時雄 1934 年據大連圖書館藏本影印,後署“宋寧宗嘉泰甲子(嘉泰四年,1204)郡守譙令憲重修本”。日本京都大學附屬圖書館藏有日本江户時期刻本,四周單邊無界九行十五字,上下黑口無魚尾,鈐“播州林田河野絢夫”印。中國國家圖書館藏明遼藩朱寵瀼梅南書屋刻本,四册,十行二十字,白口四周雙邊。上海古籍出版社 1983 年據涵芬樓宋嘉泰重修本珂羅版毛樣影印，無目録和卷首識語，後署："宋寧宗嘉泰甲子（嘉泰四年，1204）郡守譙令憲重修本。"原附蔣杲墨迹和黄丕烈跋二則，一并印入，又附橋川時雄後記和胡玉縉跋文。臺灣"中央圖書館"藏有清嚴繩孫手鈔本《三謝詩選》不分卷，嚴繩孫手批并題記，昌彼得手跋等。

6.《文選精理》二十卷　佚名撰　佚

提　要

此《文選精理》，《宋史·藝文志》原文作"張元幹《蘆川詞》二卷。《三顧隱客文集》十一卷。《文選精理》二十卷。岳陽黄氏《靈仙集》十五卷（以上不知名）"。

7.《選詩句圖》（《文選詩句圖》《文選句圖》）一卷　高似孫撰　存

提　要

高似孫（1158—1231），字續古，號疏寮，明州鄞縣（今浙江寧波）人。祖父高開。父高文虎，官中書舍人。家境饒富。南宋孝宗淳熙十一年（1184）進士，歷任紹興府會稽主簿、秘書省校書郎、徽州通判、朝議大夫等。寶慶元年（1225）以禮部侍郎知處州，因挾妓被抨擊，貪酷尤甚。晚年還居紹興府餘姚縣。卒贈通議大夫。事迹見《南宋館閣續録》卷八、《直齋書録解題》卷二〇。著有《子略》四卷、《史略》六卷、《緯略》十二卷、《騷略》三卷、《蟹略》四卷、《剡録》十二卷（《剡録》是嵊縣第一部縣志）、《硯箋》四卷、《選詩句圖》一卷、《文苑英華纂要》八十四卷、《删定桑世昌蘭亭考》十二卷等書。其詩文集曰《疏寮集》，三卷。

本書録《選》詩名句，自漢李陵五言古詩，至江淹，後列《古詩辭》，即《古詩十九首》摘句。卷末標《選詩句圖》。卷後附張衡《四愁詩》、張載《四愁詩》、古詩《迢迢牽牛星》、謝朓《鼓吹曲》、謝朓《銅雀妓》、江淹《擬休上人》六首完整的詩。當爲學習《選》詩、擷英舉要的參考著作。

其書體例爲以人繫詩，詩則摘句。作者名下簡要列本傳資料。詩句下或有注文，然注文主要引録其他詩中與此句同源之句。如“蘇武”條下列“願爲雙黄鵠，送子俱遠飛”句，句下小字注曰：“古詩：願爲雙鳴鶴，奮翅起高飛。阮籍詩：願爲雙飛鳥，比翼共翺翔。建安中無名詩：中有雙飛鳥，自名曰鴛鴦。”蓋以見出詩句用典之淵源流變。亦有注文爲引文注釋詩句者，如“曹植”條下“員闕出浮雲，承露概太清”，下小字注曰：“《廣雅》曰：扢，摩也。概與扢同。古字通。顔延年詩：流雲藹青闕，皓月鑒丹宫。”引《廣雅》見李善注。作爲注重清詞麗句的著作，編纂中也多有誤引而張冠李戴的現象，如“應瑒”條下“朝雁鳴雲中，音響一何哀”，下小字引“陸機詩：孤鴻號外野，朔鳥鳴北林”。誤阮籍詩爲陸機詩。

宋代詩人處在唐詩的輝煌之後，如何突破唐人的影響，確立新的詩歌氣象，是擺在面前的重要課題。自黄庭堅及江西詩派詩人徐俯，理學家朱熹、林希逸、晁以道等都不僅强調要認真學習“選詩”，而且亦將之貫徹到學詩的實踐中。與此相應，以“選詩”爲中心的選本和研究著作漸漸增多，其中高似孫的《選詩句圖》、曾原一的《選詩演義》、方回的《文選顔鮑謝詩評》、劉履的《選詩補注》等都循其路而增其波。

《四庫全書總目提要》總集類存目一稱：“摘句爲圖，始於張爲。其書以白居易等六人爲主，以楊乘等七十八人爲客。主分六派，客亦各有上入室、入室、升堂、及門四格。排比聯貫,事同譜牒,故以圖名。後九僧各摘名句,亦曰句圖,蓋非其本。似孫此書,亦沿舊名,所録皆《文選》諸詩,去取不甚可解,如蘇武詩之'馥馥我蘭芳,馨香中夜發'。上下聯各割一句,尤爲創調。其句下附録之句,蓋即鍾嶸《詩品》源出某某之意。其句下附録一兩首者,則莫喻其體例矣。"①

《選詩句圖》,見於陳振孫《直齋書録解題》著録:"高似孫編。"今存最早的版本爲中國國家圖書館、南京圖書館藏明鈔本,蘇州圖書館藏明弘治十四年(1501)刻本。今《四庫全書存目叢書》集部第二八五册、《文選研究文獻輯刊》第四册收録均爲清鈔本。

8.《文選韵粹》三十五卷　黄簡撰　佚

提　要

黄簡,一名居簡,字元易,號東浦。建安(今福建建甌)人。嘉定十四年(1221)通判嚴州,後隱居吴郡光福山。理宗嘉熙(1237—1240)中卒。事見清同治《蘇州府志》卷四九《冢墓》、卷一三九《藝文考》。著作有《東浦集》《雲塾談雋》,皆佚。詞傳三首,周密《絶妙好詞》收録二首。

此書見載於《宋史·藝文志》:"黄簡《文選韵粹》三十五卷。"《文淵閣書目》卷一二:"《文選韵粹》一部,十册,闕。"明《内閣藏書目録》卷四:"《文選韵粹》四册,不全。莫詳編次姓氏,以《文選》中字分四聲爲類鈔本。"今未見傳本。

① 《四庫全書總目》,國家圖書館出版社 2019 年版,據天津圖書館藏武英殿刻本影印。下不另注。

9.《文選彙聚》十卷　周明辨撰　佚

提　要

周明辨,生卒年不詳。據《廣東通志》,其在太平興國年間“知潮州府事”。李之亮著《宋代郡守通考》之《宋兩廣大郡守臣易替考》,考證周明辨在太平興國五年至太平興國八年,任潮州郡守。《宋史・藝文志》著録其《文選彙聚》十卷,《文選類聚》十卷,還著録有《五經評判》六卷、《五經手判》六卷。此書還見載於鄭樵《通志二十略・藝文略》第八、《(宋)秘書省續編到四庫闕書目》卷一總集類。

其書已佚,内容不詳。

10.《文選類聚》十卷　周明辨撰　佚

提　要

周明辨,生平見《文選彙聚》條下。

此書著録於《宋史・藝文志》、鄭樵《通志二十略・藝文略》第八、《(宋)秘書省續編到四庫闕書目》卷一總集類。

其書已佚,内容不詳。

11.《文選後名人詩》九卷　佚名撰　佚

提　要

《宋史・藝文志》有:“《文選後名人詩》九卷。”《(宋)秘書省續編到四庫闕書目》卷一總集類亦著録。

其書已佚,内容不詳。

12.《選注摘遺》三卷　曾發撰　佚

提　要

曾發，約生於北宋哲宗紹聖初年(1094)，卒年不詳。字信道，南豐(今江西南豐)人。曾任宜春、湘潭、廬陵三州教授。其子曾樽，與莆田林光朝同年。林光朝有《泮林討古集序》(明正德十六年鄭岳刻《艾軒先生文集》卷五)，稱"子曾子(曾發)人品爲甚高"。《宋史・藝文志》有:"曾發《選注摘遺》三卷。"同時亦著録曾發《泮林討古》二卷。

《選注摘遺》，其書已佚，内容不詳。

13.《選詩》七卷　不著撰人　佚

提　要

陳振孫《直齋書録解題》卷一五著録，不著撰人。蓋宋代已有抄集《選詩》以成專書者，又早於明人之作。陳振孫曰:"《選詩》七卷。《文選》中録出别行，以人之時代爲次。"

14.《文選雙事》　不著撰人　佚

提　要

尤袤《遂初堂書目》類書類著録，不著卷數及作者名。

15.《選類》　不著撰人　佚

提　要

尤袤《遂初堂書目》類書類著録，不著卷數及作者名。

16.《文選華句》　不著撰人　佚

提　要

尤袤《遂初堂書目》類書類著録,不著卷數及作者名。

17.《選腴》五卷　王若撰　佚

王若,字若夫,仙居(今浙江仙居)人。歷知歸、道二州,終朝奉大夫、淮東安撫司參議官。傳見《嘉定赤城志》卷三三(《文淵閣四庫全書》第四八六册)。

《直齋書録解題》卷一四著録曰:"《選腴》五卷,天台王若撰。以五聲韵編集《文選》中字。淳熙元年(1174)序。"其書今佚。

注評類

1.《選詩演義》(《選詩衍義》)二卷　曾原一撰　存

提　要

曾原一,字子實,號蒼山,贛州寧都(今屬江西贛州)人。曾興宗孫。約和南宋詩人戴復古(1167—1247 年前後)同時代。紹定三年(1230)游鍾陵,又二年,中舉人。與戴復古發起組織"江湖吟社",描寫農村風光及農家日常生活,詩作清新明快,有陸游田園詩遺風。一時詩名大噪,"海内宗之"。後隱居城西翠微峰下蒼山,專心著述,有《蒼山詩集》《選詩演義》傳世。戴復古詩集中有一首《訪蒼山曾子實》:"故人子曾子,居住近金精。福地佳山水,詩國老弟兄。十年重會面，一笑最關情。萬象亭前月，今宵爲我明。”爲宋淳祐十二年(1252)曾原一等游隐山於朝阳洞的題名。

此本亦或著録名曰《選詩衍義》。今海内僅存孤本，藏於日本名古屋市蓬左文庫，二卷二册。從書後卞季良跋看，朝鮮在明永樂庚子年間(1420)開始重新鑄字，并大規模印刷漢籍。而此書從宣德三年(1428)起印，至宣德九年(1434)完成。其所據底本即南宋寶祐四年黄崇實刻本。值得注意的是，卞季良的這一段跋文，也出現在了奎章閣本《文選》的卷末，説明二書屬同一批活字印刷而成。

本書也是宋代現存唯一一部《文選》注評之作，其書的産生需放置到晚宋詩壇詩崇晚唐，部分詩人不滿日益狹隘的詩風，從而標舉“選詩”，以追本溯源、修正詩風的詩學背景下。《選詩演義》的出現，也標志着宋代以後“《文選》學”重點關注“選詩”這一更爲集中的領域。

是書選取《文選》三十七家詩人，一百六十五首詩。按作家時代先後排列。其注評方式，基本上在於綜合李善與五臣，并且更偏重於五臣釋詩的方法和取向，間或下以己意。其説非僅解説詩意，尚表達自己的詩學態度和理論，多爲心得之語，如就陸機、江淹擬作之詩評論曰：“凡擬詩如學書，當識家數，然必得其筆意，運規制於胸中，自爾似乃可。若展已書，臨貌雖似，亦下矣。諸擬作凡被所道，字語俱不用，而氣味逼真，乃爲佳耳。陸士衡晋人也。擬作已不免用其語字，且引所歷事迹。至文通不惟用字且用其題，又用其意，其能酷似，是盗之非擬也。然靈運以後，氣日益漓。休文希範輩靡淺不堪讀。如元暉者且作俑，巧麗以胚晚唐之風，而文通獨欲追魏晋諸公逸駕，尚哉斯志。”再如其對於“陶詩”的推崇，《演義》中雖然没有收録陶詩，但其《叙》中贊揚曰“淵明於詩道漸靡時，卓然得天趣，蓋中興於詩者”，儼然以淵明其人其詩爲最高的詩學典範。乃至於意欲將淵明詩“别爲一編,表之也”。此外,值得注意的是其評論部分還引用了宋代“林實夫”“利登”“黄文雷”“盱江黄應龍”“三山敖陶孫”“陳宗道”“三山謝子允”等詩家評論之語,當有助於考察當時詩學流派及詩學思想變化。

2.《文選顔鮑謝詩評》四卷　方回撰　存

提　要

方回(1227—1307),字萬里,又字先覺,一字囦甫,號虚谷,别號紫陽山人,徽州歙縣(今屬安徽)人。宋理宗景定三年(1262)進士,原爲甲科第一,爲賈似道排抑,置乙科首,調隨州教授,累遷知嚴州。宋恭帝德祐二年(1276),元兵至建德,方回出降,改授建德路總管兼府尹。至元十四年(1277)罷官。長期寓居錢塘。元成宗大德十一年(1307)卒。著作有《桐江集》八卷,《桐江續集》三十六卷,《續古今考》三十八卷,《瀛奎律髓》四十九卷等。姜亮夫著有《方回疑年考》。

是編卷三評謝靈運《登江中孤嶼》詩云“予三十年前甲寅、乙卯寓郡齋往游”,考此甲寅、乙卯當爲南宋理宗寶祐二、三年(1254、1255),則書當成於元世祖至元二十一、二年(1284、1285)或稍後。故大約是方氏晚年在建德路總管兼府尹任上所作。

此書之作,取《文選》所録顔延之、鮑照、謝混、謝瞻、謝靈運、謝惠連、謝朓七人的五言詩,依次各爲評説,并時有考訂。共取詩一百〇五首,謝靈運四十首,所收最多。其説或考史論事,或解説作者用意,或標字眼、賞偶句,或剖析章法結構。其弊則失之繁瑣,也時有誤引、附會、臆斷。但作爲專門評論《文選》詩的著作,方回突破前人注釋、讀解、摘句類的讀《選》方法,通過對《選》詩的標舉和評論,對於詩歌創作問題顯示明確的理論傾向和現實思考,因此具有標新舉異的意義。

方回論詩崇尚“格高”,其藉《文選顔鮑謝詩》評選古體詩,不僅針對詩壇不工古體的局面,也意在以古樸厚重的《選》體詩挽救四靈和江湖詩派“餖飣粉繪”之病。如其以《古詩十九首》及魏晋之詩的審美標準來評判顔、鮑、謝諸人之詩,又將其與唐宋的詩歌創作相聯繫,通觀源流、古今并重,以正脉傳統爲典範,正可以看出其意在構建新時代下的詩學理論,并汲取經驗教訓,以指導現實詩歌創作的傾向。正如方回在其《汪斗山識悔吟稿序》中明確表述:“古詩以漢、魏、晋爲宗,而祖《三百五篇》《離騷》;律詩以唐人爲宗,而祖老杜;沿其流止乾淳,溯其源止洙泗;律爲骨,意爲脉,字爲眼,此詩家大概也。”(《桐江集》卷一,《四庫全書》本)其評謝朓《和王主簿怨情》云:“‘花叢亂數蝶,風簾入雙燕’,靈運、惠連、顔延年、鮑明遠在宋元嘉中,未有此等綺麗之作也。齊‘永明體’自沈約立爲聲韵之説,詩漸以卑。而玄暉詩徇俗太甚,太工太巧。陰、何、徐、庾繼作,遂成唐人律詩。而晚唐尤纖瑣,蓋本原於斯。”都貫穿了這樣的詩學旨趣。方回前期編著《瀛奎律髓》大談律詩的格律句法,而後期作《文選顔鮑謝詩評》,大力宣導建安魏晋詩風,提倡作詩無法、天然混成,形成了鮮明的對比。故《四庫全書總目提要》稱:“殆作於晚年,所見又進歟。”

有清乾隆翰林院抄本、清南海孔氏嶽雪樓影抄本、《四庫全書》本、《永樂大典》本、清光緒趙英華精抄本等。

3.《虚谷評五謝詩》一卷　方回撰　存

提　要

方回,生平見《文選顔鮑謝詩評》條下。

此書封面題《虛谷評五謝詩》,無序跋、目録,第一册收謝靈運詩,第二册收謝靈運、謝惠連、謝朓詩,第三册收謝朓、謝瞻、謝琨(混)詩。在體例編排上,有題下小傳和詩後總評。與《文選顔鮑謝詩評》相比,總評部分大體相同,文字稍有不同,可資以校勘。此書多出十五條題下小傳,可藉以瞭解方回的評點思想。篇目方面,此書少了謝靈運《述祖德詩》《九日從宋公戲馬臺送孔令》《鄰里相送方山》《從游京口北固應詔》《晚出西射堂》五詩。

從題下小傳看方回注重考查詩歌創作的本事以及詩的作意,如《還舊園作見顔范二中書》一首,小傳:"虛谷曰:此元嘉五年爲秘書監,文帝諷之,謝病與假臨當還家,作此詩,見顔延之、范泰似是相别之詩,又似預爲誓言,今還舊園,不更廣爲穿築之事也。"謝靈運《游赤石進帆海一首》題下小傳:"虛谷曰:此以下詩五首,皆在會稽始寧游山而作。景平元年秋冬,靈運稱疾,去永嘉郡,父祖葬始寧縣有故宅及墅,遂移籍會稽修營舊業,傍山帶江,盡幽居之美,與隱士王弘之、孔淳之等放蕩爲娱,有終焉之志。每有詩至都下,貴賤莫不競寫。又作《山居賦》自注,以言其事。元嘉三年,徵爲秘書監,賞遇甚厚。五年十一月,靈運自以名革才能應參時政,上惟接以文藝,每侍宴談賞而已。靈運多稱疾不朝,直出郭游行且二百里,經旬不歸,既無表聞,又不請息,上不欲傷其意,諷令自解,乃上表陳疾,賜假令還會稽,游飲自若,坐糾免官,既而鑿山浚湖,工役無已。山澤之游,窮幽極險,門生從者數百人。自始寧南山,伐木開(走至),直至臨海。臨海太守王琇及百姓驚駭,謂爲山賊。會稽太守孟顗有隙,表靈運有異志,發兵自防。靈運詣闕自陳,上以爲臨川内史,然則游山可也,逾越矩度太甚,則不可。山賊之疑,異志之奏,實自伐山得之。此五詩,則亦禍之門歟。"又謝惠連《泛湖歸出樓中翫月》題下小傳:"虛谷曰:謝方明者，謝裕景仁之從祖弟，有子惠連，史不注表字，族兄靈運與惠連及東海何長瑜、潁川荀雍及太山羊璿之，以文章賞會，謂之四友。惠連幼有奇才，不爲方明所知，靈運去永嘉始寧時，方明爲會稽，靈運造方明，遇惠連，大相稱賞。靈運性無所推，惟重惠連，與爲刎頸交。爲司徒彭城王法曹，爲《雪賦》，以高麗見奇，年二十七，卒。"

此本三册一卷，藏中國國家圖書館善本部。著録爲明鈔本，外封題"毛子晋藏本"。爲海内孤本。羅琴博士《元代文選學研究》有較爲詳細的研究和發現。

4.《評文選》　劉辰翁　佚

提　要

劉辰翁(1231—1294)，字會孟，號須溪，吉州廬陵(今江西吉安)人。少年時曾從理學家陸九淵學習。宋景定三年(1262)，在廷試對策中，極言"濟邸無後可痛，忠良戕言可傷，風節不競可憾"，大忤賈似道意，被置丙等。自請就濂溪書院任山長。宋亡後，埋頭著書，在創作中寄寓愛國情懷。遺著由子劉將孫編爲《須溪先生集》，《宋史·藝文志》著録爲一百卷，已佚。清四庫館臣據《永樂大典》《天下同文集》等書所録，輯爲十卷，另有《須溪先生四景詩集》傳世。《新元史》卷二三七、《宋季忠義録》卷一六有傳。今人整理的《須溪集》以影印文淵閣《四庫全書》本爲底本，酌校有關書引録，編爲第一卷。《須溪先生四景詩集》以宜秋館本爲底本，參校影印文淵閣《四庫全書》本(簡稱四庫本)等，編爲第二、三、四、五卷。新輯集外詩附於卷末。劉辰翁的評點也取得了很高的成就，堪稱宋代評點之祖。今存其評點著作有:元刊本《世説新語評點》、明刊本《孟東野集評點》、朝鮮刊本《簡齋詩集評點》、《增刊校正王狀元集注分類東坡先生詩評點》、倪思《班馬異同》評點、《集千家注批點杜工部詩集》等。關於《文選》的評點今雖未見其專書，或已亡佚，但從明人引録遍及各體的情況看，當時也應有其書傳播。

如明代陸弘祚《文選纂注評苑》、李光縉《鼎雕單篇評釋昭明文選》等書中多引録劉辰翁《評文選》之語。現過録李光縉所引録者數條如下，以見其評點取向。如其評嵇康《雜詩》曰："叔夜蓋耽太素玄虚之學，以眷生爲務，故其詩如是。"評陸機《吴王郎中時從梁陳作》曰："感我事吴王，而遠念古人。古人謂梁孝正臣枚皋馬卿之屬，士衡蓋以其才類已，故懷之。"評王粲《咏史詩》曰："魏武好以已事誅殺賢良，粲故托秦穆公之殉三良以爲諷。"又評陸倕《石闕銘》曰："先以梁武之代齊，比殷周之革命，而後及禮文象闕之制，此古今文字一大機軸。"評任昉《奏彈曹景宗》曰："此疏讀之無不扼腕淋漓，而高祖於曹蔡，一無所問，其數十年間紀法可知，寧不再傳而淪喪也。"評張景陽《七命》曰："峥嶸幽藹至飛礫蔽天一段，與大荒之遐阻，幽山之窮奥相應。"評陸機《嘆逝賦》曰："唐人咏云：日月籠中鳥，乾坤水上萍。與此意互發。"評潘岳《寡婦賦》曰："夫死稱未亡人。故欲捐身自引，而又以稚子爲夫之後，不忍弃之，而即下從此，尤得節義大體。"評陸機《文賦》曰："'或因枝'八句，此作文者迴旋轉變之法。'罄澄心'四句，總結上'始躑躅'二句，則明作文之始難而終易也。"評馬融《長笛賦》曰："諸賁管商申韓與孔孟并稱，此漢儒學術。"評《山鬼》曰："所思謂君也。喻己被帶忠信，又以嘉言而納於君也。'處幽篁'二句，喻己不得見君，讒邪填塞，難以前進，所以索居於此。"評郭璞《江賦》曰："此以江神及自古英雄之死於江，奇蹤異迹一一點綴，甚有風采。"評謝莊《月賦》曰："王者遇月則樂，羈旅遇月則慘，此因乎情也。"評相如《子虚賦》曰："日之出東入西，益極天下東西之地矣，一上林何遂有是哉，甚矣長卿之誕也。”評揚雄《羽獵賦》曰:“先以帝王儉德形武帝之侈。”評潘岳《西征賦》曰:“夕歸而宵作難其時岳亦危矣,豈非修短之命固預定哉。”

5.《增補六臣注文選》六十卷附《諸儒議論》一卷　陳仁子校補
存

提　要

陳仁子,字同備,號古迂,茶陵東山(今湖南株洲茶陵)人。南宋咸淳十年(1274)漕試第一,任登仕郎。入元不仕,隱居於東山,於大德七年(1303)興建東山書院,又稱古迂書院,聚徒講學,刻書著書。有《牧萊脞語》二十卷及二稿九卷,《文選補遺》四十卷,《四庫全書》收入。又有《唐史卮言》三十卷,《韵史》三百卷等。刻《增補六臣注文選》六十卷、《續文選補遺》十二卷、《夢溪筆談》等多部著作。譚紹烈,號古愚,爲陳仁子外甥,於陳仁子刻書助力最多。

所謂《增補六臣注文選》中的“增補”,蓋增補《諸儒議論》一卷,以及正文夾注校讎、音注部分。《郋園讀書志》曰:“所謂校補者,但載五臣本異同,仁子并未增注也。元人刻書,尚有家法,明人則必妄以己意增竄矣。”①本書注釋仍列李善在前,五臣在後。其書出贛州本系統,版式多類宋刻建本六臣注《文選》(《四部叢刊》本),删去建本六臣注文中的“曰”“也”之類,留下空格,而不欲變亂行款。陳仁子撰《諸儒議論》一卷,主要包括十三條宋人筆記中有關《文選》的考證和議論文字。

---

①　葉德輝等撰《湖南近現代藏書家題跋選》(第 1 册),長沙:岳麓書社 2011 年版,第 716 頁。

《增補六臣注文選》六十卷，南朝梁蕭統編，李善、吕延濟、劉良、張銑、李周翰、吕向注，陳仁子校補。初刻爲元大德三年(1299)茶陵陳仁子古迂書院刻本，世稱"茶陵本"。傳本世所罕見、僅存九卷，見藏於中國國家圖書館，并見於諸家書目記載。另臺灣故宫博物院藏四十五卷，元大德間茶陵陳氏古迂書院刊配補宋尤袤刊李善注本。此外有明翻元大德間陳氏古迂書院本存六十卷，藏臺灣"中央圖書館"。明嘉靖二十八年(1549)刻本，中國國家圖書館藏。明嘉靖二十八年(1549)刻本，首列錢塘田汝成嘉靖二十八年春二月所撰《重刻文選序》，序中説："予嘗得宋善本，將重鋟之於家塾，因命蘅兒(田藝蘅)嚴加校讎，且叙其首。"然而正文題下却列"太子詹事府主簿洪楩校"。次《文選序》，次李善上表，次五臣上表，次元陳仁子《諸儒議論》，正文前卷目題曰《增補六臣注文選》。此本究竟是田汝成家塾刻本，還是洪楩的清平山堂刻本，似有淆亂，姑列此待考。

田汝成在《文選序》中系統闡述了唐宋以來對《文選》一書選文標準的批評以及《文選增定》《廣文選》等書的編纂對於《文選》本身體例的誤解，從而提出："統不云乎，若以立意爲宗，不以能文爲本者，今之所撰，抑又略諸。蓋能文固先於立意，而立意者未必專於爲文。故議關國是，事載史官，雖董賢之言，亦所不采。若體屬詞章，思歸藻翰，即揚雄符命又何擇焉。大抵《選》例崇葩華而略簡澹，執規瓠而齊體裁，是以考辭按部，璀若連珠。大篇短章，咸歸穠郁。故詩如淵明，文如蘭亭，非不皎然清逸也，第使掇入集中，揆之諸家，覺非一體矣。"又："《文選》一書，譬之園林也，怪石盤松，奇花異卉，以延賞適而已。楩楠豫章，非所植也。又譬則散樂焉，吴趨楚舞，擫管彈絲，以娱眺聽而已。而一唱三嘆，以雅以南，非所陳也。述作之旨，機軸存焉。執是而求，則群疑可釋矣。"爲其所刻《六臣注文選》提出了指

導思想。(此序又見於《四庫全書存目叢書》集部第八八册田汝成《田叔禾小集》)

6.《文選心訣》一卷　虞集撰　存

提要

虞集(1272—1348),字伯生,祖籍仁壽(今屬四川)。南宋丞相虞允文五世孫,其父虞汲曾任黄岡尉,宋亡後,徙居臨川崇仁(今屬江西)。元成宗大德元年(1297)至大都,任大都路儒學教授,累遷秘書少監。仁宗時,擔任集賢修撰。文宗時,任奎章閣侍書學士。卒謚文靖。其著作頗豐,現知存元代刻本有《道園學古録》《道園類稿》《道園遺稿》《伯生詩續編》《翰林珠玉》五種,近人王頲點校《虞集全集》,天津古籍出版社 2007 年出版。

此書雖名爲《文選心訣》,然内容和《文選》一書并無直接的關聯。主要是虞集對韓愈、柳宗元等唐宋名家文章的評點。明高儒《百川書志》卷之一九注曰:"元雍虞集伯生批點韓、柳、歐、曾、蘇公父子之作。不具别體,止序記三十篇。"然其命名爲《文選心訣》,是否受到《文選》一書影響所致,也未可知。畢竟在流傳過程中,往往被誤會其書乃《文選》學的著作,普暄《文選書目》、高步瀛《選學綱領》、駱鴻凱《文選學》皆收録其書,國家圖書館出版社《文選研究文獻輯刊》也收録在第四册。故暫列於此。

7.《選詩補注》八卷　劉履撰　存

提要

劉履(1317? —1379),字坦之,上虞(今紹興上虞)人。入明不仕,自號“草澤閒民”。洪武初召至京,洪武十六年(1383),以疾卒於會同館。《浙江通志》列《隱逸傳》中。《四庫全書總目提要》稱“洪武十六年詔求天下博學之士,浙江布政使强起之。至京師,授以官,以老疾,固辭,賜鈔遣還,未及行而卒”。著有《風雅翼》十四卷傳世。《風雅翼》即其《選詩補注》《選詩續編》《選詩補遺》三書的總稱。

《選詩補注》編次體例繼承曾原一《選詩演義》,按時代及作者先後列次,但相較而言,本書在選詩、編次、題解、音注、補注等方面都較《選詩演義》有相當多的創新補充。所選歷代詩作,包括漢詩三十五首,魏詩五十首,晋詩九十五首,宋詩五十一首,齊梁詩十六首,凡二百四十七首。據《凡例》:“所選詩較之曾原一《演義》,除陶詩外,增多者幾八十首。於《演義》所録而《補注》之不取者三十九首。如魏武帝《短歌行》,文帝《芙蓉池》,劉公幹《公燕》,陸士衡《從軍》《苦寒》等篇。其説并已見各人詩注。又如古樂府《傷歌行》,乃後人掇拾模擬,淺近易到。應德璉《百一詩》,詞多鄙俚,殊非雅製。傅長虞《贈何劭》等,雜冗而不精潔。潘安仁《悼亡》,徒發乎情而不止禮義。謝宣遠《從戲馬臺集》,景有餘而意不足。顔延年《侍游京口》,雕斲藻繢,而乏蕭散之趣。故皆不得而録。其餘自可類推矣。”自述選詩的宗旨在於“體制古雅,意趣悠遠。而所言本於性情,關於世教,足爲後學準式者”。

本書補注的體例,詩名下有提要,考證時代本事;詩正文增補音注,乃參考吴材老《韵補》,各附其下;詩末有箋釋、補注、繹義,體例仿朱熹《詩集傳》,先標賦、比、興,後箋釋補注,後論詩意。演説詩意多遵循五臣及《選詩演義》意旨,亦難脱膠柱鼓瑟之嫌。然選詩精嚴、以雅正爲宗旨,評論詳贍,亦獨具價值。正如《四庫全書總目提要》所説:“至於以漢魏篇章,强分比興,尤未免刻舟求劍,附合支離。朱子以是注楚詞,尚有異議,况又效西子之顰乎。以其大旨不失於正,而亦不至全流於膠固。又所箋釋評論，亦頗詳贍，尚非枵腹之空談，較陳仁子書，猶在其上。固不妨存備参考焉。”謝肅《密庵稿丙卷》有詩《庚戌秋（洪武三年）七月，中山劉坦之先生補注〈選〉詩，辭簡而事明，論切而指達，正五臣之荒謬，黜蒼山之淺鄙，擷花采實，成一家言，蓋可以行今而傳後者也，詩以美之》（江安傅氏雙鑒樓藏洪武刻本）。

《選詩補注》八卷，爲作者最早編成之書，其後又編成《選詩補遺》和《選詩續編》。今所傳世衆本多爲三本合刻一編，或名爲《選詩補注》《選詩補遺》《選詩續編》，或統稱爲《風雅翼》。但由於每書前有獨立之序，今以提要之便將三書及《風雅翼》分别收録。國家圖書館出版社《文選研究文獻輯刊》第五、六册影印收録明顧存仁養吾堂本，然僅收録其《選詩補注》八卷。具體版本情况詳見“《風雅翼》”條下。

考證類

1.《李善與五臣同異》（《李善五臣同異》《五臣同異》《文選五臣同異》《文選考異》《文選同異》）一卷　尤袤撰　存

提　要

此書最早見於尤袤《遂初堂書目》載録并附於尤刻本《文選》之後，後世著録蓋均由此出。書題多有分歧，應作《文選同異》或《李善與五臣同異》。在《遂初堂書目》、《宋史・藝文志》、明《文淵閣書目》卷九、《内閣藏書目録》卷四中，皆未記撰者姓名。清陸心源據尤袤宋刻本《文選》後附袁説友跋中所説“《文選》以李善本爲勝，尤公博極群書，今親爲讎校”句，認爲此《李善與五臣同異》的作者當爲尤袤。近代高步瀛《選學綱領》亦同意此説，遂相沿至今。然也有學者提出質疑,有待深考。

尤袤(1127—1194),字延之,號遂初居士,晚年號樂溪、木石老逸民,常州無錫(今江蘇無錫)人,南宋四大詩人之一。紹興十八年(1148)進士,官拜太常少卿,權充禮部侍郎兼修國史,又曾權中書舍人兼直學士。卒謚文簡。曾把藏書編成《遂初堂書目》一卷,成爲中國最早的版本目録,該書把圖書分成四十四類,包括經、史、子、集、稗官小説、釋典道教、雜藝、譜録等,可惜這些資料因宅第失火而焚之一炬,僅留下《遂初堂書目》一部。與《崇文總目》《郡齋讀書志》等同爲宋人重要目録著作。

目前我們所能見到的完整《李善與五臣同異》主要有宋刊尤刻本《文選》所附本、陸心源《群書校補》本、盛宣懷《常州先哲遺書》本、尤桐《錫山尤氏叢刊甲集》本、《叢書集成續編》本等。然而正如程毅中、白化文先生所言,尤刻本《文選》後所附《文選同異》是"現存唯一的宋刻本,《文選》本書還有好幾個後印本,而《同異》則除此之外,衹有抄本和翻版了"。盛氏本與《群書校補》本并是據皕宋樓藏本影印,尤桐本與《叢書集成續編》本又是據盛氏本重印,這些版本都是尤刻本的抄本與翻版。

1974年中華書局出版尤刻本《文選》時,在影印説明中稱:"這個本子,目録和《李善與五臣同異》中有重刻補版","書中有一部分頁子不够清晰,尤其是附録《李善與五臣同異》,模糊特甚,而且曾經人用墨筆描改,好像已非原貌。但較之《同異》的其他版本,錯誤還少一些,因此仍照原書附印於後"。經過對尤刻本《文選》所附《同異》與盛氏本的仔細比較,可以看出尤刻本後附《同異》與後世翻刻本各有自己的優缺點。尤刻本後附《同異》是一個遞修本,存在多處修改痕迹,且多有字迹模糊以至無法辨認之處。後世翻刻本就是在這樣一個模糊的印本基礎之上翻刻而成的,因此對於字迹模糊的地方衹能根據自己的辨認加以補充,然而實際情况所反映出的事實是,這種辨認并没有以參照李善注、五臣注爲前提,而衹是停留在對模糊之處的盲目辨認上,缺乏可靠性,因此造成了許多尤刻本正確而翻刻本改錯的地方,這是翻刻本的缺點,也是中華書局説明中認爲較之其他版本,尤刻本後附《同異》錯誤還少一些的原因。近來發現臺灣藏有一種尤延之貴池刊理宗間遞修本《文選》,其後所附《同異》字迹清晰、無描改痕迹,應是現存《同異》的最好版本。(本條爲王瑋博士撰寫)。

廣續類

1.《集選》一百卷　晏殊集　佚

提　要

晏殊(991—1055),字同叔,臨川(今江西南昌)人。十四歲因才華過人被朝廷賜進士,任秘書省正字。仁宗時,升任集賢殿學士,卒於仁宗至和二年,年六十五。其人"平居好賢,當世知名之士,如范仲淹、孔道輔皆出其門。及爲相,益務進賢材,而仲淹與韓琦、富弼皆進用,至於臺閣,多一時之賢"。"性剛簡,奉養清儉。累典州,吏民頗畏其悁急。善知人,富弼、楊察,皆其婿也。殊爲宰相兼樞密使,而弼爲副使,辭所兼,詔不許,其信遇如此。文章贍麗,應用不窮,尤工詩,閒雅有情思,晚歲篤學不倦。文集二百四十卷。"事迹見《宋史》卷三一一《晏殊傳》。

《集選》一百卷"删次梁、陳以後名臣述作"(《宋史》本傳),所以當爲一部續《文選》類的著作。宋王應麟《玉海·藝文》卷二〇:"晏殊集類古今文章爲《集選》二百卷。”(刪次梁、陳迄唐)武秀成《校證》曰:“此出歐陽修《歐陽文忠公集·居士集》卷二二《觀文殿大學士行兵部尚書西京留守贈司空兼侍中晏公神道碑銘》。”二百卷當爲一百卷之誤。

此書已佚。後曾流傳其目録二卷。然今其目録亦不知下落。

2.《集選目録》二卷　莆田李氏藏　佚

提　要

宋陳振孫《直齋書録解題》卷一五《總集類》:“丞相元獻公晏殊集。《中興館閣書目》以爲不知名者,誤也。大略欲續《文選》,故亦及於庾信、何遜、陰鏗諸人。而云唐人文者,亦非也。莆田李氏有此書,凡一百卷。力不暇傳,姑存其目。”《文獻通考》卷二四八作《文選目録》二卷。

3.《刪續昭明文選》六十四卷　沙天錫輯　存

提　要

沙天錫,字魯侯,自號江上貞一子。書中自題爲“蓉江純山”人。《方輿紀要》卷八八“南安府南康縣”:芙蓉江“在城南,即章水也。自大庾縣東北流,至此澄渌泓深。江之南平沙橫衍,數里皆民居,繞東山而下,村巷橋梁多以芙蓉爲名”。《清一統志·南安府》:章江,“《南康縣志》,章江在縣南。一名芙蓉江。相傳唐時兩岸多植芙蓉,故名”。沙天錫蓋爲宋元易代之際的隱士,生平不詳。

全書首列沙天錫抄寫本書的序言,末署“至元己卯(1279)冬王十有二月春前二日江上貞一子沙天錫魯侯氏題書”。次列《刪續昭明文選卷之一目次》,下署"蓉江純山沙天錫魯侯氏纂,男鵬舉九搏氏校正",版心署"江上藏書"。序之頁眉有"王滋山藏書印"。序尾有"錫躬"印。全書爲小字正楷抄寫。王滋山(1807—1882),清代道光年進士,任翰林院編修,山東學政。後爲忌者所劾,罷官居蘇州,任蘇州紫陽書院主持,精研經、子、小學。此本蓋爲其藏書。

原書前所附作者自序稍有殘缺,謹録如下:"一集朝朝□□,擴彼心胸,丁卯孟冬,□□之暇,始行繕寫,命其名曰《删續昭明文選》。至今而寒暑更,春秋易者,已經一紀。中值家道式微,藏書盡鬻,訖無一存,而余年已髦,兒齒亦壯,不得復肆力其間。己卯之冬,爰取而編定焉,以俟後之有志者,回憶昔時得一書則欣欣鼓掌,置一帙則怡怡動色。而今且篇牘無遺案,箱盡置竟,等秦人之一炬,雖復東搜西攬,視昔更爲未備。余獨何心能不悲哉。乃援筆而弁諸首,用志一時之感慨。時至元己卯冬王十有二月春前二日江上貞一子沙天錫魯侯氏題書。"

選篇方面自《文選》賦始,有删有增,如卷一賦體,列《兩都》《西京》《東京》《南都》,卷二收《三都賦》《大人賦》《甘泉賦》《籍田賦》《子虚賦》《上林賦》《美人賦》。各體皆下延至唐宋諸家,如卷六二碑文選李典《漢丞相武鄉侯諸葛亮故宅碑文》、楊炯《益州孔聖廟碑文》、皮日休《孔聖廟碑文》、柳宗元《箕子廟碑》、蘇軾《表忠觀碑銘》《潮州韓文公廟碑》、陸龜蒙《野廟碑》。卷六四銘體收録班固《封燕然山銘》、崔瑗《座右銘》、張載《劍閣銘》、陸倕《石闕銘》《新漏刻銘》、劉禹錫《陋室銘》、蘇軾《三槐堂銘》、劉鋭《梓州兜率寺大冢銘》、張載《西銘》、施閏章《夢愚堂銘》等計十有一首。其書頁眉有朱筆録入音注、訓釋及評點章法章義之語。

據前言末署可知此書編纂於丁卯孟冬,即南宋度宗三年,蒙古至元四年(1267),正值南宋末年飄揺動蕩之際。成書於元至元己卯(1279),南宋滅亡之年。作者於此年勉力完成了全書的編纂抄寫,同時在自序中特別强調這一時間節點的特殊性,寄寓了無限的家國感慨於其中。最主要的是十餘年中由往昔"得一書則欣欣鼓掌,置一帙則怡怡動色"。到現今的"篇牘無遺案,箱盡置竟,等秦人之一炬,雖復東搜西攬,視昔更爲未備"的鮮明對比。此書或許并没有明確的編纂宗旨,但在這樣的由於易代而帶來國家文化衰亡和家道中落的境遇中,完成一本能够延續舊有文化經典的著作,來表達内心的悲凉和希望,也許正是本書潛在的編寫目的。從《文選》學的序列上看,此書也許當時流傳不廣,但實爲現存元代以來廣續《文選》的開山之作,在其之後産生了陳仁子的《文選補遺》、劉履的《選詩補遺》《選詩續編》,一改宋代選學之面貌,具有重要的選學史意義。

此爲清初抄本,六十四卷,珍藏於重慶圖書館,僅以孤本存世。

4.《文選補遺》四十卷　陳仁子撰,門人譚紹烈纂輯　存

提　要

陳仁子,生平見《增補六臣注文選》條下。

是書前有友人廬陵趙文序,述仁子之言,以此書編纂之因在於不滿蕭統選文去取,"以爲存《封禪書》何如存《天人三策》,存《劇秦美新》何如存更生《封事》,存魏公《九錫文》何如存蕃、固諸賢論,列《出師表》不當删去《後表》。《九歌》不當止存《少司命》《山鬼》,《九章》不當止存《涉江》,漢詔令載武帝不載高、文,史論贊取班、范不取司馬遷,淵明詩家冠冕,十不存一二。又以爲詔令人主播告之典章,奏疏、人臣經濟之方略,不當以詩賦先奏疏"。後附譚紹烈識語。書中每卷標題下稱茶陵陳仁子輯誦,次行稱門人魯達臣纂類,目録後有"茶陵

東山書院刊行”牌記。書名補遺，實爲采漢魏齊梁詩文，補《文選》所未備。從編排體例和選文標準上看，與《文選》傳統有較大突破，全書亦分三十七體，以詔令、奏疏居首，且分類甚詳，包括詔誥、璽書、賜書、策書、告諭等。改變《文選》以賦體爲先的體例。不再收録《文選》中七、符命、彈事、令、教、箋、論、連珠等文體，多增補樂歌、謡、操等短章韵語。對《文選》中收録較少的楚辭、陶淵明的作品多所增補。增大古文的分量而減少駢文的比重，尤其注重從《史記》《漢書》《後漢書》中編選文章，一部分捨弃蕭統以“文”爲中心的編選理念，同時受到唐宋古文運動影響下《古文正宗》等選本偏重思想性、偏重古文理念的影響。

《文選補遺》的另一特色在於篇目題解評語中保存了前人論文的資料，如司馬光、劉攽、蘇軾、蘇轍、曾鞏、二程、洪邁、胡安國、胡寅、林之奇、朱熹、吕祖謙、張栻、朱黼、陳季雅、唐仲友、戴溪、葉適、樓昉、真德秀、劉克莊、韓駒、黄庭堅等論文論詩之語，具有一定的文獻價值。

但正如《四庫全書總目提要》所説，此書“蓋與劉履《選詩補注》皆私淑《文章正宗》之説者。然《正宗》主於明理，《文選》原止於論文，言豈一端，要各有當。仁子以彼概此，非通方之論也。且所補司馬談《六家要旨論》則齊黄老於六經，魯仲連《遺燕將書》，則教人以叛主，高帝《鴻鵠歌》情鍾嬖愛，揚雄《反離騷》事異忠貞，蔡琰《胡笳十八拍》非節烈之言，《越人歌》《李延年歌》直淫褻之語，班固《燕然山銘》實爲貢諛權臣，董仲舒《火灾對》亦不免附會經義，律以正宗之法，皆爲自亂其例。亦非能恪守真氏者。至於宋王微《咏賦》，訛爲宋玉《微咏賦》，則姓名時代并訛。引佛經横陳之説，以注《諷賦》，則龐雜已甚。荆軻《易水歌》，與《文選》重出，亦爲不檢。觀所著《牧萊脞語》，於古文時文之格律尚未甚分明，則排斥古人，亦貿貿然，徒大言耳。然其説云補《文選》,不云竟以廢《文選》,使兩書并行,各明一義,用以濟專尚華藻之偏,亦不可謂之無功。較諸舉一而廢百者,固尚有間焉”。功過殊爲明顯。

《文選補遺》四十卷,有明抄本,中國國家圖書館藏,善本書號12971。此外還有元大德間茶陵東山書院刻本、明嘉靖茶陵翻刻本、清乾隆二年(1737)陳文煜刻本、《四庫全書》本、清道光二十五年(1845)湖南瑯環館刻本等衆多版本。另有《續文選補遺》十二卷,《傳是樓書目》著録,臺灣“中央圖書館”藏,及明萬曆刻張鳳翼增訂本。

5.《選詩補遺》二卷　劉履撰　存

提　要

劉履,生平見《選詩補注》條下。

《選詩補遺》上、下二卷,卷前有目録及序,起《康衢謡》,迄《琴歌》。輯選古歌謡詞之散見諸書者四十二首,以補《文選》之缺。其《序》曰:“右《選詩補遺》目録上下卷凡四十二首。皆古歌謡詞,散見於傳記諸子之書,及樂府集者也。皋陶所賡,五子所述,載於書經者,乃聖人所定,不敢復録,而其他古詞之合作者,無不在焉。唐虞而降,以至於晋,懸歷兩千七百餘載,其間詞章不見録於梁昭明者無限,今所補僅止於此,是何考擇之太謹耶!蓋自風雅一變而爲楚辭,晦庵朱子爲之注矣。而於定著後語,則曰考於詞,宜益精,擇於義,當益嚴。今予不知僭妄,既爲補注《選》詩,而復輯是編者,蓋亦竊承朱子欲抄經史諸書韵語、《文選》古詩附於《三百篇》《楚辭》之後之遺意,則於考擇也,故不得不致謹而加之精嚴也已。若其微詞奥旨,當訓釋者,則略疏於本篇之下云。”

此書版本情况參見《風雅翼》條。

6.《選詩續編》四卷　劉履撰　存

提　要

劉履，生平見《選詩補注》條下。

《選詩續編》四卷，輯取唐宋以來諸家詩之近古者一百五十九首，以爲《文選》嗣音。去取本於真德秀《文章正宗》，詮釋體例則悉以朱熹之《詩集傳》爲準。大旨不失於正。箋釋評論詳贍，可備存藏參考之用。

元刻本《選詩續編》分五卷，卷一"唐詩"陳拾遺七首，薛少保一首，李翰林十九首，張曲江二首，王右丞一首，儲御史三首；卷二杜工部三十七首；卷三韋蘇州十八首，韓文公十首；卷四柳柳州四首，張司業一首，宋詩王荆公二首，朱文公七首；卷五"宋詩"朱文公感興詩二十首，附雲峰胡先生通。卷目下有序，卷末有《諸家總論》。序曰："右《選詩續編》，目録凡五卷。昔者朱子嘗欲抄經史韵語及《文選》古詞，又將擇夫《文選》以後諸詩之近於古者，以爲羽翼輿衛。且曰其不合者悉去之，使吾耳目胸次無一字世俗言語相接入。則其爲詩不期於高遠而自高遠。先正惓惓教人復古之意，可謂至深切矣。惜乎未睹成書，後學無所取則。愚敢不揆僭逾，輒爲《選詩補注》《補遺》，而復及是編者，蓋亦竊承朱子之遺意也。嗟夫，五言古法之壞，萌於宋，滋於齊梁，而極於陳隋。餘風披靡，施及唐之初載。故雖傑出如王、楊、盧、駱，猶未能去其故習。至陳子昂始克一變，而後李杜諸人相繼迭起。近世之言詩者，蓋莫盛於斯焉。今所編得唐古體合一百餘首，如杜少陵之忠義懇激，韓昌黎之格韵高嚴，則又迥出魏晋之上，可不謂詩之中興也歟。貞元以降，迄於五季，詩又一衰矣。趙宋文運復興，而歐、蘇、黄、陳并以詩名當世。然其力超邁，各自爲家，而於古人之風格漫不暇顧，唯王臨川間出一二。及吾朱子，識趣高明，極意追復，遺音未泯，庶幾在兹。至若《感興》諸篇，論其詞藻，雖未能超軼前古，而所以探萬化之原，達至理之奥，足以垂世立教，則又《三百篇》後之所絶無而僅有者。故特置諸卷終，是又《楚辭後語》而有鞠歌擬招之例云耳。"

其書體例爲作者人名下繫總論，原詩後加評語，重點强調其與古詩尤其是選體詩的關係。如《續編》中所收録的《杜工部詩》三十七首，前有總論曰："杜甫開元末下第游齊趙，天寶中獻三賦授右位帥府胄曹，遭禄山亂陷賊中，亡走謁肅宗，拜左拾遺，尋以直言失官，流離秦蜀間，後依劍南節度使嚴武，表爲參謀，檢校工部員外郎，幾受害，旋客荆楚，竟以寓卒，其涉獵艱虞，無所不備，故其爲詩往往憂國傷時，陳事切實，世號'詩史'。况又學博才贍，兼得古今體裁，元稹稱詩人以來未有如子美者，今取其古體録之，而篇數倍於諸家焉。"其詩後的評論如"交河在伊州西七百里"評曰："嗚咽水，所謂隴頭水也。論者謂子美古詩學建安，是矣，然未免有時而離去，如此篇'水赤刃傷手，欲輕腸斷聲'，兩語已微露痕迹，而未甚相遠，讀者詳之。"

此書版本情况參見本書《風雅翼》條。

7.《風雅翼》　劉履輯　存

提　要

劉履，生平見《選詩補注》條下。

《風雅翼》爲劉履《選詩補注》八卷、《選詩補遺》兩卷、《選詩續編》四卷的總稱。因三書前各有獨立的刻序，故前亦分述。然自元明之際，此書即合編刊刻流傳，稱《風雅翼》。

關於此書的評價，明永樂臺閣館臣楊士奇在其《東里續集》(卷十九)有"《風雅翼》三集"中曰:"《風雅翼》者,元會稽劉履坦之因昭明《文選》所録之詩,重加訂選。其注釋一本朱子釋《詩》《楚辭》之例,而自《康衢》《擊壤》之歌,下至唐宋之作,凡有《風》《雅》之遺者,皆附焉。前此選古詩,莫之能過也。"《四庫全書總目提要》評其書曰:"其論杜甫'三吏''三别'太迫切而乏簡遠之度,以視建安樂府如典謨之後别有盤誥,足見風氣變移云云,不知諷諭之語必含蓄,乃見優柔。叙述之詞必真切,乃能感動。王粲《七哀詩》曰:'出門無所見,白骨蔽平原。路有飢婦人,抱子弃草間。顧聞號泣聲,揮涕獨不還。未知身死處,何能兩相完。'此何嘗非建安詩?與'三吏''三别'何異?又如《孤兒行》《婦病行》《上留田》《東、西門行》以及《焦仲卿妻》詩之類,何嘗非樂府詩?與'三吏''三别'又何異?此不明文章之正變,而謬爲大言也。又論《塘上行》後六句,以爲魏文帝從軍而甄后念之,不知古者采詩以入樂,聲盡而詞不盡,則删節其詞。詞盡而聲不盡,則摭他詩數句以足之,皆但論聲律,不論文義。《樂府詩集》班班可考。《塘上行》末六句,忽及從軍,蓋由於此。履牽合魏文帝之西征,此不明文章之體裁,而横生曲解也。至於以漢魏篇章强分比興,尤未免刻舟求劍,附合支離。朱子以是注楚詞,尚有異議,况又效西子之顰乎。以其大旨不失於正,而亦不至全流於膠固,又所箋釋評論亦頗詳贍,尚非枵腹之空談,較陳仁子書猶在其上,固不妨存備參考焉。又按葉盛《水東日記》稱:祭酒安成李先生於劉履《風雅翼》常别加注釋,視劉益精。安成李先生者,李時勉也。其書今未之見,然時勉以學問醇正,人品端方,爲天下所重,詩歌非其所長,考證亦非其所長,計與履之原書亦不過伯仲之間而已。"批評劉履不明文章之正變、不明文章之體裁、評論亦多附會。肯定其大旨不失於正,箋釋評論亦頗詳贍,尚非空談。尚在陳仁子評《選》之上。可謂客觀公允。

此書傳本滋多，據范志新考證，其初刻本爲上虞本，刊刻的時間“不會早於洪武三十一年(1398)”[①]，認爲此本“其實即原刊本。宣德九年陳本深本卷首有曾鶴齡序云：‘紹興刻板，歲久弗完，今不重刊，曷而廣及？’紹興版即永樂間楊士奇所謂上虞版，可見陳本前止有一刻，即此本也”[②]。二刻爲宣德九年(1435)刻本，三刻爲正統三年(1438)何景春刻本，此後還有天順四年(1460)本、弘治本、嘉靖四年(1525)本、嘉靖三十一年(1552)顧存仁本、《四庫全書》本等。

上虞本今已不存，存世最早的當屬臺灣“中央圖書館”藏明宣德九年陳本深刻本。其本首列謝肅《選詩補注序》，次列夏時《選詩補注序》，次列《風雅翼序》(後半原書缺頁)，次列《選詩補注凡例》。

其次爲何景春刻本。山東大學圖書館藏《風雅翼》即爲此本，封面題“元槧《風雅翼》十二卷，淵默雷聲齋藏，延闓署罩”，鈐有“譚延闓印”。前有劉善渥修補是書時所配跋文，落款“己未六月二十一日淵默雷聲齋主人記於零陵軍幕”，并鈐有“劉善渥印”。其書前有夏時《選詩補注序》、上虞謝肅《選詩補注序》、曾日章《風雅翼序》、上虞黄子南《序》、《選詩補注凡例》、《風雅翼選詩總目》，下署上虞劉履坦之輯選、新安金德玹仁本校正、建陽縣知縣何景春捐俸刊。可知此本爲明正統三年何景春刻本。華東師範大學圖書館、上海圖書館、蘇州市文物管理委員會藏《風雅翼》，都是何景春本。

此外嘉靖四年(1525)本，前有王大化《刻選詩序》，曰：“《選詩補注》者，即梁昭明所選漢魏以下諸作而去取之，疏其微詞奥旨以補其舊也。《補遺》者，取子朱子欲抄附於《三百篇》、楚辭之後之遺意也。

① 范志新《文選版本論稿》，第115頁。
② 范志新《文選版本擷英》，第134頁。

《續編》者,編唐宋名家有古風格者也,統系之曰《風雅翼》。"

嘉靖三十一年(1552)顧存仁本前又有嘉靖丙戌(1526)胡纘宗《重刻選詩序》、嘉靖壬子(1552)顧存仁《重刻選詩序》。

《原國立北平圖書館甲庫善本叢書》第九三一册收入明宣德九年陳本深刻本、明嘉靖三十一年顧存仁養吾堂刻本。《四庫全書》集部總集類收《風雅翼》十四卷爲編修汪如藻家藏本。

8.《和選詩》　陳楷撰　佚

提　要

陳楷,字式之,慈溪(今浙江寧波)人。任都察院右僉都御史。著有《和選詩》《和李謫仙樂府古詩》等。

此書已佚。見於明楊守陳《楊文懿公文集》(明弘治十二年楊茂仁刻本)卷七《東觀稿》,清黄虞稷《千頃堂書目》(清文淵閣《四庫全書》本)卷一八"陳楷,《和選詩》。字式之,慈溪人,都察院右僉都御史",清嵇曾筠《(雍正)浙江通志》(清文淵閣《四庫全書》本)卷二四九。

四、明代(76種)

廣續類

1.《文選增定》二十三卷　李夢陽編　存

提　要

李夢陽(1473—1530),字獻吉,號空同,慶陽府安化縣(今甘肅慶城)人,徙居開封,故《登科録》直書李夢陽爲河南扶溝人。弘治六年(1493)舉陝西鄉試第一,次年登進士,授户部主事。提倡"文必秦漢,詩必盛唐",强調復古。工書法,精於古文詞。與何景明、徐禎卿、邊貢、朱應登、顧璘、陳沂、鄭善夫、康海、王九思等號稱十才子。有《空同先生集》六十三卷。事迹見《明史》卷二八六《文苑傳》。

《文選增定》二十三卷,前後無序跋,以《文選增定目録》爲卷首。與《昭明文選》相比,此書體例上在幾個方面做了大的調整:一是騷二十首列首。二是體類下基本按作者時代先後排列,以文繫人。三是調整了部分篇目的類别,如賈誼《吊屈原》調整到了騷類。七體調整到了文類。四是增加了部分篇目,如騷類增加揚雄《反騷》、息夫躬《絶命辭》;賦類增加荀卿五賦、漢武帝《悼李夫人賦》、枚乘《菟園賦》、班婕好《自悼賦》《擣素賦》、鮑照的《野鵝賦》、庾信《枯樹賦》等;詩類增加大量的古歌辭,如《寡陶嬰》、《黄鵠歌》、《越人》、《榜枻歌》、漢武帝《瓠子歌》、烏孫公主《悲愁歌》等,以及陰鏗《班婕妤》、何遜《行經孫氏陵》。從中可見李夢陽關於《文選》的看法和意見。

此書多見載於明清目録，如李廷相撰《濮陽蒲汀李先生家藏目録》："《文選增定》八本。"焦竑《國史經籍志》卷五、朱睦㮮《萬卷堂書目》卷四載："《文選增定》二十三卷李夢陽。"《明史》卷九九《藝文志》、《千頃堂書目》卷三一載："李夢陽《文選增定》二十二卷。"《天一閣書目》有："《文選增定》二十三卷刊本，又明嘉靖建陽縣重刊本。"

高儒《百川書志》卷一九："《文選增定》二十二卷，不著姓氏，蓋國朝書坊仿太子《文選》，去其事類，削其注釋，卷以詩賦爲首，人以秦漢居先，載作者之幾何，粹定如貫珠，使初學易觀，人才易辨也。"(《觀古堂書目叢刊》)

今所見有中國國家圖書館藏《文選增定》二十三卷，明大梁書院刻本，八册，十一行二十二字，白口左右雙邊。

2.《選詩外編》三卷　楊慎輯　存

提　要

楊慎(1488—1559)，字用修，號升庵。新都(今屬四川)人。楊廷和之子，年二十四舉正德六年(1511)殿試第一，授翰林院修撰。嘉靖三年(1524)，衆臣因"議大禮"，楊慎違背世宗意願受廷杖，謫戍雲南永昌衛，居雲南三十餘年，嘉靖三十八年(1559)卒於戍地，年七十二。《明史·楊慎傳》稱："明世記誦之博，著述之富，推慎爲第一。詩文外雜著至一百餘種，并行於世。"《四庫全書總目》曰："慎以博洽冠一時，其詩含吐六朝，於明代獨立門户。"楊慎著有《丹鉛總録》二十七卷、《續録》十二卷、《餘録》十七卷、《新録》七卷、《閏録》九卷、《卮言》四卷、《談苑醍醐》九卷、《藝林伐山》二十卷、《墐户録》一卷、《清暑録》二卷等。事迹見《明史》卷一九二《楊慎傳》。

此書當爲楊慎選學著作較早編成的一部，在其《選詩外編》自序中，對於此書編纂的意圖、體例及詩學思想做了比較完整的表述，曰："予彙次《選詩外編》，分爲九卷，凡二百若干首。反復觀之，因有所興起，遂序以發其義曰：詩自黄初、正始之後，謝客以排章偶句倡於永嘉，隱侯以切響浮聲傳於永明，操觚輇才，靡然從之。雖蕭統所收齊梁之間，固已有不純於古法者。是編起漢迄梁，皆《選》之棄餘。北朝陳隋則《選》所未及。詳其旨趣，究其體裁，世代相沿，風流日下。填括音節，漸成律體。蓋緣情綺靡之説勝，而温柔敦厚之意荒矣。大雅君子，宜無所取。然以藝論之，杜陵詩宗也，固已賞夫人之清新俊逸，而戒後生之指點流傳，乃知六代之作，其旨趣雖不足以影響大雅，而其體裁實景雲、垂拱之先驅，天寶、開元之濫觴也，獨可少此乎哉！若夫考時風之淳漓，分作者之高下，則君子或有取焉，是亦可以觀矣。"故其書收集蕭統《文選》所遺，及所未選者，起漢迄梁，亦延伸到北朝、陳、隋。共二百餘首。體例打破蕭統《文選》以文體列類的方式，改爲以作品繫人，以人繫時代。在作者及詩題下加以簡要提要。其重要貢獻在於以存古爲目的，進一步擴容了經典名篇。

此書編纂之初，蓋以單本流傳。據《千頃堂書目》卷三一載，楊慎有《風雅逸編》十卷，又《選詩外編》九卷，又《選詩拾遺》□卷，又《五言律祖》六卷，又《近體始音》五卷。《明史》卷九九《藝文志》記載，楊慎有《風雅逸編》十卷，《選詩外編》九卷，《五言律祖》六卷，《近體始音》五卷，《詩林振秀》十一卷，《明詩鈔》七卷。今存中國國家圖書館藏嘉靖年間卜大有刻《選詩外編》萬曆重修本。

3.《選詩拾遺》二卷　楊慎輯　存

提　要

楊慎,見《選詩外編》條下。

楊慎《選詩拾遺》自序曰:"漢代之音可以則,魏代之音可以誦,江左之音可以觀,雖則流例參差,散偶畛分,音節尺度粲如也。有唐諸子效法於斯,取材於斯,昧者顧或尊唐而卑六代,是以枝笑幹從,潘非淵也,而可乎哉。余觀《漢志藝文》《隋志經籍》迹班班而目睽睽,徒見其名,未睹其書。每一披臨輒三太息。此非有秦焚之厄漢挾之禁也,直由好者亡幾,致流傳靡餘,惜哉。方宋集《文苑英華》日篇籍自具也。陋儒不足論大雅,乃謹唐人而略先亡。遂使古調聲闃,往體景滅,悲夫！梁代築臺之選,唐人梵龕之編,操觚所珍,懸諸日月,伐柯取則,炳於丹雘矣。二集所略,予得而收之。爲《選》之外編。又網羅放失,綴合叢殘,積以歲月,復盈卷帙。稍分時代,别定詮次,仍以《選詩拾遺》題其目。嗚呼！昔之遺軼可重悲惜者,業已莫可追及,幸頗存者,宜無諼矣。其諸君子,亦有樂於此者與。嘉靖壬午(1522)正月十五日序。"(中國國家圖書館善本部藏)可知其書成於嘉靖壬午前後。編纂目的正在於彙編遺軼以存古。

《選詩拾遺》二卷附入楊慎所作音注、詩人爵里,以及增加陶詩二十九首。從《選詩拾遺》所拾篇目看,楊氏并非毫無根據地補充詩作,而是從歷代詩評文獻所提到的名篇中,加以還原補充。如卷之一兩漢三國古詩拾遺三首古詩,其中第一首"橘柚垂華實,乃在深山側",出自鍾嶸《詩品》所評"橘柚垂華實,亦爲驚絶矣。人代冥滅,清音獨遠。悲矣"。雖爲名篇,却爲《昭明文選》所未收,諸如此類。楊慎選詩確立了從詩歌藝術本身加以衡量其是否入選的新標準,同時確立了以時代、作家爲序的新體例，這較元代陳仁子《文選補遺》、劉履《選詩補遺》而言，都應該説是明中葉詩歌觀念的進一步發展的結果。

蘇州圖書館亦藏《選詩拾遺》六卷，明楊慎輯，明刻本，一册，索書號：G1275139。

4.《選詩補遺》一卷　馮惟訥編　存

提　要

馮惟訥生平見《選詩約注》條下。

此本附於《選詩約注》最後一卷，即卷之八。明代蓋亦有單行本傳世。佚名録《四明天一閣藏書目録》載："《選詩補遺》一本。"

本書内容包括選詩之外自唐虞三代至漢魏晋古詩歌謡辭三十九首，據馮惟訥《叙》主要是根據劉履《選詩補遺》，衹將其《東都詩》三首改入補注，其餘三十九首并收入此書。此外單列陶淵明詩十六首於其後，亦可見其選詩趣味：一者截止於東晋末，不選齊梁以下詩；二者突出陶淵明在漢晋詩歌史上的重要地位。因其内容與選詩不同，故分列。從其編纂思想看，承襲元劉履，并深受朱熹影響。

馮惟訥《選詩補遺引》曰："余爲《選詩約注》若干卷，多取裁於劉坦之補注，其《拾遺》二卷，校選精嚴，誠有不可廢者，乃復依前體訓之，以備古風。至其所取漢酈文勝詩二首，魏曹子建《怨歌行》一首，阮宗《咏懷詩》二首，晋陶淵明詩三十首，皆列入補注，余因改附於此。《東都詩》三首，本非逸篇，更入補注，各從其類也。唐宋諸家別有選集，故不録於此云。癸卯九月馮惟訥識。"可知這部分補遺的内容編成於《約注》完成之後，即嘉靖癸卯年(1543)。

此卷編纂與劉履《選詩拾遺》關係密切，除《東都詩》三首外，皆爲選録。并將劉履誤列入《補注》的阮籍《咏懷詩》二首、曹子建《怨歌行》一首等改附於此。亦對劉履之作有所調整修正。

此卷版本見馮惟訥“《選詩約注》”條。

5.《擬古詩》一卷　王世貞撰　存

提　要

王世貞(1526—1590),字元美,號鳳洲、弇州山人。太倉(今屬江蘇)人。嘉靖二十六年(1547)進士,授刑部主事,屢遷員外郎、郎中,又爲青州兵備副使。因忤嚴嵩,吏部兩擬提學,皆不用,用爲青州兵備副使。後官至南京刑部尚書。與李攀龍同爲“後七子”領袖。攀龍死後,他獨主詩壇二十年。早年主張文必秦漢,詩必盛唐,倡導復古摹擬。《四庫全書總目提要》説:“世貞才大學博,自謂靡所不少,方成大家。”亦有人指出其作品多摹擬仿古,但往往失於藻飾。晚年文學思想轉變,以“恬淡自然爲宗”,其《宋詩選序》稱:“余所以抑宋者,爲惜格也,然而代不能廢人,人不能廢篇,篇不能廢句,蓋不止前數公而已,此語於格之外者也。”著有《弇州山人四部稿》《弇山堂别集》等。

《擬古詩》七十首一卷,題下署名吴郡王世貞著,吴興徐中行刻。卷前有《序》,其文曰:“梁江淹擬《古離别》至休上人凡三十首,明亳州薛蕙亦嗣響焉。雖於漢氏未純,亦彬彬乎,優孟抵掌矣。夫物貴締結,則因述似易,人具體裁,則兼工殆難,難矣。然文通勝於自運,易矣。然靈運短於鄴中詩云:唯其有之,是以似之。甚哉似之於有也。不佞既以陸還,挾策僅文通一編,忽忽無博奕之歡,紬繹窮愁,竊仿厥體,自李都尉而下,至休上人凡二十九,廣自蘇屬國至韋左司凡四十一。時代既殊,規格從變,雖未足鼓吹諸氏,庶幾驅馳江薛云爾。其《古離别》一章,請俟異日爲後十九首,故不更擬。”此爲其模擬復古文學觀念體現在創作上的重要成果之一。如其擬《李都尉陵從軍》曰:

"黄雲被原野,策馬欲何之。車輪紛相逐,含辛將告誰。泛濫中咽塞,况乃拙言辭。長當生死訣,盡我酒一卮。白露尚爲霜,安能鬢不移。唯有金與石,庶以表心期。"

其實際所作的擬詩包括擬《文選》中江淹擬古詩二十九首(除去《古離别》),再加上謝朓、王融、沈約、范雲、江淹、蕭綱、何遜、吴均、庾信、陰鏗、薛道衡、楊素、王勃、楊炯、盧照鄰、陳子昂、宋之問、沈佺期、崔顥、孟浩然、王維、岑參、高適、李白、杜甫、王昌齡、儲光羲、韋應物等共計七十首。可作爲考察明代擬古詩學習和研究的重要文本。

此書明刻本一卷,藏寧波天一閣博物館。另見於《兖州山人四部稿》詩部,有《四庫全書》本。

6.《選詩補遺》(《選詩補逸》)二卷　唐堯官輯　存

提　要

唐堯官(1541—1610),字廷俊,嘉靖四十年(1561),二十一歲時中雲南鄉試解元。先世爲浙江淳安人,其二世祖唐循仲於洪武初年代父戍滇屯,漸爲雲南晋寧望族。明清兩代,唐氏家族科舉人才并出,并以文學名世。伯祖唐佐,父唐金,子唐懋德皆中舉人。從伯唐錡是嘉靖五年進士,從楊慎游,爲"楊門六學士"之一。唐堯官在中解元之後,應春試無果,隱居不仕,著有《五龍山人集》。(參見徐秋克《唐堯官年譜》,《昆明學院學報》2015年第2期。)

本書卷前附唐堯官《選詩補遺小引》,曰:"《詩三百篇》後惟梁昭明太子《文選》所輯者,足繼其響,世共珍之矣。升庵楊太史氏復輯《選詩》所遺者爲《外編》,爲《拾遺》,與《選詩》并傳云。余每出必携三集偕行。第載在《古文苑》《樂府諸集》者,尚有遺焉,非完帙也。乃暇日復擇諸集中之膾炙人口者,録爲《補遺》二卷,用便觀覽云爾。若夫總選集成，代次人彙，則又有待也。隆慶五年十一月望日五龍山人唐堯官。”由此可知其編纂，是在楊慎《選詩外編》《拾遺》的基礎上，進一步搜羅《古文苑》、樂府中所遺漏的漢魏六朝古詩文所編成。所收作品按時代排列，上自戰國，下至隋朝，主要包括樂府歌詩與詩。全部爲白文無注。其中所收的很多作品由於出自樂府諸書，故斷代和作者都存在很多疑問。然而，正如編者所説，其編寫的目的在於擇諸集中膾炙人口者，以便觀覽。故其補遺的風格、目的，已經大大背離了昭明選詩的風格。

唐堯官的《選詩補遺》，編纂於隆慶五年(1571)，當其三十一歲之時。其編纂可謂深受楊慎的影響。唐堯官在八歲時，便與從伯唐錡一同從楊慎游(楊慎詩《登海寶寺望侍御唐池南别業因贈》)。每出行，必攜帶楊慎所輯《選詩》《選詩外編》《選詩拾遺》。讀之覺尚有遺，遂輯成《選詩補遺》二卷。同樣受到楊慎的影響，唐堯官爲詩論文亦主復古，以漢魏六朝和初唐爲範本。《選詩補遺》的編纂，也表現了他追隨楊慎的文學復古傾向。

此書現存的版本，包括《選詩補遺》二卷，唐堯官輯，明集芳書舍抄本，雲南省圖書館藏。《選詩補逸》二卷，唐堯官輯，民國三年甲寅年(1914)刊，《雲南叢書初編》集部總集類，收入《叢書集成續編》本第一一四册。雲南省圖書館藏版甲寅刊本《選詩補遺》二卷，封面題《選詩補逸》。乃一書兩名。

7.《今文選》十二卷　孫鑛輯，唐鶴徵編　存

提　要

孫鑛(1543—1613)，字文融，初號越峰，中年更號月峰，别署月峰主人、湖上散人，餘姚(今浙江慈溪)人。明萬曆二年(1574)會元，累

遷兵部侍郎,總督薊遼保定軍務,官至南京兵部尚書。月峰學問淹貫,精擅文、史、經、子諸學,兼通天文、曆法、地理、兵制、書法、繪畫、戲曲、音韵,乃至醫卜堪輿之術。其著述宏富,約計九十種。可惜亡佚殆半。幸可考見者尚有九百餘卷。孫鑛的《今文選》評點影響巨大,與何焯并峙。

唐鶴徵(1538—1619),字元卿,號凝庵。武進(今屬江蘇常州)人。隆慶進士。歷任禮部主事、工部侍郎、尚寶司丞、光禄寺少卿、太常寺少卿、南京太常等職。任太常寺少卿時,曾請以陳獻章從祀孔廟。後來在無錫東林書院講學。唐氏自九流百家、天文地理、稗官野史,無不究極,其學淵源於王守仁,屬於南中王門,但又不盡同於王學。鶴徵乃唐順之之子,其學術思想受父親影響較大,黄宗羲謂其學"得之龍溪(王畿)者爲多,故言於龍溪衹少一拜"。著有《桃溪札記》《周易象義》《周易合義》《皇明輔世編》《憲世編》《太常遺著常州府志人物志》《太常遺著》《武進縣志》《重修常州府志》《南游記》《元卿三稿》等。其心性説爲"從來言心者所不及"(《明儒學案》)。

此書輯録明人之文。所選自羅玘至李維楨,凡三十一人。并撮舉其姓氏爵里於卷前。其前七卷稱《今文選》,後五卷稱《續選》。觀其自序,以李夢陽爲其宗。《四庫全書總目》稱明初諸人皆不及。關於此書的成書,據唐鶴徵稱:對於明人文章的選擇,主要依據孫鑛所選和余君房所選,"以二君合者爲正編;文融之見汰於君房者爲續編,余亦以鄙見續焉夫"(《今文選序》)。可見唐鶴徵的編纂之功。唐鶴徵的《續選》,也提出了自己的意見,如關於孫鑛選文偏於北方,對於南方文士之文"儨而不敘"(唐鶴徵《自續今文選小序》)。"蓋辭之於理,猶音之於聲也,終不可裂而二之者也。"提出了指導思想,即辭理并重,曰:"蓋辭之於理,猶音之於聲也,終不可裂而二之者也。"(唐鶴

徵《今文選序》)

《四庫全書》列爲存目。今存明萬曆壬寅(1602)董遇泰刊本,浙江圖書館藏。《四庫全書存目叢書》集部總集類第三二二册(齊魯書社1997年版)收録。又有明萬曆三十一年(1603)刻本,北京大學圖書館藏。《千頃堂書目》卷三一、《明史》卷九九《藝文志》録爲:"孫鑛《今文選》十二卷。"

8.《文選删注》十二卷 余國賓總閲,王象乾删注 存

提 要

余國賓(1538—1620),衢州西安縣人,萬曆甲戌(1574)進士。初爲刑部主事,再升郎中,出知濟南府,升易州兵備道,轉江西按察使,升右布政使。

王象乾(1547—1631),字子廓,號霽宇,山東新城(今山東淄博桓臺)人。爲張居正門生,隆慶五年(1571)進士。授聞喜知縣,萬曆五年(1577)升兵部武選主司,萬曆十一年(1583)授兵部武選郎中,後外任保定府知府。萬曆十四年(1586),升河南副使。萬曆二十八年(1600)兼兵部右侍郎,同年總督川湖、貴州軍務,兼任四川巡撫。萬曆四十年(1612),官至兵部尚書。天啓元年(1621),升太子太傅。後以年老乞休。崇禎元年(1628)因邊境多事,八十三歲起用爲總督,綜理宣、大和山西軍務。累加太子太師。崇禎三年(1630)卒,享年八十五歲。著有《音韵類編》等。事迹見《明實録》。他是王氏家族仕宦位高權重、政治影響頗大的人物。雖出身文吏,亦鎮撫西北二十餘年,立下赫赫武功。歷仕五朝,軍界元老。則此書蓋成書於萬曆十一年之後,在王象乾保定府知府任時。今所見版本有萬曆間刊本,也説明其大致成書較早,約爲其三十五歲爲官之後。

其書十二卷,書題名下屬"欽差提督紫荆等關易州兵備副使信安四泉余國賓總閱,保定府知府新城霽宇王象乾删訂"。卷首備録各原序,并附《文選姓氏》,列《文選》作者姓氏、名里、官守等簡介。按時代排列,自卜商、屈原、宋玉始,迄陸倕、徐悱共一百二十八人。正文完整,删節六臣注擇要摘録於天頭,音注輯於地脚,及小字注於欄間,不間正文。皆已削去注者姓名。蓋取簡明扼要、以便記誦之作用。《郘亭書目》載是編云:"寫刊極精。"

《文選删注》十二卷,今存明萬曆間(1573—1620)刻本,見存於中國國家圖書館、首都圖書館、重慶圖書館等。《文選研究文獻輯刊》第二四、二五、二六、二七册收録明萬曆間刻本。該書成書後在東瀛影響甚廣,今存有承應三年(1654)、元禄十一年(1698)、元禄十三年(1700)等多種日刊本。

9.《文選音注》十二卷　王象乾編　存

提　要

王象乾,見"《文選删注》十二卷"條下。

本書存日本貞享四年刻本,日静嘉堂文庫藏。

10.《評苑文選傍訓大全》十五卷　王象乾編　存

提　要

王象乾,見"《文選删注》十二卷"條下。

現存日本元禄十三年刻本,日静嘉堂文庫藏。

11.《文選删注旁訓》十二卷　馮夢禎撰　存

提　要

馮夢禎(1548—1605),字開之,號具區,又號真實居士,秀水(今浙江嘉興)人。明萬曆五年(1577)進士,官編修,與沈懋學、屠隆、湯顯祖、紫柏禪師等相尚。後外謫廣德州判,復又累遷南國子監祭酒,三年後被劾罷官,遂不復出。萬曆二十四年移家杭州,築室於孤山之麓。因家藏王羲之《快雪時晴帖》,遂以此名其堂爲“快雪”。馮夢禎爲人高曠,好讀書,好獎掖後學。詩文疏朗通脱,不事刻鏤。著有《快雪堂集》六十四卷、《快雪堂漫録》一卷、《歷代貢舉志》等。

是書前列《文選》作者姓氏和小傳,正文題:《文選删注》,古越開之馮夢禎删訂,百里孫震卿校梓。

正文爲白文,李善注經過删節過録於天頭,字詞訓詁或簡單注語夾於行間,音注標於地脚,題下有解題。是爲明人重新整理《文選》版式的標準體例。

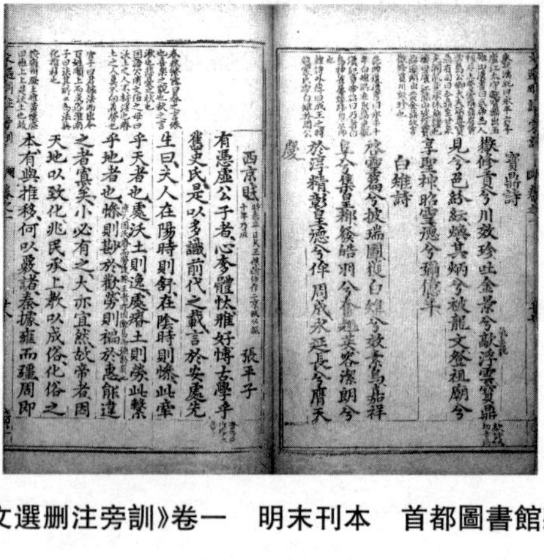
寶鼎詩
嶽修貢兮川效珍吐金景兮歊浮雲寶鼎
見兮色紛縕煥其炳兮被龍文登祖廟兮
享聖神昭靈德兮彌億年
白雉詩
啓靈篇兮披瑞圖獲白雉兮效素鳥嘉祥
阜兮集皇都發皓羽兮奮翹英容潔朗兮
於淳精彰皇德兮侔周成永延長兮膺天
慶

西京賦　張平子
有憑虛公子者心奓體忲雅好博古學乎
舊史氏是以多識前代之載言於安處先
生曰夫人在陽時則舒在陰時則慘此牽
乎天者也處沃土則逸處瘠土則勞此繫
乎地者也慘則尠於歡勞則褊於惠能違
之者寡矣小必有之大亦宜然故帝者因
天地以致化兆民承上教以成俗化俗之
本有與推移何以覈諸秦據雍而彊周即

《文選删注旁訓》卷一　明末刊本　首都圖書館藏

本書見存於首都圖書館。序言缺兩葉。佚名圈點。

12.《廣文選》八十二卷　劉節編　存

提　要

劉節,生卒年不詳,字介夫,號梅國,大庾(今江西大余)人。弘治十八年(1505)進士,後爲陸廣德知州,四川提學副使,廣西提學副使,河南、福建參政,浙江左右布政副都御使。嘉靖十一年(1533)爲刑部右侍郎。嘉靖十二年回鄉,時年五十八歲。嘉靖十五年,創辦"梅國書院",纂修《南安府志》。著有《梅國集》四十二卷,《實制堂録》二卷,《春秋列傳》五卷,并編有《廣文選》六十卷及《兩漢七朝文藪》《周詩遺軌》《聲律發蒙》等。

阮元《文選樓讀書記》卷一曰:"《廣文選》六十卷,明副都御史劉節著,大庾人刊本。是書補録漢魏六朝之作,以廣蕭選所未備。"然此書實際流傳有兩大版本系統,一種是卷前有王廷相、吕柟、劉節三序之本。劉節序作於嘉靖十一年,吕柟序作於嘉靖十二年。蓋知大致成書於嘉靖十一年,劉節爲刑部右侍郎上任之時。這一版本當時約八十卷(一説八十二卷),焦竑《國史經籍志》卷五著録"《廣文選》八十卷,劉節撰"。《明史》卷九九《藝文志》:"劉節《廣文選》八十二卷。"現藏雲南省圖書館、日本東京大學東洋文化研究所等地。另一種是嘉靖十六年陳蕙刻本,六十卷,前有王廷相、吕柟二序和劉節自序,後附陳蕙後序,現藏無錫市圖書館、首都圖書館、廣東省立中山圖書館。二者相較,陳蕙刻本在後世流傳更廣,如《四庫全書》即據陳蕙本抄寫。據陳蕙重刻《後序》稱:"顧其中訛字逸簡雜出,又文義之甚悖而俚者間在焉,觀者病之,况其板既不存,予尤懼於日就廢闕,而盛美之莫永也。乃以視鹺之暇,與揚郡守王子松,邵庠教授林壁,訓導曾宸、李世用，共校讎增損之，苟完是集，刻置維揚書院，將有待於博達君子之是正之，未遂爲定書也。"且稱，劉節舊本所録爲一千七百六十九篇，此本則刪去二百七十四篇，增入三十篇。故造成兩個版本系統的卷帙篇目不一。

然而，無論是八十卷本的《廣文選》還是六十卷本的《廣文選》，作爲明代廣續《文選》的初次嘗試，還是存在其學術特點和不足的。劉節所謂"廣"，做到了充分尊重《文選》原本的體例，在其基礎上進行廣補，所謂"廣之以備遺也"（劉節《序》）；然至陳蕙重刻本，更增加了"文以載道"的成分，對此，四庫館臣多持批評意見，認爲："節不度德量力，乃有是集。蕙等又謬種流傳，如塗塗附。"（《四庫全書總目提要》）并稱："田藝蘅《留青日札》嘗摘其張協諸人詩與《文選》複收，及阮嗣宗碑諸篇誤改姓名之類，不一而足。今更校之，如其凡例以《焦仲卿妻詩》爲俚俗，斥而不録。又《亢倉子》本唐王士元所撰，實非古書，而題曰《周亢倉楚》，特稱其君道、政道等四篇爲高古，所見已爲甚淺。"又："曹植《蟬賦》、傅咸《螢賦》入之鳥獸，而傅亮《金燈草賦》不入草木，謝朓《游後園賦》不入游覽，陸雲《南征賦》不入紀行，陶潛《桃花源詩》入咏史，《史記・禮書》、班固《律歷志》入雜文，皆不可理解。又《胡姬年十五》一篇，本梁劉琨作，郭茂倩《樂府詩集》可考。而沿《文翰類選》之誤，以爲晋劉琨。莊忌本漢人，而誤以爲梁人；柏梁詩本聯句，而注曰六首；徐樂上書本無標題，而名曰《論土崩瓦解書》；《左傳》'吕相絶秦'本爲口語，而名曰《絶秦書》；《史記》自序中'下大夫壺遂'云云，本文中之一段，而刪除前後，名曰《答壺問》，隔數卷後又出《太史公自序》一篇。"……所以，本書從選文、析文上尚可稱道，而混同版本，并作爲考證依據，却不足取。

臺灣藏明嘉靖十二年侯秩刻本,收入《原國立北平圖書館甲庫善本叢書》第九四〇、九四一册。其所收文體和分類基本按照《昭明文選》原本的文體分類,但又有所增廣,如詔體下增"璽書""册書"兩種,册體下增"策""敕""諭"三體,上書下增"疏"體,彈事下增"封事""議""對""對策"體,對問下增"問"體,序在增"記"體,史述贊下增"傳"體,論下增"説"體,祭文下增"祝文""雜文"體。其所選包括先秦至漢魏六朝歷代《文選》未收之文章。此八十二卷本蓋反映了劉節初選本的面貌。

13.《新刊續補文選纂注》十二卷　陳仁錫編　存

提　要

陳仁錫,字明卿,號芝臺,别號澹退居士。長洲(今江蘇蘇州)人。天啓二年(1622)進士,授翰林院編修,累官南京國子司業、國子監祭酒。刻書數百卷,包括《古文奇賞》一百二十五卷、《明文奇賞》四十卷、《逸品繹函》兩卷、《蘇文奇賞》五卷、《古文彙編》二百三十六卷。此外還撰寫或編纂了不少應用文書,以及大量的史學著作,如《明紀略鼎臠》等。《明史・文苑傳》有《陳仁錫傳》,亦可參考(美)富路特等主編《明代名人傳》(北京:北京時代華文書局2015年版)。

然關於本書的作者,仍有不少疑點。今收藏在復旦大學、鎮江市圖書館的《新刊續補文選纂注》一書,原題"明茶陵陳仁編輯,吴郡張鳳翼增訂"。王重民《善本書提要》稱所見美國國會圖書館藏本在"仁"字下有"子"字。故王先生以爲此本爲張鳳翼對陳仁子《增補六臣注文選》的增訂續補。然據《續補》其書,"不但選文、注文與《補遺》無一字增損,即陳《補遺》將介紹選文出處、背景之材料誤注在作者名下,亦一并沿襲不改,全部依樣畫葫蘆,其非新纂可知”①。范志新先生提出:“看來年輕時治《選》名氣不及同鄉張鳳翼大,又因與陳仁子姓氏衹差一字,書商故剜錫爲子,或者乾脆挖去陳氏姓名,補上張氏大名,以惑世人。”②

此書載録於黄虞稷《千頃堂書目》卷三一:“《續補文選纂注》陳仁錫撰。”萬曆二十五年刊。

14.《天佚草堂刊定廣文選》二十五卷《廣文選詩》六卷　馬維銘編

存

提　要

馬維銘(1556—?),字弘衢,號新甫。平湖(今浙江嘉興)人。馬千里子,馬維鉉弟。萬曆庚辰(八年,1580)進士。官至兵部職方司主事。書室曰“衢原草堂”“得月樓”,藏書處曰“牧圃”。著有《羼提編》、《得月樓詩草》、《詹詹稿》、《史書纂略》二百二十卷、《經略朝鮮疏》、《池塘草》、《廣文選》、《詩選》。事見《嘉禾徵獻録》卷一七、《明代版刻綜録》卷四、《中國古籍版刻辭典》、《平湖縣志》、《明代浙江進士研究》附録。

《天佚草堂刊定廣文選》二十五卷,卷前有馬維銘所撰《叙》及《凡例》。正文未分體類,以人繫卷,以文繫人。收録作品皆以時代爲序。卷一起宋正考父《鼎銘》,卷二五止於北周庾信《枯樹賦》。另有《天佚草堂刊定廣文選選詩》三卷。卷一起周尹伯奇《履霜操》,卷三止梁陶弘景《寒夜怨》。皆爲選録《文選》之外的詩文。

---

① 范志新《文選版本論稿》,第 135 頁。

② 范志新《文選版本論稿》,第 130 頁。

其《天佚草堂刊定廣文選叙》曰:"夫學者貴博綜名物而墻面者爲固而已矣。夫仕者貴阜安寰區而師心者爲舛而已矣。故夫高議雲臺之上,則學古入官。議事以制乃公卿之鴻烈也。伏處岩穴之中,則讀書談道,樂以忘飢,乃衡茅之鳳德也,而世之下也。或者無實用而虚恢,馳逞於職業之外。無實學而謬悠,吊詭於筆札之間。即驟而享大名,顯當世,家家自以爲濂洛,人人自以爲龍蛇,吾未敢遽信然也。余素無學藝,涉世鹵莽,每讀《馮敬通傳》,慨然嘆息,彼謂貧而不衰,賤而不恨,年雖疲曳,猶庶幾名賢之風,余不能至,竊鄉往焉。曾刊定《昭明文選》以年代爲序業,且行於世矣。已後念《文選》一書如大官之饌,百味糅和,而太羹玄酒,非有加於菽粟也。如衮龍之服五采雜施,而冠冕佩玉非有加於布帛也。《選》以經之,《廣》以緯之,當其布帛有五采之襲矣。《選》以調之,《廣》以劑之,當其菽粟有百味之甘矣。夫通今博古之名儒,紆金拖紫之大老,所爲翊贊休明而維持名教者,莫不原本於六經,龜鑒於舊史。而諸子别泗水之泒,《文選》衍尼山之脉,故曰:與其過而廢之,寧過而存之。炳炳烺烺,昭揭宇宙,日月經天,洹河行地,與造化終始。若有神以司之,則此物也。或謂子重刊《昭明》而又廣之,即殿尾《昭明》。然則蕭梁以下,皆可無選歟。曰:非也。文至蕭梁而靡矣。昔鄒衍推五德之運而司馬子長謂三王之政如循環。余取以譬選,周稱郁郁,政是典雅。秦漢猶不失古質。魏氏葩艷,晋室玄虚。而靡於梁季。以一循環也。初唐正始,盧駱王楊,沿習淳薄,張道濟得助於洹山蘇廷碩,傳家於敏悟。陸敬輿、權載之以奏對名,韓退之、柳子厚以碑記顯。元白之酬咏,李杜之光焰,以至劉去華下第之策皆其表表者。汴宋楊大年、劉子儀、孫漢公雅號能文,宋子京、歐陽永書、曾子固繼之史學,集大成於君實,才名掩百代於子瞻。南渡之後王龜齡之輪直,周子充之掌制,上書則陳少陽,胡邦衡陳同父，寧詎可終汶汶耶。唯是理義之説既勝，朱陸之辨紛然而文靡於南宋矣。此又一循環也。入我國朝，太祖以大聖人汛掃胡元之腥穢，成祖定鼎燕京，列聖丕承，文風翔洽，歷過於周，氣完於漢。當時作者亦有可窺，耳目所經未易更。僕今固未靡也。不知幾百千萬億年而又一循環耳。吾恨不能選唐宋及我朝諸名家而廣之，何云可無選也。使後有羼提生當續吾志於他日矣。玆不論。論所廣《選》之意大抵選詳六朝略周漢，而《廣》則否。《選》首詩賦按文體，而《廣》則否。《選》華麗薄醇朴，而《廣》則否。此余與昭明之異同也。世之留心學仕者，其以余爲知言也矣。萬曆戊午冬日明職方氏羼提生平湖馬維銘撰并手書，時年六十三。"

《千頃堂書目》卷三一、《明史》卷九九《藝文志》："馬繼銘《廣文選》二十五卷。"《天佚草堂刊定廣文選》二十五卷，《選詩》六卷（《衢原草堂刊定廣文選》）。明馬嘉植重校刊本，萬曆四十六年(1618)刊刻，現藏上海圖書館。

15.《廣廣文選》二十四卷　周應治輯　存

提要

周應治(1556—1621)，字君衡，學者稱鼎石先生，鄞（今浙江寧波）人。父周國華，兄弟有周應賓、周應浙等。周氏爲宋明時期當地的旺族。周應治，萬曆八年(1580)進士，知分宜縣，在任期間頗有政聲。十五年(1587)升南吏部考功主事。二十年(1592)升山東提學僉事，二十三年(1595)遷廣東左參議，不久又升雲南按撫。在楚宗叛亂中，應治亦重傷家居修養。周應治著有《星軺玉笈》、《證道編》、《至道編》六卷、《山東壬午死事七忠傳》、《石窗副墨》、《霞上草》、《明湖講録》、《聖學傳心》、《玉幾山房文集》十卷、《廣廣文選》二十四卷、《霞外塵談》十卷,還纂修了《分宜縣志》。

《廣廣文選》二十四卷,是據蕭統《文選》、劉節《廣文選》增補而成。周應賓《序》指出本書的撰著目的,在於廣搜而稽古,非如昭明"意在垂後,故其裁取也嚴"。李維楨《〈廣廣文選〉序》、周應治《議例》,詳細介紹了本書的體例,包括從文體文類上的增補,如賦類增加"象數""時令""草木""器具""寺觀"等,詩歌樂府類增加"古逸詩""獻詩""操""謡""誦"等,文類增加"賜書""盟誓""章""訓""誡""篇""體""解""繇辭""祝文"等。篇章上的增補,補蕭選、劉節選文所未備,尤其是對於史類、子類文章的增補,顯示了超越《文選》選文經、史、子幾乎不選的軌範。整體廣補的範圍上起先秦,下至陳隋。《四庫全書總目提要》指出本書的"舛漏踳駁"之處,如"甚至《松柏歌》題曰齊王建,是'并共建住者客耶'一句亦未觀也。《越絶書序》題周吴平,如據《論衡》及書末題詞則平爲後漢人,亦不得謂之周。如以爲周人書,則當曰子貢、子胥,不得謂之吴平也"等等。然畢竟一個時代有一個時代的選學,從先唐文體類型、文章廣補的角度來説,本書確實有功於後世,同時也體現了明中後期的文學思潮影響下的選學路向。

周應治《廣廣文選》,《千頃堂書目》卷三一記載爲二十三卷。今存明崇禎八年(1635)周元孚刻本爲二十四卷。清華大學圖書館、浙江圖書館藏。《四庫存目》載録爲"副都御史黄登賢家藏本"。今《四庫全書存目叢書補編》第一九册收入周元孚刻本。是書前有李維禎(1547—1626)序,後殘,作年不詳;屠隆(1544—1605)萬曆三十一年癸卯(1603)序;周應賓(1554—1625)萬曆二十八年庚子(1600)序以及周應治自序、議例。書目後有其子周元孚"明崇禎八年旃蒙大淵獻嘉平月"識語一則。書末有廣東門人彭必鳴《〈廣廣文選〉後跋》。

16.《續文選》三十二卷　湯紹祖編　存

提　要

湯紹祖字公孟，浙江海鹽人。係東甌王湯和後裔。

此編成於萬曆三十年(1602)。選文自梁昭明以後，直至明代。對於此書續《文選》的方式，阮元《文選樓讀書記》卷一、蔣鏡寰《文選書録述要》稱："此書自梁昭明後迄明代凡文之類似《選》體者録之。"其説似過籠統。實際上，所録作品僅包括唐人、明人，而無五代、宋、金、遼、元。明人衹取正嘉後七子一派，而洪、永以來劉基、高啓諸人則僅録一二。這樣選擇的原因，據其自序所説，"洎夫五代，局於促運，宋元淪於卑習，駢文太纖靡，詩涉近體，以非本旨，并從删黜"。體現了其以古文爲正宗的文學觀念。所分門目，均出《文選》。惟賦闕京都、郊祀、耕藉三類，并改江海爲山海。當然，也存在體類不清的問題，如盧楠壽《成皋王賦》入志，徐禎卿《反反離騷》入論文。

《千頃堂書目》卷三一、《明史・藝文志》皆載："湯紹祖《續文選》二十七卷。"清阮元時所見已爲三十二卷。現存版本有萬曆三十年希貴堂刻本，《四庫全書存目叢書》集部總集類第三三四册，齊魯書社1997年版收入。希貴堂本前有湯紹祖《〈續文選〉序》。湯稚珪明崇禎己巳(二年，1629)重刻本，在湯序後有其孫稚珪《重刻小引》。中國國家圖書館、哈佛燕京圖書館藏。

17.《續文選》十四卷《著作人姓名録》一卷　胡震亨編　存

提　要

胡震亨(1569—1645)，海鹽(今浙江嘉興)人。原字君啚，後改字孝轅，自號赤城山人，晚號遁叟。萬曆二十五年(1597)舉人，由固城縣教諭，知合肥縣，薦補定州知州，德州知州，擢兵部員外郎。五十六歲時辭官回鄉，有藏書樓爲"好古樓"，藏書萬卷，編有《好古堂書目》。長於搜集詩文資料，偏重收集文學、詞學圖書。胡氏以十年之功所輯《唐音統籤》一千零三十三卷，搜羅豐富，開唐五代詩系統搜集整理之先，清代纂修《全唐詩》即以此爲藍本。《四庫全書總目》稱："詩莫備於唐，然自北宋以來，但有選録之總集，而無輯一代之詩共爲一集者。明海鹽胡震亨《唐音統籤》始搜羅成帙，粗見規模。"著有《海鹽縣圖經》十六卷(合纂)、《讀書雜記》二卷、《閏餘》六十四卷以及《唐詩談叢》、《續文選》、《赤城山人稿》、《尤氏藝文志》等。

《續文選》一書的編纂，據胡震亨原序，一是因爲《文選》成書於梁中葉，梁天監年間至隋義寧一百多年間的文章尚不能涵蓋；二是因爲《文選》收録多爲江左文章，但南北朝時期文風析異，對北方文章略而不取，也顯得并不平衡。即使後世增補廣益之作多出，然也往往忽視。因此，此書所收"梁代前入九人，今自外合後魏、北齊、後周、陳、隋，撰爲十四卷"。另此書編纂，基本遵循昭明原例，但在文章的選擇上，有一定的差别。主要體現在："篇製流别，準視往例，及乎衡量，微函殊旨。夫揚都之體，并咸洛而貌今。任沈之篇，綴楊班而氣古，何哉？良由衷裁雅艷，儷協未廣。環思園義，既絡繹引屬。單文散句，亦參伍暎帶。斯故不遠先程，易相甄附。昭明斷章，巧與時會。暨乎宫體扇豔，組織彌工，意匿文繁，墨采黯黮。作者轉擬夸勝，而變窮對屬。惟復要束參差，鏇帖岨峿。今字句齊截，音奏叶利，四六於焉濫觴，詩律因之漸備，風流浸淫，職成唐體。是以約略今編，示存砥柱。興象逾濫，必格以矩位。事義叢雜，則批以絲理。膚澤浮誼，既推討神幹。節絡拘緩，復參觀風瀾。庶得删蕪集英，合則前撰，爾其綜比織藻，帖合巧對，頌酒賡色之句，唱景貌物之篇，造色必鮮，送聲偏嫵，古人或有未届，時賢良復孤擅，故乃乍諷致語，體解意痒，還逢壯采，骨騰肉飛。信摛掞之奢趣，而咀誦之極興也。"（胡《序》）對於宫體、駢文繁興以後，所産生的新作應如何銓衡，做出了自己的思考。

本書所作時間，約在其辭官歸鄉之後，故其序中言："弱齡結好，捃合散亡，公車再罷，暇事銓續。"《千頃堂書目》卷三一、《明史》卷九九《藝文志》亦載其目。今存《續文選》十四卷，《著作人姓名録》一卷，胡震亨輯，明萬曆間（1573—1620）刊本，南京圖書館、北京師範大學圖書館、復旦大學圖書館藏。《續文選》十卷附《著作人姓名録》一卷，胡震亨輯，孫耀祖箋評，崇禎十四年序刊本，存南京大學圖書館、東京大學東洋文化研究所。北京師範大學圖書館藏《續文選初集》，清佚名輯，清抄本。

18.《文選删》十二卷　張溥删　存

提　要

張溥（1602—1641），字天如，號西銘，太倉（今江蘇太倉）人。崇禎四年（1631）進士，選翰林院庶吉士。一生著述達百餘種，包括《詩經注疏大全合纂》《春秋三書》《歷代史論二編》《漢魏六朝百三名家集》《古文五删》等等。詩文集有《七録齋集》四種（《張太史七録齋初集》七卷、《七録齋詩文合集》十六卷、《七録齋文集論略》十卷、《七録齋近集》）。創立"復社"，反對閹黨勢力，抨擊時弊，在當時産生極大的影響。

張溥删輯著作共五種，名爲《古文五删》，共五十二卷，分别爲《文選删》十二卷、《唐文粹删》十卷、《宋文鑑删》十二卷、《元文類删》四卷、《廣文選删》十四卷。

張溥删輯此五書的最初用意，在於編寫《文典》《文乘》二書。如其總叙所言："余竊有志，欲總括歷代，爲《文典》《文乘》二書。《文典》體仿編年，必關國家治亂、王朝掌故，文始采列；論政事則如西漢議郊廟，議匈奴；論人物則如趙宋彈王吕，彈京檜；上自天子，下逮布衣，詔表撰述，大事備存。其文詳於温公《通鑑》、馬氏《通考》，又微加折衷，志其短長。《文乘》體同《文選》，各以類從，神經怪牒，朽書斷簡，靡不徵討，琢磨淘汰，取於極精，不敢濫入。二書若成，識大識小，文或無憾。"然由於資料體量過於龐大，衹編纂了供世人應用的簡明删述本，根據《昭明文選》《唐文粹》《宋文鑑》《元文類》以及劉節《廣文選》五本書進行删輯，是爲"古文五删"。

其中《文選删》一書删減的原則，蓋在删繁取要。其《文選删序》曰："昭明此書，病在疏略，而詞家猶謂其難讀。一苦賦多，一苦注繁也。予於賦減之，於注節之；諸文多存，間去其一二無當者，以明取捨。西漢以上，文辭寂寥，屈、宋、卜、李，何必附齊、梁以行？并爲删之，阡陌乃辨。上覽《流别》，下詢《雕龍》，或者其無負昭明哉！"由此可見其用意所在。此書的體例卷題之下標："明太倉張溥删閱。"分體録正文，每體末説明删選的情況，如"七"體後曰："文選七三首，今選一首，删曹植《七啓》張協《七命》。""詔"體下曰："文選詔二首今選。""令"體後曰："文選令一首今選。""教"體下曰："文選教二首今選一首，删傅亮爲宋公修楚元王墓教。"……頁眉有與五臣及異本的文字校勘。對於一些重要篇章，如《七發》《封禪文》等篇末列較爲詳細的詞語訓詁、音注、釋義。并引各家之説以補之。多數篇章後面都有簡略的作者生平以及創作原由、文章本義。

《文選删》十二卷，蔣鏡寰《文選書録述要》載録。今存明崇禎間原刊本，中國國家圖書館、上海圖書館、臺灣"中央圖書館"、普林斯頓大學東亞圖書館藏。重慶圖書館存卷四至卷一二。新鄉市圖書館存《文選删》六卷,明張溥删閲,崇禎吴門段君定刻本。

19.《廣文選删》十四卷　張溥删　存

提　要

張溥,見《文選删》條下。

是書前有張溥《廣文選删序》、劉節《廣文選序》。卷一賦類,卷二詔、璽書、策、敕、諭、令、教、策問,卷三表、上書,卷四上書、疏,卷五疏、啓,卷六彈事、封事,卷七議,卷八對,卷九對策、箋、奏記,卷十書、檄、對問,卷十一序、記、頌、贊、傳,卷十二論、箴、銘、誄、哀辭、吊文、祭文、墓志,卷十四行狀、碑文、雜文。卷末附《詩品》上中下三卷。

張溥序曰:“昭明《文選》略已,好古之士謀大其書者,或廣或續不一其人。惟大庾劉公梅國本差號詳整,卷凡六十,詩不具論,即其所稱文如宣王《石鼓碑》,如《劉熊》《景君》《魏大饗碑》。賦如長卿《美人》、張敏《神女》、靈運《江妃》、張衡《髑髏》。對如吾丘《寶鼎》。問如《月令》《問答》。封事如劉向《星孛》、楊賜《青蛇》、翼奉《徙都》。疏如趙充國《西羌事宜》。贊如麋子仲等《八贊》。七如傅毅等《七激》。册如宋公《晋公九錫》。文誄如《元后誄》。書如《陳餘遺章邯》,閻忠《説皇甫嵩》。連珠如揚雄等二十首。謂不中格皆從芟置。庀材雖廣,立意未嘗不嚴也。漢文無選,最有名者,唐柳宗直《西漢文類》,其書失傳,讀子厚一序稱揚條貫,學者始知慕好,恨不能見。東漢三國各有文類,今皆亡矣。晋代名臣集十四家,宋洪容齋篋中有之,亦非全本。《古文苑》九卷,書最古,篇章亦絶希少。劉氏廣本殆十倍之。而選指相近,兩漢諸文十登七八,餘代次及,收録頗微。然左氏辭命,學者通知,班、馬、陳、范,傳表論贊,備在本史,莊周、列御寇之文,荀况、韓非、吕不韋、劉安之書，諸子班班，别爲一家。今既不能全録，又節取焉。齊王鷄跖，豈其然哉。自漢及隋，文目猶史，大小篇第，予悉褒次，繁而難省，且考鏡於劉氏兩京風采，南北體制，博一類達，即不得身執禮器隨行周公，亦猶季子之觀樂，韓起之問《易》《象》《春秋》也。《文選》推高江左，簡脱漢代，劉氏正之，箴疾補闕，不謂無功。取予删本，爲彼輔行。語云：山木工度，賓禮主擇，後來者固善審也。”其書根據劉節《廣文選》六十卷本，進行删減，亦體現推重漢代文章的理念。

今存明崇禎間原刊本，天津圖書館、上海圖書館、中國國家圖書館、臺灣“中央圖書館”、普林斯頓大學東亞圖書館、温州市圖書館、湖南圖書館藏。新鄉市圖書館存《廣文選删》十四卷，明崇禎段君定刻本。亦見載於蔣鏡寰《文選書録述要》。

20.《文直行書》詩部卷之三《五言古選體》四卷　熊明遇撰，熊人霖整理　存

提　要

熊明遇，字子良，進賢(今屬江西南昌)人。萬曆辛丑(1601)進士，官至兵部尚書。事見《明史》本傳。著有《文直行書詩文》三十卷，《緑雪樓集》存十種二十卷。

《五言古選體》四卷，爲其《文直行書》之部分。所收爲熊明遇擬選體之作。值得注意的是其於“選體”題下有數段論選體之文，如曰：“詩之有體，如人之有是四體。自面目手足達於毛拇，無不出於一模，而神爲帥，氣爲充，方成人體。”又曰：“五言古詩之體，獨以選名，蓋出於昭明太子之選詩。”如提道：“凡出於昭明手定者，高者蒼莽，次者冲雅，次者沉雄。熟讀之，其神不無等級，其氣則一出於古。陳隋以後靡麗矣，唐自爲唐矣。”又曰：“唐詩有初盛中晚異矣，其氣則一出於唐

音。使與昭明選詩並觀，聰何必師曠，明何必離朱。始知其涣然不相入也。故唐五言古詩決當冠以唐字，其佳處正不必冒體於選矣。”

本書有其子熊人霖清順治十七年（1660）刻本，中國國家圖書館藏。

考證類

1.《文選難字》二卷　楊慎撰　存

提　要

楊慎（1488—1559），生平見楊慎《選詩外編》條下。

此書列《四庫全書》經部小學類存目。《四庫全書總目提要》卷四三經部有《經子難字》二卷叙曰：“明楊慎撰。上卷乃讀諸經義疏所記，凡《易》、《詩》、《書》、三《傳》、三《禮》、《爾雅》十書。下卷乃讀諸子所記，凡《老子》《莊子》《列子》《荀子》《法言》《中説》《管子》《十洲記》《戰國策》《太玄經》《逸周書》《楚詞》《文選》十三書。或摘其字音，或摘其文句，絶無異聞。蓋隨手雜録之文，本非著書。其孫宗吾過珍手澤，編輯成帙，而王尚修序刻之，均失慎本意也。”然此書亦可作爲楊慎選學研究資料之一。

此書版本有明永樂間刻本、楊升庵雜著本、浙江吴玉墀家藏本、《四庫全書存目叢書》經部第一八九册據四川省圖書館藏明刻楊升庵雜著十一種本影印。

2.《選賦》　楊慎評點　存

提　要

楊慎，生平見楊慎《選詩外編》條下。

此書未見單行本，但據明郭正域評點《選賦》六卷（凌森美校本，吴興凌氏鳳笙閣刻朱墨套印本，中國國家圖書館、上海圖書館、哈佛大學漢和圖書館所藏）於天頭處多録楊慎大段評點、考證之語，稱"用脩云"。是瞭解楊慎選賦研究的可貴資料。

從具體内容看，楊慎《選賦》評論主要集中在評點音義和名物考訂等方面，開明清選學考據研究之先河。

舉例言之，張衡《東京賦》開篇天頭部分，郭氏録："用脩云：平子後出，故得據班作而極力恢張。觀明堂、郊祀等意，孟堅衹以數言該之，而平子遂各衍成一段，乃知創樵自難，不謂兩都之遂可勝也。又云：《甘石星經》云：昴，西方白虎之宿。太白，金之精。太白入昴，金虎相薄，主有兵亂。金虎之義本此，注謬。"

又張衡《東京賦》"鬱壘神荼"録："用脩云：《山海經》云：神荼、鬱壘，二神人。主執惡鬼。《風俗通》作'鬱律'。陸法言《集韵》壘音律。神荼者，伸舒也。鬱律者，宛結也。周代以荼爲舒，夏后荼公子荼是也。沈約云：鬱壘者，屈律也。又爲鬱𩰪。王充云：鬱壘，峎嵔之類。"

由上所舉可見楊慎評、補、考、正爲一體的評點方式，已經突破明人偏於評點的時代風氣，頗具創新意義。

3.《文選章句》二十八卷　陳與郊編　存

提　要

陳與郊(1544—1611),字廣野,一字禺陽,號玉陽仙史、高漫卿、任誕軒,海寧(今屬浙江嘉興)人。萬曆二年(1574)進士,授直隸河間府推官,九年徵吏科給事中,遷都給事中,在任十餘年,先後上十數疏。十八年擢太常寺少卿,提督四夷館,二十年涉以行取考選過濫事免官,乃歸里構園,於六經之外,尤於戲曲以自娱。所著《陳奉常集》等書十種(佚七種),及傳奇《櫻桃夢》、《靈寶刀》、《麒麟罽》、《鸚鵡洲》四種,總名《詅痴符》(典出《顔氏家訓》,意即自嘲舞文弄墨),雜劇《昭君出塞》、《文姬入塞》、《義犬記》、《淮陰侯》(佚)、《中山狼》(佚)。明代號"玉陽仙史"者有二人,一爲與郊,一爲王驥德。驥德字伯良,號百朋,浙江會稽人。

其書前有昭明太子小傳,李善行略,《賜緋堂校刊文選姓氏》:"參閱馮紹功、陳憕、張明昌、梁學顔,考訂陳鎣、陳瓛,摩勘朱廷欽、祝以芹,繕寫金三枝、葉應芳。"之所以稱"章句",蓋在體例上有兩大改變,一是將《文選》一書各篇正文字句合并成章,章後注按,以保持閲讀的完整性;二是釋文部分以李善注爲底本,前列李善所輯各家舊注,後列李善注,最後是陳與郊所下考證性的案語。没有舊注的則僅列李注。作書的目的,正如其序言中所説:"夫釐士習、扶世教,莫近於文章。""姑導之昭明。"《四庫全書總目》一九一集部四四評曰:"此書以坊刻《文選》顛倒棼亂,每以李善所注竄入五臣注中,因重爲釐正,汰其重複,斥五臣而獨存善注。凡善所録舊注,如《楚辭》之王逸,《兩京賦》之薛綜,《咏懷詩》之顔延之、沈約,皆仍存之,亦時時正其舛誤,較閔齊華、張鳳翼諸本差爲勝之。然點竄古人,增附己説,究不出明人積習,不如存其原本之愈也。”

今存明萬曆二十五年(1597)刻本,爲原刊初印本。中國人民大學圖書館藏,《四庫全書存目叢書》集部第二八五册,《文選研究文獻輯刊》第一九、二〇、二一、二二、二三收録。《四庫全書總目》收内府藏本,存目。上海圖書館藏清康熙十四年刻本。

注評類

1.《讀選自便》四卷　劉天民撰　佚

提　要

劉天民,字希尹,又字愧庵。因"城南二十里有函山(今玉函山)",遂自號函山。歷城(今山東濟南)人。弘治八年(1495)九歲,父入國子監,遂隨父在京讀書,"即通經史兼諸子百家言,文筆滚滚。命之題,頃刻成就"。弘治十四年(1501)入濟南府學,爲提學陳矩庵賞識,"一見奇之",視其如愛子。劉天民《祭矩庵先師文》説:"昔先生視學東省,立門牆者,奚啻萬夫。而加意望,恒獨於不肖民私拳拳也。"正德九年(1514)進士,正德十二年(1517)二月授户部福建司主事,五月調任吏部文選司主事。李開先《劉先生墓志銘》稱,"本部用人慎重",因劉天民"華實相附,名出人士前久矣",所以"其調速而美"。到任後即著《讀選自便》四卷。事見《歷城縣志》。著有《函山先生集》十卷,清抄本,見《四庫全書存目叢書》集部第七〇册。

據《函山先生集》所收録劉天民《讀選自便序》曰:"予雅愛古詩,取而讀焉。若昭明梁太子所選,又其總括者也。諦觀往哲,屬意高玄。於中假借音叶,指陳方輿,引喻故實,取用品彙。須訓注始明者,在唐五臣所訂,浮泛不瑩。而李善繼作,復踵舊式。如訓鹿曰'麀麀鹿鳴',訓鶴曰'鶴鳴九皋',則鹿與鶴也者,猶未訓也。予往官勛部,簿領沉寂,取數家之言,分注其下,績成一編,將以自便焉耳。夫上焉者,洞徹指極,涵咏膏腴,無屑於此。士有稍出予下,則又字求名理,語究聲病,遂目此爲簡略焉。噫,爲是者,瞭意會心,不曰獨便於手也耶!"《山東通志·藝文志》亦收録其書,然今未見。從其所作序看,認爲五臣注在前,李善注踵其後,身爲進士,何至荒陋如此?

2.《選詩》三卷　楊慎輯　存

提　要

楊慎,生平見《選詩外編》條下。

此書爲楊慎所編輯,專録《選》詩,以指導詩歌創作。其書體例乃以時代爲序收録《選》詩作家,以作品繫人。其主要的立足點在於"《三百篇》後唯梁統《選》詩"(卜大有《選詩總集序》)的詩學觀點。楊慎不僅編輯《選詩》,而且編輯《選詩外編》《選詩拾遺》,又評點《選賦》,可見其對於選學在文壇引領作用的重視。

此書的體例,僅有簡單題解、有小字音注、李善五臣同異校勘小字附於行間。卜大有在《選詩總集》序中說:"《選詩》有音注爵里,更益以陶詩二十九首,皆先生手筆,今附於拾遺。其校訂增注則余亦有微勞。故識之。"

《選詩》三卷,今存嘉靖年間卜大有刻本,以及萬曆重修本。題名曰:《選詩》三卷,或爲《選詩》三卷、《外編》三卷、《拾遺》兩卷。然其原書扉頁則題《選詩總集》。中國國家圖書館等藏。

3.《選詩總集》八卷　楊慎輯　存

提　要

楊慎，生平見《選詩外編》條下。

楊慎的選學三書，包括《選詩》三卷、《外編》三卷、《拾遺》兩卷，據各書前序，《外編》初爲九卷，卜大有合爲三；《拾遺》原爲六卷，合爲兩卷。由卜大有序可知，楊慎編纂《選詩》《選詩外編》《選詩拾遺》，經卜大有編纂成一書，刊刻名其曰《選詩總集》。卜大有刻本《選詩》，前附楊慎《選詩拾遺序》、卜大有《選詩總集序》。據楊慎序，則其《文選》三書編撰成書於嘉靖元年(1522)。當時楊慎正在朝中擔任翰林院修撰。

關於此書編撰的目的，卜大有《序》中轉述楊慎之言曰："《三百篇》後唯梁統《選》詩，惜無續者，余因集爲《外編》，爲《拾遺》，爲《律祖》，皆以補其所未及。玆欲總爲一集以傳世。則唐詩可盡廢也。"

卜大有(1512年—?)，字謙夫，號益泉，浙江嘉興府秀水縣人。嘉靖二十六年(1547)進士。著有《皇明續記》三卷、《經學要義》五卷、《史學要義》四卷、《益泉詩集》等書。

楊慎選學三書的原本今已不可見，唯賴卜大有刻本得以保存。雖此本已在原書基础上多有增删，然亦可貴。故并録於此。今存中國國家圖書館藏嘉靖年間卜大有刻《選詩總集》萬曆重修本。

4.《選詩》三卷　許宗魯輯　存

提　要

許宗魯(1490—1559)，咸寧(今陝西西安)人。字伯誠，一字東侯，號少華山人，别號思玄道人、青霞道人。正德十二年(1517)進士，選庶吉士，授監察御史。許宗魯善詩、書、樂、文字、刻書等，學術亦爲時人所稱。所刻有《國語》《韵補》《吕氏春秋》等。葉德輝《書林清話》記載稱其："好以《説文》寫正楷。"今所見許宗魯刻書版心有"宜静書堂""樊川别業""浄芳亭"等。著述頗豐，有《少華山人文集》五十二卷、《古今韵》一卷、《陵下集》一卷、《歸田集》二十卷、《再休稿》六卷、《酒狂餘唱》一卷、《酒狂樂府》一卷、《遼海集》等。今存《少華山人前集》十三卷、《後集》九卷，許宗魯編《六子書》等，中國國家圖書館藏。

是書與楊慎《選詩》同爲現存明代較早搜集整理選詩的著作。共分三册，體例上"裒其詩以人爲紀，以言爲序，而岐之以時代之故焉"，并且"外統者不敢增，懼繁也"(西蜀劉士元《選詩序》)。其書對於李善注、五臣注、曾原一《選詩演義》略有存之以備考異。劉士元評價其書能"定時而審音，以意而逆志，斯可以知詩也已"(西蜀劉士元《選詩序》)。收録選詩以戰國《荆軻歌》一首始，漢代漢高帝一首，韋孟《諷諫詩》四首，李少卿與蘇武詩三首，蘇子卿詩四首，班孟堅《明堂詩》等五首，張衡《四愁詩》一首，無名氏《古詩十九首》，古樂府四首。魏曹孟德二首，曹子桓四首，曹子建二十四首，王仲宣十二首，劉公幹五首，應德璉一首，應休璉一首。晋收録應吉甫一首，阮嗣宗《咏懷詩》十七首，陸士衡四十八首，潘安仁六首，束廣微六首，張景陽十一首，左太冲十一首，嵇叔夜七首，張茂先五首，孫子荆一首，王正長雜詩一首，張季鷹一首，潘正叔四首，陸士龍四首，石季倫一首，曹顔遠二首，司馬紹統一首，何敬祖三首，劉越石三首，盧子諒五首，郭景純七首，郭泰機一首，歐陽堅石一首，棗道彦一首，張孟陽二首，傅休奕一首，傅長虞一首，繆熙伯一首，殷仲文一首，王康琚一首，陶淵明七首。宋謝靈運四十首，顔延年二十一首，謝宣遠五首，謝叔源一首，袁陽源二首，王景玄一首，王僧達二首，謝惠連五首，鮑明遠十八首，范蔚宗一首，劉休玄一首。齊謝玄暉二十一首，陸韓卿二首。梁江文通三十二首，范彦龍三首，丘希範二首，任彦升二首，沈休文十三首，徐敬業一首，虞子陽一首。各詩行間有少量校勘，如李善作某、五臣作某、音注、簡單的題下注等等。體例内容皆與楊慎《選詩》相仿。

西蜀劉士元《選詩序》曰："少華許子集昭明太子統《選》詩凡若干首，别爲三册，將入梓，乃有山東之擢，行以告丹崖子曰：'詩從删後，僅有此編。是故漢魏之詩渾以雅，晋宋之詩逸以放，齊梁之詩纖以麗。風沿世降，而統以類分，似未也。予哀其詩以人爲紀，以言爲序，而岐之以時代之故焉。外統者不敢增，懼繁也。若班固之《東都詩》則嘗附於賦矣。舊本有李善與五臣注，其他若曾蒼山之《演義》，皆龐雜而漫漶，故略。間有存之，備考異焉爾。此則刻之之意，兹弗克也。維子其成予。'丹崖子曰：'嘻，詩教之難也。制作變化存乎意，聲文高下存乎時。自夫編彙出而時或殊，自夫記注繁而意或滯。吾觀是集，定時而審音，以意而逆志，斯可以知詩也已。或者病昭明之《選》，而欲損益於其間，猶司馬遷之《史記》，議者紛如也。政不知指著述之事易，創著述之始難。假令無是書，抑將何所考邪，吾於兹選亦云。'因與王學正瑩校而刻之。其然其否，惟具眼者自有得夫爾。嘉靖六年(1527)歲次丁亥秋七月既望，西蜀丹崖劉士元謹序。"(據山東省圖書館藏本)"少華許子"即指許宗魯，字直侯，號少華，嘉靖初，巡視湖廣學政。此序亦混入中國國家圖書館藏楊慎《選詩》卷前，故移至此。

《選詩》三卷許宗魯輯，明嘉靖六年(1527)劉士元、王瑩刻本，山東省圖書館、山東大學圖書館、中國社會科學院文學所、四川大學圖書館等藏。

5.《選詩》三卷　李念輯，佚名批點　存

提　要

李念，字惟克，號松谿，平定（今屬山西陽泉）人。曾師事吕文簡公吕柟。明嘉靖乙未科（1535），念與弟愈同中進士。任錢塘知縣，政聲卓著，升爲刑科給事中。其著作有《松谿樂府古律詩類稿》《越中吟》《松谿文稿》等。

此書將《文選》詩按作者時代排序，旁有圈點。頁眉録佚名評點之語。卷末劉莆跋文曰：松谿李公"謂近代之爲詩者，競氣繁聲，争變縟節，蕩然風雅，乃有志於盛世之英而朱紫相奪，喧嘩紛起，凖的無依，亟欲反之。顧爲力當以漸云。於是彙次選詩，自戰國迄於隋者，凡三卷"。"是編之義，蓋將以紐之王化，本乎勸戒耳。"又曰："苟操觚染翰之士，冥心高遠，視隋唐爲芻狗，借漢魏爲梯航。溯流而進，究極本始，發於性情，止乎禮義。使太和元氣渾淪不斷，味之者無極，聞之者動心。謂二南之化不可復見哉。"

《選詩》三卷，李念輯，佚名批點。明嘉靖二十八年（1549）湯易刻明公文紙印本。卷末有嘉靖己酉（1549）孟冬之望屬吏南州劉莆跋。上海圖書館藏。

6.《選詩約注》七卷《選詩補遺》一卷　馮惟訥撰　存

提　要

馮惟訥（1513—1572），字汝言，號少洲，臨朐（今屬山東濰坊）人。嘉靖戊戌年（1538）進士，官至江西左布政使加光禄寺卿。事迹附見《明史・馮琦傳》。其父馮裕，"以詩名海岱間。有四子，惟健、惟重、惟敏、惟訥，皆有詩名”(《漁洋詩話》)。其著作主要有《青州府志》八卷、《光禄集》十卷。所輯録《古詩紀》一百五十六卷，收羅宏富，明代臧懋循《古詩所》、張之象《古詩類苑》、梅鼎祚《八代詩乘》、張溥《漢魏六朝百三家集》、近人丁福保《全漢三國晋南北朝詩》、逯欽立《先秦漢魏晋南北朝詩》皆與此書有直接或間接的淵源關係。明末清初馮舒撰寫《詩紀匡謬》，正其失一百二十二條，多中肯綮。又，惟訥還輯録《風雅廣逸》八卷存世，《古詩紀》《風雅廣逸》二書并被收入《四庫全書》。《四庫全書總目提要》稱："其上薄古初，下迄六代，有韵之作，無不兼收。溯詩家之淵源者，不能外是書而别求。固亦采珠之滄海，伐木之鄧林也。"另外，還有《楚辭旁注》《杜詩删注》《文獻通考纂要》等著作，可惜多佚失。

《選詩約注》七卷，先列沈思孝萬曆辛巳《校〈選詩約注〉序》，次列隆慶庚午朱多煃《〈選詩約注〉序》，次列嘉靖壬寅馮惟訥自《叙》，次列《選詩評議》、目録、正文。體例基本依照曾原一以来的《選詩》，按詩人及其時代先後排序，在對詩人的時代歸屬方面，也多能吸收曾原一、劉履的立场，比如將嵇康、阮籍列於魏代，并稱："或者非之，蓋見世稱竹林七賢名在晋史，故爾。然考二人立心與陶靖節略同，視建安諸子委身曹氏者不類，今特依《演義》列於魏詩之後。"《約注》則一方面注重廣泛吸收歷代評《選詩》之語，在漢、魏、晋、宋、齊、梁各代詩及詩題下多引《文心雕龍》、《詩品》、《文章流别》、徐禎卿《談藝録》、陳繹曾《詩譜》、王世貞《藝苑卮言》、黄勉之《小序》、蔡寛夫《詩話》等，頗類集評之本。另一方面，對於《文選》舊注，馮氏保留音注、異文校勘，李善、五臣注之要者，間或下以己意，確可謂"約注"。如在《古詩十九首》其一詩後按曰："婦人之懷夫，婉切怊悵。臣之戀主，忠厚惻怛。故其寓言每相假借。行行諸篇舊辭多以附於君臣，夫詩人之詞，言近指遠，以直指則爲賦，以托諷則爲比，要在涵泳得其淵趣，故於舊注多削去之，然間有存者。在學者繹思自得之耳。"也有對於舊注的考證，如卷二阮籍《咏懷詩》"西游咸陽中，趙李相經過"句下，考證曰："趙李，顔延年以爲漢趙飛燕、李夫人，劉會孟謂安知非實有此二人，不必求其誰何也。《丹鉛餘録》曰：謂游俠近幸之儔。《漢書・谷永傳》小臣趙李從微賤尊寵，成帝嘗與微行者。唐王維詩亦云：日夜經過趙李家。顔注誤矣。"總之，從詩史遞變、詩格高下，乃至舊注是非方面，皆有一定的價值。

《選詩補遺》一卷已見上文，今不贅述。據朱多煃《序》稱，其注是書，始嘉靖庚子，成隆慶庚午，凡三十年，良亦勤矣。然嘉靖壬寅(1542)、嘉靖癸卯(1543)分别有馮惟訥序、魏申旞跋語，則當時蓋已形成初稿。

《選詩約注》八卷，今存明萬曆九年(1581)沈思孝刻本。八册，八行十七字，小字雙行，白口左右雙邊。中國國家圖書館藏。收入《文選研究文獻輯刊》第六、七册，國家圖書館出版社影印出版。原題："北海馮惟訥約注，就李沈思孝校正。"卷前依次爲：沈思孝《校選詩約注序》(萬曆辛巳，1581)、朱多煃《選詩約注序》(隆慶庚午，1570)、馮惟訥《選詩約注叙》(嘉靖壬寅，1542)、選詩評議。卷末附明魏申旞《選詩後語》。

7.《文選纂注》十二卷　張鳳翼撰　存

提　要

張鳳翼(1527—1613)，字伯起，號靈墟，又稱靈虚先生，泠然居士。長洲(今江蘇蘇州)人。嘉靖四十三年(1564)舉於鄉，後應會試不第，遂弃舉業，晚年以鬻書自給。年八十七卒。鳳翼善作戲曲，有

《紅拂記》《祝髪記》《竊符記》《灌園記》《虎符記》《扊扅記》六種，合稱《陽春六集》，中以《紅拂記》流行最廣。創作中好以典雅文句，堆砌於曲中。另有《平播記》七種、《處實堂集》八卷、《夢占類考》等傳於世。

是書雜采六臣詮釋《文選》之説，故曰纂注。融會李善、五臣注語，則其要者，讀之簡便，是爲所長。然所引多不注所出，實有所闕。正如四庫館臣所説："考證舊文，豈可不明依據？"間有修正舊注誤處，如張鳳翼《自序》中言："爾乃王曹之後先，贈答之倒置，五言古之宜首蘇李，十九首之析爲二十，皆當繩以定則，不必例以闕疑。又如篇下題名以字者十之八，以名者十之二，既無褒貶之義，殊乖協一之體。今惟稱帝則不名，餘則皆以名，而字與爵里繫焉。"其中以"東城高且長"與"燕趙多佳人"分爲兩篇，十九首遂成二十。《四庫全書總目提要》指其"不知陸機擬作，文義可尋，未免太自用矣"。

《文選纂注》十二卷，版本衆多，今存明萬曆八年(1580)刻本，前有張鳳翼萬曆八年庚辰序，廣西師範大學圖書館藏，收入《續修四庫全書》集部第二八五册，《文選研究文獻輯刊》第八、九、一〇、一一册。明萬曆十年(1582)書林余碧泉刻本，清唐翰題朱筆校注并跋，北京師範大學圖書館藏。清隨赫德圈點并跋本，南京圖書館藏。清康熙刻本，中國國家圖書館、北京師範大學圖書館藏。清康熙十一年(1672)願好堂刻本，吴芝校訂，南開大學圖書館藏。《四庫全書總目》列爲存目，并加以介紹。明徐圖等《行人司重刻書目》著録。

此書之出，影響頗大，以《文選纂注》爲基礎而産生的趨於普及化的集評本有：余碧泉輯刻，《文選纂注評苑》萬曆二十四年刊本；陳仁錫撰《新刊續補文選纂注》十二卷，萬曆二十五年刊；明張鳳翼纂注，惲紹龍參訂，《梁昭明文選》十二卷，梁蕭統輯，明萬曆二十九年刻本；明張鳳翼纂注，明末盧之頤重訂，《梁昭明文選》二十四卷，梁蕭統輯，明天啓六年刻,藏於上海圖書館;《新刊文選考注前集十二卷後集十四卷》,張伯起原注,贈言堂主人考注,明萬曆刻本等。

8.《文選纂注評苑》二十六卷　張鳳翼纂注,陸弘祚輯訂　存

提　要

陸弘祚,其人生平不詳,編有《皇明十大家文選》,包括《空同文選》四卷,李夢陽撰;《陽明文選》三卷,王守仁撰;《南明文選》二卷,明汪道昆撰;《潯陽文選》二卷,董份撰;《槐野文選》二卷,王維楨撰;《滄溟文選》二卷,李攀龍撰;《遵岩文選》二卷,王慎中撰;《鳳洲文選》四卷,明王世貞撰;《鹿門文選》二卷,茅坤撰;《荆川文選》二卷,唐順之撰。可見其對於明人當代十大家文人的熟悉。又於萬曆辛卯年(1591)訂釋《唐駱先生文集》六卷。并作有戲曲劇本《仙游閣》二卷,現存清乾隆稿本收録到《古本戲曲叢刊》第六集中。

此書以張鳳翼《文選纂注》爲底本,前有沈一貫萬曆二十四年(1596)《文選纂注評苑序》,其文曰:"《文選》一書,唐顯慶間李善爲之注,開元間吕延濟五人又爲之注。今纂注則出吴郡張鳳翼氏,而《評苑》又陸弘祚所成也。一書而不憚注釋,又不憚評品,果有裨於《文選》耶? 曰:古人造辭宏博,立意深遠,不有諸説爲之羽翼,則迷津蹈歧者衆,孰登康莊之境乎? 故注之纂之評之,不可已也。余觀《文選》粤自秦漢,迄於齊梁,大雅元聲,文之最者,靡不采集於中。左國《離騷》之後,僅見此書。其自譬陶匏異器,并爲入耳之娱。黼黻不同,俱爲悦目之玩。又自謂立見真而成功卓也。乃宋時學者則有拙文陋識去取失宜之譏,六臣之注可謂善矣,而吕延祚乃評李注止引經史而不釋述作意義。蘇子瞻則謂五臣者俚儒之荒陋。夫前人之心思智慮豈後人所能遽越,而彼蒙冒譏切若此,況其下者乎? 甚矣,文不易譚也。

茲《評苑》大旨不襲注,不拘常,品藻書額之上,或評其結撰大綱,或評其編摩細目,析句分章,片言要字,靡不有評,可謂成一家之言矣。顧時更七代,數逾千祀,當時言人人殊,而輓世學者,臧否進退,剖析疑似,能不泥皮相而悉得其神情乎。故評文者有三病,可言而不言,謂之呐口。可止而不止,謂之添足。面貌形容有目者具見,而吾復爲之點額,謂之贅肬。斯刻也,其免於三病乎。余爲筆之首,方以俟遐覽達識者。"由此序可知,此書成於陸弘祚之手。成書時間,根據目前所見唐龍泉氏刊本爲最早,萬曆辛卯(十九年,1591)冬月刻。蓋後於《文選纂注》十年左右。雖然沈一貫序作於萬曆二十四年,但可能已經是成書之後所貫之序。

《評苑》正是作者在《纂注》基礎上的進一步集評。從其所集評語的内容看,基本出自於劉辰翁、汪道昆、吴國倫、王維楨、王世貞、楊慎、何景明、唐順之、李攀龍、李夢陽、王慎中這十一人。屬於相對比較簡單的集評,但應該説這是集明人評《選》之第一書。後來在其基礎上,陸續出現新的更爲豐富的集評本。然其所舉名人之評語,未必非借其聲價以自高,正如王世貞《藝苑卮言》卷八所説"李于鱗評詩少見筆札",他人情況各不相同,需加詳考。

唐龍泉氏刊本,中國國家圖書館善本部藏。其書首列沈一貫《文選纂注評苑序》,次列《文選纂注序》,次列昭明太子《文選序》,次列《文選纂注評苑前集目録》,次列古迂陳仁子《諸儒議論》,次列《李善上文選注表》,次列《進五臣集注文選表》。次爲正文,題"明王世懋刪定,張鳳翼纂注,陸弘祚輯訂"。刊刻先十四卷爲《前集》,後十二卷爲《評苑》。其書在正文之前内容的上魚尾部分題名作《文選纂注評林》。正文部分上魚尾題名作《文選纂注評苑》。所以導致二書名稱往往相混,實爲一種。

余碧泉刻本,哈佛大學中文善本特藏。正文題下屬名爲王世懋删定,張鳳翼纂注,陸弘祚輯訂。全書最後有"克勤齋余碧泉刊刻"牌記。卷前有沈一貫萬曆二十四年《序》,次列張鳳翼《文選纂注序》,次列昭明太子《文選序》,次列陳仁子《諸儒議論》,次列李善上表和五臣上表及目録、正文。二書在卷前序目論次序、正文卷帙是否分上下方面有一定的差别。正文與評點内容都完全相同。從時間上看,唐龍泉氏刊本刊刻約早五年。

9.《鼎雕增補單篇評釋昭明文選》八卷　李叔元删定,鄭維岳增補,李光縉評釋　存

提　要

李光縉(1549—1623),字宗謙,號衷一,學者稱"衷一先生",晋江(今福建泉州)人。三十六歲時,舉萬曆乙酉(1585)鄉試第一。隨後,"杜門著書"。能研究經史及朝章民隱,以備經濟。善作古文詞。所著有《易經潛解》《四書要旨》《中庸臆説》《南華膚解》《四六狐白》《刻李衷一先生清源洞文集》《景璧集》等。另增補凌稚隆輯《史記評林》,彙評焦竑輯、李廷機注《兩漢萃寶評林》等。李叔元(1561—1635),字端和,又字贊宇,先號鹿巢,後號馴鹿。晋江人。明萬曆十九年(1591)中舉,二十年進士及第,初觀政户部,後授刑部主事,官至江西按察司、湖廣左布政。著有《四書説》《春秋傳稿》《三餘存稿》《萍蹤》等。鄭維岳,字申甫,晋江人。萬曆四年(1576)舉人,官至曲靖知府,深研易學經史。著述瞻富,有《四書知新日録》三十七卷、《大學存古》、《中庸明宗》、《論語學脉》、《孟子聖諦》、《四書正脉》、《四書定説》、《易經意言》六卷(輯自張惠評、許曉松著《泉人著史修志録》)。

《評釋文選》八卷,二十四册,全稱《鼎雕增補評釋昭明文選》(正

文部分題名《鼎雕增補單篇評釋昭明文選》,第二卷又名《新刊評釋文選》,其間蓋經多人之手及補版重刻),明李叔元删定、鄭維岳增補、李光縉評釋。本書以《文選纂注》爲底本,篇目略有删削,主要是同題之作如公宴詩、祖餞詩之類。卷首有李光縉序文(殘)。《序》曰:"何容贊一詞。顧錯舉雜述,或多寡要,重出叠見之弊,所不能無,不佞姑爲之删其繁、紀其要耳。豈曰學慚半豹,未免魯魚,任其評釋、重叠,而一無所删削乎哉。又豈曰璠璵吾寶也,琢以自珍,遂爲中郎酷私王充之論,其視彼竟爲卿家子雲覆瓿之業哉。時萬曆庚子秋八月清源李光縉宗謙甫書於義方館。"以明編纂宗旨。由於此書頁眉也引録了李光縉的評釋之語,故可推測其最後成書爲其鄉賢李叔元、鄭維岳在李光縉評釋本基礎上的删訂和增補。

《鼎雕》一書正文及夾注以張鳳翼《文選纂注》爲藍本,略有更改。比較而言,多有訛誤,有刻工不精、校勘不良之弊。篇目順序也不同於《文選》舊本,如先列賦類,後列騷類、文類,最後列詩類。

全書以彙輯宋、明評釋之語爲目的,所録包括蘇軾、羅大經、劉辰翁、真德秀、王志遠、葛曦、郁離子、茅坤、沈道原、楊慎、汪道昆、吴國倫、王世貞、王慎中、蔣孟育、王維楨、李夢陽、李攀龍、李光縉、何景明、李廷機、唐順之、陸弘祚、張鳳翼、舒芬、翁育陽、翁正春、駱日升、田汝成、羅天經、王錫爵、鄒德溥、岩岩子、謝遷、郭子章、馬理、吕楠、湛若水、康海、陸深、胡時化、劉基、崔桐、吴京、焦竑、歸有光、林希元、凌稚隆、董份、行簡子、盧舜治、柯維騏、蕭雍、何孟春、唐寅、瞿景淳、歐大任、田藝衡、穆文熙、錢福、馮吉等六十餘人的評語或者文章中化用《文選》的語句。所録評語除了集評之外,也將舊注中重要的内容、音注補充於頁眉。或在文章末引前人總評數段,如李陵《答蘇武書》後引劉知幾評李陵集、王世貞評、馮吉評共三段評語。《詣建平王上書》文後有樓昉評、林希元評兩段評語。《歸去來辭》文後有黄震的大段評語等。

從刊刻的時代來看，此書在一定程度上承襲了余碧泉的《文選纂注評苑》，同時又新增了不少同時代人的評釋内容，蓋爲明人大規模搜集本朝人尤其是楊慎、前後七子等復古派的評論，屬於重在集本朝人《文選》評語的集評本。由於其中不少學者的選學評論處於分散甚至佚失的狀態，故可藉此著作之引録以窺見其基本内容。然而是否同樣存在僞冒名人評語？亦需深考。

李叔元、鄭維岳、李光縉三人都是晋江人，此書的編輯流傳具有一定的地域性特徵和意義，值得進一步探討。此書有明萬曆二十八年（1600）刊本，見《無錫大公圖書館書目》。今藏於無錫市圖書館榮氏善本書室，有"榮德生先生遺命捐贈"印章。梁蕭統輯，明李叔元删定，明鄭維岳增補，明李光縉評釋，明萬曆刻本二十四册（32380），蘇州圖書館存二册，存卷八。

10.《梁昭明文選》十二卷　張鳳翼纂注，惲紹龍參訂　存

提　要

張鳳翼纂注，惲紹龍參訂，《梁昭明文選》十二卷，梁蕭統輯，明萬曆二十九年（1601）刻本。湖南圖書館、天津圖書館、哈佛燕京圖書館等有藏。

11.《千一録》卷一二《評文選詩》　方弘静撰　存

提　要

方弘静生平見《文選拔萃》條。

《千一録》卷一二《評文選詩》五十餘條，其評以訂正五臣注語之誤爲主，如稱："左思《咏史》，是時蜀已平矣，故云志無東吴。左眄澄江湘，右眄定羌胡。言平吴而遂平虜也。注以羌胡爲蜀，非。"即糾正五臣注"左澄江湘，謂取吴。右定羌胡，謂取蜀。蜀在西，故云羌胡"注語之失。所評多切中要害，富有見地。

《千一録》二十六卷，有明萬曆二十六年刻本，《續修四庫全書》據北京大學圖書館藏本影印。中國國家圖書館、哈佛燕京圖書館有藏。

12.《六臣注文選》六十卷　崔孔昕初刻，徐成位重校刻，張照批點　存

提　要

崔孔昕，字晋明，山東濱州人。嘉靖三十二年(1553)進士。徐成位，竟陵人。隆慶二年(1568)進士。其子徐惕與鍾惺、譚元春交往甚密。

本書有徐成位重刻識語云："郡齋舊有六臣《文選》，刻久而殘失。山東崔大夫領郡重爲剞劂，但校讎者鹵莽，中多舛訛，甚以俗字竄古文，觀者病之。余暇日屬二三文學詳校，凡正壹萬五千餘字，庶幾復見古文之舊。又以爲讀書論世，必得其人。故略《梁史》，梓《昭明小傳》。錢塘田叔禾舊有《文選叙》一章，足祛世俗之惑。亦以并梓。若司馬佳什則與此選不朽者，是宜冠諸篇首。萬曆戊寅(1578)季夏吉雲杜徐成位識。"由此可見六臣本《文選》在明後期的刊刻流傳。

是書卷前首列汪道昆《文選序》，曰："司馬氏曰：自書契以及詩書，則聖人無擇言矣。後之言者，非文不行，如以其文，惡得無擇。故離朱辨色，師曠審音，梁昭明由此其選也。夫隆污各以其世，潤澤存

乎其人，其世則春秋、秦漢、魏晋、齊梁，其人則屈宋鄒枚賈馬蘇李班楊曹劉嵇阮潘陸陶謝，其體則衆長具矣。譬之黼黻錯陳，金石迭奏，概諸後死者，文在兹乎。由是相沿以世爲次，或曰文粹，或曰文鑑，或曰文衡，皆是物也。作者之視疇昔，業已徑庭。藉令擇焉而必精，其去昭明駸駸遠矣。明尚經術，學士非六籍不談，凡諸柱下所藏不少，概見新都故文獻國也，都人士猶知昭明。不佞結髮起家，乃獲卒業，始則津津乎其合也。既則涣乎其將離，久則參而伍之，依依乎其不忍舍也。六籍尚矣，迄輓近世而其説長，世儒近取而遠攻，耳目塗矣。一旦釋故筴而新耳目，豈不津津乎哉。屬下里者易爲聲歌，衣大布者易爲文綉。何以合？易入故合也。始吾求之昭明三年而未得也，去而爲史遷。又五年而未得也，去而爲左氏。又十年而未得也，去而爲老爲莊之數子者，業有成書，不遑稱載。幸而窺其典要，煌煌成一家言。譬之九成六章，聲色殫矣。彼其聞道百者，惡足以侘大方。何以離，求多故離也。中歲而陳五車，排衆户乃知世之趨愈下也。即狶韋氏之波流與，故赤日不耐不爲堅冰，絺綌不耐不爲狐貉，岷山積石不耐不爲江河，天地且不違，他可識矣。如必老莊左史之是，而昭明之非也，是猶蒙縐絺而廢狐白，望岷山祠積石而堙江河，誖也。吾故參而伍之，依依乎其不能舍也。然則文粹而下，不皆非邪。振川澤以挈江河，韖犬羊以禦狐貉，君子以爲猶誖也。説者謂昭明羅百家搜七代，總之爲卷三十，不亦儉乎。近世或廣之或補之，蓋舉其全也。竊惟江河不集而足，狐貉不緼而温。如將畢取其所弃，猥云加少以爲多，誖之誖者也。當世之論士者，具曰文勝諰諰焉，務敦朴以維風。夫文而不慚，則漸俗然矣。乃若博士諸生之所修業，惡在其能文。即文矣，曾不足以一當昭明，惡在其能勝。千金敝帚，將謂文何。崔大夫治新都，壹稟於躬化，大氏削雕爲朴，思從先進而亟反之至其業，博士諸生則梓昭明善本而布之境内，諸生之帥教者，蓋彬彬矣。大夫齊魯士也，故宜嫺於文哉。”①據汪《序》，則談到當時補續《文選》之風，以《文選》六臣原本之可貴，亦可見一時選學風向所在。

此本尚有清張照批點，清陸錫熊跋，存四十卷（二一至六〇），中共中央黨校圖書館藏。張照（1691—1745），初名默，字得天，又字長卿，號涇南，又號天瓶居士。江蘇華亭人，康熙四十八年進士，授檢討，官至刑部尚書。博學，通法律、精音樂，尤工書法。歷官左都御史、刑部尚書兼管樂部。雍正十三年（1735）出任撫定苗疆大臣，督師用兵貴州、雲南，坐罪削職。卒謚文敏。

此書有萬曆六年（1578）刻本，中國國家圖書館藏。是本首列汪道昆萬曆二年序，次列梁昭明太子小傳，次列徐成位重刻識語，次列田汝成《重刻文選叙》（加注），末屬“大明萬曆六年夏五月重録”。

13.《文選拔萃》三卷　方弘静輯　存

提　要

方弘静（1516—1611），字定之，號采山。明代徽州歙縣（今安徽歙縣）人。嘉靖庚戌（二十九年，1550）進士，任東平知府。朱彝尊《明詩綜》載其官至“南京户部右侍郎”。自萬曆甲戌年（1574）歸隱家鄉，“謝政歸林，居二十餘年”（葉向高《素園存稿序》）。

方弘静在明代文名甚高，與同時代之袁宏道、戚繼光、王世貞、王世懋、汪道昆、陳達甫等皆相往來。明嘉靖二十一年（1542）與王寅等結天都社，創立黄山歷史上第一個文學社。後以九十四歲高齡再次主盟天都社。晚年多所結撰，有詩文集《素園存稿》二十卷（《四庫全

① 亦見於汪道昆《太函集》卷二二，《續修四庫全書》第一三四七册。

書存目叢書》集部收録)、筆記《千一録》二十六卷(藏上海圖書館,明萬曆二十六年刻本)等。年九十五而終。時人評價方弘静詩文"咸謂詩逼陶謝,文軼韓蘇"(汪元功《千一録序》)。

所輯《文選拔萃》三卷,明嘉靖三十年(1551)吴尚恕刻本,北京大學圖書館藏,因該圖書館搬遷,未見原書。然可見《千一録》卷一一《詩釋三》"評《文選》詩"部分,集中反映了方氏對《選》詩及注的品評。

14.《文選則要》　周居岐撰　未知

提　要

周居岐,字伯康,曆城縣(今山東濟南)人。幼承家教,刻苦勤奮,嘉靖元年(1522)鄉試中舉,任葉縣知縣。著有《文則》《書則》。創建"白鶴書院"(濟南四大書院之一),自任主講。

此書有明嘉靖間刻本。未知所存之處。(明)朱睦㮮《萬卷堂書目》卷四著録。另周居岐有《詩選則要》二卷,(明)朱睦㮮《萬卷堂書目》卷四著録。

15.《文選表解》一册　(日)菅原和長(東坊城/和長)補注　存

提　要

此書爲李善《上文選注表》的"御注"和"補注",御注,原文中説"唐所言之御注者,天子之注也。孝經是也。吾朝所言者,聖廟御注是也。於家者謂神注也"。卷末有帖式部大輔爲定識語一則,曰"《文選表解》御注一册,爲庸卿御自筆無疑者也"。卞東波認爲"可能是平安時代大學寮博士菅原家遺説"。御注之後又有"愚解",正文曰"御注至妙之外,雖不可及别義,今初學之兒,於御注成巨細之問,故聊作其答之義,稱愚解是也”。御注、愚解之下又有小字雙行補注。故此《文選表解》蓋非成于一人一時。

據愚解可知,“御注”所根據的爲李善古注本,如其稱《文選》篇數有七百三十八首。然據六臣注本,則有七百四十六篇,故發出“今有八首之增,若筭數之所除相逵歟? 恐若李善古注與六臣注篇數聊有增減乎? 猶以古注可勘也”的疑問。

這份表解中所録的李善上表,還見於今刻本和猿投神社藏正安本、九條本。將幾種版本校讀,可見異文如:協人靈,九條本、正安本、表解本作“葉人靈”。長離北度,九條本、正安本、表解本作“長離北上”。選斯一集,九條本、正安本、表解本作“撰斯一集”。崇山,九條本、正安本、表解本作“嵩山”。九月日,九條本、正安本、表解本作“九月十七日”。其中李善的名銜“參軍”,九條本、正安本、表解本作“參軍事”,今尤袤本作“參軍”,御注《文選表解》下有注語云:“李善古本參軍事,此事字無之。六臣注有事字也。”據此可知其所見李善古本亦作“參軍”。據《舊唐書·李善傳》,李善在高宗“顯慶中累補太子内率府録事參軍、崇賢館直學士兼沛王侍讀。嘗注解《文選》,分爲六十卷,表上之”。今存李善上表標注“顯慶三年(658)九月日上表”。然《唐會要》卷三六作顯慶六年:“(顯慶)六年正月二十七日,右内率府録事參軍、崇賢館直學士李善上《注文選》六十卷,藏於秘府。”也并作“參軍”或“録事參軍”。故“事”字當屬衍文。

此卷藏日本國立國會圖書館,卷末落款爲“大永六年(1526)丙戌三月日清書之,菅原和長印,六十七歲”。對此御注表解的評價,卞東波認爲,“是現存第一部詳細解釋與研究李善《上文選注表》的著作,對於研究日本中世紀傳儒的《文選》學以及建構《文選》東傳學都是寶貴的第一手資料"①。

16.《天佚草堂重訂文選》二十卷《詩選》十卷　馬維銘輯　存

提　要

馬維銘，見《天佚草堂刊定廣文選》條下。

此書前有《重編文選序》曰："夫以心聽者學在肌肉，以神聽者學在骨髓。爲一目之羅者，無時得鳥也。爲一方之觀者，無能論世也。故置衡尺於曠世，莫辨於文章矣。今夫觀古列人之圖畫者，置之空壁而敬慕不生，不見古人之真也。古列人之遺文粲然竹帛，豈徒墻壁之觀哉。故曰讀其書論其世見其面目於翰素之間，斯亦可謂尚友也已。文也者，所以總群道也。群道統乎己心，群言一乎己口，惟所擇之，而惟所用之。若夫泛泛若涉水，游游若獵獸，歷覽不精而權衡無法，古人所以戒涉獵也。《文選》者，上綜周秦兩漢之盛，下搜晉魏齊梁之遺，粲如列星，聯如編珠，六藝之深本而德音之叢藪也。《史記》之前無史，騷之前無騷，《南華》之前無《南華》，皆意所創也。《選》以前未有《選》也，亦意所創也。馬遷、莊、騷去聖未遠，故能越世高談，自開户牖。昭明收百世之闕文，采千載之遺韵，羅琬琰於懷抱，彙琳瑯於豪端，覃思獨照，彌綸群言。明者定之如星經漢，高者下之如水宗海。借人糟粕，標己神明，故曰日光照室，内道術明胸中，斯亦與馬遷、莊、騷争烈已。馬新甫先生者，研精耽道人也。其言曰：夫八音鄭衛，韵以方異，筆端寒暑，印字知時。故泉源基於出震之君，黼藻新乎如雲之後。望豐屋，知名家，睹鴻文，驗聖世也。意結則章成矣，聲發則文

① 卞東波《"〈文選〉東傳學"之一斑——菅原和長〈御注文選表解〉探析》，《中山大學學報》2012 年第 4 期。

生矣。時遷則玄黄迭飾,代興而甘谷變調矣。惟至人滌除玄覽,故近世之言不得編於三墳之末,六朝之格不得列於咸陽東西京之林也。於是次其世代,以觀風尚。凡諸疏注,剔而不存,披玄雲而揚大明,舒竹帛而洞古今,斯又非昭明氏之書而新甫之書矣。夫讀書者考微言綜瑋語,但令升降自我,慎勿品目由人。譬如采玉此珪而彼璉,猶之度材爾棟而我柱。先生之讀《文選》也,知精得神游乎衆觀之先,平理若衡,照衡如鏡,其中獨喻猶魯般不能説其手,離朱不能傳其目也。世人讀書何以解此?先生有《史纂》一書行世,收其汗漫,貫串網羅,并掇白於衆狐,食蹠於千鶏。兹集也,又以寓之於古文章,考其世而觀其人,史以經之,文以緯之,吾知先生不朽在千古,骨髓肌肉間矣。丁巳春余往當湖訪劉侍御,獻之。因辱交於先生。先生謂余史氏也。其言可以信,乃獲睹是編而叙焉。直國史起居注官華亭張鼐世調撰。"(明萬曆四十三年刻本)

次爲鄒迪光撰《重編文選序》,次爲沈懋孝《題辭》,次爲馬維銘自書之《引》。次爲李善、五臣上表及凡例、目録、《選詩》引。

全書《重訂文選》共二十卷、《選詩》十卷。其《重訂文選》編排的體例是按時代列作家,繫作品於作家之下。首列卜子夏《毛詩序》,次列屈平十首、宋玉十一首、李斯一首,依次而列。以騷體列於文類之首。其每篇作者名下、作品題名下有題注,或簡或詳。每篇文後或文中段部分有舊注摘要及歷代評論之語摘要。正文基本爲白文,少量夾以音注。

其《選詩引》曰:"《文選》本一部而余編出《選詩》,遂分爲兩,令習文者文,習詩者詩,譬之山水各有所樂,又如寶藏隨意所取。若其兼收,是在大雅,無假余言。"《選詩》體例大體爲先列漢詩及以前詩,如卷一包括古詩十九首,樂府四首,荆軻歌,漢高祖歌,韋孟諷諫詩,蘇子卿四首,李少卿三首,班婕妤一首,張平子四首。卷二則爲魏詩,收魏武帝、魏文帝、曹子建、王仲宣、劉公幹、應德璉、應休璉、繆熙伯八人。卷三收嵇康、阮籍等十六人。卷四收潘安仁、潘正叔二人。卷五收陸機、陸雲等四人。卷六收束廣微(《補亡詩》)、張季鷹等九人。卷七收顔延年等五人。卷八收謝宣遠、謝靈運等五人。卷九收謝玄暉等二人。卷十收沈休文等七人。選詩體例爲解題并詩後簡單概括詩意寄托之所在。

今存明萬曆四十三年(1615)刻本,南京圖書館藏。

17.《古詩十九首注》一册　張延登撰　佚

提　要

張延登,字濟美,號華東,山東鄒平(今屬山東濱州)人。萬曆二十年(1592)進士,仕至工部尚書。撰有《京營巡視事宜》不分卷(現藏美國國會圖書館)、《明策》、《懸袖便方》、《沈詩評》二卷《補遺》一卷等。

《山東通志·藝文志》載録此書,并其《自叙》曰:"詩有可解不可解。不必解乃解詩者,如膠走盤之珠,一段員光,都被縛定。《古詩》向有徐注,意欲劃舊注之拘,而不知已落窠臼矣。因以己意,略爲删割,間附管測數語,大要不失其員體而止。愚與友人談及聖賢語言,總當活認,補且子巧下飛鳥於青雲之上,而詹何悟而學釣。悟此者,於解何有!"①

① 徐泳編《山東通志藝文志訂補》集部第三册,北京:北京燕山出版社 2014 年版,第 526 頁。

18.《文選》　胡胤嘉編　存序

提　要

胡胤嘉(1570—1614),字休復,仁和(今浙江杭州)人。萬曆三十三年丙午(1606),舉於鄉,癸丑(1613)成進士,選庶常入史館。未逾年,而卒於京邸。年僅四十四歲。胡胤嘉故居在塘棲鎮市河胡家橋畔,明時有翰林第。

存《文選》小序一篇,曰:"夫鳥鳴似語,蟲畫知書。含章鬱彩,共映同流。況有心之器,懷響可彈。意滿區中,思溢繫表。役染松煙,淋漓箋幅。罄心竭貌,誰欲無言。自歲歷綿邈,條流雜紛,楚艷漢侈。晋澀梁靡。風旨迴殊。興矚非一。然符彩光靈,賞趣同得。前驅者發其獨悟,踵武者落其陳筌。轉氣欲漓,削鋒漸穎。泛濫百代,得失可參。余休夏皋山,笈携《文選》昭明,迄今合有六部。機見異門,鑒裁別緒。偶爲區目,自成一帙。體不代存,人無專賞。割吾多愛,取其愜懷。用充俄頃,情寄纏綿。華燈聞夜,密語晨窗。心隕片言,色飛雙字。眉睫之前,百家騰躍。吟嘯之餘,積穢簸揚。千齡之影易徂,寸心之托常在。金石可靡,音徽不滅。若星有風雨之好,嗜多痂茄之癖。人各有心,盍從爾志。鳧鶴之頸,何必其齊。庶非理格,可與晤言者矣。"①由序可知其自編一帙,乃據《文選》的再選本,所謂"割吾多愛,取其愜懷"。

① 國家圖書館編《文淵閣四庫全書補遺——據文津閣四庫全書補》集部明代卷第六册《明文海》卷二二七,北京:北京圖書館出版社2005年版。

19.《選詩選》四卷　魏柏祥著　存序

提　要

魏柏祥(1592—1649),字元昌,號拙庵,趙州柏鄉(今河北柏鄉)人。大學士魏裔介之父,明天啓元年(1621)恩貢。甲申鼎革後,隱居不仕,築朴園柳莊,觴咏其中,手不釋卷,年五十七卒。著有《選詩選》四卷、《四書日録》、《讀史綮言》、《柏鄉縣志稿》等。另有《李杜蘇詩選》,徐世昌《大清畿輔書徵》卷三八著録,已佚。

清魏裔介有《選詩選跋》曰:"《選詩選》者何,選昭明太子之《選》詩也。詩以言志,兼才與情。與其才勝於情也,寧情勝於才。《詩》三百篇,皆以情勝者也。情而要之於性,故纏綿肫摯之什,無不與五倫相關。即降及鄭衛,風斯下矣。而懲惡勸善,猶足引人於勝地焉。兩漢詩極近古,乃選中寥寥,僅及《蘇李贈答》及《古詩十九首》等作,未免遺珠之恨。曹氏父子,以縱橫激發之才,横槊馬上,慷慨興歌,非仲宣公幹諸人所能方駕。晋宋之際,騖華忘實,開綺靡陋習之濫觴,而左陸三謝與鮑顔諸人,駘蕩俊腴,華不掩質,亦各有可觀者。若乃優柔温厚,曠識逸懷,淵明當爲獨步。餘子瑣瑣,人或一二篇,篇或一二句。雖一臠足快,恐全豹未盡窺也。此其《選》詩之梗概乎。余先君拙庵,幼讀《選》詩,晚年始加澄汰,去取精嚴。列於四家之首。不肖省垣之暇,再四較閱,因付之梓。蓋將使讀詩者因晋宋以溯漢魏,因漢魏以溯《三百篇》,攝才歸情,攝情歸性,以相引於勝地,而不眩於綺靡之習,是謂爲《選》詩别開生面,由此以登堂入室,詎不易哉。"(見《四庫全書》第一三一二册《兼濟堂文集》卷一五)

20.《選詩選》一卷　佚名編　未見

提　要

清抄本,一册,蘇州圖書館藏。索書號:410.2/976。

21.《選詩分編》四卷　佚名編　未見

提　要

清抄本,四册,蘇州圖書館藏。索書號:410.2/977—2。

22.《文選》十二卷,音注十二卷　瞿式耜批點　存

提　要

瞿式耜,字起田,號稼軒。蘇州府常熟(今屬江蘇)人。萬曆四十四年(1616)進士。有《愧林漫録》《雲濤集》等。

此書爲瞿式耜在明萬曆二十三年吴近仁刻本《文選》上的批點之本。瞿批點之語主要集中在《選》賦之天頭部分。主要梳理文章脉絡,品評文章得失,指明典故用語出處,延及杜詩用《選》之類。注語雖不多,然亦非凿空之論,如評《游天台山賦》"旨在求仙""序文腴而净,筆力甚劲快可喜"。《思玄賦》評曰:"楚詞辭多兩韵换,此獨三韵换,勢雖小變,然不若兩韵之自然。"

瞿式耜爲錢謙益的學生,撰有《牧齋先生初學集目録後序》,涉及文學思想,謹節録如下:"式耜嘗聞先生之言曰:六經,文之祖也。班馬禰也。昌黎、河東、廬陵、南豐、眉山,繼别之宗子也。昌黎不師班馬,廬陵不師昌黎,眉山不師廬陵,精神血脉亘千古而行乎其間者,皆其家適也。有宋淳熙以後,以腐爛爲理學,其失也陋。本朝弘正以

後，以剽賊爲古學，其失也倍。揚扢今古，别裁譌僞，討論先正之緒言，追考六經班馬之譜諜，其在兹乎，其在兹乎。"（《清代詩文集彙編》第一册之《牧齋初學集》卷一目録後）

《文選》十二卷，音注十二卷。明萬曆二十三年吴近仁刻本，明瞿式耜批點，清瞿昌文跋，中國國家圖書館藏。

23.《選詩》三卷，補一卷　劉大文、顧大猷輯補　存

提　要

顧大猷（？—1632），字所建，號南湘外史，謚曰"孝譽先生"。江都（今江蘇揚州）人，明代開國宿將夏國公顧成裔孫。以侯家子弟補勛衛，旋謝病歸。折節讀書，廣延四方賓客，時議以爲四公子復出。遼事告急，以薦募江淮水師勤王，兵甫出，被讒下獄，謫戍，尋赦還。崇禎二年，後金兵至京師城下，大猷單車渡淮，欲獨身赴斗，聞解嚴乃還。後鬱鬱不得志而卒於崇禎五年。著有史書《鎮遠先猷記》二十四卷。

劉大文，萬曆間知淮安府。下車即與神盟，後水旱相仍，改置壇場，略無畏避。奸民妄奏江淮遺税，中使眈眈。大文力陳不可，獲免。備倭警，墾荒田，浚澗河，清屯地。皇水之役，百姓愁嘆，爲計道里，議津貼，禁科擾，民賴以安。集士子於志道書院訓課之，風雨不輟。擇塾師置各坊鎮，時課試之。婚喪過時者有罪，不給助之，風俗頓變。升淮徐道，百姓大喜，以爲猶庇其宇也（《淮安府志》）。

《選詩》分上、中、下三卷，中國國家圖書館藏明刻本兩種，一爲單純收録《選詩》者，無序跋。四册，十行二十字，白口，左右雙邊。另一種爲收録《選詩》三卷和《選詩補》一卷者，明萬曆二十八年劉大文刻本。此本前首附大泌山人李維禎《選詩補叙》，次列閩中徐鳴卿《選詩補序》，次列萬曆庚子（1600）劉大文《新刻選詩補叙》，次列凡例，次列

選詩爵里。

據劉大文《新刻選詩補序》,此書當爲顧大猷編纂,後經劉大文諸人閲訂。編次盡收昭明《選》詩,分爲三卷,外參以《廣文選》《古文苑》及《選詩補遺》諸集,摘選曾經品題者若干首,别爲一卷。對於梁末陳隋間詩,亦止選其風雅正音,合於《選》詩古體者序入,以備六朝之全。同時,收録支遁、惠遠等緇流的詩作,填補了《昭明文選》未選佛家詩歌的空缺。詩以朝代相次。從内容上看,此書推崇《選》詩爲古詩之宗,上接《詩三百篇》,以《選》詩爲古詩之代表。正如劉大文《新刻選詩補序》曰:"夫詩自《三百篇》後,言古者宗漢魏,言律者宗唐。辭家争尚之。然外古以言律,非知律者也。故《選》詩不可不學也。詩之宗也,蓋昭明獨具隻眼,接引諸才人,揚榷千載,安所不博精。其尺短寸長可略而言矣。惟是一二挂漏,陳隋寥寥,識者不無完璧之思。"亦爲明代復古文學思潮影響之作。

24.《文選詩集旁注》(《選詩旁注》《選詩》)七卷　虞九章訂注　存

提　要

虞九章,生卒年不詳,字更生。有刻書坊"更生齋"。曾與烏程陸宏祚、仁和虞九章、錢塘童昌祚注刻《唐駱先生文集》六卷本,與王震亨共同注刻《列子》《荀子》,其書都在中國版本學史上具有重要地位和影響。

此書之所以名《旁注》,以在前人所編《選詩》的基礎上,避免因爲句解而造成的斷續,也避免因爲音訓而造成的冗雜,故取詩句有出自經、傳、子、史者,皆録於頁眉,包括《詩經》《離騷》。題旨注於題目之旁。詩人爵里録於卷首。詩字有難解者,訓詁有難識者,直音。詩韵有當叶者,直注叶。小注太多上方不能盡載者,間録於本文之後。對於注語兩説，録其尤通者。對於人人通曉的出處，或釋語與意義不侔者，就不再旁注引録。從體例上力求儉省明瞭。

《文選詩集旁注》七卷，萬曆二十八年世德堂刊本，萬曆二十八年(1600)錢塘馮贇稚陆父序，目首《文選詩集旁注》。裏題:《選詩旁注》，表題:《選詩》。世德堂刊記。題下曰"梁昭明太子蕭統撰，明虎林虞九章訂注"。中國國家圖書館、山東省圖書館、中山大學圖書館藏。

25.《六朝文選評注》五卷　何喬遠選輯　存

提　要

何喬遠(1558—1632)，字稚孝，晋江(今福建泉州)人。萬曆十四年(1586)進士。除刑部主事，歷禮部儀制郎中。坐累謫廣西布政使經歷，以事歸。里居二十餘年，中外交薦，不起。光宗立，召爲光禄少卿，移太僕。天啓二年進左通政。進光禄卿，通政使。五疏引疾，以户部右侍郎致仕。崇禎二年起南京工部右侍郎。給事中盧兆龍劾其衰庸，自引去。崇禎四年(1631)卒，年七十四。喬遠博覽，好著書。嘗輯明十三朝遺事爲《名山藏》，又纂《閩書》百五十卷，頗行於世。見《明史》卷二四二《何喬遠傳》、清李清馥《閩中理學淵源考》、清乾隆《泉州府志・何喬遠》。著有《明文徵》七十四卷、《名山藏》三十七卷(《千頃堂書目》作一百卷，三十七類)、《閩書》一百五十四卷、《何喬遠集》八十卷(《明史・藝文志》)。

《六朝文選評注》一書作爲一本面向初學者的普及讀物，整體呈現出偏於實用的編纂趣味。從選文定篇上看，本書共五卷，卷前有何喬遠序、目録。正文選録《文選》中的文章，包括論體、序體、檄文、書、策文、表、箋、奏記、七、教令、辭、頌、箴、賦諸體，着重將實用文體彙爲一編。其中論體文選擇十三篇，與《文選》不同之處在於，將《文選》中的“史論”“論”合并，同時選曹元首《六代論》以下，不收漢代論體文。第二卷收“序”“文”“檄文”三體。其中“序”體包括十四篇，選録詩序如顔延年《曲水詩序》、王元長《曲水詩序》，銘序如陸佐公《石闕銘序》《新漏刻銘序》，碑序如王簡棲《頭陀寺碑序》，贊序如袁彦伯《三國名臣序贊序》，賦序如陸士衡《豪士賦序》、皇甫士安《三都賦序》，集序如任昉《王文憲集序》，誄碑序如顔延年《陶徵士誄序》、潘安仁《馬汧督誄序》、沈休文《安陸昭王碑序》，吊文序如陸士衡《吊魏武帝文序》以及又增補了梁《昭明文選序》。可見其關於“序”的認識并非如《文選》是作爲一種獨立的文體，而是將其視爲一種文章的序始部分與作爲獨立文體的序的綜合性文體。第三卷爲“書”體、策文、七類。其中“書”體亦將《文選》中的“書”與“上書”合爲一體。并且收録盧子諒《贈劉琨詩書》這類有書信性質的贈詩。卷四收録“表”“箋”“奏記”“教”“令”“辭”“頌”“箴”“演連珠”。其中收録《文選》放在“詩”類的曹植《上責躬詩表》。卷五收録賦六篇，分别爲鮑照《蕪城賦》、陸機《文賦》、潘安仁《西征賦》、左思《魏都賦》、孫綽《游天台山賦》、木華《海賦》。

可見其編選注重六朝文章的辭藻俳偶藝術，編寫的目的主要是爲兒子輩學習實用文章之道而用。正如《序》所言：“文至六朝，兩漢沉渾之氣一變而爲俳偶，凌遲衰微，遂以萎然，然其潤古雕今，星稠綺合，追琢淘練，篇無剩語，語無餘言，可謂人工之極，天巧之至者矣。夫道生兩儀，日月寒暑，陰陽晝夜，莫不對待。文章之體殆亦宜然。而今時制科之業尤爲近之。兒子讀書之暇，執《文選》而問，因就六朝之文，擇其條暢整潔者，彙爲一帙授之。魏晋之作亦附其中，雖未必盡文心之颷流，亦聊以資秇場之餖飣云爾。”故其注重選擇宋、齊、梁之文，及少數魏晋文章。文體分類亦偏於實用性質，而多加删改增補變動。所收文章未按時間順序排列。刊刻亦頗顯粗糙,總目與卷目往往多舛誤。

再從評注的體例方面看,一如明人評點著作之體例,頁眉録何景明、楊慎、汪道昆、王維貞、唐順之、吴國倫等評釋之語。章句中夾音注、訓詁、簡單的串講。多節略概括於李善注和五臣注,亦并不標明出處。注語中對舊注簡明而高度的概括,或者在舊注基礎上發以己意的新見,或可作爲本書的一個重要特色。

以陸機《文賦》"碑披文以相質,誄纏綿而悽愴",李善注、五臣注皆曰:"碑以叙德,故文質相半。"何喬遠注曰:"碑以叙德,故質爲主,而文相之。"正如黄侃《文選評點》卷二曰:"碑是頌體,而當叙事,故文其表而質存乎其裏。"或更能表達正文之本意。

《六朝文選評注》現存萬曆壬寅(三十年,1602)鄭雲竹刻本。哈佛燕京圖書館藏。卷前有何喬遠序,無跋。有牌記:萬曆壬寅春鄭雲竹梓。

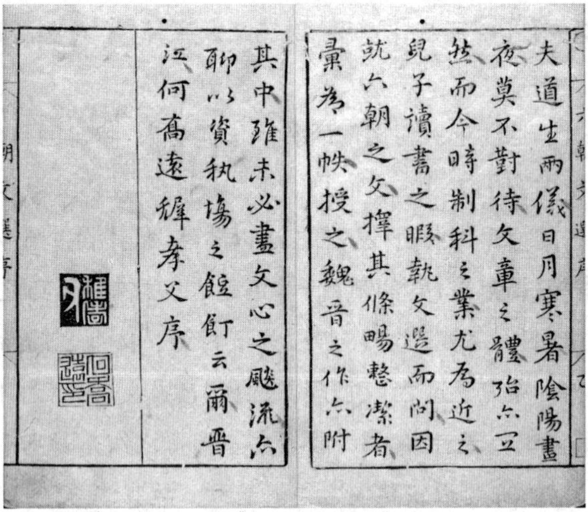
夫道生兩儀日月寒暑陰陽晝夜莫不對待文章之體殆亦豆然而今時制科之業尤爲近之兒子讀書之暇執文選而問因就六朝之文擇其條暢整潔者彙爲一帙授之魏晉之作亦附其中雖未必盡文心之飇流亦聊以資執場之餖飣云爾晉江何喬遠穉孝父序

哈佛燕京圖書館藏本

26.《合評選詩》七卷　郭正域批點,凌濛初輯評　存

提　要

郭正域(1554—1612),字美命,號明龍。江夏(今湖北武昌)人。萬曆十一年(1583)進士。選庶起士,授編修,與修撰唐文獻同爲皇長子講官。萬曆三十年,徵拜詹事,復爲東宫講官。旋擢禮部右侍郎,掌翰林院。著有《批點考工記》《明典禮志》《韓文杜律》《合并黄離草》《解莊》《杜子美七言律》等。其人"博通載籍,勇於任事,有經濟大略,自守介然,故人望歸之"。可見其威望和地位之高。事迹見《明史》卷一一四,與海瑞、吕坤等同傳。

凌濛初(1580—1644),字玄房,號初成,一名凌波,别號即空觀主人,烏程(今浙江湖州)人。祖父凌約言、父親凌迪知,均有著作傳世。凌濛初一生著述極爲豐富,涉及小説、詩歌、戲曲、史傳、論著等。經學著作如《聖門傳詩嫡冢》《言詩翼》《詩逆》《詩經人物考》;史學有《左傳合鯖》《戰國策概》《後漢書纂》《倪思史漢異同補評》《十六國春秋删正》《删定宋史補遺》;小説《拍案驚奇》《二刻拍案驚奇》《世説新語鼓吹》;戲曲《虬髯翁》《識英雄紅拂莽擇配》等雜劇和《喬合衫襟記》《雪荷記》《合劍記》等傳奇,以及戲曲理論《譚曲雜札》、曲選《南音三籟》。詩文集有《國門集》《國門乙集》和《鷄講齋詩文》等。另有經其選輯、集評、評點的典籍,然不少已經亡佚。《四庫全書總目提要》别集類存目著録他的兩部詩集《國門集》《國門乙集》,現已失傳。

《合評選詩》一書,題"《輯諸名家合評選詩》",署"江夏郭正域批點,吴興凌濛初輯評"。凌濛初刻朱墨套印本。是書前有《詩人爵里》,正文全録《文選》諸詩及四十餘家評點之語,以鍾、譚爲多,二人共達三百條左右。郭正域、楊慎、王世貞、釋皎然、葛立方、嚴羽、魏慶

之、范晞文等幾家，評語十餘條至數十條不等，劉勰、王昌齡、敖陶孫、徐禎卿、皇甫汸等有五至六條，其他有評語入選的還有駱賓王、蘇軾、王世懋、王安石等等。也用劉義慶《世説新語》、龔頤正《芥隱筆記》、李頎《古今詩話》，出處以著作名稱標志。圈點則一依郭正域本。亦偶有擇録李善、五臣注表示異文，考證同異。有眉評和行間注。并撰詩人小傳。其古籍整理體式至今仍被廣泛沿用。卷末附選詩訂注，從題解到正文中重點字詞的考訂注釋，以李善注爲主，間取五臣。

《合評選詩》采用集評的形式，以主觀性鑒賞評析爲主體。評語來源甚廣，多家僅録一句，顯示出一定文學傾向，也帶有一定的隨意性和商業營利目的。

凌濛初刻套印本，前有明凌濛初《輯諸名家合評選詩序》、凡例、《選》詩名公姓氏、詩人世次爵里。《文選研究文獻輯刊》卷第二七、二八據以影印。是書亦入《四庫全書》集部總集類存目。

27.《文選後集》五卷　郭正域評點，閔于忱刻　存

提　要

郭正域，見《合評選詩》條下。

是書卷首有郭正域序，沈緒蕃小引，卷末有松筠主人即閔于忱之跋。選擇《文選》中表、上書、啓、彈事、箋、奏記、書七種實用的文章體裁，收録多家評語，但以郭正域批評爲主，此外所取最多則爲陳繼儒評、楊慎評。凡郭氏評語從前幾本系列書例，皆不出名氏，所輯他人評語則標明出處。所録各家評語包括蘇軾、劉辰翁、李夢陽、何景明、楊慎、鄒守益、王慎中、唐順之、茅坤、李攀龍、王世貞、吴國倫、汪道昆、王維禎、李廷機、張鳳翼、陳繼儒等。卷首載録了郭正域評點《文選》序言。稱自己之所以批點《文選》，是因爲不滿自宋代蘇軾以來對

《文選》的貶低，於是慨然點閲。王重民《中國善本書提要》云："僅此七類，不能該《文選》之全，且所選之文，均在《文選》之内，亦不應名爲後集也。"然《後集》蓋爲作者標著以吸引讀者的命名。

《文選後集》所録評語，絶大部分來自當時流傳的集評本如《文選纂注評林》等，且未加考證，真僞莫辨，整體看不如《合評選詩》和《選賦》，帶有比較强的商業化色彩，但是所抄録的内容多爲主觀鑒賞評析而非單純疏通文義，所以還是保留了文人評《選》的基本特徵。

《文選後集》五卷，郭正域評撰，閔于忱刻，朱墨套印本，中國人民大學圖書館藏。閔跋又云："明興，予閔遇王甫，玄思可識，倡厥朱評，首顔《左傳》，發丘明之光，振月峰之藻。凌初成氏繼之。"可見明代朱墨套印本的發端源起。

明萬曆年間，吴興閔于忱朱墨套印本，北京師範大學圖書館、中國人民大學圖書館藏。

28.《新刻選文選》二十四卷　李淳删定批點　存

提　要

李淳，字衆白，自署"㵐東"人。據《選文選》胡傳跋曰："先生其先蜀内江，今爲黔之思王郡人。""思王"，即今貴州境内。唐武德三年(620)置，治所在今貴州印江土家族苗族自治縣西。據《元和郡縣圖志》卷三〇思王縣："相傳云漢時陳丘爲牂柯太守，阻兵保據思邛水。漢將夜郎王數萬，破丘於此，安撫百勝，時人思慕，遂爲縣名。"其生平仕履據閻士選《叙》曰："衆白以經術推擇爲令，尋召給事廷尉。"另：明代李東陽父亦名李淳，湖廣茶陵人，精楷書，嘗衍永字八法，變化三十二勢，及結構八十四例，著論一道，景泰間與李溥光所著《雪庵永字八法》同上於朝廷。

此書名曰《選文選》，其義在於對《文選》進行重新删選。正如閻士選《叙》中所稱其書：“自博歸約，無取繁縟。視蕭子《選》未當者，重以芟荑，加之剪截。斥篡佞獻諛之詞，黜效顰學步之談。擘肌分理，惟務折衷，間取諸釋，重加評騭。而後《選》始粹然一歸於正。”至李淳《自序》則稱：“况夫屈宋騷、京都賦、《出師》《陳情》表、古樂府、《十九首》諸詩，陶令辭，劉參軍頌，王命、養生論，郭有道、陳太丘碑，馬汧督、陽給事誄，諸不可枚舉，皆天壤間不可磨滅文字，不徒以藻繢稱而已。”“如今所黜《魏武九錫文》以下者，蓋十有二三，往往不厭人意，足爲《選》書病耳。竊不揣庸陋，僭加删裁，大氐折諸見聞，未敢獨任胸臆。”其删如此。其評多爲簡短賞評，隨文而發。

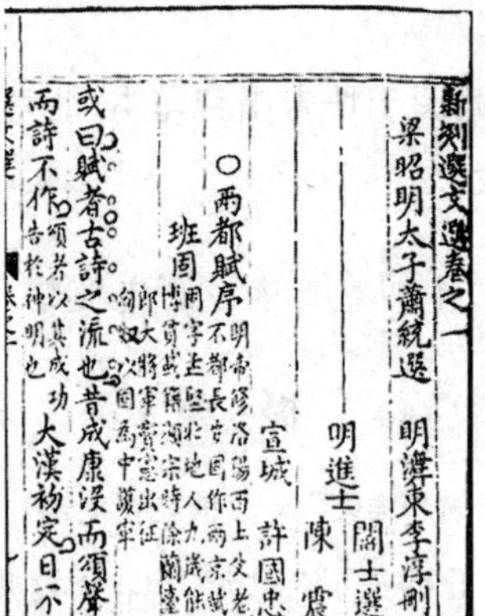
新刻選文選卷之一
梁昭明太子蕭統選　明濟東李淳删定批點
明進士閻士選　校編
明進士陳震　鑒正
宣城許國忠
○兩都賦序
班固
或曰賦者古詩之流也昔成康沒而頌聲寢王澤竭
而詩不作……大漢初定日不暇給至於

《新刻選文選》　普林斯頓大學東亞圖書館藏

《新刻選文選》二十四卷，明代李淳删定批點，明萬曆二十五年(1597)正義堂刻本，清華大學圖書館、福建省圖書館、普林斯頓大學東亞圖書館有藏。是書卷前有閻士選序，陳震《序》，李淳自序，次爲凡例九則,卷末有胡傳跋。趙俊玲《李淳〈選文選〉述略》一文認爲此書"是今存明代最早的文人《文選》評點著作"①。

29.《選詩約注》十二卷《姓名爵里考》一卷　林兆珂撰　存

提　要

林兆珂,字孟鳴,莆田(今福建莆田)人,林兆恩之堂弟,熱衷於三一教。萬曆二年(1574)進士,官刑部侍郎。著有《林伯子詩草》、《詩經多識編》七卷、《考工記述注》二卷圖附、《宙合編》、《李詩鈔述注》十六卷、《杜詩鈔述注》十六卷、《林子年譜》一卷、《楊用修詩選》二卷、《楚辭述注》全十卷、《檀弓述注》二卷等。其書大部分收録於《四庫全書》,然《選詩約注》十二卷僅見於《四庫全書總目提要》卷一九一《集部》存目。

是編首列明天啓丙寅江夏黄光《選詩約注》題辭,次列《姓名爵里考》,歷叙《文選》作家之生平。卷題下署"莆林兆珂孟鳴父纂述"。

正文取《昭明文選》諸詩,并重爲編次,以時代先後爲序,以人繫時,以詩繫人。其書每詩前附解題,頁眉録評點,頁脚附音注及校勘,正文後有補注。如戰國録荆軻《易水歌》一首,正文前附解題,頁眉有評點曰:"古歌辭貴簡遠,《大風歌》止三句,《易水歌》止兩句,其感激悲壯,語短而意更長。"正文後有補注曰:"《四民月令》祖道神祀以求道路之福,應劭曰:筑,狀似琴而大頭,安弦以竹擊之,故名曰筑。蕭蕭,風聲也。易水在武興縣,合曹徐滋沙諸河流入於海。壯士,荆卿自謂也。自言爲事成敗俱不還也。"

全書無總目録。從今本看按戰國、漢、魏、晋、宋的順序排列。

---

① 趙俊玲《李淳〈選文選〉述略》,《語文知識》2010年第3期。

《四庫全書》列入存目，評曰："其訓釋文義，較舊注稍爲簡約，亦無考證發明。"饒宗頤《楚辭書録》將林兆珂《楚辭述注》《檀弓述注》《選詩約注》等，并歸入科舉之學。然從其眉評引録《藝苑卮言》《詩式》《香宇外集》《詩藪》《韵語陽秋》等諸家之語看，尚嚴謹注明出處。同時也發以己見，不爲無據。如評韋孟《諷諫詩》曰："韋孟《諷諫詩》乃四言長篇之祖。忠鯁有餘，温厚不足。其自叙乃祖尤多乖疏。曰'王赧聽譖，實絶我邦'，夫周至赧王僅存七邑，救亡不暇，豈能絶侯邦哉。曰：'我邦既絶，厥政斯逸。賞罰之行，非由王室。庶尹群后，靡扶靡衛。五服崩離，宗周以墜。'周之積微久矣，非因豕韋一國，然後五服崩離也。《左傳》范宣子之言曰：匄之祖在商爲豕韋氏，在周爲唐杜氏。杜預曰：豕韋國於東都白馬縣，殷末國於唐，周成王滅之。此最可證也。《藝苑卮言》云：韋孟玄成，雅頌之後不失前規，繁而能整，故未易反。"《四溟詩話》卷一曰："韋孟《諷諫》詩，乃四言長篇之祖，忠鯁有餘，温厚不足。太白《雪讒》詩百憂章，去韋孟遠矣。崔道融《述唐事實》六十九篇，志於高古而力不逮。"由中可見林兆珂之説源於謝榛《四溟詩話》，廣引衆家，而又能發揮己意。

再就是正文後附補注也多有所發明，如《咏湖中雁》後補注曰："《穀梁傳》掩禽旅。范寧曰：衆禽也。唼入，水鳥食貌。牽，以口牽之。藻，水草也。楚辭鳧雁皆唼夫梁藻。雁不巢而宿，故帶霜。群浮單泛，言雁也。輕浪孤光，指湖中。懸飛，高飛也。亂起，驚起也。《吕氏春秋》群鳥翔而不下。《白虎通》雁飛則成行。刷，理也。摇漾，飛貌。故鄉，雁門山也。《韓詩外傳》黄鵠一舉千里。烏孫公主歌：願爲黄鵠兮歸故鄉。"可謂廣引衆書，詳加補注。

《選詩約注》題辭曰："從來注《選》詩者稱唐六家尚矣，而近代有博南之摘注，茂苑之纂注，新城之删注，虎林之旁注，雅希説約，奚當解頤？蓋必如今日之約注，而披諷始快心也。約注者吾邑林孟鳴先生之所爲也。先生著述甚博，雄據藝壇。其自爲古詩也，令蕭德施而存，當以緹油次之。何者？其神肖也。神肖矣，而又費幾涼燠之詮討，爲注家衷其識而曠其觀者，蓋會其精絡，不能不研其咳唾也。微哉，先生之爲詩也，注而以約名者，不徒蹐剔而要呈，抑且冥搜而切證。要與切，非以少勝多之云也。人之一身骨節比膚色爲約，神氣比骨節爲尤約。晢斯理以讀約注者，不將於簡繁詳略之表，與先生若旦莫遇哉。而先生間復上下千載，攬擷提衡，纖榷畢甄，互參彌雋，又非第用行墨詁疏，號昭明功臣矣。乃於楹奠既夢之兩日，始出庭趨末詔之一編，命季君方策讎而布之，洵偉業盛心爲德，於後死者良渥也。昔李太和助其父注《文選》，雖不著其名，古今以爲嘉話。若方策之暝訂晨鳌，瞿然手澤，歷五六稔而始告成事於廟几之前，此寧僅斤斤以殺青善承先志，即謂先生之太和氏不亦可乎。時天啓丙寅歲立夏日後學江夏黄光謹叙。”這篇題辭中至少可以看出兩個方面的信息，一是本書由林兆珂完成初稿，即死之後，由其子繼續訂補而成。二是林兆珂卒於 1620 年左右。

《選詩約注》十二卷附《姓名爵里考》，重慶圖書館藏，今查其書缺第九卷、第一二卷，蓋爲殘本，然天宇間僅存此本。

30.《選賦》六卷附《選賦名人世次爵里》　郭正域評點，凌森美校

存

提　要

郭正域，見《合評選詩》條下。

是書前六卷收録《文選》賦部分，去其體類，僅按作家作品排列。圈點評校加於正文和頁眉。其中頁眉上先録郭正域評校部分，後補

“用脩云”，即楊升庵評的部分。郭以校爲主，多校以李善五臣本之異同。楊以評爲主，可見二人評點風格的不同。間録李善注文。是書前列李善行事及李善注上表，見凌氏對於李善的尊崇。又值得注意的是，今未見楊慎評《文選賦》的單行本，此處的引録，爲我們再見楊慎評點，提供了寶貴的資料。最後一卷爲《選賦名人世次爵里》一卷，主要對《文選》中三十二位選賦作家進行簡要介紹。

目前所見《選賦》六卷爲明郭正域評點，凌森美校，吴興凌氏鳳笙閣刻朱墨套印本，中國國家圖書館、上海圖書館、哈佛大學漢和圖書館有藏。凌氏刻本前附明凌氏鳳笙閣主人序，《四庫全書》集部别集類《愚庵小集》卷一三吴江朱鶴齡撰《讀文選諸賦》一文可供參看。

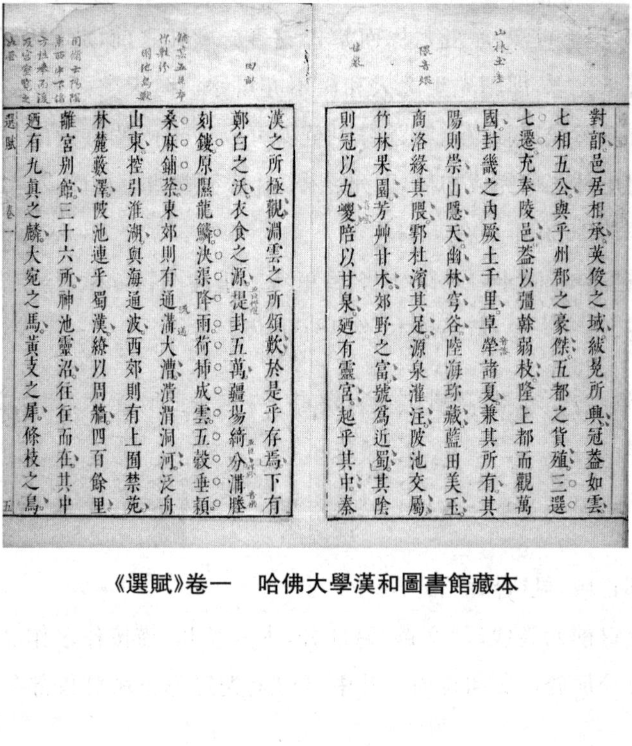
對部邑居相承英俊之域紱冕所興冠蓋如雲
七相五公與乎州郡之豪傑五都之貨殖三選
七遷充奉陵邑蓋以彊幹弱枝隆上都而觀萬
國封畿之內厥土千里卓犖諸夏兼其所有其
陽則崇山隱天幽林穹谷陸海珍藏藍田美玉
商洛緣其隈鄠杜濱其足源泉灌注陂池交屬
竹林果園芳艸甘木郊野之富號爲近蜀其陰
則冠以九嵕陪以甘泉迺有靈宮起乎其中秦

漢之所極觀淵雲之所頌歎於是乎存焉下有
鄭白之沃衣食之源提封五萬疆埸綺分溝塍
刻鏤原隰龍鱗決渠降雨荷插成雲五穀垂穎
桑麻鋪棻東郊則有通溝大漕潰渭洞河泛舟
山東控引淮湖與海通波西郊則有上囿禁苑
林麓藪澤陂池連乎蜀漢繚以周牆四百餘里
離宮別館三十六所神池靈沼往往而在其中
迺有九真之麟大宛之馬黃支之犀條枝之鳥
選賦　卷一　五

《選賦》卷一　哈佛大學漢和圖書館藏本

31.《新刊文選批評》　郭正域評　存

提　要

郭正域,見《合評選詩》條下。

今存萬曆三十年(1602)博古堂刻本,題作《新刊文選批評前集十四卷後集十三卷》,扉頁題"明龍郭先生批評"。從時間上來看,當爲後來刊刻的郭氏評本中現存最早的一種。然而,與凌濛初刻《合評選詩》、凌森美刻《選賦》、閔于忱刻《文選後集》相比較,此部郭正域評點本的評語與各本多有出入,當爲"對所依底本去取不同所致。且最早出現的《新刊文選批評》并不能反映郭正域《文選》評點的原貌"(趙俊玲《文選評點研究》)。然郭正域評點《文選》的完整原本究竟如何?今已不可見。

郭正域《文選》評點的文獻,散見於此書和其後陸續刊刻的《合評選詩》《選賦》《文選後集》以及盧之頤刻本的收録,對於其評點的內容,可以概括爲簡要提點、賞鑒評析。即以簡明扼要之語點評文本,如評江淹《别賦》稱:"富而别""俠而别""戎而别""使而别""愛而别""仙而别",可謂高度凝煉。再如評謝惠連《雪賦》稱:"備極形容,巧思入微。"亦無繁詞冗説。郭正域評《文選》的另一個特點是:自有法則、中庸平和。在明代復古派崇尚秦漢高古文風的文學背景下,郭正域多能從文章文本的內部規律出發,賞其有得之處,即使對於六朝文賦,也同樣持欣賞的態度。如評顏延之《陽給事誄》曰:"今人但法漢文,不知表、箋、銘、誄當法六朝。"評任昉《奏彈曹景宗》曰:"人但知六朝文字俳,不知其俳處却警嚴得力,又俊逸可誦。學四六者,祖六朝可也。"可見其審美趣味不執一端,平和包容。

此書上海圖書館、普林斯頓大學東亞圖書館藏。

32.《昭明文選芟》四卷　杜詩撰　存

提　要

杜詩，字以興，號友白，濟南人，生卒年不詳。明萬曆二十二年(1594)甲午科舉人，萬曆二十六年(1598)戊戌科進士，初任户部主事，以考核第一名升任宣府(今河北宣化)糧儲。從其一生履歷看，當以一代廉吏著稱。

關於這部《昭明文選芟》的創作意圖，據杜詩自序，首先是《文選》一書正文及注的繁雜，不利於孩童初學文章寫作，因此，“芟其繁者令簡，芟其俗者令雅，芟其岨峿底滯者令疏暢而條達。背夏涉秋，字櫛句比，瞭然心眼，快讀易盡，用以存之家塾，非敢傳之同好”。同時代的前輩李維楨總結説，是書“取昭明所選，汰其體之龐贅，注之蕪蔓，約而當，一覽而瞭然，要以資舉子業、古文辭兩家之用而已”(《題辭》)。

此書刊刻於明萬曆四十八年(1620)，今有明萬曆庚申(萬曆四十八年)杜氏武昌刊本，臺灣“中央圖書館”藏。有明李維楨《題辭》、明賀逢聖序、明游士任序、明杜詩刻序。杜詩自序撰寫於當年九月，題“濟南杜詩題於武昌之風紀清署”。又如賀逢聖序所説，“觀察使濟南杜公”，則此書之删選蓋在杜詩任湖北觀察使期間成稿付梓。

33.《文選尤》十四卷　鄒思明選評　存

提　要

鄒思明(1542—1622)，字汝誠，號見吾，湖州府烏程縣(今浙江湖州)人。嘉靖四十三年(1564)舉人，先後在霍山、彭澤任縣令。據光緒《霍山縣志》,鄒思明於萬曆十八年(1590)任霍山縣令;萬曆《湖州府志》卷六,鄒思明亦任湖州府學。

其書命名爲"尤",乃有所精擇之意。《四庫全書總目提要》卷一九一集部四四總集類曰:"其書取《文選》舊本,臆爲删削,以三色版印之。凡例謂總評分脉則用朱,細評探意則用緑,釋音義、解文詞則用墨云。"

然總體來看,鄒思明所選所評應有自己的一定準則,具體體現在對正文文本的篩選,如《凡例》所言:"《選》中賦、詩、騷、七、表、箋、書、論,取十之六,而四言詩則以《三百篇》爲宗,似不必收。獨詔、辭、上書、設論、連珠,俱古今絶構,輒全録之。教、策問、啓、彈事、檄、序、頌、贊、銘、符命、誄、哀文、碑文、吊文、祭文,原選既寡,間謬爲蒯閱,每項所取,總計亦十之六。要之,有裨於學者而已。册、令、奏記、對問、箴、墓志、行狀,《選》中每項止一首,皆精研奇古之筆。并取之,以備其體。"其選擇原則可見一斑。

對於作品選擇,則本着"意致委婉,辭氣淵含,才情奇宕"的標準,精選各體中作品,加以評點。

評語來源或采諸别簡,或自出己意。核心目的在於闡發作者心事,融會作者精神。其評語分作總評以分脉,細評以探意,另有釋音義、文辭、古典。尤其注重詩文意脉精彩關鍵處。與其他評本相比,鄒評本引用他人評語精煉適當,自評之用語精煉而富有詩意,或可稱爲詩化評點的路數。至於其删削是否得當,評論是否完全合於作意,則仍需商榷推敲。

内府藏本,見《四庫全書》集部總集類存目。其書爲明天啓二年(1622)刻三色套印本。卷一題"明西吴鄒思明評閲,男德延校"。前有朱國楨序,韓敬序,凡例。末有天啓二年鄒思明《鎸文選尤序》。《四庫全書存目叢書》集部第二八六册據以影印。南京圖書館等亦有是刻。

34.《孫月峰先生評文選》三十卷　孫鑛評　存

提　要

孫鑛(1543—1613),字文融,初號越峰,中年更號月峰,别署月峰主人、湖上散人,餘姚(今浙江慈溪)人,明萬曆二年(1574)會元,累遷兵部侍郎,總督薊遼保定軍務,官至南京兵部尚書。月峰學問淹貫,精擅文、史、經、子諸學,兼通天文、曆法、地理、兵制、書法、繪畫、戲曲、音韵,乃至醫卜堪輿之術。其著述宏富,計九十餘種。可惜亡佚殆半。幸可考見者尚有九百餘卷。孫鑛評點著作甚多,《四庫全書存目叢書》經部所收《孫月峰先生批評禮記》卷首載有《孫月峰先生評書目録》,列孫鑛評點著作四十三種。其《文選》評點在當時影響巨大,與何焯并峙。

孫鑛評點《文選》的時間,據閔齊華《文選瀹注凡例》可知,是在其“林居時所手裁也”,孫鑛在萬曆二十五年(1597)因忤尚書石星而被罷免回鄉,至萬曆三十三年(1605)起復爲南京兵部尚書。則孫鑛評點《文選》的時間,即應在此八年中(趙俊玲《文選評點研究》)。

孫鑛評點初爲手稿本,閔齊華凡例中也交代了“仲兄翁次宦游南都,先生手授焉。不敢秘諸帳中,遂以公之同好”。也就是説,閔齊華之兄當時得到了孫鑛的親筆批閲本。今可見最早的孫評刻本就是天啓二年(1624)烏程閔齊華初刻本,北京大學圖書館藏。卷首列《文選瀹注凡例》《文選序》,版心鎸“《文選瀹注》”及卷數。眉欄有孫評。又于光華《文選集評》中幾乎全部收録了孫評之語。盧之頤重訂《文選纂注》本,亦收録孫月峰評語。也可以説孫評是藉助《文選瀹注》《重訂文選纂注》《文選集評》這幾本書而廣泛流傳的。值得注意的是,明崇禎七年(1634)的朱墨套印本《文選瀹注》,則删去了孫評,其原因概在於當時錢謙益對於孫評"高論闊步,厭薄古人"(錢謙益序之語)評點方式的不滿,導致書商重刊時對孫評進行了删削。比較而言,天啓二年本《文選瀹注》保存孫評更爲完整全面。

前人對於孫月峰的《文選》評點褒貶不一。如《四庫全書總目》稱其"以六臣注本删削舊文,分繫於各段之下。復采孫鑛評語、列於上格。蓋以批點制藝之法施之於古人著作也"。今人蔣星煜《西厢記的文獻學研究》稱孫月峰的"其他著作姑置不論,僅就他對《昭明文選》的評論而言,却是絲毫未被前人所局限,而且纖毫入微,并能對每一篇文章提綱挈領,對其氣勢、情趣與布局等等方面作分析,較何義門、方伯海、邵子湘、浦二田諸人的評論都高"。趙俊玲則通過細緻的梳理認爲:"孫鑛實際期望通過評點《文選》來宣揚自己的復古思想,來提倡心目中精腴簡奥的理想文風。并具體探討了達到這種理想文風的途徑,那就是掌握爲文之法和對作品進行反復的錘煉。"其説着眼於明代復古運動中來看孫鑛的《文選》評點,稱其爲《文選》評點史上質量最高和影響最大的著作之一(趙俊玲《文選評點研究》)。

35.《文選瀹注》三十卷　閔齊華瀹注　存

提　要

閔齊華,字赤如,號東庵,烏程(今浙江湖州)人。崇禎三年(1630)以歲貢授江蘇常熟訓導,崇禎八年(1635)升北直隸沙河縣令。不逾載,積勞成疾,卒於官。閔齊華曾編注《文選瀹注》三十卷、《會元集》九卷等。另閔齊華與其弟閔齊伋的刻印特别是套印技術名著全國。他們用兩色及多色套印的古籍被稱爲"閔刻"。

《文選瀹注》的編者應爲閔齊華,其書名爲"瀹注",據《凡例》所言,爲“芟蕪除謬,時以己意裁酌舊文,命之曰《瀹注》”。錢謙益序中稱:“瀹之爲言,有疏通洗滌之義焉。杜之於選理曰精,先生之於選注曰瀹,其理一也。神而明之,擬議以成其變化,學者亦善取之而已矣。”

單從瀹注的部分看,閔齊華所作的工作主要是:“本於六臣而各注之背謬最甚者。”“今悉考唐宋諸名家及近日文人之所撰述而以己意融之。”“舊注或有一事義而有異解者,兩説俱通,則并存之。一是一否,則爲别白而從之。亦有原注所不載者,間有所考,則附入之。其無考者,仍缺之,以俟後之博雅者。”“各本有彼此不同者,隨摘出以標於其上。”(閔齊華《文選瀹注・凡例》)總之,爲正文及舊注的梳理工作。

《文選瀹注》的刊刻最初與孫月峰先生評《文選》同爲一書,孫月峰評衹是《文選瀹注》書中一項内容。或載或删,故將之作爲二書分而述之。《瀹注》有天啓二年初刻本(全本),崇禎七年刻本(將孫月峰先生評語删去,僅留有閔齊華瀹注)。崇禎七年(1634)刻本《文選瀹注》,題名《孫月峰先生評文選》三十卷,閔齊華瀹注。版心題:《文選瀹注》。卷首分别爲崇禎七年(1634)錢謙益序,次蕭統序,次天啓二年(1622)閔齊華凡例。藏中國國家圖書館。《文選研究文獻輯刊》第一四至一八册影印。《四庫全書存目叢書》第二八七册影印。此外還有清康熙二十年柯維楨重修本,藏國家圖書館、浙江圖書館、湖北省圖書館等。卷首柯維楨序,次錢謙益序,次徐建善序,次蕭統序。潘耒《遂初堂集》卷六也有《文選瀹注・序》,見《續修四庫全書》集部别集類第一四一七册。

36.《重訂文選纂注》二十四卷　盧之頤輯　存

提　要

盧之頤(約1598—1664),字子繇、繇生、子縈,又字自觀,號晋公。錢塘(今浙江杭州)人,係名醫盧復之子。幼承家學。青年時已善於處方用藥。深研《周易》,并以之與醫理互參。著作甚豐,有《學古診則》四卷、《痎瘧論疏》一卷、《仲景傷寒論疏鈔金鎞》十五卷,此外還有《摩索金匱》、《遐引曲譬》等,未見流傳。後因積勞而致雙目失明。

《重訂文選纂注》二十四卷,刻於天啓六年(1626),底本即萬曆間通行的《文選纂注》本,但變纂注的十二卷爲二十四卷。盧之頤輯十二家包括劉辰翁、陸樹聲、王世貞、張鳳翼、梅守箕、孫鑛、陳與郊、胡應麟、郭正域、陳繼儒、鍾惺、譚元春評語列於書眉。這些評點之語,或出自此十二人的《文選》評點專著,或出自筆記、詩話、其他評本等著作。盧之頤搜集各名家評點於一編的目的,正如其在《凡例》中所説:"批評貴開兹法眼,綻彼文心。"即選擇那些能够重在探討作家作品創作用心的評語。

今存明天啓六年(1626)刻本,遼寧省圖書館藏。明崇禎刻本,復旦大學圖書館、南京圖書館藏。清康熙刻本,上海圖書館藏。

37.《文選》六十卷　傅山批注　存

提　要

傅山(1607—1684),字青主,陽曲(今山西太原)人,其學於經學、史學、諸子、佛、道、詩文、書法、繪畫、考據、戲曲及醫學等皆有相當深入的研究,堪稱明清之際一位難得的成就如此全面的學者。其著作見於清代刊印的《霜紅龕集》。二十世紀末則出版了較《霜紅龕集》更爲詳備的標點整理本《傅山全書》(山西人民出版社 1991 年版,張貫文等編)。

傅山批注《文選》見録於《傅山全書》第四册卷一〇一及卷一二八,爲據山西省文物局資料室藏批點手稿整理。批點底本乃明成化二十三年唐藩朱芝址刻本,存四函十六册。全書共十卷,無序跋,附雜記。

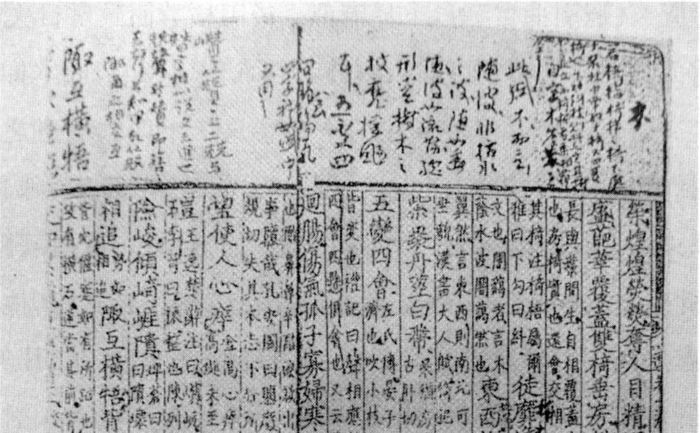

《文選》批注手迹

傅山批注《文選》，基本運用明清文人讀書的批校方式，包括將關鍵字句謄録頁眉，以加强記誦；對正文注文的解説評論；對正文的文學批評；對正文思想的批評；等等。硃筆主要用於改正底本訛誤、提出不解問題、引申資料補充、指出正文文脉等等。其中，思想批評的部分尤其體現了作者鮮明的立場傾向，如《文選》批注一卷第三《東京賦》"望先帝之舊墟，慨長思而懷古"云云，墨筆眉批："自此以下，啴不可言，精竭神散，不知所以終之。衹一個儒家者流，定墮此麈糟腐套。衹樂得奴人六字粹然一出於正耳！"總之，在某種意義上説，傅山的《文選批注》代表了明清文人評點的基本範式，同時也體現了作者真實的思想和學術水平。

38.《昭明文選鈔》　鄭心材撰　佚

提　要

鄭心材，字敬仲，號思泉。刑部尚書鄭曉之孫，鄭履淳子。浙江海鹽人，屢試不第，年五十以蔭生官至應天府治中。父履淳編《衡門集》未完，爲續成之。有《鄭京兆集》十二卷、《外集》二卷。

鄭心材所作《昭明文選鈔》，見載《四庫全書總目提要》、《鄭京兆集》十二卷《外集》二卷條下："明鄭心材撰。心材字敬仲，號思泉，海鹽人。刑部尚書曉之孫，光禄寺少卿履淳之子。以蔭生官至應天府治中。是集爲其婿項皋謨所校，凡詩文、雜著，十二卷，其《外集》二卷，則附録'墓碑''行實'之類也。考其子端允所作《行實》中，稱所著文集以外，有《昭明文選鈔》《唐人列傳》《見聞紀鈔》三書。"

39.《文選》六十卷　何孟倫輯注　存

提　要

何孟倫,明嘉靖二十年(1541)進士。《古今圖書集成》卷一一六卷引《新昌縣志》有"嘉靖二十九年,知縣何孟倫"行事記載。據河北隆化發現清代康熙年間何氏家譜,"何孟倫誥封昭勇將軍,贈通奉大夫"。所著今存有《建寧縣志》七卷附録一卷(嘉靖二十五年修)。

本書首列《文選序》,題下署梁昭明太子蕭統撰,明進士新會何孟倫輯注。次列五臣《上文選表》,次列李善《上文選注表》,次列陳仁子《諸儒議論》,蓋以陳仁子茶陵本爲底本。次列《文選》目録。所謂的輯注,指不改變正文的情況下,對正文夾注李善、五臣注進行删略。

重慶圖書館藏。

40.《選詩》七卷　吴勉學校　存

提　要

吴勉學,生卒年不詳,字師古,又字肖愚,歙縣(今屬安徽黄山)人。一生致力於藏書和刻書事業,有師古齋藏書樓和刻書坊。所刻圖書内容廣泛,包括經、史、子、集、叢書、類書及醫書。其子吴中珩,字延美,子承父業,父子刻書總數超過三百種,逾三千卷,其中大部分爲醫書。《文選》類包括吴勉學刻本《六臣注文選》六十卷及本書。

其書全名《合刻選詩唐詩正聲》,實際選取《昭明文選》詩和高棅《唐詩正聲》彙於一編。首列萬曆辛丑(1601)六月六日新都吴士奇無奇撰《合刻選詩唐詩正聲序》。吴士奇,徽州府歙縣人,字無奇。萬曆二十年(1592)進士。官至太常寺卿,以拒閹党魏忠賢致仕。有《皇明副書》一百卷、《緑滋館稿》九卷、《史裁》二十六卷等。

本書次列《選詩目録》，全按《文選》原書列次。次列《詩人世次爵里》，則按時代列《選》中詩人。包括戰國荆軻，漢漢高祖、韋孟、李陵、蘇武、班婕好、張衡，魏列武帝、文帝、陳思王植、王粲、應瑒、應璩、繆襲，晋列應貞、阮籍、陸機、陸雲、潘岳、束晳、張載、張協、左思、嵇康、張華、孫楚、王瓚、張翰、潘尼、石崇、曹嘉、何劭、劉琨、盧諶、郭璞、郭泰機、歐陽建、棗據、傅玄、傅咸、殷仲文、王康琚、陶淵明，宋謝靈運、顔延之、謝瞻、謝混、袁淑、王徽、王僧達、謝惠連、鮑照、范曄、劉鑠，齊謝朓、陸厥，梁江淹、范雲、丘遲、任昉、沈約、徐悱、虞羲。正文卷題下署梁昭明太子蕭統選，明新安吴勉學校。

全書的特點是一依其舊，以存《選詩》面貌。僅在行間小字標注音注，或反切，或直音，如"南陔"，"陔"字旁注"古來"，"汩"字旁注"聿"。或者個別字旁以小字校以異本，如劉公幹《公宴詩》五言"生平未始聞"中"平"字旁注"一作年"。

此書的編纂用意，蓋在於爲讀者提供一個《詩經》以後能够合刻彙集漢魏晋六朝詩和唐詩經典之作，既能保持選本原貌，又能簡明易讀的經典文本。正如吴士奇《合刻選詩唐詩正聲序》所説："蘇李其後，分鑣并驅，作者雲集，逮唐以詩賦取士，士益斐然嚮風，衆體互興，簡篇汗漫，觀者既厭奢而思簡，述者因哀多以就簡。其爲漢魏晋宋齊梁之選者，無如昭明。其爲貞觀、開元、大曆之選者，無如高氏。納諸《三百篇》之軌，吾不敢知，要以志哀樂之感，暢人我之懷，屬辭者藉以不朽，道古者緣以居要，會心者借以亡言，三善備而風雅裨焉。"

重慶圖書館藏。

辭章類

1.《文選錦字》(《文選錦字録》)二十一卷　凌迪知撰,凌稚隆校
存

提　要

凌迪知(1529—1600),烏程(今浙江湖州)人,字穉哲,號繹泉。凌稚隆之兄,凌濛初之父。嘉靖三十五年(1556)進士,官至兵部員外郎。後回鄉潛心著書三十四年,年七十二而卒。明代後期浙江重要的私家刻書商即以凌氏家族和閔氏家族爲代表。凌氏家族尤以凌迪知及其子凌濛初在《文選》編纂刻印方面成績卓著。編撰刻印過《文林綺綉》七十卷、《文選錦字》二十一卷、《左國腴詞》八卷、《太史華句》八卷。又以類編次《兩漢雋言》十六卷,前十卷爲宋林越所撰《漢雋》,後六卷則爲其所輯後漢故實,合爲一編。另有《萬姓統譜》等。《明史·藝文志》載録"凌迪知《文林綺綉》七十卷、《文選錦字》二十一卷、《左國腴詞》八卷、《太史華句》八卷"。校勘記曰:"凌迪知《文林綺綉》七十卷,《文選錦字》二十一卷,《左國腴詞》八卷,《太史華句》八卷。疑《文林綺綉》爲叢書總名,《文選錦字》三種爲它的子目,當作小注。稽璜《續文獻通考》卷一六七有凌迪知《左國腴詞》八卷、《太史華句》八卷、《兩漢雋言》十六卷,又卷一八七有凌迪知《文選錦字》二十一卷,而無《文林綺綉》,録子目名即不重出叢書總名。《國史經籍志》卷五有《文林綺綉》五十九卷,録叢書總名即不重出子目名。《中國叢書綜録》的《文林綺綉》子目,尚有《楚騷綺語》六卷。疑凌迪知《文林綺綉》當有子目五種,正合五十九卷。原作《文選錦字》三種,疑脱去《兩

漢雋言》《楚騷綺語》兩種。"其説誠是。

是書初刻於萬曆四年至五年，其編纂以宋人《文選類林》及《文選雙字類要》二書繁簡不齊，以之爲基礎增損成篇，凡分四十七門，門下列小類，在體例上與前二書相當，小類尤與《類林》基本一致，僅在分門順序上有所調整。作爲後來居上的著作，本書在盡量削減詞條下引原句和注文的繁瑣部分，而力求簡潔。同時又廣泛搜羅以增加詞條，以卷第二一"花木門"之"草木類"爲例，《類林》收詞三十五條，《錦字》則收詞擴展至六十二條。其增損之處可見一斑。此書功用，亦如陶濬宣所言："夫識大識小，聖人不廢，用詒來學，藉供撏扯。"《四庫全書總目提要》評價曰："是書以《文選》字句輯爲二十七門。自謂合清江劉氏《類林》、眉山蘇氏《雙字類要》而增損之。然二家之書已涉飣餖，疊床架屋，尤爲無謂矣。"羅國威《文選研究文獻輯刊序》曰："是爲明代《文選》詞彙學著作之唯一存世者也。"

其書有明萬曆四年至五年吴興凌氏桂芝館刻《文林綺綉》本，重慶圖書館、山東省圖書館藏，《四庫全書存目叢書》子部第一八四册據以影印；日本文政元年(1818)江户昌平阪學問所刻昌平叢書本，香港中文大學圖書館藏；清光緒十一年(1885)融經館斠刊本，中國國家圖書館藏，《文選研究文獻輯刊》第一二、一三册據以影印。

2.《選抄》　沈懋孝輯　存序

提　要

沈懋孝(1537—1612)，字幼真，號晴峰，平湖(今浙江平湖)人。沈弘光之子，沈懋莊、沈懋嘉、沈懋時之兄，沈瑞鐘之父。嘉靖壬戌(1562)進士，隆慶戊辰(1568)改庶起士，授編修，仕南京國子司業，兩淮鹽運司判官，起河南巡撫，未任。退居淇林之上，授徒講學。擁書萬卷。人稱“長水先生”。著有《淇林雅咏》十卷、《滴露軒藏稿》一卷、《洛誦編》二卷、《水雲緒編》三卷、《賁園草》四卷、《四餘編》三卷、《石林蕢草》三卷、《長水集》三十四卷、《周易程朱傳義箋》、《周易四聖象辭》、《周易博議》、《類苑總目》八十卷、《導引圖訣》、《沈太史文鈔》、《文林合璧》十卷、《平湖沈氏書目》一卷。載《平湖縣志》卷一六、《光緒平湖縣志》卷二三、《浙江通志》卷一七九、《嘉禾徵獻録》卷二、《江浙藏書家史略》、《經義考》、《明代浙江進士研究》附録。

其所撰《選鈔》，實分作《選文鈔》和《選詩鈔》。原書未見。在沈懋孝《沈司成集》卷一中收録二書之序，今移録如下：

沈懋孝《叙漢選鈔》：“漢文選輯之指，則昭明自序者爛爛稱備矣。自騷人宗本風雅，大昌厥詞，奇文奮飛，光啓兩京。窮變極妍，於何不有。於是班揚張馬沿流而馳之，九變復貫，逾工彌麗。江左風流，霞輝虹燦。英人哲匠并出此，鏌金之中又有金焉，錦之中又有錦焉。天下之精心與斯文之絶焰，并注而交映，可謂奪五緯之寒芒，滌四溟之濤采。郁郁斌斌乎文哉，極此六百年之宇内矣。昭明氏適生其時，六朝之末景，亦東姬之餘勝也。乃築金臺，集詞客以副君之力，温文之品，合鄴架之儲，收東觀之緒，積精揀於數年，掄瑋撰於七代。明兩之離既照，四方參三之耀能羅萬象。故此時應有此書。此書既成，乃應獨有千古。彼粹唐鑑宋，淳氣薄而異采漓。曾是何物，得驂方明，而偶騄耳乎。彼誠有托見所長，即不得仰方孔公之綜六籍。夫何殊乎子長之接世，本孟堅之躅楊劉也。士不生其時，獨言獨爲，烏乎成名。信然哉，信然哉。故《騷》以經稱，尊所自出，不忘始也。非漢之撰，乃漢之宗，《兩都》以下，漢氏乃獨有其麗賦。‘十九首’‘蘇李’以下，漢氏乃獨有其古詩。《過秦》以下，獨有其論。《出師》以下，獨有其表。《逐客》以下，獨有其書。《封禪》以下，獨有其符瑞。其他《客難》《蜀檄》《七發》《連珠》者流，咸各自立規繩，不摹往匠，後者邈而莫追，前者曠若無始。《選》之必傳，此其故歟。補《選》者，上載詔文，下采封疏，此兩端尤漢氏鉅製，亦自爲千古。而昭明顧弗備具，令補者乘瑕而入焉。則昭明序義固已略言之。必如此以責弗備，則管孟荀韓劉吕兩司馬之撰可勝收耶，可雌黄進退耶。藻潤之義，益又無當爾已。進九錫不録《後出師》，如素絢之逸而桑中之入也。收彈奏小文，不録鼂賈諸大議，如曲儀之詳而周禮之缺也。筆下眉前，當機取舍，適與不適，會有宜然。九京可作，質此無從。譬則東都名園綺石琪林以爲池亭館榭之娱，亦何必移長河而轉太華乎。故左國禮教典則之府也。其文武之遺乎。國策謀議智辨之囿也，其管商之變乎。史漢國紀册書之林也，其二祖之烈乎。而《選》者翰墨光華之海也，其騷人之瀾乎。不經而經之，精在焉。不史而史之，英粹焉。不子而子之，略通焉。蔚乎豹文，沃若朝采，懸黎結緑，文犀明璣，收之乎文房。干將青萍烏號繁弱，儲之乎武庫。美矣富矣。觀止此矣。是爲來葉文集之冠，何疑焉。昌黎杜陵始變兹，執變不謂非也。而《選》之精美忽然墜地，嘗撫卷惜之。子瞻即多才，烏能測《選》之重溟哉。遂令昭明氏猥以淺陋蒙譏，一言駟追，云何能及。古人所以論之乎眉睫也。今者所選，安能盡追昔人，亦不泥其故轍，能爲昭明也者，乃能不爲昭明也者。”

其《選詩鈔序》曰：“余既選《選文》矣，復選《選詩》，合之稱《選鈔》焉。風雅平淡而典則，楚些耀燁而深華，沉涵之久，蘇李出焉。‘十九首’嗣響，則穠雅之兩間而格力乃渾渾無痕。自天開此一路，令魏晋下宗述到今，洋洋乎其風故可尚也。後之爲律爲歌爲樂府諸作，即各有體，夫孰能舍選而自爲色乎。吾以謂今之近體歌行，姑無糟粕。唐人能自以其興會特詣《選》之絶境，令骨勁采飛。然後按班入局而出摹鉚焉,斯又超唐而能唐也已。曹子建、謝宣城各據勝場。舍筏登岸,又學《選》者所宜獨創也。選則規其風力而易其象肖。律則依其聲采而奄有其風力。夫乃獻吉於麟元美諸君子之志也乎。來學者無以唐人口吻混而摹之。詩之道百年可振,或者其筌言也夫。"

此外,其《長水先生文鈔》中還收録有《選鈔副本序》,據其内容可知其《選鈔》一書成於隆慶戊辰(1568),至萬曆庚寅(1590)重鈔一册,又有減益。付予其子。在這篇副本序中,他提出:"世嘗學《選》,取穠語儷詞。夫穠儷者,賦家相沿習耳,翻是其不佳處。若乃清英特存,渣滓盡汰,韞蓄渟泓,含有異采,不發穎於論議而見大力於風骨。接續無痕,涵胎衆妙,玲玲振玉,落落轉珠,今人抃舞三嘆,言之不及,此真天下之奇已。唐宋人以其局於穠儷也,變爲論議,長言繁稱,諧以俚調,足而申易之,幾隔僊凡矣。"亦可見其對於《選》體及唐宋的态度。其書今存《長水先生文鈔》二十四卷,明萬曆刻本,收入北京出版社《四庫禁燬書叢刊》集部第一五九册。

3.《文選鉤玄》二卷　華文甫撰　存

提　要

華文甫,據《江南通志》卷一二八:無錫人,嘉靖二十五年(1546)舉人。著有《詩經主意》四卷,嘉靖四十四年(1565)刻本,今存上海圖書館。

《文選鉤玄》二卷,今見爲中國國家圖書館藏。首列王宇《文選鉤玄前序》、瞿景淳《文選鉤玄前序》,卷末有吴遵《文選鉤玄後序》。

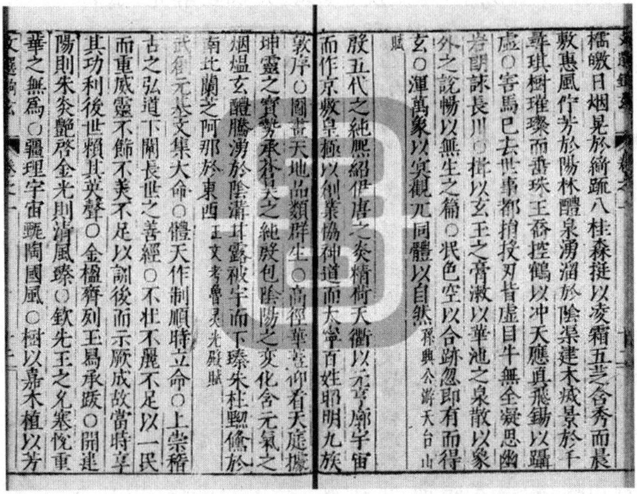
橘曒日烟晃於綺疏八桂森挺以凌霜五芝含秀而晨
敷惠風佇芳於陽林醴泉涌溜於陰渠建木滅景於千
尋琪樹璀璨而垂珠王喬控鶴以冲天應眞飛錫以躡
虛○害馬已去世事都捐投刃皆虛目牛無全凝思幽
岩朗詠長川○挫以玄玉之膏漱以華池之泉散以象
外之説暢以無生之篇○泯色空以合跡忽即有而得
玄○渾萬象以冥觀兀同體以自然　孫興公遊天台山
賦
殷五代之純熙紹伊唐之炎精荷天衢以元亨廓宇宙
而作京敷皇極以創業協神道而大寧百姓昭明九族
敦序○圖畫天地品類群生○高徑華蓋仰看天庭據
坤靈之寶勢承蒼昊之純殷包陰陽之變化含元氣之
烟熅玄醴騰涌於陰溝甘露被宇而下臻朱桂黝儵於
南北蘭芝阿那於東西　王文考魯靈光殿賦
武[illegible]元長文集大命○體天作制順時立命○上崇稽
古之弘道下闡長世之善經○不壯不麗不足以一民
而重威靈不飾不美不足以訓後而示厥成故當時享
其功利後世賴其英聲○金楹齊列玉舄承跋○開建
陽則朱炎艷啓金光則清風臻○欽先王之允塞悅重
華之無爲○疆理宇宙甄陶國風○樹以嘉木植以芳

《文選鈎玄》　嘉靖年間刻　中國國家圖書館藏

是書主要摘取《文選》賦類、文類作品中的華章藻句，以作品爲單位排列摘録的詞句。詩類、騷類作爲附録另摘。詞句之間以圈爲斷。對於本書的特點和作用，正如瞿景淳《序》所言："君子未嘗不喜其言簡而事盡，詞約而義精。是集也其有滋於學士之聞見者不既富美矣乎。善學者即其梗概，繹其玄微，則凡爲古今文者一閲覽之餘，而得其旨趣之妙矣。"然作爲一部在《文選》基礎上再編選的著作，蓋爲科舉應試之用意更加明顯。

4.《鼒九我李先生編輯梁昭明太子文選品彙》十八卷　李廷機編
存

提　要

李廷機(1542—1616)，字爾張，號九我，晋江新門外浮橋(今屬福建泉州)人。少貧勵學,隆庆庚午舉順天鄉試解元,萬曆十一年會元、榜眼,累官禮部尚書兼東閣大學士。謚"文節",入祀學宫。著有《四書臆説》《春秋講章》《通鑑節要》《性理删》《燕居録》《宋賢事彙》《李文節文集》等。

此書爲《文選》詞藻類編之書。十八卷包括所分十七大類,即天象類、地理類、歲時類、都城類、治道類、臣道類、歷史類、音樂類、刑罰類、學術類、珍寶類、倫理類、情感類、德行類、行爲類、鳥獸類、草木類。每大類下附小類,如草木類包括草木附花果,松附柏,以及桂、竹、桐、柳、槐、桑等。每小類之下則附《文選》中同類的詞藻、文句。其編寫體例與宋元以來的《文選雙字類要》《文選類林》《文選錦字》《文選詩句圖》等無大差别,惟詞藻、詩句的選擇,稍有不同。詞語之下,附完整語句,以見其應用。語句之後,基本都附注釋,以五臣注爲主。如:"造化權輿。太極剖判,造化權輿,體兼晝夜,理包清濁,流而爲江海,結而爲山嶽。注:權輿,始也。元氣融流者爲江海,結聚者爲山嶽。左思《魏都賦》。一氣。寥廓恍惚,化爲一氣,而甄三才。注:天地未開爲一氣。潘岳《西征賦》。"體例上相較前代日趨完備精到。

内閣大學士朱賡爲其撰《文選品彙題辭》曰:"道衰於周季,而文出焉。文之於道,猶色澤之於神脉也。第比擬於道者,斤斤繩尺之内,其文每拘而多畏,澀而偏枯。六七之際,游説之士結靷掉舌,而馳從衡之習。摛詞天壤爲光,矢韵陵嶽生響,岩岩落落,卓乎尚已!《兩京》嗣之,表章六經。譚治道者《新語》《至言》,文飾帝王粃糠;語經術者虎觀、石渠,沉酣聖賢糟粕。天禄燃藜杖之照,下帷著繁露之編。於!都文盛哉!魏晋而後,煽以風流,或吟咏性靄,或流連光景,藻思駿發,逸韵迭奏。建安才人,梁園辭客,尤其翩翩然者,蓋秦漢之文雄而瑋,不入於拘。魏、晋、宋、齊之文婉而麗,不涉於枯。文愈變而愈新,衢若瀉而未泯。昭明氏輯之爲《文選》,則凡政理得失之間,人事是非之鑒,幽徹於七律六閒,纖及乎千官萬品,遐極於九畡八埏,邇盡乎方寸瞬息,靡不備具并載。李君曰:'文之有《選》也,信足控揣千秋,流芳百代;至於蹠寔,可以資博洽,讀者未暇悉也。'於是品而彙之,提要鈎玄,披碎金於砂礫;分條别紀,捔群玉於瓊瑶。俾搴英者,得其菁華;汲古者,溯其淵源。非精思妙會,詎能追琢若兹?嗚嘑!萬花春谷,紅紫交映奪目,但涉其趣,未既其真,有分而品之曰:'若爲花之富貴,若爲花之君子,若爲花之隱逸。'至色色,莫不皆然,觀者有不炳然而熟識耶?夫學文何莫猶是也!時萬曆甲辰(1604)歲秋季月穀旦,内閣大學士金庭朱賡頓首再拜書。”

《鼎九我李先生編輯梁昭明太子文選品彙》十八卷,李廷機編,萬曆三十二年(1604)刻,安徽師範大學圖書館、重慶圖書館藏,封面書名題《文選品彙》,梁昭明太子撰,李九我先生輯,國子監藏板。前有朱賡序,署萬曆甲辰。正文題下署“禮部左侍郎九我李廷機類編,辛丑科會元鍾斗許獬校訂”。

5.《文選腴詞》不分卷　不著編人　存

提　要

本書爲鈔本,不分卷,前後無序跋,不著編人。臺灣“中央圖書館”、哈佛燕京圖書館藏。有“澤存書庫”、“鳴野山房”、“邵氏二雲”、“賀湖范玉亭家藏書畫印”朱文方印、“子孫永保”白文方印。八行,行十六字。頁眉有批校,朱藍筆圈點。

其書按《文選》原書體例,摘取腴詞,蓋爲初學學習之用。頁眉批注之語多來自《文選》李善注解釋名物制度訓詁的部分。所謂“腴詞”,蓋出自《文心雕龍·雜文》描述《七發》“腴辭雲構,夸麗風駭”。

6.《新刻文選粹語》二卷　胡文焕撰　存

提　要

胡文焕，生卒年不詳，字德甫，號全庵，又號抱琴居士，祖籍徽州婺源（今屬江西上饒）。其家富藏書，青年時經營商業，後居杭州操刻書業，創文會堂，後改思莼館。又設書肆，流通古籍，一生刻書多達六百餘種，一千三百多卷。如《格致叢書》一百八十一種，六百多卷；《百家名書》一百零三種，二百二十九卷等。還編著有《文會堂詩韵》《文會堂詞韵》《文會堂琴譜》《胡氏粹編》《詩學彙選》等二三十種。

此書爲上下兩卷，首列胡文焕《文選粹語序》。序曰："昭明《文選》予自幼讀之，恒以其汗漫易忘，欲選其合璧粹語，冗未能也。及今病中，藉此消遣，以償宿願。適友人持《文選腴詞》至，觀是先得我心者也。然其間不皆合璧，溷以碎金，雖免濫觴之譏，不無遺珠之嘆，載觀其序，有云：《文選》無纂近蘇門張氏刻《文選纂注》，纂其注耳，文無纂也。噫，是蓋不知先有《文選雙字類要》，爲宋蘇易簡所編。《文選類林》，則出於清江劉公。《文選錦字》則出於吴興凌氏，皆字眼也。至於長篇亦有之，若八代文腴，文選新腴種種是矣。獨粹語爲無耳。夫王右軍蘭亭記'天朗氣清'之句，昭明以其上巳而類於秋也，且不入選，則選之何精嚴哉？乃今又從此中選其粹語，不猶出走盤於叢珠，舉夜光於群璧乎。故於聯之切者録之，韵之響者録之，録其意味可嚼者，録其句法可觀者。通用者不辭其煩，有裨者不嫌其複。篇多美者則於美中索美，篇或短者則於短中求長。生者在所不遺，熟者亦所兼取。或聯之，或散之，如星霞之麗天；或挖之，或配之，如文綉之炫目。長而反合者有焉，短而反分者有焉。作之在彼，選之在我。蓋有如手舞足蹈，不得膠柱而鼓瑟也。間有借對，三五錯綜，要不多於駢麗也。昔□□將兵，多多益善，多而不善，雖多奚爲。即世有好惡不同，吾恐□華亦不外是矣，安敢以管窺蠡測□遜也乎哉。故知偕全書而爲世之所尚也，而爲儒林之具也，而爲詩家之斧也。至於石韞玉而山輝，水含珠而川媚，讀此有得，若仟恭惠之養生，以延其年者，斯又不可同日而語矣。是爲序。萬曆丁酉仲春望日錢塘胡文煥德父撰。"

正文按《文選》序以下順序摘抄《文選》中的名句，尤以麗詞駢句居多。彙爲一編，蓋爲作文應用。白文無注。摘句下列出處。

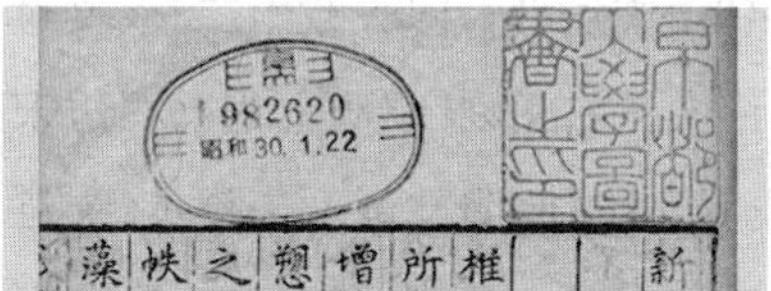
新刻文選粹語卷上
錢唐 胡文煥 德父 選
四明 張 綸 允言 校
椎輪為大輅之始大輅寧有椎輪之質增冰為積水所成積水曾微增冰之凜 昭明太子序 踵其事而增華變其本而加厲 耿介之意旣傷壹鬱之懷靡愬 陶匏異器並為入耳之娛黼黻不同俱為悅目之翫 詞人才子名溢於縹囊飛文染翰卷盈乎緗帙 日月俱懸鬼神爭奧 事出於沈思義歸乎翰藻 朝夕論思日月獻納 班孟堅兩都賦序 抒下情

《文選粹語》　京都大學圖書館藏

重慶圖書館藏明萬曆二十五年(1597)刻本《文選粹語》二卷，題名曰《新刻文選粹語》，首列胡文焕《文選粹語序》，正文題下標"錢塘胡文焕德父選，四明張綸允言校"。日本京都大學圖書館北白川分館藏《新刻文選粹語》二卷，明胡文焕選，明張綸校，後有"萬延元年歲在庚申婪尾春閏三月吉旦寫了竹島告"。此書亦被收入《格致叢書》中，明胡文焕輯，萬曆中錢塘胡氏刊本，題《新刻文選粹語》二卷，明胡文焕輯。

7.《文選千句》 著作未詳

提 要

清方功惠室名"十文選樓"，即收藏十二種《文選》版本。其中包括宋贛州刻本《六臣注文選》、元刻《昭明文選》、明仿宋裴宅刻大字本《文選六臣注》、明冰玉堂刻本《昭明文選》、茶陵本《文選》、明刻《文選六臣注》、抄本《文選》、明批校本《文選千句》《文選論(瀹)注》、明本《廣文選》、明本《續文選》、明刻三色批本《文選》十二種。取其整數名室。[①]

方功惠(1829—1897)，湖南巴陵(今岳陽)人，字慶齡，號柳橋。以鹽商起家。歷任廣東鹽道知事，番禺、南海、順德知縣，潮州知府，道員。嗜藏書，有樓名"碧琳琅館"，藏書二十余萬卷，多秘本珍本，時稱粤城之冠。輯刊《碧琳琅館叢書》。

8.《梁昭明太子文選崇正編》 蔣孟育選，翁正春評 破損未見

提 要

此書由建陽書商余良史刻於萬曆二十一年，内頁題名《精摘梁昭明太子文選崇正編》，標明由"翰林"蔣孟育選、"狀元"翁正春評，分爲

① 見劉尚恒著《室名章釋義》，合肥：黄山書社2011年版，第102頁。

上下集，收録詩、賦的上集今已不存，下集評語衹是雜輯前人，亦重疏通串講文意，實乃借“翰林”“狀元”之名以行牟利之實。[1]

刻本一册，存下集，明萬曆二十一年(1593)余秀峰刻本，湖南圖書館藏，索書號：善 412/90。

9.《選詩句章法》　高叔嗣　佚

提　要

《萬卷堂書目》卷四：“《選詩句章法》，高叔嗣。”

10.《文選類要》　柴瑾集　佚

提　要

《續文獻通考》卷一八三《經籍考》類書類。

11.《文選補遺》四十卷　陳計集　佚

提　要

見於《續文獻通考》卷一八三《經籍考》類書類：“陳計，博學好古，著述甚富。”

12.《文選補》一卷　喻良倚撰　佚

提　要

見於萬曆《金華府志》，《浙江通志》卷二五二載。

---

① 參見趙俊玲《論文選評點在明清兩代的歷史發展》，《天中學刊》2013 年第 3 期。

叢編類

1.《文選逸集》七種六十四卷　閻光世編　存

提　要

閻光世,生平不詳。

所集《文選逸集》七種,包括《梁武帝集》八卷,蕭衍撰。《梁昭明太子集》六卷,蕭統撰。《梁簡文帝集》十四卷,蕭綱撰。《梁元帝集》八卷,蕭繹撰。《梁代帝王合集》二卷,蕭綸、蕭綜等撰。《徐孝穆集》十卷,徐陵撰。《庾子山集》十六卷,庾信撰。

明末(1573—1644)笙臺刻本。南京圖書館、首都圖書館、徐州市圖書館藏。

五、清代(188種)

注評類

1.《唱經堂古詩解·古詩二十首》　金聖嘆撰　存

提　要

金聖嘆(1608—1661),原名喟,入清,改名人瑞,字聖嘆。號鯤鵬散士,又號泐庵法師。吴縣(今江蘇蘇州)人。明諸生。所居名貫華堂,又有唱經堂之名。一生重要成就在於詩文小説的評點,稱《莊子》《離騷》《史記》《杜詩》《西厢記》《水滸》爲"六才子書",擬逐一批注評點。推崇小説戲曲,與傳統經傳詩歌并視,在提升通俗文學地位方面起到了重要作用。順治十八年,以知縣任維初貪殘,與諸生聚哭文廟,被巡撫朱國治指爲"震驚先帝之靈",解南京處斬。一生著述極豐,概在百萬言以上。然大部分散佚,今存著作主要收入其《唱經堂才子書彙稿》中。首都圖書館藏清順治十六年(1659)刻本《唱經堂才子書》十種。中國國家圖書館藏《唱經堂才子彙稿》十六種,清乾隆九年(1744)刻本。

金聖嘆《唱經堂古詩解·古詩二十首》,即將《文選》古詩十九首的第十二首分作《東城高且長》和《燕趙多佳人》兩首,故爲二十首。這自是後世《古詩十九首》研究的一段公案。然今檢《文選》各本如九條本、室町本、尤袤本、陳八郎本、朝鮮正德本、奎章閣本皆爲"十九首”，即合而爲一的。金聖嘆在第十三首題下曰：“此首有與上首合作一首者，然前是勸諭之詞，此是爲其所勸諭之事也，故昭明《選》亦分二首。”其所見蓋爲誤本《文選》，故有此説。

金聖嘆評《古詩二十首》往往獨具慧眼才情，發前人所未發。第一首下評曰：“讀古人書者，於斷處知其續，於續處知其斷，則金針度人矣。如此詩刺刺不休，豈是買菜求益。其實分之，則叠架二十首。合之，祇門接成一首：此斷中之續也。而詩家毋論長篇短幅，必以四句一解爲定體。後人見古之樂府，則注曰一解二解等，餘悉不注，遂妄謂其體有異焉者。不知樂府以示伶人，使知音節停頓處耳。若學士大夫心知其事，奚煩贅論哉。此又續中之斷也。解體既定，嚴整在此，神變亦即在此。”即能將二十首作爲一個整體流動的詩脉看，又能在整體中看出其間的轉折婉轉，實獨具慧眼。

再如第一首《行行重行行》末句“努力加餐飯”下評曰：“又忽用一句掉尾，添筆更靈妙。意其説，却忽然止。意其止，又忽然説。蜿蜒夭矯至此。讀至此，覺《國風》‘我躬不閲’二句，猶爲情淺，真忠孝血淚之言。”①能在比較中見出情之深淺異同。其評實超出一般選學家、學者所評解之外。

《唱經堂才子書彙稿》十六種，清乾隆九年(1744)傳萬堂刻本，中國國家圖書館藏，包括：《唱經堂杜詩解》四卷，《唱經堂釋小雅》一卷，《唱經堂釋孟子四章》一卷，《唱經堂批歐陽永叔詞十二首》一卷，《唱經堂通宗易論》一卷，《唱經堂左傳釋》一卷，《唱經堂古詩解》一卷，《唱經堂聖人千案》一卷，《唱經堂語録纂》一卷，《南華六書》，《序騷》，

① 《唱經堂古詩解》，見《金聖嘆全集》(詩詞曲卷上)，南京：鳳凰出版社 2016 年版，第 23、24 頁。

《先後天聖義幢》,《大勢至録超》,《念珠三昧》,《唱經堂隨手通》一卷,《沈吟樓借杜詩》一卷。此外,還有《唱經堂古詩解》,清一簫一劍館緑絲欄抄本,中國國家圖書館藏。《唱經堂杜詩解》四卷、《古詩解》一卷,有清宣統二年(1910)順德鄧氏鉛印本,重慶市北碚圖書館藏。亦見於今人陆林輯校整理《金聖嘆全集》,鳳凰出版社2016年版。

2.《文選》十二卷《音注》十二卷　錢陸燦評點　存

提　要

錢陸燦(1612—1698),字爾弢,號湘靈,又號圓沙、鐵牛老人。常熟(今江蘇常熟)人。高才嗜古,爲"廳社"十七了之一。明崇禎八年(1635)拔貢,清順治十四年(1657)舉人。客游揚州、金陵幾三十年,晚年主講常州,以教授、游學爲樂。康熙五十九年(1694)偕徐乾學、秦松齡、尤侗等爲耆年會。其藏書處曰"東圃書堂""調運齋"。

錢氏治經長於《易》。詩宗晚唐,兼學白居易,以軟麗爲尚,在東南負有文望,主持一方文會,學者師事之。有《圓硯居士集》《調運齋集》。爲錢謙益族孫,然不仰其餘光,一則"譏依倚謙益者以妖冶爲温柔,堆砌爲敦厚,不知詩家有悟入一路,蓋不滿於馮氏兄弟"。一則"力稱錢謙益之文,不名一家,不拘一格,學則地負海涵,文則班馬韓柳。不止爲錢謙益捍衛,亦隱以自負也"(鄧之誠《清詩紀事初編》卷三)。

手批著作甚多。其評點視野廣泛,如《禮記》《漢書評林》《莊子南華真經》《楚辭》《陶靖節集》《杜工部集》《李義山集》《歸震川集》《梅村詩集》等等,詩文集著述凡近四十種,其中十之六七未爲學界所知、利用。

其評點的《文選》,張之洞推爲清初第一家。其批點的《杜工部集》，劉濬舉以爲清初第一流。湘靈一者能突破陳見，獨抒新解，二者熟諳經學、文學、佛道諸多領域，厚積薄發。

對其評點，趙俊玲《文選諸評本提要》(見《文選彙評》)稱："除少量校勘不論，錢氏絶大多數評點是過録他人，以摘録孫鑛《孫月峰先生評文選》最多。錢氏本人的發明較少，唯有意識地以後世作品'證選'，早於李詳二百餘年，對開文選學唐詩證選一途有重要意義，頗值得肯定。"具體可參見其《前言・錢陸燦〈文選〉評本》的分析。

駱鴻凱《選學書著録》曰："錢氏校《文選》，六十卷，清錢圓沙撰。"傅增湘《藏園群書經眼録》卷一七集部六有錢跋二則及臨者元基識語："康熙十二年癸丑九月喪四兒，十四年喪黄氏女，乙卯九月銜哀赴館常州，以筆墨塞痛。乙卯十月二十九日始還易農《文選瀹注》，而余閱本亦告竣，記於卷末。明年梟令清出一本换去，至甲子天士又借梟令本對臨，然中多缺落，天士之尊甫臣禾即以易余本，余因自校補一遍藏於家，因追記第一部後所失之大略，并各本去留之故，時年七十有四，乙丑三月十二日陸燦識。""余第一閱本《文選》本爲鄧生木上取去，第二閱本則楊生梟令臨一副本見還，此本則孫生天生所臨也，間或有缺落，或字畫錯誤處，乙丑三月無事，索歸原本，又重對一遍，留於家塾，年紀日邁，手戰眼花，料未能再自定一本，此本不可復出示人。時上旬丁卯日，陸燦記。在卷三後。""乾隆壬申端陽後借得張大鹿泉處錢、何兩先生合批《文選》一部，老眼昏花，不能小楷，爰倩庭生弟對臨一過，七夕臨畢，元基識，時年七十。"

經其評點的《文選》，在當時産生了較大的影響，不少學人過録并學習，如今上海圖書館藏《文選》十二卷《音注》十二卷，明萬曆二十三年吴近仁刻本，佚名録，清錢陸燦評點；浙江圖書館藏《文選》十二卷《音注》十二卷，明萬曆二十三年吴近仁刻本，清孫淇録，清何焯、錢陸燦評點并跋,清王式金跋;中共中央黨校圖書館藏《文選》六十卷,唐李善注,清孫天士録,清錢陸燦批并跋;乾隆壬申元基臨何焯、錢陸燦評校明末汲古閣刊本,傅增湘舊藏,見《經眼録》;遼寧省圖書館藏《文選》六十卷,唐李善注,清劉鵬振録,明陳與郊、孫鑛、清錢陸燦批校并跋;北京師範大學圖書館藏清乾隆四十七年(1782)周氏懷德堂刻本,清佚名朱墨筆過録,清何焯、錢湘靈批點。

3.《六朝選詩定論》十八卷　吴淇撰　存

提　要

吴淇(1615—1675),字伯其,號冉渠。睢州(今河南睢縣)人。順治十五年(1658)進士。任廣西潯州推官,署丹陽縣。致力於天文、歷法、律吕、音韵、易占、勾股算術及西洋奇器之學。有《雨蕉齋詩選》七卷、《粤風續》九十五卷等。

其書收録《文選》諸詩歌共四百零六首,自漢高帝以下按時代編次,惟荆軻《易水歌》十五字爲卷第一八。貫漢、魏、晋,南朝宋、齊、梁六代,故書名冠以"六朝"二字。所謂"選詩定論"者,據吴淇《六朝選詩定論緣起》所説:《文選》的"選"是繼承了孔子删《詩經》的活動,《文選序》詩在賦、騷之後,乃因賦爲詩之流,騷爲詩之變,而漢以後五七言詩亦古詩之流變,以明《選》詩爲《三百篇》之流變,而非騷賦之流變。"余之專論詩者,蓋尊《經》也。""不曰詩選而謂之選詩者,謂是詩也,昭明業有定選,余不過從而論之,所以尊《選》也。"其説上承明七子古體學《選》、律詩學唐的意見,抱着貫通《詩三百篇》、《選》詩、唐詩爲三際的思路,進一步在理論上提高《選》詩的地位。具體評詩中,吴淇示多上以《詩三百》爲衡準,下以唐詩李杜證用《選》詩之源流。

《四庫全書總目》評論其書曰"其詮釋諸詩,亦皆高而不切,繁而鮮要，如解《中山王孺子妾歌》之類，而於考證尤爲疏忽”。然以考據要求於評點之作顯有不公，事實上就評點來説，吴淇所論確較明人評點細緻深入。

《六朝選詩定論》十八卷，題名《選詩定論》，睢陽吴冉渠先生著，雨蕉齋藏板。前有康熙八年己酉周亮工《選詩定論序》、康熙九年吴偉業《選詩定論序》，卷一爲吴伯其《六朝選詩定論緣起》，卷二爲《統論古今詩》《總論六朝》，中國國家圖書館、南京圖書館藏。中國國家圖書館出版社《文選研究文獻輯刊》第三三、三四、三五册，《四庫全書存目叢書補編》第一一册影印本據以影印。《四庫全書總目提要》、《清史稿》卷一四八《藝文志》皆作“吴湛撰”。吴湛，當爲吴淇之誤。

4.《姜西溟選詩類抄真迹》　姜宸英撰　存

提　要

姜宸英（1628—1699），字西溟，號湛園，又號葦間，學者稱湛園先生。慈溪（今屬浙江寧波）人。與朱彝尊、嚴繩孫并稱“江南三布衣”。康熙十九年以布衣薦入明史館任纂修官，分撰《刑法志》。又從徐乾學在洞庭山修《大清一統志》。在京因得罪大學士明珠，康熙三十六年（1697）七十歲始成進士，以殿試第三名授翰林院編修。越兩年爲順天鄉試副考官，因主考官舞弊，被連累下獄死。著有《海防總論》《湛園未定稿》《湛園題跋》《葦間詩集》《西溟文鈔》《姜先生全集》等。

《選詩類抄》初稱未定稿，一百一十三張紙，成於康熙十二年（1674）。其所謂“類鈔”即以人繫代，以詩繫人，并“略疏其人世次爵里於其名之下”。以見時代之升降，作者之歸趣。其《選詩類抄序》稱：“梁昭明太子選詩，自荆軻下合六十五人，分其體爲二十三部。余嫌其未足以著時代之升降，究作者之歸趣也。去年十一月，自京師游汝寧,客邸多暇,因取更編輯之。以人系代,以詩系人,稍芟汰者十之二。日呵涷書之,僅一月,發汝抵廣陵。録成卷,共得百十三紙。略疏其人世次爵里於其名之下,而不見余鈔者七人焉。"(見姜宸英《姜西溟文鈔》卷二,中國國家圖書館藏鈔本)

其詩學主張力矯當時作者之弊,注重學詩而應知本溯源,學習選詩。但同時也應注意學習模擬中的創新,必學而後能自成一格,方爲真學。如《序》曰:"余悲夫今之爲詩者,剽掇其影響,形似塵土猥雜,而號之爲《選》體。故於今之爲《選》詩者無取。有唐三百年之人之詩,其不本於《選》者蓋寡矣。唐人雖發源於《選》,及其既成名家,則較然自爲唐人之詩。此學《選》者之所以可貴也。余之爲是集也,非欲取天下詩而必之《選》體,欲人之學爲唐人之詩而已。求工於唐人之詩者,必務知其所本,則舍是奚取哉。余又欲稍輯自梁天監以後,合陳隋北朝作者,拾其遺事,共爲一集,博采諸家也。因識其意於卷端。時甲寅正月己丑於廣陵寓齋。"(《姜西溟文鈔》卷二,中國國家圖書館藏鈔本)據序可知爲鈔寫於康熙十三年(1674),即姜宸英四十五歲時。

今上海圖書館藏本稱《姜西溟選詩類抄真迹》,卷首有此自序,同時有況周頤、陳寶琛、俞鐘禮、吴士鑑、錢罜、朱孝臧觀語。卷尾有馮幵據《湛園未定稿》補録的姜宸英《選詩類抄序》。正文僅存四紙,所録爲陸機、沈約、謝靈運、郭璞詩。并於字旁有圈點,葉眉有評點之語。如評謝靈運曰:"康樂詩所以特妙者,以其幽而能艷,細而能老。知其艷則得練句之法。知其老則得審局之法。"評郭璞曰:"潘陸以前聲律未備,顔謝以後雕鏤太工。唯景純諸詩兼辭格而并運,超千古而獨出。"評陸機詩曰:"余謂謝康樂詩雖源本子建,而體裁得之士衡爲多。觀此數詩可見。"復綴言曰:"此予十年前持論,自謂獨得,及見李獻吉論詩亦云。”評沈約曰：“販國之賊，年已八十而猶思仙藥以度頽齡。老而無厭。獨不思東昏之餘怨耶？”又於葉眉修改曰：“改作此老死負東昏生愧玉奴矣。”知姜宸英既成書後，取觀覽有所得則續而記之。此本後附民國十九年十月後學童第德跋、民國二十年章炳麟跋。章炳麟跋曰：“獨能手集《選》詩，蓋有意乎匡救者也。其序謂，今之爲詩者，剽剟景響，謂之《選》體，當時蓋亦率爾效之，非能沈酣於此者。雖然，詩至新城，則影響於宋人之填詞，又非徒影響漢魏南朝而已。二者孰爲得失，惜不能起西溟而質之也。民國二十年三月章炳麟識。”

寧波天一閣藏書樓中也收藏了《選詩類抄題跋》手稿，共十八頁半，附馬叙倫、黄侃、陳漢章、蔡元培、黄節、古直等讀姜西溟手書《選詩類抄》題跋。其中存蔡元培跋文三紙十七行，手迹尤可珍貴，亦可補其全集之遺。[①] 方氏象瑛《選詩彙删序》曰：“選詩舊皆分體，苦於尋涉，吾友慈溪姜西溟彙而鈔之，各從其人而習見熟聞者去之，不獨觀覽最便，而文章氣運之升降，亦大略可睹。”（《姜先生全集補遺》一卷《附録》一卷，《西溟文鈔校記》一卷，天一閣博物院藏）

5.《文選》批校　朱彝尊批校　存

提　要

朱彝尊（1629—1709），字錫鬯，號竹垞，又號驅芳，晚號小長蘆釣魚師，又號金風亭長。秀水（今浙江嘉興）人。康熙十八年（1679）舉博學鴻詞科，除檢討。二十二年（1683）入直南書房。曾參加纂修《明

---

① 詳見駱兆平《天一閣雜識》之《〈選詩類抄題跋〉手稿編次記》，上海：上海古籍出版社 2016 年版，第 165—167 頁.

史》。博通經史，詩與王士禛稱南北兩大宗，編有《明詩綜》。詞風格清麗，又選輯唐、五代、宋以來下逮元張翥諸家詞爲《詞綜》，爲浙西詞派的創始者，與陳維崧并稱"朱陳"。精於金石文史，購藏古籍圖書不遺餘力，爲清初著名藏書家之一。著有《日下舊聞》《經義考》《曝書亭詩文集》《食憲鴻秘》等書(參考《國朝先正事略》卷三九《文苑》)。其《曝書亭詞》，自定爲《江湖載酒集》《静志居琴趣》《茶煙閣體物集》《蕃錦集》等四種。

朱彝尊對《文選》的深入學習始於其十四歲時，其師朱茂皖認爲："河北'盜賊'，中朝朋黨，亂將成矣，何以時文爲？不如舍之學古！"於是弃時文八股，以《左傳》《楚辭》《文選》授彝尊等。按：據朱彝尊《静志居詩話》。陳廷敬《竹垞朱公墓志銘》誤以此語爲彝尊所說，後多有沿誤者。

朱彝尊《曝書亭集》卷五二《宋本六家注〈文選〉跋》："六家注《文選》，六十卷，宋崇寧五年鏤板，至政和元年畢工，墨光如漆，紙堅緻，全書完好，序尾識云：見在廣都縣北門裴宅印賣。蓋宋時蜀箋若是也。每本有吴門徐賁私印，又有太倉王氏賜書堂印記。是書袁氏帙曾仿宋本雕刻以行，故傳世特多，然無鏤板畢工年月，以此可辨僞真也。"

又，朱彝尊《曝書亭集》卷五二《書〈玉臺新咏〉後》：《昭明文選》初成，聞有千卷。既而略其蕪穢，集其清英，存三十卷，擇之可謂精矣。然入《選》之文，不無僞制。所録古詩十九首，以徐陵《玉臺新咏》勘之，枚乘詩居其八。至《驅車上東門行》，載《樂府雜曲歌辭》，其餘六首，《玉臺》不録。就《文選》本第一五首而論，"生年不滿百，常懷千載憂。晝短而夜長，何不秉燭游"。則《西門行》古辭也。古辭："夫爲樂，爲樂當及時。何能坐愁怫鬱，當復來兹。"而《文選》更之曰："爲樂當及時,何能待來兹。"古辭:"貪財愛惜費,但爲後世嗤。"而《文選》更之曰:"愚者愛惜費,但爲後世嗤。"古辭:"自非仙人王子喬,計會壽命難與期。"而《文選》更之曰:"仙人王子喬,難可與等期。"裁翦長短句作五言,移易其前後,雜糅置十九首中,没枚乘等姓名,概題曰"古詩",要之皆出《文選》樓中諸學士之手也。徐陵少仕於梁,爲昭明諸臣後進,不敢明言其非,乃别著一書,列枚乘姓名,還之作者,殆有微意焉。劉知幾疑李陵《答蘇武書》爲齊梁文士擬作,蘇子瞻疑陵武贈答五言,亦後人所擬,而統不能辨。非不能辨也,昭明優禮儒臣,容其作僞。今《文選》盛行,作僞者心不徒勞也已。或者以爲《文選》闕疑,《玉臺》實之以人,非是。當其時昭明聚書三萬卷,大集群儒討論,豈不知五言始自枚乘。而《序》所云:"退傅有'在鄒'之作,降將有'河梁'之篇。四言五言,區以别矣。"注《文選》者,遂謂"河梁"之别,五言此始。鍾嶸《詩品》亦云:"逮漢李陵,始著五言之目。"抑何謬歟!然則誦詩論世者,宜取《玉臺》并觀,毋偏信《文選》可爾。

朱彝尊《與李武曾論文書》:"閉户兩月,深原古作者所由得與今之所由失,嘿然以疑,憬然以悔。然後知進學之必有本而文章不離乎經術也。西京之文惟董仲舒、劉向經術最純,故其文最爾雅。彼揚雄之徒,品行自詭於聖人,務掇奇字以自矜尚,安知所謂文哉。魏晋以降,學者不本經術,惟浮夸是務。文運之厄,數百年賴昌黎韓氏始倡聖賢之學,而歐陽氏、王氏、曾氏繼之。二劉氏三蘇氏羽翼之。莫不原本經術,故能横絶一世。蓋文章之壞至唐始反其正。至宋而始醇。宋人之文亦猶唐人之詩,學者舍是不能得師也。北宋之文惟蘇明允雜出乎縱横之説,故其文在諸家中爲最下。南宋至文惟朱元晦以窮理盡性之學出之,故其文在諸家中最醇,學者於此可以得其概矣。"於此可見朱彝尊的選學研究和精神取向。

朱彝尊批校《文選》，今有重慶圖書館藏明萬曆刻本《文選纂注》十二卷，張鳳翼纂注，朱彝尊批校；山西省文物局藏明末毛氏汲古閣刻本《文選》六十卷，清朱彝尊批。

6.《文選纂注評林》十二卷　華長發評點　存

提　要

華長發(1629—1713)，字商原，號滄江。無錫(今江蘇無錫)人。諸生。善行草，工詩詞。曾協助顧祖禹纂《方輿紀要》。有《滄江詞》等。

《文選纂注評林》十二卷，明張鳳翼纂注，清華長發評點并録明孫鑛評，近人王欣夫跋。復旦大學圖書館藏。

7.《山曉閣重訂昭明文選》十二卷《目録》一卷　孫琮、孫洙評　存

提　要

孫琮(1636—?)，字執升，號寒巢，嘉善(今浙江嘉善)人。素居山曉閣。清光緒《嘉善縣志》卷二〇記："藏書萬卷，手不停披，每評選一書出，人争購之。晚歲放迹名山，笠屐所至，悉發於題咏。"著有《山曉閣宋大家選集》四種十卷，《山曉閣左傳選》十卷，今存僅十之二三(《山曉閣公羊穀梁傳選》二卷，嘉善圖書館藏)，另有《評選明文全集》《選明文續集》《山曉閣詩》等。孫洙，字魯淵。孫琮之弟。

乾隆十一年本首列康熙二十五年孫洙序，次列孫琮康熙二十五年《山曉閣重訂昭明文選序》，次列孫洙所撰《凡例》，次列目録。據孫洙序、孫琮所撰重訂序可知，此本是在孫琮古文選本的基礎上，應兄長孫琮的要求，主要由其弟孫洙評議完成的。體例上"悉依原本先

後，其六臣字句，互有異同，特從其簡且明者”。行文上概從簡略，所謂“稍加詮釋於傍。注則探奇索隱，評則畫段分章而已”(《凡例》)。

《山曉閣重訂昭明文選》十二卷，有清康熙二十五年(1686)刻本，天津圖書館、清華大學圖書館藏。乾隆十一年(1746)重鎸本，京都大學附屬圖書館題名“山曉閣詳批昭明文選讀本”。篇名下題“吴郡孫琮執升孫洙魯淵評閲”。

8.《邵氏評文選》　邵長蘅撰　佚

提　要

邵長蘅(1637—1704)，字子湘。别號青門山人。武進(今江蘇武進)人。諸生，後入太學。擅長詩，尤其致力於古文辭。入京師，與施閏章、王士禛、徐乾學往來，又與陳維崧、朱彝尊、姜宸英爲友。工古音韵學，據《清史稿》卷一四五《志》一二〇有“《古今韵略》五卷。邵長蘅撰”。著有《青門簏稿》《旅稿》《剩稿》。《叢書集成續編》影印清光緒武進盛氏刻《邵青門全集》三十卷附《邵氏家録》二卷。[①]

邵長蘅評點《文選》之書，今已不可見。唯有于光華《重訂文選集評》與方廷珪《增訂昭明文選集成詳注》眉端無名氏過録。從過録之語看，邵氏評點《文選》簡潔明瞭，重視詞氣、音節、章法、謀篇、全文大旨、文章源流等。如《集成詳注》卷四《甘泉賦》眉端録語：“邵曰：《甘泉賦》詞氣閎肆，音節抑揚。宫室之崇宏，郊祀之崇穆，備矣。求繼嗣意爲一篇之主。”卷八《東都賦》結尾處眉端評語：“邵曰：前三首是頌體，後二首是兼騷體，便覺流動，此文章變换處。”《文選集評・騷・招隱士》眉端録：“邵曰：意仿《招魂》，詞則《九歌》之變。昭明取此而删

① 上海書店1996年版，集部第一二五册。

懷、嘆諸作,有以夫。”再如《文選集評·連珠·演連珠》於篇首處眉端録:“邵曰:對偶工,聲韵叶。以詞賦之支流,四六文濫觴也。造語亦極有精妙處。”《文選集評·頌·聖主得賢臣》眉端録:“邵曰:西京文字多矯健,而子淵已近鋪排,承司馬之流波,開東京一派,骨力衰而辭采盛矣。”

駱鴻凱《選學書著録》曰:引見《文選集評》。①

9.《梁昭明文選越裁》十一卷　洪若皋輯評　存

提　要

洪若皋,字虞鄰,臨海(今浙江臨海)人。順治乙未年(1655)進士。官至福建按察司僉事。著有《南沙文集》八卷、《文選越裁》十一卷、《臨海縣志》、《樂府源流》、《詩韵四聲彙補》等。其學傳家久遠,五世孫爲清中期著名學者洪頤煊,《浙江通志》載:洪頤煊(1765—1837),字旌賢,號筠軒,臨海人。少勤學,與兄坤煊、弟震煊讀書僧寺。爲學使阮元賞識,入杭州詁經精舍,人稱“大洪、小洪”。助阮元校對《經籍纂詁》。洪頤煊有《倦舫法帖》,收藏其先祖洪若皋的詩迹:“南國桃花并客船,長安夜雨共燈前。一行忽去萬餘里,兩地誰堪十二年。季子昔推明信重,武侯今羨偉功全。尚平未遂谷山志,女嫁男婚冀舊緣。”可見其當日宦游之狀。

本書十一卷,前附“《昭明文選越裁》作家姓氏及生平略解”。從其整體結構看,對《文選》一書多所刪裁,如《兩都賦》刪其《東都》,安仁《籍田》,興公《天台》,延年《白馬》,以其“神理不足,無資性靈”而

① 可參考范子曄《〈昭明文選〉邵氏批語移録稿》,見《中國文選學:第六届文選學國際學術研討會論文集》,北京:學苑出版社2007年版。

删，張平子《南都賦》、王延壽《魯靈光殿賦》、何晏《景福殿賦》以其“味同嚼蠟”而删。《西征》《北征》《東征》以其重複而僅留《西征》。《卜居》《漁父》《北山移文》《歸去來辭》與李斯上書、賈誼《過秦》、司馬遷《報任少卿》諸篇，以其“爛熟成童口頰”而删。諸如此類，故《四庫全書總目提要》稱“若皋横加翦薙，可謂不自揣量”。餘則略加批點注釋，其自序曰：“命之曰《梁昭明文選越裁》，志始也。裁者何？志删也。越者何？志地也。亦志僭也。”然其廣爲删減的目的，蓋爲當世提供一個更爲簡潔可供學習的範本，如其曰：“庶使讀者有挹河取燧之樂，無望洋坐霧之憂。非敢曰唐突古人也，聊以行吾夫子之志云爾。”

《四庫全書》集部總集類存目有内府藏本。中國國家圖書館藏清康熙間(1662—1722)名山聚刻本十一卷本，題：“天台洪若皋虞鄰父評定。”是書前有洪若皋序，次目録，次“《梁昭明文選越裁》姓氏”，次《昭明文選》序，次凡例。《文選研究文獻輯刊》第三一、三二册，《四庫全書存目叢書》集部第二八七册據以影印。

10.《新刊文選考注》前集十四卷，後集十五卷　張緝宗注　存

提　要

張緝宗，字孝緒。一生苦志勤學，至老不衰。康熙癸酉年(1684)六十歲，始舉於鄉。一上公車，即不復試，僑寓秦淮，選刻制義，接援後學。已退老於吴，館膠邑劉氏。年八十始授六安州學。一年以疾卒於任。

其書輯考《文選》六臣注中的重點之語，音注單獨一卷，并無更多發明，重點在於配合科舉考試。如張緝宗就在《文選後集・序》中指出：“(今天子)第次詞臣優絀時，以詩賦考較軼材，於是天下鄉風藝

林,而《文選》一書復家弦户誦於天下。”至乾隆二十二年(1757),明確規定在鄉試、會試中增考五言八韵詩一首,其後遂成定制,於是《文選》的應試學習再度發展,也可見此書刊刻的科舉背景。

清康熙二十七年(1688)序刊本,中國國家圖書館藏普通古籍,共兩種,一是《文選考注前集》《文選考注後集》合刊的刻本;一是《新刊文選後集》十四卷、《新刊文選考注》十五卷單獨刊刻本。駱鴻凱《選學書著録》:《新刊文選後集》十五卷《音釋》一卷,梁蕭統輯,唐李善等考注。清康熙二十七年刻本。

11.《李氏評文選》　李光地評　佚

提　要

李光地(1642—1718),字晋卿,號厚庵。安溪(今屬福建泉州)人,故又别稱李安溪。康熙九年(1670)進士。歷官翰林院掌院學士,直隸巡撫兼吏部尚書,文淵閣大學士。“三藩之亂”時,正請假在鄉,密上戰守之策;募鄉勇保守安溪。復建議速取臺灣,薦施琅爲將。頗得康熙帝信任。在直隸規劃諸河水利,治績尤著。曾督順天學政,主持會試。校理《御纂朱子全書》《周易折中》《性理精義》等書。有《榕村全集》《榕村語録》及説經之書多種。卒謚文貞。

李光地批點本《文選》今未見,可見于光華《文選集評》、方廷珪《昭明文選集成詳注》中少量評語引録。如《文選集評》陸機《豪士賦序》眉端引録:“李曰:盛滿不知戒,自取敗亡,乃知從古奸雄皆愚夫耳。”劉歆《移書讓太常博士》篇尾引録:“李安溪曰:叙道術興廢,上下千餘年,而斯文之志甚鋭。賈、董、二劉、鄭康成之功,所以至今不腐也。”班叔皮《王命論》“夫以匹婦之明,猶能推事理之致,探禍福之機。全宗祀於無窮,垂策書於春秋,而况大丈夫之事乎。是故窮達有命,吉凶由人”句下，眉端記録曰：“李曰：二語精極，若云窮達由人，吉凶有命，則大謬矣。”可見其批點多着重於對文章内在之理的分析。

12.《文選淪注序》　潘耒撰　存

提　要

潘耒（1646—1708），字次耕，一字稼堂、南村，晚號止止居士，藏書室名遂初堂、大雅堂，吴江（今屬江蘇蘇州）人。師事徐枋、顧炎武。博通經史、曆算、音學。清康熙十八年（1679），舉博學鴻詞，授翰林院檢討，參與纂修《明史》，主纂《食貨志》。所著有《遂初堂文集》二十卷、《别集》四卷，《遂初堂詩集》十五卷、《補遺》一卷，《類音》八卷等。

潘耒亦以選學名家。張之洞《書目答問》所列“《文選》學家”十五位，并曰國朝漢學、小學、駢文家皆深選學，此舉其有論著校勘者，即包括潘耒。然駱鴻凱《文選學・源流三》稱：“稼堂校本，僅就當時通行之本，審核文字，而於選學無所發明。”但從其所作《文選淪注序》看，潘稼堂對於《文選》的理解仍有自己獨到的看法：“《文選》一書，昭明救文弊而作也。秦漢以降，作者如林，雖風會遷流，體制不一，莫不本之以質，宣之以文。温厚淳深，有典有則。江左稍尚華贍，下逭齊梁，駢麗之習成，聲病之學盛。取青媲白，鏤葉雕花，日趨於纖艷。而古初渾樸之意盡失。昭明有憂之，於是芟次七代，薈萃群言，擇其文之尤典雅者，勒爲一書。用以切劘時趨，標指先正。譬猶陳鼎彝於綺席之間，奏鐘吕於繁音之會也。迹其所録，高文典册，十之七。清辭秀句，十之五。纖靡之篇，十不得一。故班張潘陸顔謝之文，班班在列。而當時有名文士若王筠、柳惲、吴均、何遜之流概從刊落。崇雅黜靡，昭然可見。世人不察，類以《文選》爲六朝駢麗之書，真耳食之論矣。昔人爲學有本有源，《文選》者，藝林之根柢，詞門之閫閾。唐人服習此書,不啻高曾規矩,即退之、子厚,卓然以古文自名者,其初亦精熟選理。自宋以後,此學遂衰。今之爲古文者,既侈言左史韓歐,薄選體爲不足觀。而爲詞賦之學者,亦徒知拾徐庾之糟粕,效温李之顰笑。求其淵源漢魏,含吐風騷者,概乎未有聞焉。空疏淺陋之弊,於何救之?亦救之以昭明之書而已。"此序見潘耒《遂初堂集》卷六(《續修四庫全書》集部别集類第一四一七册)。從理論上對《昭明文選》一書在歷代文統框架中予以崇高的定位,對其選文標準加以明確和釐清。

13.《文選評點》　俞瑒撰　存

作　者

俞瑒(1644—1694),字犀月,號旅農。吴江(今屬江蘇蘇州)人。有《元詩初集》(與顧嗣立合選)、《杜詩評點》、《治河纂要》等著作。沈德潛《清詩别裁集》曰:"犀月精心獵古。秀野顧太史選元詩初集,兩人共商榷者也。評點《文選》、杜詩流傳吴下。"①

今存清抄本《文選》六十卷,清代佚名過録俞瑒評點。浙江圖書館藏。駱鴻凱《文選學》著録。其書有郭祚熾嘉慶十九年識語曰:"江南吴江俞犀月,諱瑒,國朝康熙年間人,精心獵古。與太史顧嗣立秀野先生共選《元詩初集》,商榷酌采。又自評點杜詩,流傳吴下。兹所評《文選》,尤是卓識,讀《選》者所宜奉爲枕中秘也。嘉慶十九年季春月,七七老人郭祚熾筠池氏記。"又俞瑒跋語曰:"《文選》所載大都以詩賦爲主,而余文以次類見,除表、箋、書、檄、序、論外,皆有韵之文

① 沈德潛《五朝詩别裁集　清詩别裁集》上,長沙:岳麓書社1998年版,第403頁。

也。辭尚風華，義歸典雅。搜羅剔抉，良亦苦心，詞家淵藪，寧輕爲譏乎。兹特論次諸家，略加評識。鴻篇巨制，備美無遺。片言單詞，寸長畢出。聊以自抒臆見云爾。”

今存録其評語的批校本尚有《文選》六十卷，唐李善注。明末毛氏汲古閣刻，清康熙二十五年(1686)錢士謐重修本。佚名録清何焯、俞瑒批校，清姚元之跋。浙江圖書館藏。此本半頁九行，行二十六字，朱筆圈點，有題下評、眉批、總評、旁批，其中墨筆當出自俞瑒。①另：《文選》六十卷，清乾隆二十三年(1758)本，雲林周氏懷德堂重刻汲古閣本，佚名録清俞犀月、錢陸燦批注。西南大學圖書館藏。

14.《李上文選表舊注》 俞瑒撰 未見刊

提 要

俞瑒生平，見《文選評點》條下。

《策學備要》卷三十《選學一》“《文選》總”記載：“《李上文選表舊注》，《文選》表舊有俞犀月注。案：犀月，名瑒，江南吴江人。”見湖南圖書館藏本。

15.《文選評注》 張雲章撰 未見刊

提 要

張雲章，字漢瞻，一字倬庵，號樸村，學者稱“端文先生”。嘉定(今屬上海)人。國子生。幼年受學於上海朱瀚，善詩文。入太學，師事陸隴其，精性命之學。佐興化李映碧增注《南北史》，歷七年始成。清康熙五十二年(1713)，以孝廉方正至京師，與修《尚書彙纂》。主講

① 參見趙俊玲《俞瑒文選評點探析》，《河南科技大學學報》2011年12月。

潞河書院。著有《樸村詩集》《樸村文集》《南北史增注》《南北史詩》《八家文評》《五家詩評》《文選評注》。見清光緒《嘉定縣志·文學》。今存方苞《張樸村墓志銘》,見《望溪先生文集》。

《文選評注》一書,刊刻流傳情况不詳,待考。

16.《義門讀書記》五十八卷《文選》五卷　何焯撰,門人蔣維鈞編刻　存

提　要

何焯(1661—1722),初字潤千,哭其母,更字屺瞻,號茶仙。先世曾以義門旌,遂名書房曰義門,學者因稱其爲"義門先生"。長洲(今江蘇蘇州)人。與笪重光、姜宸英、汪士鋐并稱爲康熙年間的"帖學四大家"。何焯少時拜吴縣邵彌、安溪李光地爲師,與閻若璩有往來,寓居閻家,常與閻通宵切磋。二十五歲時以拔貢生進京城,被尚書徐乾學、祭酒翁叔元收爲門生。康熙四十一年,李光地薦以拔貢生入直内廷。四十二年,賜舉人,復賜癸未科進士,改庶吉士。五十三年(1714),復以李光地薦,赴闕庭,始受翰林院編修。康熙六十一年(1722)去世,康熙帝十分惋惜説:"修書勤,學問好。朕正欲用之,不意驟殞,深可憫惻!"門人著録者四百人,吴江沈彤、吴縣陳景雲爲尤著。其弟子金農有詩云:"宋元雕本積萬卷,夫子著書游禁庭。近不得意但高卧,秋風吹老古槐廳。"(《冬心先生集》卷第一《懷人絶句三十首》,清雍正十一年廣陵般若庵刻本)著有《義門讀書記》、《義門先生集》十二卷。《義門題跋》一卷、《分類字錦》六十四卷、《困學紀聞箋》等。蔣維鈞,號硯溪,江蘇長洲人。

何焯藏書萬卷,著述甚勤。一生的學術成果體現在其校訂群書和書跋題識上。其《義門讀書記》分三部分,前八卷爲經義考證,中二

十一卷爲史部考證,後二十九卷爲詩文集考證。其中四十五到四十九爲專論《文選》,包括賦、詩、騷、雜文四個部分。皆考訂校讎,包括校其訛缺同異,字體正俗,精心補正。凡所持論,皆有根據。

《義門讀書記》《文選》部分的總序曰:"此書於詩賦已總其要,賦祖楚辭,别有專集,故騷列詩後,僅標舉大略。郊祀、樂府,自爲一體,事關制作,難復限以文章,遂從闕如。鮑謝采録不遺,陶令獨爲隱逸之宗,則具諸本集。至於衆制,則嬴劉二代,聊示椎輪,當求諸史集。建安以降,大同以前,衆論之所推服,時士之所鑽仰,蓋無遺憾焉。"何焯讀《文選》主要注重的是"評點"和"校考"兩個方面。評點主要繼承了明末清初文章評點方式,對作品關鍵筋節處加以簡切點評。如在《西都賦》"故窮泰而極侈"句下評曰:"窮泰極侈四字一篇眼目,以下皆發明此句,所以極其眩曜也。""校考"則體現了聚衆本而考異文、引證豐富、言之有據的考證之功,如評漢武帝《秋風辭》曰"湛淵静語云:武帝祠后土者六,五幸河東,一幸高里,幸河東皆在三月,獨始立祠脽上,乃元鼎四年十一月也。以詞中物色考之,曰木落雁南,蓋其時尚循秦舊,以亥爲正,十一月即夏正九月。詞作於此時無疑。時方有事於五嶽四夷,而《文中子》以爲樂極哀來,乃悔心之萌,何也?《史記》《漢書·藝文志》皆不載"①,皆爲有見地之語。其評論之語也多爲後之選學著作所引用。

駱鴻凱《文選學·源流》第三評曰:"今按《讀書記》中《文選》編爲五卷,悉評文之言,而校注之語,缺焉不録,未免買櫝還珠。幸余仲林、孫頤谷、胡果泉、梁茝林諸家稱引尚詳,最見精思所在。本師黄氏

---

① 何焯撰,崔高維點校《義門讀書記》卷四九《文選·雜文》,北京:中華書局 1987 年版,第 961 頁。

有云:'清代爲選學者,簡要精核,未有超於何氏。'洵不誣也。"①

當然,對於何焯選學所存在的問題,尤其是評點之語,駱鴻凱《文選學》也指出:"義門考訂雖精,而評文則吾師嘗詆其弊有三:'一曰時代高下之見,如評顔延年、王元長《曲水詩序》則云:宋齊文格,不止判若商周。二曰體裁朦溷之見。評任彦升《王文憲集序》云:直是一篇四六行狀。評《齊竟陵文宣王行狀》云:碑板行狀之文,自蔡中郎以來,皆華而無實,唐梁肅、李華、獨孤及、權德輿輩欲變而未能,至昌黎而始一洗其習。此皆昧於體裁,而不悟史之與碑,截然二物。昌黎以史爲碑,正後人所宜匡飭者。三曰時文門法之見。'而以起承轉合點伏照應諸語示法,篇篇皆是,此實齋所謂'時文結習深錮腸府,進窺一切古書古文,皆此時文見解'。"②

《四庫全書總目提要》卷一一九子部二九對《義門讀書記》評價極高,稱其"考證皆極精密"。何焯生平見全祖望《翰林院編修贈學士長洲何公輔墓碑銘》(《鮚埼亭集》卷一七);方椝如《翰林院編修贈侍讀學士義門何先生墓志銘》(《國朝耆獻類徵初編》卷一二三);沈彤《翰林院編修贈侍讀學士義門何先生行狀》(《果堂集》卷一一);《文獻徵存録》卷九《何焯傳》,咸豐八年刊本;錢仲聯《清詩紀事·何焯傳》,江蘇古籍出版社1987年版。

《義門讀書記》五十八卷有清乾隆二十九年(1764)刻本,蘇州圖書館藏。清乾隆三十四年(1769)長洲蔣氏刻本,中國國家圖書館據以影印,收入《文選研究文獻輯刊》第三五册。光緒六年(1769)苕溪吴氏重修本,遼寧省圖書館藏。今有崔高維點校本《義門讀書記》全

① 駱鴻凱《文選學》,北京:中華書局2015年版,第58頁。
② 同上,第78頁。

三册,中華書局 1987 年版。

17.《何義門選詩》　何焯選　存

提　要

此書爲邵泰的手抄本,邵泰爲何焯的學生,全書後有邵泰跋語曰:"義門師選本也。從同年蔣子遂抄録一帙,時乙巳六月下浣。"乙巳六月當雍正三年(1725),邵泰三十五歲之時。則此本當爲接近何焯選詩評詩本貌之本。邵泰(1690—1758),字峙東,號北崖,直隸順天府大興縣人。僑居蘇州。康熙辛丑(1721)進士。改庶吉士,授翰林院編修。善書法,吴中匾額碑刻,多出於邵泰之手。

此鈔本正文以工楷抄寫,何焯評語以行楷録於頁眉,行間亦有圈點評語,題下偶有解題。與乾隆三十四年刻本《義門讀書記》何焯評選詩的部分相比較,此本在選詩的順序、篇目、評語方面都有較大的不同。首先,《義門讀書記》評選詩完全按照《文選詩》原本的順序進行評點。而邵泰抄本始於曹植《公宴詩》一首,至江淹《雜體詩》三十首之二止,凡選詩一百零八首。可見其選詩的傾向所在。其次,《義門讀書記》評詩較爲簡單,如曹子建《公宴詩》評曰:"何等興象,明月一聯,賦而比也。""朱華冒緑池"句下評曰:"西園有芙蓉池。""千秋長若斯"句下評曰:"結到宴亦以頌終之。"而邵泰鈔本頁眉録何評曰:"明月,此公子。列宿,此諸客。秋蘭、朱華,公子之知所與,清波、高枝,諸客之獲所從。神飈接轂,又風雲以類至之,意衆望不衰,追隨無極,千秋若斯,何獨一朝之轡,而終之以頌也。"并於題下有"主賓兩面寫到乃是公宴"。"明月澄清景,列宿正參差"行間評曰:"直書即目,興在象外。"但也有的是《義門讀書記》選詩評更爲詳細,而此抄本更爲簡略,如評沈休文《應詔樂游苑餞吕僧珍詩》,《讀書記》評曰:"大手不重樂游,故衹餞席樽。上林一句,點命師一聯,語極深厚。函轘二聯地理不必可尋,齊梁詩皆然,妄生穿鑿則謬矣。結有千鈞力。"而邵泰鈔本衹在頁眉録有"不重樂游衹一句點過"。由此可見此鈔本可作爲何義門評選詩基本資料的參考本。

《何義門選詩》不分卷,何焯輯,清邵氏六行堂抄本,韓應陛跋(清咸豐三年,1853),邵泰跋并録何焯批識一册,九行二十字無格。中國國家圖書館藏善本書號10872。

18.《重刻昭明文選李善注》　何焯評點,葉樹藩參訂　存

提　要

何焯生平,見《義門讀書記》條下。

此書扉頁標注"《重刻昭明文選李善注》,何義門先生評點,長洲葉涵峰參訂"。前附昭明太子《文選序》,頁眉録何焯評語。篇末附何焯題識曰"此書於詩賦已綜其要",繼之以乾隆三十七年壬辰二月八日長洲葉樹藩題於海録軒之《重刻文選序》。繼之以李善《上文選注表》。繼之以凡例十條,以及重刻《文選》目録。

何焯的評點和校勘,在此書中保存得較爲全面完整。雖偶有經過葉氏參訂,然亦可藉以窺見何焯評點《文選》之基本面貌。如其《叙》所説:"吾吴何義門先生手評是書,於李注多所考正,士論服其精核。余弱冠後不敢忘先大夫之言,輒不自揆,手自勘輯,削五臣之紕謬,存李氏之訓詁,卷帙則仍毛氏而正其脱誤,評點則遵義門而詳爲釐訂,至管窺所及,有可補李注何評所未備者,竊附列於後。"又於《凡例》稱:"何學士義門本,未及鋟版,藏書家往往珍秘,不易購,且數經傳寫,紕謬良多。今重加參酌,用套版刷印。"都可見出葉樹藩對其所見何焯本的保存情況以及所作的參訂工作。

此書正文録何焯評點之語於頁眉，比照《義門讀書記》，可以看出此所録何評或有多出之語，或有與其不同之異文。如卷二張平子《西京賦》葉眉録何評曰“平子彩奇詞秀，全祖相如，故是孟堅以上人”，卷八頁眉何評後録王元美云“詞賦非一時可就，《西京雜記》謂相如爲《子虚》《上林》游神蕩思，百餘日乃成”等，皆溢出於《讀書記》。

乾隆三十七年葉樹藩據何批刻成海録軒朱墨套印本，乾隆四十三年于光華輯《重訂文選集評》亦多引録何焯評注之語。然與何焯原本皆有不同。高步瀛《選學綱領》録:《何氏評校文選》，并曰:“今載海録軒本與《義門讀書記》大致相同，而與《援鶉堂筆記》所引多有出入，蓋何氏所刻屢有修訂也。有海録軒附葉樹藩案。”(《東北叢刊》第11期)

葉樹藩(1740—1784)，字星衛，號涵峰。長洲(今江蘇蘇州)人。以文學知名，兼工詩畫。據范志新《清代選學家葉樹藩考》一文附列《葉樹藩年表》，則乾隆己丑年(1769)仲秋，葉樹藩正值三十歲，仲秋，始校刻《文選》。至乾隆三十六年辛卯(1771)，葉樹藩三十二歲，補注校訂《文選》畢。乾隆三十七年壬辰(1772)冬校刻《文選》，朱超之等參與校訂。是年的二月八日撰《重刻文選序》，曰:“余自入家塾，先大夫授經之餘，即課以《昭明文選》，嘗以注多譌雜，絶少善本，欲訂定其書而未之暇。”①

葉樹藩參訂之《文選》，以汲古閣本爲底本，以宋本校定，旁批采何焯評點之語。刊爲朱墨套印本，并删减李善原注，附以新注百餘條。正如其《凡例》所云:“卷帙則仍毛氏而正其脱誤，評點則遵義門而詳爲釐定。”凡所發明補充，皆於文末以“藩按”標明。如潘安仁《籍

① 范志新《清代選學家葉樹藩考》，《文獻》2004年第4期。

田賦》之末云:"藩按:後半揭出致孝固本兩義,乃是一篇之骨,然詞采不振,已爲唐宋文體之濫觴。"

于光華《文選集評重訂凡例》對其評價甚高,曰:"長洲葉氏,將義門評本刊印套版行世,亦隨附注百餘條,補前賢所未及,足徵博洽。兹即彙録附於卷末,以資折衷,亦推廣葉君嘉惠藝林之苦心,并非掠美。且葉君是刻,竣於壬辰冬季。華之前刻,亦於是秋梓行,均奉義門爲標的,心理之同,遥相吻合,藉此以證知己,諒亦葉君所不鄙也。"駱鴻凱《文選學・源流三》則指出其三點不足:一是多襲人之説以爲己有。如《魏都賦》"兼重悂以貤謬",注引《廣倉》。何焯以爲《埤倉》《廣雅》之誤,葉氏則以爲《廣倉》實有其書,舉以糾何。而余蕭客《音義》已先言之,葉乃襲余説耳。二是有説而無出處。如《西京賦》跳丸劍之揮霍。葉補注戰國時有蘭子者云云,即不引出何書。三是凡例稱"《文選》一書毋丘儉開雕於蜀",誤以五代孟蜀之毋昭裔爲三國魏時毋丘儉。可見考據之失察。

長洲葉樹藩乾隆三十七年所刻朱墨套印本《文選》,卷首冠葉樹藩序,其後有凡例。是毛氏汲古閣本系統中最爲重要的一種版本。其書今存版本衆多,《中國古籍善本書目》收有多本,僅河南省圖書館古籍部存民國以前的《文選》六十一種版本中,就有海録軒本的套印本、重印本、翻刻本十八種之多。此本甚至遠播海外。然也存在坊間翻刻本衆多,異文互舛的問題。詳見范志新《文選版本論稿》(江西人民出版社 2003 年版),張莉《文選海録軒朱墨套印本存疑》(《河南圖書館學刊》2011 年第 6 期)。本書所據爲四川大學圖書館所藏刻本。

19.《文選》六十卷　何焯批校　存

提　要

何焯生平,見《義門讀書記》條下。

此本以重刻汲古閣本,康熙丙寅孟夏上元錢士謐重校本爲底本,何焯批校以朱筆録於頁眉、題下、篇尾。《文選序》篇尾有何焯校語曰"此書於詩賦已綜其要,賦祖楚詞,别有專集,故騷列於詩後,僅標舉大略。郊祀樂府自爲一體"(康熙辛巳秋日何焯題,四十年也)。全書朱筆字體工整一致,蓋爲後人過録何焯批校而成本。由於今多通行何焯《義門讀書記》,何焯批校《文選》原本諸家引用、過録較多,此本或可較完整呈現何焯批點《文選》之風貌。如於《李善上表》後抄録《唐書儒學傳》,於"崇山墜簡"頁眉録"書孔傳曰"之内容。於《兩都賦》序下評曰:"詞藻不如相如,其禮義足以冠代。"《西都賦》下評曰:"全仿子虚上林而稍恢廓。"

重慶圖書館藏六十卷,十六册。

20.《古詩十九首繹》　姜任脩撰　存

提　要

姜任脩(1676—1751),原名耕,字自芸,晚號退耕。如皋(今江蘇如皋)人。康熙六十年(1721)進士,官清苑知縣。書、畫、棋、算,皆詣絶品。著作有《讀易輒書》、《讀玄輒書》、《莊子輒書》、《讀詩小箋》五卷、《楚辭繹》十卷、《漢魏六朝詩繹》四十卷、《白雪青蓮詩繹》二卷、《唐五七律繹》八卷。五十年代上海古籍社出版的《古詩十九首研究資料彙編》,其後隋樹森先生的《古詩十九首集釋》中,都收録了姜任脩的《古詩十九首小箋》;馬茂元《古詩十九首新探》中,也多次引述姜任脩的論著,足資證明其著述的學術價值。載録見駱鴻凱《選學書著録》。

姜任脩自序曰:“古詩十九首,不知定自何代?《文選》録之而分爲二十。《玉臺新咏》存十二而遺其七。謂枚乘八首。《文心雕龍》謂《冉冉孤生竹》一首屬傅毅。載樂府雜曲歌辭,餘亦漢人作。辭有東都宛洛。鍾參軍且疑爲陳思王詩。近代朱竹垞又指《驅車上東門行》,載樂府雜曲歌辭。《生年不滿百》一首,係《西門行》古辭。是文選樓中學士裁剪長短句,作五言,移易前後,雜糅置之。隱没作者姓氏。人代莫定,但以古人之詩名曰古詩。古之云者,對今體而言也。其曰十九首,乃舉所集之成數。如删詩存三百五篇,非出於一時一手,間或相因類及。而他人有心,不盡同調,統以論次第篇法,則固矣。故各繹音義,均歸安雅,不使學古詩者病於穿鑿傅會云。雍正己酉(1729)九秋退耕姜任脩書於白蒲書塾。”

其説古詩十九首,多發己見,雖亦不出君臣寄托。然歸於中正平實,且能上取詩騷,下聯唐人,開合自如。正如其門人王康謹所評:“以能理亂絲之心,紬繹於無字句處,得其指歸,良所謂匡説詩,解人頤者。循途者由是而之焉,其神明變化於規矩與。”

如其釋《行行重行行》曰:“哀無怨而生離也。悲莫悲兮生别離,似此行行不已,萬里遥天,相爲阻絶,後會安有期耶。蓋以胡馬越鳥,南北背馳,其勢日遠,其情日傷。帶已寬而人已老也。此豈君真弃捐我哉,緣邪臣蔽賢,猶浮雲鄣日。是以一去不復念歸耳。然而不必煩言也。惟努力加餐,保此身以待君子,蓋即姑酌金罍之意。譚友夏云:人知以此勸人,此并以之自勸。風人之忠厚如此。此賢者不得於君而托爲之作。浮雲句亦有日暮途遠意,太白浮雲游子二句是注脚。”

此書成稿於雍正七年(1729),有乾隆間初刻本。今未知所藏處。有光緒十九年(1893)仁和吴氏重刻本。光緒刻本卷首有自序,後有吴郡門人王康謹後序。中國國家圖書館、寧波天一閣博物院藏。

21.《古文眉詮・文選鈔》　浦起龍鈔　存

提　要

浦起龍(1679—1762),字二田,號孩禪,自署東山外史,晚號三山傖父,時稱山傖先生,無錫(今江蘇無錫)人。康熙三十七年(1698)中秀才。翌年鄉試落第。此後困頓場屋三十餘年,轉而潛心杜甫詩作。康熙六十年(1721)夏,始撰《讀杜心解》,於雍正二年(1724)成書。雍正八年(1730)中進士。雍正十二年(1734),應邀赴雲南昆明任五華書院山長(即院長)。乾隆四年(1739)出任蘇州府學教授,主紫陽書院。王昶、錢大昕、王鳴盛爲諸生時均受業其門下。對《左傳》《公羊》《穀梁傳》《國語》《戰國策》《莊子》《史記》《楚辭》《漢文》《後漢文》《文選》《徐庾文》《宣公奏議》十四類古籍進行校勘、彙注,自己又詳加評注,歷時十七年,成七十九卷《古文眉詮》,刻成於乾隆九年(1744)。此外著作尚有《史通通釋》《無錫縣志》《釀蜜集》《三山老人不是集》等。乾隆二十七年(1762)逝世,終年八十三歲。

《文選鈔》爲浦起龍評點衆多文本中的一種,共收録文并詩總六十六篇。具體篇目如下:卷三十八:《高唐賦》《神女賦》《兩都賦序》《西都賦》《東都賦》《登樓賦》《洛神賦》。卷三十九:《閒居賦》《文賦》《雪賦》《月賦》《别賦》《秋風辭》《七發》《古詩十九首》《四愁詩》《短歌行》。卷四十:《詩序》《上秦始皇書》《尚書序》《聖主得賢臣頌》《論盛孝章書》《爲曹操作書與孫權》《與朝歌令吴質書》《與吴質書》《典論・論文》《求自試表》。卷四十一:《陳情表》《讓開府表》《平吴疏》《自理表》《求爲諸孫置守冢人表》《春秋左傳集解序》《五等諸侯論》。卷四十二:《東方朔畫像贊》《蘭亭序》《讓中書令表》《歸去來辭》《桃花源記》《五柳先生傳》《陶徵士誄》《後漢書·黨錮列傳》《北山移文》《廣絶交論》《宋書·謝靈運傳論》。其中羊祜《平吴疏》、王濬《自理表》、王羲之《蘭亭序》、陶淵明《五柳先生傳》《桃花源記》、范曄《後漢書·黨錮列傳》六篇爲附入之作,實際所收《文選》詩文共六十篇。

是書卷首有乾隆九年(1744)浦起龍《古文眉詮》總叙。次列《古文眉詮鈔例》。《文選鈔》第一一《鈔例》曰:"《隋志》列總集一門,謂建安之後衆集滋廣,晋摯虞於是條貫論之,謂之流别。選事自此權輿。而馬氏《通考》仍以梁昭明太子統《文選》爲總集之冠,昭明序曰:文之時義遠矣哉。踵其事而增華,變其本而加厲。作者之致,亦云備矣。自非略其蕪穢,集其清英,欲兼功太半,難矣。故雜而集之,都三十卷。自唐以來,奉爲選宗焉。李善有注,吕延濟劉良等五人有釋。少陵詩亦曰:熟精《文選》理。蓋屬辭之士,覃奥取則,誠有如《隋志》所云也。論者進選則退《史》《漢》八家,進《史》《漢》八家,則退選。愚意派别固殊,源流斯在。矜慎持擇,以存一大段風會,宜無不可。至若宋玉之對、李斯之書,他卷罕麗。王褒之頌,在漢爲卑,則籍是收焉。而叔子平吴,士治自理,逸少蘭亭,淵明桃源之類,塾本流傳,原集刊去,則增爲附焉。又如詩賦韵語,不妨略窺初體,則類載鈔首。餘文自以時次焉。此皆斟酌位置,差似得所。"

從具體的評點看,浦起龍建立在對衆多古籍進行評點的基礎上,已經形成了自己較爲獨立的評文體例和評文風格,成爲清前期值得重視的《文選》評點大家。其評語直接切入文本,於文章起承轉合關鍵處批點,重在指出文章筆法的精妙之處、上下文義的關聯、内容意藴精微之所在、文辭之境界等等方面。并於文章末尾加以總評。如於《高唐賦》總評曰："此與後賦一串，序述神女，而賦不及之，蓋前賦爲後賦之引，以後賦完前序之文也。巫山境實，高唐事虚，而開象以雲，結因以夢。讀至後賦，并境亦虚矣。序曰：可以游乎？游者，游蕩之謂，將欲諷止游蕩，是故造境皆虚。"又於《神女賦》總評曰："今夢昔雲，是一是二，通身譎諫，超乎勸百諷一者倍蓰矣。依張氏鳳翼本作現身説法，味更悠長。化騷爲賦，自宋玉始，數典不忘其祖，乃首録焉。"一者指出《高唐》《神女》二賦本爲一體。二者指出其造境皆虚的特點。三者提出漢大賦當發軔於此《高唐賦》《神女賦》。今人通常以枚乘《七發》作爲漢大賦的開始之作，然比較而言，以《高唐賦》《神女賦》爲大賦開端之作，騷體化爲賦體的代表之作，顯然是更接近賦史之發展規律的。又於王粲《登樓賦》總評曰："五臣注謂懷歸而述其進退危懼之情是也。庶幾離騷嗣音，杜子美入蜀以後詩，大概類此情味。"曹植《洛神賦》總評曰："此等題，總以禮防不亂爲歸趣，規撫宋玉，似降一格，然緣情綺靡，仙骨珊珊，尚有凌虚御風之氣。"謝莊《月賦》總評曰："不多黏月，衹寫對月，故神遠。雪賦易貌，月賦難規。形與魂殊轍也。"江淹《别賦》總評曰："江郎《恨》《别》兩賦并稱，寫恨如蠶死蠟灰，無還境矣。故不録。録《别賦》，行者居者，别時别後，八面凄其。"由以上所舉可見浦氏評點之總評尤注重闡發作品的獨特意藴，以及文章藝術上的獨到之處，并多從同時代相近作品，以及縱向發展源流中加以着眼。

見《古文眉詮》七十九卷，清浦起龍評選，清乾隆九年(1744)，三吴書院刻本，中國國家圖書館藏普通古籍。其中《文選鈔》列第一一，卷三八至四二。

22.《古詩十九首解》一卷　張庚撰　存

提　要

張庚(1685—1760),字浦山,號瓜田逸史,晚號彌伽居士。浙江嘉興人。不應科舉,善畫,又精研《文選》、群經注疏、《史》、《漢》等典籍。所繪山水,筆墨氣韵過人。乾隆初舉鴻博,未中。有《張恕齋詩文集》《畫徵録》《續録》等。

是書前有張庚小序:"睢陽吴氏説選詩,大有發明,然穿鑿附會,牽强偏執,在在有之,欲求醇全者,什僅二三。雍正戊申館於滿城,陳氏弟子於正課之暇,以古詩十九首請業,因參其説詮解焉。然爲得爲失,究不自知耳。爲録第一册以俟服古者正之。秀水瓜田逸史張庚識。"

其後有一段對於古詩十九首的總論,蓋亦出自張庚手筆,特録如下:"胡氏曰:畜神奇於温厚,寓感愴於和平,意愈淺愈深,詞愈近愈遠,篇不可句摘,句不可字求。蓋千古元氣,鍾毓一時,而作者以無意發之,故詣絶窮微,掩映千秋。○吴氏曰:此漢人選漢詩也。十九首不著姓氏,亦猶《三百篇》不著姓氏之遺意也。今尚有可考者,《玉臺新咏》以《西北有高樓》爲枚乘,西漢人也。《冉冉孤生竹》爲傅毅,東漢人也。可見此十九首,漢家四百年人材盡在其中,故其詩卓絶古今。按《驅車上東門》一篇,上東門乃長安東門名,亦似出於西都人之手。《青青陵上柏》一篇,言游戲宛與洛,則出於東都之人手。誠兩京詩之萃也。又曰十九首不出於一手,作於一時,要皆臣不得於君,而托意於夫婦朋友,深合風人之旨。後世作者,皆不出其範圍。《詩品》云,升堂者劉楨,入室者曹植,此外寥寥矣。○組織風騷,鈞平文質,得性情之正,合和平之旨。義理聲歌,兩用其極。故能紹已亡之風雅，垂萬禩之規模。有志斯道者，當終身奉以爲的。”

張庚解詩路向亦按前人以諷喻美刺索解，如認爲《行行重行行》一首爲“臣不得於君”；《青青河畔草》爲刺不循廉耻而營營之賤丈夫；《涉江采芙蓉》，“此亦臣不得於君之詩”。諸如此類。

《清史稿》卷一四八《藝文志》著録：《古詩十九首解》一卷，張庚撰。今有暨南大學圖書館藏清抄本《古詩十九首解》一卷。另有嘉慶間刻本，道光三十年《藝海珠塵》重印本。《叢書集成初編》第一七六五册據《藝海珠塵》本排印，中華書局1985年據以再版。

23.《昭明文選六臣彙注疏解》十九卷　顧施楨撰　存

提　要

顧施楨，字適園。吴江（今屬江蘇蘇州）人，朱鶴齡友顧有孝（1619—1689）之子。據《清史稿·藝文志》及《補編》著有《文選疏解》十九卷，《聖朝詩選初集》十二卷，《杜工部詩疏解》二卷，還有《我真集》《歲郵集》《飲醨集》等。

《昭明文選彙注疏解》一書現存十九卷本和三十九卷本。其版本有三種：

一是康熙二十五年（1686）心耕堂刻本，十九卷，顧施楨輯，鄭重等鑒定，清華大學圖書館藏。此本卷首有鄭重序，次倪燦序，版心下有“心耕堂”。

二是乾隆三十九年（1774）郭步青重鎸本。此本前有郭步青序，可知仍爲十九卷本。其書今已不多見，郭步青序，今保存在嘉慶本中。

三是嘉慶二十四年（1817）爲三十九卷本，六經堂重刻本，兼收詩文，卷首列郭步青序，倪燦原序。南京圖書館藏。

對於這三種版本，徐寶余《〈昭明文選六臣彙注疏解〉及其真僞》

(《文獻》2001 年第 4 期)認爲"所謂顧本三十九卷乃是僞本"。

對於此書的作者,也有一定的争議。康熙二十五年刊本卷首題下列作者名曰:吴江顧施楨適園纂輯。建安鄭重山公鑒定。武進徐介翔念、華亭金維寧德藩參訂、靖江鄭霖宣成。郭步青重鎸本外增加:龍泉後學郭步青重鎸。而嘉慶二十四年本則在凡例後列"同閲姓氏"六十二人,如翁叔元、趙之鼎、李光地、仇兆鰲、林雲銘等。嘉慶本倪燦《序》中説:"故《文選》之學一淆於五臣,再晦於後代諸儒之纂輯,剽義竄辭,支離覆逆,交趾旁午。注愈繁而意愈晦,此建安鄭先生彙注疏解之所由作也。先生之爲是書也,經始於顧子適園,復與二三同志詳加删定,每一篇成,手自勘讎,朱黄鈎貫,上自年經月緯,下至音義章句。悉通以訓詁,薈萃諸家,穿窒礙,定紕繆,絲分縷晰,期於一見朗然而止。"又周貞亮《文選學書目》著録則爲《文選賦彙疏解》,清周詩雅撰,清初刊本。駱鴻凱《選學書著録》則著録爲《選賦彙注疏解》十九卷,顧施楨撰,康熙刊本。

據十九卷本,前有鄭重自序,謂迄明張鳳翼有《纂注評林》,閔齊伋有《瀹注》,并爲世所稱,然雖分章按節,而意義未盡融貫,讀者往往鬱而不暢。適園是書取善及五臣注義之長者,章分句斷,經之緯之,疏辭明悉。二家未當者,則旁引他書以歸於是,名曰《彙注》。又因其行文段落,自爲起止者,疏解其義,使全篇一節之脉絡貫通無隔截,名曰疏解。予猶恐或有遺意,復與二三友人取諸書重加參訂,復者去之,蕪者删之,缺者補之。音之未當者正之,研核盡善,名曰《文選六臣彙注疏解》,仍六十卷。將欲盡付梨棗,而全帙頗多,因念是書賦爲首類,又居十之三,適園解義明晰,尤爲學者最切要,因先舉以屬梓云云。可見是書之成書過程及大旨所在。又十九卷本前有顧施楨所撰《凡例》言:以李善、五臣爲經,而諸家緯之。語則取長補短,事則擇精而芟蕪。間補注一二，皆原本載籍，非敢謬增臆見也。總之，全書的風格蓋以文省而意明爲特色。

24.《古詩十九首箋釋》 劉紹權撰　佚

提　要

劉紹權（？—1723），字宗衡，南昌（今江西南昌）人。諸生。著有《心遠堂集》二卷，《古詩十九首箋釋》。見黄日星、姜欽雲《江西編著人物傳略》（南昌：江西人民出版社 1994 年版）。

25.《書江淹恨賦後》 陶元藻撰　存

提　要

陶元藻（1716—1801），字龍溪，號篁村，又號凫亭，會稽（今浙江紹興）人。乾隆貢生，九試棘闈，屢薦不得上。歷游燕、趙、齊、魯、揚、粤、甌、閩之境。詩文均負盛譽。游京師，題詩旅壁，袁枚見而稱賞，爲撰《篁村題壁記》。至廣陵，爲兩淮轉運使盧雅雨幕僚。盧大會名士七十余人於揚州紅橋，分韵賦詩，元藻頃刻成十章，莫不傾倒，時稱"會稽才子"。不久歸籍，在杭州西湖建泊鷗莊，專事著述，歷三十餘年，著有《全浙詩話》五十四卷，《凫亭詩話》四卷，《越諺遺編考》五卷，《泊鷗莊文集》十二卷，《越畫見聞》三卷。

其文僅半葉，提出"所謂恨者，必人宜獲吉而反受其殃，事應有成而竟遭其敗，銜冤抱恨，爲天下古今所共惜"。也對賦文選擇秦帝、趙王，而不選擇文種、伍子胥、荆軻、范增等，選擇王昭君，而不選擇烏孫公主、蔡文姬提出疑問。

見清陶元藻《泊鷗山房集》卷一〇，衡河草堂藏板，《清代詩文集彙編》第三四一册。

26.《文選補注》　李于京撰　佚

提　要

李于京，字金臺，安丘（今山東安丘）人。乾隆三十年（1765）拔貢，官朝城教諭。治學嚴謹，博采衆説，著有《周易卦説》。另《安丘新志・藝文考》還著録有李于京撰《歷代詩略》。

《文選補注》，其書見載於《山東府志》、徐咏著《山東通志藝文志訂補》集部第八册卷二二。

27.《文選切叶直音》五卷　凌萬才撰　存

提　要

凌萬才，字顒若，號硯北老人，虞山（今江蘇常熟）人。生卒不詳，約於康熙中期生，卒於乾隆中期。撰有《韵學蒙詮》《文選切叶直音》《左傳直音》《續韵補》等書。

《文選切叶直音》五卷，書分宫、商、角、徵、羽，卷宫爲《兩都賦》至《三都賦》，卷商爲《甘泉賦》至《長門賦》，卷角爲《思舊賦》至何劭《贈張華》，卷徵爲陸機《贈馮文羆遷斥邱令》至江淹《雜體詩三十首》，卷羽爲騷至祭文諸體。各卷後有補遺。今存前三卷。

此書於《文選》所注切音、叶音俱以直音法標示其音讀。詩賦類將韵脚字列爲韵譜，依平水韵標目，并以直音注明叶音字、難字之音，而一字有平、上、去、入數音者，則分别於該字之左下、左上、右上、右下相應處標識小圈。如卷商《甘泉賦》"藥"韵，下列賦中韵脚字"繹、錯、度、薄、鄂"。"繹"下注"叶宜音鐸"，謂"繹"於此讀"鐸"音。"度"

字右下角標小圈，謂此處讀入聲。又"屋沃"韵下列"駮、駥、嵚、遄、般、施"，每字下直音標音注，如駮讀叵，嵚讀欽之類。"般"字左下標小圓，謂其讀平聲；"施"字右上標小圈，謂其讀去聲。至如難字，則以文中所出序次列於相近韵脚字譜下，前以大圈隔之，亦以直音注明其音。該書標示音讀，簡明切要，便於檢閲，有益初學誦讀。

然亦有紕漏，尚非盡善。如《西都賦》："後宫之號，十有四位。窈窕繁華，更盛迭貴。處乎斯列者，蓋以百數。"末二句爲散文，"數"本不入韵，而字下注"叶歲"，强爲協韵。又如："前乘秦嶺，後越九嵕。東薄河華，西涉岐雍。宫館所歷，百有餘區。行所朝夕，儲不改供。"嵕、雍、區、供四字爲韵，"區"叶音"空"（區、空陰陽對轉），而書中又漏而不載。又古今音變，古音未必皆能直音爲今讀，如"卜紅切"、"天"字之叶真韵、"風"字之叶侵韵，僅注"音近某"，亦未愜當。此皆其不足。

今存乾隆二十八年（1763）正音閣刊本，存三卷（一至三），蘇州大學圖書館藏。

本條由河北大學馬燕鑫博士撰寫。

28.《文選集評》十五卷　于光華編　存

提　要

于光華（1727—?），字惺介，號晴川，室名心簡齋。金壇（今屬江蘇常州）人。著有《心簡齋集録》《文選集評》等。生平事迹見本書凡例及吴承緒序。

于光華於乾隆二十八年（1763）客居廣東，開始編纂《文選集評》。於乾隆三十七年（1772）初刊。後又詳加搜録釐定，增補完備，於乾隆四十三年（1778）重刊，故曰"重訂"。對此過程，于氏在重訂序言中説:“乾隆癸未,華年三十有七,冬十一月,航海來粵,倥偬造次,止携《文選》一編,蓋素所篤好,凛先訓而奉師承也。顧華賦性懧愚,日月偶疏,遺忘不少,且自六臣注後,前修名宿,繼繼承承,考核精而鈎抉確者何可勝數。苟得聞見,輙抄卒業,即奔走衣食,漂泊天涯,旅館孤燈,不忍釋手,歷十數寒暑,編輯成帙。壬辰春仲,同志交迫,强付棗梨,深慚魚魯。年來節次搜録,詳加釐定,差校前刻爲完備,鍾君澹齋見而善之,復請剞梓。”(啓秀山堂刻本)期間從初成到重訂實跨越十五年,三易其稿,傳本不一。

重訂本《集評》共十五卷,卷首依次是秦鐄序(乾隆三十七年)、金嘉琰序(乾隆三十七年)、于在衡序(乾隆三十七年)、鍾絅序(乾隆四十五年)、黄熚照序(乾隆四十三年)、邱先德序(乾隆四十三年)、于光華自序(乾隆四十三年)、凡例、重訂凡例、目録、昭明《文選》序、李善《上文選注表》、體辨集説、姓氏小傳。卷末一卷附葉星衛附注,原跋。

《文選集評》一書底本爲何焯評汲古閣本《文選》,彙集明後期到清中期三十餘家《文選》評點成果。具體而言包括:注解悉本汲古閣所載六臣原注。間有習見習聞,及前後雷同複出處,概從節略以便省循。倘須博洽,各本俱在,可資檢閲;評論首要在何焯評與《文選瀹注》所載孫月峰先生評,内容基本全録。至如《文選纂注》《文選評林》《文選瀹注》《文選約注》《山曉閣注文選》《文選疏解》,及張伯起、陸雨侯、俞犀月、李安溪諸先生評,各采其一二,或十之二三。“恐議論紛出,轉滋疑竇,未敢多録也。”(《凡例》)乃至最新流傳於世余仲林《文選音義》,也“較正數十處,補遺百餘條。悉登入”,方廷珪《文選集成》一書,“評論發明,多出己見,有益後學不淺。兹編擇其貫通脉絡,考正舊説,及篇終議論有關世道人心者,采入十之二三”(《重訂凡例》)。

是書體例涵括題下評、眉批、旁批、夾批、總評等。除引録諸家外，還在眉批中加上于氏自己的評點之語，着重梳理文義，貫通意脉。該書除作爲明清《文選》評點集大成之作，也保存了不少已經佚失的選學著作文獻，如邵長蘅評《選》、俞犀月評《選》、張甄陶評《選》、陸元龍評《選》等等，具有重要的文獻價值。然正如駱鴻凱所説，其："圈點畫乙，科條亦極煩密。（大段落用大畫截住，小段落用句中逗圈别之。佳句用密圈，脉絡用密點，逐段眼目用尖圈，或用密點。字法用實，或用單點。）"而"讀《文選》，必先於《文心雕龍》之説信受奉行"之説，認爲"若以後世時文家法律論之，是猶算春秋曆用杜預長編，行鄉飲酒儀於晋朝學校，必不合矣"。

今存版本如《文選集評》十五卷首一卷末一卷，初刻本，乾隆三十七年(1772)，心簡齋編次友于堂刻本。中國國家圖書館藏。《重訂文選集評》十五卷，首一卷末一卷，乾隆四十三年(1778)，錫山啓秀堂刻本。潮州市圖書館、浙江大學圖書館藏。《重訂文選集評》十五卷，同治十一年(1872)江蘇書局刻本，《清代文選學名著集成》第三、四、五册據以影印。《重訂文選集評》十五卷，清于光華輯清乾隆四十三年啓秀堂刻本，袁蘭批校，南京市圖書館藏。

29.《彙注梁昭明文選賦集》一卷　葉丹宫撰　存

提　要

葉丹宫，其人生平不詳。

全書共九十三面，正文無目録。起班固《兩都賦》，至嵇康《琴賦》止。正文爲白文，加圈點。句下偶有雙行小字，點明文章章法如《東都賦》"合乎靈囿"句下評曰："以上言明帝宫室苑囿之合乎古制。"全書頁眉多附小字補注，爲彙集諸家注以言明本事，如《琴賦》"於是遁世之士，榮綺期之疇"，葉眉則補"孔子游於太山見榮綺期""綺季隱商洛深山,列四皓中”事。亦有前人相關評點之語,如《琴賦》葉眉首注曰“琴者,禁也。禁邪以歸之正也”。然皆不注明出處。

上海圖書館藏手鈔本一卷。前有識語云:此係葉丹宫太先生所抄,宜珍藏之,勿置案頭,恐防失去。書法亦絶妙。此數語係先曾祖筠塢公題,諱宏業字衡發,曾孫元燾識。

30.《古詩十九首説》一卷　朱筠口述,徐昆整理　存

提　要

朱筠(1729—1781),字美叔,又竹君,號笥河。順天府大興(今北京大興)人。乾隆十九年(1754)進士,曾官安徽、福建學政。事迹見《清史稿》卷四八五《文苑傳》。著有《十三經文字同異》、《笥河集》三十六卷,總纂《日下舊聞考》等。

是書前有錢大昕序曰:“古詩十九首作者非一人,亦非一時。自昭明敘其次第,登之《文選》,論五言者咸以是爲圭臬。不可增減,不能移易。後人欲分《燕趙多佳人》以下别爲一首,所謂離之則兩傷也。或又疑《生年不滿百》一篇檃括古樂府而成之,非漢人所作。是猶讀魏武《短歌行》而疑《鹿鳴》之出於是也。豈其然哉。臨汾徐君后山倜儻奇士,予嘗見其傳奇數種,已心異之。兹所刊《古詩十九首説》,則本吾友笥河學士宴談之餘論,推衍而成者也。昔考亭論詩,於先儒訓詁多有改易,蓋取孟子以意逆志之指。十九首者,三代以下之風雅也。讀后山之説,使人油然有得於興觀群怨事父事君之義,其亦古詩之功臣,而足裨李善諸家訓詁之未備者乎。癸巳正月三日嘉定錢大昕序。”(《叢書集成續編》本)另有徐昆序,葛元煦跋。

此書前總説十九首,下分述各詩之妙處。蓋以十九首獨高千古之處在於“詩有性情,興觀群怨是也;詩有倚托,事父事君是也;詩有

比興，鳥獸草木是也。言志之格律，盡於三者矣。後人咏懷寄托，不免偏有所着。十九首包涵萬有，磕着即是。凡五倫道理，莫不畢該。却又不入理障，不落言詮，此所以獨高千古也”(《叢書集成續編》本)。其説標舉性情，又歸之於倫理道德。在卷末，他説：吾愿學詩者從此入手，忠臣孝子、義友節婦，其性情皆可從此陶鑄也。故析論雖多妙言，然亦不免牽附，如以《青青河畔草》之“蕩子婦”喻“臣”，以“蕩子”喻“君”之類。

《清史稿》卷一四八《藝文志》著録：《古詩十九首説》一卷，徐昆撰。今存《古詩十九首説》一卷，最早刊行於乾隆三十八年(1773)。南開大學圖書館藏。《販書偶記》集部詩文評類著録。有清光緒四年(1878)葛氏嘯園刻本。收録於《叢書集成續編》第一四七册，上海書店1994年版。隋樹森《古詩十九首集釋》收入此書，有中華書局排印本。皆著録爲朱筠河口授，徐昆筆述。

31.《文選》筆記　姚鼐撰　存

提　要

姚鼐(1731—1815)，字姬傳，一字夢谷。室名惜抱軒，世稱惜抱先生、姚惜抱。桐城(今安徽桐城)人。從學於劉大櫆。乾隆二十八年(1763)進士。選庶起士，改禮部主事。歷充山東、湖南鄉試考官，會試同考官，《四庫全書》纂修官。書成，乞養歸。主江南鐘山、紫陽等書院講席四十年。工古文，近歐陽修、曾鞏，與方苞、劉大櫆合爲桐城派。選《古文辭類纂》七十四卷以明義法，著有《九經説》、《老子章義》、《莊子章義》、《惜抱軒文集》、《詩集》、《筆記》八卷等。

姚鼐所著《筆記》八卷，包括經史子集四部，其中卷八集部《文選》一門，載《文選》考論十二條，《五言古詩》一門，載《選》詩相關評論四條。多詞語考證、史實考辨、舊注辨誤前人評《選》得失，如李善上表之“崇山墜簡”當用嵩山事；《文選注》引范書：“班固，北地人。”而《班超傳》又云，扶風平陵人。乃《選注》誤引之類。其論雖所存不多，但識察細緻入微，能見人所未見。如論“景純《游仙詩》，‘蓐收清西陸，朱羲將由白’。按：天之西陸，西方七宿也。主肅殺之氣。景純言蓐收之氣應之。此本不誤。非謂日之所行也。當秋日之所行，自在東陸。《續書志》云，日行北陸謂之冬，西陸謂之春，南陸謂之夏，東陸謂之秋。今李善既不達郭旨，遽改續志之文，曰西陸謂之秋，何其謬邪？”

今據《惜抱軒筆記》卷八，《續修四庫全書》子部雜家類影印清同治五年省心閣刻本。

32.《文選課讀》　嚴長明撰　佚

提　要

嚴長明(1731—1787)，字冬有(一作冬友)，一字道甫，號晦用，江蘇江寧人。晚爲廬江書院院長，年五十七卒。幼從方苞學。尋假館揚州馬氏，盡讀其藏書。乾隆二十七年(1762)授内閣中書。旋入直軍機處，累官至内閣侍讀。歷充《通鑒輯覽》《一統志》《熱河志》《平定准噶爾方略》纂修官。乞歸後，築歸求草堂三楹，藏書二萬卷，金石文字三千卷，日咏其中。間游秦中、大梁，居畢沅所，爲定奏詞。還，主廬陽書院。撰次《西安府志》八十卷，《漢中府志》四十卷，皆詳贍有法。自著有《毛詩地理疏證》《三經答問》《三史答問》《西清備對》《石經考異》《智白齋金石類簽》《金石文字跋尾》《漢金石例》《五嶽貞珸考》《五陵金石志》《石迹表》《吴興石迹表》《尊聞録》《獻徵餘録》《五經算術補正》《淮南天文太陽解》《素靈發伏》《養生家言》《墨緣小録》《八表停雲録》《吴諧志》《奇觚類聚》《文選課讀》《文選聲類》《南宋文鑒》凡二十餘種。

所著詩集包括《歸求草堂詩集》六卷、《秋山紀行集》二卷、《金闕攀松集》一卷、《玉井搴蓮集》一卷，由長沙葉德輝在宣統三年彙刻爲《嚴東有詩集》十卷。

嚴長明所撰《文選》讀本有《文選課讀》和《文選聲類》，見載於錢大昕撰《内閣侍讀嚴長明傳》。其書今已佚。

33.《文選聲類》　嚴長明撰　佚

提　要

嚴長明，生平見《文選課讀》條下。

嚴長明所撰《文選》讀本有《文選課讀》和《文選聲類》，見載於錢大昕撰《内閣侍讀嚴長明傳》。

其書今已佚。

34.《古詩十九首合解》　陳乃梓撰　佚

提　要

陳乃梓，字琴堂，招遠（今山東招遠）人。乾隆間歲貢。著有《莊子内七篇合意》《古詩十九首合解》。見《山東通志》卷一四六《藝文志》。

35.《古詩十九首解》一卷　姜炳璋解　存

提　要

姜炳璋（1736—1813），字石貞，號白岩，象山（今浙江象山）人。

乾隆十九年(1754)進士,與錢大昕、紀昀等,時稱"八彦"。後任四川石泉知縣,因教民種水稻,栽桑桐,建書院。繼任江浦知縣,率民築堰,辟田數千畝,民稱"姜公堰"。歸里後講學金華、鄞縣等地。精於經學,兼長義理考據。編纂乾隆《象山縣志》,著有《詩序廣義》《讀左補義》《周易通旨》《歷朝紀元考》《白岩山人詩文集》等,前兩種收入《四庫全書》。尚纂有《石泉縣志》。傳見《清史列傳》卷六八《儒林傳》,徐世昌《清儒學案》卷二〇一,劉聲木《桐城文學淵源考》卷二。

姜炳璋《古詩十九首解》,又名《古詩億》,存抄本,藏浙江圖書館。有陳漢章録序并跋。跋曰:"以意逆志之法,非知人論世不可。先生説《詩》三百篇,多本《詩序》,古詩之序即古詩之題也。《文選·古詩十九首》無題,《玉臺新咏》或以爲枚乘詩,昭明不著其撰人,疑者蓋闕耳。先生定爲東京安順間人所爲,參考詩中詞意,無一不合。與《詩序廣義》以序説詩之志同,惜未同録入《四庫》也。名之曰億,固自謙之辭。抑億與意,古同一字,即所謂以意逆志矣。"又有北平華北中學民國二十四年(1935)版。

36.《古詩十九首注》一卷　卿斌撰　佚

提　要

卿斌(1737—1813),嘉慶十八年(1813)卒,年七十六。《清史稿》作"卿斌",《清史列傳》作"卿彬"。《清史列傳》曰:"卿彬,字雅林,廣西灌陽人。歲貢生。""爲學嚴於律己,一言一行,未嘗自欺。嘗見諸子作字,告之曰:學書如修身,自有定則。若以趨時,詎有真品乎?""彬生平邃深經學,晚尤嗜《易》,著《周易貫義》,自序謂:天地萬物備於《易》,而皆貫以一心。然不敢曰一貫,故稱貫義云。又著有《洪范參解》《律吕參解》《楚辭會真》《古詩十九首注》等書。”

《清史稿》卷一四八《藝文志》著録:《古詩十九首注》一卷,卿斌撰。

37.《昭明選詩初學讀本》二册　孫人龍輯　存

提　要

孫人龍,字端人,號約亭。烏程(今屬浙江湖州)人。雍正八年(1730)庚戌進士,選庶起士,授翰林院編修,督學雲南、粵中。乾隆十九年(1754)爲會試同考官,是紀曉嵐房師。著有《四書遵注講義》《公餘日記》《約亭未定稿》《頤齋未定稿》。

石印本卷首爲“歷代姓氏爵里”,以時代爲序,介紹《選》詩作者六十五人。卷二至卷五爲《選》詩。以評點法圈抹,蓋爲初學而作。書前小序曰:“余幼讀《選》詩,以未得評點,莫解其意趣,乃徧求先正所指示及師友所稱述者,手自抄録,用備尋繹。兹重加訂定,俾付諸梓,第務明白易曉,庶或有益於初學云。”

此書有乾隆四年(1739)初刻本,常州市圖書館、中國國家圖書館、上海圖書館藏。又有民國二十年上海掃葉山房石印本。

38.《四六叢話》三十三卷附《選詩叢話》一卷　孫梅撰　存

提　要

孫梅(1739—1790),字松友,號春浦,歸安(今屬浙江湖州)人,烏程籍。乾隆二十七年(1762)南巡召試,取二等。乾隆三十四年(1769)進士,授中書,出爲太平府(今安徽當塗)同知。歷校南闈。儀徵阮元,其所薦也。生平著述甚富,所著《四六叢話》三十三卷,博稽千古,綜覽萬篇,阮元爲之序(宗源翰《湖州府志》,清同治十一年至十三年刊本,卷七六)。還著有《舊言堂集》四卷,嘉慶十五年粤海堂刊,中國國家圖書館藏。

《四六叢話》是一部系統的集大成式的駢文理論著作。其書上泝騷選,下迄宋元,針對駢文"辭勝而理伏"的弊端,提出"以意爲統宗"的核心主張。同時搜集唐宋元筆記史志等著作中散見的駢麗文評論資料彙爲一編。其書共三十三卷,選二卷,騷一卷,賦二卷,制敕詔册四卷,表三卷,章疏一卷,啓二卷,頌一卷,書一卷,碑志、判、序、記、論、銘箴贊,檄露布,祭誄,雜文,談諧、總論各一卷。卷二九至卷三三爲作家,包括文選家、楚詞家、賦家、三國六朝諸家、唐四六諸家、宋四六諸家、元四六諸家七部分。

其書卷首列秦潮跋(乾隆庚戌,1790)、阮元後序(乾隆五十三年,1788)、程杲跋(乾隆己酉,1789)、孫梅自序(1789)、凡例、目録。開篇叙《選》爲四六之首,指明《文選》之爲駢體之統紀的重要地位。曰:"文之爲言,合天人以炳耀;《選》之爲道,從精義以入神。《選》而不文,非他山之瑜瑾;文而非《選》,豈麗制之淵林?若乃懸衡百代,揚搉群言,進退師於一心,總持及乎千載,吾於昭明氏見之矣。夫一言以知臧蔑,知人難矣,未若知言之難也,後世必有子雲。知言難矣,未若知文之尤難也。更二難以課最,包載籍以爲程。著述以來,僅有斯作。夫陶冶墳素者本於學,筦攝人文者係乎才。《南華》非出僻書,《左》《史》焉知問遠?少見多怪,膚受淺中,學不博者,固未足以論文。又或識鮮通變,質本下中,辨鼎得贗、買璞誤鼠,才不高者,亦無以枋選。同時俊彦,希望苑於青冥;千古斯文,感高樓之風雨。揆厥所長,大體有五:曰通識。五經紛綸,而通釋訓詁者有《爾雅》;諸史肸蠁,而通述紀傳者有《史記》。《選》之爲書,上始姬宗,下迄梁代,千餘年間,藝文備矣。質文升降之故，風雅正變之由。雲間日下，接迹於簡編；漢妾楚臣，連衡於辭翰。其長一也。曰博綜。自昔文家，尤多派别。《文志》表江左之盛，《典論》詮鄴下之賢。《選》之所收，或人登一二首，或集載數十篇。詩筆不必兼長，淄、澠不必盡合。《咏懷》《擬古》，以富有争奇；元虚、簡棲，以單行示貴。其長二也。曰辨體。風水遭而斐亹作，心聲發而典要存。敬禮工爲小文，長卿長於典册。體之不圖，文於何有？分區别類，既備之於篇；溯委窮源，復辨之於序。勿爲翰林主人所嗤，匪供'兔園册子'之用。其長三也。曰伐材。文字英華，散在四部。窺豹則已陋，祭獺則無工。惟沈博絶麗之文，多左右采獲之助。'王孫''驛使'，雅故相仍；'天鷄''蹲鴟'，繽紛入用。是猶陸海探珍，鄧林擷秀也。其長四也。曰鎔範。文筆之富，浩如淵海；斷制之精，運於鑪錘。使漢京以往，弭抑而受裁；正始以還，激昂而競響。雖《禊序》不收，少卿僞作，各有指歸，非爲謬妄。謂小兒强解事，此論未公；變學究爲秀才，其功實倍。其長五也。有唐而後，家置一編。杜陵有言，熟精斯理。引申觸類，門户滋多。孟利貞、卜長富撰《續文選》若干卷，卜隱之撰《擬文選》若干卷。齊、晋列附庸之盟，規矩存高曾之舊。又姚鉉《文粹》，吕祖謙《文鑑》，兹非其支流遺裔歟？此廣續家也。李善廣釋事類，子邕别標義藴，五臣又爲輯注。合善本爲六臣注：援毛、鄭蟲魚之勤，達向、郭筌蹄之表，固屬蕭氏之功臣，抑亦百家之肴饌。此注釋家也。監庫鏤板而後，景文手寫之餘，發哲匠之巧心，係前修之緒論，丹鉛所在，不可廢也。此評論家也。余既有《叢話》之役，以爲四六者，應用之文章；《文選》者，駢體之統紀。《選》學不亡，則詞宗輩出。名川三百，譬穴導以先河；靈芝九莖，及青春而晞露。摭拾陳編，建爲篇首。考金臺之遺址，辨玉樹之殊名。徵騶虞之名官，識《擊壤》之應樂。談柄方升，咫聞非鮮。叙

《選》第一。"

孫梅《四六叢話》在《清史稿》卷一四八《藝文志》著録爲:《四六叢話》三十三卷,孫梅撰。《選詩叢話》一卷,孫梅撰。在清代有嘉慶二年(1797)、嘉慶三年(1798)烏程孫氏刻本,中國國家圖書館藏,張之洞《書目答問》著録。《續修四庫全書》第一七一五册收録嘉慶三年(1798)吴興舊言堂刻本。另有清光緒七年許應騤刻本。對於許氏刻本,詞人譚獻在《復堂日記》中稱:"觸手訛奪,讎校尚疏。"民國時商務印書館 1937 年出版過是書的排印本。復旦大學出版社 2007 年出版王水照先生編《歷代文話》收録,以光緒七年刻本爲底本標點排印。人民文學出版社 2010 年出版李金松校點以嘉慶三年刻本爲底本的標點整理本。

39.《古詩十九首附箋》一卷　李兆元撰　存

提　要

李兆元(1757—1828),字勺洋。萊州府掖縣(今山東萊州)人。《(道光)再續掖縣志》卷上《文學》曰:"(李兆元)性豪邁,少年頗露鋒芒,晚年潛心理學,乃一歸於和平。需次中州,凡十七年,枕藉經史以爲性命,講學不株守程朱,折衷於象山、陽明之間,論詩以漢魏盛唐爲宗。所著《古本大學詁略》《中庸貫》《説卦傳輯注》《古韵徵》《十二筆舫雜録》《詩箋》三種皆已鋟木。歸里時年已七十,猶孜孜鉛槧,終日不倦,未幾卒。詩文稿手自編定,名《慎樞堂集》,未梓行。"據該《志》卷下《著述》著録,李兆元還有《律詩拗體》四卷。

李兆元《古詩十九首附箋》一卷,實爲以張庚本《古詩十九首解》爲基礎的進一步箋釋。

此書存於其《詩箋三種》(分别爲蘇李詩、古詩十九首、漁洋詩)

中，有清嘉慶二十四年(1819)十二筆舫刊本，中國國家圖書館普通古籍館藏，索書號 79727。

40.《選注辨證》一卷　朱超之撰　佚

提　要

朱超之，不失爲乾隆朝選學家之一，不僅自著有《選注辨證》一書，而且與葉樹藩商討選學，見《重刻昭明文選李善注》條下。民國《海寧州志稿・藝文志》小傳云："字予培，又字鯨海，號筠岑。乾隆辛卯順天舉人。《選注辨證》一卷。寫本。江蘇涵峰葉氏所刻《昭明文選》，手爲校定，并附辨證。《筠岑詩稿》四卷。"《葉星衛先生哀辭》一文中也提及"與海寧朱超之爲《文選》之學，闡譬悉有意義"①。然亦命途多舛，先於葉樹藩一年客死路途中。

其書存手寫本，未見今所藏處。僅可通過葉氏引録窺見一二。

41.《增訂昭明文選集成詳注》六十卷　方廷珪評點，陳雲程增補，邵晋涵等批校　存

提　要

方廷珪，字伯海。榕城(今福建福州)人。生活於清雍正乾隆間。生平事迹無考。

方廷珪《昭明文選集成》與于光華《文選集評》同爲清中葉面世的《文選》評點集成性質的著作，其作用亦都在於爲士子應試科舉提供一定的幫助，而且二書的關係也相當密切，方廷珪《昭明文選集成》一

---

① 趙懷玉《亦有生齋集》文卷二〇，《續修四庫全書》，上海：上海古籍出版社 2000 年版，第 268—269 頁。

書初刻本的成書時間(1767)略早於于光華的《文選集評》初刻本的刊刻(1772),然《文選集評》重訂本刊刻時間(1778)又稍早於《昭明文選集成》增訂本刊刻的時間(1783),故而二書之間存在你中有我,我中有你的密切關係。

然與于光華《文選集評》"不妄參一言"不同,方廷珪《昭明文選集成》一書體現出以下幾個方面的鮮明特色:

一是雖爲集成類著作,但方氏獨立評論的内容十分豐富,且富有見地,不失爲一家之言。其評語除了在頁眉、章句下,還在文後加以總評,形成完整的評論體系,而非隨意用筆。正如于光華所説,"古榕方氏《文選集成》一書,評論發明,多出己見,有益後學不淺"(于光華《文選集評重訂凡例》)。朱珪《昭明文選集成離騷題詞》曰:"方子廷珪投所注《楚詞》,予覽之嘆其用心之密也。其言曰:《九歌》作於見疏之初,其音和。《離騷》作於替予之時,其詞怨。《九章》作於既放之後,其節厲矣。微乎其言之也。"

二是改變了《昭明文選》原書的體例次序,稍有增加。并按照己意,重新編排,騷列賦前,以明文體流變。稱"《離騷》爲詞賦之祖,凡《兩都》《二京》《三都》及《七啓》《七發》《七命》等篇,盛稱宫殿、美人、歌舞、飲饌、畋獵,本《騷》中《招魂》。班孟堅《幽通賦》,托之占夢卜筮,本《騷》中靈氛、巫咸。張平子《思元賦》,托之上下四方,本《騷》中求女。諸如此類,難以悉舉。舊列之三十一卷,是爲數典而忘其祖矣。今改列爲首卷"。又"是編舊分爲六十卷,今約爲五十九卷,經前人所訾,其未收入者,代爲補出,《後出師表》一篇,《蘭亭記》一篇,《閒情賦》一篇,共三篇,另成一卷,仍爲六十卷。而以跋文綴其後"。

三是增補文獻豐富。除包含于光華《集評》中的資料,增補過程中還增加了不少時人的評論,正如其後所列《集中詳載諸先生評論》

包括張伯起、顧適園、周平園、楊用修、王兖州、王元美、孫月峰、孫執升、俞犀月、李安溪、蔡漳浦、林西仲、盧此人、何義門、陸雨侯、孫端人、郭明龍、祝氏、陸生生、沈歸愚、潘西黄、黄崑圃、邵子湘、浦二田、魏霽亭、陳螺渚、陳漱泉、何念修、張惕庵、林霽川、林月波三十一家，尤其是邵長蘅評選再次大量增補於頁眉。

駱鴻凱《文選學・源流第三》對其書頗有微詞，曰："是編於《文選》舊本，任意移易次序，增省篇目，而又芟夷李注，多加臆説，真妄人之尤也。書列騷爲首卷，高唐諸賦次之，而詩之編次，改移亦多。分類每變舊觀。卷帙亦有增減。其於李注駁正改易，自謂發明甚多，評文圈點，皆不出時文家惡習。蓋此書之一大厄。視明人所謂纂注、瀹注更甚矣。厥後陳雲程又以方氏爲定本，兼采入諸家評論。余仲林音義間亦采入，名曰《增訂昭明文選集成詳注》。坊賈無識，據以翻印，可謂謬種流傳矣。"郭象升亦直接稱"余於村冬烘《文選》俗陋之本，知有金壇于氏之集評而已，今乃又見此書，其荒唐不自量更甚於于本。華亭許巽行《筆記》曾論此書曰：'移易次第，增減篇目，芟夷李注，多加臆説，何近日妄人之多耶？'"①

然從《文選》普及的角度看，此書亦有其特色和成就，非可一概詆毁。

《昭明文選集成》方廷珪撰，初刻本成書於乾隆三十二年(1767)，培英堂藏版。今有《增訂昭明文選集成詳注》(全五册)，方廷珪評點，陳雲程增補，邵晉涵等批校。乾隆癸卯(四十八年，1783)季春重鎸，龍江書屋吴氏校刊，國家圖書館出版社 2015 年據以影印。首列朱

① 山西省圖書館編《郭象升藏書題跋》，太原：山西古籍出版社 2007 年版，第 352 頁。

珪《昭明文選集成離騷題詞》,次列方廷珪《昭明文選集成原序》,次列陳雲程孫鵬氏《增訂文選集成序》,次列方廷珪《凡例》,次列陳雲程《增補凡例》,次列《集中詳載諸先生評論(人名)》。亦有《增訂昭明文選集成詳注》六十卷首二卷,方廷珪評點,陳雲程補訂,于光華評注,清同治七年(1868)刻本。光緒福州醉經閣刻本,福建省圖書館藏。

42.《揅經室集》五十七卷　阮元撰　存

提　要

阮元(1764—1849),字伯元,號雲臺、雷塘庵主,晚號怡性老人,揚州(今江蘇揚州)人,乾隆五十四年(1789)進士,歷任禮部、兵部、户部、工部侍郎,山東、浙江學政,浙江、江西、河南巡撫及漕運總督、湖廣總督、兩廣總督、雲貴總督等職。歷乾隆、嘉慶、道光三朝,謚號文達。被尊爲三朝閣老、九省疆臣、一代文宗。

嘉慶十年(1805)十二月,阮元的隋文選樓在揚州落成,《揅經室集》有《揚州隋文選樓記》。揚州太守伊秉綬爲書漆聯:“七録舊家宗塾,六朝古巷選樓”及“文選舊家”横聯。

由於阮元被視作選學之一家,其雖無選學專書問世,但在版本之搜羅、風氣之引領方面,起到了不可替代的作用。阮元撰《文韵说》《四六叢話序》《跋增補六臣注文選》《南宋淳熙貴池尤氏本文選序》《文言説》《學海堂文筆策問》《文選旁證序》《書梁昭明太子文選序後》《揚州隋文選樓記》等諸篇相關文章,以及與友人的往來書信,包括與劉開的《與友人論古文書》、張澍《上阮雲臺制府師書》等,是清代《文選》學史上的關鍵人物,他旗幟鮮明地推尊選學,反對以唐宋八家古文及桐城派爲文章正統。這在當時引起了不小的震動,也對後世産生了深遠的影響。學界對其解讀往往放到“文筆論”“駢散之争”“漢宋之争”的角度下觀察，或肯定其貢獻，或批評其偏頗紕漏。概括而言，阮元文選學思想可歸結爲三個方面：

一是論小學爲文章之始基，如在其所撰《揚州隋文選樓記》中説：“元謂古人古文小學與詞賦同源共流，漢之相如子雲，無不深通古文雅訓。至隋時曹憲在江淮間，其道大明，馬揚之學，傳於《文選》。故曹憲既精雅訓，又精選學。傳於一郡。公孫羅等皆有選注。至李善集其成。”直至現代仍影響深遠。

二是當還文之爲文，區别經、史、子的本來面目。如阮元《書梁昭明太子文選序後》：“昭明所選名之曰文，蓋必文而後選也。非文則不選也。經也，子也，史也，皆不可專名之爲文也。故昭明《文選》序後三段，特明其不選之故。必沉思翰藻，始名之爲文，始以入選也。或曰：昭明必以沉思翰藻爲文，於古有徵乎？曰：事當求其始。凡以言語著之簡策，不必以文爲本者，皆經也、子也、史也。言必有文專名之曰文者，自孔子易文言始傳曰：言之無文，行之不遠。故古人言貴有文，孔子文言實爲萬世文章之祖。此篇奇偶相生，音韵相和。如青白之成文，如咸韶之合節。非清言質説者比也，非振筆縱書者比也，非佶屈澀語者比也。是故昭明以爲經也，子也，史也，非可專名之文也。”

三是以漢魏六朝文範爲文之正宗。阮元《四六叢話序》曰：“是惟楚國多才，靈均特起，賦繼孫卿之後，詞開宋玉之先。隱耀深華，驚采絶豔。故聖經賢傳，六藝於此分途。文苑詞林，萬世咸歸圍範矣。賈生枚叔，并轡漢初。相如子雲，聯鏢西蜀。中興以後，文雅尤多。孟堅季長之倫，平子敬通之輩，綜兩京文賦，諸家莫不洞穴經史，鑽研六書。耀采騰文，駢音麗字。故雕蟲綉帨，擬經者雖改修塗月露風雲，變本者妄執笑柄也。建安七子,才調輩興,二祖陳王,亦儲盛藻。握徑寸之靈珠,享千金於荆玉。至於三張二陸太冲景純之徒,派雖弱於當塗,音尚聞夫正始焉。文通希範,并具才思。彦升休文,肇開聲韵。輕重之和,擬諸金石。短長之節,雜以鹹韶。蓋時會使然,故母音盡泄也。孝穆振采於江南,子山遷聲於河北。昭明勒《選》,六代範此規模。彦和著書,千古傳兹科律。"

劉師培、黄侃多繼承其見解,如稱:"儷文律詩爲諸夏所獨有,今與外域文學競長,惟資斯體。""非偶詞儷語,弗足言文。"[1]近代選學家李詳將之列爲"選學四君子"之一。認爲張之洞《書目答問》所列如錢陸燦等"或詩文略摹《選》體,或涉獵僅窺一孔,未足名學,餘爲汰去之。而補入段懋堂、王懷祖、顧千里、阮文達,此四君子乃真治《文選》學者"(《愧生叢録》卷六《李審言文集》)。黄侃弟子駱鴻凱在其《文選學》一書中曰:"竊謂讀《文選》,必先於《文心雕龍》之説信受奉行,退觀此書,乃有真解。若以後世時文家法律論之,是猶算春秋曆用杜預長編,行鄉飲酒儀於晋朝學校,必不合矣。清世論《文選》惟阮公爲近之。"

除此之外,在《文選》版本的搜羅和批閲方面,阮元有《跋增補六臣注文選》《南宋淳熙貴池尤氏本文選序》。批校本有:《文選》六十卷明末毛氏汲古閣刻本,阮元批校并跋,甘肅省圖書館藏;《文選》六十卷,明末毛氏汲古閣刻清乾隆二十七年楊氏儒纓堂重修本,清阮元跋并録,清陸貽典、馮武、顧廣圻校跋,中國國家圖書館藏。嘉慶十二年十月阮元得南宋淳熙貴池尤氏本《文選》,作校勘記并序之。復繪像卷首,撰銘文題圖。《南宋淳熙貴池尤氏本文選序》曰:"元幼爲文選學而壯未能精熟其理,然訛文脱字時時校及之。昔但得元張伯顔晋

---

① 劉師培《中國中古文學史》,北京:人民文學出版社 1998 年版,第 5 頁。

府諸本,即以爲秘册。嘉慶丁卯始從昭文吴氏易得南宋尤延之本爲無上古册矣。按是册宋孝宗淳熙八年辛丑無錫尤延之在貴池學宫所刻。世謂之淳熙本。每半葉十行,每行大字廿一二,小字廿一二三四不一。惜原板間有漫漶,其修板至理宗景定間止。卷二八葉及卷九十九葉書口并有景定壬戌重刊木記,可見其中佳處。即以脱文而論,如《東京賦》上下通情注(宋本卷三十五下)毛本脱'言君情通於下,臣情達於上,故能國家安而君臣歡樂也'廿二字。又重舌之人九譯注,(宋本卷三廿八下)毛本脱《韓詩外傳》至'獻白雉於周公'廿三字。《秋興賦》天晃朗以彌高兮注(宋本卷十三六上)毛本脱杜篤至高明廿字。(以上毛初刻本脱後得宋本改。)《思元賦》行頗僻而獲志兮,注(宋本卷十五三下)毛本脱'蕭該音'至'廣雅曰陂邪也'卅五字。……《羽獵賦》'群娭乎其中'(宋本卷八廿三上)翻張本晋府本毛本'娭'改'嬉',則與《漢書楊子雲傳》不合矣。《宋書謝靈運傳論》:莫不寄言上德注引老子德經(宋本卷五十十四上)翻張本晋府本毛本并作《道德經》,不知德經二字見陸氏《經典釋文》及《禮記正義》也。……元人張正卿翻刻是書,行款一切頗得其模範,第書中字句同異,未能及此。若翻張本及晋府諸刻,改其行款,更同自鄶矣。惜是册缺第四十一、四十二兩卷,近人即以正卿本補入。雖非完書,實亦希世珍也。此册在明藏吴縣王氏常州文氏常熟毛氏,本朝則句容笪氏、泰興季氏、昭文潘氏以至吴氏,獨怪册中皆有汲古閣印而毛板訛脱甚多,豈刊板後始獲此本,未及校改耶?元家居揚州舊城文樓巷,即隋曹憲故里,李崇賢所由傳《文選》學而爲選注者也。元既構文選樓於家廟旁,繼得此册藏之樓中,别爲校勘記以貽學者。裝訂既成,因序於卷首。"①

---

① 《揅經室》三集卷四。

阮元親撰《書梁昭明太子文選序後》曰:"昭明所選名之曰文,蓋必文而後選也。非文則不選也。經也,子也,史也,皆不可專名之爲文也。故昭明《文選序》後三段,特明其不選之故。必沉思翰藻,始名之爲文,始以入選也。或曰:昭明必以沉思翰藻爲文,於古有徵乎?曰:事當求其始。凡以言語著之簡策,不必以文爲本者,皆經也、子也、史也。言必有文專名之曰文者,自孔子易文言始傳曰:言之無文,行之不遠。故古人言貴有文,孔子文言實爲萬世文章之祖。此篇奇偶相生,音韵相和。如青白之成文,如咸韶之合節。非清言質説者比也,非振筆縱書者比也,非佶屈澀語者比也。是故昭明以爲經也,子也,史也,非可專名之文也。專名爲文,必沉思翰藻而後可也。自齊梁以後溺於聲律,彦和雕龍漸開四六之體。至唐而四六更卑。然文體不可謂之不卑,而文統不得謂之不正。自唐宋韓蘇諸大家,以奇偶相生之文爲八代之衰而矯之,於是昭明所不選者,反皆爲諸家所取,故其所著者非經即子,非子即史,求其合於昭明序所謂文者,鮮矣。合於班孟堅《兩都賦序》所謂文章者,更鮮矣。其不合之處,蓋分於奇偶之間,經子史多奇而少偶,故唐宋八家不尚偶,《文選》多偶而少奇。故昭明不尚奇,如必以比偶非文之古者,而卑之,則孔子自名其言曰文者,一篇之中偶句凡四十有八,韵語凡三十有五,豈可以爲非文之正體而卑之乎。况班孟堅《兩都賦序》及諸漢文,其體皆奇偶相生者乎。《兩都賦序》曰:白麟神雀二比言語。公卿二比,即開明人。八比之先路,明人號唐宋八大家爲古文者,爲其别於四書文也。爲其别於駢偶文也。然四書文之體,皆以比偶成文,(《明史·選舉志》曰:四子書命題代古人語氣,體用排偶,謂之八股。)不比不行,是明人終日在偶中而不自覺也。且洪武永樂時,四書文甚短,兩比四句,即宋四六之流派,宏治正德以後,氣機始暢,篇幅始長,筆近八家,便於摹取。

是以茅坤等知其後而昧於前也。是四書排偶之文，真乃上接唐宋四六，爲一脉爲文之正統也。然則今人所作之古文當名之爲何？曰：凡説經講學，皆經派也。傳志記事，皆史派也。立意爲宗，皆子派也。惟沉思翰藻，乃可名之爲文也。非文者尚不可名爲文，況名之曰古文乎。或問曰：子之所言，偏執己見，謬托古籍。此篇書後，自居何等？曰：言之無文，子派雜家而已。”(《揅經室三集》卷二)

阮元屬嚴傑校訂尤袤本《文選李善注》。“仁和嚴厚民上舍傑，深於經史，精於校勘。在節署及文選樓讀書數年，篤實稽古者也。兄舊嘗校《文選》之誤若干條，又集高郵王氏等所校若干條，皆甚精確。戊辰又得南宋尤袤本《文選》李善注，屬厚民校訂，厚民多所校正。時胡果泉先生克家亦别得尤袤本屬顧千里廣圻校刻，甚爲精核。兄與厚民所校與顧校亦互有詳略也。”(阮亨《瀛洲筆談》卷七)

綜合以上，阮元充當了清代中期選學復興的真正組織者和倡導者。所作的工作包括搜羅善本、撰寫理論文章、書信論辯、撰寫序言、築文選樓、培養人才等等方面。

《揅經室》三集卷二、卷四，有《四部叢刊》本。

43.《文選注考》一卷　黄子高撰　存

提　要

黄子高(1794—1839)，字叔立，一字石溪，番禺(今廣東廣州)人。道光十年(1830)優貢生，兩廣總督阮元聘其任學海堂山長。留心於地方掌故和金石文獻收藏，藏書多異本，并一一加以校勘，尤注重地方文獻的搜羅。有絶句曰：“一生心事向殘編，鬢髮蕭疏不計年。見説乾隆禁書目，親投甘結到官前。”卒後，譚瑩撰寫《黄石溪墓表》云：“雅擅詞章，益研經史，漸富儲藏，特精讎校。邢邵之讀已遍，轉思誤書。任昉之家不貧,率多異本。略分部録,尤重鄉邦。桑梓彌恭,瓣香原屬。”又“遍收唐帖,兼喜晋磚。石研素琴,法書名畫,尊罍彝鼎”。去世後不久,所藏之書散佚貽盡。著《知稼軒詩抄》《石溪文集》《粤詩搜逸》《續卅五舉》等。

黄子高有《文選注考》,雖祇有寥寥三頁,然畢竟屬於較早系統勾勒選學源流者,自具有始創意義,近代王筱岩《選學源流》一書中亦曾提到,可見影響所及。其文雖簡略,然亦提到《文選》舊注問題。如稱:“《二京》本薛綜,《三都》本張載、劉逵,《子虚》《上林》本郭璞,《射雉》本徐爰,《魯靈光殿》本張載,《思元》本舊注,《幽通》本曹大家、項岱,《咏懷詩》本顔延年、沈約,《離騷》諸篇本王逸,《典引》本蔡邕,《演連珠》本劉孝標,《詩序》本鄭康成,《甘泉》三賦,司馬、枚、鄒、《等(籍)田》、《西征》,咸有舊注,以其釋文膚淺,引證疏略,故并不取。考《水經注》崔浩曾嘗注《西征賦》,當指此。然蕭廣濟《海賦》注亦不之引也。”(《學海堂集》卷七)

其文見於《學海堂集初集》卷七,阮元選輯,啓秀山房刻本,道光五年至光緒十二年(1825—1886)。

44.《選詩偶箋》八卷　鍾駕鰲撰　存

提　要

鍾駕鰲,字繩祖,一字海六,嘉興(今浙江嘉興)貢生。善畫蘭。見清李放《畫家知希録》。著有《海六詩鈔》六卷。

《選詩偶箋》八卷,鍾駕鰲撰,嘉慶二年刊本,駱鴻凱《選學書著録》。駱鴻凱《文選學·源流第三》:“是書以《文選》所録諸詩爲之箋解,以羽翼李善注。凡録取前人之説,多標姓氏。惟吕延祚等五臣注,率多荒陋,間采一二而已。前有凡例六則。其一曰:説經貴乎簡嚴，説詩不嫌繁碎。李善釋事而遺意，邕雖間爲詁解，而附見亦少。今意重箋解，然必自信爲確鑿者存之，否則寧從闕如。故有見輒箋，不拘篇數，從廬陵宛邱毛詩之例，不求全備云云。”

今存四卷（五至八），嘉善縣圖書館藏。

45.《梁昭明太子文選序注》一卷　張杓撰　存

提　要

張杓，號磬泉，錢塘（今浙江杭州）人。父游幕廣州，杓遂入番禺縣爲生員（《廣東文苑傳稿》，見《磨甋齋文存》）。少有文才，四十歲後折節治經學，攻隸書。嘉慶十三年（1808）舉人。掌教各書院講經史。道光二年（1822）阮元督兩粵，開學海堂課士，以杓爲首選。晚年目瞽家貧，年七十一而卒。所著遺書文集多散佚，有《儀禮古今文考》一卷，《經史筆記》二卷，《增校尸子》三卷，《增校四民月令》一卷，《張學録遺集》一卷，餘散見於《學海堂集》及《經義叢鈔》内，其讀書手記於簡端者甚多，子祖望鈔集爲一書。

此書以張杓注爲主，其實乃同時十人共同爲之，然張杓注最詳，故依之。其餘之注與杓不同，則一一表出之。

昭明《文選序》有唐五臣注，李善則無注。今張杓等注基本依李善體例，舉先以明後，鈎沉《文選序》中事義典故之出處。相當於補李善所缺。基於作者扎實的經史集部功底，所注詳盡堪稱過於李善。

其文見於《學海堂集初集》卷七，阮元選輯，啓秀山房刻本，道光五年至光緒十二年（1825—1886）、光緒十年刻《磨甋齋文存》中。

46.《古詩十九首詳解》二卷　饒學斌撰　存

提　要

饒學斌,字勉庵,旌德(今屬安徽宣城)人。

此書卷前有寶應王凱泰、蕭山沈晋、上虞錢世叙、汪鑒四序,卷末有同治六年番禺丁傑跋。爲光緒元年(1875)初刻本。内容較多牽强,主張將十九首詩并讀而合玩,而認爲當出於一人一時。因爲其中所反映的是由春及夏,由夏及秋,由秋及冬的景象。應爲一組有嚴密次序的組詩,"意此君殆漢末黨錮諸君子之逃竄於邊北者"。再如稱《行行重行行》末句"努力加餐飯"爲"明於世亂,老於人情,而并深於養生之術者"。

《清史稿》卷一四八《藝文志》著録:《古詩十九首詳解》二卷,饒學斌撰。今存中國國家圖書館(普通古籍)、福建省圖書館、湖南圖書館。又有《月午樓古詩十九首詳解》,見《光華大學半月刊》(1934年第3卷第4期),國家圖書館出版社《文選學研究》中册據以影印,爲節録本。

47.《古詩十九首注》一卷　劉光蕡撰　存

提　要

劉光蕡(1843—1903),字焕唐,號古愚,咸陽(今陝西咸陽)人。光緒元年(1875)舉人。晚年因傷感於戊戌變法失敗而目盲,自號"瞽魚"。精通經史,又致力於新學及自然科學。主張中國傳統的主要服務於科舉應試的教育模式必須改革,要挽救國家的危亡,需大力傳播科學知識,發展近代工商業,培養適應時代需要的經世致用的人才。

所撰著作由其弟子刊入《煙霞草堂文集》十卷、《煙霞草堂遺書》二十一卷、《煙霞草堂遺書續刻》四卷，1925 年由王典章合并刊刻爲《劉古愚先生全書》，最早版本爲刊刻於南京的思過齋本。今有武占江據之點校的整理本，西北工業大學出版社 2015 年版。

本書體例爲先列《古詩十九首》正文，逐句下注，每一詩後有總評，如"行行重行行"句下解曰："有思字在内。""與君長(《文選》作'生')别離"，句下解曰："上句之根。""相去萬餘里，各在天一涯。道路阻且長"，句下解曰："以首句例之，一步一回顧，不知幾千萬回顧矣。""會面安可知？胡馬依北風，越鳥巢南枝。相去日已遠"，句下注曰："雖不能會面，不能不思，如胡馬越鳥所性不可移也。""衣帶日已緩"，句下注曰："瘦也。""浮雲蔽白日"，句下注曰："喻讒。""游子不顧反。思君令人老，歲月忽已晚。弃捐勿復道，努力加餐飯"，句下注曰："情不忘君，雖讒人在側，苟有可反亦不顧而反矣。雖老不忘，欲弃捐勿思而不能，努力加餐，正是每飯不忘也。"詩末總評曰："此爲君臣朋友之交中，被讒間而弃絶者之詞，情致纏綿，語言温厚。止叙離思，毫無怨懟。即咎讒者，亦止云浮雲之句，且以比興出之，真爲詩之正宗。"

再如"去者日以疏，來者日以親。出郭門直視，但見丘與墳。古墓犁爲田，松柏摧爲薪。白楊多悲風，蕭蕭愁殺人。思還故里閭，欲歸道無因"，詩下總評曰："人得天地之理以爲性，得天地之氣以爲形。性能常存而形必敝，性爲神而形爲器也。歲月如流，往過來續，人生必死，自然之運。當及時勉學以保全此性。此身雖敝，此性惺惺不寐，以昭然於天，《易》所謂窮理盡性以至於命，《詩》所謂文王在上，於昭於天，即此之還故里閭也。若生不學，至死方悔，則欲歸道無因矣。"可見其繼承理學思想以解詩的特色。

其《古詩十九首注》一卷，范志新評曰："此書體會詩意，偶有可取，如'著以長相思，緣以結不解'，劉云：'此遺於綺，彼裁爲被。思著於中，而緣結於外，則如膠漆之固矣。'頗能抽繹文心。前人都在'思''緣''不解'上用力，都不免隔靴撓癢，唯劉仿佛得之。"①

《古詩十九首注》見於《煙霞草堂遺書》卷一三，上海圖書館藏。

48.《古詩十九首箋注》一卷　陳敬畏撰　存

提　要

陳敬畏，字寅仲，海寧(今浙江海寧)人。陳萊孝之子。諸生。

陳敬畏所作《古詩十九首箋注》包括總題解與句中注釋、詩末總評三個部分。所注十九首的旨意相對通達，如總題下解曰："又按'東城高且長'與'燕趙多佳人'明是二首，不應合而爲一。別本有分爲二十首者，今仍昭明之舊，知詩不必止言一事，事不必出於一人，人不必出於一時。而參錯成文，令人生感。惟作者之所感寔深，故足以感人而不窮。"又如《行行重行行》詩末評曰："愚按古人於遇合之際，往往有所托而言之者。如第一第二首俱以夫婦離別言，然不必寔指夫婦也。如此看便深。"即頗有見地之言。其注評之語或參李善注，或引孫月峰等言，亦多發己意。於《古詩十九首》研究自成一家之説。

全書卷末有管庭芬咸豐辛酉(1861)跋，其文曰："陳君寅仲，吾邑譙園先生萊孝之哲嗣也。以名諸生，爲時推重。因古今之注蕭《選》者，每略於詩咏一門，爲補注十九首以作家塾課本。惜早世稿藏予家，幸未散佚。蓋十九首皆寄托於朋友夫婦之辭，今亂離之際，交情死生莫可蹤迹。録竟爲之於邑不已。咸豐辛酉正月二十九日管庭芬記。"

---

① 范志新《文選版本擷英》，第300頁。

《古詩十九首箋注》一卷，見存抄本，録於管庭芬《花近樓叢書》第九册，版心有“别下齋校本”。書名下標“海昌，陳敬畏，寅仲”。中國國家圖書館藏。

49.《文選》六十卷　李善注，何焯評，曾國藩批校　存

提　要

曾國藩(1811—1872)，字伯涵，號滌生。謚號“文正”。湘鄉(今湖南婁底)人，道光進士，官至直隸總督、吏部侍郎。有《曾文正公全集》。

本書六十卷，九百七十三頁，曾國藩批有三萬字，作於咸豐二年(1852)。其本人自署曰：“壬子歲奉諱故里，束髮不讀幾兩月矣。偶檢《文選》，盡十日之功而評識之，以勖温弟。國藩識。”周貞亮跋《曾文正公手批文選》稱：“全書用單夾圈，有批者十之八九，大都摘録集評，間下己意，書法挺勁，隨手批抹，妙趣天成，確爲真迹。”

曾國藩有《復鄧寅階書》：“《文選》以多讀爲妙。蓋《京都》《田獵》《江》《海》諸賦，雖難於成誦，而造字、形聲、訓詁之學，即已不待他求。”又《家訓》云：“文章雄奇，以行氣爲上，造句次之，選字又次之。然未有字不古雅而句能古雅，句不古雅而氣能古雅者。亦未有字不雄奇而句能雄奇，句不雄奇而氣能雄奇者。是文章之雄奇，其精處在行氣，其粗處全在造句選字也。”

《曾國藩全集・讀書録》亦有關於《文選》考證數條：

揚子雲《長楊賦》：“骫屬而還。”注：善曰：“委屬而還，謂委擇其事，連屬而來還也。骫，古委字。”曾按曰：“骫，骫□也。屬，連屬也。骫□者，欹斜聯翩之狀，謂翩然相引而還。善説非也。”

“拮隔鳴球”拮隔，與《尚書》之“戛擊”音義同。

潘安仁《西征賦》：“税駕西周。”曾按：對洛陽之東周言，則長安爲

西周。對鞏縣之東周言,則洛邑爲西周。

由此可見曾國藩讀《文選》亦重在訓詁考證文本字句。

其批校本今存《文選》六十卷,唐李善注,清何焯評,清乾隆三十七年葉氏海録軒刻朱墨套印本,曾國藩批校,南開大學圖書館藏。《曾國藩輯評昭明文選》二函十二册,國家圖書館出版社2014年版。

50.《文選補注》　柯劭忞撰　未見

提　要

柯劭忞(1850—1933),字鳳蓀,又字鳳笙,號蓼園,膠州(今山東膠州)人。光緒十二年(1886)進士。入翰林,散館授職編修。光緒二十七年(1901),充湖南學政。還京後歷任國子監司業,翰林院侍講。光緒三十二年(1906)官至典禮院學士。宣統三年(1911)奉命充山東宣慰使兼督辦,山東團練大臣。民國初年,設清史館,由趙爾巽主持,延柯劭忞修史。趙爾巽卒,柯劭忞代理館長。主持修纂《新元史》,在史料搜集方面遠超《元史》,但也有疏漏之處,故二十五史以《元史》和《新元史》并行。此外還有《新元史考證》《譯史補》《春秋穀梁傳注》《爾雅注》《後漢書注》《文獻通考注》《文選補注》《蓼園詩鈔》《蓼園文集》《説經札記》等著作。除《新元史》《新元史考證》《譯史補》之外,其他著作多未見刊刻。

所著《文選補注》,僅見於文獻記載,其原稿本落在何處,今亦不可知,姑存以俟查。相關文獻有王森然《柯劭忞先生評傳》,《近代二十家評傳》,杏岩書屋1934年版。柳詒徵《柯劭忞》,《國史館館刊》第一卷第二號。上海市政協文史資料工作委員會、中國社會科學院近代史研究所中華民國史研究室編《中華民國史資料叢稿》人物傳記第十七輯,中華書局1983年版。王筱岩撰《選學源流》(益學社1934

年)前言中也有提到此書。則此書雖未出版,在當時學術界也産生了一定的影響。

51.《文選珠船》二卷　傅上瀛撰　存

提　要

傅上瀛,石首(今湖北石首)人,清咸豐戊午(1858)科同弟傅上池、從叔傅炳南,同中湖北鄉試舉人,因其家居鳳梧山,被譽爲"一門三鳳",任黄岡縣訓導。有《典學樓文鈔》,光緒丁亥(1887)刻本;《春秋逸傳》十四卷,清光緒丙申(1896)典學樓刊本。

此書編排的宗旨在於彙集前賢關於《文選》文體、作家、作品的評論資料。不録正文,評論尤其以唐前如劉勰《文心雕龍》、鍾嶸《詩品》爲主。旁及正史傳記、《論衡》、《典略》、《抱朴子》、《金樓子》、《文中子》、《顔氏家訓》、《西京雜記》、《世説新語》、《酉陽雜俎》、《餘冬録》、《談藪》、《雲仙雜記》、《襄陽耆舊傳》、殷基《通語》、張儼《默記》、姚信《士緯》、《竹林七賢傳》,集部如劉歆《遂初賦序》、摯虞《文章流别論》、李充《翰林論》、沈約《謝靈運傳論》、《陳子昂集》、《蘇軾集》、錢杲之《集傳離騷》、昭明序陶集、江文通《雜體詩序》、駱賓王詩、杜少陵詩、李太白詩、虞炎鮑集序,書畫圖像類如《貞觀公私畫史》《書斷》,以及明清部分考證類文獻如陳景雲《文選舉正》、胡克家《文選考異》等。并於前人評論之語下偶有按語,發以己意。

全書共分五卷。卷一賦,卷二、卷三詩,卷四騷、七、詔、策、雜文,卷五雜文。書前有傅上瀛自序曰:"昔昭明選八代之文,序云:'略其蕪穢,集其精英。'然體同編書,僅分門類,其去取之意,不可得而見也。後有李崇賢作注六十卷,弋釣書部,鈎稽故實,幾於備矣。而去取之意,仍不可得而見也。梁代有劉舍人、鍾記室,雖不在高齋學士之列，其所論著與昭明撰集之意多符，差異者特什一二耳。蓋前人名作，早有定價，先達之所嗟賞，後進之所鑽研，不越乎此也。但二家各自成書，尋省匪易。《文選集評》之刻，專采近世文士所説，未有取二書之語按篇分載者。又前人傳記，名家集部，或與此書參涉，李注亦未兼及。今以劉、鍾二家爲主，餘并抄内，以備觀覽。王伯厚云：王微之讀書，每得一義，如得一真珠船，故取以名焉。小年憙事，寓目輒記，晚更補録，釐爲五卷。語雖不備，可藉以考見去取之意。而一時風會變更，人品邪正，舉莫能遁於鑒察之中。竊附於論世知人云爾。光緒辛卯(1891)秋八月初澣自序。"

書前有凡例曰："一前後悉依昭明舊次，取便檢閲。一卷中惟賦與詩及騷七詔册仍舊分類，餘則以雜文統之，以簡帙無多，端緒易尋故也。一鄙意重在論文論人，不惟録其褒美之詞，即或攻瑕匡謬，義苟有當，采輯亦所不遺。一古書傳寫易訛，徵引多從善本，間有字句可疑，未經前人訂正者，不敢臆改。"

此書駱鴻凱《文選學·源流三》著録曰："按是書用意頗善，惜搜采甚疏。又間增附己説，與序所云，殊不副也。"還見於蔣寅《清詩話考》著録，稱所見爲光緒十八年刊本。用意頗善之語甚當，確爲取便用覽。然體例爲依次而排，簡略無法。收書雖繁，一則没有一定的標準次序，二則失於揀選，或爲有待後學重新補輯完備者。

有清光緒十八年(壬辰，1892)典學樓刊本，湖北省圖書館、華東師大圖書館藏。周貞亮抄本，武漢大學圖書館藏。

52.《王評文選詩》二册　王闓運評，黄楚枏抄　存

提　要

黄楚枏(1864—1910)，字郢孫，號楚枏，永川(今重慶永川)人。

光緒二十年(1894)進士,被欽點爲翰林院庶吉士。後官至道臺。光緒二十七年(1901)回鄉守父孝,并開辦新式學堂——永川達用學堂。事見《永川縣志》。

此書首尾無序跋,封面有梁啓超題《黄楚枬先生手寫王評選詩》。首爲《王評文選詩》目録:述德:謝靈運述祖德詩二首;公宴:曹子建公宴詩,范蔚宗樂游應詔,謝靈運九日從宋公戲馬臺送孔令,上希範侍宴樂游苑送張徐州應詔,沈休文應詔樂游苑餞吕僧珍;祖餞:謝宣遠王撫軍庾西陽集作别,謝靈運鄰里相送方山,謝元暉新亭渚别范零陵,沈休文别范安成。此外有咏史、游仙、招隱、游覽、咏懷、哀傷、贈答、行旅、樂府、挽歌、雜詩、雜擬諸類。從這份目録看,此爲作者節選《文選》詩加以評點之本。

此鈔本體例包括選詩正文、頁眉小字録王氏評點之語、行間朱筆圈點、行間小字録簡短評説。經比照,其所説的"王評",與王闓運《湘綺樓説詩》評漢魏六朝諸家詩的内容基本一致。如謝靈運《述祖德詩》二首,其頁眉評曰:"謝詩托意遥深,神契自然,所謂出水夫容,秖是於其虚處見之,人多賞其工刻而忘其神韵。""晋師自是誤用,不必曲説。""拯溺二句想出有學問人功業不凡。"正文"達人貴自我,高情屬天雲"句旁小字評曰:"莊重而流利,説理而超脱。"又在"段生"四句旁評曰:"四句以舒其度,若二句大促,六句則掛漏也。""苕苕歷千載"句旁評曰:"如春雲舒卷。""拯溺"句旁評曰:"説理唯康樂最擅場。"最後兩句旁批曰:"兩詩皆突然而住。"即出自王闓運《湘綺樓説詩》卷六。不同的是,在編排體例上,《湘綺樓説詩》不秖評説《文選》詩,同時未附原文,秖保留評論的内容。本書將王闓運的評語都對應到《文選》詩的原文頁眉行間之處,成爲一部真正的來源於王氏的選學著作。那麽,究竟是王闓運曾經做過單獨的《文選》評點呢?還是黄抄的過程中所作的整合？就需要進一步深入考察了。

此書鈔本兩册，爲僅存之孤本，珍藏於重慶圖書館。

53.《文選》評　金甡撰　存引録

提　要

金甡(1702—1782)，字雨叔，號海住。錢塘(今浙江杭州)人。初以舉人授國子監學正。乾隆七年(1742)，舉禮部試第一，廷試復第一，授修撰。三遷侍講學士。二十二年(1757)，直上書房，擢詹事，再遷禮部侍郎。三十八年(1773)，上幸熱河，從，方入直，遘疾遽僕。大學士劉統勛以聞，命予假。甡乞休，允之。明年秋，疾間，乃得歸。甡在上書房十七年，直諒誠敬，所陳説必正義法言，諸皇子皇孫皆愛重之。有《静廉齋詩集》。事見《清史稿列傳》卷九二。其與《文選》有關的評論考訂見梁章鉅《文選旁證》多次徵引。

54.《文選》評　邵晋涵撰　存引録

提　要

邵晋涵(1743—1796)，字與桐，號二雲。又號南江。餘姚(今浙江餘姚)人。乾隆三十六年(1771)進士。授編修。入四庫館充編纂，主持廣西鄉試，累官至侍講學士，充文淵閣日講起居注官。著有《爾雅正義》二十卷，輯補編次成薛居正《五代史》，審定畢沅《續資治通鑒》，欲撰《南都事略》及《宋史》，皆未成。又著有《孟子述義》《穀梁正義》《韓詩内傳考》《皇朝大臣謚迹録》《方輿金石編目》《輶軒日記》《南江文鈔》。

邵晋涵的《文選》研究主要見於梁章鉅《文選旁證》中的引録，以及對方廷珪評點、陳雲程增補《增訂昭明文選集成詳注》的批校。

55.《文選詳評》　盧鵬飛撰　佚

提　要

盧鵬飛,生平不詳。

《山東通志藝文志訂補》集部詩文評類載"鵬飛有《易義詳解》,見經部易類補目。是書見《重修莒志·藝文》及本傳"。

56.《文選講義》　張德耀撰　佚

提　要

張德耀,字星聚,利津(今山東利津)人,道光壬寅(1842)歲貢。有《周禮講義》《儀禮講義》,見《山東通志·藝文志》經部禮類。《左傳分國條貫》,見經部春秋類。

《文選講義》,見《山東通志·藝文志》集部總集類著録。

考證類

1.《文選評》　王夫之撰　存

提　要

王夫之(1619—1692),字而農,號薑齋,學者稱船山先生。衡陽(今湖南衡陽)人。崇禎十五年(1642)舉人。明亡後絶意仕進,康熙三十一年(1692)病逝。著述四十年,有《薑齋詩話》《周易稗疏》《讀通鑒論》《尚書稗疏》《老子衍》《莊子通》《楚辭通釋》等。清末彙刊爲《船山遺書》,共計七十種,三百二十四卷。

據戴述秋、熊考核、周安林所撰《新發現的王夫之〈文選評〉批點本考略》(《衡陽師範學院學報》2013年第5期)一文介紹,王夫之《文選評》批點本成書於康熙二十一年(1682),當時王夫之六十四歲,其《文選》屬於"汲古閣毛氏本"。

今存四卷,在倖存這四卷《文選》殘本中,存王夫之評賦十篇。包括司馬相如《子虛賦》、《上林賦》,楊子雲《甘泉賦》(缺首頁)、《羽獵賦》、《長楊賦》,潘安仁《藉田賦》、《射雉賦》、《西征賦》,班叔皮《北征賦》,曹大家《東征賦》。王夫之評點之語分布在各賦正文旁,書根、書眉處,用朱墨二筆,或圈或點,或評或議。有總批、眉批、側批、夾批等多種形式。每條批語,都以極其精煉的語言,少則二三字,多則十餘字,最長的一則批語是對《籍田賦》所作的按語,計二百九十二字。

具體包括如下內容:

(一)關於《文選》選録標準的評論;

(二)關於所評篇章思想内容的分析;

(三)關於所評各賦作者生平事迹的評介;

(四)關於所評篇章與作家别集、史書存録各有不同以及造成此種情形原因的考索;

(五)關於所評篇章藝術特徵的説明;

(六)關於李善注所引書目的總結;

(七)關於李善注與"五臣"注本的綜合比較;

(八)關於後人補釋李善注、"五臣"注未詳者的辨述;

(九)關於李善所引舊注的研究和説明;

(十)關於所評篇章記事用典的詮釋;

(十一)關於賦、頌、贊等文體異同的考辨;

（十二）關於字詞訛脱衍誤的校勘。

據衡陽歷代地方志和文獻典籍記載，王夫之評點梁蕭統《文選》爲十九卷，現僅存四卷，即卷七至卷一〇，共十册。其卷首至卷六，卷一一至卷一九，今或亡佚，或猶藏匿，尚不得而知。所知殘本，藏於衡陽縣船山故里一位收藏家手中。然今未見原本，故述之。

2.《文選舉正》不分卷　陳景雲撰　存

提　要

陳景雲（1669—1747），字少章，吴江（今江蘇吴江）人。少從何義門游，義門引以爲老友。而當世論兩人者亦無敢以顯諱軒輊之也。康熙三十二年（1693）試京兆不售。年四十以母老遂絶意宦游，專事著述。卒後，弟子私謚文道先生。著有《讀書紀聞》《綱目訂誤》《兩漢舉正》《三國志舉正》《通鑒胡注舉正》《韓集點勘》《柳宗元集點勘》《紀元要略》《文選舉正》《群經刊誤》，總名《文道十書》，有乾隆十九年（1754）刊本。然其子和叔刻其遺書，惟《綱目訂誤》《紀元要略》《韓集點勘》《通鑑胡注舉正》四種刊行。餘六種皆有録無書。事迹見趙爾巽《清史稿》（民國十七年清史館本）列傳二七一。

是書爲陳景雲據汲古閣本李善注《文選》爲底本，與諸本對勘。當時或直接寫在底本的上下欄，後經其子東莊謄寫，又經顧千里、翁同書校案，最後經翁同書"屬同邑周大令鎮别繕樣本，而令袁江李鎮安以楷書重録"而成，其考證成果也多被顧千里《文選考異》所吸收。是書在校勘方面多有創獲，然其所據底本不精，往往存在尤袤本不誤而陳所據底本誤的狀況。

翁同書（1810—1865），字祖庚，號藥房，又號和齋，江蘇常熟人，翁心存長子，翁同龢兄。道光二十年（1840）進士，授翰林院編修，曾任貴州學政,詹事府任少詹事。著有《藥房詩文集》《文勤雜著》等。

《文選舉正》六卷,見載於清錢泰吉《曝書雜記》(别下齋叢書本)卷二、周中孚《鄭堂讀書記》、張之洞《書目答問》。《清史稿》卷一四八《藝文志》著録:"《文選舉正》二卷,陳景雲撰。"《文選舉正》抄本二册,今見清咸豐七年(1857),題《文選舉正》,下小字"校汲古閣本東吴陳景雲"。前有翁同書手跋(咸豐七年六月二日),後有翁同書再跋。卷末有顧廣圻四條閲記。中國國家圖書館藏。《文選研究文獻輯刊》第三六册據以影印。

3.《援鶉堂筆記·文選》三卷　姚範輯　存

提　要

姚範(1702—1771),姚鼐的伯父,字南菁,號薑塢,晚號幾蓬老人。安徽桐城人。清乾隆七年(1742)進士,曾任翰林院編修,著有《援鶉堂詩集》七卷、《援鶉堂文集》六卷、《援鶉堂筆記》五十卷、《曝書亭詩評點》及《望溪文集評點》等。據陳康祺《郎潛紀聞二筆》卷四記載:"惜抱之世父薑塢編修範,博聞强識,誦法先儒,與海峰友善。諸子中尤愛惜抱,每談文必令侍側。"論文重聲響音節,風格主古雅,然亦推服唐李翱"創新造辭皆不相師"之説,以爲"後之學者可以取此衷"。包世臣稱其詩文"必達其意,絶去依傍,自成體勢"。姚範承方苞的論文思想主張。持論對其侄兒姚鼐的思想影響較深。

此三卷爲姚範録何義門校《文選》之文,亦有與今本《義門讀書記》校《選》之不同者,其價值蓋在補校何焯校《選》原本與刻本之異文。因前有小序曰:"此所校《文選》,從何義門原本,惟何校凡三易,今所刊行《讀書記》多有未載,今并附録。用何一家之説,至校勘文字脱誤之甚者,亦并附存。他日殆可訂一善本。"

張之洞《書目答問》子部著録:《援鶉堂隨筆》四十卷。姚範。家刻本。清道光十六年沈維鐈序本。今見《清代學術筆記叢刊》第一四册,學苑出版社2005年版。此《文選》三卷,收録在《援鶉堂筆記》卷三七、三八。

4.《文選理學權輿》八卷　汪師韓撰　存

提　要

汪師韓(1707—?),字抒懷,號韓門、九曜山人、上湖先生,錢塘(今浙江杭州)人。雍正十一年(1733)進士,改翰林院庶吉士。散館,授編修,奏直起居注。母病假歸。乾隆初被薦校勘經史。後客游畿輔,直隸總督方觀承延主講蓮池書院講席。會奉旨核天下書院院長,觀承因以入奏。帝猶記憶,以"好學問"稱之。師韓少以文名於四方,又工詩。賦《龍書》五十韵,李紱極爲嘆異,携入《八旗志》書館。著有《觀象居易傳箋》十二卷、《孝經約義》一卷、《韓門綴學》五卷《續編》一卷、《談詩録》一卷、《詩學纂聞》一卷、《上湖紀歲詩編》五卷、《上湖分類文編》十卷,又有《詩四家故訓》、《春秋三傳注解補正》、《文選理學權輿》等。生平見於《清史列傳》卷七一、《碑傳集補》卷八、《清儒學案小傳》卷七等。

《文選理學權輿》,書成於康熙三十三年(1694)。卷首有孫志祖《叙》及汪師韓自序。汪氏以推崇李善《文選》注爲宗旨,取《文選》注以類别爲八門,末乃綴以己説。八門類分别爲:撰人,臚列選中作者一百三十人,於各家下分隸所撰篇目。書目,輯列李善注所引群書目録,包括經傳、經類、總經訓、小學、緯侯圖讖、正史、雜史、史類、人物别傳、譜牒、地理、雜術藝、諸子、子類、兵書、道釋經論、總集、集、詩、賦、頌、箴、銘、贊、碑、誄哀辭、七、連珠、詔表箋啓、書、吊祭文、序、論、雜文、舊注(包括舊注二十九家)三十五類。訂誤,訂李善注誤者四十三條。補闕,增補李善注脱落、删節、互異者五條。辨論,辨析選文中字詞來源正誤四十條。選注未詳,列述李善注中稱未詳之處共九十九條,加以考訂。前賢評論,録後世論及《文選》及注者十五類。質疑,對文選正文及注中有所懷疑但無從考證的提出五十四條。共八卷。其條類書目與汪氏自序所言稍有出入。"權輿"二字爲作者謙辭,蓋爲初學之義。是書内容廣博,於經籍考、經傳、小學、總經訓、緯侯圖讖、正史、雜史、譜牒、别傳、地理、雜術藝、諸子、兵書、道釋經論、論碑等,經、史、子、集無所不包,已開《文選》綜合研究之先,對於文學與史學之研核參考頗有價值。書未成而人先卒。嘉慶時孫志祖復以當時潘稼堂、何義門、錢圓沙三家精刻文選本重輯之,亦别八門。今所見即爲孫志祖輯本。

李慈銘《越縵堂讀書記》評價此書曰:"其於選學,可謂篤信謹守,實事求是者矣。名曰理學權輿者,以此爲窮《選》理通選學之權輿也。"駱鴻凱《文選學・源流第三》評曰:"以今觀之,是書發揮《選》注,縷舉最詳,俾世之爲選學者得門而入,裨益匪淺。"

《清史稿》卷一四八《藝文志》著録:"《文選理學權輿》八卷,汪師韓撰。"今有漢州張祥齡受經堂《選學彙函》本,收入嘉慶間(1796—1820)刊刻本,中國國家圖書館藏。漢州張祥齡刻《受經堂叢書》本,清光緒十五年(1889)番禺陶敦復重刻本,收入《叢睦汪氏遺書》;清嘉慶間(1796—1820)刻《讀畫齋叢書》甲集本,前有孫志祖序,汪師韓自序,《叢書集成初編》第一六八六册,據以排印出版;《文選研究文獻輯刊》第三七册、《清代文選學名著集成》第六册據以影印。

5.《文選敂音》一卷　趙晋撰　存

提　要

趙晋,字晝三,號二令。閩縣(今福建閩侯)人。康熙四十二年(1703)癸未科一甲第二名進士(榜眼)。授翰林院編修。康熙五十年(1711)辛卯科江南鄉試,任副主考官。放榜時因結果不公,引發考生鬧事。經江蘇巡撫張伯行上奏,康熙帝下旨嚴查,查明兩江總督噶禮、副主考趙晋及考官王曰俞、方名等受賄。康熙五十二年(1713)正月,九卿議定噶禮被革職,趙晋等則被問斬。《清稗類鈔·獄訟類·康熙辛卯江南科場案》:"及定讞,必蕃戍,晋擬斬,而斃於揚州獄中,人咸曰自縊也。或云其同年王式丹殿撰入獄探視,以肩輿藏死丐,飾爲晋屍,令晋縋上屋,越獄而遁,謡言哄傳,株連多人。"

是書前有趙晋序曰:"《法言》云:一卷之書,不勝異意。識大識小,是在其人。讀《文選》注,妄參鄙意,識其小者而已。以云駁義,則吾豈敢。壬申六月,趙晋記於晨葩館。"故可知作於康熙三十一年(1692)。其所作非爲校音,實爲版本正文及舊注校勘、義理辨證。篇幅短小,僅數條,間有前人未發之言。

《清史稿》卷一四八《藝文志》著録:"《文選考音》一卷,趙晋撰。"今存《文選敂音》一卷,趙晋撰,民國二十四年(1935)上海大東書局影印《指海》本。其後有"皇清道光十九年歲次已亥金山錢熙祚錫之甫校梓"。《文選研究文獻輯刊》第六〇册、《叢書集成初編》第一六八六册收入。

6.《文選筆記》八卷　許巽行撰，許嘉德校　存

提　要

許巽行(1727—?)，字六葵，號密齋，晚號敬恕翁，華亭(今上海松江)人。乾隆十八年(1753)貢生。二十七年(1762)舉人。歷任浙江臨海縣知縣、廣西興安令、安徽南陵縣知縣等。長於《説文》、音韵之學。購善本、精校讎，尤致力於《文選》《説文》《廣韵》等書。著《文選筆記》八卷，《古音表》一卷，《韵通》六卷，《古韵》二卷，《考正説文》十卷，《天涯仙遇録》一卷，《天光閣焚餘著》二卷，《敬恕翁詩稿》一卷。生平見《許學考》卷二五、嘉慶《松江府志》卷六〇《古今人傳》一二等。

此書爲力圖還《文選》李善注本原貌的校勘之作。許巽行遍據衆本，前後批校十三次之多，但所據多爲汲古閣本、錢士謐本等明清刻本，最後亦不得不承認"疑處譌處尚多"。任有容齋刻本前有玄孫嘉德《附識》，曰：

> 《文選》自五臣注盛行，而李氏原注亡矣。後人以李注并入五臣謂之六臣，而李注專本亦亡矣。古迂陳氏輯《諸儒議論》云："東坡曰：李善注《文選》本末詳備，極可喜，所謂五臣真俚儒之荒陋者也。而世以爲勝善，亦謬矣。"又云："蘇子瞻嘗讀善注而嘉之，故近世復行，則知宋時善注已廢不行。今之善注皆從六臣本中鈔出，以成一家之書，六臣以茶陵陳本、金閶袁本爲最善，而茶陵本先列善注，次列五臣。金閶本先列五臣，後列善注，所注已多錯雜。"又或云善注與五臣某注同，或云五臣某注與善注同，又有校語云善本作某，五臣本作某，其實以注證之，明明善注而云五臣，明明五臣而妄加善曰。尤極淆亂。五臣好奇，即同一意

義，每欲改易正文，以期取異於善。又或故改李氏原文以誣善作。故不博辨五臣無以釋疑破惑。亦不削盡五臣，無以還善注本來面目。汲古善本正文或留五臣而注則從善，或誤以五臣爲善注，而善注反多删削。以致正文與注語每不相應。以譌承譌，轉雕傳寫，各本皆同，校家未及遍正，遂使學者迷所指歸，而《文選》不可讀矣。

高祖密齋公校讎《文選》凡十三次，痛削五臣沿習之舊，悉還李氏原有之文，或本六臣，或依史集，隨文辨正，歷數十年而始得定本。咸豐末年之亂，書籍被毁甚多。今初校本、戊戌本、癸卯本、淳祐本及最後定本，幸尚存焉。然所校各本，逐篇逐段，皆有更正之文，而多未載入筆記。此所記者，乃校本所未及詳焉者耳。近讀胡氏克家《文選考異》十卷，頗多辨正，惜其所雕袖珍選本，悉仍汲古舊刻不加更正。又梁氏章鉅《文選旁證》四十六卷，張氏云璈《選學膠言》二十卷，《讀畫齋叢書》所刻汪氏師韓《文選理學權輿》八卷，孫氏念祖《考異》《補注》八卷，皆與選學多所發明。又善注引《説文》，每與今之二徐《説文》不同，段懋堂注《説文》多據善注改正徐本，蓋因李所見唐初説文尚多完好，正可藉訂今本許書之誤。凡此諸家，皆嘉道年間所出之書。

公皆未之見而正譌勘訛若合符節。雖各家所見亦間有異同，而互證參觀，自可執中一是。惟是校正《文選》六十卷，飭工繕稿亦已有年，并經開雕十餘卷而一再校讎，如埽落葉，加以十餘年薄書鞅掌，旋校旋輟，未得專心。工資亦極浩繁，衹好舒之異日。今將《筆記》八卷先付剞劂，嘉德復博采諸家之案語以期互相考證。時光緒五年己卯，在於富春官舍之斐如堂，校付繕工。隨校隨雕，至十年甲申春始得藏事。

又附許巽行《密齋隨録》：

《文選》以李善注爲善，李注以汲古閣雕本爲善。上元錢士謐重校本其尤善者也。然譌謬未正者甚多，且有汲古初刻不誤，而錢氏反改從俗本者。何義門先生有校本而未刻，近吴門葉氏刻之，與學者傳寫校本，又多互異。而所校亦尚未盡。余幼嗜此書，老而不倦，凡有所得，隨筆記之。存諸家塾，以課幼學云。

《唐書·藝文志》、《通志·藝文略》、焦氏《經籍志》，并載李善《文選辨惑》十卷。《宋史·藝文志》有《李善五臣同異》一卷，不著撰人。《遂初堂書目》有《文選同異》，不言卷數，亦無撰人，蓋即《宋史·藝文志》所載也，今皆未見。

《文獻通考》：《文選李注》六十卷，《五臣注》三十卷，陳氏曰：後人并李善原注爲一書，名六臣注。案今時惟六臣注刻本甚多，而李氏原注不傳。余所見張伯顔本、養德書院本、汲古閣本，皆即於六臣注中分出之，非復李氏原本。故多雜入五臣所作之字，或誤收五臣注，或誤削李注，今皆隨文校正，未詳者闕之。

文有見於諸史者，或昭明自據作者之集，或諸史各家翦裁，或今史籍又傳刻譌異，各自單行，不得執彼議此。今但舉其可訂《文選》之譌者録之，其義可兩通者，即不具述。

諸家文集大半無傳，今時行本多有後人於《藝文類聚》《文苑英華》諸書采輯成之。百三名家其總彙也。其書轉在昭明之後，未可據以爲證。《琴賦》注引宋玉《對問》，李氏自著其凡云，然集所載與《文選》不同，各隨所引而引之，是則唐時集本已不能與《文選》符合矣。

李氏引用經籍在今日有全逸者，有殘闕者，有傳刻譌異及後人改竄者，未便即以今本爲是。即如《説文》今所見者，乃李陽冰徐氏弟兄所定本也。每與選注所引不合，豈得遂謂李注之誤。

經典同異，李氏自據各經師本文，隨《文選》所用而引之，略舉數條，如：引《易》百果草木皆甲宅。引《詩》在彼穹谷，弗擊弗考。亂離斯莫，駉駉牧馬。引《論語》貧而樂道，君子薄於言而厚於行。悠悠者，天下皆是也。引《孟子》有負薪之憂，其閒必有命世者。《墨子》兼愛，摩頂致於踵。校《文選》者每不尋究，但據今時傳習之本，竄易李氏所引之文，遂使正文與注絶不相蒙，大可嗤也。

漢魏叢書，古書之淵藪也。惜未經名人考核，譌謬甚多。選注所引，如《汲郡古文》《山海經》《水經注》《吕覽》《淮南》之類，每有不符，今亦惟譌者，正之。疑者，闕之。

《爾雅·釋詁疏》云：詩書之作非一人，故有音義雖同而字形踳駮者。詩文作湛耽，而此作妉。詩文作夷，説豈。弁槃而此作怡悦愷般之類。直以異人之作，故不同耳。無義例也，凡校書當知此意。

《玉海》云：《隋志》《文選音》三卷，蕭該撰。《唐志》李善注文選六十卷，又《文選辨惑》十卷。公孫羅注文選六十卷，音義十卷。五臣注文選三十卷。曹憲《文選音義》云。康國安注《駁文選異義》二十卷。僧道淹許淹《文選音義》十卷。

《李邕傳》：父善淹貫古人，不能屬辭，人號書簏。顯慶中擢崇賢館學士爲《文選注》，敷析淵洽，表上之，賜賚頗渥。善釋事而忘意，書成以問邕，邕不敢對。善詰之，邕意欲有所更。善曰：試爲我補益之，邕附事見義，善以其不可奪，故兩書并行。邕居汴鄭閒講授，諸生傳其業者，號文選學。

《曹憲傳》:以文選授諸生,魏模、公孫羅、李善傳授,其學大興。

《中興書目》:《文選》昭明太子與何遜劉孝綽等選集,三十卷,李善注析爲六十卷。

李濟翁《資暇録》云:世人多謂李氏立意注文選,過爲迂繁,徒自騁學,且不解文意。遂相尚習五臣者,大誤也。所廣徵引,非李氏立意,蓋李氏不欲竊人之功,有舊注者必逐篇存之,仍題原注之人姓氏。或有迂闊乖謬,猶不削去之。苟舊注未備,或興新意,必於舊注中稱臣善以分别,既存原注,例皆引據,李氏績之,雅宜殷勤也。代傳數本,李氏文選有初注成者,有覆注成者,有三注四注者。當初旋被傳寫之誤,其絶筆之本兼釋音訓義,注解甚多。匡文家幸而有焉。嘗將數本并校,不惟注之贍略有異,至於科段互相不同,無似余家之本賅備也。因而比量五臣者,方悟所注直盡從李氏注中出。開元進表反非斥李氏,無乃欺心歟。且李氏未詳處,將欲下筆宜明有憑證,細而觀之,無非率爾。今聊各舉一端,如《兩都賦》説獵云:許少施巧,秦成力折。李云許少秦成未詳。五臣云古之捷人壯士,搏格猛獸。施巧力折,固是捷壯,文中自解矣。豈假更言。况不知二人所從出乎。又注作我上都云,上都,兩京也。何太淺近忽易歟。必欲加李氏所未注,何不云上都者,君上所居,人所都會邪。况秦地厥田上上,居天下之上乎。又輕改前賢文者,若李氏注云:某字或作某字,便隨而改之。其有李氏解而自不曉,輒復移易,今不能駁,亦略指其所改一字。曹植樂府云寒鼈炙熊蹯,李氏云今之腊肉,謂之寒。蓋韓國事饌尚此法。復引《鹽鐵論》羊淹鷄寒。劉熙《釋名》韓鷄爲證。寒與韓同。又李以上句之膾鯉臇胎鰕,因注云:詩曰：炰鼈膾鯉。五臣見上句有膾，遂改寒鼈爲包鼈。又子建《七啓》云：寒芳苓之巢龜，膾西海之飛鱗。五臣亦改寒爲搴。注云：搴，取也。何以對下句之膾邪。況此篇全説殺事之意，獨入此搴字，於理甚不安。上句既改寒爲搴，下句亦宜改膾爲取。縱一聯稍通，亦與諸句不相承接。以此言之明子建故用寒字，豈可改爲炰與搴邪。斯類篇篇有之，學者幸留意，乃知李氏絶筆之本，縣若日月焉。方之五臣，猶虎狗鳳雞耳。其改字有翩翻對恍惚，則獨改翩翻爲翩翩，下句不相對。又李氏舊本作泉，及年代字，五臣貴有異同，改其字却犯國諱，豈惟矛盾也。案濟翁此篇剖判李氏與五臣優劣，至爲明白。今所傳《資暇録》略而不全，此王史亭編修從四庫館永樂大典中鈔出，附録於此，業《文選》者所宜引伸觸類也。

乾隆乙未年在京師得淳祐二年庚午歲上蔡劉氏刊六臣本，重校其本，正文俱從五臣，而以善本附注於下，亦多遺漏。然六臣本至多以劉本爲善。淳祐二年爲庚戌，今云庚午歲，當是假爲宋刻，故有此誤。丁酉夏五在慶陽官舍温讀，偶得近時坊刻《文選集評》，芟夷李注，雜采五臣，又以妄人所撰音義附之，支離乖舛，此書之戹甚矣。又見一本名《文選集成》移易次序，增減篇目，芟夷李注，多加臆説，何近日妄人之多也。其罪視張鳳翼陳與郊輩更甚矣。識以寄慨。

李善，揚州江都人，受業於鄉人曹憲，傳選學。五臣注者吕延濟劉良張銑吕向李周翰所撰，吕延祚表上之，觀其荒陋穿鑿，似出一手，特分列五臣之名耳。其書不及江都遠甚，不知何人合而一之，名曰六臣注。自六臣注行，而李氏原本不可復見矣。今之李注皆從六臣注中分出，汲古初刻不知所據何本。

今學士家群奉何義門校本,競相傳寫。然何氏校正甚少,余曾假曹劍亭[①]手鈔本鈔之,復廣求刻本,及證之他書,蓋所校正比於何氏爲增益云。

葉刻名爲何義門校本,而譌謬甚多,且頗削江都原注,又綴以自添新注,非善本也。

凡注六臣本云善本作某字者,皆非李氏原本,乃五臣故爲改易,以污李氏耳。亦不盡録,俾學者略知其概云。

壬戌癸亥之間,讀書華亭相國園中之髣髴山房,始與定庵史亭古齋共業《文選》。苦坊本譌異不可讀,悉心讎校,甲戌年在京師從曹劍亭借得何義門先生校本,手録一過,互爲校正,此癸亥本也。乙酉官浙東,復得新刻汲古閣本,校閲再三,此丙戌本也。甲午得吴中葉氏刻義門批本,又校之,此甲午本也。丁酉官粤西,得金檀于氏刻本,又校之,此戊戌本也。癸卯得錢士謐校汲古本,又校之,此癸卯本也。丁未歸家,悉以癸亥、丙戌、甲午、戊戌、癸卯五本藏家塾,以付諸孫。戊申歲至京師,復在琉璃廠書肆得汲古本,己酉長夏無事,又校之辛亥,夏合癸亥丙戌二本,又校之,然疑處譌處尚多。

此書今有光緒十年(1884)杭州任有容齋刻本,收入《文淵樓叢書》、《叢書集成續編》第一〇三册。民國十七年(1928)上海文瑞樓書局、北平直隸書局影印本,《文選研究文獻輯刊》第四五、四六册,《清代文選學名著集成》第一八、一九册據印。許巽行校本,今存《文選》

① 曹劍亭,即曹錫寶(1719—1792),清江蘇上海(今屬上海)人,字鴻書,一字劍亭,號容圃。乾隆初,以舉人考授内閣中書,充軍機章京。成進士,改庶吉士。任刑部主事,遷郎中。參加四庫全書館修書,書成,授陜西道監察御史。參劾和珅家奴劉全恃勢營車馬居室逾制。以走漏消息,劉全隱匿罪迹,他被革職留任。乾隆末病卒。

六十卷,唐李善注,清乾隆二十三年(1758)周氏懷德堂刻本,中共中央黨校圖書館藏。

7.《文選音義訂正》八卷　倪思寬撰　佚,參見《二初齋讀書記》

提　要

倪思寬(1729—1786),原名世球,字存未,號二初,華亭(今上海松江)人。華亭县廪膳生,乾隆己亥(1779)科恩貢生,除教諭不售,後主講山西陽城書院,對天文、地理、數學等均有造詣,著有《演算法》五卷、《經籍録要》十二卷、《文選音義訂正》八卷、《二初齋讀書記》十卷、《詩古文集》十卷等。其中《文選音義訂正》八卷其書不傳,僅見於方志記載。然其考訂《文選》的成果在其《二初齋讀書記》中保留甚多,梁章鉅《文選旁證》中亦引録數條,可資參考校勘。

倪思寬《二初齋讀書記》十卷,涉及《文選》六十餘條,綜觀其研究,主要是《文選》評點和《文選》考據兩個方面,其評點或關注舊注的詮釋方法,或援用經史、天文地理知識,或立足“簡練”等文學觀念品評文章高下。其《文選》考據重在補李善注所未備,校訂舊注的錯訛衍誤,或運用因聲及義的訓釋方法等。

舉例來看,倪思寬考證説:“《琴賦》曰:紛文斐尾。李注:文彩貌。愚案:‘斐尾’之‘尾’,當作‘娓’,娓訓美,本《説文》。若尾字,古但通微。如《尚書》‘鳥獸孳尾’,《史記》作‘鳥獸字微’是也。而無文彩意,亦并無美意。”認爲尾字若依李善注,表示美的意思,而美衹是和“微”相通,“娓”和“尾”字皆明紐微部,二者讀音相同。“娓”,《説文》:“娓,順也。”引申爲美。《玉篇・女部》:“娓,美也。”《詩・陳風・防有鵲巢》:“誰侜予美。”陸德明釋文:“美,《韓詩》作娓,音尾。娓,美也。”“尾”,《詩・邶風・旄丘》:“瑣兮尾兮,流離之子。”《毛傳》:“瑣尾,少好之貌。”孔穎達疏：“尾者，好貌。”倪氏循聲以求，以本字“娓”來釋義借字“尾”。如此，通過尾和娓聲音相同，來尋求尾字當爲娓字的假借字。

李慈銘評價《二初齋讀書記》稱：“其書多考據經義，間及古人詩賦，雖未爲博奥，而實事求是，亦漢學之有根柢者。”[①]屈守元先生認爲：“清代《文選》之學，發端於何焯，而有專著則始於余蕭客。”然而，事實上倪思寬與余蕭客是同齡人，亦從事於考訂性質、根柢小學的《文選》研究，并且撰有考訂性質的選學著作《文選音義訂正》，在某種程度上應具有與余蕭客比肩的地位。

《二初齋讀書記》十卷卷首一卷，今存清嘉慶八年涵和堂刻本。《續修四庫全書》第一一五六册據以影印。

8.《文選紀聞》三十卷　余蕭客撰　存

提　要

余蕭客(1729—1777)，字古農，長洲(今江蘇蘇州)人。關於余蕭客的生卒年，前人記載頗有出入，其友人任兆麟所撰墓志銘曰：“君没於乾隆四十二年某月日年，四十有九，無子，其戚友即於是年某月日葬之支硎山麓。友人任兆麟爲之志，并系以銘。”則可知其生於雍正七年(1729)，卒於乾隆四十二年(1777)，享年四十九。然其弟子江藩所撰《國朝漢學師承記》卷二《余古農先生》中則曰“先生貧病交攻，再娶無子。卒年四十有七”。未知孰是？《清史稿》卷四八一《儒林列傳》二六八《余蕭客傳》：“字古農，長洲人。撰《古經解鈎沉》三十卷，凡唐以前舊説，自諸家經解所引，旁及史傳、類書，片語單詞，悉著於

① 李慈銘《越縵堂讀書記》，上海：上海書店出版社2000年版，第794頁。

録。清代經學昌明，著述之家，争及於古，蕭客是書其一也。蕭客又撰《文選紀聞》三十卷，《文選音義》八卷。”

此書無序跋，所謂紀聞者，摘取《文選》正文及注文，下列歷代相關考訂補充文獻，以注其音，以釋其義，以輯其評。引録皆列出處。以資廣徵博聞而已。偶有研習之發明，如卷一“鄠”注音“護，類林四”，并考證曰：“《文選》注李善本頗音難字，不著音所出書。李善師曹憲有《文選音義》，善若用音，不當没其師説。又善注首尾完備，其音不當十漏五六，恐與五臣注所加皆非元本，今從《文選雙字》《文選類林》附見舊音一二。”然其所據底本乃後世翻刻之六臣本，多誤，如卷二“‘制同乎梁鄒’《魯詩傳》曰：古有梁鄒，天子之田也”條下，案曰：“《文選》注引此作《毛詩傳》。王應麟《詩考》引此注曰：《文選》注《後漢書》注《魯詩傳》云云，則《文選》注本亦作魯，刊本誤。”實今尤袤本、北宋本并作“《魯詩傳》”而未誤。

張之洞《書目答問》在《文選音義》條下説：“此書乃少作，未盡善，余又撰《文選雜題》三十卷，未見傳本。”《補正》曰：“余蕭客三十卷書名《文選紀聞》，光緒間巴陵方功惠刻入《碧琳瑯館叢書》。”今見清宣統元年(1909)印《碧琳琅館叢書》本，《清代文選學名著集成》第一册及《文選研究文獻輯刊》第三九、四〇册據以影印。另有恨不讀書齋抄本《文選紀聞》三十卷，吉林省社會科學院圖書館、福建省圖書館藏。蔣鏡寰《文選書録述要》曰：“《蘇州府志》載《文選紀聞》三十卷，一作《文選雜題》。嘉定錢大昕嘗見其前六卷，説見《竹汀日記鈔》。吴縣雷浚得其殘稿，自十四卷至三十卷。江山劉履芬近又得殘本一册，與音義合。蕭客門人朱邦衡録，即《漢學師承記》所云蕭客疾革時，以雜題詩集付弟子朱敬輿，敬輿寶爲枕中秘者也。觀此則本館所藏舊鈔足本洵屬可珍矣。”

9.《文選音義》八卷　余蕭客輯　存

提　要

余蕭客,生平見《文選紀聞》條下。

余蕭客繼承何焯尊李善而貶五臣的傾向,《文選音義》一書以何焯校汲古閣本李善注本爲底本,校以六臣本、五臣本音義異文,其書蓋以列同異爲主,偶見考證。所謂"益以所聞,摘字爲音,作《音義》八卷。先盡善注本音,次及六臣舊刻所補。二書未備,乃復旁及。其字一從汲古,諸本異同參注其下。葉韵則從沈重改音,古音則從入韵偶見。音葉無考,則從闕疑。五臣注可備一説,及可補善注闕者,百無一二。今每卷擇稍可數條列於音後并注。昭明、李善《序》、《表》冠篇,以遵陸元朗《經典釋文》音注、孔安國《尚書序》、杜預《春秋經傳集解序》之舊。别舊訓之朱紫,備一家之瞽説。未敢謂善注功臣,然較正數十處,補遺數百事,未嘗稍亂李氏舊章,知其説者,或不致以吕向、張銑同類見譏。則五臣餘波不能來及,實所望於將來君子"(余蕭客《自序》)。

清代四庫館臣對余蕭客所著《音義》頗多批評之詞,如稱:"蕭客有《古經解鈎沉》,采掇舊詁,最爲詳核,已别著録。此書則罅漏叢生,如出二手,約舉其失,凡有數端。一曰引證亡書,不具出典。如李善進《文選注表》,化龍引《晋陽秋》,肅成引王沈《魏書》,筴字引徐邈、李順《莊子音》。如斯之類,開卷皆是。舊籍存佚,諸家著録可考。世無傳本之書,蕭客何由得見。此輾轉稗販而諱所自來也。一曰本書尚存,轉引他籍。如《西都賦》,'火齊'引龐元英《文昌雜録》,《南史》中天竺國説'火齊'云云,何不竟引《南史》也!《逸民傳論》引宋俞成《螢雪叢説》,嚴子陵本姓莊,避顯宗諱,遂稱嚴氏,此説果宋末始有耶。一曰嗜博貪多,不辨真僞。《海賦》,'陰火'引王嘉《拾遺記》'西海之西,浮玉山巨穴'云云,與木華所云'陰火'何涉？盧諶《覽古詩》'和璧'引杜光庭《録異記》'歲星之精墮於荆山'云云,是晋人讀五代書矣。《飲馬長城窟行》'雙鯉魚'引《元散堂詩話》'試鶯以朝鮮原繭紙作鯉魚'云云,此出龍輔《女紅餘志》。案:錢希言戲瑕,明言《㛹嬛記》《女紅餘志》諸書皆桑懌依托,則《女紅餘志》已屬僞本,所引《元散堂詩話》,更僞中之僞。乃據爲實事,不亦偵。一曰摭拾舊文,漫無考訂。如《閒居賦》'櫻'字引《鬼谷子》,崖蜜,櫻桃也。案:此惠洪《冷齋夜話》之文,《鬼谷子》實無此語。蕭客既没惠洪之名,攘己已有,又不知宋人已屢有駁正。《吴都賦》'欃槍'引李周翰注,以爲鯨魚目睛。此因《博物志》'鯨魚死,彗星出'之文,而加以妄誕。陸機《贈從兄詩》'言樹背與襟'引謝氏《詩源》'堂北曰背,堂南曰襟'。亦杜撰虚詞,不出典記。《歸去來詞》'西疇'引何焯批本曰:'即農服先疇之意,西先古通用。'案:西古音先,非義同先也。'西疇'正如詩之'南畝',偶舉一方言之耳。如是穿鑿,則本詞之'東皋'何以獨言東耶？凡斯之類,皆疏舛也。一曰叠引瑣説,繁複矛盾。如《三都賦》序'玉樹'引顔師古《漢書注》,謂左思不曉其義。《甘泉賦》'玉樹',又引王楙《野客叢書》,謂師古注甚謬。劉琨《重贈盧諶詩》下注引《蔡寬夫詩話》曰:'秦漢以前,平仄皆通,魏、晋間此體猶存。'潘安詩'位同單父邑,愧無子賤歌,豈敢陋微官,但恐忝所荷'是也。潘岳《河陽詩》下又注曰:'國語補音負荷之荷,亦音何。'兩卷之中,是非頓異。數頁之後,平仄迥殊,將使讀者何從耶。一曰見事即引,不究本始。如《蜀都賦》'琥珀'引曹昭《格古要論》,不知昭據《廣韵》楓字注也。《飲馬長城窟行》引吴兢《樂府提要》:'或云蔡邕。'不知兢據《玉臺新咏》也。《尚書序》,伏生引《經典叙録》云名勝,不知《晋書伏滔傳》稱遠祖勝也。至於凡注花草,必引王象晋《群芳譜》,益不足據矣。一曰旁引浮文,苟盈卷帙。首引何焯批本，稱《塵史》，宋景文母夢朱衣人携《文選》一部與之，遂生景文，故小字選哥，已爲枝蔓。又沿用其例於顔延年《贈王太常詩》'玉水記方流'句下注曰：'王定保《唐摭言》：白樂天及第，省試《玉水記方流》詩。'此於音義居何等也。一曰抄撮習見，徒溷簡牘。如《賢良詔》漢武帝下注：'向曰《漢書》云諱徹，景帝中子。'《洛神賦》曹子建下注：'翰曰武帝第三子。'世有不知漢武帝、曹子建而讀《文選》者乎；至於八言詩見東方朔本傳，蕭統《序》所云八字，正用此事。乃引吕延濟注，以八字爲魏文帝樂府詩，已爲紕繆。又引何焯批本，蔓引三言至五言，獨遺八字，掛漏者亦所不免。惟《魏都賦》注《廣蒼》一條，效曹子建題注孫岩《宋書》一條，并引《隋書・經籍志》爲證。《洞簫賦》注顔叔子一條，引《毛萇詩傳・巷伯篇》爲證。《曲水詩序》三月三日一條，引《宋書・禮志》爲證。《東京賦》注偷字協韵一條，引沈重《毛詩音義》爲證。糾何焯批本之誤，爲有考正耳。心經義，詞章非所擅長，强賦六合，違才易務，其見短也宜矣。"

錢泰吉《曝書雜記》卷一《文選音義》所評則相對公允，曰："《新唐書・藝文志》所録《文選音注》，李善五臣而外，蕭該音十卷，僧道淹《音義》十卷，公孫羅《注文選》六十卷，又《音義》十卷，曹憲《音義》亡卷，許淹《音》十卷，康安國《注駁文選異義》二十卷，李善别有《文選辨惑》十卷，今皆不傳。吴縣余仲林撰集《古經解鈎沉》極精博，所爲《文選音義》則體材殊不稱。《四庫全書總目提要》詳言之。《漢學師承記》謂仲林亦悔其少作，别撰《文選雜題》三十卷，今未得見，然《音義》多用直音，便於省覽，載義門校語頗詳，亦初學所不廢也。"

任兆麟《余仲林墓志銘》(《有竹居集》卷十)稱余蕭客選學源於吴派惠棟之學，曰："吴中以經術教授世其家者，咸稱惠氏。惠氏之學，大都考據古注疏之説，而疏通證明之，與六籍之載相切。傳至定宇先生,則尤多著纂,卓卓成一家言,爲海内談經者所宗。其著籍爲弟子,傳其業者,則推吾友余君。君諱蕭客,字仲林,一字古農,吴縣人。幼有異禀,尤攻苦自勵。家甚窶貧,而書卷不啻千計。皆奔走數十里,或扁舟,或柴車,聞一異書,必假鈔寫,或得觀乃已。故其家率多善本。定宇先生没,世之欲傳惠氏學者,多從之游,中歲得目疾,畏風日,構一室無窗户,上穴一方,以通天光。設巨案,周其室書册鱗比,誦習之,寒暑弗間也。嘗慨漢唐諸儒舊經注多散佚,爰采輯各家,分條纂録,編《古經解鈎沉》三十卷,書成,告祀先聖暨文昌之神,同學多爲詩,以紀其事。會有詔采訪遺書,有司以其書進,宣付四庫館,又著《文選音義》四卷、《選華樓詩拾》若干卷,《集注蘇黄滄海》《續題襟集》,俱未就。君爲文典博古茂,非空談,故不苟作也。弟子江藩編次爲集,得二十餘篇藏焉。君没於乾隆四十二年某月日年,四十有九,無子,其戚友即於是年某月日葬之支硎山麓。友人任兆麟爲之志,并系以銘。銘曰:魯壁燔秦,孔經尊漢,簡册銷沈,師承離散,天續斯文,星輝珠貫;生不永年,祝子嘆惋,朋友服緦,禮經會桉,來者式此,我銘可玩。"

《文選音義》一書,初刻爲乾隆二十三年(1758)静勝堂刻本。《四庫全書》集部總集類存目安徽巡撫采進。《四庫全書存目叢書》、《文選研究文獻輯刊》第三八册、《清代文選學名著集成》第一册據以影印。另有清光緒二十一年(1895)上海鴻寶齋石印本。是書題下屬"吴郡余蕭客仲林輯著,同郡金旦評,又劭朱燦華和中參定"。《清史稿》卷一四八《藝文志》:"《文選音義》八卷,余蕭客撰,陳彬華補輯。"

10.《選材録》一卷　周春撰　存

提　要

周春(1729—1815),字松靄,號芚兮,晚號黍谷居士。海寧(今浙江海寧)人。乾隆十九年(1754)進士。官廣西岑溪知縣。著書四十餘種,有《十三經音略》《爾雅補注》《海昌勝覽》《遼金元姓譜》《遼詩話》《選材録》《杜詩雙聲叠韵譜》《松靄遺書》等。事見清潘衍桐編纂《兩浙輶軒續録》。

周春自序此卷作意曰:"鄭夾漈曰:常寶鼎《文選著作人名》目録不傳,可取於《文選》,言雖佚而猶存也。按《唐志》書三卷,其體例未詳,惟《御覽》中采數條。長夏煩暑,莫消永日,因鈔撮以補亡,凡一百二十有七人,人繫以字,字繫以里,兼有愚管,輒綴數言,亦考鏡得失之林也。更采張秩讓語名之,庶以繼常氏之後云爾。"其書對《文選》作家的姓字、籍貫加以簡介,并以簡練語言對其人其文進行評説。評語多切中要點,有一定的參考價值。

南京圖書館藏清乾隆刻本《選材録》一卷。此書前列楊焕綸《選材録序》,次周春小序。卷末列楊復吉《選材録跋》。版心刻"世楷堂藏板"。《叢書集成續編》第一〇三册收録《昭代叢書》本,臺北:新文豐出版公司。

11.《段氏校文選》若干卷　段玉裁撰　引見梁章鉅《文選旁證》

提　要

段玉裁(1735—1815),字若膺。金壇(今江蘇金壇)人。乾隆二十五年(1760)舉人,先後充貴州玉屏及四川富順、南溪、巫山諸縣知縣。後辭官閉門著書三十餘年。從學於戴震，繼承文字訓詁學及經學研究。著有《六書音韵表》五卷、《説文解字注》三十卷、《禮經漢讀考》、《毛詩古訓傳》三十卷、《古文尚書撰異》三十二卷、《春秋左氏古經》十二卷、《毛詩小學》三十卷、《汲古閣説文訂》六卷、《經韵樓集》十二卷。嘉慶二十年卒。

段氏生當清代乾嘉學術興盛之世，同時也是樸學鼎盛的中堅力量。後人言小學則“段、王”比肩，論古韵則“戴、段”并稱，治《説文解字》則“桂、段”馳譽。言治《文選》，近代選學名家李審言則將段玉裁、王念孫、顧千里、阮元視爲清代“選學四君子”。

其平生著述三十餘種，阮元指出，段玉裁的研究對於後世影響最大的有三個方面：“言古音一也，言《説文》二也，漢讀考三也。”事實上，段玉裁的學術業績遠不止於此。

段氏精小學，亦以能“通”而著稱。錢大昕見其《詩經韵譜》，嘆爲“通人之論”；段氏卒後，王念孫謂弟子陳奂曰：“若膺死，天下遂無讀書人矣。”不稱其爲專門之家，而許爲“讀書人”，特别欣賞其“通學”。清人崇尚實學，小學被視作通達一切學問的階梯。反過來，若欲精通小學，又必須融會貫通、博及四部。所謂博而能約，邃而能通，實非區區字學所能概括。

“《文選》學”作爲段氏通學之一端，也被視作“有功於來學”。朱右曾《文選箋證序》説：“國朝碩儒輩出，實事求是，嘉慶以來，爰有即文字音聲以通詁訓，旁推側證，爲前儒所未及者。若高郵王氏，金壇段氏，指趣不同，其有功於來學一也。”梁章鉅作《文選旁證》，“所據校本，何義門、陳少章、余仲林、段懋堂四家之説最多”。胡紹煐作《文選箋證》，“惟王氏段氏，獨闢畦徑，由音求義，即義準音，能發前人所未發。雖僅數十條，而考核精詳，直駕千古。《文選》之學，醇乎備矣。

紹煐涉獵《文選》,即窺此秘”。其影響於後世《文選》研究,於此可見一斑。

從歷史角度看,《文選》所收名篇及後代的校勘注釋,皆與傳統小學同源共流。阮元説:“漢之相如、子雲,無不深通古文雅訓。至隋時,曹憲在江淮間,其道大明。馬揚之學,傳於《文選》。故曹憲既精雅訓,又精選學,傳於一郡,公孫羅等皆有《選》注,至李善集其成。”清代小學研究日漸深入之際,學界對於《文選》的文獻、價值,有了更爲廣泛的共識,甚至視爲“經史之鼓吹,聲音訓詁之鍵鑰,諸子百家之檢度,遺文墜簡之淵藪”。清代一流學者,幾乎都要涉獵《文選》學。段氏植根小學而旁通選學,自不例外。

段玉裁關於《文選》的考證,引見梁章鉅《文選旁證》,駱鴻凱《選學書著録》,高步瀛《選學綱領》著録,標未見刻本。梁章鉅《文選旁證》所附《引用各部文選書目》中列有“段氏評《文選》”,蓋當時有見段玉裁的《文選》批校本,但是這個版本,今已不得考見。不無慶幸的是,段氏的《説文解字注》及《經韵樓集》的單篇文章中,就包含不少關於《文選》及李善注的相關考述。還有一些考證,雖然没有明確徵引《文選》,但是所論及的内容,多與《文選》有關,如“飾”“飭”二字古書各本多混,《文選》亦然。《説文解字・力部》:“飭,致臤也”,段注曰:“飭,乃使人或物整束堅緻精良,與飾字形相似,但飭在内,飾在外,其義不同”。又如:“勠”“戮”,《説文解字・力部》“勠力,并力也”,段注曰:“古書多有誤作戮者”;“濩”“護”,《説文解字・水部》“濩,雨流溜下貌”,段注曰:“濩,或假爲護,或假爲鑊”。諸如此類,不僅言其然,且言其所以然。段玉裁校讀《文選》過程中,采用傳統小學的校勘學方法,有效地解決了《文選》學史上的若干重要問題。

12.《文選理學權輿補》一卷　孫志祖撰　存

提　要

孫志祖(1737—1801),字貽穀,又作頤谷,號約齋,仁和(今浙江杭州)人。乾隆丙子(1756)舉人,丙戌(1766)進士,由員外郎升雲南司郎中,擢江南道監察御史。晚年掌教紫陽書院,年六十二卒。著作有《讀書脞録》七卷、《續編》四卷、《家語疏證》、《後漢書補正》、《文選李注補正》等。生平事迹亦見阮元《孫頤谷侍御史傳》(《揅經室集》二集卷三)、《清史稿·儒林列傳》等。

《文選理學權輿補》一卷,繼汪師韓《文選理學權輿》一書後,再輯顔師古、朱仲叔、楊升庵諸家評論,以補汪氏評論。卷末有孫志祖跋曰:"案上湖先生自叙,於前賢評論,本有楊升庵,而所輯二卷中未之及,蓋客游時,偶未携《丹鉛録》也。今補之,而合《匡謬正俗》《猗覺寮雜記》之及選學者,爲一卷,志祖識。"合而觀之,其所輯内容一部分是關於《文選》正文及注的考證,一部分是相關評論。另有《文選》學、注釋等方面的内容。孫志祖編撰此書的目的是"欲廣汪師韓之書,以示世之爲選學者"(《自序》)。其體例上,首列篇名,次列出選文之内容、章句等有疑義及衍誤、訛脱之處,參核前人的評論,間有按語,末則附上自己的見解。

《清史稿》卷一四八《藝文志》著録:"《文選理學權輿補》一卷,孫志祖撰。"今見有漢州張祥齡受經堂《選學彙函》本《文選理學權輿補》一卷,嘉慶間(1796—1820)刊刻本,中國國家圖書館藏。清嘉慶間(1796—1820)刻《讀畫齋叢書》甲集本《文選理學權輿補》一卷,《文選研究文獻輯刊》第四一册、《清代文選學名著集成》第六册據以影印。《叢書集成初編》第一六八六册,據《讀畫齋叢書本》排印出版。另有

《文選理學權輿》八卷，汪師韓撰，補一卷，孫志祖撰，清嘉慶四年顧修《讀畫齋叢書》本，顧廣圻批校，劉慎詒、王大隆跋，復旦大學圖書館藏。

13.《文選考異》四卷　孫志祖撰　存

提　要

孫志祖生平，見《文選理學權輿補》提要。

《文選考異》四卷，著作的出發點在於《文選》之校勘。當時，毛氏汲古閣所刻《文選》，世稱善本。然乃脱於六臣本《文選》，其注既載李善一家，而本文又閒從五臣，未免踳駁，且字句譌、誤、脱、衍，不可枚舉。孫氏根據錢士謐重校毛氏汲古閣本爲底本，校以潘耒、何焯、錢陸燦三家校本，“参稽衆説，隨筆甄録，仿朱子《韓文考異》之例，輯成四卷，以正毛刻之誤”(孫志祖《文選考異序》)。

此書亦有顧廣圻批校并跋本，存。《文選考異》四卷，(清)孫志祖撰，清嘉慶四年(1799)顧修刻讀畫齋叢書本，顧廣圻批校并跋，江蘇省興化縣圖書館藏。清李審言《愧生叢録》卷三第五八條記載了顧千里與孫志祖惡評的原由，曰:“顧千里爲阮文達校書湖上，與臧庸堂不合。杭之搢紳先生如孫頤谷侍御，不知何事與千里忤，千里盛詆之。後與其師段懋堂論四學，即從侍御之論發端，師弟至於互削名籍。侍御所著《文選考異》，余見千里批本(即《讀畫齋叢書》本)，鈎乙滿紙。一則曰:‘不知《文選》，又不知《繫傳》，此之謂俗學。’又云:‘不知《文選》，又不知《後漢》，火棗兒糕，是名俗學。’又云:‘五臣荒陋，侍御所見略與五臣等耳。’如此凡數十處。侍御選學，不及千里之精。平心論之，既考異，廣列諸説，存而不論，未爲不可。千里詆之過甚，非也。千里記其後云:‘甲子十一月，粗閲一過。既鮮精深，亦未閎富。就其所及，仍饒疵纇。懸之國門，詎爲不刊乎。澗蘋居士記，時在巢湖舟次。'案：甲子爲嘉慶九年，時晋江張鞠園祥雲官廬州府，千里客其所。"又顧千里《文選考異》題記："甲子十一月粗閲一過，既鮮精深，亦未閎富。就其所及，仍饒疵累。懸諸國門，詎爲不刊乎？澗蘋居士記，時在巢湖舟次。"（清顧廣圻撰，民國二十四年吴縣鉛印本，《思適齋集外書跋輯存》，國圖善本題跋。）顧氏所閲即此孫志祖撰《讀畫齋叢書》本《文選考異》。顧千里對於孫志祖的評價，不免因與臧庸堂、段玉裁不睦而生遷怒之心的意氣用事，是有失公允的，實應注意。

孫志祖《文選考異》一書，《清史稿》卷一四八《藝文志》著録。其書版本衆多，今見有漢州張祥齡受經堂《選學彙函》本，清張祥齡輯，嘉慶刻本，中國國家圖書館藏。嘉慶戊午（1798）孫氏自刻本。光緒十五年（1889）讀畫齋重刊本。清嘉慶年刻《讀畫齋叢書》甲集本，《文選研究文獻輯刊》第四一册，《清代文選學名著集成》第六册，據以影印。《叢書集成初編》第一六八七册，據以排印。

14.《文選李注補正》四卷　孫志祖撰　存

提　要

孫志祖，生平見《文選理學權輿補》提要。

作者在輯《文選考異》四卷之後，"復合前賢評論，及朋儕商搉之説，附以管窺，仿吴師道校《國策》之例，輯《李注補正》四卷，以諗世之爲選學者"。是書按照《文選》篇目順序，逐篇補正李注。補，主要是援引他書，補李注所未備。正，主要是對李注訛誤、標未詳之處，力求達到"薈萃衆説"以求精審客觀的目的。其書的價值有二：一在於校勘精當公允，多發前人所未發。如補注《西都賦》曰："度宏規而大起”,李注:“小雅曰:羌,發聲也。度與羌古字通。度或爲慶也。”孫志祖正曰:“按,古字度不通羌,注宜云慶與羌古字通,傳寫譌耳。然度字自當訓謀,不必改慶。”李善注時底本即作“度”,今本唯弘安本作“慶”,餘皆作“度”。孫氏從通假、訓詁的角度,指出李善注之誤,以及作“度”亦不必改的意見,實爲公允。二在於多引明、清《文選》注家之説,包括楊慎、何焯、葉樹藩、汪師韓、余蕭客、潘耒、趙雲、許慶宗、金甡、錢圓沙等,其中所引潘耒、許慶宗、金甡、錢圓沙等《文選》學家的原書已佚,今藉助孫氏所引,仍可窺其崖略,亦可見清代選學整體之貌。

《清史稿》卷一四八《藝文志》著録:“《文選李注補正》四卷,孫志祖撰。”《文選李注補正》四卷,漢州張祥齡受經堂《選學彙函》本,清張祥齡輯,嘉慶刻本。中國國家圖書館藏。清嘉慶年刻《讀畫齋叢書》甲集本,《文選研究文獻輯刊》第四一册,《清代文選學名著集成》第七册,據以影印。《叢書集成初編》第一六八七册,據以排印。《文選李注補正》四卷,清孫志祖撰,清嘉慶四年顧修刻《讀畫齋叢書》本,清顧廣圻批校,劉慎詒跋,王大隆題款,復旦大學圖書館藏。

15.《讀書雜志餘編·楚辭合文選》一卷　王念孫撰　存

提　要

王念孫(1744—1832),字懷祖,號石臞,高郵(今江蘇高郵)人。父安國,官吏部尚書。乾隆四十年(1775)進士,選翰林院庶吉士,散館,改工部主事。嘉慶四年(1799),授直隸永定河道。尋授山東運河道,在任六年。初從休寧戴震受聲音、文字、訓詁,嘗語子引之曰:“詁訓之旨,存乎聲音,字之聲同、聲近者,經傳往往假借。學者以聲求義,破其假借之字而讀本字,則涣然冰釋。”著《讀書雜志》八十二卷

《餘編》二卷、《廣雅疏證》十卷等。《清史稿》卷四八一有傳。亦見《清史列傳・儒林傳》《國朝先正事略》等。

王念孫《讀書雜志》及《餘編》主要收集其關於史部、子部以及集部的考據成果。其中校讀的史部書籍有《逸周書》四卷、《戰國策》三卷、《史記》六卷、《漢書》十六卷；子部書籍有《管子》十二卷、《晏子春秋》二卷、《墨子》六卷、《荀子》八卷《補遺》一卷、《淮南子》内篇二十二卷《補遺》一卷；《漢隸拾遺》一卷。王念孫去世後，其子王引之又從遺稿中整理出《讀書雜志餘編》二卷，上卷爲《後漢書》二十一條、《老子》四條、《莊子》三十五條、《吕氏春秋》三十八條、《韓子》十四條、《法言》八條；下卷有《楚辭》二十六條，《文選》一百一十五條。其中除《文選》部分外，《史記》《漢書》《後漢書》中涉《文選》篇目亦有部分考證。本書全面呈現了王氏父子遍考古書的成果，不僅具有重要的文本校勘意義，而且具有重要的方法論借鑒意義。其最大的貢獻當在於以古音知識運用到校勘過程中，從而校正古籍中因聲而誤的現象。如王念孫《讀書雜志餘編》下句下案曰："度與羌，聲不相近，絶無通用之理。蓋李善本度字本作慶，今本作度者，後人據五臣本及班固傳改之耳。善注原文當云：'小雅曰：羌，發聲也。慶與羌古字通。'今本作度與羌古字通，度或爲羌者，後人既改正文作度，復改注文以就之。而不知度與羌之不可通也。又案：善本作慶，是也。慶，語詞。宏規與大起相對爲文，言肇造都邑，先宏規之，而後大起之也。"考"度"字今日鈔弘安本即作"慶"字。胡克家《文選考異》謂："度當作慶。必善'慶'，五臣'度'。"宋祁校本《漢書・揚雄傳》引蕭該《音義》有："慶音羌。"可證。又《文選》班固《東都賦》後的《白雉詩》："啓靈篇兮披瑞圖，獲白雉兮效素烏，嘉祥阜兮集皇都。"王念孫指出"嘉祥阜兮集皇都"一句爲後人所加。此句詞意膚淺，不類孟堅手筆。并指出五處可疑之處。而今天發現的古鈔本九條本、上野本、弘安本、正安本、《後漢書》宋刻本都無此句,正可驗證其説。

今存清道光十二年刻本,天津圖書館藏,《續修四庫全書》第一一五二、一一五三册據以影印。此外尚有光緒二十年(1894)、同治九年(1870)刻本等。

16.《文選韵譜》　王念孫撰　未見刊

提　要

王念孫,生平見《讀書雜志餘編·楚辭合文選》一卷條下。

王氏先後曾編成十多種韵譜,劉盼遂《王念孫先生年譜》"近上虞羅氏振玉得先生叢稿盈箱",内有《文選韵譜》散片釘成二本。可惜未見刊刻。目前刊行的祇有《詩經群經楚辭韵譜》一種,見羅振玉所輯《高郵王氏遺書》中。後來嚴式誨刻《音韵學叢書初編》收録,名之爲《古韵譜》二卷。

17.《文選聲類表》十章　洪亮吉撰　未見刊

提　要

洪亮吉(1746—1809),字君直,一字稚存,號北江,晚號更生,安徽歙縣人,生於陽湖(今江蘇常州)。乾隆五十五年(1790)庚戌恩科榜眼。

其所撰《漢魏音》一書後附孫星衍《漢魏音後叙》:"以説文字部爲次,不用韵書,蓋不欲以今韵律古音也。""沈約四聲之前得此書,則六經騷賦之文皆可讀,世之疑説文諧聲爲非聲者亦可悟也。韵書有三蔽,世莫之正:一蔽在不本六書之諧聲,而取經籍之韵語也。""二蔽在用反語已行之字,不用漢魏讀若之音。古人之音見於書傳者,若杜子春、鄭衆、鄭元之注經,蘇林、如淳、徐廣之注史,高誘、張湛之注子,皆可援引,而今之韵書獨本《字林》《玉篇》,上承孫炎郭璞反語已行之字,若稺存漢魏音所載《廣韵》固十不一見也。”“三蔽或專用字之轉音,而忘其本或不知字之本音,而用其轉,一字之有三聲四聲也。”後又附邵晋涵《漢魏音説》,曰:“書有六不越,音義二端,造字之始,先音而後義。傳字之後,先義而後音。但字之義不能兼音,而字之音實可兼義。”又稱自己:“少爲《文選》之學,嘗苦其中愔嫕之辭無義可索,則循聲以求之,而賦家之心往往得其八九。爰爲《文選聲類表》十章,以抒其藴。然當日課虚責有,不過較長於《雙字》《類林》已爾。”然而事實上,其所説《文選聲類表》十章亦未見刊刻。

18.《選學膠言》二十卷　張雲璈撰　存

提　要

張雲璈(1747—1829),字仲雅,號簡松,錢塘(今浙江杭州)人。乾隆三十五年(1770)舉人。後選湖南安福縣知縣,又任湘潭知縣八年。罷官歸著書自娱。著作有《簡松草堂詩集》二十卷、《文集》十二卷附録一卷,《蠟味小稿》五卷,《金牛湖漁唱》一卷,《知還草》五卷,《四寸學》六卷等。

是書題下有“錢塘張雲璈仲雅述”,目録後有“金陵劉貢九鐫”。之所以稱爲“膠言”,本於左思《魏都賦》“牽膠言而逾侈”注:“言語辨聰之説,而不度於義者,謂之膠言。”蓋自謙之説。其書前後經三十餘年乃成,時年作者已七十六歲。

其撰述體例相當於札記,檢《文選》正文及注中有疑義的詞、句本事加以詳細考訂補説,凡一千二百餘條。如《文選序》中提出“荀子賦”“三言四言五言九言”“稷下即棘下”三條,每條先引正文及注,後引衆説分析辨别是非。從某種意義上看,其所立題皆爲前人注不明或訛誤而值得重新關注之點。清道光壬午(二年,1822)張雲璈《自序》曰:“選學向無專書,所有者前人評騭而已,如孫月峰、俞犀月、李安溪、何義門諸先輩,字櫛句比,不留餘藴,足爲辭章之圭臬,藝苑之津梁矣。然大都於行文之法綦詳,摭實之義多略,一二訂正,如寸珠尺璧,令人視爲希世之寶。其中惟義門先生考核較多,冣稱該洽,視諸家尤長,故學者宗之,具在《讀書記》中。近金壇于氏晴川復總括纂注評林,淪注賦彙,疏解諸書,及張伯起、陸雨侯,并孫俞李何之説,擷其菁華,而删訂之名曰:集評。盛行於世,所謂無千金之腋,而有千金之裘,何其善也!雲璈讀《文選》久矣,凡詩賦之源流,文章之體格,得其解,心領而神會之。不得其解,則有諸家之説在,一展卷可以瞭然,誠無所置喙。顧文義不無舛誤,注家尚多異同。與夫名物典故字句音釋間出於諸説所備之外者,不能無疑。隨疑隨檢,隨檢隨記。簡眉牘尾間,久而漸滿,翻之如黑螘,相雜於白蟫,趁趯之中,幾不復辨,乃取而件繫條録。凡諸説未及者補之,諸説已有者删之,諸説未盡者詳之,諸説未安者辨之。且因此以見彼,有不必爲《文選》設者,觸類而引伸,最後得鄱陽胡中丞克家。據尤延之貴池鋟本及袁本茶陵本,詳加讎校,更爲考異十卷刻之。吴中尤稱周密,書中多采取之而間糾其失,共存二十卷。《魏都賦》曰:牽膠言而逾侈注。引李克書云:言語辨聰之説而不度於義者,謂之膠言。取以顔其書,蓋志愧也。夫《文選》有李善,猶詩禮有康成,沉博絶麗,後人莫由窺其堂奥。今欲於尋行數墨中,效愚者之得,不惟不值李氏一哂,直恐爲當世嗤鄙。然而芻蕘之言,聖人所詢,且祇備遺忘,非關著述。故既毁而復存,至五臣之注乖疏,誠有如《資暇録》《兼明書》所云者,乃後人反以李注爲繁迂,莫不崇尚五臣。唐宋以來,名家所引,往皆五臣之注,其實多竊李注而人不知,此最不可解之一事。故所輯專據李氏,於五臣偶及之,誠不足辨也。家貧無書,且流寓江都,交游絶少,多從郡博李薔生。同年,借資尋閲并就正焉,所得於良友之教益者,深矣。雲璈既雅好是書,而又適客崇賢之鄉里,即此以附仰止之心,亦後學者之大幸已。"

張雲璈亦有《文選注例説》曰:"李善之注《文選》自有其例,不明其例,則李注之次第不可得而知也。凡五臣注闌入李氏,李氏注淪於五臣者,不可得而知也。且有非五臣注而溷淆於李氏者,更不可得而知也。例者何如,諸引文證皆舉先以明後,以示作者必有祖述也。或引後以明前,示不敢專也。又如同卷再見者則云已見上文。它卷再見者,云已見某篇,務從省也。舊注并於篇首題其姓名,有乖謬乃具釋,必稱善以別之,不攘人以爲己有也。其引詩如自引,則稱《毛詩》,若舊注所引,則止云《詩》,蓋劉淵林、張孟陽諸人之注引《詩》未必是《毛詩》,觀《魏都賦》膴膴坰野注可見也。引《漢書》如太子報桓榮書之在榮傳。谷永與王譚書之在永傳之類,不稱班范二史也。音釋多在注末,而不在正文下,凡音之在正文下,但取簡易者,皆非李氏舊也。稱然則單用然字,此通注中如此。其有則字,皆後人誤增也。凡此皆李氏注一定之例,其後輾轉合并,遞相羼雜,往往舛錯幾不可讀。顯慶奏上之本,無復廬山真面矣。何義門、陳少章據袁本、茶陵本,雖句櫛字比,僅得十之四五。近鄱陽胡果泉中丞據宋淳熙尤延之貴池重鋟本,參以袁茶之校而互訂之,成《考異》十卷。反覆詳論李氏之舊,雖未能盡復,然已思過半矣。胡氏言《文選》之異起於五臣,然有五臣而不與善注合并,即合并矣,而未經合并者具在。即任其異而弗考,無不可也。今世所存僅袁茶及尤延之本,或沿前而有譌,或改舊而成誤。割裂删削,殊非崇賢舊觀。是李氏之注一厄於五臣之合并,再厄於尤氏之增删。故五臣之闌入李氏者,猶可考。非五臣而闌入李氏者,無由正也。惟一準乎例,尋流而溯源,或不致迷途之難返云爾。"(《簡松草堂文集》卷五)

今所見有清道光十一年(1831)張氏簡松草堂刻本八册,十行二十字,白口左右雙邊,中國國家圖書館藏。此本亦收入《三影閣叢書》中,《清代文選學名著集成》第七册據以影印。重慶圖書館藏有清嘉慶九年(1804)金陵劉氏刻本《選學膠言》二十卷補遺一卷。西南大學圖書館藏有清緑欄抄本《選學膠言》不分卷。民國十七年(1928)上海文瑞樓書局、北平直隸書局影印本收入《文淵樓叢書》中。《文選研究文獻輯刊》據以影印。《簡松草堂文集》,據《續修四庫全書》第一四七一册影印《三影閣叢書》本。《清史稿》卷一四八《藝文志》著録:"《選學膠言》二十卷,張雲璈撰。"

19.《文選》跋　陳鱣撰　存

提　要

陳鱣(1753—1817),字仲魚,號簡莊,又號河莊,海寧(今浙江海寧)人。嘉慶二年(1797)舉人。入都從錢大昕、翁方綱、段玉裁游。後客吴門,與黄丕烈訂交。精校勘之學。《清史稿》有傳,稱其:"强於記誦,喜聚書。州人吴騫拜經樓書亦富,得善木互相鈔藏。"撰《續唐書》七十卷,《論語古訓》《石經説》《經籍跋文》《恒言廣證》《簡莊綴文》等書。

陳鱣雖非專精選學,但《文選》作爲他的初學之書,始終是其心中非常重要的一部典籍。這篇跋文詳細歷數了自己關於《文選》善本的渴求以及獲得此本之後的欣喜之情。可藉此考見《文選》在清中葉士人中流傳的情況以及諸本同異。今移録其全文如下:

“余十二歲時誦《文選》，乃汲古閣所刊李善注本。在近時讀本中爲最善，尤恨其脱誤良多。即何義門學士評校，尚有未盡，疑莫能明。聞吾鄉馬氏道古樓曾藏宋本，已爲書肆購去，不知所歸。三十年來，舟車南北，恒以自隨者，惟汲古閣本而已。今歲寓吴於吾友黄君蕘圃處，見有持宋本六臣注《文選》出售者，價值太昂，且以其六臣注也而忽之，以爲安得有舊本李注乎？蕘圃曰：‘數年前曾見元重刊宋本，今聞尚在。’余欣然屬其轉購，越數日，方盛暑，蕘圃遣蒼頭持札負書而來，閲之則李注《文選》也。云托書賈從角直嚴氏得來者，遂如其價而購之。書凡六十卷，目一卷。每葉二十行，行二十一字。每卷首題奉政大夫同知池州路總管府事張伯顔助率重刊。按錢詹事《養新録》稱是書有前海北海南道肅政廉訪使余璉序，今此本缺焉。又不列年月，然余定爲延祐本。考鄭元祐僑吴集有平江路總管致仕。張公壙志云：張氏，長洲之相城人。公諱世昌，字正卿，成宗賜名伯顔。由將作院判官累仕慶元路同知。延祐七年陞奉政大夫池州路同知。奉定五年改福寧州尹，後遷漳州路總管，告老，以平江路總管致仕。今合諸卷首結銜，知刊於延祐時矣。錢遵王《讀書敏求記》云：‘善注有張伯顔重刊元版，不及宋版遠甚。’以余所聞中吴藏書家所有宋本已多不全，似未若斯之完善。復借鈕君匪石所藏元本校之，惟末卷後鈕本有‘建造路吏劉晋英郡人葉誠’十一字。此已剥蝕。其行款字畫纖毫畢合。或云明萬曆間金臺汪諒所刊，未必然也。爰翻閲一過，始知汲古閣本所脱者，如司馬長卿《上林賦》脱標郭璞注。張平子《思玄賦》脱‘爛漫麗靡，藐以迭逷’二句并注。陸士衡《答賈長淵詩》脱‘魯侯戾止，衮服委蛇’二句并注。曹子建《箜篌引》脱‘百年忽我遺，生在華屋處’二句，鮑明遠《放歌行》脱‘今君有何疾，臨路獨遲迴’二句。枚叔《七發》脱自‘太子有悦色’，至‘然而有起色矣’二段，共十九行并注。

《宣德皇后令》脱標任彦升三字。曹子建《求通親親表》脱'有不蒙施之物'一句。若斯之類,遽數難終,惟司馬長卿《封禪文》脱'上帝垂恩儲祉,將以慶成'二句,元刊已脱。又如《西都賦》注引'三倉'之作'王倉'。《閒居賦》注引'韋孟詩'之作'安革猛詩'。元刊亦然。汲古本蓋仍其誤,而義門亦未之校正也。余好書無力,未敢貪多。惟童而習之者,每思善本是正文字,邇來隨有所獲。今夏得此,不勝狂喜。它日擬築選樓以儲之,非特賀兹書之遭,且以銘良友之德云爾。嘉慶十年(1805)六月既望識。"由此跋文可知,陳鱣認定此書爲元代延祐刊本,也就是通常所説的張伯顔本。故肯定其價值遠超明代汲古閣本。與此相關,葉德輝《書林清話》卷七有"元刻書之勝於宋本"條,指出元張伯顔刻《文選李善注》,勝於南宋尤袤本也(胡克家仿刻宋本即尤本)。又引蔣光煦《東湖叢記》元板李善《文選注》跋云:"錢遵王《讀書敏求記》云:'善注有張伯顔重刊元板,不及宋板遠甚。以余所聞,中吴藏書家所有宋本已多不全,似未若斯之完善。'皆張本定論。"①這也可以從側面反映出,關於李善單注本,究竟何本爲佳,在清中葉實際上是存在一定分歧的。

此跋文見陳鱣《簡莊文鈔》卷三,亦見於南京圖書館藏嘉靖元年汪元諒翻刻元張伯顔本李善注《文選》卷前録。

20.《重刻宋淳熙本文選序》　胡克家撰　存

提　要

胡克家(1756—1816),字果泉,饒州鄱陽(今屬江西上饒)人。乾

① 葉德輝著,陳小林點校《書林清話》,杭州:浙江人民美術出版社 2016 年版,第 233 頁。

隆四十五年(1780)進士,觀政刑部,尋補浙江司主事,遷貴州司員外郎,總辦秋審。乾隆五十九年(1794),充廣東鄉試正考官轉郎中。六十年,復充會試同考官。後擢廣東惠潮嘉道。嘉慶十一年(1806),遷江蘇布政史。嘉慶十四年春,擢刑部右侍郎,旋授漕運總督。嘉慶十六年,遷淮揚道。嘉慶十七年,擢安徽巡撫。嘉慶二十一年(1816),改江蘇巡撫。卒於任上,年六十。

胡克家作爲官員的功績自不必説,在文化方面,以其名義刊刻的兩部書得以廣泛流傳,影響深遠,一是校勘元本《資治通鑒》。一是借鈔宋淳熙本《文選》,延請顧千里、彭兆蓀校定重刊。錢泰吉《曝書雜記》中説胡克家在"嘉慶十四年(1809)刻《文選》,有《考異》十卷,元和顧君廣圻、鎮洋彭君兆蓀所撰。兩君皆精校勘,辨晰頗詳,所據爲淳熙辛丑尤延之刻於貴池之本,而以吴郡袁氏翻雕六臣本、茶陵陳氏刻增補六臣本,校其異同,并詳列何焯屺瞻、陳景雲少章校語,亦多辯證其非"。

胡克家所撰《重刻宋淳熙本文選序》,原文簡短,今附録如下:"《文選》於孟蜀時,毋昭裔已爲鏤板,載《五代史補》。然其所刻何本,不可考也。宋代大都盛行五臣,又并善爲六臣,而善注反微矣。淳熙中,尤延之在貴池倉使,取善注讎校鋟木,厥後單行之本,咸從之出。經數百年轉展之手,譌舛日滋,將不可讀。恭逢國家文運昭回,聖學高深,苞函藝府。受書之士,均思熟精選理,以潤色鴻業。而佳本罕覯,誦習爲難。寧非缺事歟。往歲顧千里、彭甘亭見語,以吴下有得尤槧者,因即屬兩君遴手影摹,校刊行世。逾年工成,雕造精緻,勘對嚴審。雖尤氏真本,殆不是過焉。從此讀書開卷快然,非敢云是舉即崇賢功臣,抑亦學海文林之一助已。其善注之并合五臣者,與尤殊别,凡資參訂,既所不廢。又尋究尤本,輒有致疑,鈎稽探索,頗具要領。宜諗來者,撰次爲考異十卷,詳著義例,附列於後,而别爲之叙云。嘉慶十四年二月既望序。”此序究竟是胡克家自撰,還是顧千里代筆,學界尚有一定的争論。但由於“胡刻本”已經成爲一個清代李善單注本的最佳本,且多以之等同於宋尤延之刊本,在選學發展史上具有重要地位,因此值得特别注意。

由此序可知,胡刻本《文選》刊刻於嘉慶十四年(1809)二月,當時就已經將《文選考異》十卷附列於書後。又此書的底本爲“吴下尤槧”,據郭寶軍考證,此即黄丕烈收藏的尤袤本《文選》[①]。據黄丕烈在其《重雕曝書亭藏宋刻初本輿地廣記緣起》中所説:“余喜藏書,而兼喜刻書。欲舉所藏而次第刻之,力有所不能也。會鄱陽胡果泉先生典藩吴郡,敷政之餘,留心選學,聞吴下有藏尤槧者,有人以余對,遂向寒齋以百金借抄,蓋酬余損裝之資而實助余刻書之費,洵美意矣。”[②]説明胡刻本的底本正是黄丕烈所藏宋本的借抄本。再者由此序可知胡刻本的實際校勘者是顧千里和彭兆蓀。

21.《文選考異》十卷　胡克家撰　存

提　要

是書刻成於嘉慶十四年(1809)二月,名義上是胡克家作,實際乃顧千里、彭兆蓀所撰。據李兆洛所撰顧千里《墓志銘》曰:“黄蕘圃、胡果泉皆深於校讎學,無不推重先生,延之刻書。……爲胡刻《文選》……每書刻竟,綜其所正定者,爲考異,或校勘記。”(《清史》本傳略同。)又《清史・彭兆蓀傳》曰:“與長洲顧廣圻,同爲胡克家校刊元

① 郭寶軍《胡克家本〈文選〉研究》,開封:河南大學出版社 2015 年版,第 15 頁。

② 黄丕烈著,屠友祥校注《蕘圃藏書題識》附録《蕘圃刻書題識》,上海:上海遠東出版社 1999 年版,第 887 頁。

本《通鑑》。尤工槧《文選》，獨成《文選考異》十卷。鈎稽探索，頗具要領。”據此則此書或爲顧千里、彭兆蓀合撰，或爲彭兆蓀獨撰，顧千里參與其中，而胡克家全爲掠美者。是書前有《文選考異序》，亦當出自千里之手。

顧廣圻（1770—1839），字千里，號澗蘋、無悶子，别號思適居士、一雲散人。元和（今屬江蘇蘇州）人。受業於江聲，通經史小學，尤精校讎，孫星衍、張敦仁、黄丕烈、胡克家、秦恩複、吴鼒先後延主刻書，皆爲之札記，考定文字。於目録學尤爲專門，人方之王仲寶、阮孝緒。被稱爲“清代校勘第一人”。嘗以邢子才“日思誤書，更是一適”語，自號思適居士。著有《思適齋文集》，又摘先儒語録爲《遁翁苦口》一卷。事具《清史稿・列傳》。他提出校勘古書要做到“唯無自欺，亦無書欺。存其真面，以傳來兹”。先後校有《説文》《禮記》《儀禮》《國語》《戰國策》《文選》諸書，并替胡克家作了《文選考異》十卷，附於書後。

彭兆蓀（1768—1821），字湘涵，又字甘亭。鎮洋（今江蘇太倉）人。有才名，久困無所遇。道光元年舉孝廉方正。先後客江蘇布政使胡克家、兩淮鹽運使曾燠官署，與顧廣圻同校元本《通鑒》及《文選》。擅長古文，工詩、駢體文。著有《小謨觴館集》。

此書乃繼尤袤、孫志祖《文選考異》之後的第三部《文選考異》。從版本的角度看，此前校勘《文選》諸家，僅據汲古閣本，然汲古閣本所刻，雖稱從宋本校正，亦留有李善五臣相合之本的痕迹。李善注的單行之本，世遂罕傳。至嘉慶中鄱陽胡克家得宋淳熙尤袤本，當時阮元亦得一尤本，藏隋文選樓。此本當爲厥後李注單行本的祖本。顧千里等據此尤本，校以吴郡袁氏雕六臣本，茶陵陳氏刻增補六臣本以校尤本異同，并著《文選考異》十卷，附刊於《重刻宋淳熙本文選》之後。又有《文選考異序》曰：“《文選》之異，起於五臣。然使有五臣而不與善注合并,若合并矣,而未經合并者具在,即任其異而勿考,當無不可也。今世間所存,僅有袁本有茶陵本,及此次重刻之淳熙辛丑尤延之本。夫袁本、茶陵本固合并者,而尤本仍非未經合并也。何以言之,觀其正文則善與五臣已相羼雜,或沿前而有譌,或改舊而成誤。悉心推究,莫不顯然也。觀其注則題下篇中各嘗闌入吕向劉良,頗得指名,非特意主增加,他多誤取也。觀其音則當句每未刊五臣注内間兩存,善讀割裂,即時有之,删削殊復不少。崇賢舊觀,失之彌遠也。然則數百年來,徒據後出單行之善注,便云顯慶勒成已爲如此,豈非大誤。即何義門陳少章齗齗於片言隻字,不能挈其綱維,皆繇有異,而弗知考也。余夙昔鑽研,近始有悟。參而會之,徵驗不爽。又訪於知交之通,此學者元和顧君廣圻,鎮洋彭君兆蓀,深相剖晰,僉謂無疑,遂迺條舉件繫,編撰十卷。諸凡義例反覆詳論,幾於二十萬言。苟非體要,均在所略。不敢秘諸篋衍,用貽海内好學深思之士,庶其有取於斯。"

詳審其考異之方法,一者,以宋刻尤袤本後刻本作爲版本支撑,參校以袁本、茶陵本,參考以何焯、陳景雲之考證成果,另以《選》證《選》,以《文選》它篇引録文獻證此篇。二者,在理念上注重李善作注之體例,根據體例推考是非異文。三者,其考異的根本目標極其明確,即通過異文考索,試圖復崇賢顯慶之本舊觀,釐清李善五臣各自本來面目。然其書亦存在相應的缺失:尤袤本之前尚且有李善單刻本與單抄本,此書所據今尤袤後刻本之殘卷,上推李善單本原貌尚有一定的距離。故所下結論中一部分并無版本依據。或以爲皆尤袤改,以今所見北宋本、敦煌本衡之,實非尤袤所改。

本書見於《清史稿》卷一四八《藝文志》著録:"《文選考異》十卷,胡克家撰。"張之洞《書目答問》:"葉氏海録軒評注本六十卷亦佳,汲古閣本較可。”補正:“胡本《考異》十卷顧廣圻撰。胡本有坊間影印本多種,葉本廣州翻刻,汲古閣本江寧局重刻,貴池劉世珩玉海堂仿宋淳熙貴池本《文選》六十卷附札記。”蔣鏡寰《文選書録述要》:“《鐵琴銅劍樓書目》云:胡刻據陸貽典校本。莫子偲《知見書目》稱《文選》李注依尤延之貴池本重刻而附以《考異》十卷,《考異》爲顧千里撰。顧氏曾爲胡校刻宋本《文選》也。”近代普喧撰有胡克家《文選考異》敘例,見《文選學研究》國家圖書館出版社 2010 年版。吕方亦有《文選考異述例》,見《新東方雜志》1940 年第一卷第一八期。

此《文選考異》一書版本極其繁多,後世據以再校勘之本也極其紛繁。初刻本即嘉慶十四年(1809)胡克家影宋重刻淳熙尤袤本《文選》李善注六十卷附《考異》十卷,中國國家圖書館藏。此後有《文選考異》十卷,清同治八年(1869)湖北崇文書局重刻本,《文選研究文獻輯刊》據以影印。嘉慶己巳胡氏原刊仿宋本,見《郘亭知見傳本書目》;清嘉慶十四年近萬氏翻刻胡本,見《郘亭知見傳本書目》;四明林氏據鄱陽胡氏本仿刻巾箱本,見《浙江圖書館書目》;廣州翻刻胡氏本,見《書目答問》;上海著易堂石印本,見《國學圖書館書目》;袖珍石印本,見《國學圖書館書目》;尊經書院本,見《陝西圖書館書目》;琉璃廠刻本,見《陝西圖書館書目》;等等。此外有《文選》六十卷,唐李善注,《考異》十卷,清胡克家撰,清嘉慶十四年胡克家影宋刻本,清張敦仁校,上海圖書館藏。《文選》六十卷,唐李善注,《考異》十卷,清胡克家撰,清吴大澂(1835—1902)批注,清同治八年崇文書局刻本,復旦大學圖書館藏。

22.《昭明文選李善注拾遺》二卷,《補編》一卷,《文選剩言》一卷,《補編》一卷　王煦撰　存

提　要

王煦(1758—?),字汾原,號空桐,上虞(今浙江上虞)人。乾隆舉人,官至通渭知縣。後罷官歸家,爲郎江書院主講。所著有《詩古音》《國語釋文》《説文五翼》《文選七箋》《小爾雅疏》,除《小爾雅疏》八卷刊於《邵武徐氏叢書初刻》外,餘皆未刊行。今所見《昭明文選李善注拾遺》二卷,《補編》一卷,《文選剩言》一卷,《補編》一卷實爲王氏《文選七箋》的整理本。

王煦《昭明文選李善注拾遺叙》曰:"《文選》李善注爲士林所推重,然其自注所未詳者不下百條。又有應注而不注者,有舍本書不注而旁引他書者,俱乖體例。予博綜舊籍,詳其所未詳者,約得十之一,其應注不注,與舍本書不注旁引他書者,悉爲訂正矣。五臣注久爲士林所訶,然間有足以補李善所未及者,亦爲摘録,提曰《文選李善注拾遺》。蘇眉山曰:'李善注本末詳備,極可喜。五臣者,真俚儒之荒陋者也。'予謂李善注詳而未備,五臣誠荒陋,而如披沙礫,時或見金。記曰:愛而知其惡,憎而知其善。不敢藐古,亦不敢阿時,庶後之業《文選》者得所折衷焉。於其所不知,以俟君子。"

錢世叙跋曰:"鄉先正汾原王先生初撰《文選七箋》二卷,既乃易爲《李善注拾遺》二卷,又《剩言》一卷,手録而藏之於家,迄今二十餘稔矣。文孫吾友小籛明經將舉先生遺書刻以惠世,出是稿畀叙校讎。叙受而讀之,嘆其精深該博,訂舊注之疏(薛綜、劉淵林諸舊注悉訂正),辨五臣之舛(吕延濟、劉良五臣注辨正尤確當),補李氏之所未備,洵選學指南也。第七箋與拾遺、剩言互校,未妥者尚存六十餘條。

雖屬删削之餘，而片辭隻語，俱有根據，固非可置而不録者。爰商之小箋，葺爲補編一卷，諦其文義類箋疏者爲拾遺，類評論者爲剩言，排纂而附於後，庶於先生遺説無所闕佚云。丙辰仲秋，後學錢世叙謹識。”

其書共一百八十九條，皆爲作者讀《文選》及李善注的讀書札記，重點在校勘，釐正李善注訓釋字義之誤，辨析古今字、通假字，鈎沉典故用事之是非原始。其長處在於對前人的考訂成果充分吸收，加以綜合判斷。如張平子《四愁詩》“美人贈我錦綉段，何以報之青玉案”，李善注以“玉案”爲“君所憑依”。并引《楚漢春秋》：“淮陰侯曰：漢王賜臣玉案之食。”五臣劉良曰：“玉案，美器，可以致食。”對此，楊慎《丹鉛總録》子部卷八“孟光舉案”條下曰：“宋林少穎云：‘案，古椀字也。青玉盌也。’南京人謂傳碗曰案酒，此可以證。又孟光舉案恒與齊眉，亦言進食舉椀，若是案卓，何能高舉？”王煦的考訂便綜合了余蕭客《文選音義》所引曾鞏《耳目志》、張雲璈《選學膠言》所引《周禮考工記》進一步權衡曰：“案，食器也。《周禮考工記》鄭注：‘夫人享諸侯玉案，十二以爲列。’玉案十二，猶膳夫言鼎有十二也。宋曾鞏《耳目志》曰：《漢書梁鴻傳》：‘孟光舉案齊眉。’俗通謂几案耳。吕少衛云：案乃古碗字，故舉與眉齊。張衡《四愁詩》云云，謂青玉碗也。據此，則《考工記》‘玉案’，亦作‘玉碗’解爲當。”然值得注意的是，昭明太子《七契》一文中有：“傳車渠之椀，置青玉之案”句，將“椀”與“案”并稱，蓋此“案”非“几案”“書案”，亦非“椀”，而是類似托盤的食器，亦不能簡單解作“玉碗”。

但此書也存在所據版本不精及猜測臆斷之弊。如謝玄暉《和王主簿》“相逢咏蘼蕪”句下，王煦曰：“善無注。良曰：《古詩》：上山采蘼蕪，下山逢故夫。”案：良注可存。然今集注本、北宋本、尤袤本皆有完整的李善注，曰："《古樂府詩》曰：上山采蘼蕪，下山逢故夫。"王氏顯然失考。

此書初稿成於道光十九年(1839)九月上旬，王煦手自謄録。後爲弟子錢世叙咸豐六年抄録并加校勘。後又爲羅振玉所得并校讀。復旦大學抄本保存朱墨二色，朱爲錢校，墨爲羅校。以及1965年8月王欣夫抄録副本。今有李之亮據復旦大學圖書館所藏咸豐間清抄本點校，《昭明文選李善注拾遺》二卷，《補編》一卷，《文選剩言》一卷，《補編》一卷，王煦撰，清錢世叙校，中州古籍出版社1998年出版。

23.《李善注文選諸家刊本源流考》　朱錫庚撰　存

提　要

朱錫庚(1761—1831?)，字少河，朱筠長子。好學博文，承其家學，於版本、校讎皆有心得。其生平事迹見羅繼祖《朱錫庚事輯》。[①]

本篇主要叙元刊大字張伯顔本承尤袤刻李善本之舊，然亦毀於火。之後，經余璉序三黑口本、嘉靖晋藩本、毛晋汲古閣本、海録軒本、胡克家本的輾轉流傳及承續關係。朱少河還提到，自己家中藏有張伯顔初刻本，實爲最接近尤袤刻本之本，爲余璉序本所祖。此篇後有作者跋識曰："甲戌(1934)六月十九日維揚旅次，從江鄭堂假得余璉序刻本，秦敦夫假得晋藩本校勘，因書數則如右。""其鏤板工緻，筆畫遒勁，紙光墨色，純似宋刻之精者。絶非三黑口之所能方擬。"世人常以余璉序本爲張伯顔本，不知别有張伯顔真本在也。再者胡刻家本

① 羅繼祖《朱錫庚事輯》，《中國歷史文獻研究集刊》第四集，長沙：湖南人民出版社1984年版。

的底本來源於周漪塘所藏尤袤本，然“固又未若是本完好，隻字片頁無缺，尤足寶貴耳。且顔之在南宋之末，伯顔在元之初，相去未及百年。延之刻甫成，遭於兵燹。伯顔刻方就，旋毁於火。其爲世所罕覯，則一也”。傅增湘《朱少河雜著稿本跋》稱此文“源委通貫，考證詳明”。[①] 其所收藏的元張伯顔本《文選》在道光二十三年(1843)歸聊城楊氏。

本文收録於《朱錫庚先生雜著》，北京大學藏稿本。亦發表於《雅言》1943年第七卷。《善本書題記》據以收録，國家圖書館出版社2010年版。

24.《選學鏡原》八卷　焦循撰　存

提　要

焦循(1763—1820)，字里堂。甘泉(今江蘇揚州)人。嘉慶舉人。《易》學世家。於經、史、曆算、聲音、訓詁諸學皆有研究。著有《易通釋》二十卷，《孟子正義》三十卷，《六經補疏》二十卷，《周易王注補疏》《尚書孔氏傳補疏》各二卷，《毛詩鄭氏箋補疏》五卷，《春秋傳杜氏集解補疏》五卷，《禮記鄭氏注補疏》三卷，《論語何氏集解補疏》三卷，《毛詩地理釋》四卷，《毛詩鳥獸草木蟲魚釋》十一卷，《禹貢鄭注釋》《論語通釋》《陸璣疏考證》各一卷，《群經宫室圖》二卷，《雕菰樓文集》二十四卷，《詩話》一卷。輯録當時通儒論《尚書》之名著爲《書義叢鈔》四十卷，《詞》三卷，甚爲同時名儒敬重。

《選學鏡原》八卷，存抄本，李氏木犀軒原藏，現藏北京大學圖書館。卷一節録各書論《文選》者，多出於汪師韓《文選理學權輿》一書。次爲李善本與五臣本考異。次爲李善本與六臣本考異。卷二至卷八

① 傅增湘《藏園群書題記》卷第一七。

爲選學,重在訂誤補缺。内容也多出自梁章鉅《文選旁證》。體例大概如此。《中國古籍總目》集部總集類通代之屬著録。

近代學者壽普暄有《〈選學鏡原〉發疑》一文,刊登在《師大學刊》1943年6月第二集,收入國家圖書館出版社《文選學研究》上編。壽氏就此書"稱引各家,衹出姓氏,不冠書名",又不檢原書,一以《旁證》爲據。認爲焦循本是一嚴謹學者,撰述皆謹嚴有法,不知此書爲何草草如是、疏懶如是,又認爲"或爲焦氏少年之作,壯悔其所爲者?"

25.《讀書叢録·讀文選注》　洪頤煊撰　存

提　要

洪頤煊(1765—1833),字筠軒。臨海(今屬浙江台州)人。嘉慶六年(1801)拔貢生。曾任新興知縣。精經訓,諳天文地理,爲其師孫星衍撰《孫氏書目》。購藏嶺南舊本三萬餘册,碑版彝器多世所罕見。著有《禮經宫室答問》《孔子三朝記》《管子義證》《漢志水道疏證》《讀書叢録》《台州札記》《筠軒詩文集》等。

洪頤煊《讀〈文選注〉》,見其《讀書叢録》一書卷一一,共三十三條,内容全部爲關於李善注名物、文字訓詁方面的考證。

其書前有道光元年(1821)十二月廿一日序。今有清道光元年刻本、清道光二年中山富文齋刻本、《皇清經解續編》本(光緒刻、光緒石印)等。

26.《文選集釋》二十四卷　朱珔撰　存

提　要

朱珔(1769—1850),字玉存,號蘭坡,涇縣(今屬安徽宣城)人。

嘉慶七年(1802)進士,選爲翰林院庶起士,授編修,官至侍讀。道光元年(1821)直上書房。次年,任會試同考官。後以母病告歸。先後主講於江蘇鍾山、正誼、紫陽書院,歷時三十年,有"江南經師文冠"聲譽,與姚鼐、李兆洛齊名。朱珔治學,每一疑義必反復研究,備求確實甚解爲止,耻於放言闊論。少時研究《説文》,歸里後潛心治經,尤好清人所著之書,嘗謂清經學超越前代。其所著文集大半爲説經之作。培育後學,教士以通經學古爲先,儒林中人稱桐城姚姬傳、陽湖李申考與朱珔鼎足而三。朱珔一生著述甚豐,著有《小萬卷齋文集》二十四卷、《小萬卷齋詩集》三十二卷、《小萬卷齋詩集》續稿十二卷、《經進稿》二卷、《文選集釋》三十四卷、《經文廣異》二卷、《説文假借義證》二十八卷、又輯《清代古文彙鈔初集》一七二卷、《二禁》一百卷、《清朝經文鈔》三十卷、《紫陽書院詩鈔》二十四卷。

是書主旨在於考證《文選》正文之名物,詞語之訓詁,體例仍按照《文選》文類順序,列出正文、注文,後加案語,詳細考釋。"此書建立了較爲完整意義的《文選》'名物學'。"(《清代文選學名著集成》)朱珔清道光十六年(1836)《自序》曰:"《昭明文選》一書,惟李崇賢注號稱精贍,而騷類衹用舊文,不復加證,經序數首,更絶無詮語,未免於略,且傳刻轉寫,動成舛誤。凡名物猶需補正,并可引伸推闡,暢宜其旨。前代諸家率湮没罕行者,近人如汪韓門侍讀、孫頤谷侍御,雖彌罅塞漏,終屬寥寥。暇時流覽,偶尋繹,輒私札記,久之積累盈帙,屢有增改,釐分二十四卷。蓋嘗嘆考古之難矣。載籍浩繁,安能遍觀而盡識? 窮日孜孜,左右采獲,得此苦失彼,即並列簡内,慮致前後參錯,又歧論紛出,是非疑似,折衷殊匪易。況是書自象緯輿圖,暨夫宫室車服器用之制,草木鳥獸蟲魚之名,訓詁之通借,音韵之淆别,罔弗賅具。余性素闇蒙,尠克穿貫,衰齒漸臻,尤善忘顧。欲薈萃群言,應自哂不知量矣。但年來境遇鬱塞,胸無係屬,每耿耿若結癥瘕,聊藉翻閱以資消遣,敢遽云撰著哉！雖然,李氏當日有初注覆注三注四注,至絶筆之本乃愈詳。其不自域可知,後之人隅見各攄,譬諸山之廣大,産殖閎富,苟登邱歷壑,懷卷石盆卉而歸,未始非游於山也。入龍宫,觸目寶藏,幾乎旬眩,間拾片瓊掇珊瑚之殘枝,未始非觀於海也。然則余綴輯此編,將兼存互析,土壤細流之益,當亦儒修所不廢。中間援引曩哲外,更多時賢,故名曰集釋。在昔,許叔重作《説文解字》,博訪通人,至於小大,信而有徵,竊願取斯意焉。若夫管窺所及,則不盡沿襲,餘亦慎甄擇,戒阿徇疑者,仍從蓋闕之義。極知疏陋而頗殫心力,重惜投弃,妄付剞劂,舊傳'《文選》爛,秀才半',余尚愧其未爛也。特駒陰恐負蛾術,思勤,庶幾爲考訂之一助云爾。時道光十有六年歲次丙申秋七月涇蘭坡朱琦自識於吴門正誼書院。"

此書著録於《清史稿》卷一四八《藝文志》,今存清道光刻本,蘇州圖書館藏。清朱絲欄抄本,中國國家圖書館藏。清光緒元年(1875)涇川朱氏梅村家塾刻本,《文選研究文獻輯刊》第四七、四八、四九、五〇册,《清代文選學名著集成》第一五、一六、一七册據以影印。

27.《文選旁證》四十六卷　梁章鉅撰　存

提　要

梁章鉅(1775—1849)撰。梁章鉅,字閎中,一字茝林,晚年自號退庵,長樂(今福建長樂)人。嘉慶七年(1802)進士。官至江蘇巡撫。喜作筆記小説,也能詩,著作頗多。有《三國志旁證》《論語旁證》《稱謂録》《制義叢話》《楹聯叢話》《歸田瑣記》《浪迹叢談》《藤花吟館詩抄》等七十餘種著作。

《文選旁證》一書,作者窮三十餘年之功力,博采唐宋元明以來各家之説，計書一千三百餘種，旁搜繁引、考證折衷、博綜審諦、梳櫛疑滯，并校勘諸家，一一羅列，中間凡八易其稿，今傳本計有四十六卷。清著名學者阮元爲之作序，稱《文選旁證》沉博美富，爲《文選》之淵海，"使元爲校勘記亦不能如此精博"。

關於梁章鉅的《文選旁證》，黄侃認爲梁章鉅所著書，多係從人售來者，如《文選旁證》《三國志旁證》，皆非自撰。其自撰者衹《浪迹叢談》一書，較前二者迥不類矣。[①] 黄侃所説源自清代李慈銘《越縵堂讀書記》和近代李詳《愧生叢録》。李慈銘認爲閲梁氏章鉅《文選旁證》，考核精博，多存古義，誠選學之淵藪也。聞人言此書出其鄉之一老儒，而梁氏購得之。或云是陳恭甫氏稿本，梁氏集衆手稍增益者。其詳雖不可知，要以中丞他所著書觀之，恐不能辨此。[②] 李詳則提出梁章鉅《文選旁證》，爲程春廬同文稿本。沈子培（即沈曾植）提學親爲餘説。[③] 李慈銘和李詳都聽説《文選旁證》不是梁章鉅的著作，他們都認爲梁章鉅寫不出這種高水準的著作來。李慈銘聽説是陳恭甫（即陳壽祺）的稿本。陳恭甫於《清史稿》有傳，是經學家，其駢文爲世所重。李詳聽説是程春廬稿本。程春廬，嘉慶四年進士，長於地志，《清史列傳》有傳。二位李氏的聽説，皆不可憑信。這樣，黄侃認爲《文選旁證》非梁章鉅自撰的看法，同樣不可信。對此，穆克宏考證認爲，《文選旁證》乃梁章鉅的著作。理由是：(1) 目録書如《清史稿・藝文志》《書目答問》《增訂四庫全書簡明目録標注》等著録《文選旁證》，皆著明梁章鉅撰。(2) 梁章鉅的同鄉好友林則徐爲他寫的《墓志銘》認

① 黄席群、閔孝吉記《量守廬講學二記》，《量守廬學記續編》，張暉編，上海：生活・讀書・新知三聯書店 2006 年版。

② 李慈銘《越縵堂讀書記》，上海：上海書店 2000 年版。

③ 李詳《李審言文集》上册，南京：江蘇古籍出版社 1989 年版。

爲《文選旁證》是梁章鉅的著作。清代著名學者阮元、朱珔爲《文選旁證》寫序備加褒揚。(3）梁章鉅《退庵自訂年譜》説:“甲戌,四十歲……是歲由運河北上,滯居漕艘中百餘日,取舊讀《昭明文選》筆記之作編録而增益之,是爲《文選旁證》之權輿。”又説:“戊戌,六十四歲……校梓《文選旁證》四十六卷,阮雲臺師、朱蘭坡同年各爲之序。蓋二十年精力所萃,至是始成書云。”於此可見,《文選旁證》爲梁章鉅自撰。毋庸置疑。[1] 關於梁章鉅《文選旁證》著作權問題,今中國國家圖書館出版梁章鉅批校本《昭明文選》,其中批注班班,可見梁氏對《文選》一書的精心研究,雖然最後成書并不一定是親自操刀,但前期的學習準備工作及其《文選》學研究是不可抹殺的。

其書首列阮元道光十八年《文選旁證序》、清朱珔道光癸巳《文選旁證序》、梁章鉅《文選旁證自序》,次列十條凡例,其中説到:所據校本何義門、陳少章、余仲林、段懋堂四家之説最多。并列出引用的專校《文選》之書二十三種,其中有段懋堂所作《段氏評文選》、林茂春所作《文選補注》,今未見其書。下又列十四種非全書校本而有可資引證者,如蔣師爚《阮籍咏懷詩十七首注》、龔景瀚《離騷箋》等。

阮元道光十八年《文選旁證序》曰:“《文選》一書總周、秦、漢、魏、晋、宋、齊、梁八代之文,而存之世間除諸經、《史記》、《漢書》之外,即以此書爲重。讀此書者,必明乎《倉雅》、《凡將》、《訓纂》、許鄭之學,而後能及其門奥。淵乎浩乎,何其盛也。夫豈唐宋所謂潮海者所能窺乎。蕭選之文,漢即有注。昭明之時,注者更多。至於隋代乃有江都曹李之學,探萬卷壽及百年。且有公孫羅許淹諸説。是以沉博美富,學守師傳也。唐開元後有六臣之注,五臣自欲掩乎李注。然實事

---

① 見穆克宏《文選學研究》,厦門:鷺江出版社 2008 年版。

求是處少，且多竄誤雜糅之譏。《文選》刻板最早初刻必是六臣注本，而李注單本幾於失傳。宋人刻單李注本似從六臣本提掇而出，是以五臣之名尚有删除未盡之處。今世通行單李注本，最初則有宋淳熙尤延之本。尤本今有兩本，一本余所藏以鎮隋文選樓者也。一本即嘉慶間鄱陽胡果泉中丞據以重刻者也。我朝諸儒，學術淹雅，難者弗避，易者弗從。爲此學者已十餘家。而遺義尚多。可謂難矣。閩中梁茝林中丞，乃博采唐宋元明以來各家之説，計書一千三百餘種。旁搜繁引，考證折衷。若有獨見復下己意。精心鋭力，捨易爲難，著《文選旁證》一書四十六卷。沉博美富，又爲此書之淵海矣。余昔得宋本即欲重刻之，且欲彙萃諸本爲校勘記，以證晋府汲古之誤。而胡中丞已刻尤本，是以輟作。今又讀梁中丞此書刻本，得酬夙願，使元爲校勘記，亦必不能如此精博也。欣然爲序，與海内共之。道光十八年春三月望，節性齋老人阮元序。"

清朱珔道光癸巳《文選旁證序》曰："同年梁茝林方伯敭歷中外，勤職之暇，撰《文選旁證》，蓋取唐李善之注而加參核焉。余觀李氏書體製最善，纖文軼事，反覆曲暢，遇字差互，必曰某與某通。深得六書同音假借之旨。雖裴駰等弗逮。至其徵引經語不盡齊，一由唐初寫本流傳，各據所見。即孔穎達正義與陸德明釋文已難免傑僢，而釋文更多出别本，此如鄭司農注禮，每云故書作某。《尚書》今文古文乖異者累累，後儒兩備其説。正足資研覃而明訓詁也。其餘典籍，或今世亡佚搜采者，尤稱淵藪。惜當時單行原帙，業就湮滅。汲古閣毛氏僅輯自六臣注内，非本來面目。惟宋晋陵尤氏本較勝。鄱陽胡果泉中丞得之，影板以行，兼著考異，嘉惠藝林。顧第辨彼此之歧淆，他未遑及。君獨博綜審諦，梳櫛疑滯，并校勘諸家，一一臚列。且李氏偶存，不知蓋闕之義。閱代綿邈，措手倍艱。然郭璞注《爾雅》殫精數十年,動有未詳。近人邵二雲、郝蘭皋間爲補遺,用相翊助。君亦沿厥例,斯真於是書能集大成者矣。嘗謂注書之失有三,仍訛襲謬,罕識訂正,其失也陋。求新竄舊,半係臆造,其失也妄。拘繩守墨,罔復兼賅,其失也隘。若君書網羅富有,悉平心稱量,而出以視前明陳與郊之《章句》,張鳳翼之《纂注》,林兆珂之《約注》,閔齊華之《瀹注》,豈可同日而論哉。昔李善胸藏萬卷而不工屬詞,君則具魁偉之才,詩若文皆援筆立就。而兹編又閎覽如是,方之曩哲,奚必多讓。矧虚懷善下,屢易稿欿然不自信。尚期良朋重與討究,最後猥及余。余寡昧人也。涓流增海,未議思效,苦塵迹牽纏,久始竣役。承命序簡端,聊闡君意,竊欲告世之讀此書者。道光癸巳涇年,愚弟朱珔謹撰。"

梁章鉅《文選旁證自序》曰:"《文選》自唐以降,乃有兩家,一李注,一五臣注。李固遠勝五臣,而在宋代五臣頗盛。抑且并列爲六臣共行於世。幾將千年,近者何義門、陳少章、余仲林、段懋堂輩先後校勘,咸以李爲長,各伸厥説。但閱時已久,顯慶經進原書竟墜,淳熙添改重刊孤傳。居乎今日,將以尋繹崇賢之緒,不綦難哉。伏念束髮受書,即好蕭《選》。仰承庭訓,長更明師。南北往來,鑽研不廢。歲月迄兹,遂有所積。最後得鄱陽師新翻晋陵尤氏本,乃汲古之祖,其中異同均屬較是。合觀諸刻,竊謂李氏斯注引用繁富,爲之考訂校讎者亦宜博綜。詳哉言之,爰聚群籍,相涉之處,悉加薈萃。上羅前古,下搜當今。期於疑惑,得此發明。未敢托爲抱殘守缺自限。至於五臣之注,亦必反覆推究,雖似於李無關,然可以觀之,益見李注精核,正一助也。歸田後重加校勘,釐爲四十六卷,名之曰《文選旁證》。願用區區就正有道,仍恐見聞非周,遺落豈免,補而正之,實深幸焉。道光甲午九秋梁章鉅撰於三山城中之榕風樓。"

《清史稿》卷一四八《藝文志》:“《文選旁證》四十六卷,梁章鉅撰。”《文選旁證》四十六卷,稿本存三十九卷(八至四十六),上海圖書館藏。存道光十八年(1838)刻本,中國國家圖書館藏。《文選研究文獻輯刊》第五一、五二、五三、五四册,《清代文選學名著集成》第九、一〇、一一,《續修四庫全書》第一五八一册據以影印。又有清光緒八年(1882)吴下重刻本,中國國家圖書館藏、日本京都大學文學部圖書館藏。

28. 批校翻刻汲古閣本《昭明文選》六十卷　梁章鉅批校　存

提　要

梁章鉅生平,見《文選旁證》條下。

據《中國古籍善本書目》所載,梁章鉅批校《文選》今存世兩種,一是福建師範大學圖書館藏翻刻汲古閣本。一是南開大學圖書館藏明張鳳翼《文選纂注》本。其中翻刻汲古閣本由中國國家圖書館出版社2016年據以影印出版。南江濤撰《梁章鉅批校翻刻汲古閣本〈文選〉及其價值——以〈魏都賦〉爲例》[①],加以介紹。

就批校本的文獻價值,南江濤總結爲以下幾個方面:

首先,該本是梁章鉅撰著《文選旁證》的明證。此前的懷疑之聲,可以不用討論了。梁章鉅《文選旁證》的著作權不容置疑。

其次,此書是研究《文選旁證》成書過程的重要實物,是釐清《旁證》中襲用他人成果未加著明的證據。

① 南江濤《梁章鉅批校翻刻汲古閣本〈文選〉及其價值——以〈魏都賦〉爲例》,《國學季刊》第3期,濟南:山東人民出版社2016年版。

最後,該本保存了大量清人尤其是林茂春《文選補注》的内容。爲我們進一步研究林茂春《文選補注》提供了重要的綫索和材料。

29. 評《文選》　陳壽祺撰　未見

提　要

陳壽祺(1771—1834),字恭甫,號左海。閩縣(今福建閩侯)人。嘉慶進士,授翰林院編修,先後充廣東、河南鄉試副考官,會試同考官,記名御史。後辭官,長期主詁經精舍、泉州清源書院、鰲峰書院講席。治學以經學著稱,專精漢學、長於輯考。所著有《尚書大傳箋》三卷,《序録》《訂誤》各一卷,《五經異義疏證》三卷,《左海經辨》《左海駢體文》《東越儒林文苑後傳》各二卷,《左海文集》十卷,《絳趺堂詩集》六卷,《東觀存稿》一卷。

張之洞《書目答問·國朝著述家姓名略》列有選學家十五人:錢陸燦、潘耒、何焯、陳景雲、余蕭客、汪師韓、嚴長明、孫志祖、葉樹藩、彭兆蓀、張雲璈、張惠言、陳壽祺、朱珔、薛傳均。其中陳壽祺作爲經學家,并無《文選》類專著傳世。然何以列入選學家之范疇?今所知唯李慈銘《越縵堂讀書記》稱陳壽祺爲《文選旁證》一書的實際作者,"閩人言此書出其鄉之一老儒,而梁氏購得之"[①]。然似爲旁聽俗説之言,據各家書目并無陳壽祺有選學著作之記載,僅見其所撰之《鰲峰崇正堂規約》中提到以《昭明文選》作爲授業之書。故其與選學的關係亦成爲一段公案。

① 李慈銘《越縵堂讀書記》,瀋陽:遼寧教育出版社1998年版,第820頁。

30.《文選》批校　俞正燮撰　存

提　要

俞正燮(1775—1840),字理初,歙縣(今安徽黄山)人。道光元年(1821)舉人。其後屢試不第,館於達官貴人家中編書校書爲業。"其學主於求是,其文典重,手成官私宏鉅書如《欽定左傳讀本》《行水金鑑》之類。不自名者甚多。自名者有《癸巳類稿》《癸巳存稿》《説文部緯校補》《海國紀聞》,而類稿爲最著。其書自緯度輿圖、經疑史證以及靈素道梵、方言志乘皆兼綜條貫,發前人未發之覆。掌教江寧惜陰書院。"見《重修安徽通志》卷二一九《人物志·儒林》。

俞正燮手批汲古閣本六臣注《文選》,安徽博物館藏。于石等編《俞正燮全集》從中輯出《長楊賦》《景福殿賦》《與嵇茂齊書》《新刻漏銘》等篇之批語。其所批之本《文選》第七册護頁有題識云:"《文選》所收多見正史,今依各史異字記於上方。史諸家不同,當日所采,不知出何本?今所記者,備忝訂耳,非謂今史是而《文選》非也。甲戌中秋。"標明其批校《文選》的時間是在嘉慶十九年(1814)。

而在《長楊賦》"明年。善曰:'明年'謂作《羽獵賦》之明年,即校獵之年"。批曰:"此注與《甘泉賦》注互校,其義不一。知元延二年上《甘泉》《羽獵》,元延三年上《長楊》也。此注據誤文立論耳。戊子四月望。"戊子四月指道光八年(1828)。應是時隔十四年之後的重讀再批。

其批校的特點在於能以敏鋭的識見,發現舊注之疑點。如《長楊賦》李善引舊注"東夷,東越也"。俞批曰:"東夷指高句麗,非東越。"《景福殿賦》注引《漢書晁錯對策》:"計安天下,莫不本於人情也。"俞批曰:"董仲舒。"而今奎章閣本李善注正作"董仲舒"。

再則俞正燮的批語中往往蘊含關於文義的深層次思考。如其評

《與嵇茂齊書》曰:"此與太子舍人語也。據此則無安與康書矣。究之康死以《與山巨源書》,司馬氏但托吕事爲文案耳。吕書亦岳武穆莫須有之比。"

于石、馬君驊、諸偉奇校點《俞正燮全集》,合肥:黄山書社 2014 年版。

31.《文選》一卷,見《過庭録》卷第一五　宋翔鳳撰　存

提　要

宋翔鳳(1779—1860),字虞庭,一字於庭,長洲(今江蘇蘇州)人。嘉慶五年(1800)中舉人,選爲泰州學正,歷官新寧、耒陽等縣知縣。其學重考據,著有《論語鄭注》十卷、《大學古義説》二卷、《孟子趙注補正》六卷、《孟子劉熙注》一卷、《四書釋地辨證》二卷、《卦氣解》一卷、《尚書説》一卷、《尚書譜》一卷、《爾雅釋服》一卷、《小爾雅訓纂》六卷、《五經要義》一卷、《五經通義》一卷、《過庭録》十六卷以及《論語發微》、《經問》、《樸學齋札記》等。《過庭録》一書共十六卷,考證經史及詩文三十多種六百餘條,是宋翔鳳數十年的讀書札記,爲其考據學的代表作,在晚清經學札記諸書中成就較高。

《過庭録》一書輯於道光二十九年(1849),成書於咸豐三年(1853)。其中對《文選》的考證共二十條,包括"衆流之隈,汧涌其西"(《西都賦》)、"惇誨故老"、"范氏施御"、"大上"(《東都賦》)、"璿弁玉纓"、"清酤妶"(《西京賦》)、"守位以人"、"國叟"、"車中内顧"(《東京賦》)、"勺藥"(《南都賦》)、"甘泉賦注引新論"(《甘泉賦》)、"儲胥"(《長楊賦》)、"尺書"(應璩《百一詩》)、"唐哉皇哉,皇哉唐哉"(《典引》)、"四上"(顔延年《曲水詩序》)、"才能不及中庸"(《過秦論》)、"鳥集"(《漢書酈陽傳》)等,爲正文、注的考證訂補;"劉公幹"、"三月

三日”、“文筆”諸條則爲對作家、節日、文學批評方面所發表的意見。與“文筆”條相關，卷一六亦有“裴晋公論昌黎文”一條，似乎皆針對當時阮元反對唐宋八大家古文爲正統，推崇《文選》尊文的言論而發。

此書今存清咸豐三年(1853)刻本，吉林省圖書館藏。另有光緒七年(1881)會稽章氏刻式訓堂本，中華書局1986年出版，梁運華點校本。

32.《文選》校勘　姜皋撰　引見《文選旁證》，存

提　要

姜皋(1783—1846?)，字少眉，又字小枚，别號香瓦樓主。華亭(今上海松江)人。道光十五年(1835)貢生。能詩、工駢文，於學無所不通。嘉慶年間，拜見張雲璈，受讀《選學膠言》手稿。道光十年(1830)，校《選學膠言》。道光十九年(1839)入梁章鉅幕，助其校補《文選旁證》。

從《文選旁證》一書的引用看，每稱“姜氏皋曰”，而在其所列“引用各部《文選》書目”看，并無姜皋的作品羅列其中。既然姜皋曾經助梁章鉅編纂《文選旁證》，那麽很有可能是其校勘的成果直接進入到了《文選旁證》一書中。另姜皋在道光辛卯(1831)爲張雲璈《選學膠言》撰有序文一篇。其中説到自己治《選》的經歷：“憶嘉慶壬戌癸亥間，皋以年家子謁錢唐張丈仲雅先生於邗江寓邸，先生若以爲可與言者，知皋方治《文選》，即出所著《選學膠言》初稿兩大册相示，皋受而讀之。”

33.《選賦證遺》一卷　姜皋撰　存

提　要

姜皋生平,見"《文選》校勘"條下。

是書一卷,共計一百一十七條關於《文選》賦類諸篇的考證。前有序明述作之緣由,曰:"《文選》之學,國朝爲盛。自何氏《義門讀書記》後,有汪氏韓門《文選理學權輿》,孫氏頤谷《文選考異》《文選李注補正》,胡氏果泉《文選考異》,張丈仲雅先生《選學膠言》。類皆字櫛句比,考核綦詳。皋束髮受書,於《選》有獨嗜,見諸家之評論暨考證者,無不録於簡端,其鄙見所及,間亦存於牘尾。然三十歲後,奔走衣食,遂不暇爲之。今年張東甫大令屬校《選學膠言》,既竣事,取向之所自志者觀之,往往有諸家之所未及,或及之而不暢者,因不忍弃,録爲一編,曰《選賦證遺》。蓋賦之外無所訂證也。即有所證,亦非諸家之所遺也。且所拾之遺,或爲諸家當日所吐弃者,未可知也。皋見識短淺,敝帚千金,還當質之當代博雅君子。道光十年(1830)嘉平月兩羅村人姜皋自記。"

其書是在讀《文選》、校《選學膠言》的過程中逐漸形成的考證類札記,之所以稱爲《證遺》,在於補前人之未備。或補前人無注之處,或糾正舊注舊考錯漏之處,或存諸家異同。且其説言必有據,多引諸家之説,考校異同,注重發己創建。其重要的學術價值也便在於多富有創見的考證。

如考楊慎之失察,曰:"《海賦》木華作,《今書七志》云:'華字元虚。'皋按:楊氏用脩曰:《南史》稱張融《海賦》勝元虚,惜今不傳。《北堂書鈔》載其略,信爲奇也。徐氏《管城碩記》云:《南齊書》融本傳《海賦》具有,全文凡一千五百九十六字,所缺者五字而已,乃謂惜今不傳，當時亦未見《南齊書》耶。”考胡克家《文選考異》之不必改，曰："《閒居賦》序'灌園粥蔬'。皋按：胡氏《文選考異》曰：袁本、茶陵本'粥'作'鬻'，是也。《晋書》作'鬻'，然李注已云'粥'與'鬻'音義同。且《禮・王制》'田里不粥'，又'五穀不時，果實未熟，不粥于市'等，文皆作粥，不必改。"

再如其考《登樓賦》"懼匏瓜之徒懸兮"曰："注引《論語》鄭玄曰：'我非匏瓜，焉能繫而不食者，冀往仕而得禄。'皋按：匏瓜有三解，何晏《集傳》云：'言匏瓜得繫一處者，不食故也。吾自食物當東西南北不得如不食之物繫滯一處也。'皇侃《義疏》云：'匏瓜，星名也。言人有才智宜佐時理務爲人所用，豈得如匏瓜係天而不可食耶。'黄東發《日抄》亦主此説云：'正與維南有箕，不可以簸揚。維北有斗，不可以挹酒漿同義。'朱子《删正》云：'嚴氏《詩緝》：匏，經霜葉落，取繫之腰以渡水，蓋匏瓜，蠢然無用之物，但可繫之腰以渡水而不可食，故云繫而不食。'《國語》叔向云：'苦匏不材，於人共濟而已。'其理甚明。"

至《洛神賦》"嘆匏瓜之無匹兮"，何氏云："瓜，王子敬書作媧。"考證曰："皋按：媧，女媧氏也。顔師古《古今人表注》、張湛《列子注》及郭注《山海經》并媧音瓜。《路史》本《風俗通》以爲伏羲妹。《通志》引《春秋世譜》云：'華胥生男子爲伏羲，女子爲女媧。'《易繫疏》《初學記》并引《世紀》曰：'包犧氏没，女媧氏代立也。'包犧即伏羲。'包'，《列子》作'庖'；《漢・律歷志》作'炮'。故《路史》注女媧亦作：'匏，媧也。'此賦匏瓜，'匏'當是'炮'字之譌。'媧'字當是因音瓜而譌。昔人恒以匏瓜無匹句爲無解。若是伏羲之妹，則無匹有解矣。且賦上文言南湘二妃，漢濱游女，下句言牽牛織女之事，中間原不得雜一匏瓜星，如注所言者。存之以爲創解。"

然也存在語焉不詳的簡略，蓋有待進一步深考者如："《洞簫賦》

憒伊鬱而酷𧈴,注引《倉頡篇》曰:𧈴,憂貌。奴谷切。皋按:五臣本作𧈴,《玉篇》𧈴音溺,愁面也。無𧈴字。""《文賦》抱景者咸叩。皋按:胡刻宋本作抱暑者咸叩。暑字恐非。"

本書作爲一部稿本,流傳不廣,影響不大,甚至没有機會刊刻,因此,也就未經人介紹和關注。姜皋作爲晚清學者在選學研究方面頗有心得,然其在選學史上的地位并未獲得相應的論定。

今存清道光十年(1830)稿本,華東師範大學圖書館藏。

34.《文選古字通疏證》六卷　薛傳均撰　存

提　要

薛傳均(1788—1829),字子韵,甘泉(今屬江蘇揚州)人,諸生,少工駢文,後博覽群籍,强記精識。十赴鄉試,輒報罷,以家貧,就福建督學陳用光聘。以疾卒於汀州試院。著有《説文答問疏證》六卷。以《文選》多古字,又著《文選古字通疏證》。包世臣《甘泉薛傳均子韵墓碑》中叙述"子韵少與儀徵劉文淇孟瞻、涇包慎言孟開、旌德姚配中仲虞及予弟季懷(名世榮)五人者相結爲本原之學。孟瞻、孟開、季懷治《詩》,攻毛、鄭氏,仲虞治《易》,攻鄭虞氏,子韵治小學,攻許氏,皆旁通群籍,而據所業爲本,砥礪以有成。近世昌許氏者,推嘉定錢氏,金壇段氏,子韵究其得失而右錢氏"。又:"予弱冠展側江淮間,物色樸學,得陽湖黄乙生小仲通鄭氏《禮》,行不違其言。武進劉逢禄申受通何氏《春秋》、虞氏《易》,雖情鍾勢曜,而讀書如有嗜好。江都凌曙曉樓治何氏《春秋》、鄭氏《禮》,困學而不厭。涇人胡世琦玉樵墨守鄭氏,有綴殘補缺之勤。嘉定潘鴻誥望之能錯綜許、鄭,以適大義。丹徒柳興宗賓叔治《詩》《禮》《史》《漢》,能依雅訓以捍俗説。寶應劉寶楠楚楨,上世故崇漢學,能不墜其家法。儀徵汪谷小城覃精許、鄭,尤長於地理。黟俞正燮理初通鄭氏《禮》、杜氏《春秋》。烏程淩堃厚堂，綜漢義説《易》《禮》《春秋》數十萬言，與理初并長推步算術。吴越英隽，略備於斯，然必守許氏以推原賈、馬、鄭、服訓詁者，卒莫如子韵之善。"由此可見其學術之構成。

此書引《説文》以釋《文選》，於字之假借，音之轉移，義之引申者，必析其同異，斷其是非。對一字兼數字之音，究其異同；數字歸一字之義，考其源流，皆實事求是，不爲鑿空之談。此書將古字通之字列出條目，逐一疏證。如"奼、托"，"狼狽、狼跋"，"蝘蜓、曼衍、漫衍"各爲一條，全書共有二百零四條，包括單字三百三十八個，雙音字六十八個。雖未將《文選》古字全部疏證，但體例具備，爲後之學者指引門徑。劉師培先生跋其書曰："薛氏之書間有缺漏，本係未成之帙。然古字同聲通用之例，證以此書而益明。足與王氏《廣雅疏證》媲美矣。"

《清史稿》卷一四八《藝文志》載録：《文選古字通疏證》六卷，薛傳均撰。今存道光庚子（二十年，1840）涇翟惟善刻本，中國國家圖書館藏，《文選研究文獻輯刊》收録。清道光二十一年（1821），迪志齋刻本。重慶北碚圖書館藏。清光緒九年（1883）刊本，收入《玲瓏山館叢書》（即《益雅堂叢書》），清傅世洵編。光緒十二年（1886）還讀樓刊巾箱本。清末藝林山房刻本，新文豐出版公司《叢書集成續編》據以影印。

35.《文選古字通疏證初稿》十八卷　清張叔鵬撰　存

提　要

張叔鵬，生平未詳。

《文選古字通疏證初稿》十八卷，清張叔鵬撰，清抄本，蘇州圖書館藏。索書號：183/428—4。此書因蘇州圖書館閉館搬遷而未見。

36.《文選箋證》三十二卷　胡紹煐撰　存

提　要

胡紹煐(1792—1860),字蘂汀,號汀泉,績溪(今安徽宣城)人。受業於族兄培翬。道光十二年(1832)舉人,選太和縣訓導。後曾主持婺源聃城書院,設教徽州府紫陽書院,造就子弟頗多。咸豐十年(1860)夏,太平軍自昌化入績溪,紹煐督團練抗禦,戰死於一都(今揚溪)大塘頭。著有《文選箋證》三十二卷行世。還著有《毛詩證異》《蠡海叢鈔》《鹵陽學舍雜著》《還讀我書室文》等。

胡紹煐治《文選》,一方面繼承前人的選學研究成果,另一方面全面繼承段玉裁、王念孫文字音韵訓詁相貫通的治學方法,對《文選》的諸家舊注進行全面系統的考證校勘,確有不少超越前人的精闢之見。如其在自序中比較詳細地説明了此書的撰述宗旨曰:"粤自梁昭明纂輯秦漢魏晋六朝諸體成《文選》一編,至今家有其書,幾如隋珠趙璧。竊謂文莫盛於秦漢魏晋,爲次維時善屬文者,必邃於學,即六朝沉博絶麗之作,亦皆笙簧六籍,鼓吹百家,而瑰奇其詞,詰屈其句。學者多苦難讀。於是而蕭該之《音義》始出,至曹憲入唐,精《文選》之學,以所撰《音義》行世。江淮學者本之,後有許淹、江都李氏、公孫羅相繼以《文選》教授,號《文選》學。淹羅各撰《音義》,李氏撰《文選注解》六十卷,該、憲、淹、羅諸《音義》,僅著録隋唐兩《志》,而罕有其傳。今存者惟李氏注解。開元後復有五臣注。五臣荒陋。又多據誤本,附會其義。爲宋儒所詆。李氏注援引賅博,經史傳注靡不兼綜,又旁通倉雅訓詁及梵釋諸書。史家稱其淹貫古今。陸放翁謂注《頭陀寺碑》穿穴三藏。注《天台山賦》,消釋三幡。至今法門老宿,未窺其奥,洵非溢美。不特此也。注引某書某注,并注明篇目姓名,而後之采鄭氏

《易》注、《書》注、輯三家《詩》、述《左氏》服注者本焉。纂《倉頡》遺文、作《字林》考逸者，又本焉。李時古書尚多，自經殘缺，而吉光片羽，藉存什一。不特文人資爲淵藪，抑亦後儒考證得失之林也。然擇焉不精，往往望文生訓，轉失本旨。如《西都賦》'横被六合'，'横被'用《今文尚書堯典》篇，古文作'光被'。横、光古通，而注引《漢書音義》'關西爲横'，讀縱横之横。'紱冕所興'，紱與黻通，祭服也。而注引《倉頡篇》以紱爲綬。《蜀都賦》'龍池瀥瀑濆其隈'，《説文》：瀑一曰沫也。此其義。瀥，沸也。謂沸沫而濆其沫也。而注以'瀥瀑'爲水沸聲，解瀑爲沸。《甘泉賦》'薌呹肸以棍批兮'，'薌'與'響'同。謂回猋之響布。《説文》：肸響，布也。而注云'薌'亦'香'字。讀同'香'。《羽獵賦》'拔鹵莽'，'鹵'蓋'䓣'之省。《説文》(草/魯)：草也。或從鹵，粗草也。而注引《説文》'鹵'，西方鹹地以鹵爲斥鹵。《補亡詩》'彼居之子'，居讀如姬，語助詞。彼居之子，猶云彼其之子。而注謂居爲未仕者。吴季重《答魏太子箋》'時邁齒载'。载與迭通。更也。而注引杜注七十曰载。又書中多連語，非叠韵即雙聲，皆無兩義。《魯靈光殿賦》仡欺猥以鵬眖，假鵬爲睭，并深目貌。而注謂如鵬之視，以鵬爲鳥。《風賦》'枳句來巢'。枳句，猶枳椇并拳曲之狀，而注謂枳樹多句，以枳爲木。《洞簫賦》'乃使夫性昧之宕冥'。宕冥，猶混沌，而注謂天性過於幽冥。引《説文》以宕爲過。'躊躇稽詣'，蓋稽遲之意。猶躊躇也。而注謂聲稽留如有所詣爲至。《長笛賦》'搏拊雷抃'，雷與礌通，皆擊也。而注謂抃聲如雷。左太冲詩'咄嗟復凋枯'，咄嗟猶倏忽。《倉頡篇》'咄嗟'，易度也。而注引《説文》以'咄'爲'碎'。《七命》'馳浩蜺'，'浩蜺'并形容高大之貌。而注謂'浩蜺'即'素蜺'，以蜺爲虹蜺。若斯之類，既背正文，復乖古訓。《唐書·李邕傳》謂善注《文選》釋意(事)而忘意。書成以問邕。邕欲有所更，是當時其子已不滿是書。自此以後，鮮有專家。有明一代，瀹注、纂注、約注諸書，略涉藩籬，未窺堂奥。國朝名儒輩出，前有余氏之《文選音義》，何氏、陳氏之評《文選》，汪氏之《文選理學權輿》，孫氏之《李注補正》，林氏之《文選補注》，胡氏之《考異》，近梁氏又有《旁證》。皆足以羽翼江都。惟王氏、段氏，獨闢畦徑，由音求義，即義準音，能發前人所未發。雖僅數十條，而考核精詳，直駕千古。《文選》之學，醇乎備矣。紹煐涉獵《文選》，即窺此秘。以之校讀李注，觸類引伸，爲王、段二君所未及訂者尚夥。并及薛綜之注《兩京》，張載、劉逵之注《三都》，曹大家之注《幽通》，徐爰之注《射雉》，王逸之注《離騷》，顔延年、沈約之注《咏懷》，與《史》《漢》舊注，朝夕鑽研，無間寒暑。闕者補之，略者詳之，誤者正之。稿經屢易，最後删定，乃釐爲三十二卷。"

《清史稿》卷一四八《藝文志》載録。蔣鏡寰《文選書録述要》："紹煐字枕泉，精於聲音訓詁之學，嘗以《文選》李注擇焉不精，乃本王段二氏治《文選》之法，觸類引申，旁推互考，成三十餘萬言，釐定爲三十二卷。咸豐間鋟版，粵事被燬，事平由其哲嗣小泉雖復鋟版，而單行本殊不多見也。"清李審言《愧生叢録》卷五："胡氏此書，審於聲音訓詁，其學出於段、王二家，而引證稍易其例。"朱右曾《文選箋證序》評價是書曰："旁搜互考，正譌糾繆，比來秉鐸太和，復重加删補，蓋不獨有功於李氏也。夫李氏時古籍猶夥，今所不得見者什三四。推而上之，抑更尠矣。然有前人所未及者，譬之泛海則眩，沿溪而其原水可溯。登嶽則迷，循輒而其歸不惑也。"

今存《文選箋證》三十二卷，清胡紹煐撰，清抄本，清唐仁壽校并跋，上海圖書館藏。光緒間(1875—1908)貴池劉世珩《聚學軒叢書》六十種本，《文選研究文獻輯刊》第五五册、五六册、五七册、五八册，《續修四庫全書》第一五八二册，《清代文選學名著集成》第一二、一

三、一四册據以影印。清咸豐八年(1858)績溪胡氏清稿本,清朱右曾序,臺灣"中央圖書館"藏;《文選箋證》三十二卷,附録一卷,清稿本,清胡培系朱墨遞校,清胡昌豐朱墨遞校,清胡敦彝朱墨遞校,臺灣"中央圖書館"藏。《文選箋證》三十二卷,光緒丁亥(十三年,1887)季秋月世津樓重校本,中國國家圖書館藏。

37.《尤本文選考異校補》一卷　陸心源撰　存

提　要

陸心源(1834—1894),字剛父,號存齋,晚號潛園老人,吴興(今浙江湖州)人。咸豐九年(1859)舉人。任廣東知府。後乞養歸湖州。光緒十七年(1891)受召不就,專意著述。藏書頗豐,尤以宋元本居多,號皕宋樓。著《集韵校誤》《群經音辨校誤》《宋史翼》《儀顧堂集》《皕宋樓藏書志》等,有《潛園總集》。

本書題名下有"歸安陸心源伯剛甫編"。題記曰:"尤本《文選》。尤延之刻李善注《文選》六十卷,有胡克家覆宋本,惟宋刻尤本後有《考異》四十一葉,及袁説友跋。胡刻缺。余藏有影宋本,今摹刊如左,以補胡氏覆宋本之缺。"版心題名:"《尤本文選考異》。"第一卷前題名曰:"李善與五臣同異附見於後。"今中國國家圖書館藏宋刊尤袤本《文選》正存此《同異》,然有模糊不清之處。此本摹寫清晰,基本反映了原本原貌,可據以與宋刊尤袤本對讀。

見清光緒間歸安陸氏刻本《群書校補》一百卷。又《儀顧堂續跋》卷一三有《影宋抄尤本〈文選考異〉跋》,見《續修四庫全書》第九三〇册。

38.《元張伯顏槧本〈文選〉跋》　陸心源撰　存

提　要

陸心源,生平見《尤本文選考異校補》條下。

這篇跋文詳細描述作者所見元張伯顏刊本《文選》,以探討尤袤刻本《文選》的源流。跋文中所稱此本爲六十卷本,前有李善《進書表》、吕延祚《進書表》、元宗《詔旨》、余璉《序》。每頁二十行,每行大字二十,注雙行,行二十一字。每卷有目,連屬篇目版心間有刻工姓名。卷一首葉有"九華吴滿床刀筆"七字。六十卷末有"監造路吏劉晋英、郡人葉誠"一行。行款與宋尤延之刊本同。其與尤本不同者,每卷首葉之第四行有"奉政大夫同知池州府路總管府事張伯顏助率重刊"廿一字。從板式上看,此本與尤本差别不大,主要在多縮行。"惟尤本《兩都賦》注'亦皆依違尊者,都舉朝廷以言之'。六臣本都上有所字,舉上有連字,此本有此二字,與尤本不同。似是既刻成而挖改者,當是伯顏據六臣本所改,以掩其襲取尤本之迹耳。"又對此本重刻尤袤淳熙本而非據原刻重雕,必改寫重刻,既改寫重刻,又恐失真而於每卷首葉縮小排密以就之,提出疑問。尤其是指出"文簡始刻善注,置版學宫,見淳熙辛丑文簡序。元初燬於火。大德中司憲伯都嘗新之,延祐中復燬。伯顏重刻之,見余璉《序》,獨怪淳熙距大德不過百餘年,版雖燬,印本必非難得。伯顏不以原刻重雕,而必改寫重刻。既改寫重刻矣,又惟恐失尤本之真,於每卷首葉縮小排密以就之,何也。宋人刻書皆於卷末列校刊銜名,從無與著書人并列者。隆萬以後刻本,此風乃甚行,伯顏其作俑者也。伯顏原名世昌,文宗賜名伯顏。蘇州相城人。至順中知福寧州,置田造士,人多稱之。見《僑吴集》及《福建通志》。尤本無吕延祚《序》及元宗《詔》。伯顏據五臣本增之,不免畫蛇添足。余璉《序》文理澀謬,殆學姚牧庵而失之,不及者歟。元之路,宋之州軍,明之府,卷末'路吏'二字亦元刻之一證也"。其説頗有助於梳理尤袤本、余璉《序》、張伯顔本《文選》之間的關係。

此跋載於《儀顧堂續跋》卷一三,見《續修四庫全書》第九三〇册。

39.《文選通假字會》四卷(亦名《文選古字通疏證續編》)　杜宗玉撰　存

提　要

杜宗玉(1840—1910),初名宗預,字武丞。松滋(今湖北松滋)人。曾爲湖北孝感縣訓導。

是編取薛傳均《文選古字通疏證》一書,仍其體例,凡《疏證》一書已具者,概不再贅述。唯補其缺漏,如薛書雖有考但未詳備者,未有考訂的通假現象,皆爲之疏證。共計四百六十五條。其書前有譚獻《序》和杜氏《文選通假字會凡例》。譚獻《序》曰:"古者獨體爲文,孳乳爲字,文字相益,孳乳浸多。故書契至今所以濟事物之變,充文章之用者,日出不窮,由是便文假借習焉爲常,夫豈嚮壁虚造所可借口?……"又曰:"漢魏六朝文學淵林,莫盛於《文選》。維時形聲假借之字,世用有餘,無不足矣。去古未遠,學有流别,故足信好也。"《凡例》中尤其對"通假字"給與更爲明晰的界定,兹録其《凡例》全文如下:

一甘泉薛氏撰輯《文選古字通疏證》共一百九十餘條,兹編悉仍其例,惟本條下寅演處較多耳。《説文》:"會,合也。從合曾省。曾,益也。"名曰《通段字會》,取增益義。凡遇薛書所已載者概不贅。

一文選通段，薛氏既有前編補録，期於無漏。或有注中不言同通，并未引他書訓釋者，遇有古人通用之字，亦登於篇，期於拾補，無嫌破例。

一是編遇古人隨文增省之字不著於篇。如《東都賦》“西蕩河源”。注引《漢書》“崑崙墟”。《長笛賦》“黄鍾爲主”，注引《漢書》“昆侖之陽”。《琴賦》“磪嵬岑嵓”，注作“崔嵬”。陸土衡《答贾長淵詩》“如玉之闌”，注引《楚辭》“文彩耀於玉石”。王逸曰：“言發文舒詞，爛然成章。”王簡栖《頭陀寺碑文》：“丹刻翬飛”，注引潘岳《關中記》曰：“未央殿東有鳳凰殿。”賈誼《吊屈原文》“鳳凰翔於千仞兮”，注引如淳曰：“鳳凰曾擊九千里。”又引《文子》曰：“鳳凰飛千仞。”

一注中稱某猶某某即某某，亦某某與某同音，某一作某，某或爲某，某讀爲某，某多爲某，或以某爲某，某古某字，以某爲某，某音某。有音近而形不近，有音近形近而義不近，有音近形近義近而他無可據者，此古人易字之例，不得謂盡非通假，然必一一牽合，非鑿則誣，今亦不遽妄爲之釋。如《西京賦》“叛赫戲以煇煌”，注：“叛猶涣也”。《蜀都賦》注引司馬《莊子注》“叛衍猶漫衍也”。《吴都賦》“造姑蘇之高臺”，注引《越絶書》“吴王夫差起姑胥之臺”。又引《漢書》伍被曰：“子胥見麋鹿游吴蘇之臺。”然姑胥即姑蘇也。《魯靈光殿賦》“窋咤垂珠”，注：咤亦窋也。陸士衡《贈馮文羆遷斥邱令》“詩有頍者弁”，注引《毛詩》云：“頍與跬同音。”沈休文《三月三日率爾成篇》“東出千金堰”，注引楊佺期《洛陽記》曰：“千金堰。在洛陽城西，堰上有穀水塢。”《廣雅》曰：“堰，潛堰也。一作堨。”《江賦》“紫菜熒曄以叢被”，注：“菜或爲莫”。《七啓》“抗招摇之華旍”，注：《禮記》曰：“招摇在上，急繕其怒。”鄭元曰:“繕讀爲勁。”《解嘲》“遇時之容”,注:“容多爲會。”《聖主得賢臣頌》“雖伯牙操遞鐘”,注:晋灼曰:“遞音迭遞之遞。”二十四鐘各有節奏,聲之不常,故曰遞鐘。瓚以爲《楚辭》曰:“奏伯牙之號鐘。”《長笛賦》曰:“號鐘高調。”號鐘,琴名也。謂伯牙以善鼓琴,不説能擊鐘也。且《漢書》多假借,或以遞爲號,不得便謂爲迭。《劇秦美新》“難除仲尼之篇籍”,注:“難,古然字。”范蔚宗《宦者傳論》“其能者則勃貂管蘇”,注:“《史記》以勃鞮爲履提。”王僧達《祭顔光禄文》“文蔽班楊”,注:郭璞《三倉解詁》曰:“楊音盈,協韵。”《解嘲》“雩煜其間”,注:“雩音曄爾之曄。”此古人易字之例,而他無足據者也。

一原注疑是某,或爲某一作某,某某書爲某,有寫刊訛易者,有兩字異義,彼此互出者,此原不關通假。如《西都賦》“内則别風嶕嶢”,注引《關中記》曰:“折風一名别風。”《别賦》“又若君居淄右”,注:“淄或爲塞。”《高唐賦》“羨門高谿”,注引《史記》秦始皇“使燕人盧生求羨門、高誓”云。谿疑是誓字。謝宣遠《于安城答靈運》“絲路有恒悲”,注:“絲或爲蹊。”曹子建《日出東南隅行》“沈姿無乏源”,注:“乏或爲定。”張景陽《雜詩》“歐駱從祝髮”,注引《史記》曰:“東海王摇者,其先越王勾踐之後也。姓騶氏。”徐廣曰:“騶一作駱。”《七發》“通厲骨母之場”,注《史記》曰:“吴王殺子胥,投之於江,吴人立祠於江上,因名胥母山。”又引《越絶書》曰:“闔閭晝游於胥母,疑骨母字之誤也。”《七命》“駕紅陽之飛燕”,注:“或曰駿馬圖有含陽侯驃,疑含即紅聲之誤也。”《七命》“形震薛蜀”,注:“《越絶書》爲燭,《吴越春秋》爲蜀。蓋一人也。”任彦昇《爲范雲讓吏部封侯表》“雖千秋之一日九遷”,注引《東觀漢記》馬援與楊廣書曰:“田丞相高祖園寢郎一月九遷爲丞相者，知武帝恨誅衛太子，上書訟之，然日當爲月字之誤也。”司馬長卿《封禪文》“王者之卒業”，注：“卒或爲本。”《過秦論》“叩關而攻秦”，注：“叩或爲仰。言秦地高，故曰仰攻之。”《齊故安陸王碑文》“雲屋萬家”，注：“屋或爲甍。”此寫刊訛易彼此互出者也。

一原注有或體而實爲古人通用字者，則皆詳著於篇。

一古人訓釋之辭及轉注之字多稱某猶某某，亦某某當爲某，以某爲某，某或爲某，某某也。此亦不爲通假。如《西都賦》“蓋以强幹弱枝”，注引《春秋漢含孳》曰：“强幹弱流天之道。”宋均曰：“流，猶枝也。”《西都賦》“繚以周牆”，注：“繚，猶繞也。”《洞簫賦》“超騰逾曳”，注：“曳，亦逾也。”《長笛賦》“觀夫曲胤之繁會叢雜”，注：“胤，亦曲也。字或爲引。”“故聆曲引者。”注：“引亦曲也。”“溉盥汚濊。”注：“盥亦滌也。”王仲宣《從軍詩》“良苗實已揮”，注：“揮當爲輝。”張景陽《雜詩》“天高萬物肅”，注引《毛詩》曰：“九月肅霜。”毛萇曰：“肅，縮也。霜降而收縮萬物也。”《楚詞》“湘君邅吾道兮洞庭”，注：“邅，轉也。”《五等諸侯論》“夫進取之情鋭”，注引《鄭元禮記注》曰：“鋭，猶疾也。”劉孝標《辨命論》“左帶沸脣”，注引王元長《勸給虜書啓》曰：“息沸脣於桑墟。云齊梁之間通以虜爲沸脣也。”王簡栖《頭陀寺碑文》“遂欲捨百齡於中身”，注：《禮記》曰：“古者謂年爲齡，齒亦齡也。”此爲訓釋之辭，多轉注之字。

一遇原注训釋之辭，及轉注之字，而實爲古人通用者，则皆詳著於篇。

一古書互出之字，而善注云某作某，非也。縱有可證，亦不復詳，示有尊也。如《西都賦》“仍增崖而衡閾”，注引《爾雅》曰：

"仍,因也。仍或爲岌,非也。"《甘泉賦》"塵鷩連天",注:"鷩或爲霧,非也。"謝靈運《九日從宋公戲馬臺集送孔令詩》"凄凄陽卉腓",注引韓詩曰:"百卉俱腓。"又引毛萇曰:"痱,病也。"今本作腓字,非。王仲宣《贈文叔良詩》"錯説申輔",注:"申或爲車,非也。"陸士衡《赴洛詩》"無迹有所匿",注:"迹或爲積,非也。"任彦昇《王文憲集序》"自營郃分司",注引應劭《漢官儀》曰:"獻帝建始四年,始置左右僕射。以執金吾策劭爲左僕射,今以策劭爲營郃,誤也。"《五等諸侯論》"或以諸侯世位不必常全",注:"全或爲今,非。"

一李善從江都曹憲學選音訓最精,是編於善注稱古字通,某與某同,某與某通者,既詳釋之矣。亦有不言同通而注中引用之字與原文互歧者,此即通假,特證明焉。

一《文選》一書爲词章之總滙,亦小學之津筏,是編疏明通假,多引彼文證此文,彼注證此注,誠以六代詞人皆通故訓,李氏著録自有淵源,彼此参差,多可通假,借以發明,無俟他求也。

一同義者必同音,同音者必同形,古人字省,一字數義,滋乳浸多,一義數字,是編疏明本字之後,遇有他文與本字音同義同形亦近者,则連綴言之,不復重出,以見孳乳之多,軌轍之合也。

一是編引證各書隨文辨附,次第多淆,識者諒之。

一注《説文》者不下數百家,金壇段氏説通假較精,是編專用段説。

一是編隨證隨疏,其有参以鄙言者,不過敷演原引語意,非有觝忤,故不另標起止,間有與原引歧出者,用今按二字别之。

今存《文選古字通疏證續編》六卷,清杜宗玉撰,稿本,清華大學圖書館藏。《文選通假字會》四卷,杜宗玉撰,清光緒二十二年(1896),孝感學署刻本,《文選研究文獻輯刊》第五八、五九册據以影印。《清史稿》卷一四八《藝文志》、《販書偶記》集部總集類著録。

40.《文選古字通補訓》四卷,《拾遺》一卷　吕錦文撰　存

提　要

吕錦文,生卒年月不詳,字壽棠,旌德(今安徽宣城)人。工部左侍郎吕賢基長子。咸豐壬子(1852)進士,改庶起士。有《籌筆閒吟》一卷和《懷研齋吟草》一卷,編選《塤箎雅唱》三卷。父死後,吕錦文由翰林院庶起士擢升侍讀。創辦旌德團練局,募捐籌糧,組織鄉團,與太平軍爲敵,但百姓受害慘重,諺稱"旌德人吃人,害在吕錦文"。

其書繼承薛傳均《文選古字通疏證》體例宗旨,以《説文》《爾雅》《方言》《釋名》《玉篇》《廣雅》《衆經音義》《經典釋文》《廣韵》《集韵》等來訓釋辨析《文選》中的通假字、通用字、異體字等,亦偶引漢碑等出土材料,補充考證,充實而不爲鑿空之言。

《文選古字通補訓》四卷,《拾遺》一卷,清吕錦文撰,存光緒辛丑二十七年(1901)孫吕美璟懷硯齋刊本四册。是書前有道光三十年庚戌(1850)何秋濤序,咸豐元年(1851)包慎言序,光緒辛丑(二十七年,1901)孫吕美璟自序。《文選研究文獻輯刊》第五七、五八册,《清代文選學名著集成》第一九册據以影印。亦存稿本六册,南京大學圖書館藏。

41.《讀選意籤》一卷　陳僅撰　存

提　要

陳僅，字餘山，號漁珊，鄞縣（今浙江寧波）人。道光十五年（1835）署紫陽知縣，十九年署安康知縣，二十一年調離，三十年回任安康知縣。陳僅在安、紫兩縣主事十餘年，輕徭薄賦，又極重農事，積穀備荒。撰寫《勸民種苕備荒六十韵》，步葉世倬後塵，以詩文勸農桑。還發布《勸諭廣種紅苕曬絲備荒示》，頒布政令推廣種薯。通經史小學，尤長於詩。有《群經質》《竹林答問》《繼雅堂詩集》，此外，尚有《小學辨正訓略》《十三經蒙拾》《詩誦》《道光續修紫陽縣志》《王深寧先生年譜》《竹林問答》等存世。

是書僅一册，亦屬讀《選》考訂筆記之作。前後無序跋。諸條以所在《文選》篇次爲序。其説鑿實無空言，多可參考啓發。或考舊注之是非，或補舊注之不足。如曰："《西溪叢話》辨宋玉《神女賦序》'王玉'二字皆當互易，以爲前夢爲楚懷王，後夢爲宋玉，非襄王。引梁簡文行雨詩'惟有楚懷王，曾言夢相識'云云。其説甚核。但簡文詩本作'惟有楚王臣，曾言夢相識'。是當日選樓賦字本不錯誤，令威之説正可互證。不知何以謬舉，豈故諱所由來，以欺世邪。"亦有兼論《文選》文體詩格，如曰："王元長《曲水詩序》，乃無韵之賦。任彦昇《王文憲集序》，是行狀。沈休文《宋書・謝靈運傳論》乃詩話，非史論體裁。齊梁以降，文體蕪雜，類如此矣"。論文章作意如曰："《選》中所載魏文帝書三首，首書專叙燕飲荒樂；次書感傷凄惻，有汲汲顧影之情；三書論玉彌益卑陋。至《典論・論文》何至以經國大業、不朽盛事獨歸諸文章。竟不知世間尚有多少事。在開創之君偷鄙至此，魏祚安得靈長。獨怪昭明何所取義而濫取若是。豈所謂習俗移人，賢者不免邪。甚爲昭明惜之。"

今存道光丙午(1846)季夏刊四明文則樓藏板,中國科學院圖書館、京都大學文學部藏。《清史稿》卷一四八《藝文志》、《販書偶記》集部總集類著録。

42.《文選拾遺》八卷　朱銘編　存

提　要

朱銘,番禺(今廣東廣州)人。所著有《四百齋詩稿》二卷,光緒二年刻本;《四百齋蜀游草》不分卷,光緒八年刻本。關於朱銘其人,史上記載資料很少,徐紹植跋介紹説:"竹阿先生爲番禺茂才,家貧,篤學。其境遇之嗇、名場之困,有昔賢所未經者。先生處之澹如也,性復耿介,落落寡交,非好學者不與爲友,而於先君子最爲道味相契。先君嘗言:'贈人詩,不免諛詞,惟朱五一首可無愧。'此詩載先君集中,讀之可想見其爲人矣。先生於書無不讀,而尤篤好《文選》,探索既久,心得日多,因著《文選拾遺》八卷,辨李注之舛誤,剖衆説之糾紛,積十餘年之力,乃克成編。咸豐七年,海氛不靖,先生避亂鄉間,病中猶加删訂,甫脱稿而先生遽逝,蓋書成而心血亦盡矣。"

關於此書的成書過程和内容取向,朱銘在《自叙》中説:"余少喜讀《文選》,尤愛李氏注該博,足資考證。嘗采集諸書,以證發李注之有疑義者,而辨證諸説之糾紛者,爲《文選質疑》一書。既成,計十餘萬言,懼其語之詳而未擇之精也。且時頻遭兵燹,剞劂殊難,是以删之又删,損之又損。取其有裨於李注而足證諸家之疏舛者録之爲八卷。嗚呼,此於《文選》誠萬分而得其一端。然而不忍自弃者,業雖不專於此,蓋十餘年矣。時抱病方篤編既成,序其本末,如此命曰《拾遺》云爾。"又稱:"是編引用書籍三百餘種,家藏外半出假借,今已删去，大抵十不存三。然師友相資不可忘其所自。兹因其先後志之。趙毅卿師元浩，張孝廉杓，丁中書熙，梁上舍培，丁孝廉杰，徐君灝，麥君鈺，丁訓導照，至於參訂之功，則陳廣文澧與丁徐諸君并有力焉。"

今存清末抄本，中國國家圖書館藏。也有光緒十八年(1892)朱氏刻本，《文選研究文獻輯刊》第五八册、《續修四庫全書》據以影印。《販書偶記》集部總集類著録。

43.《文選小學》若干卷　劉庠撰　佚

提　要

劉庠(1824—1901)，字慈民，號鈍叟，南豐(今江西廣昌)人。咸豐元年(1851)舉人，官内閣中書。歷主徐州雲龍、海州敦善、清江浦崇實各書院，先後三十餘年。教人以勤學篤行爲主。曾手寫《十三經》，自號"寫十三經老人"。有《儉德堂文集》《紫芝丹荔房詩集》《説文蒙求》《後漢郡國職方表》等。事見《清史列傳》。

其書《清史列傳》載録，駱鴻凱《文選學·源流第三》提及，稱有目無書，未曾寓目。

44.《文選筆記》八册　陳倬撰　存

提　要

陳倬(1825—1881)，字培之，元和(今江蘇蘇州)人。咸豐九年(1859)進士。歷任户部主事，雲南司主事，廣東司員外郎、郎中等。著有《敤經筆記》《今韵正義》《漢書人名表》《文選筆記》《隱珠庵詩文集》。《陳培之先生自訂年譜》一卷，譜主自訂，稿本，上海圖書館藏，約七千字。

陳倬爲陳奐入室弟子，陳奐在其《師友淵源記》中稱陳倬熟《文選》，能背誦。陳倬在其所作《仰蕭樓文集序》中説："余少愛蕭《選》，手校數過，遭亂失之。自來京師，分輯《選》注三十卷，正汪氏《理學權輿》之失，别有《讀選筆記》，尚未成書。"其所分輯之《選》注三十卷，今不可見。而《讀選筆記》，就是我們所看到的《文選筆記》。似爲未完成稿。其書以李善注引《文選》各文以校本書，間及其他考證，於汪師韓、孫志祖、余蕭客、張雲璈、朱珔、梁章鉅外别辟一徑而義較精。如《西都賦》"耀威靈而講武事"句下，陳倬案稱"靈"字乃後人妄加。善注不釋"靈"，是本無"靈"字也。《東京賦注》《關中詩》注引此賦皆作"曜威而講武事"，《閒居賦》注引此作"耀皇威而講武事"是其證矣。《班固傳》作"耀威而講事"，亦無靈字。王欣夫評曰："案書中以李注所引校本文者十之七，他考證十之三，又多訂胡克家《文選考異》之誤。"并載記曰："此寫清手稿綏之先生爲之校補排比，亦時附案語，朱墨遍於行間，洵可與汪、孫、余、張、朱、梁諸家書同稱選學鉅著矣。霸縣高閬仙先生步瀛以數十年精力撰《文選李注義疏》，煌煌鉅帙，業已寫定。余納交少晚，知有此書，來乞假讀，深嘆考據之精，用功之勤，欲采入所著書中，并許撰序，乃旋歸道山，忽忽不果。"

王欣夫撰《蛾術軒篋存善本書録》一文中記載有《文選筆記》六卷，清元和陳倬傳，手稿本，吴縣胡玉縉校。其本今藏復旦大學圖書館。南京圖書館亦藏《文選筆記》八册，陳倬手稿，未完成本。此外有《文選》六十卷唐李善注，清同治八年金陵書局刻本，清陳倬批校并跋，南京圖書館藏。

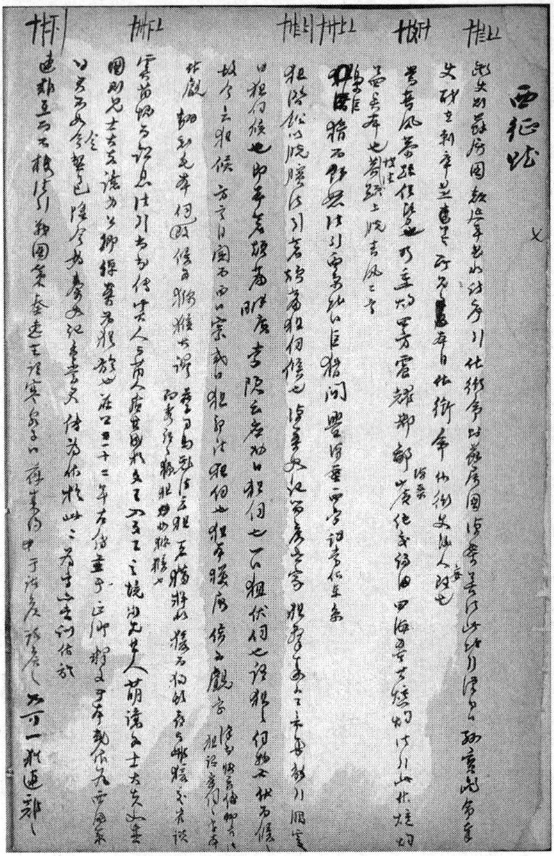

《文選筆記》　陳倬手稿　南京圖書館藏

45.《文選集解》五十卷　鄧聂撰　未見

提　要

此書未見刊本，見載於譚獻《復堂日記》卷三，文曰："《安徽通志》

載乾隆間六安貢生鄧晸在虞有《文選集解》五十卷，涇朱琦蘭坡有《文選集釋》二十四卷，記此以求。蘭坡有《古文彙鈔》二百七十二卷，吴江沈氏已刻。又《詁經文鈔》六十二卷，不知世有傳本否?”駱鴻凱《文選學·源流第三》載“《文選集解》五十卷，鄧晸撰”，稱“但詳書名，而其書未經寓目”。

今考《重修安徽通志》二二一《人物志·儒林》，六安“鄧日政，字在虞。霍山人。乾隆間貢生。少穎敏，讀書十行并下，中年偶墮階傷足，遂絶意進取，閉户著書二十餘年。經經緯史，耻爲風雲月露之詞。沉浸宋五子書，而掇其精粹，著有《周易精義》十二卷、《四書集粹》八十四卷、《大事類紀綱目》百八十餘卷、《彝叙録》三百卷、《昭明文選集解》五十卷，稿藏數櫃，其子舉人之駿守之”。

46.《文選補注》若干卷　林茂春撰　見引録

提　要

林茂春(1770—1850)，字崇達，號啚園，閩縣(今屬福建福州)人。民國《閩侯縣志》卷七一“文苑上”載其生平:“乾隆丁酉拔貢，廷試第一，官教諭，丙午舉於鄉。視經史子集如性命，尤專於《左氏傳》及馬、班二史。次則於後漢、晋、南北朝諸史及歷代古近體詩、近世諸公選集，如是者垂五十年，成《左傳補注》《漢書補注》《文選補注》諸書若干卷，弟子梁章鉅自言作《文選旁證》，所述師説爲多。茂春與知名士立程限攻經史，爲讀書社，社友最著者如龔景瀚、林喬蔭、其弟樹蕃、林其宴、陳登龍，皆以文章經濟著名於時。茂春官終漳州府學教授，樸拙不交當路，爲詩肆力韓蘇，專學其七言古體，存稿頗多。”林茂春所著另有《後漢書拾遺》(稿本)等。

林茂春《文選補注》未見傳本，高步瀛《選學綱領》著録，標未見。

駱鴻凱《選學書著録》,稱引見《文選旁證》。今梁章鉅《文選旁證》之《凡例》有曰:"是編叙述師説爲多侯官林暢園師,有補注稱林先生。"又在其所列引用《文選》書目中列"《文選補注》國朝林茂春撰"。蓋當時梁氏有見其傳本。

今梁章鉅批注汲古閣本《文選》,由中國國家圖書館據福建師範大學圖書館藏本影印出版。其中可見梁章鉅引録林茂春《文選補注》多條,稱"林曰"或"茂春按"。從梁氏所引看,林茂春所撰《文選補注》的體例主要有以下幾個方面的特徵:

一、多引經、史、子類典籍資料補充李善注之不足。如卷二張平子《西京賦》眉批曰"林按:角觝諸戲,此賦述之最備,然尚有散見者,戲車、山車興雨動,雷激水轉、石嗽霧,扛鼎,見李尤《長樂觀賦》。曼延、魚龍、象人,見《西漢書》。怪獸、舍利,見《後漢書》。紫鹿跂行、巨象行乳,見《晉書》。跳鈴、擲劍,見《梁書》。高絙鳳皇安息,見《鄴中記》。"

二、多引經據典以正李善注之失。《文選》卷一《西都賦》"於是天子乃登屬玉之館,歷長楊之榭"句上眉批曰:"林按:《宣紀》甘露二年幸萯陽宫屬玉觀。善注引萯陽作長楊,誤。"李善原注屬玉,引伏虔曰:"以玉飾因名焉。"林按則引晋灼曰:"屬玉,水鳥似鵁鶄以名觀。《西京雜記》天子以柏梁災爲厭勝,故上林諸觀多以水鳥爲名。"

三、間下己意簡短評論,以補善注之不足。《文選》卷七《籍田賦》題下,林曰:"此篇賦多頌少,自宜爲賦。臧書列爲頌,未當。"卷十八《長笛賦》"律吕既和,哀聲五降"句下,茂春按:"五降,謂宫商角徵羽五音各有全律,半律惟變宫變徵,不可爲調。無半律,故音止五降而止。"

林茂春的《補注》,部分被吸收到梁章鉅的《文選旁證》中,但也有不少,仍保留在梁氏批注本中,值得進一步系統搜集整理和研究。

47.《續文選古字通》二十卷　薛斫伯撰　未見

提　要

薛壽(1812—1872),字介伯,晚字斫伯,江都(今江蘇揚州)人。諸生。學於梅植之、劉文淇。於小學、經學,用力頗勤。所居曰“學詁齋”。曾受張之洞聘,主講湖北經心書院。以疾歸,卒年六十一。生平專力許書,於音韵尤有深造。好以讀若例説《詩經》,用韵正轉;又欲分《廣韵》入聲緝合盍爲一部,葉帖以下爲一部,皆未有成書。所著《續文選古字通》二十卷,《讀經札記》二卷,《學詁齋文集》二卷,《外集》二卷,《詩集》二卷。載見《清史列傳》。生平参見《清代學人列傳》。

駱鴻凱《文選學・源流第三》提及。但稱其書未經寓目。今亦未知下落所在。

48.《文選疏》三十卷　譚獻撰　未見

提　要

譚獻(1832—1901),仁和(今浙江杭州)人,原名廷獻,字滌生,改字復堂,號仲修。同治六年舉人,歷知安徽歙縣、全椒、合肥、宿松等縣。師吴和甫。駢文師法六朝,尤工詞,家藏前人詞曲甚富。有《復堂類集》《復堂詞》《榴實山莊集》。又輯有《篋中詞》。

《復堂類集》卷四《復堂日記》卷二(己巳):“今春校《文選》,卒業,胡氏《考異》大旨矜慎。顧澗蘋、彭甘亭有力焉。顧精於讎校,彭熟於《選》理。宜是編詳而不濫也。予欲撰《文選疏》,蓋泰興吴師爲衣鉢之授,先求善注真本傳校考異,訖將益以俞氏《音義》,梁中丞《旁證》。寫定善本,乃爲疏通。不欲執古人例不破注之誼,而申注訂注,仿佛胡儀部之治儀禮,將以今年草創,明年粗就。四十生日前得成書,以告先師爲幸。舉節目於左:先讀正,次章句,次列本注引書存亡同異(以上始事),次略刺五臣精語,次申注訓詁,次申注名物,次申注説誼(注中説誼多非善舊,以上草創,一一審正去蕪存真),次補注訓詁,次補注名物,次補注説誼,次訂注(以上成書),次音(舊音多改失,當用經典釋文例别撰附焉)。"又"治《文選》逾兩月矣。雜校群籍,短晷寂寥,頗謝人事,蕭然庭户。從事鉛槧,雖生事非裕,亦頗自怡,但此日不多得耳"。又"治《文選》三十卷一過,校讎甫畢,已將一年,可愧"。説明譚獻所撰《文選疏》三十卷已成書,但最終是否見刊,不得而知。

譚獻自撰《復堂日記》,見《歷代日記叢鈔》第六三册,李德龍、俞冰主編,北京:學苑出版社2006年版。

另今有譚獻批校《文選》六十卷,唐李善注,清寶仁堂刻本,上海圖書館藏。

49.《選注規李》一卷　徐攀鳳撰　存

提　要

徐攀鳳,字桐巢,華亭(今上海松江)人。諸生。著有《六經識餘》《讀易微言》《尚書傳義》《廿二史辨譌》《桐巢詩古文鈔》《樹蕙堂時文》等。

徐攀鳳序曰:"李崇賢《文選注》六十卷,元本散軼久矣,猶賴前之君子編輯成書,仿佛廬山真面。則今所傳顯慶本,爲汲古閣毛氏所刊者是也。幼耽讎校,老而忘疲。簡畢所存,積久盈卷,命曰《規李》。其於少陵熟精之語,初未有得,竊滋愧云。"

本書共收徐氏的《文選》校勘辨正二百二十條，書名《規李》，乃對《文選》李善注提出質疑，并加以考訂補充。其考訂與王煦《拾遺》相比，内容較爲有據，如《兩都賦序》“外興樂府協律之事”句下，李善注引：“《漢書》：‘武帝定郊祀之禮，乃立樂府，以李延年爲協律都尉。’”徐攀鳳案曰：“樂府之立在武帝先。漢《禮樂志》：‘孝惠二年，使樂府令夏侯寬備其簫管。’蓋樂府雖有其官，惟采詩入樂，自武帝始。鄭夾漈云。”補充了鄭樵的説法。然也存在簡略臆斷之嫌，如《西都賦》“度宏規而大起”句下李善注有云：“度與羌通。度或爲慶。”徐攀鳳案曰：“度當爲忖度之度，與上‘圖皇基於億載’圖字同義。”前王念孫《讀書雜志》對此已有詳盡考證，然此處徐氏僅了了言之，失之無據。

此書《清史稿》卷一四八《藝文志》著録：“《選學規李》一卷，徐攀鳳撰。”《販書偶記》集部總集類著録無刻書年月，約嘉慶間刊。今有清道光三十年(1850)金山錢氏漱石軒刻《藝海珠塵》壬集本。《文選研究文獻輯刊》第六〇册據以影印。《叢書集成初編》第一六八九册，《藝海珠塵》排印本。

50.《選學糾何》一卷　徐攀鳳撰　存

提　要

徐攀鳳，見《選注規李》條下。

前有徐攀鳳序曰：“讀書之法，必先貫穿一家，而後馳騁乎百家。義門何先生之讀《選》也，率以李崇賢注爲宗，評本嘉惠後學，越百年矣。予既樂味其精美，不揣固陋，另作《糾何》一卷，遥質諸先生焉。”

《選學糾何》是徐攀鳳繼《選學規李》之後的另一部選學著作。所謂“糾何”，即對何焯讀評《文選》的部分加以糾正。此書共收一百三十九條。李之亮點校前言對其評價甚高，認爲“難能可貴的是，攀鳳能以洞幽燭微的智匠慧眼將何氏疏失一一點明，并加上自己的案斷，足見其用力之深苦”。

然仔細辨析，徐攀鳳糾何亦有可糾之處。如其對李蕭遠《運命論》“張良受黄石之符，誦《三略》之説，以游於群雄。其言也如以水投石，莫之受也。及其遭漢祖，其言也如以石投水，莫之逆也”句，首先引“何曰”：“李周翰謂自‘以游於群雄’至‘莫之逆也’，善本無此一段。今善注有引《漢書》云云，似不應無。或《漢書》一條係後人補注。”而案辨曰：“何氏評《選》，於雜文中亦頗寥寥著墨，而獨喜引五臣以駁善注，實是一病。考李濟翁《資暇録》：‘李氏《文選》有初注、覆注、三注、四注，其絶筆之本，皆訓音釋義。開元六年，有吕延祚者，集吕延濟、劉良、張銑、吕向、李周翰五臣之説上之，其書意在非斥善注，實皆盜竊善未定之本，轉相攻擊。予向以五臣注爲此書蟊賊，職是故也。’此段詞氣動宕，自不可删。若李周翰之説，窘促不成文法，奚足援引乎？”此條有以下幾點疑問：一者，何焯《義門讀書記》中未見“何曰”以下一段，《糾何》所據何義門之本也并未交代。二者，今五臣單本注陳八郎本《文選》也并無何義門所引“李周翰謂自‘以游於群雄’至‘莫之逆也’，善本無此一段”之語。三者，考今李善單本北宋本亦無“以游於群雄”至“莫之逆也”句及其下李善注；尤袤本則有正文而無善注。四者，胡克家《文選考異》卷九謂袁本、茶陵本亦無此一節正文及注釋。案：二本所見傳寫脱去正文及注一節也。後《石闕銘》“計如投水”引此論張良及其遭漢祖，其言也，如以石投水，莫之逆也，爲注。然則善有可知。《糾何》未就何焯認爲善本應有此句的論斷給出考辨，而是就其“獨喜引五臣以駁善注，實是一病”加以針砭，顯得無的放矢。

此書《清史稿》卷一四八《藝文志》著録:"《選學規何》一卷,徐攀鳳撰。"《販書偶記》集部總集類著録。今存道光三十年(1850)金山錢氏漱石軒刻《藝海珠塵》壬集本。《文選研究文獻輯刊》第六〇册據以影印。

51.《選學拾瀋》　李詳撰　存

提　要

李詳(1859—1931),字審言,一字慎言。初號窳生,後改愧生。號百藥生。江蘇揚州興化人。光緒十一年(1885),時二十七歲,取爲第一名秀才。此後在整理文獻典籍、教育、出版、著述等方面,不遺餘力。光緒三十三年(1907)五月,在安慶存古學堂,講授史學與《文選》學。沈曾植於客座介紹審言,每以"江淮《選》學大師李先生"相稱。民國十二年(1923),受聘東南大學,講授《文選》《陶詩》《杜詩》《韓詩》。民國十四年(1925)李詳六十七歲,親赴上海,搜集汪中、汪喜孫父子的著作,編成《江都汪氏叢書》,由上海中國書店影印行世。民國十六年(1927),蔡元培任大學院(後改中央研究院)院長,李詳與胡適、魯迅、陳垣等十二人同受聘爲特約著述員。一生著述存二十餘種,於方志學、《文選》學貢獻尤大。除《文選學著述五種》之外,還有《世説小箋》《文心雕龍黄注補正》《愧生叢録》《阜寧縣志》《鹽城縣志》等。生平事迹見尹炎武《李審言先生傳》、陳訓正《興化李先生墓表》、柳向春《興化李審言先生年譜長編稿》等。

張舜徽《李審言文集序》評價李審言的學術成就稱:"自漢以上,文與學不殊途。績學者無不能文,能文者莫不有學。太史公尚矣!以千古史才,而爲文有奇氣,如長江大河,一瀉千里,後遂未有能學步者。旁逮司馬相如、揚雄,雖以詞賦稱於當世,而皆小學名家,各有專書，傳之來葉。東京如張衡蔡邕之儔，詞藻瑰麗，而學絶等雙。魏晋以來，始有能文而無學者，亦有績學而不能爲文者，綿歷千載，文與學乃離爲二。能兼之者，代不數人。才之求全，若是其不易也。余生平涉覽清人文集，至千餘家，深病乾嘉諸儒，能爲考證之學，多不能爲考證之文。具二者之長，可以無憾者，特十數大家耳。下者乃至詞不達意，莫由暢抒所學。焦循《家訓》有云：'不學則文無本，無文則學不宣。'蓋有感於末流之弊而發，非徒教其一家子侄已也。揚州李審言先生，興於清季，精於選學，能爲沉博絶麗之文，早蜚聲於士林，爲長老所推重。余早歲嘗於《國粹學報》中，讀其所撰論學之文，後又得見《學製齋駢文》及《愧生叢録》諸種，深服其學與文并淵雅精醇，非時流所能逮。顧以未能讀全書爲憾，於先生學術，不能有所論述，故余所撰《清人文集别録》與《揚州學記》，皆不及先生，非遺之也，以余於先生之學，所知不多，不敢妄加窺測也。先生之學，承其鄉先輩遺規，而有志張大之。儀徵阮元嘗爲《文言説》，力主'詞之飾者乃得爲文'之義。江都汪中爲文，托體甚高，陶鎔漢魏，自鑄偉詞，辭旨之美，允非并世經師所能及。先生於阮氏之學，服膺無間。於汪氏之文，摩挲研繹，至數十年，淵源有自，不可掩也。故先生之學之文，博厚典重，卓然爲晚近大師。世徒尊其爲文之美，固未足以知先生也。"可謂對李詳在學術史與文學史上的地位給予了極高的評價。

李詳自幼喜讀《文選》，"鑚味善注，資爲淵海，視有遺義，間複研究"（李審言《選學拾瀋》自序一），并受揚州學術傳統熏習，選學自具根柢。其在《文選》學方面的成就主要表現在選學研究和駢文創作方面。首先，選學研究，則以李詳所著《文選學著述五種》即《選學拾瀋》《韓詩證選》《杜詩證選》《文選萃精説義》《李善文選注例》爲代表。其次，駢文創作則有《學制齋駢文》二卷，光緒二十七年四月七日譚獻爲之作序。譚獻在同年二月二十二日《日記》中記曰:“非必渾灝閎博,亦跌宕昭彰矣。究心駢儷家數,已有準則《騷》《選》之遺意。”由此李詳也被學界視爲清代選學殿軍。

《選學拾瀋》二卷,撰於光緒十三年(1889),即李詳三十歲時。雖僅七十九則,但皆精當而富有發明。其研究重在追溯《文選》典故的語源出典,以及探討李善注中的問題。如第一條作者名“班孟堅”下李善注引范曄《後漢書》:“班固,北地人也。”李詳案語中先引梁章鉅《文選旁證》的説法,即《後漢書》記載班彪是扶風安陵人。又《叙傳》歷叙班固之先,無居北地之事。班固本傳亦無“北地人也”。注引漢書,未知何本? 李詳則考班彪《北征賦》“紛吾去此舊都”(注:舊都,北地郡也)。又“過泥陽而太息,悲祖廟之不修”(注《漢書》北地郡有泥陽縣,班壹,始皇之末,避地於樓煩,故泥陽有班氏之廟),玩賦及善注,班氏之先,或由樓煩遷居北地,叔皮自咏,理無乖舛,善引《後漢書》,疑非范蔚宗本。

王先謙爲此書所作序稱:“閲生所撰各條,并皆佳妙,無可疵議,但恨少耳。漢魏六朝爲文皆遞相祖述,余瑣言中所稱舉數事是也。唐人猶有之,宋以後則競出新意,此義蕩焉無存,亦文場一大變局也。生所注兼能搜討古人文字從出之原,與鄙意符合。不專從徵典用意,目光心力尤爲遠大。如能一意探求,俾成巨帙。允爲不朽盛業,名世壽世,豈待他求哉。嘗謂艱難困苦中,方能造就人才。必境遇好而後爲學,則杜老一生不能作詩矣。功名富貴自有天命,惟當先謀自立之道。生有如此美才,若因飢驅輟學(詳上書有頻歲飢驅幾於輟業,故先生有此云),豈不可惜。尚其努力爲之,以副厚望。”(李氏刊本)

其子承祐所撰《選學拾瀋跋》描述父審言讀《選》誦《選》的情形説:“先君孤貧鬱起,家鮮藏書,早年酷愛蕭《選》,晝夜諷誦,不忍去手。時年未逾冠,寄食姨祖母許太夫人邸中,授徒二三,聊遣永書。值庭荷盛開,侵曉繞甕狂走,以諷誦蕭《選》爲樂。久之,階石爲陷。人笑其迂,弗顧也。又以童摹字帖,反背諳記,百不失一。迨後晋接通人,所得益富。卅歲時,遂撰《選學拾瀋》一卷,以之受知王益吾祭酒。中年曲證旁搜,《選》理之學日精,而著述之事反廢。嘉興沈寐叟丈,每介先君於座客曰:此選學大師李先生也。又曰:此我行秘書。大叩大鳴,小叩小鳴。爲世推重如此。後於南雍講授蕭《選》,有《文選萃精》之作,按篇箋釋,惜未成書。晚年重覽《拾瀋》所記,後雖精思,亦不能過。遂加寫定。附於全集。"(戊寅臘月)

今存光緒二十年(1894),興化李氏刊本,二卷,中國國家圖書館、京都大學文學部藏。《販書偶記》集部總集類著録。中國國家圖書館亦藏有清末鈔本。亦發表在《制言》1939 年 2 月第四九期。《李审言文集》,南京:江苏古籍出版社 1989 年版,收録北京圖書館所藏稿本付梓本,未分卷。

52.《韓詩證選》　李詳撰　存

提　要

李詳生平詳見《選學拾瀋》條下。

是書采韓愈詩中一百五十八句,逐一疏證其熔煉運用《文選》詞語典故之處。通過搜集韓愈詩語典出《文選》的例證,以説明韓愈作詩取資《文選》的情形,并且更進一步追尋韓愈作品與《文選》的深層次關係,以見《文選》衣被唐人詩歌,非止杜陵。值得注意的是,李審言所選擇的韓詩不僅包括明顯化用《文選》之句的例證,還包括一些取意、取境的例證,這就爲證《選》類的選學研究提供了重要的方法論意義。如《晚秋郾城夜會聯句》"漫胡纓可愕"句,審言云:"張協《雜詩》'捨我衡門依,更被縵胡纓',公詩用此意,非專隸《莊子・説劍篇》也。"可見其更注重韓詩用典的取意。前人有言初盛唐人尚《文選》學,但"至韓退之出,則風氣大變矣"[①]審言則通過韓詩證《選》證明,這種説法是站不住脚的。

李審言《韓詩證選》序曰:"唐以詩賦試士,無不熟精《文選》,杜陵特最著耳。韓公之詩,引用《文選》亦夥,惟宋樊汝霖窺得此旨,於《秋懷詩》下云:'公以六經之文,爲諸儒倡《文選》弗論也。獨於《李邴墓志》曰:能暗記《論語》《尚書》《毛詩》《左氏》《文選》。故此詩往往有其體。'余據樊氏之言,推尋公詩,不僅如樊氏所舉,因條而列之,名曰'韓詩證選'。宋人舊注,如詮'賤嗜非貴獻'及'徒觀鑿斧痕,不矚治水航'諸語,能以嵇康《絶交書》、郭景純《江賦》證之。始知韓公熟精《選》理,與杜陵相亞。此余之所不敢攘美。其爲余所得者,則施名以别之云。"

《韓詩證選》最初於1909年發表在《國粹學報》第五卷第四至八期。北京師範大學圖書館藏有《韓詩證選》一卷,李詳撰,清末鉛印本。此外有《李審言文集》,江苏古籍出版社1989年版。有關李審言的《文選》學研究,有穆克宏《李詳與〈文選〉學研究》(《福建師範大學學報》2005年第5期)、王書才《明清文選學述評》下編第九章"李審言〈文選〉學述評"、蔣寅《學術的年輪》第三輯"舊學新知:李審言〈文選〉學的時代意義"、王小婷《清代文選學研究》第四章"李詳選學五種及《愧生叢録》"等。

① 郎廷槐《師友詩傳録》上册,《清詩話》,上海:上海古籍出版社1978年版,第129頁。

53.《杜詩證選》　李詳撰　存

解　題

李詳生平見《選學拾瀋》條下。

本書爲作者在完成《韓詩證選》基礎上，進一步搜集資料撰寫而成。二書在體例上基本一致。

李審言《杜詩證選》序曰："杜少陵《宗武生日詩》'熟精《文選》理'，又《簡雲安嚴明府詩》'續兒誦《文選》'，後世遂據此爲杜陵精通《文選》之證。自宋以來，注家能舉其辭者，已略得六七，然或遺其篇目，或易其字句，或多引繁文而與本旨無關，或芟薙首尾而於左證不悉，凡此皆病也。又少陵每句有兼使數事者，有暗用其語者，但舉其偏與略而不及，皆有愧於杜陵'熟精'二字。如《客居詩》'壯士斂精魂'，既效謝客'幽人秘精魂'句法，又用江淹賦'拱木斂魂'，不僅古《蒿里歌》也。《玉華宫詩》'萬籟真笙竽'，此用左思《吴都賦》'蓋象琴筑并奏，笙竽俱唱'語，故云'真笙竽'，蓋引古自證也。如此之類，歷來注家，尚未窺此秘。余既治《韓詩證選》畢，又取杜詩證之。恒恐末學耳食，謂引《選》語，已見注中，而怪余爲剽襲，比之重臺累僕。然安知不有深通其意者，復相賞邪？余於是鋭然爲之，漸得數卷，覽之多有可喜，因爲寫定如左。世有快炙背而美芹子者，其或不嗤爲野人之獻焉。則余將踵此以進，謂諸君亦有樂乎此也。"

由於杜詩號稱"無一字無來處"，杜詩舊注本身已有相當深厚的積累，在此基礎上，李審言所作的工作，相當於藉助前賢的研究成果，對杜詩用《文選》之例做了全面的彙集和整理。其創獲之處或許在三個方面，一是揭示杜詩用《選》的"一句兼使數事"，一是考究杜詩取意所本，再就是更注重逐句追尋杜詩語源，於每句下列典故出處。如杜甫《望嶽》:“造化鍾神秀。”詳曰:“孫綽《游天台山賦序》:‘天台山者,山嶽之神秀者也。’”“蕩胸生層雲。”詳曰:“張衡《南都賦》:‘淯水蕩其胸。’”“決眥入歸鳥。”詳曰:“司馬相如《子虛賦》:‘中必決眦。’案:杜文雖出此,而意微殊。善注舊有此例,因放之。”與《韓詩證選》皆相當於《文選》的延伸研究。

《杜詩證選》初連載於 1910 年《國粹學報》第六四至六六期,以及 1911 年第六期。亦收録於《李審言文集》,南京:江蘇古籍出版社 1989 年版。

54.《文選萃精説義》　李詳著　存

提　要

李詳生平見《選學拾瀋》條下。

此書卷尾有編校者按語云:“右爲在東南大學講授時殘稿,因病歸里而輟筆。”李審言任教東南大學,時在 1924 至 1926 年。内容涵蓋《文選》卷首至《東都賦》,共存三十二條考證。由於此書作於晚年,作者對自己早年所撰的《選學拾瀋》給與了審慎的修正,如“班孟堅”條下,曰“注:范曄《後漢書》:班固字孟堅,北地人也。案:固傳附父彪傳,彪,扶風安陵人。今本范書,無‘北地人也’四字,此或爲别本《後漢》之譌”。便與其前爲班氏爲北地人積極尋找證據的見解有所不同。

收録於《李審言文集》,南京:江蘇古籍出版社 1989 年版。

55.《李善文選注例》　李詳著　存

提　要

李詳生平見《選學拾瀋》條下。

李審言《李善文選注例序》:"古人著書,例即見於注中。李善《文選注》,首舉'賦甲',存其舊式,《兩都賦序》以下繼之,皆例也。錢警石先生《曝書雜記》曾揭善注之例,而惜其未備。今廣錢氏之采,加以案語,庶幾備選學之一稱云。己巳十月齳叟李詳。"

其文在錢泰吉《曝書雜記》所總結的李善《文選》注例十六條的基礎上,增加至二十三條,再加以簡略疏解。

此文最初發表在《制言》1939 年 3 月第五〇期。收録於《李審言文集》,南京:江蘇古籍出版社 1989 年版。

56.《讀文選日記》一卷　陳秉哲撰　存

提　要

陳秉哲,字孺萊,元和縣(今江蘇蘇州)附生。

此書無序跋。所記自班固《兩都賦》始,至鮑明遠《舞鶴賦》止。主要就各篇之中有争議的問題加以詳細考證,其中絶大多數是關於古音古韵古義的考證。

從考證方法看,有兩點值得重視:

一是能旁徵博引,尤其歷數古音古韵發展演變,通過古韵以校文本正誤,推本義之源,并對當世古音學亦提出諸多質疑。如考班固《西都賦》"秦成力折",謂"向讀《選》至此句,謂折字韵與下噬字不叶,後讀《離騷》'何瓊佩之偃蹇兮,衆薆然而蔽之。惟此黨人之不亮兮,恐嫉妒而折之。'疑折字韵與上蔽字亦不叶,不知折當從征例切,音制。《詩·陳風》:'明星晢晢,從折從日',音制,亦作'晣'。《詩·小雅》:'庭燎晣晣。'班固以折噬同韵,屈原以蔽折同韵,以《詩》考之,豈非讀折爲制之明證乎"。其説可謂多有啓發。又《南都賦》"客賦醉言歸"條下,駁段玉裁的"古韵不同今韵之説",提出"音韵之不同,必論其世,約而言之,唐虞夏商周秦漢初爲一時,漢武帝後洎漢末爲一時,魏晋宋齊梁陳隋爲一時。哲今讀《南都賦》平子以儀韵睎,知後漢時古音已變,儀古音作俄”。

二是能藉助同一作者的其他作品,或者同時代的著作以考證文本本義,如《西都賦》“唐中”一詞,自如淳注曰:“唐,庭也”,朱珔、邵晋涵等從其説,陳秉哲認爲應遵從班固《漢書》原本,唐中爲“池”之義,并引班固《漢書》以駁此説之失,以爲“夫班書班賦相爲表裏,《書》云:唐中數十里,即指池説,若作庭解,安有數十里之庭乎?”再如《西都賦》“登屬玉之觀”,李善注引服虔曰:“以玉飾因名焉。”陳秉哲案曰:“屬玉,鳥名。”接下來例舉《漢書》中《司馬相如傳》郭璞注、《宣紀甘露二年》晋灼注、《西京雜記》以證。并强調這一方法,“據班書以證班賦,不特可見李注之誤,且可明服説之非”。

於清末諸多選學著作中,此書雖命名爲《日記》,然考據扎實,推源溯流,條分縷析,言之有據,見解精到,可謂一部值得高度重視的樸學之作。

此書今存清光緒十六至二十二年(1890—1896)刻《學古堂日記》本。《文選研究文獻輯刊》第六〇册據以影印。

57.《選學管窺》二卷　程先甲撰　存

提　要

程先甲,生平見《選雅》條下。

此二編主要包括兩個部分:

一是李注體例集録。集録包括李善注中的十六條,胡氏考異總結的七條。

二是李注引經異文。包括引《易》、引《書》、引《毛詩》、引《韓詩》、引《詩》、引《周禮》、引《禮記》、引《左傳》、引《公羊傳》、引《孟子》、引《爾雅》、引《廣雅》、引《小爾雅》、引《説文》、引《釋名》、引《方言》。羅列《文選》不同篇章中李善注引經的異文，以及所引經文與今本的異文，頗具參考價值。

據其《千一齋書目》所載，這本《選學管窺》應該是六卷，然今衹能見到發表在《制言月刊》1939年第五五期上的《選學管窺》二卷。收録於國家圖書館出版社2010年出版的《文選學研究》上册。

58.《文選考證》三卷　佚名撰　存

提　要

其書爲稿本，無序跋，首列"目"的考證，包括："文，《策秀才文》，即後世之策問也。編目爲文未確。羊祜《讓開府表》一首，羊祜當依三十七卷子目題羊叔子。陸機《謝平原内史表》一首，陸機當依子目題陸士衡。朱叔元《爲幽州牧與彭寵書》一首，朱叔元書當在孔文舉前。劉孝標《重答劉秣陵詔書》一首，詔當做沼。劉子駿《移書讓太常博士》一首，此上當别有移，移字一行。司馬長卿《難蜀父老》一首，此上當别有難字一行。"

其次，卷一班孟堅《兩都賦序》及《兩都賦》的考證；卷二《西京賦》的考證；卷三《東京賦》的考證。

其考證主要是以毛晋汲古閣本校正文，同時對《文選》正文及注的正誤是非，或自下己斷，或引陳景雲《文選舉正》、何焯《義門讀書記》、汪師韓《文選理學權輿》、孫志祖《文選考異》《李注補正》、胡克家《文選考異》、梁章鉅《文選旁證》，加"今按""煌按""按"等。故此書撰寫的時代當在晚清同、光年間，作者當爲董氏，或爲董煌，待考。

上海圖書館存稿本三卷，佚名撰，書魚尾下分别標："會稽董氏"

"行餘講舍"。

考清同治元年(1862)會稽董氏行餘講舍抄本(一册)有董滋本撰《浣香山房吟草》一卷。

59.《文選李注釋例》一卷　劉翰芳撰　存

提　要

劉翰芳,生卒年不詳,字鳳五。吴縣(今江蘇蘇州)人。清末江蘇存古堂高才生。此爲其讀《文選》李注札記。王欣夫《蛾術軒篋存善本書録》①叙録此書,謹移録如下:

> 古人著書必先定凡例,非漫然下筆者,但未有如後人之將凡例列于卷首,因而讀者不易尋省。有好學者,按文推究,得其條貫,始於杜預之春秋釋例,至清而其學大盛。凌廷堪之於《禮》經,王筠之於《説文》,陳玉樹之於《爾雅》,則一書之釋例也。段玉裁之於鄭玄《周禮注》,胡承珙之於《儀禮注》,陳奂之於《毛詩傳》,吾師曹先生之於鄭氏《詩箋》,則古注之釋例也。任大椿之於弁服與深衣,夏燮之於五服,則一事之釋例也。至俞樾之《古書疑義釋例》,又遍及群書而綜核之。其他成書或單篇,蓋不勝舉。使治古書者,若綱舉而目張,其爲功亦大矣。
>
> 李善注《文選》,典核該洽,所采書目幾於囊括四部,而《新唐書》稱善有雅行,不能屬辭,故時號"書簏",蓋詆誣之詞也。不知其注自有體例,詳於注中,豈若後人之衹知鈔撮而已。昔張雲璈《簡松草堂文集》有《文選注例説》,錢泰吉《曝書雜記》有《文選注義例》條,皆謂李氏注《文選》自明注例,散見各篇,録之以爲注釋

① 王欣夫《蛾術軒篋存善本書録》,上海:上海古籍出版社 2002 年版,第 329 頁。

古書之法，但引而未伸，以待後人。翰芳此書，就各注中所附見者，分爲“舉先以明後例”“不以文害意例”“引後明前例”“已見上文例”“已見某篇例”“舊注題名篇首例”“集注題名篇内例”“略用舊注而不稱臣例”“題舊注例”“轉以相證例”，各標舉引證，可以互證。附著者即列於每條之下，其注所未及者，以意推之，分爲“辨誤例”“闕疑例”“疏通例”“考證例”附於後。蓋足成張氏、錢氏之志，而更擴而大之也。受之先生學長貫通，兼善推比，所著《漢書藝文志舉例》《古書讀法略例》均極精核。此書眉端批注，擬增“聞疑載疑例”“隨文證義例”“觀文立意例”“引古兼注例”“備引異説例”“舉今證古例”“探下文而省例”，則研討益密。此雖草創，尚待修正，而區立類例，疏通證明，亦可謂不負指授矣。

《文選李注釋例》一卷，復旦大學圖書館藏，一册，手稿本，孫德謙批并序。

60.《文選詳校》八卷　李長霞撰　未見

提　要

李長霞(1825—1879)，字德霄。原籍山東掖縣(今山東萊州)，婚後占籍膠州。祖父爲乾隆年間進士李伯元，父親是嘉慶歲貢李少伯，博覽典籍。李長霞是膠州諸生柯蘅之夫人，近代著名歷史學家柯劭忞之母，是清末北方文壇頗有聲望的女詩人和女學者，有“詩古文詞，冠絶一世”的美譽，著有《锜齋日記》、《錡齋詩集》、《文選詳校》八卷等。《清史稿》卷三二〇《列女傳》本傳曰：“咸豐間，膠州柯衡妻李，名長霞，邃於《選》學，著《文選詳校》八卷。工詩，有《锜齋詩集》。”《山東通志·藝文志》載其有《校文選李注》一書，稱：“是編見《校經室文集》。”

61.《文選彙校》　張祥雲撰　未見

提　要

張祥雲有《續蕭縣志》,見史部地理類。是書見《重修莒志·藝文》,提要云:“參對毛氏汲古閣本、錢氏重校本、葉氏海録軒校刊本、胡氏重刊宋本、于氏集評本、金陵局本、饒氏彙刻何胡二家本、何義門《讀書記》、汪氏《文選理學權輿》、仁和孫氏《權輿補》、胡氏《考異》諸書。字句異同,點墨譌誤,考證詳明,得其折衷。海陽鞠捷昌爲之序。”本傳作《文選彙校》。此條見《山東通志·藝文志訂補》卷二二。

62.《文選注引説文考異》一卷　葉大輅撰　存

提　要

葉大輅,字式恭,閩縣(今福建閩侯)人。邑庠生。曾任福建高等學堂教員、福建經學會教授。生卒年不詳。其兄葉大章(1860—1925),字平恭,光緒十七年(1891)舉人,光緒三十年(1904)進士。[①]

本書爲《文選》李善注引《説文》研究的始創之作,完成於光緒年間。其體例爲,將《文選》六十卷中引《説文》的内容逐條加以辨析,列出李善注所引《説文》與今本《説文》之異同,并言今本《説文》之是非,李善注引《説文》之實際。其説引《文選》善注諸篇、《説文》諸部加以互證,可謂言之有據。

亦結合段玉裁《説文解字注》據改《説文》的情况并斷其是非。如《西京賦》“隔閡華戎”條曰:“注引《説文》曰:‘隔,塞也。’案:《説

① 魯小俊《清代書院課藝總集叙録》下,武漢:武漢大學出版社 2015 年版,第 592 頁。

文》本:'隔,障也。'《廣均》亦作'塞'。段氏即据改作'塞',謂與土部'塞,隔也'爲轉注,然《説文·阜部》:'障,隔也。'與'隔,障也'正爲同部互訓,則謂《説文》本作'障'亦其例也。安得以《廣均》、《選》注而遽改之。"

全書最後附作者進一步搜集遺漏零散條目所作的續録,案曰:"李注所引可以補正今本《説文》之譌闕者固多,然體例乖剌,彼此互異者亦復不少,今將兩書互校得若干條,更有遺漏者類録於後。"又列舉了"單引一説之類""略舉其説而不引全文之類""偶説二三字而失許説之舊之類""誤衍二三字而失許説之舊""互有異同之類""失之太略而不免違異之類""屬可疑之類""可證今本之譌類"八種情況。

清光緒稿本一册,書中簽條載葉大輅題識,葉大輅自抄稿本,鈐"武昌柯逢時收藏圖記"。湖北省圖書館藏,索書號:善/2908。清光緒鐵石軒鈔本一卷,福建省圖書館藏。

63.《古今中外音韵通例·文選韵法》　胡垣撰　存

提　要

胡垣,字紫庭。清浦口(今屬江蘇南京)人。精通等韵學,長於辨析方音。著有《古今中外音韵通例》一書,意欲"以等韵辨方音,即方音求古韵"。收二十八目,共一百九十五條,其中第二二目爲《文選韵法》一條。并於其後説明曰:"明經典文字,皆由音呼聲韵而成也。"

此書存清光緒十四年(1888)刻本,山東大學圖書館藏。清羅時憲《小學達詁録》一一卷收録。見《四庫未收書輯刊》第一〇輯第二册。

64.《文選札記》一卷　劉世珩撰　存

提　要

劉世珩(1874—1926),字聚卿,别號楚園,貴池(今安徽貴池)人。父劉瑞芬,以軍功至廣東巡撫。劉世珩爲光緒二十年(1894)舉人。歷任江寧商會總理,湖北及天津造幣廠監督等職。喜文學,好藏書,因得宋刊《玉海》,遂名書樓爲"玉海堂"。著有《貴池二妙集》《貴池唐人集》《臨春閣曲譜》《重編會真雜録》《貴池先哲遺書待訪録》《曲品》等。亦刊刻不少叢書,如《玉海堂景宋叢書》五十二種,《宜春堂景宋元巾箱本叢書》八種,《聚學軒叢書》六十種,《貴池先哲遺書》三十一種,《暖紅室傳奇彙刻》,《貴池劉氏所刻書》。且所刻之書,均經校勘。

本書卷前有序曰:"嘉慶己巳,胡果泉中丞任蘇藩時,用百金假得黄蕘圃藏宋淳熙本《文選》(見黄蕘圃《輿地廣記》序,此時顧千里已與蕘圃有隙,故爲果泉撰序,衹言吴下有得尤槧者,不言出之蕘圃),刻於江寧,自序謂從尤延之本景摹,雕造精緻,雖真本無以過。今以常熟楊家所藏宋淳熙池陽郡齋原槧對勘,已闕《李善與五臣同異附見於後》一卷,又闕袁説之題辭一葉,中間衍文、闕文、誤文一二字至數十字者不勝枚舉。甚至卷廿七脱《君子行》一首,卷四十九多干令升《晋武帝革命論》一首。顧千里所撰《考異》於《君子行》《晋武帝革命論》并未加考,原本似尚不誤而顧誤,舉正者亦多至四十餘條,或謂胡氏所據之本中有脱葉補版,今以原槧證之,罅漏顯見。昔陸敕先曾據尤袁本校於汲古閣本上,而别載袁説友一題,言尤公博極群書,親爲讎校,有補云云。其下脱去二行。(案:脱'學者是所謂成民而致力於神者與。辛丑三月望日建袁説友題'二行。)顧千里疑其未竟是也。余依原槧景橅與胡刻詳校,爲作札記,庶令尤袁郡齋真本不致爲胡刻溷淆。而吾池郡宋槧真面亦得暴諸當世云。宣統甲寅三月，池州貴池劉世珩識。”

其書確爲將胡刻本與常熟楊家所藏尤刻本進行仔細對勘，尤其對胡刻本中所指出的“尤校改之”之處進行仔細核對，指出并非尤改。如卷一《西都賦》注有“充衣視千石”，記曰：“衣作依。考異曰：袁本、茶陵本依作衣，此尤校改之也。案：尤本正作衣。”又指出《序》“《文選》云耳。四字張伯顔本亦提行，其行款蓋依尤本，胡刊接寫不提行，所據非尤本明矣”。諸如此類。

《文選札記》一卷，鈔本，劉世珩撰，佚名朱、墨筆圈點批校，鈐“貞騰書堂”印，湖北省圖書館藏。

65.《文選精理》　莫量撰　佚

提　要

莫量，字補之，歸安（今浙江吴興）人。稟貢生。少與胡搢及姚樟等爲七友，有倡和詩《蘋洲閒咏》。著有《文選精理》《樊榭山房詩集箋注》《漁學亭詩集》。載《歸安縣志·文苑傳》。

廣續類

1.《文選鈔》不分卷二册　王士禛鈔　存

提　要

王士禛（1634—1711），字貽上，號阮亭，别號漁洋山人，人稱王漁洋，謚文簡，山東新城（今山東桓臺）人。康熙年間官至刑部尚書。工詩文,勤著述,著作有《漁洋山人精華録》《池北偶談》等五百餘種。《四庫全書總目提要》説:“士禛等以清新俊逸之才,範水模山,批風抹月,倡天下以‘不著一字,盡得風流’之説,天下遂翕然應之。”

《文選鈔》爲《文選》白文抄録。清初王氏手寫本。頁九行,行二十二字。後有蕭程跋曰:“漁洋尚書所抄《文選》,舊爲鄉先達姚伯昂先生家藏,兵燹間,爲廬江友人黄仰范所得,僅存四册(王氏元本不知幾册),末有宋荔裳、梁山舟二公手跋。黄君乃以二本贈余,藏玩數年,他日仍可歸之黄君也。庚午秋九月廿五日燈下,蕭程記。”此書已無宋、梁二氏手跋,書中所收均爲賦,上册有《長楊賦》《射雉賦》《游天台山賦》《蕪城賦》《風賦》《雪賦》《月賦》《鵩鳥賦》《閒居賦》《恨賦》,下册有《别賦》《文賦》《琴賦》《高唐賦》《神女賦》《登徒子好色賦》。今藏臺灣“中央圖書館”。

2.《今文選》八卷　陳維崧、冒禾書、冒丹書輯　存

提　要

陳維崧(1625—1682),字其年,號迦陵,宜興人。祖父陳于廷爲明左都御史、東林黨中堅人物。父陳貞慧與侯方域、方以智、冒辟疆,同爲“明末四公子”。陳維崧幼有文名。十七歲應童子試,拔第一。與吴兆騫、彭師度同被吴偉業譽爲“江左三鳳”。與吴綺、章藻功稱“駢體三家”。明亡後,科舉不第。康熙十八年(1679),舉博學鴻詞科,授官翰林院檢討。陳維崧著有《湖海樓詩集》《迦陵文集》《四六金針》等,也與一時名流如吴偉業、冒襄、龔鼎孳、姜宸英、王士禛、邵長蘅、彭孫遹等交游往來,其中與朱彝尊尤相接近,切磋詞學,合刊《朱陳村詞》。

其書選文皆爲時賢以及生平師友之遺文。除制誥教令,付諸闕如。文體列類一依蕭統《昭明文選》。對於編輯此書的理念,陳維崧

自述曰："而弄姿之徒，左袒齊梁，輒復諸臯，志怪累牘連篇，香籢金樓，浸淫闌人。劉勰有言：'鉛黛所以飾容，而盼倩生於淑姿，文采所以飾言，而辨麗本於情性。'今之作者何乃昧是？僕今諸選可亡二患也。"（陳維崧《序》）實有感於當時學《選》體風氣弊端之所在。

《今文選》八卷，清初刻本，八册，九行十八字，白口四周單邊，中國國家圖書館藏。封面題"冒穀梁、陳其年、冒青若三先生選"，"本衙藏版"。首爲冒襄撰《今文選序》、次陳維崧《序》、次冒穀梁《序》、次冒青若《序》、次《凡例》。穀梁、青若，爲冒襄二子，陳維崧在擔任二人老師期間，共同編選了這部《今文選》，亦經王世禎、冒辟疆鑒定。

3.《文選擬題詩》一卷　馬國翰撰　存

提　要

馬國翰（1794—1857），字竹吾，號詞溪。歷城（今屬山東濟南）人。道光十二年進士，官陝西隴州知州。有《玉函山房輯佚書》，凡六百餘種。著有《玉函山房詩鈔》《文集》等。

是書前有馬國翰《文選擬題詩小引》，曰："梁昭明太子監撫餘閒，宏收七代遺篇，爲《文選》三十卷。唐世最重其書，六臣奉敕注釋，場屋取士多摘句命題。時語曰：'《文選》熟，秀才緑。'風尚可知也。南宋後選學少替，故其時以黄花如散金試士，滿場皆誤爲咏菊。説家筆其事，以寄蔑古之感。少嘗從事斯業，間爲擬咏，隨手散失，不復記憶。稿存十餘首而已。客冬學使王嘯舲先生下車觀風，以百題行各學，題出《文選》者十之六七，州人士每以所作見質，心輒技癢，按題擬之，復取從前擬作追改，續成其半，合得百三十九首，依次編録。夫選出蕭樓，搜羅宏富，此特詞林之一葉，筆海之片鱗耳。惟冀同心，引伸和倡，維持廢墜，而光景常新。區區斯編，或亦先河之助乎。道光丁未(1847)孟夏歷城馬國翰竹吾甫題於隴署之來青書屋。”

今存清道光間歷城馬氏刻光緒十年章丘李氏補刻本,青島市圖書館藏。收入《山東文獻集成》第三輯第三五册,濟南:山東大學出版社2009年版。清光緒十五年刻本,《玉函山房續集》收入,温州市圖書館藏。收入《清代詩文集彙編》第五八六册,上海:上海古籍出版社2010年版。

4.《文選正文》十二卷　佚名删　存

提　要

是書爲以張鳳翼《文選纂注》十二卷本爲底本的删節白文本,僅録正文,以方便閲讀。前録昭明太子《文選序》,次列目録,次列正文。正文爲白文,旁附日本訓點語。

此書有多種版本,多爲日本刻漢籍。今藏於中國的有《文選白文》十二卷,以明王象乾删訂本爲底本,日本元禄十二年(1699)刻風月勝左衛門印本,《文選正文》十二卷,日本片山正璠點。天明四年(1784)、嘉永三年(1850)京師書肆風月莊左衛門等刻本。南郭先生句讀,兼山先生國讀,葛山壽校。藏中國國家圖書館、華東師範大學圖書館、南京大學圖書館等。《中國館藏和刻本漢籍書目》著録。

5.《新刻文選正文音訓》十二卷　(日)平田豐愛音訓　存

提　要

日本嘉永五年(1852)江都書林一貫堂刻本。首都師範大學、遼寧省圖書館藏。《中國館藏和刻本漢籍書目》著録。

6.《標注文選》十二卷 (日)原田由己注 存

提 要

日本明治十五年(1882)東京水野書館刻本,華東師範大學、遼寧省圖書館藏。《中國館藏和刻本漢籍書目》著録。

7.《重輯昭明太子文選》 陳念庵纂 未見

提 要

清抄本,十四册(两函),清華大學圖書館藏,今未見。

辭章類

1.《文選課虛》四卷 杭世駿編 存

提 要

杭世駿(1696—1772),字大宗,號堇浦,别號智光居士、秦亭老民、春水老人、阿駿,室名道古堂,仁和(今浙江杭州)人。雍正二年(1724)舉人,乾隆八年(1743),因上疏言事,遭帝詰問,革職後以奉養老母和攻讀著述爲事。乾隆十六年(1751)得以平反,官復原職。晚年主講廣東粤秀和江蘇揚州兩書院。《清史稿・文苑傳》稱其:"博聞强識,學無所不貫,藏書千萬卷。""雍正甲辰鄉試,乾隆初年舉博學鴻詞,授翰林。落職歸,杜門奉母,暇則與里中耆舊結南屏詩社,歌咏太平。著有《道古堂集》行世。"今存《道古堂集》十六册二十六卷并集外文、集外詩等。工書畫,善寫梅竹、山水小品。還著有《兩浙經籍志》

《石經考異》《歷代藝文志》《經史質疑》《續方言》《諸史然疑》《史記考證》《兩漢書疏證》《三國志補注》《晋書補傳贊》《北史搴稂》《詞科掌録》《榕城詩話》等。

此書作意,如杭世駿《文選課虚序》中所説:"文章之用,虚實二者而已,餖飣典故,襞積舊文,猶襲公家之言。虚則一心所獨運也。屈宋暴興,馬揚代嬗。相如作《凡將》篇,子雲撰《倉頡》《訓纂》,諧聲會意,細入毫髮,故能巧構形似之言,深探窈冥之域,沉博絶麗,横絶百代。六朝而後,惟杜子美能抉其精。逮至場屋,以律賦程材,頽波莫挽,而斯道亡矣。宋人精選理者,向推蘇太簡、劉貢父二書,采摭過多,少所持擇,似童蒙之告,非賦家之心也。天台王若以五聲編類選字,而其書久不傳。余憸起家辭賦,學術單疏,獺祭徒勤,疵駝終誚。夫一字觤觤,則當句見疵。一言鉏鋙,則全篇不振。斯編之作意,主於疏瀹性源,擺脱凡想。諗夫操奇觚者,有因物造端之妙用,而或以《雙字》《類林》之例相儗,則傎矣。"

卷前無凡例,編纂方式依類書,列"天象""地形""人事""物産"四大類,大類下又具體分作"天象一(天)""天象二(日、星)""天象三(風)""天象四(雷、電)""天象五(雲、霧)""天象六(雨、露、霜、雪)"等小類。每小類下擇《文選》中的相關詞語,詞語後附《文選》中的應用之句,以及注釋注音等。如地形一"坱圠"一詞下附曰:"地勢坱圠莽沕也。高下不平貌。坱,烏朗切。圠,烏八切。《鵩鳥賦》:坱圠無垠。"與一般的類書相比,更强調辭藻的應用性學習。

《清史稿》卷一四八《藝文志》載:"《文選課虚》四卷,杭世駿撰。"今存《文選課虚》四卷,《杭氏七種》杭世駿撰,乾隆中刊本,仁和杭賓仁清乾隆五十七年(1792)刻本,上海圖書館、首都圖書館藏。收入《文選學文獻輯刊》第三六册。又杭氏七種本傳鈔本,收入《食舊堂叢書》，汪大鈞輯，民國十四年，錢塘汪氏據鈔本等刊，《道古堂外集》十二種。又《文選課虚》四卷，附《石鼓然疑》一卷，杭世駿撰，清莊述祖撰《石鼓然疑》，光緒二十一年刊本，《道古堂》外集之一。

2.《文選編珠》四卷　陶元藻撰　存

提　要

陶元藻（1716—1801），字凫亭，號篁村。會稽（今浙江紹興）人。乾隆時諸生。嘗客兩淮鹽運使盧見曾處，詩文有盛名。歸里後，於西湖築泊鷗莊，以撰述自娱。著有《全浙詩話》《凫亭詩話》《越彦遺編考》《越畫見聞》等。

此書前有陶元藻乾隆己卯年（1759）序及凡例。序首稱："《文選編珠》者，爲詩家命題而輯也。唐人以詩賦校士，其題雖雜出於經史子集中，而《文選》十居其五。年來余家昆弟兒侄輩習爲聲韵之學，日有課，月有程，結社聯吟，頗知砥礪。數數索題於余，余因取案頭《文選》，擇其句之佳者，得四百六十有七，彙爲一帙，加以釋詁，衆忻然持去，一時同學好事者，傳寫殆遍。"可知其書之編寫正爲科舉考試的應用目的。

是編四卷，卷一爲賦七十一題，卷二詩一百八十題，卷三詩一百四十五題，卷四雜體六十八題。每題所選以典麗、清真、雅馴爲標準，不選造句新奇，近於不祥者。所選皆爲《文選》四言或五言之成句。句下標明所出篇目，或加以簡單注釋串講。對於句中所用典故，亦兼引唐宋諸書以爲之證，以使讀者明其來源。引用諸書於簡要者則全録其文，冗長者則加以裁剪，以使卷帙不致浩繁，并便於翻覽。如卷二"九穀斯豐"條，標出自束皙《華黍》詩。下引："《周禮·天官·太宰》'以九職任萬民，一曰三農，生九穀'。注：'九穀：黍稷秫稻麻大小豆大小麥。'《炙轂子》：'九穀：黍稷麻麥稻粱菽大小豆。'《酉陽雜俎》：'九穀：

黍稷稻粱三豆二麥。'"

今存《文選編珠》四卷,嘉慶七年(1802)衡河草堂刻本,紹興圖書館藏。

3.《文選字引》　(日)學海玄珠、芸林朱慧著,洞明先生校　存

提　要

《文選字引》一書乃日本學者所編,供大衆或者初學者閱讀《文選》或同類書籍的一部字典。其編排體例,是把《文選》中的字按照部首和筆畫排列,字下列音訓和所屬韵部,次列此字詞語組合,次列詞語出處。偶見部分條目下有關於此字的簡單釋義,以及關於此字的正俗、古今等異體形態的提示語。亦偶見不同版本之間的異文對勘,如標"五臣作某字"。據芳村弘道、金程宇《關於和刻本文選——從版本看江户明治時代文選接受》(《學林》2002 年第三四號)一文的介紹,其出版商是購買印行了《文選删注》的風月莊左衛門,希望出版與《删注》相配套閱讀的書籍。元禄九年(1696)的書目就已經録入了此書,但由於版權糾紛,直到享保十九年(1734)修正改版,削除四聲音訓,才出版了首刻本。此後直到明治三年,多次重刻。亦出版了《增補文選字引》并被多次重刻。從内容上看,此書編纂并無發明,但考慮到受衆的需求,體例完備,且較爲實用。

此書的版本有:日刊巾箱本。題作"再訂文選字引",内題"音韵授幼文選字引",享保十九年甲寅歲原刻(1734),明治五年壬申歲十一刻(1872)。東京:北畠茂兵衛・稻田佐兵衛・佐久間嘉七・北沢伊八;西京:風月莊左衛門・小林莊兵衛・小林藤吉郎・松井榮助;大阪:山内五郎助和田治郎兵衛・石田和助・森本太助・前川善兵衛・岡田茂兵衛・中川勘助梅村彦七前田喜兵衛・大野木市兵衛。

《四書五經增補文選字引》，山崎久作校訂，弘化二年(1845)刊，山中市兵衛藏板，八户市立，準漢籍(1) 1—44(旧 344)。《增補文選字引》，山崎美成(1796—1856)校訂，芝神明前(東都)：甘泉堂，弘化五年(1848)刻。《明治再刻文選字引全》渡边(敏)家文書舊藏，風月荘左衛門，明治十五年(1882)刻。《增字文選字引》，風月荘左衛門編，岡田群玉堂出版，明治十九年(1886)刻。

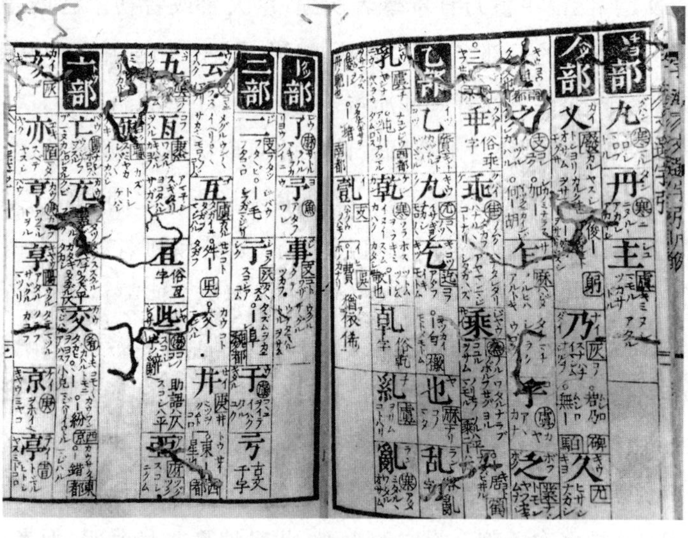

《音韵授幼文選字引》明治五年壬申歲十一刻(1872)

4.《選藻》八卷　張雲璈撰　未見傳本

提　要

張雲璈，生平見《選學膠言》條下。

《選藻》八卷，爲張雲璈所撰，見《清史列傳》。駱鴻凱《選學書著録》亦載録，然未見傳本。今所見有《選藻》自序，收在張雲璈文集中，曰："《文選》實詞章之大宗祖構。綴學之士，日持一編，心摹手追，窮老盡氣而不能仿佛其萬一。良以衆製互興，辭華標舉，沈博絶麗，非破萬卷而爲之，不可得也。李善爲注解以講授，謂之文選學。少陵訓其子曰：'精熟《文選》理。'夫以辭章之道，而昔人尊之爲理爲學，則其奇文奥義，必待於淹貫該洽，豈區區章句間離析其辭，掇拾其字，飳飣襞積，遂以爲畢吾能事哉。雖然，入五都之市，璧則夜光，珠則明月。江南金錫之器，西蜀丹青之采，莫不各適於用。目眩而不能視，而不若小物之可以御也。設方丈之食，飯則瓊禾，酒則蘭英，燀春梅以爲和，縷秋蟬以爲膾，無不皆悦於口，涎流而不能止，而不若一臠之易於飽也。文章之事，有時而然。故合之愈形其美，離之不見其傷。古人雖獺祭，未礙其爲工。而堯典舜典之字，清廟生民之詩，未嘗不有資於點竄塗改也。予末學膚受，宜有是説。時輯《選學膠言》未竟，翻閲之餘，擷其奇字華説，隨手録之，得八卷。題曰《選藻》。陸平原之《文賦》，一則曰：'述先士之盛藻。'再則曰：'嘉麗藻之彬彬。'又曰：'浮藻聯翩。'曰：'藻思綺合。'孟堅《答賓戲》曰：'摛藻如春華。'而昭明之《序》亦言，'事出於沈思，義歸乎翰藻'。藻之爲用大矣哉。昔宋景文自言手鈔《文選》三過，予疏懶無能爲役，兹聊備遺忘而已。鄉先生杭堇浦太史有《文選課虚》一書，已能含英咀華。其言宋蘇太簡、劉貢父二家皆有采摭。又天台王若以五聲編類選字，惜皆未得見。此外寂無所聞。語云：'《文選》爛，秀才半。'蓋戛戛乎其難哉。若夫文人結習，專尚浮豔，'芳草必稱王孫，梅必稱驛使，月必稱望舒，山水必稱清暉'，一如《老學庵筆記》所云，其不足登大雅之堂也固已久矣。"(《簡松草堂文集》卷四)

《簡松草堂文集》今存清道光刻"三影閣"叢書本，《續修四庫全書》第一四七一册據以影印。

5.《文選編珠》二卷　石韞玉撰　存

提　要

石韞玉(1755—1837),字執如,號琢堂,晚號獨學老人,又號花韵庵主人。吴縣(今江蘇蘇州)人。乾隆五十五年(1790)狀元,授翰林院修撰。官至湖南學政。

其書通篇以二字、四字、五字詞語列條目,下屬以《文選》篇章之原句,以查見其所用之對耦狀。石韞玉《文選編珠序》謂:“昔隋時著作郎杜公瞻集書中雋語可爲對耦者,輯爲《編珠》一書。其書不見於隋之《經籍》、唐之《藝文》二志,當世罕知者。至本朝康熙間詹事高公士奇在秘府録出,補其殘闕而傳之,學者始知有是書。惟是杜氏博極群書,而所采無多,亦滄海一粟而已,因思《昭明文選》一書爲藝苑津梁。唐人諺云:‘《文選》熟,秀才足。’當時固有以選學專門名家者。嘉慶壬申歲,僑寓秦淮,燕居無事,乃取《選》中雋語可以對耦者摘出,適陳生元之在賓館,屬其編次成帙。頻年藏在敝簏中未及示人,頃偶然檢得,爰付梨棗。非敢云繼軌杜氏,聊以充初學餖飣之助云爾。”

《清史稿》卷一四八《藝文志》:《文選編珠》一卷,石藴玉撰。今存《文選編珠》二卷,石韞玉撰,清宣統元年(1909)刻《碧琳琅館叢書》本。内有“獨學老人原本受業陳彬華編校”。《文選研究文獻輯刊》第五七册據以影印。

6.《文選文讀本》不分卷　署顧千里選　存

提　要

顧千里,生平見“《文選考異》十卷”條下。

此爲《文選》文的部分白文選鈔本,封面題"澗蕢先生選"。自王元長《永明九年策秀才文五首》始,至沈休文《齊故安陸昭王碑文》,選首葉末行朱筆題識"嘉慶十一年(1806)秋八月初九日酉時得侄喜甚"一行。又於《逸民傳論》篇末有墨筆題識曰:"嘉慶十四年夏六月初七日寅時得次侄,喜甚。"有佚名朱墨筆批校。鈐"張士壁寓目記""字實寓目"等印。湖北省圖書館藏。索書號:善/225。

7.《文選五言八言》一卷　祁寯藻撰　存

提　要

祁寯藻(1793—1866),字叔穎,一字淳甫,號春圃,晚號觀齋。壽陽(今山西壽陽)人。户部郎中祁韵士之子。道光進士。歷官至軍機大臣,左都御史,兵、户、工、禮諸部尚書,官至體仁閣大學士。三代帝師。道光十九年(1839)赴福建籌辦海防,查禁鴉片。同治元年(1862),供職弘德殿,教同治帝讀書。五年後卒。謚文端。著有《馬首農言》《馒䚻亭集》《馒䚻亭後集》《勤學齋筆記》等。

《文選五言八言》一卷,爲祁寯藻衆多摘句類著作中的一種,此外尚有《文心雕龍摘句》,咸豐八年;《中州集摘句》,道光十六年;《東坡集摘句》未具抄録時間。

本書題下注曰:"從戴鹿牀借鈔。"未具摘録時間。全文分作五言對句摘抄和四言對句摘抄。句下附《選》中作者姓名。如:"俯仰終宇宙,懷抱觀古今。陶潛。""綢繆史官,容與經闈。謝希逸。"然其所標作者并不準確,"俯仰終宇宙"出陶潛,"懷抱觀古今"出謝靈運。"綢繆史官,容與經闈"則均出自謝希逸《宋孝武宣貴妃誄》。可見此鈔爲其隨手率意之爲,以作撰寫文章之資用。

今存壽陽祁氏遺稿手稿本十四種,見藏於臺灣"中央圖書館"。

今人整理《祁寯藻集》第一册據以録出，太原：三晋出版社 2011 年排印本。

8.《選樓集句》二卷首一卷　許祥光撰　存

提　要

許祥光(1799—1854)，字賓衢，號冰渠，室號袖海樓、集選樓。番禺(今廣東廣州)人。嘉慶二十四年(1819)舉人，道光十二年(1832)進士。其先由閩入粤，父賡颺始占籍番禺。著有《選樓集句》二卷。

《選樓集句》是專集《文選》語句而作的文集。其書分二卷及卷首一卷，卷首一卷爲潘世恩《選樓集句序》、許祥光《自記》(十四則)、許祥光《選樓集句自序》三篇。卷一有《羅蘿村編修同年緑蘿村舍圖序》《寧友筠竹灣别墅圖序》《戴居人年伯壽言十五首》《祭三侄女餘慶文》四篇；卷二包括《司馬相如題橋賦》《荔枝灣賦》二篇。後附《選樓集句後序》《評跋題詞》。

《選樓集句》集《文選》句而成已駢儷對仗之文的體例，確屬首創，也有相當的難度。如非對於《文選》詩文相當熟悉，很難信手拈來，應用自如恰切。正如其《自記》所言，“予束髮受書，及受業林月亭師，學爲經義，而師素精《選》理，課藝暇輒講授《文選》。予既嗜此學，厥後筆墨酬應，閒集《選》句爲之”。其能爲此，亦出於少小所學選學的積累。另外，本書自序中所叙的兩個值得注意的特點：其一，集句的方式，作者嚴格按照《文選》詩文原貌，“一切句中所系虚字，悉本原文，無所增減。蓋全用古語，自不當假借”(《自記》)；其二，姓名、題目，備列句下，皆依《文選》原目。如其《選樓集句自序》也用這種體例寫成，曰：“五行錯而致用(陸士衡《演連珠》)，四節運而推移(潘安仁《寡婦賦》)。古往今來(潘安仁《西征賦》)。才爲世出(丘希範《與陳伯之書》)。天經地緯(左太冲《魏都賦》)。文以化光(陸佐公《石闕銘》)。”

《選樓集句》,許祥光撰,番禺許氏刻本,清道光二十年(1840),中國國家圖書館、上海圖書館、南京圖書館藏。收入《近代珍稀集句詩文集》,《中國近現代稀見史料叢刊》(第二輯),張明華、李曉黎整理,南京:鳳凰出版社2015年版。

9.《文選集律》　董正揚撰　未見

提　要

董正揚,字眉伯,號曇柯,泰順(今屬浙江温州)人。嘉慶壬戌(1802)進士,官大庾知縣。有《味義根齋詩稿》。

此書有嘉慶刊本,見駱鴻凱《文選學·選學書著録》歸入“選賦選詩之屬”。然其書今未見藏地。

10.《文選摘録》未分卷　汪鋆撰　存

提　要

汪鋆(1816—?),字研山。儀徵(今江蘇儀徵)人。工詩,善畫山水花卉人物,潛心金石之學。光緒間,輯揚州畫人爲《揚州畫苑録》。另有《十二硯齋金石過眼録》《春草堂隨筆》《補瘞鶴銘考》等。

此書爲稿本,首小楷録宋玉《九辯》五首,篇目小字録孫執升評語一則。次録司馬長卿《封禪文》、劉越石《答盧諶詩并書》、繁休伯《與魏文帝箋》、謝元暉《拜中軍記事辭王箋》、魏文帝《與朝歌令吴質書》、應休璉《與侍郎曹長思書》、劉孝標《重答劉秣陵沼書》、謝希逸《宋孝武宣貴妃誄》、謝希逸《月賦》,中間附小楷抄寫吴任臣《山海經廣注序》《讀山海經語》,最後以大字隸書抄寫左太冲《咏史》八首。卷末有

“硯翁”之印。

此書雖非研究著作，亦無個人發明，但可反映出一個書畫文人對於《文選》的抄集習讀情況。亦不失爲《文選》學之一種現象，姑列於此。

此稿本存上海圖書館。

11.《分韵文選題解》十卷　李麟閣輯注　存

提　要

李麟閣，其人生平不詳。

全書共十卷十四册，封面鎸：嘉慶己巳新鎸，番禺李麟閣輯注《分韵文選題解》，文選樓藏板。

卷前有嘉慶十四年由宗弟李可蕃所撰序，有李麟閣自撰例言。

李可蕃序曰：

梁太子維摩《文選》一書惟崇賢館直學士李善實爲功臣，開元後自六臣而外，所注亦復不一而足。至我朝崇文重典，先輩何義門更加評注，提唱宗風。故凡鄉、會兩科試士，館閣考校詞臣，上至御製詩賦，率於《選》中檢句分題，唐哉皇哉，摘艷熏香，跨周轢漢，方兹盛矣。顧全《選》凡三十卷，文頗浩繁，應舉家固有於三言八字題而終日搔首擁鼻茫乎莫解者。嗚呼，選學盛抑亦選學難也。余鄉黄五荔帷與余爲莫逆，戊辰冬余乞假歸里，偶以選學與荔帷競相檢校，荔帷曰：毋庸。余社長麟閣與君同李姓，著有《分韵文選題解》，實立選學專門，且開選學捷徑。同社周秋浦嘗心焉韙之，蓋麟閣以英年補學官弟子員，備優選者，凡再爲貢，隅名下士。余乃偕荔帷諸君同訪於羊城禺山麓，果是説經鏗鏗，履滿户外。按課之暇，即自校讎諸子，横覽百家，瞥睹門庭藩溷間，紙筆幾遍，益嘆麟閣閉門著書之功苦，奚啻研京十年，練都一紀，直呼屈宋爲衙官矣。麟閣乃出其書相示，初見其碎錦零星，似與洪景盧所譏五經破句相類。要其條分縷析，所擇甚精，其句解簡而明，一如張鳳翼之《評林》，剪截繁冗也。其連引上下文義，一如顧適園之《賦彙疏解》，代爲聯絡也。其每條間補字音，一如江都曹憲所撰音義也。至其分韵尤爲帖括津逮，易於翻檢而齊中書，四聲切韵亦於是乎眩。吾知麟閣它日墨試麋丸，毫濡虎僕，本《選》體爲揣摩，以黼黻彤廷之盛，實端於此。因弁數言，勸令壽之梨棗，以公諸世。嘉慶十四年己巳孟冬朔日，南海宗弟可蕃椒堂氏拜撰。

例言曰：

一是編專在《昭明文選》一書，擇其佳句，敬遵欽定《佩文韵府》挨次編列，實爲初學質魯不能全讀是書者起見。雖非盡可命題，然不求其醇而求其備，於詩賦一途未必無小補焉。

一《文選》一書詮解甚衆，而方伯海《集成》句梳字櫛，縷析條分，獨覺詳備，且所分次序，悉按時代先後，故是編注釋多采之，而亦依其編次。

一題目之下即標出處，而詩文之外題不同者，即不列作者姓氏，從簡也。其有直引數句題義始明者，則連本題録出，其止引一句者則注上下句；其連引數句者，則注上下文；中有意義待晰者，則略爲詮解，以免檢閲原書之煩。

一采擇《文選》題解者不一，然皆不出二千題之外，亦止依原書編次，而是編所選計有九千韵，以便初學，其中或有遺漏，尚俟續補。

一場中詩賦凡子史以及唐宋元明詩皆可命題，而《文選》爲古今所特重，故於是書先致意焉。至分韵子史，并諸詩題解，容俟續出以求醇備。

次有庚午夏陳遵默所撰跋文，曰："李君輯此書，原意以供初究蕭《選》者利於翻檢之用，故題下注語惟采方伯海《集成》而捐崇賢舊説，自疋士視之，固不無斡周鼎寶康瓠之嘆。然於洋洋六十卷中秀語瑋詞，大體略備，俾學者探卷即得，不爲無功。雖其標句列題，爲供場屋之用，亦時會致。然要未可盡以俗書目之也。庚午夏五月陳遵默。"

今存清嘉慶十四年（1809）文選樓刻本，湖北省圖書館藏，索書號子十一/333。

12.《蕭選韵系》二卷　李麟閣輯　存

提　要

李麟閣，其人生平不詳。據書前董沛序曰："《蕭選韵系》者，嶺南李麟閣氏所編輯，久無刻本。今書肆爲之刊行者也。"可知，光緒年間石印本所據底本亦爲書肆刊行之本，而非初刻之本。董沛序中也提到這本書的性質屬於爲科舉服務之韵書。如稱"自殿廷考校春秋兩闈，以及輶軒試士，往往以《選》句命題。今之詩賦家未必皆少陵也。容或有未能熟精者，李君仿張爲之句圖，選而録之，分韵編次。以便檢閲。信可爲初學之津梁，而談藝之士所宜家置一編也"。

全書首列董沛序，次例言，次正文。比較而言，此書亦爲《昭明文選》佳句依次編列，分韵一百〇六，與《佩文韵府》同。韵字下無注音與釋義，唯引《文選》句，并注明出處，及對此句的簡略解釋。基本與李麟閣所編《分韵文選題解》一致。當爲一書在不同時期的版本。

有清光緒十年（1884）上海同文書局石印本，中國國家圖書館藏。

13.《讀文選》一卷　許玉瑑撰　存

提　要

許玉瑑,初名賡颺,字起上,號鶴巢,吴縣(今江蘇蘇州)人。同治甲子(1864)舉人,入中書舍人,轉刑部郎中。詞人,藏書家,室名"詩契齋"。有《詩契齋十種》,稿本,寫作年代不詳,其中《詩鈔》七卷,《駢體文録》十八卷,《叢藁》三卷,《晋雋》三卷,《讀管子》一卷,《讀水經注》一卷,《讀史記》二卷,《讀漢書》一卷,《讀文選》一卷,《讀書日記》一卷。

《讀文選》一卷,見《詩契齋十種》第一五册,稿本,以行草字體書寫。收録班孟堅《兩都賦》、張平子《南都賦》、左太冲《三都賦》等幾首賦作,并作簡要訓解。此書擇要訓釋語詞,多從李善注,間附己意,然發明無多。對於疑難字詞、人物典故、地理等條目,多引史書、經書等略加訓釋。如班孟堅《兩都賦》中"近蜀"條,引李善注:"注言秦境富饒,與蜀相類,故號近蜀焉。"所引李善注,并未全引,而是删減摘録。班孟堅《兩都賦》諸多條目,如"七相五公""三選七遷""偃蹇"等,多爲疑難典故或語詞,可見作者爲有選擇加以注解。此書天頭有簡要評點文字,如班孟堅《兩都賦》標明"地利""星象""宫殿""田獵""風俗"等,對於理解賦作脉絡有所裨益。全書偶有圈點,如"增盤崔嵬,登降炤爛。殊形詭制,每各異觀",此句圈,當爲著者激賞之句,此與《文選》評點類著作相類。全書僅有一卷,涉及幾首賦作,訓解多從善注,鮮有發揮,個别條目援引史料,可補善注不足。

《詩契齋十種》,藏蘇州圖書館。

本條爲揚州大學文學院宋展雲博士撰寫。

14.《桐城吴先生點勘文選》五卷　吴汝綸評　存

提　要

吴汝綸(1840—1903),字摯甫,一字至父,安徽桐城人。同治四年(1865)進士,授内閣中書。曾先後任曾國藩、李鴻章幕僚。晚年爲京師大學堂總教習。與張裕釗、黎庶昌、薛福成被稱爲曾門四弟子。論文宗法桐城,主張"有所變而後大",認爲桐城諸老,"氣清體潔,海内所宗,獨雄奇瑰瑋之境尚少"(《與姚仲實》)傳見《清史稿》卷四八六。

本書由其子闓生編纂而成。據其案語説明:此本是用姚鼐圈點本,校勘用胡克家《文選考異》及何焯、姚鼐諸家所校,再以己意參定。注釋則頗采五臣及諸家以補善注之缺,評騭兼取張皋文、李申耆、方植之、曾文正之説,亦時以己意斷定之。所點勘有胡刻及局刻二本,今彙合録之,不復分别。其中引姚鼐所引的薑塢先生(姚範),今改稱南青以從省。

吴汝綸在卷五後總評云:"《考異》十得六七,然亦有不必改者,又有改之而誤者,又或誤而未改者,以此見校讎之難。庚辰三月汝綸記。"

具體到書中則考校評釋皆具,然考校多簡單判定是非,無具體考證。如點勘《毛詩序》注"斥大王、王季、文王也"。《考異》:"衍'文王也'三字。"評云:"此序所稱先王,據作序時爲説,非據作詩爲説,有文王可也。"再如點勘《四子講德論》"鷩邊抏士",何校作"抗"。評云:"汝綸謂抏字是。"可見其例。

《桐城吴先生全書六種附桐城吴先生群書點勘五十種》,萃升書院校刊,清光緒及民國間刻本彙印,中國國家圖書館藏。

15.《文選各家詩集》四卷　陳光明輯　存

提　要

《文選各家詩集》四卷,陳光明輯。陳光明其人亦不可考。

《文選各家詩集》四卷,以目録開篇,卷首題《文選各家詩集》,并“錢塘汪師韓韓門撰,江津陳光明輯”。題下無序言。正文以撰人時代先後爲序,收録《文選》詩類作家六十六家,按時代排列,以詩繫人。起周荆軻《易水歌》一首,迄梁虞羲《咏霍將軍北伐》一首。標題下録李善、五臣注相關解題内容,正文隨文簡略標音注。蓋爲學習《文選》詩便利而成書。要重在簡明,一目瞭然,爲有利初學所作。

清光緒五年(1879)醉經堂刊本,扉頁有“光緒己卯孟夏月醉經堂開雕”刻書印。《湖南中山圖書館書目》載録。今見藏於湖南圖書館、吉林大學圖書館、北京大學圖書館、日本神户市立中央圖書館、哈佛大學圖書館等。重慶北碚圖書館藏《文選各家詩集》四卷,卷四終有“成都嚴琳校字”,“全國古籍普查登記基本數據庫”著録爲“光緒成都刻本”,此本頁眉、卷中有富順陳崇哲批注貫穿始終,由其卷前幾段題識可見批注的時間大概是在光緒丙子(1876)、光緒甲申(1884)、光緒辛丑(1901)。高步瀛《選學綱領》録作“《文選名家詩集》四卷”。

16.《文選詩鈔》四卷　吴學鐮、沈麒禎輯,佚名批　存

提　要

吴曦洲,字學鐮,杭州人。沈麒禎,生平不詳。

本書前有泰州著名回族詩人俞楷康熙己亥(1719)序。序中稱自己過去教自己的弟弟作詩曾編寫了一部《選選詩》,作爲讀本。“繼與

子婿湘芷論詩羅浮之巔，又爲《續選選詩》，評其大要，以《選》詩爲唐詩之祖，舉工部熟精《選》理爲詩之鵠。予弟曾刻之書局，其同館諸公頗以爲式。予今尋繹吴子所刻《文選》詩，而益快然有以自信，詩之必取衷於唐，而唐之必熟精於《選》。維我與子所見略同矣。蓋《文選》之詩極整而麗，雖太白以爲自建安來，綺靡不足珍，然觀魏武之雄渾，魏文之美秀，他如《古詩十九首》、蘇李録别、阮籍咏懷，以及於陶謝之作，其性情、其辭氣，皆可直接《三百篇》，以附於其後，誰曰非宜？而今之論詩者莫不宗唐，乃取其近體之聲調可聽者而讀之學之，問以漢魏之樂府古詩而茫然不知。昔人非秦漢以上之書不讀，而詩獨奈何取漢魏以下者乎？嗟乎！吴子所以有《文選》詩之刻也，《昭明文選》全書體備而類分，而賦與詩文種種不一，閱者每苦其煩。今吴子專刻其詩以行世，苟熟精乎此，取精多用物弘，由漢魏而法三唐，以繼風雅，斯真爲昭明之功臣，工部之肖子，而吾二人者誠先後有同心也。"

本書專鈔《選》詩，然亦有增補，順序亦重新編排。第一卷從補亡六首始。以下樂府、古詩。第二卷郊廟、述祖德、勸勵、獻詩、應詔令、公宴詩、寓直、軍戎、行旅。第三卷祖餞、游覽、贈答、懷舊。第四卷咏懷、招隱、游仙、咏史、情詩、咏物、雜詩、哀傷、挽歌。正文則詩類詩題下有簡單注釋。

《文選詩鈔》四卷，吴學鐮、沈麒禎輯。清康熙五十八年（1719）仁和吴氏刻本，佚名批。上海圖書館、浙江圖書館、中國國家圖書館藏。

17.《文選賦鈔》《文選騷七鈔》《文選古文鈔》　佚名抄　存

提　要

此書爲稿本，正文以楷體書寫，作者及具體年代不詳。整套書爲六册，其中《文選賦鈔》《文選騷七鈔》《文選古文鈔》各爲一册，此外還有《唐宋律賦鈔》《古文鈔》等，足見著者對於賦及文之青睞。《文選賦鈔》收録《兩都賦》《吴都賦》《甘泉賦》《籍田賦》《射雉賦》《東征賦》《游天台山賦》《蕪城賦》《登樓賦》《秋興賦》《雪賦》《月賦》《赭白馬賦》《舞鶴賦》《歸田賦》《别賦》《文賦》《洛神賦》等十餘首名篇。此書天頭用行書書寫眉批，批點尤重揭示賦作意脉，如《兩都賦》批曰："起便宏深"，"先言其形勢，次及都邑之四郊，次及都邑之物産"。有些眉批，亦能揭示賦作源流，如《吴都賦》眉批："是祖《上林賦》。"對於文辭頗佳的賦句，加以圈點。此外，尚有旁批，如《西都賦》"家承百年之業。士食舊德之名氏"，圈點并批曰："此等語非孟堅不能下。"此書不重訓解，而多評點，眉批多有創見。

《文選騷七鈔》一册，收録《離騷經》《九歌六首》《九章》《卜居》《漁父》《九辯五首》《招隱士》《七發八首》《七啓八首》《七命八首》等騷體賦，僅有正文，并無眉批及旁批。

《文選古文鈔》一册，收録《求賢良詔》《薦禰衡表》《出師表》《陳情表》等古文二十二篇。僅有正文，并無眉批及旁批。三書之中，《文選賦鈔》頗多評點，用力最精，足資參考。

清抄本，蘇州圖書館藏。

本條爲揚州大學宋展雲博士撰寫。

18.《文選鈔節本》　龔子韋纂，許賡颺抄録　存

提　要

龔子韋，上元(今江蘇南京)人，著有《文選鈔節本》一册。

此書文末有跋文"辛酉正月賡颺依六臣注本校讀一遍"，賡颺即著有《讀文選》的許玉瑑，跋文提到此書作者爲"上元龔子韋"，不知許玉瑑與龔子韋是否有師承關係。書後印有"後五硯樓珍藏"章一枚。

全書以楷體抄録，收入《文選》作品數十篇。正文旁多加校語，如《兩都賦》，"華"一作"紫"，"流"一作"通"，此皆標明李善、五臣本文字差異。此外，尚有用史書校訂《文選》者。如《長楊賦》引《漢書》"網"作"罔"。対於《文選考異》校勘成果，此書亦加以援引。如《詣建平王上書》"以每一念來"句，旁注："《考異》云，茶陵本作'每一念'，袁本作'以每一念'，無來字。《梁書》同此。"此書并無注解，重在考異文字，多羅列李善及五臣異文，并參校史書。所選《文選》作品，亦非全爲名篇。可謂經過刪節、略加校訂的《文選》白文本。

清精抄本，蘇州圖書館藏。

本條由揚州大學宋展雲博士撰寫。

19.《文選集腋》六卷　胥斌等輯　存

提　要

胥斌，字倚平，瀘溪（今湖南西部）人。

此書前有包世臣序曰：

> 善讀書者，不必盡搜中秘，殫見冷聞，第取吾人所家弦户誦者，與爲遍摩而機杼一新。善著書者，不必獨出胸裁，騁秘抽妍，第取吾日所口吟手披者，與爲研鍊，而格律一變，吾故有取於倚平所纂《文選集腋》一編。是編雖祇爲帖括文字起見，而於古今帝王治化國家政理、文德武功、兵農禮樂，以訖天文地理、草木蟲魚之屬。凡四子書中，所有門類，莫不按部就班。比事屬辭，而其取材又祇百數十篇。《文選》剪裁配搭，劇費苦心，錯綜貫串，亦資巧力，由能以時文機抒運古文格律於參差段落、排偶整齊中寓有起伏開闔、轉折頓挫，或妥帖排奡，或圓渾流麗。至其篇幅廣狹，節奏長短，大要以條目中義藴多寡等。其文之詳略，義多

則文詳，義寡則文略，以此鋪張揚厲，上應鴻博，則不足以此沉浸醲郁。作爲文章，則有餘。語曰："文選熟，秀才足。"其此之謂歟。夫以人人所家弦户誦口吟手披之書，一經編摩研鍊，遂成爲我之書，又若與人人共成之書，不可謂非善读書善著書者也。而倚平顧曰："吾特以利初學而已，吾意非徒以爲記誦勦襲之資也，務立簡練揣摩，擇其言尤雅者以入吾文。"即一句一字，皆有盎然書卷之氣，油然經籍之光，矧能貫而通之，化而裁之，議論出其中，才思出其中，是糟粕也，而有神明之用。斯足以播諸藝苑，衣被後學，以規彼村塾庸師，挾"兔園册子"委瑣齷齪，聊以獵食，誤人子弟者，相去何啻霄壤，是真千羊之皮不如一狐之腋也，况能集腋以爲裘，而可不知所貴重歟。是故有取於是編也。倚平故嘗問學於予，學有根柢，雖未能自著書，亦未得讀秘書，然造詣已若此，其才品大可見此編。初脱槀亦屬予點定，中有數篇尚□有所□，蓋匆匆未及再訂，遽已付梓，竊用憮然，然於此書，大體固無傷，可以問世，輒復序之以質諸學者。嘉慶癸酉秋七月汝麋倦翁漫題。

胥斌《自序》曰：

秦漢而下，能文者往往以專集行世。而彙集歷代之文，總爲一書，則自梁昭明太子《文選》始。《文選》詩賦特夥，而衆體略具。其瑰辭偉論，指不勝屈，顧人皆知爲詩賦之圭臬，雜古之指南，而不知其有裨於帖括者仍多也。自國初名人，間已掠入文中，如王農山"公叔文子一章"、錢湘靈"昔者王豹三段"題，運用昭然。近科鄉會試墨尤競相掇拾，良由聖天子崇文雅化，故嗜古博學之士，師師輩出。然而聰明特達者，誠不難統全《選》而賅通之。其或姿力稍降，即窮歲月縻膏油，坐誦一編，旋得旋失，尚能舉《選》中之精液作制藝用哉！此余所負疚疇囊，而不堪以告人者也。去歲，余適休館職，夏間，取《文選》内醇雅之句，分類鈔録。既又貫串成篇，以便記習。每削稿輒付伯兄裁定，而侄飛濤，以端陽節館還，亦與襄其業。雖有懷於孤腋之集，而未卜其裘服之成，自陋雕蟲，家傳悚忸，何敢遽問諸世。友人聞是録者，或欲假鈔，恐展轉相假，稿反遺脱。因更取原本，補闕訂訛，於其稍費搜研者，詳録注解於後，爰授剞劂，以公同好。固不遑恤大雅君子見嗤爾。時皇清嘉慶十六年(1811)歲在重光協洽餘月書於盱北鏡水軒館舍。

《文選集腋》的凡例如下：

一《文選》辭多僻奥，事實半涉秦漢。後代不可浸入。"四書"文内玆編惟審其議論醇正，字句雅馴及事本前古者，類而録之。餘即典艷鮮新，概不敢取。

一《文選》之書，體例固繁，其間導揚淳化者十居四五，况今聖天子化理，蒸蒸日上，即崇文稽古，遐不作人，故以王化首冠斯編。

一是編自王霸君臣諸目下，即次民風治道以迄巡游，然後繼之聖德儒修等篇，亦先國後野之意云爾。

一類集之文或整段或數句或一句俱以原來篇目分條標注，最先一條并注明作者姓字，複見從略。

一《文選》中有大同小異者，專取一條以避重複，至雖複而辭尤可取，則於記注篇目外附載。又某篇云云，仍以小圈隔斷，使不相淆。

一舊文豈容節改，第既彙集成篇，或於上下文有忌複者，有意理欠洽者，不得不删易一二字及節取半句，然即將原本注明於下，俾散用者得照舊文運掇,惟一二虚字,雖經節改,仍無失本來意義者,未及全注,至余新添聯貫字語,全句用尖圈標識,數字則用旁點,庶與原文不紊。

一《文選》中如屈原《離騷》,既有專集,卜子夏《詩序》、孔安國《尚書序》、杜元凱《左氏傳序》,并列諸經,他如漢武帝《求賢詔》、宋玉《對楚王問》、諸葛武侯《出師表》、李令伯《陳情表》、李斯《諫逐客書》、鄒陽《獄中上書》、司馬長卿《諫獵疏》《喻巴蜀檄》、李少卿《答蘇武書》。司馬子長《報任少卿書》、楊子幼《報孫會宗書》、孔德璋《北山移文》、楊子雲《解嘲》、陶淵明《歸去來辭》、賈誼《過秦論》《吊屈原文》、班叔皮《王命論》、謝惠連《祭古冢文》等篇皆近世選古文家所共登,學人慣習之,語故概置弗采。其餘非篇内全無一語適用者,未嘗敢略。

一《選》中諸詩凡五言七言於此調殊不相合,俱未采録。若四言可采者,亦所必登。

一語涉後代事典固所不録,然如《王化篇》"稀鳴桴於砥路",《治道篇》"邑居不聞夜吠之犬",實屬漢人故事,獨取其與"鞠茂草於圜扉,牧人不睹晨飲之羊",屬對工雅,且有此熟典,影對嵾用,亦尚不覺。

一編内文體多參散行,其有通幅專涉駢儷者,亦限於所取原文不得不爾,幸毋以體例自乖爲誚。

一編内所輯雖皆雅醇,顧猶不乏差等。爰於警闢之句及允協時趨者加以密圈。次則散圈。再次則散點。至如豪俠友朋等篇辭,語間涉外家亦聊取以圓適文意,非苟爲亂雜也,識者諒之。

一此書分類成篇,不過欲便學人記取究之,諸類儘有可通,惟善運者之斟酌化裁耳。

一引輯《選》中難字俱照舊音列各字下,間與舊音有異,悉遵本朝字典,是正又或字本易識,舊無音注,而俗多誤讀者亦爲增設。

一是編尤爲初學起見,其中稍涉難解,悉遵原注揭釋篇尾,以便覽知,間有原注未及處,參考他書添釋,務求詳瞭,其附録之文,有當解釋者,則於全篇注後標明附注。

一《文選》雖有資帖括,尤爲詩賦之祖。昔杜工部示宗武詩曰:"熟精《文選》理。"《瑞溪集》云:"子美大率宗法《文選》,摭其英華,旁羅曲探,咀嚼爲我語,故又用以訓其子焉。"歷來詩人未有不三復《文選》者。近代摘録詩賦擬題,《文選》特多,然或闕而不備,注釋尤略。余既勉輯斯編,嗣有《文選》詩賦題解付梓,尚冀同好交襄厥美云。

梁廷枏《選樓集句後序》(見《選樓集句》後附):"近人所編《文選集腋》,不過取便舉業,連徵全段,分類成篇,初無與屬對之工,亦非集句之體。"又許懋和《集其清英集·發凡》:"胥倚平《文選集腋》於提頓轉折,每增添虚字,改竄原文,以期氣脉之貫。"可見集《選》體乃在其影響下發展起來,然後世亦諸多發展和批評之詞。

《文選集腋》六卷,有嘉慶十八年(1813)寶寧堂刻本,問渠書屋藏板。題下屬"王汝上夫子鑒定,瀘溪胥斌倚平纂輯,兄欽倚衡裁訂,侄飛濤培度同纂"。《文選研究文獻輯刊》第五九册據以影印。亦有嘉慶二十一年(1816)聚錦書屋刊本。《小嫏嬛山館叢書》本,清咸豐元年(1851)刻,南京圖書館藏。同治七年(1868)光緒辛卯夏刊巾箱本。前有胥斌自序,後署"道光三年(1823)歲在仲春協洽餘月,瀘溪胥斌倚平識"。光緒二十年(1894)、上海寶善書局石印二卷本。

20.《選詩均編》五卷　李宗顥輯　存

提　要

李宗顥(1862—?),字煮石,號邵齋、夷白。南海(今廣東廣州)人。喜治金石目録之學。隨父應鴻宦游長安。精研漢唐故都之金石古物,終日以鑒賞金石、文物、古籍自適。以孫星衍、趙之謙《寰宇訪碑録》訛誤尚多,爲《蕭堪讀碑記》,多所匡正。居京師游李文田(1834—1895)之門,與江陰繆荃孫(1844—1919)討究古籍版片,就所知見以蠅頭細書,識於《四庫全書簡明目録》書眉,丹黄爛然,所論有出於邵懿辰、莫友芝之外者。亦善書法、繪畫、篆刻。有《留庵隨筆》等。

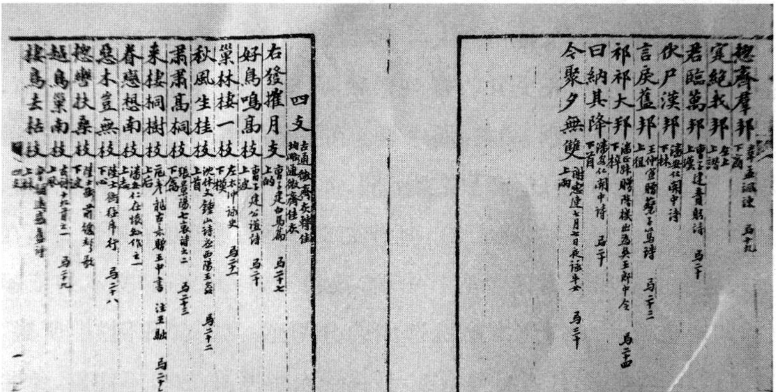

《選詩均編》稿本　上海圖書館藏

《選詩均編》五卷的稿本今藏於上海圖書館。其正文題曰:"《選詩均編》五卷。”小字:“據胡氏重刊宋淳熙本編録。”正文題下標:“南海李宗顥撰集。”全書按一東二冬三江的韵字編目。如正文先一東,下列詩句:“家族滿山東。”下雙行小字:“鮑明遠《數詩》卷三十,上西。”又如:“本家自遼東。”下雙行小字:“袁陽源《效古》卷三十一,上士。”其所標“上西”“上士”,謂上句末字。

21.《集其清英集》一卷 許懋和撰 存

提 要

許懋和,字質人,又字雲琴。黟縣(今安徽黄山)人。同治十二年(1873)舉人。《黟縣四志》卷七《人物志·文苑》載其爲:“許懋修從弟。”“精熟《文選》,弱齡以經古受知羅學使(羅惇衍)。”“著有集《文選》詩文二卷(即《集其清英集》)、《在山小草》四卷。”今存衹有一卷。

其書卷首有其父淮山老人許琛識語和同邑黄德華的題詞。有許懋和所撰《凡例》。正文共收録許懋和所作集《文選》詩文二十八篇,内容主要偏重於送别、頌贊、題序等。在集選的方式上,與此前的《選樓集句》集《文選》中成句爲駢文不同,此書乃采摘《文選》中的詞語、短語拼接爲成句,再組織成文。所作之文亦既有散體也有駢體。這在一定程度上增加了寫作者的自由度,減輕了對於《文選》文本的依賴性,同時也避免了句注出處所造成的分割感。如其《凡例》中所説:“《文選》卷帙無多,作者可僂指數,且爲學人所恒習,故概不注出,免貽妄誕之譏。”又“斷章取義,肇自周秦。集中‘友於同僈’‘任土作貢’‘自秦至宋’等句,意義即巧相闕合,斯理可旁通,不必定依本文原詁。”

此集今存光緒二年(1876)藜照堂刻本,安徽省圖書館藏。其書被收入《近代珍稀集句詩文集》,《中國近現代稀見史料叢刊》(第二輯),張明華、李曉黎整理,南京:鳳凰出版社2015年版。

22.《文選類雋》十四卷　何松撰　存

提　要

何松,字崍青,慈溪(今浙江寧波)人。同治己巳(1869)歲貢,保舉訓導。清代書法家梅調鼎(1839—1906)曾師從何松學習詩文。著有《夢璞居詩鈔》《惺惺齋文鈔》《惺惺齋筆記》等。曾校天一閣藏書,主講辨志文會。光緒《慈溪縣志》附編有傳。《四明清詩略續稿》卷三録其詩八首。

是書前有何松《自序》曰:

昔之爲文者,非苟尚辭而已。將以質實之理,抒綿邈之情。情至理得,文自生焉。然宏達之材,六籍供其驅使。中人以下,群言未罄。淵源則提要鈎元,功綦急矣。去歲之秋,經典告竣,謬蒙海内鑒賞,既已不脛而走。夫質與文遞嬗也,華與實相副也。粟菽允盈,兼思珍錯。布帛饒裕,旁蓄綺羅。物既有之,文亦宜然。當夫掄材之會,角藝之秋,思欲馳鶩乎詞林,出入於文囿。遣辭則鏘鳴金石,會意則變幻風雲。苟舍蕭《選》,厥道無由。特其爲書,取材淵博,詞旨恢弘。若非分别部居,采輯菁萃,蓋欲兼功太半,難矣。於是乘我三餘,搜兹三十卷。前朝錦字,奉爲椎輪。劉氏類林,芟其凡艷,俾紛錯綺肴。各以彙聚,纖穲錦績,更以類分。質既至而文彌耀,實先培而華自敷以之鳴,盛端在斯矣。若夫贍智宏材,抗心希古,考義於六經三史,選詞以諸子百家。尚何取區區碎錦哉,是爲序。光緒二年四月哉生明慈溪何松自識於常惺惺齋。

其書列凡例七條:

一經典類書體例以江氏《四書典林》爲第一,因其備載出處,不拘對偶，令作者可以隨心運用，去秋仿其式刻《五經典林》，俾獲通行。玆門下士復以余所輯《文選》請梓，即以是補《五經典林》之不足也可。

一《文選》一書自周秦至齊梁八代菁華俱集於斯，文章詞賦俱可取資，是編專爲經義而設，故一切香艷之詞及後世地名、人名皆從簡。

一《選》注有李善有五臣，後人并五臣李善合爲一書，名六臣注，特五臣注膚浮淺率，識者鄙之，故專取李注，庶實事求是，所解不至紛然歧出。

一《文選》刻本甚夥，梁氏章鉅《文選旁證》所列書目至有二十三種，而最善者莫如鄱陽胡氏仿宋本，是書所采以胡氏本爲主，其有字句彼此互異者，悉遵胡氏考異及梁氏旁證校正之。

一《選》中多難字，玆悉載李氏《音訓》及吴郡余氏《音義》，俾閱者便於諷誦，不必再檢字書也。

一詩文騷賦義藴無窮，《選》中有李注所未及者，間參鄙見以"松案"二字别之。

一是編除騷賦啓發諸長篇外，各載撰人姓名。昭明於諸人或名或氏體例參差，玆各以名稱以照畫一。

一《文選》類書如宋劉攽《文選類林》，宋高似孫《文選句圖》，宋蘇易簡《文選雙字類要》，明凌迪知《文選錦字》，國朝杭世駿《文選課虚》，大抵皆爲詩賦設也。玆分十四卷以備帖經，詩賦諸家或亦有取乎此。

總之，《文選類雋》爲清光緒年間何松編寫的一部《文選》類書，編寫的目的在於給科舉考試的學生提供典故辭藻方面的資料。這部書共十四卷，體例有似類書分門别類，凡分天文、時令、地理、政事、人倫、人事、文學、武備、禮制、樂律、衣食、宫室、動物、植物十四門。門類下列子目,子目下列辭藻典故之條目,與一般百科全書式類書的不同在於,每一詞典之下,首録出處,次出例句,後附釋義與釋音,正如編者凡例中所説,旨在"俾閲者便於諷誦,不必再檢字書也"。另一個不同在於取詞方面,"是編專爲經義而設,故一切香艷之詞及後世地名、人名皆從簡"。取向明確,也非綜合性類書可比。

《文選類雋》十四卷,何松編,清光緒十六年(1890)巾箱本,光緒庚寅中夏,珍藝書局印,陝西圖書館藏。光緒二十二年(1896)鴻寶齋書局石印本,貴州圖書館藏。

23.《讀選集箴》不分卷　何其傑輯　存

提　要

何其傑(1832—1895),何錦子,同治甲子(1864)舉人,官内閣中書,委署侍讀,去官歸里,熱心公益,每有義舉。所撰有《周易經典證略》十卷末一卷,湖北圖書館藏清光緒十二年刻《景袁齋叢書》本,收録於《續修四庫全書》經部易類;《説文字原引》一卷,光緒十八年刊,見録於《販書偶記》卷二。

何其傑《讀選集箴序》曰:"甲戌被放假,歸鍵户,課兒孫讀。間取《文選》授之,亦以自課。其有裨身心、洞中世情者,録之,久而成編。復類以别之,曰品概,務根柢也;曰建樹,勵作用也;曰閲歷,曰存養,則由壯而老之針砭,又傑所用自儆也。約爲四卷,日置坐隅,陳生瑞庭,見而悦焉。亟請付梓,因徇其意而志數言,惟搜采稍略,未能宏富。維大雅正之。光緒癸未三月三日山陽何其傑。"

是書約爲四卷,以類别之,分别爲"品概""建樹""閲歷""存養",每一類下,選取《文選》諸篇中的箴言名句,從而達到勵志課學的目的。然總體來説，搜檢不廣，頗簡略，亦無多校勘。

《讀選集箴》一書有清光緒九年(1883)仲秋陳鳳堂刻本，前有何其傑自序，題下有"山陽何其傑俊卿輯受業陳鳳堂梓校"，《文選研究文獻輯刊》第五九册據以影印。亦有清光緒間《景袁齋叢書》九種刻本第一、二册，中國國家圖書館藏。

24.《玉塘集選》二卷　孫璧文集　存

提　要

孫璧文，字玉塘，安徽太平人。同治六年(1867)舉人。《清人詩文集總目提要》[①]卷五二載其："好集《文選》，以爲應酬之文。中年掇拾所作爲《玉塘集選》二卷，光緒十三年(1887)刻巾箱本，南京圖書館藏。"

此書卷首有自序一篇，卷一載《歷代輿地沿革險要圖序》《李雨亭師六旬壽序》《程尚齋年伯六旬壽序》《陳南屏先生八旬晋一壽序》《楊子通方伯四旬晋六壽序》《西園詩草序》《漢皋留别詩序》《延緑簃詩鈔序》；卷二載《琴臺記》《偕楊雪漁太史游黄鶴樓記》《記李剛烈公殉節事》《擬聖主得賢臣頌》《擬燕然山銘》《祭王鶴儕文》，共計十四篇。末附兩篇書信，并非集《選》文。

孫璧文自序中明確此書的由來，曰："少好集《選》，頗爲宗匠所稱，顧嘗以爲酬應之文，不堪留意，稿多不存。近年始刊數篇，擬更檢舊作，改正方事考據，未克分心，本年又撰數篇，刊而并之，已成一帙。非敢希蹤先正，妄冀流傳，然簇彩爲衣，嵌珠成器，雖無適於用，亦足以自娱焉爾。"很明顯，集《選》之句的目的在於撰著應酬之文，以資娱樂。

① 柯愈春《清人詩文集總目提要》，北京：北京古籍出版社2002年版。

25.《集選詩》一卷　郭階撰　存

提　要

郭階,字春暉,湖北蘄水(今湖北浠水)人。所著有《遲雲閣詩稿》四卷、《文稿》五卷,《集選詩》一卷,光緒十五年刻,見《春暉雜稿》十二種。另有《天均卮言》,自記生平,敘事至光緒十五年,時年四十八。

《集選詩》一卷,由組詩《擬阮步兵咏懷》六十首和《寄安而敬》一首組成,其中《擬阮步兵咏懷》六十首,皆爲集《文選》詩句而成,如其第一首"探道好淵玄,弱冠弄柔翰。彩色世所重,蔚若朝霞爛。含采吝驚春,丹青暫雕焕。榮名以爲寶,結念屬霄漢"。分别輯自顔延年、左太冲、江文通、陸士衡、鮑明遠、謝惠連、《古詩十九首》、謝靈運的詩句。

《集選詩》一卷,收入郭階所著《春暉雜稿》十二種,光緒十五年(1889)蘄水郭氏自刻本,十册,中國國家圖書館、南京圖書館、上海圖書館藏。《近代珍稀集句詩文集》收入,張明華、李曉黎據上海圖書館藏本點校整理,《中國近現代稀見史料叢刊》(第二輯),南京:鳳凰出版社 2015 年版。

26.《分韵文選題解》一卷　湯文潞編　存

提　要

湯文潞,旌德(今屬安徽)人。

此書是《增廣詩韵合璧》的一部分。正如清代流行於坊間的《詩韵含英》《詩韵全璧》《詩韵集成》等書,皆以《佩文詩韵》爲底本,其目的當然是備舉子應試之用。其書卷首有"凡例"九條,曰:"是編三幅,輯書十二種”,第十種爲“《文選題解》”。在頁面之中間欄,按十四韵排列,每韵先舉合韵的《文選》文句,下標出處和與此句相對的上句。或下再標簡單注釋。

如“十二文”下列:

屬御方神〇班固《東都賦》上句:“山靈護野。”方神,四方之神。

“十三元”下列:

沿波討源〇陸機《文賦》上句:“或因枝以振葉。”

這種韵類工具書,雖然常被譏諷爲衹供初學的“兔園册子”,然通過這一類書籍的編纂,也可以看出時代的需求和韵書在促進詩歌創作方面的作用。正如《序》中所説,當時由朱琊重加增訂參以詩韵音義注、詩韵異同辨所著之《漁古軒詩韵》,已是“遠近争購,洛陽爲之紙貴”。然終不如《詩韵合璧》之美且多也。“旌邑湯君以詩腋、補編歷代賦彙,分類增入,薈萃群書,合而成璧,洵爲初學之津梁,詩人之寶筏。”

此書前有光緒十七年許時庚序,上海錦章圖書局石印。清光緒二十三年(丁酉,1897)文淵山房石印本,藏中山大學圖書館。有咸豐三益齋刊本,藏安徽省圖書館。

27.《文選針度》十七卷　王伯鹿撰　存

提　要

王伯鹿,生平不詳。

據書前退庵居士梁章鉅所撰《文選針度序》,可知此書作者爲王伯鹿。然其人生平已不可考。

本書作爲《文選》之辭藻類書,分作十七部,部下列類,分别是卷一天文部(天、日、月、星辰、風、雲、雨、雪、雷電),卷二時令部(春、夏、秋、冬、歲時、正旦、七夕、歲除、旱、晴、晨夜),卷三地理部,卷四人倫部,卷五性情部,卷六身體部,卷七人事部,卷八聖賢部,卷九官職部,卷一〇文學部,卷一一樂律部,卷一二武備部,卷一三服用部,卷一四宫室部,卷一五喪紀部,卷一六庶物部,卷一七花木部。類下列《文選》作品中的詞彙或詞句,詞句下小字雙行列《文選》中含此詞句的原詩句以及注釋、出處。

序曰:"《文選》類書甚多,如《類腋》《類雋》《錦字》《課虚》等,俱已家置一編矣。余友王伯鹿太史又有《文選針度》之刻,一再翻印,謬誤滋多。今春太史謀付石印,末後又添十餘條,皆前所遺置者。開卷有得,實士林之圭臬也。豈徒見太史之淹博載。光緒丙子退庵居士謹識。"則知此書石印本刻於光緒丙子年(1876)。

今存石印巾箱本,光緒乙未年(1895)上海鴻寶齋石印本。藏黑龍江省圖書館、山東大學圖書館、蘇州大學圖書館。

28.《文選集錦》七卷　李伯瑜集　存

提　要

李伯瑜,生平不詳。

是書前有蔣欽題於光緒丙子(1876)首夏之序,稱"余友李伯瑜農部著作宏富,學問淹通,退老家山,問字之車,户外常滿。今春其門下士彭次珩孝廉爲刊其《文選集錦》一編,囑余爲之校勘集成,志其緣起,如此故農部之一端,未足見農部也"。

全書分七卷,每卷列若干小類,如卷一:太極、兩儀、造化、陰陽、金、木、水、火、土、更漏、曆數。卷二:帝德、基業、功烈、嗣續、皇后、嬪妃、儲副、德澤、風化、詔誥、求賢、待士、爵禄、巡狩、封禪、耕藉、郊祀、朝覲、三官、貢獻、祥瑞、平安、皇儀、禁衛、失道、臣道、諫諍、知遇、功效。卷三：天下、京師、西都、東都、郡邑、城郭、道路、郊野。卷四：道教、釋教、神、鬼、物怪、禍福、祭饗、方術、仙藥、仙人。卷五：忠孝等人倫類。卷六：出仕等仕禄類。卷七：宴飲等交往類。

具體每一類下先列《文選》詞語摘録，下雙行小字列原句、注釋和出處。如太極類下首列："權輿。太極剖判，造化權輿，體兼晝夜，理包清濁。注：權輿，始也。左思《魏都賦》。"大體與類書體例相當，然衹是《文選》詞句之類書也。

今存石印巾箱本，光緒乙未年(1895)上海鴻寶齋石印本。藏黑龍江省圖書館、山東大學圖書館、蘇州大學圖書館。

29.《文選類腋》十六卷　吴承烜集　存

提　要

吴承烜，字子融，一字紫蓉，又字毓生，號東園，安徽歙縣人。邑庠生。李木齋於上海設蜚英書局，聘爲編輯。撰《文選類腋》十六卷。[①]

是書體例方面繼承胥斌《文選集腋》，但又有類分。卷前有《天地總論》《人物總論》兩篇，皆爲截取《文選》篇章中的成句加以組合而成，句下標文章出處。兩篇之後分卷列部類，部如天、地、人等部。天部包括天文、造化、日月、星辰、風雲、雷電、冰霜、雪、時令、春、夏、秋、冬、寒暑、晝夜、水旱等。地部包括地輿、邦國等。編輯共二百六十餘篇，達胥斌《文選集腋》六十餘篇的四倍之多。

作者自比此書的編纂如史游的《急就章》，"衹以供臨文驅遣，意在擇精語詳"。即有助科舉作文之用，所謂："我朝制科鄉會兩試，并

① 詳見鄭逸梅《小富則集而藏》，上海：上海文化出版社 2015 年版。

重經文,尤登《選》體,希風漢魏,錬意齊梁。"(《例言》)

今存石印巾箱本,光緒乙未年(1895)上海鴻寶齋石印本。藏黑龍江省圖書館、山東大學圖書館、蘇州大學圖書館。

30.《選雅》二十卷　程先甲撰　存

提　要

程先甲(1870—1932),字鼎丞,又字一夔,筆名百花仙子。江蘇省江寧縣人。光緒十七年(1891)舉人。其學精小學,兼治古詩文,并通曉西學,著有《西書簡明目録初編》四卷。一生致力於學術,《千一齋全書目》著録達四十餘種。其中《文選》學著作多種,包括《選學管窺》六卷,《文選古字補疏》八卷,《文選校勘記》三卷,《選學源流記》二卷,并見於《千一齋叢書》以及駱鴻凱《選學書著録》。

《選雅》一書刊行於光緒二十八年,共二十卷,依《爾雅》之序,各卷内容包括:釋詁第一、釋言第二、釋訓第三、釋親第四、釋宫第五、釋器第六、釋樂第七、釋天第八、釋地第九、釋丘第十、釋山第十一、釋水第十二、釋草第十三、釋木第十四、釋蟲第十五、釋魚第十六、釋鳥第十七、釋獸第十八、釋畜第十九。每類之下,仿《爾雅》體例,收集《文選》中經李善詮釋的詞語,條別類分,字附出處,如:"羨(東京)貤(上林)覃(論陸叁),延也。"既展示了《文選》同一義項用詞的情況,也便於讀者比較揣摩《文選》不同作者的用詞之妙。其書創作的目的,正如程先甲自序中説:"將以存古義、資譯學者也。"該書是繼陳碩甫本《毛傳》作《毛雅》,朱豐芑本《説文》作《説雅》之後的一部雅學著作。陳善餘稱《選雅》一書爲:"是從來小學所未有,選學所未有,千秋絶業。"駱鴻凱則指出是書體例實未精,稱"如爲考據起見,當悉載原注所引書名,如爲翻檢起見,又不必模仿陳、朱之體。自當依韵排列,如《經籍籑詁》之爲者，乃矻矻成書，略無裨益，殊可惜也"(《文選學・源流》)。

《選雅》，有光緒二十八年《千一齋叢書》刻本，《清代文選學名著集成》第二〇册據以影印。《販書偶記》集部總集類著録。

程先甲另有《選學管窺》六卷、《文選古字補疏》八卷、《文選校勘記》三卷、《選學源流記》二卷，見於《選雅》後所附《千一齋叢書目》，然多未見刊本。

31.《選學管窺》六卷　程先甲撰　未刊

提　要

程先甲，生平見《選雅》條下。

見於《選雅》後所附《千一齋叢書目》，未見刊本。另有《選學管窺》二卷本，尚不能確定二者爲同一種，故將此六卷本隨《選雅》條暫列於此。

32.《文選古字補疏》八卷　程先甲撰　未刊

提　要

程先甲，生平見《選雅》條下。

見於《選雅》後所附《千一齋叢書目》，未見刊本，隨《選雅》條暫列於此。

33.《文選校勘記》三卷　程先甲撰　未刊

提　要

程先甲，生平見《選雅》條下。

見於《選雅》後所附《千一齋叢書目》，未見刊本，隨《選雅》條暫列於此。

34.《選學源流記》二卷　程先甲撰　未刊

提　要

程先甲，生平見《選雅》條下。

見於《選雅》後所附《千一齋叢書目》，未見刊本，隨《選雅》條暫列於此。

35.《文選古詩》一卷　匡援輯　存

提　要

匡援，號劍堂。著有《匡劍堂先生遺稿》。具體生平不詳。據《曾國藩日記》同治八年八月初二日："閱匡援所作《毛詩異義》《尚書伏馬義》等書，蓋山東學者流寓此間。此書久已送來，而未一曾寓目，真可愧耳。"[①]可知其生活年代當與曾國藩同時。

全書先列鍾嶸《詩品》評《文選》諸家詩人之語，次夾入十四面刻本葉題曰《諸詩體式》，内容包括："總論"，引費天承曰："然而千古不易者，詩之旨。而不得不變者，詩之體。故漢魏之詩，不同於商周。而唐宋之詩又不同於漢魏也。"引胡元瑞曰："至於唐而格備，至於絶而體窮，故宋人不得不變而之詞，元人不得不變而之曲。"以及樂府、樂府歌行、近體歌行、五七言古詩、雜言古詩。另有刻本葉《論詩初學有所師承》，内容包括宋景濂《答章秀才書》。

---

① 見曾國藩《同治日記》，《歷代日記叢抄》第七六册，李德龍、俞冰主編，北京：學苑出版社 2006 年版，第 615 頁。

次爲抄稿本的目録，包括公宴、祖餞、咏史、游仙、招隱、反招隱、游覽、咏懷、臨終、哀傷、樂府、輓歌、雜歌、雜詩、擬古十五類。其所收《選》詩始於曹子建《公宴詩》一首，終於江淹《雜體詩》三十首，蓋秉持了《文選》古詩從漢魏建安開始的理念，而不録漢代五言。同時也表現了比較明顯的以古詩或《選》詩的藝術爲着眼點的論詩原則。

後鈔録《文選》古詩白文，在題下、行間、頁眉和詩末輯録舊注解説，然多不録撰人。同時其中也夾有不少作者的評論之語，如曹子建《七哀詩》一首題下評曰："情有七而傷主於哀，惟其所遭之窮也。"在張孟陽《七哀詩》二首頁眉評曰："余丙子自沂州之曲阜，見少昊陵中愚民牧羊種麥，每誦此篇，感嘆不已。"然全書皆爲行書抄寫，注文皆密集細字，往往不易辨認。

《文選古詩》一卷，民國間稿抄本，中國國家圖書館藏，索書號42073。此書爲《匡劍堂先生遺稿》之一種，中國國家圖書館藏《匡劍堂先生遺稿》一百五十九册，均爲抄本，未見刊刻。

36.《選賦鈔評注解删補》九卷　佚名撰　存

提　要

作者年代皆不詳。高麗刻本，一函六册。每半頁十一行，每行二十三字，注文小字雙行同。白口，雙魚尾。四周單邊。版心上刻"選賦卷之某"，下刻頁數。

本書前九卷收文五十一篇，皆著於册首目録。續卷收文三篇，分别爲《九歌》《九章》《天問》。本書所收篇目不皆出自《文選》，如卷九收録庾信《哀江南賦》和王勃《夫子廟》，續卷收録《天問》及《九歌》《九章》全文。本書對《文選》諸賦亦有取捨，《魯靈光殿賦》《景福殿賦》等十三篇賦作未被收録。或出於此，本書以"選賦删補"命名。又本書對賦體的界定與《文選》有相異之處。《文選》中,《離騷》《九歌》《九章》《天問》等皆歸爲騷體,《歸去來辭》歸爲辭類,《北山移文》歸爲書類,《七發》《七啓》《七命》歸作七體,本書皆予收録。

本書所收騷體作品非采自《文選》,應直接引用了朱熹《楚辭集注》。首先注解皆引自《楚辭集注》,其次核檢正文,亦與《楚辭集注》合,如《文選·離騷》"恐鷤鴂之先鳴"句,朱熹《集注》作"鵜",而此書正作"鵜"字。如此之例甚夥,不一一列舉。

騷體而外,本書所引《文選》其他作品,其正文應直接采自《文選》,其所據版本疑爲六臣本或六家本。六家、六臣本《文選》,正文中遇異文多下標"五臣作某""善本作某"。此書對於這些異文,亦多注明,作"一作某"。以《長門賦》爲例,奎章閣本標注十一處異文,此書注明八處,皆與奎章閣本相合。

奎章閣本	此書
奉金(善本有黄字)百斤	奉黄(一無黄字)金百斤
復得(善本有親字)幸	復得(一有親字)幸
魂逾佚而不返(善本有兮字)	魂逾佚而不返兮
懷貞慤之歡(善本作懽)心	懷貞慤之歡心
君(善本有曾字)不肯兮幸臨	君曾(一無曾字)不肯兮幸臨
飄風迴而赴(善本作起)閨兮	飄風迴而赴(一本作起)閨兮
致(善本作緻)錯石之瓴甓兮	緻(一本作致)錯石之瓴甓兮
投(善本作揄)長袂以自翳兮	揄(一本作投)長袂以自翳兮
夜漫漫(善本作曼曼)其若歲(善本有兮字)	夜曼曼(一作漫)其若歲兮
妾人竊自悲傷(善本無傷字)	妾人竊自悲傷(一無傷字)

據上，此書用字較爲靈活變通，或據善本，或用五臣，不拘於其底本形態。正文之下，此書隨文附注，其注或釋字詞，或解句意，不引典籍，不注出處，皆通俗易懂，簡潔明瞭。檢核諸注，大致不出五臣、李善牢籠，亦間參他人之注，如《鵩鳥賦》"細故蔕芥，何足以疑"，本書釋"芥蔕"爲"小草"，與五臣、李善皆不同，應該參考了朱熹《楚辭集注》。

此外，此書收録《哀江南賦》《夫子廟》二文，亦較有價值。其《哀江南賦注》對倪璠《庾子山集注》可間作補充，如"冤霜夜零，憤泉秋沸"句，此書注作"李廣利爲匈奴所圍，不得水，拔劍擊山，飛泉涌出，故曰'憤泉'。言奔竄之際所遭之變"，異於《庾子山集注》所注引後漢耿恭事。

本書藏南開大學圖書館。本條由南開大學崔潔博士撰寫。

37.《文選五古詩鈔》不分卷　佚名輯　存

提　要

是書單獨摘録《文選》五言詩爲一卷，題曰《五古詩鈔文選》，全書無目録序跋。起"述德《述祖德詩》二首，謝靈運"，迄"《雜詩》劉楨，《雜詩》二首魏文帝，《雜詩》六首曹植，《情詩》曹植"。抄寫者似有選擇，未録《選》中雜擬、擬古之類模擬性質的五言詩。

上海圖書館藏抄本。

38.《文選分韵題解》二卷　孫齊洙編　存

提　要

孫齊洙，吴興人。

全書二册，二卷。封面鐫：嘉慶丁卯夏鐫，吴興孫齊洙編，《文選分韵詩賦題解》，多文堂藏板。卷前有嘉慶癸亥孫齊洙序，文曰："沈休文'江蘺生幽渚'一章，爲古句命題之始。而是句實出於《文選》，故自唐代以詩賦取士，洎國朝丁丑定制科場增入詩賦以來，命題之句，《文選》寔居其半，蓋是書爲風騷源祖，操觚家尤宜精熟其理也。年來見坊肆中屢有《文選》詩賦題諸刻本，取閱之非漏即踳，偶於審閱之餘，隨手掇記若干條，且仿《佩文韵府》之例，以題句之末一字爲韵，分綴之，用以便目，適爲友人所見，曰此善本，亟宜公諸世，遂强持以付開雕氏，顔之曰《文選擬題分韵》。兔園齷齪，誠爲大雅所羞。惟是窗下檢查行囊携帶未必無當於簡便之義爾。嘉慶癸亥孟夏中浣吴興孫齊洙題。"

《凡例》：

一是編原以備題，非爲《選》韵，故無題閒韵概不闌入。

一是編不論句之長短，音之平仄，總以末一字係韵，亦《佩文韵府》例也。

一題有割裂原文，顛倒成句，如《長楊賦》"士有不談王道者，則樵夫笑之"。題有出至"樵夫笑士"住者，有出至"樵夫笑士不談王道"住者。但"不談王道"，四字可删。"樵夫笑士"，四字不能删。則題應收入士字韵。凡遇此等題，須將題中逐字并所得之字細閲之，則無漏矣。

一猶是割裂原文而出法可各别者，如《吴都賦》"泉室潛織而卷綃"。題可出"泉室潛織"，亦可出"泉室卷綃"。兹則織綃兩韵并收，不厭繁冗，便查閲也。

一題句出處重見，如"發鯨魚，鏗華鍾"句，《東都》《東京》兩賦無異，兹專注爲《東都賦》，從在前也。若出者意在《東京賦》内句，自當注明相示，不待查矣。

一韵字有數韵并收，平仄相通，收入居前一韵内，其原文葉韵則審其所葉之韵收之，如屏字青梗通，原文叶平者收青韵，叶仄者入梗韵。

一是編隨手掇録，匆匆付梓，未暇釐正次序，故有文中之題在詩前，詩中之題在賦前者，閲者勿拘泥視之。

全書卷上包括上平聲以"一東"到"十五删"爲序，下平聲"一先"到"十五咸"爲序。卷下包括上聲"一董"到"二十九豏"爲序，去聲"一送"到"三十陷"爲序，入聲"一屋"到"十七洽"爲序。

是書體例先列韵字，下列以此字爲韵脚的詞句，標明出處及上下句。繼則解釋重點字詞，繼則羅列相關詞句、句義等。如"一東"，首列"東"字，下小字列："'一尉侯於西東。'王元長《三月三日曲水詩序》：'一尉侯於西東，合車書於南北。'○尉侯皆官名，一尉一侯，言太平而邊防寡也。'春蘭被其東。'嵇叔夜《琴賦》。○其指桐言。"

清嘉慶八年(1803)刻本，補笙軒刻本。湖北省圖書館藏，索書號經九/3979；南京圖書館藏，檢索號GJ/13442。

39.《文選詩賦題摘艷》二卷　志古居士　存

提　要

巾箱本，一册，封面鎸：嘉慶乙丑新鎸，吟香堂編輯，《文選詩賦題摘艷》，研經閣藏板。前有志古居士自序曰："文至六朝而艷麗極矣。梁昭明太子萃騷雅賦頌詩文雜著撰爲《文選》，漱芳傾液，誠藝苑之楷模也。方今風雅道隆，士之翺翔書圃者，董古香，剪凡艷，於《文選》一書莫不探其華而擷其秀，而又自孫郡童試以及歲科鄉會詩賦命題多出此書，則《文選》之不可不熟也明甚。杜少陵云'熟精《文選》理'，豈謂區區采摘遂足盡其菁英哉。顧全帙浩繁,自非聰穎,難以盡記。余性魯善忘,爰於誦讀之餘,擇其尤雅者録之,久而得題若干,彙輯成編,庶幾批閲瞭然,便於記憶。因顔曰《文選詩賦題摘艷》。衹爲携置篋中之計,而同人見之,促付剞劂。殊不堪爲大雅君子質也。嘉慶十年歲次乙丑孟春月中澣,志古居士書於吟香室。"由此序言可以瞭解此類爲應試所編輯的《文選》摘藻類書籍的編寫用意。

此書摘抄《文選》中的對句美句,按照《文選》篇目順序,逐條排列,下以小字注明出處,或者就其中的疑難字句進行詳細注釋,疏通句意。正如編者序中所説,此書正爲應試科舉備忘便覽之用。如其首條曰"陸海珍藏"下注:"班固《西都賦》。《漢書》東方朔曰:'漢興去三河之地,止灞滻以西,都涇渭之南北,謂天下陸海之地。'"再如"春禽群嬉,秋蜩不食"下注曰"王褒《洞簫賦》。大意言簫幹所生之地,上下前後,襯出清静弗喧之意,下'秋蜩'亦然。蟬飲露而不食"之類。

今存嘉慶十年(1805)刻本,南京圖書館藏,檢索號GJ/100836。

40.《文選論抄》不分卷　佚名輯　存

提　要

此本爲專選《文選》論體文的抄本。有朱筆圈點、墨筆評點之語。頁眉評點、行間評點多簡略聊聊數字,點明文章關節氣象。篇末附有總評。因篇數字數都不多,這裹謹録如下:

評王褒《四子講德論》曰:"枚、馬、班、楊、東方輩皆用賓主問答,撰出奇文,此以四子成篇,格愈變,意愈新矣。其獻諛天子及刺史,則祖封禪諸文而小用之也。雋思麗語,風發泉涌,却自舒徐不迫,故推絶調。"

班彪《王命論》篇末總評曰:"論本爲隗囂而作,而深原天道詳叙人事，確見王者受命之由，直可醒千古貪夫之迷，行文往復懇到，猶存西京風骨。”

曹丕《典論·論文》篇末總評曰：“文有文之習氣，不文有不文之根由，前後皆能道出，中間斟酌體裁，歸本氣字，便得論文典要，然理居氣之先，德與功又居文之先。欲窮千里者，急須高著眼。”

《六代論》篇末總評曰：“本支削弱，非國之福。子建表於前，元首論於後。而丕與爽皆不悟，則老瞞刻薄之遺也。通篇盱古衡今，反覆詳到，屈靈均之作《離騷》，劉子政之正封事，固同是宗臣苦心。”

《博弈論》篇末總評曰：“博弈小數，動以大者比勘，爲淺人説法故也。警策處，能使游惰回心，而筆下滔滔滚滚，亦足爲儉腹津梁。”

《養生論》篇末總評曰：“其所謂生不過却病延年，其所謂養不過清心寡欲。不涉虚幻，正是不墮斲削也。透快明確，可以豁蒙愚，可以砭金石。”

《運命論》篇末總評：“肆筆而出，如萬斛源泉，坌涌騰躍，不可遏抑，令讀者心目開朗，要其爲□□豪解遣，爲憸王指迷，俱是正言莊論，非老驥悲歌也。”

《辨亡論》上篇末總評曰：“從來開國承家，得之難，失之易，篇中詳著其盛，正深痛其亡也。孫皓凶殘，概不斥言，而獨恨於老成之亡，或有意張祖父之功與。”

《辨亡論》下篇末總評曰：“專叙大帝用人，雖爲後主不能用人而發，亦以起陸公之功也。地險可恃，蜀亡非害，而歸本人和，尤見固國良籌。陸平泉云：‘上篇爲國紀，下篇爲家乘，想見立論大意。’”

《五等諸侯論》篇末總評曰：“大意與六代論同，而彼情詞曲至，此論議明快，各極其勝。詞鋒英偉，波瀾壯闊，推勘已無遺意，柳子厚有意争奇，封建非聖人之意，終是創解。宗臣亂漢，藩鎮亡唐，可見共和晉鄭難望之三代後矣。言封建於今日，斷不可復，然居官傳舍，痛癢無關，千古庸臣，幾同一輒。民與國其何賴乎？論者謂久任超擢並行，庶以省仕進之途，公激激楊之與？或亦維持郡縣之善術與？讀後幅爲之慨然。”

清鈔本，一册，鈐“會稽陳氏蔗梁藏書”等印，書名爲本館擬定。湖北省圖書館藏，索書號善354。

41.《分韵文選題解擇要》十卷　汪承元輯注　存

提　要

汪承元，字慕杜。序稱其爲“太史”。自署爲甘泉人。

全書四册十卷。巾箱本。封面鎸：咸豐丁巳秋開雕，《分韵文選題解擇要》，安和軒藏板。乃咸豐七年(1857)刻本。

卷前有錢塘許乃普所撰序，曰：“唐以詩賦取士，題或新僻，至有叩殿廷求出處者，惟《文選》罕以命題。我皇上特命儒臣校録《文選》，上備乙覽。一時詞館嚮風，咸以弇雅著作相尚。坊間舊有《分韵文選題解》之刻，冗雜繁複，不無可議。汪慕杜太史重加删定，都爲一編，題曰《分韵文選題解摘要》。以便習選學者因題涉獵，沿流溯源，其訓詁聲音别有六臣原注，爲樸學者類能通之，不在此例。昔唐白氏編集類典，名爲六帖，傳至於今。慕杜博學能文章，出其餘技，沾溉士林，嘉惠來學。其業之勤、心之盛，奚異於是。世有司馬相如、楊子雲其人乎，予又亟樂得而觀之矣。錢塘許乃普書。”

其書卷一到卷二，以“一東”到“十五删”爲序。卷三到卷六以“一先”到“二十八掞”爲序。卷七到卷八以“一送”到“二十九艷”爲序。卷九到卷十以“一屋”到“十七洽”爲序。每一韵字下，大字列《選》中詞藻麗句，下小字注明其出處，并引録篇中對句。另附有關於重點字詞的簡要解釋。如卷九,四質韵字下列“慶雲扶質”,下小字曰:“陸機《贈馮文羆遷斥邱令》。下句‘清風承景’。質,軀也。言路上行色。”更多的是直接引出對句。如卷七,九泰韵字下列“高蹈風塵外”,下小字曰:“郭璞《游仙》下句‘長揖謝夷齊’。”“放神青雲外”,下小字曰:“王康琚《反招隱》下句‘絶迹窮山裏’。”正如序文中所説,此非關學術,乃爲“便習選學者因題涉獵,沿流溯源”。

湖北省圖書館藏。索書號子十一/74。

42.《選詩傾液録》二卷　趙友廣選　存

提　要

趙友廣,字穎存,安徽涇邑(今屬安徽宣城)人。專精於詩。據清嘉慶《涇縣志》及道光《續涇縣志》,趙友廣還著有《懶雲詩鈔》《蘭石詩鈔》。

本書卷前有朱筠《序》、作者《自序》。朱《序》曰:“余視學至宣州,喜涇邑人文之盛,其生童之以詩古録者,半出趙君門下。君於詩有聲。嘗抱一卷來謁,諦觀之,諸體具美,而五古婉雅清深,尤得《文選》神理。扣其所學,則出手抄《選》詩一帙,字畫端楷,丹黄錯綜,凡前賢評語所以爲詩中抉其宗旨,畫其次序,要其歸束者,皆以蠅頭細字注緝其旁,而間以己意折衷之。此蓋其童時所習,垂老不輟,故能至精至悉,究言之,而無遺藴也。雖是帙衹録古詩,不及樂府,所選不多,而采玉崇山,擢珠滄海,固已拔其尤傾其液矣。學者誠澄心握玩,得其義法,則本此以讀全《選》,一以貫之可也。因勸之付梓,公諸天下,爲後之學詩者導其源焉。時乾隆昭陽大荒落之歲涂月上浣,安徽督學使者大興朱筠題。”

趙友廣《自序》則云:“自來選古詩者推《文選》爲善本,其間雖正變不同,質文亦異,而要一歸於雅適,靡音亢節無有也。余幼習是書,晚頗有得,爰掇其中之尤者爲一帙。或曰是不亦隘乎?余曰唯唯。予詎爲讀書者省其程,抑亦由博而返於約,則是固群言之液也。至於樂府之作,别具一格,又當於是《選》外,專究其旨焉。乾隆四十五年清明前五日,懶雲氏題於是寄軒之東偏。"

此書對於《選》詩的評點之語主要見於行間、詩末、頁眉、題下:

一是正文小字旁注,點明詩之關節。如《行行重行行》,"行行重行行"句旁標"作詩之因"。"胡馬依北風,越鳥巢南枝"句旁注"比""比興"。"浮雲蔽白日,游子不顧返"句旁注"比""諷刺"。"思君令人老"句旁注曰"所感在此"。"努力加餐飯"句旁注"忠厚之遺"。再如《今日良宴會》"先據要路津"句旁小字注曰:"説據要津,正是不屑據,此謂詭調。"

二是詩後所附解説。如《青青陵上柏》詩末有:"祇爲人生如行客,故當及時無戚爲也。○形容洛中富盛處,語不多而蒼勁濃至,絶可玩味,鮑明遠咏史從此來。"再如《西北有高樓》詩末有:"亦寓意旁人感嘆爲言。識曲者誰寧爲寥廓之游耳。○士之高舉遠引,與婦人之守貞一也。故以杞梁妻言之。"

三是頁眉上鎸各家批點兼出己意,每行六字。如《東城高且長》頁眉曰:"此詩别本二首,亦通,然不如連下之結構靈動也。後半正爲放情志寫出。○因歲暮之感而動佳人之思,亦美人遲暮之謂也。"又郭璞《游仙詩》七首頁眉評曰:"以京華山水并起,見用意所在。仙非有他異也,正所謂山林客也。讀《游仙詩》須識得此意。"再如評謝朓詩《暫使下都夜發新林至京邑贈西府同僚》頁眉評曰:"一起蒼凉之思,自然人情,令人感慨。江流不返,故憶西府而悲也。引領句是望京國。秋河六句是關山近。驅車六句是返路長。風雲二句是隔鄉意。"

四是題下評注。如郭璞《游仙詩》七首,題下評曰:"景純自傷坎壈,不成匡濟,寓意懷仙,用以寫鬱。鍾氏《詩品》譏其無列仙之趣,此以辭害義也。"再如謝朓《游東田》詩題下曰:"節候已過,强自登高望,正以見其戚戚無歡也。呼應無迹,古人所以高。○題涉工縟,是初唐源本。○短章以淡遠取致。"

綜上,此書雖未包涵全部《選》詩,但已擇其要者,尤其是體例完備,并在評點方面頗能形成反復吟咏之後的獨到之見,蓋爲清代《選》詩評點之一家。

本書見載於《涇縣志·藝文志》。今存清刻本二册,湖北省圖書館藏,索書號集三/1399。

43.《文選詩摘抄》　羅信南抄本　破損未見

提　要

抄本一册,湖南圖書館藏,索書號412/21—56。破損,未見。

44.《策學備纂·選學》一卷　吴穎炎輯　存

提　要

吴穎炎,字亮公,又字澂甫。浙江諸暨(今浙江諸暨)人。光緒二年(1876)舉人。據《李慈銘年譜》《李慈銘日記》中記載,光緒十二年(1886),吴穎炎來訪李慈銘,并執弟子禮,稱"孝廉名穎炎,丙子舉人,年已四十二矣。醇謹好學,留心史事"。光緒十三年(1887),六月份,吴穎炎向李慈銘請序《經策總録》,書信中説"滬中將石印《經策總録》,分前後二編,曰《經學輯要》,曰《策學備纂》,鈔寄略例,乞余爲序"。李慈銘在八月二十九日復信,并"略與言輯《經學要録》宜去宜刻者約數十種"①。

清代光緒年間編定的《經策通纂》是一部集歷代經學研究著作和爲經學研究服務的有關工具書爲一體的大型綜合文獻。原書共九函八十册,分爲二編。由《經學輯要》和《策學備纂》兩大部分組成。其中《經學輯要》三十二卷,凡具代表性的經學著作均囊括其中。《策學備纂》相當於百科全書式的大型類書。

《選學》部分在《策學備纂》的卷第三〇,細字密行,若蟣虱然,巾箱本,蓋爲科舉備用之書。從其編纂體例來看,幾乎涵蓋《文選》學的諸多方面,内容頗爲豐富,且多涉考證,可謂與《文選理學權輿》并論的開現代《文選》學史著作先河之作,也是第一本以《選學》命名的著作。

本書由選學一《文選總》《文選李本與五臣本不同考》、選學二《賦考上》、選學三《賦考中》、選學四《賦考下》、選學五《詩考上》、選學六《詩考中》、選學七《詩考下》、選學八《考證》(文的部分)八個部分組成。

其中《文選總》相當於對《文選》學史上一些問題和説法的考證,如包括"梁昭明太子撰""集《文選》所聚文士""蘇軾短《文選》""李注""李善選學本於曹憲""李氏父子兩書""李邕不能助善注《文選》""李注有初注覆注三注四注""李善不删舊注""五臣注""南宋以五臣注合李注合爲六臣注""唐邱光庭駁五臣注十八條""志林駁五臣注""唐常寶鼎撰《文選著作人名》""《文選》不録何遜""《文選》爛,秀才半""《文選》舊注家數""李上《文選》表舊注"諸條。多引前人之説,并録個人所聞,亦頗資廣學。

《賦考》包括"李注與六臣本不同考""《兩都賦》《文選》與《漢書》

① 參見張桂麗《李慈銘年譜》,上海:上海古籍出版社 2016 年版。

不同考”“《文選》《甘泉賦》與《漢書》不同考”“《文選》《子虛賦》與《史》《漢》不同考”“《上林賦》評論”“《上林賦》與《史》《漢》不同考”“李注《江賦》多引舊説”“《文選》《鵩鳥賦》與《史》《漢》不同考”“《幽通賦》《文選》與《漢書》不同考”“《思玄賦》《文選》與《漢書》不同考”以及其他各賦内容的單獨考證。

《詩考》《文考》的部分注重對解題以及正文文本異同、文句本義的詳細闡釋。

作者多引前代各家尤其是清人考證之説，自己的考證則以“余曰”標出，旨在補前人之不足，糾舊注之偏誤。如“選學三”《兩都賦》“備法駕”條下曰：“余曰：胡廣《漢制度》天子出有大駕、法駕、小駕。大駕則公卿奉引，大將軍驂乘，太僕御屬車八十一乘，備千乘萬騎。法駕，公不在鹵簿，河南尹、執金吾、洛陽令奉引，侍中驂乘，奉車都尉御屬車三十六乘。小駕，大僕奉駕，侍御史整車騎。”本條李善注作：“蔡雍《獨斷》曰：天子至尊，不敢瀆言之，故托於乘輿也。又曰：天子出，車駕次第，謂之鹵簿，有法駕。司馬彪曰：法駕，六馬也。”《後漢書》李賢注曰：“蔡邕《獨斷》曰：天子至尊，不敢瀆言之，故托於乘輿。天子車駕有大駕、法駕、小駕。大駕則公卿奉引，備千乘萬。法駕，公不在鹵簿中，唯執金吾奉引，侍中驂乘。”本書作者則引胡廣《漢制度》之説以補前注之不足。

總體來看，全書充分吸收前人的考證成果，經過簡明節要的編纂，形成一部可便查閱的選學參考書。不足之處其一在於編寫尚顯倉促，如其《文選李本與五臣本不同考》部分止於《天監三年策秀才文》，似爲未完。其二在於考證異同略顯方法簡單，如“選學一”陸士衡擬古詩“還期不可尋”，僅曰“五臣本‘還’作‘遠’。濟注可證”之類。

清光緒十四年（1888）上海點石齋石印本，湖南圖書館藏，索書號

51/128:62。有天津古籍出版社 1999 年版《經策通纂》,署名爲清吴穎炎編。

45.《文選節讀》二卷　佚名撰　存上卷

提　要

此書爲《文選》節讀本,先列《文選原序》,次題爲《文選節讀》卷上,文末標《文選節讀》卷上終。

所收《文選》篇目有《兩都賦序》、《北征賦》、《東征賦》、《登樓賦》、《蕪城賦》、《風賦》、《鵬鳥賦》、《鸚鵡賦》、《文賦》、《洛神賦》、《補亡詩》六首、左太冲《咏史詩》八首、曹子建《七哀詩》一首、王仲宣《七哀詩》二首、《飲馬長城窟行》、《長歌行》、《怨歌行》、《短歌行》、《燕歌行》、《箜篌引》、《白馬篇》、《君子行》、《猛虎行》、《東武吟》、《出自薊門行》、《東門行》、《古詩十九首》、《與蘇武詩》三首、蘇子卿《古詩四首》、張平子《四愁詩》,以及陶淵明《雜詩二首》、《咏貧士》、《讀山海經詩》一首。相當於《文選》的再選本。然所選賦與詩有一定的傾向性,即偏重於抒情性强的名作佳篇。蓋清末爲傳授《文選》所撰之教材。

本書的體例包括正文、題下注、作者名下注,正文夾注四個部分,注或簡略節録六臣舊注。然亦存在舊注誤者失於考訂之不足。如《東征賦》"惟永初之有七兮"句下,節録李善注曰"永初,和帝年號。有七,七年也"。然考梁章鉅《文選旁證》卷一二曰:"阮先生曰:昭之東征,因子穀長垣長而出京師。考昭本傳言昭卒年七十餘。昭卒在鄧太后之前。故鄧太后素服使護喪事。又考安帝永初元年,昭諫鄧隲之事,是昭在京師爲太后所敬聽,故其子成(即子穀)爲中散大夫,必和永元七年爲長垣長以後事。蓋班固卒於永元四年,班固死,始召昭入宫續編《漢書》,亦當在子穀爲長垣長之後。此時昭已年將六十矣。以此推之,則賦首'永初'當爲'永元'之誤。李注所引和帝年號'永初'亦爲'永元'之誤。若是'永初'則當作安帝矣。"李善注引《東觀漢記》曰"和帝年號永初"有誤。永初是漢安帝年號。和帝年號是永元。因此,若説和帝年號,當作"永元"。如謂"永初",則是安帝年號。二者必有一誤,然作者祇是援引李善舊注而已。

解題、文中夾注亦多節引清人何焯評點,如《鵩鳥賦》題下注曰:"此特借鵩鳥以發端,非從而賦之也。"則未標明出處而實出於何焯。《洛神賦》"古人有言,斯水之神,名曰宓妃",注曰:"何曰:既引古人之言,則非實有所感而特假以托諷明矣。"則直接標明引自何焯。

《文選節讀》二卷,清文藝書院刻本,存上卷一册,湖南圖書館藏,索書號 412/34。

46.《文選提要》一卷　佚名撰　存

提　要

此鈔本爲佚名所撰《文選》文類諸篇的文章寫作提要。在清末民初諸多的選學著作中當爲比較獨特的一種。全書從"《文選》卷三七表類"開始,列卷三八表類,卷三九上書類、啓類,卷四〇彈事類、箋類、奏記類,卷四一書類,卷四二書類,卷四三書類,卷四四檄類,卷四五對問類、設論類、辭類、序類,卷四六序類,卷四七頌類、贊類、符命類。每一卷中則對其篇目進行提綱挈領式的提要解讀。如卷三七表類《孔文舉薦禰衡表》,先總括其大意并分段曰:"謂衡異才可用分四段。"下則分列:

一、臣聞至并出。言朝廷當求才而才爲世出。

二、竊見至有餘。述衡之才。

三、昔賈至穆穆。述衡宜用以人證。

四、鈞天至之罪。述朝廷當用衡以物證。

可謂眉目清晰，蓋導初學而用此條分縷析的方式。且所選部分皆爲《文選》中從政之實用文體，也體現了這樣一種實用的《文選》教學傾向。

佚名撰，民國鈔本，封面題《文選提要》并鈐"銘彝"印章。以經香閣印稿紙本工楷抄寫，湖南圖書館藏，索書號412/33。

47.《文選屑瓊集》三卷　佚名撰　未見

提　要

稿本三册(一函)，北京大學圖書館藏，未見。

48.《文選釋評》　翟丞著　佚

提　要

見載於《涇縣志·藝文志》。據清嘉慶《涇縣志》及道光《續涇縣志》，翟丞還著有《東川詩草》。

49.《選韵》不分卷　佚名著　存

提　要

清末刻本，一册，蘇州大學圖書館藏。今未見其原書。

50.《文選珠璣》不分卷　佚名著　存

提　要

清刻本，不分卷，安徽省圖書館藏，索書號4:44789，今未見其原書。

51.《文選詩鈔》一卷　佚名著　存

提　要

清抄本,一册。寧波天一閣博物館藏,藏書號新 2695,今未見其原書。

52. 行書《文選賦》不分卷　王南書　存

提　要

清抄本,四册,寧波天一閣博物院藏,藏書號孫 0500,今未見其原書。

53.《昭明詩選輯注》不分卷　程元愈撰　佚

提　要

程元愈,生卒年不祥,字偕卿,廪生,性孝友。爲文本六經,秀水朱彝尊、新城王士禛極稱之,著《儷體文鈔》《昭明詩選輯注》等。見《江南通志》卷一六七。今存其《二樓小志》四卷,首都師範大學圖書館藏清康熙刻本,見《四庫存目叢書》。

引書研究

1.《文選注引水經注》一卷　孔繼涵撰　未見

提　要

孔繼涵,字體生,一字誦孟,號葒谷。曲阜人。孔子六十九世孫。

乾隆二十五年(1760)舉人,三十六年(1771)進士,官户部河南司主事,充《日下舊聞》纂修官。其學雅好稽古,藏書數十萬卷,於天文、地理、經學、字學、算術之書無不博綜。所刻有《微波榭叢書》,多以宋本爲底本,尤以宋本趙注《孟子》爲最有名。詳見王紹曾、沙嘉孫著《山東藏書家史略》(增訂本),濟南:齊魯書社2017年版。

孔繼涵所輯《文選注引水經注》一卷,爲稿本一册,《山東通志・藝文志》收録此書。亦見載於《北京大學圖書館藏李氏(盛鐸　木犀軒)書目》三册,史部地理類有"《文選注引水經注》一卷,孔繼涵輯,稿本一册。(李□7853)",爲善本書籍。《胡適全集》第三四卷《胡適日記》(1962)所記也提到此書。

今未見其所藏何處。

2.《葉鞠裳手寫本文選注引書稿》不分卷　葉昌熾撰　存

提　要

葉昌熾(1849—1917),字鞠裳,元和(今江蘇蘇州)人。光緒間中進士,授翰林院編修,累官至侍講,出督甘肅學政。裁缺後,著書終生,長於考據,爲文尤神似漢魏六朝。著有《藏書紀事詩》六卷,《語石》十卷,《邠州大佛寺題刻考》二卷,《緣督盧日記鈔》十六卷等。事見《清史稿》本傳。

其書今存稿本,錢復跋,蘇州博物館藏。以及《文選》六十卷,唐李善注;《考異》十卷,清胡克家撰;清同治八年崇文書局刻本,葉昌熾批校;華東師範大學圖書館藏。另葉氏《緣督盧日記鈔》卷二提到三月廿一日作"《文選旁證》跋"。

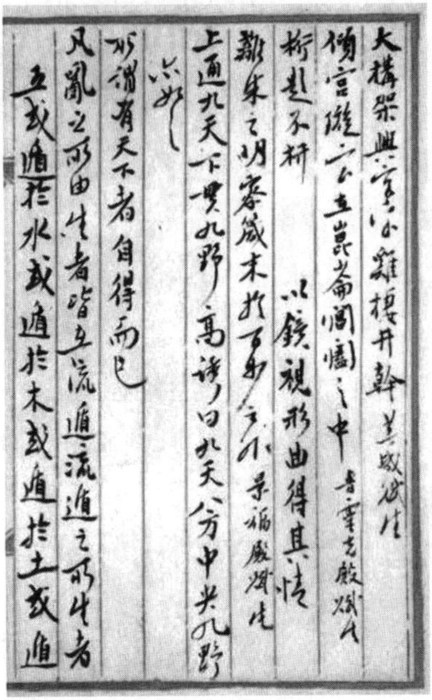

《葉鞠裳手寫本文選注引書稿》不分卷　清葉昌熾撰

3.《文選李善注引書目》(《古書目》四種十四卷)　沈家本撰　存

提　要

沈家本(1840—1913),字子淳,别號寄簃,吴興(今浙江湖州)人。精通經學、文字學、法理學,喜治目録學,家富藏書。“枕碧樓”是他著述、藏書之所。其藏書達五萬餘卷。輯有《枕碧樓叢書》十二種。又曾多爲藏書家所編書目寫序跋,先後寫有《天一閣書目跋》《天一閣見存書目跋》《天禄琳琅書目跋》《書四庫全書提要政書類後》等,著《古書目四種》《續漢書志注所引書目》《三國志注所引書目》《世説注所引書目》《文選李善注所引書目》等,這些專科書目對古典目録學的研究留下了頗有價值的資料。著有《古今官名異同考》《讀史瑣言》《史記瑣言》《寄簃文存》《枕碧樓偶存稿》《歷代刑法考》《律目考》《歷代刑官考》《刑志總考》等三十餘種。後人輯有《沈寄簃先生遺書》甲編二十二種、乙編十三種。

《文選李善注引書目》(未刊),載於《古書目》四種十四卷。此外三種分别爲《三國志注所引書目》、《世説注所引書目》、《續漢書志注所引書目》。《文選李善注引書目》雖未刊,然前三種古書目中亦多涉及《文選》篇目、作家文集及注釋家的考證,且皆爲先秦古書之目,彼此之間頗具關聯,乃有益考證之書。此外,沈家本有《諸史瑣言》包括《史記瑣言》三卷,《漢書瑣言》六卷,《後漢書瑣言》三卷,《三國志瑣言》四卷。作者在選學領域造詣頗深,故其考論史部所相重合篇目,可與《文選》互校。

湖南圖書館藏有民國刻本《文選李善注引書目》六卷。亦收入《沈家簃先生遺書》,北京:中國書店 1990 年版。另據劉奉文撰《兩部重要的李注引用書目》中稱在檢理東北師大館藏善本書時,意外發現了這部重要的未刊稿。爲清稿本,綫裝四册,緑格楷書抄寫,有批校,修改多處。這是一部未完稿,尚有多處没有注出首見某篇,而留有空白。[①] 另山東大學圖書館存埅進齋清本《書目摘鈔》,其中包含《〈文選〉李注引書目》《裴松之〈三國志〉注引書目》《〈史通〉引書目》等。

4.《文選注引群書分纂》不分卷　陳倬纂　存

提　要

手稿本,十三册(两函),北京大學圖書館藏,今未見。

---

① 趙福海主編《文選學論集》,長春:時代文藝出版社 1992 年版。

叢編類

1.《選學彙函》七十五卷　孫志祖編，張祥齡刻　存

提　要

張祥齡(1853—1903)，字子苾，號芝馥，漢州(今四川廣漢)人。光緒十八年(1892)中進士，授翰林庶吉士。拔貢入成都尊經書院，即有詩名。後僑居江蘇，與吴中名士結詞社，更有詞名。曾任陝西懷遠知縣。著有《經支》《六箴》《受經堂文集》《子苾詩抄》《鬼林漫録》《前後蜀雜事詩》《半篋秋詞》《吴波鷗語》等。

《選學彙函》七十五卷，爲選學叢書，收録汪師韓《文選理學權輿》八卷，孫志祖《文選理學權輿補》一卷、《文選考異》四卷、《文選李注補正》四卷，余蕭客《文選音義》八卷，朱珔《文選集釋》二十四卷，薛傳均《文選古字通疏證》六卷，張雲璈《選學膠言》二十卷。清光緒漢州張祥齡校勘，受經堂刊本。前附乾隆三十三年汪師韓《文選理學權輿叙》，嘉慶戊午孫志祖叙。四川省圖書館、蘇州圖書館藏。

2.《增廣文選六種》　王毓俊編刻　存

提　要

收録《文選類雋》《文選集錦》《文選類腋》《文選針度》《文選課虚》《文選音義》六種。叢書前有錢塘王毓俊所撰總序。曰："昔杜工部詩云：'熟精《文選》理。'《端溪集》云：'子美大率宗法《文選》，擴其華采，咀嚼成文。'蓋《文選》雖有資帖括，尤爲詩賦之祖。歷來詩人未

有不三復讀之者。我朝文教蔚興,人才輩出,好古積學之儒,往往掇拾其艷辭勝句,彙集成篇,正如碎錦散珠,光輝滿目。”又“一二研求之士,每以篇目既多,搜羅不易,引以爲憾。甲午夏求益軒主人爰廣爲搜輯,并《文選音義》一編,可便查考者,彙而存之。合爲六種。用泰西法石印,紙張潔白,字迹清朗。校勘亦極周詳。出以問世,於是掄才角藝之會,思欲馳騖乎詞林,出入於文囿。措辭則鏘鳴金石,會意則變幻風雲。胥於是乎藉矣。不誠爲益智糉饋貧糧哉”。可知其編選彙總的目的正在於將辭藻類、音義類的彙於一編,以便習文者利用。

石印巾箱本十六册,光緒乙未年(1895)上海鴻寶齋石印本。黑龍江省圖書館、山東大學圖書館、蘇州大學圖書館藏。

3.《饒氏彙刊何胡二家昭明文選評點考異合編》七十卷　佚名編
存

提　要

饒玉成,字新泉,江西撫州人。晚清書商。在琉璃廠有專門的藏書處和刻書處,題稱“雙峰書屋”,前名富文堂。刻過袖珍本《十三經注疏》、《全唐詩》九百卷、《寶繪録》二十卷以及《昭明文選》等。[①] 另外還編刻有《皇朝經世文編正續》一百二十卷,成書於光緒年間,以及《餘墨偶談》八卷、《歷代狀元圖考》等。[②]

此書爲何評本汲古閣《文選》與胡克家《文選考異》二本的重校合編本,縮爲袖珍本。何焯評汲古閣本即以毛晋汲古閣本爲底本,在此

① 李致忠《歷代刻書考述》,成都:巴蜀書社 1990 年版,第 358 頁。

② 王懋鎔初校《江南圖書館善本書目》,見《明清以來公藏書目彙刊》(25),北京:北京圖書館出版社 2008 年版。

基礎上校以宋刻本，删繁就簡保留李善原注，合入葉樹藩乾隆刊本中的何焯評，以及《南史·昭明太子傳》《舊唐書·李善傳》。後十卷附入胡克家《文選考異》。

前有《昭明文選評考合編序》曰："《文選》一書刊本最多，毛琴川之汲古閣本、方伯海之集成本、于晴川之集評本、胡果泉之仿宋本，增附考異，以及張伯起、陸雨侯、俞犀月、李安溪、邵自忻、孫月峰、沈雲表、陳少章諸君等有十餘種，評點精妙無逾何義門先生。第自乾隆壬辰長洲葉星衛刊印硃套板，行世日久，罕見原本，坊間翻刻者舛錯日滋，或將全批遺落，或與原批不符，甚則焉烏魚魯，欲辨無從，讀者憾之，近從縹緗家購得葉氏原本，并金壇于晴川之《姓氏小傳》一卷、《體辨集説》一卷，鄱陽胡果泉之《考異》十卷，《南史·昭明太子傳》《舊唐書·李善傳》合成一編，用宋尤延之刊本，延友詳加校讎，三閲寒暑，縮爲袖珍，以公同好。陸士衡愜心貴當之説，此篇其庶幾乎。光緒元年乙亥夏月，撫州饒玉成新泉氏序於雙峰書屋。"并有"東安黄寅賓東軒氏詳加校對"字樣。

正文前附《凡例》主要内容摘録如下：

(1) 談藝家綜撢群籍，經史之外，輒奉是書爲詞壇圭臬。兹刻評注圈點務蘄賅備，庶初學者易於領略。

(2) 近世坊本訛以滋訛，亥豕魯魚，觸目紛然，今詳爲校勘，未知於吾邱本何如，竊於辨誤正訛處頗具苦心，讀者勿執彼議此。

(3) 明代張鳳翼作《纂注》，妄肆芟削，卷帙盡紊其舊，揚五臣之塵氛，失崇賢之面目，宜其爲識者姗笑。今悉仍汲古閣本獨存善注，第繁蕪之病，善注誠所不免，纍瓦結繩，義多轇轕，兹於龐雜太甚者，略爲剪截，不敢概從删汰，懼失真也。

(4) 毛氏汲古閣本頗多脱遺,如第八卷司馬長卿《上林賦》,不標郭璞注。三十六卷《宣德皇后令》失載任彦昇。三十四卷枚乘《七發》遺“太子有悦色也”至“然而有起色矣”一段,至一篇中脱遺數句。悉以宋本校定。

(5) 三十一卷江文通《雜擬詩》不載全序,四十卷任彦昇《奏彈劉整》昭明删“謹案”至“即主”一段,仍載入彈文之類,此則有乖體制,因悉爲改正。

(6) 折衷群言,要歸至當,篇中間有剩義,輒附案於簡末,案内具列某書某云。

(7) 四十五卷《尚書序》《春秋左傳序》李善注獨闕如,今采諸儒之説補之。

其書校勘可謂精良,旨在爲初學者提供一個既有評點又有考異的合編本,這一出發點無疑是可取的。

封面題:《饒氏彙刊何胡二家昭明文選評點考異合編》;内頁牌記曰:撫州饒玉成鋟於雙峰書屋。朱墨套印本,中國國家圖書館普通古籍館藏,索書號 91991。

《文選》文獻叢編

劉躍進 主編

歷代選學文獻綜録

下

徐華 著

鳳凰出版社

六、近現代以來(232 種)

考證類

1.《文選李注義疏》八卷　高步瀛撰

提　要

高步瀛(1873—1940),字閬仙,河北霸縣人。清末舉人。1901 年任畿輔大學堂教習,保定優級師範學堂教習。赴日留學,歸國後任圖書局編纂,補學部主事。民國後歷任教育部金事、編審處主任、社會教育司司長。嗣後任教於北京師範大學等。1937 年日寇占領北平後堅不任職。博通經史,尤精考據,至聲韵訓詁、典章制度之學。所著《古文辭類纂箋證》及《文選李注義疏》最受稱道。前者就《古文辭類纂》涉及之名物制度、學術、政治、地理、職官、文字、音訓等詳加考證,窮源竟委,貫穿古今,有較高學術價值。《文選李注義疏》,是作者在北平大學教授《文選》時的講義,搜集諸家關於《文選》之著作,擇其善者抄録書眉,與注《古文辭類纂》所著諸篇互見者頗多,并損益之以付剞劂,蓋以畢生之力,改至三四,乃成定本。

本書爲未竟之作,正文共八卷。前有作者自叙、《文選序》和《文選注表》。正文涵蓋《文選》卷一至卷八,一按六十卷本篇章次序,逐句疏解,有李善注則先列善注,無善注則單列"疏"。義疏的内容包括:名物及其隱喻意義的考證,通借字、異文、音韵及李善原注之補充、考

訂等等。

關於本書的撰作目的，高步瀛自序曰："予少時習舉業，見昭明《文選》，憙其彩藻宏麗。私自諷誦，遇不解者，輒稽於注。復不解，則多方咨詢，以蘄涣釋。然但賞其文辭，猶未知有所謂《文選》學者也。後稍讀清儒考據家書，見時時援引《選》注，而輯佚書者亦多取於此，始知李注之可貴。後以公車至京師，得汪氏《文選理學權輿》一書讀之，乃漸搜集諸家關於《文選》之著作，擇其善者，移録書眉，然猶未有撰著之志也。民國初元，注姚氏《古文辭類纂》。所注諸篇，互見《文選》頗多，然猶未專事於李注。近年承乏北平大學師範院教授，任有《文選》科目，始有講義之作。今夏無事，復取講義損益之，以付剞劂。昭明之書，包羅宏富。其從子蕭該，首爲《音義》，惜今不傳。至於唐代，集《文選》學大成者，斷推李氏矣。蓋以畢生之力，改至三四，乃成定本。或斥其釋事而忘意，殆出當時妒者之口，不足道也。然一厄於五臣之代篡，再厄於馮光震之攻摘，三厄於六臣本之羼亂，四厄於尤袤諸本之改竄。夫馮書未成，姑不論。五臣雖有書，而决非李匹，前人已有定議。則厄焉猶非其極，獨至羼亂之，改竄之，使其精神面目皆已失真。而綴學之士，雖力爲杷梳，終不能復其本元，斯則可爲太息者也。古人著書或不成，成矣或不傳，幸成而傳且久矣，而爲後人羼亂點竄又若此。則夫蓬衡下士，困於衣食奔走，即一書之成否且不可知，又安問茫茫不可知之人與不可知之世哉？惟俛焉日有孳孳而已。"

曹道衡、沈玉成在點校本前言中評價高步瀛選學成就時説："高氏學識淵博，是衆所公認的。他的遺著雖多屬詩文的選注和箋疏，但他對經、史、子三部的工力都極深。他的治學方法基本上是繼承了清代乾嘉學派篤實、淵博的長處，并能不囿於'經今古文'學派的偏見。

在本書中,凡涉及古代典章制度的問題,他都能標舉衆説,擇善而從。對於一些有不同説法,而限於史料尚難判定是非的問題,他也源源本本,加以辨析。尤其難得的是,李注所引的許多古書,往往僅舉書名,而《義疏》則對現存的典籍都一一覆核,説明見某數某篇或某卷。凡已佚的古書,也多能從類書或其他典籍中徵引佚文加以印證或考定源委。凡李注引文與今本或類書所引文字有所出入,也一一作了校勘,并加案斷。""由於高氏精於經學、文字學和史學,所以凡涉及這些方面的問題,往往旁徵博引,詳考本末,論定是非,或并列諸説,以便讀者思考。其中有許多問題,今天雖有人提到,而其結論却是半個世紀以前早已被高氏提出并解决了的。如司馬相如《子虚賦》和《上林賦》原爲一篇的問題,高氏的論證頗爲詳明,并列舉諸家之説,辨其是非,并對此賦分爲兩篇的時間做了考證,其説較今人一些文章,更爲豐富。又如左思的《三都賦》,本有劉逵注《蜀都》《吴都》,張載注《魏都》之説,但梁劉孝標《世説新語注》引《左思别傳》提出懷疑。高氏不但據清姚範説引晋衛權《三都賦略解序》中提到劉、張作注事不誤,還引證《文選注》其他文字及《隋書・經籍志》,説明劉逵也曾爲《魏都賦》作注。""高氏著述此書,在校勘方面尤極精審,他不但對現存的各種李注版本以及六臣本等異同,一一校明,還用了清人所未見的故宫博物院藏古鈔本、敦煌唐寫本殘卷等校正各本之誤,因此在校勘上也超越了前人。尤其難能的是他能繼張雲璈、錢泰吉之後,進一步闡明李注義例,發明張、錢所未及,據此以辨别李注與李善所引前人舊注,或誤入的五臣注及其他人竄入的文字,使久被羼亂的李注得以漸近其原貌。"

其書有民國十八年(1929)至民國二十六年(1937)鉛印本。有臺北:廣文書局 1966 年版。有曹道衡、沈玉成點校本,北京:中華書局

1985年版。《販書偶記》集部總集類著録七卷。

2.《文選》六十卷　林思進批注

提　要

林思進(1873—1953),字山腴,别署清寂翁,四川華陽人。早年曾任晚清政府的内閣中書,也曾任四川大學的教授。其書齋清寂堂藏書數千卷,所刊行有《清寂堂集》《中國文學概要》等書數種。

此書由林思進臨終捐獻給四川大學圖書館,今藏於善本書室。其海録軒本《文選》批注,或針對《文選》正文,或針對李善注,或針對何焯評點,或針對葉樹藩評點,補正錯訛,詳其未備,尤其注重典章制度、歷史地理、名物的考釋;亦頗多對《文選》正文的文脉梳理。是爲晚清至近代《文選》校勘學、評點學的值得重視的成果,有四川大學張盈整理《林思進〈文選〉賦類簡端記輯證》。

翻刻葉樹藩海録軒本的《文選》,林思進批注,四川大學圖書館善本書室藏。

3.《文選集詁》　黄軒祖撰

提　要

黄軒祖,生平待考。撰有武俠文言小説《游梁瑣記》。

近代汪辟疆有《與黄軒祖論〈文選〉分類書》,其中提及"軒祖弟撰席,損書及大著《文選集詁序》,均奉讀,甚佩甚佩!書内頗致疑昭明及高齋十學士并一時麟鳳,而撰次《文選》區類析目,凌亂無次,殊有過於繁瑣無當者。且疑爲選樓諸子,以意爲之"。可知此書曾存世。

4.《讀〈文選〉雜記》　劉文典撰

提　要

劉文典(1889—1958),字叔雅,原名文驄,安徽合肥人。早期投身革命,先後任上海《民立報》翻譯、孫中山秘書、《新青年》雜志英文編輯等。1916 年後,回歸教學和學術研究,任北京大學、安徽大學等校教授。劉文典在古籍校理方面有《淮南鴻列集解》《莊子補正》《三餘札記》諸書。其《三餘札記》共四卷,收録了他的《淮南子校補》《韓非子簡端記》《莊子瑣記》《吕氏春秋校補》《讀文選雜記》等。堪與清王念孫、段玉裁考證訓詁之學相媲美。

卷首劉文典有小段序言,曰:"余束髮受書,即好蕭《選》。每弄柔翰,規撫其體,然奇文奥義苦未通解也。年十六從儀徵劉先生游,少知塗術。二十六而濫竽上庠,日以《文選》授諸生,於今垂二十載矣。玩索既久,疑義滋多,偶有考訂,輒書簡端。《選》學之源流,既命弟子略書其梗概,《楚辭》《選詩》及校勘記,亦别有專書。其條流踳駁,無類可歸者,會而録之,命曰《讀文選雜記》云爾。"可見其在選學領域亦具深研,惜其所説别有專書的校勘記未見刊行。

游志誠《文選綜合學》之《論劉文典的文選詮釋學》,有專門論及。其中尤其提到劉文典之《文選》詮釋最大的貢獻當在於引入近代西學,如考《上林賦》中"仁頻并閭"爲何物,前人皆已注曰"檳榔",然而却無相應依據。劉氏據譯音,比較馬來語之"檳榔",和爪哇語之"檳榔",可見"仁頻"與爪哇語"Jambi"的譯音相近。即非舊訓詁所謂"一音之轉"可説也,而當改爲"音譯之轉"。諸如此類。

此篇見録於劉文典撰《三餘札記》卷三,管錫華點校,合肥:黄山書社 1990 年版。

5.《文選理學權輿續補》　向宗魯撰

提　要

向宗魯(1895—1941),原名永年,學名承周,字宗魯,四川巴縣(今重慶)人。先後在巴縣小學、江北中學、武漢裕華紗廠教館任教。1931年執教於重慶大學,任中文系主任,并受聘於川東師範學堂、重慶聯中、省二女師講授古典文學。1935年秋,重慶大學文、農兩院并入四川大學,改任四川大學中文系教授。執教質樸謹嚴,講授《昭明文選》出口成誦,旁徵博引,不漏隻字。一生校注經、史、子、集多篇,如《昭明文選》《史通》《管子》《春秋左傳正義》《淮南子》《周易正義》等。著有《文選理學權輿續補》《説苑校證》《校讎學》《周易疏校後記》《月令章句疏證叙録》等書。

此書今未見傳本,羅元暉《校注留青史　愛國傳後代——向宗魯先生簡史》一書中記載,向宗魯先生"在漢口時,從徐行可、黄季剛處得到由日本獲來一部無注的《文選》印本,經過與其他版本校勘比較,遍查有關資料注釋寫成的(指《文選校記》),他爲了更進一步匡謬正俗,撰寫《文選理學權輿續補》一書,可惜此書在漢口回到重慶時失掉了"①。謹記於此。

6.《文選校記》二十一卷　向宗魯撰

提　要

向宗魯,生平見"《文選理學權輿續補》"條下。

此書當爲對日本古抄無注的《文選》二十一卷的詳細校勘之作。

---

① 轉引自《向宗魯先生紀念文集》,成都:巴蜀書社2015年版,第20頁。

然原書今已佚失。據羅元暉《校注留青史　愛國傳後代——向宗魯先生簡史》中説,該書是向宗魯“在漢口時,從徐行可、黄季剛處得到由日本獲來的一部無注的《文選》印本,經過與其他版本校勘比較,遍查有關資料注釋寫成的”。此書成書之後,屈守元曾過録一本,他在《文選導讀》中説:“我的《文選》學,是從先師向宗魯先生學來的。宗魯先生有志於全部爬梳整理《文選》李注,美志不遂,中年隕落。我螽然進入中壽,有生之年,必爲完成先師遺志盡力。先師命我全部過録他所詳校的日本古抄無注三十卷本的二十一卷全書。現今已成爲唯一的這個本子的影子了。”屈守元去世後,此過録本亦不知下落。

7.《誦〈文選〉記》　劉咸炘撰

提　要

劉咸炘(1896—1932),字鑒泉,號宥齋。四川雙流人。學界整理出版其《推十書》,共收書二百三十五部,四百七十五卷。《誦〈文選〉記》即是其中的一部。

《誦〈文選〉記》采用札記體寫成,無序跋,據其弟子李克齊、羅體基所編《繫年録》載其於丁巳年(1917),二十二歲時“治《文選》畢,有《誦〈文選〉記》一卷”。①

劉咸炘所著此卷一方面廣徵博引前代選學家的文獻,尤其是評點類文獻,如孫月峰、何焯、方廷珪、于光華、曾國藩、譚獻等,并對其進行評論辨析。如陸機《吊魏武帝文》,劉評曰:“極倜儻矣!月峰尤以爲未峭,豈非鍾、譚好尖新之習歟。月峰謂主意未定,終未合旨,此過求深刻之故。又以誄首爲常語涉浮亦太過,此固應有之文也。”另

① 陳開林《劉咸炘〈文選〉評點述論》,《鹽城師範學院學報》2016 年第 4 期。

一方面,善於考訂源流、發獨到之論。如對《非有先生論》一篇的文體,劉氏評曰:“設論之體,大自東方。以不歌而頌之體,爲婉而多風之詞。古詩之流,屈子之變,答難言志也。此篇則言志而兼諷刺。”從而提出此篇與《四子講德論》皆設論體,而“設詞,亦賦也”。除此之外,劉氏還有部分直接針對《文選》文本的考訂辨證,亦值得注意。如史孝山《出師頌》云:“歷紀十二,天明中易。西零不順,東夷構逆。”劉評曰:“(陸雨侯)又疑其西零上脱叙光武。按:申耆本作‘六’,不知何本。善本作‘十二’,申耆殆因此疑而改之,然又不得云‘中易’也,恐有脱文。”“歷紀十二”,李兆洛《駢體文鈔》卷二頌類實作“歷紀十六”。

此書當時并未刊刻,今見《推十書》戊輯(二),上海:上海科學技術文獻出版社 2009 年版。

8.《文選篇題考誤》　劉盼遂撰

提　要

劉盼遂(1896—1966),名銘志,字盼遂,河南信陽人。師從王國維、梁啓超、陳寅恪等,1946 年起任北京師範大學教授。一生從事古代文獻典籍的整理和研究工作,在經學、小學、史學、文學、鐘鼎、甲骨、校勘、目録等方面造詣精深。尤精於小學,即音韵、文字、訓詁等學問,曾出版《文字音韵學論叢》《段王學五種》《論衡集解》《顔氏家訓校箋》《顔氏家訓校箋補證》《世説新語集解》《天問校箋》《高郵王氏父子著述考》《王石臞先生年譜附伯伸先生年譜》《段玉裁先生年譜》《經韵樓集補編》等著作。以及《穆天子傳古文考》《嫦娥考》《〈論衡〉注删要》《王充〈論衡〉篇數殘佚考》《論衡校箋》《後漢書校箋》《唐寫本世説新書跋尾》《〈世説新語校箋〉叙》《〈世説新語校箋〉凡例》《説文師説》《中國文法複詞中偏義例續舉》《反切不始於孫叔然辯》《黄氏古音二

十八部商兑》《甲骨文殷商廟制徵》《由周迄清父子之倫未全確定論》《赤子解》《中華人種西來新證》《齊州即中國解》《義山錦瑟詩定詁》《〈永樂大典〉漫談》等論文。

考證依《四部叢刊》景宋刻六臣注本。指出《文選》編纂體例和注家關於《文選》篇題、序、引的錯誤理解。比如認爲《兩都賦序》應爲賦之小引,不宜獨自爲篇,宜標題《東都賦》下,注"并序"二字。書前總目亦不當列《兩都賦序》一篇。再如《甘泉賦》原注并序,然賦前五十三字乃《漢書》史臣之辭,未可目爲序也。依書例此五十三字當刊落,兼黜去題下"并序"二字。又如《羽獵賦》并序,張銑注曰:"此賦有兩序,一者史臣序,二者雄賦序也。"劉盼遂認爲:"史臣記事之辭,不可以爲文序。"再如"《東征賦》曹大家",劉盼遂認爲:"大家是尊號,非字也。本書於作者例稱字,《後漢書·列女傳》曹世叔妻,班昭字惠姬。則此處亦題名班惠姬爲是。"趙景真《與嵇茂齊書》,干寶《晋紀》以爲當爲《吕安與嵇康書》。劉盼遂指出當爲嵇康子嵇紹爲避禍而改爲趙景真《與嵇茂齊書》,正如曹子建作《六代論》假名曹元首,也是一個道理。其説不爲無據。文中涉及賦序、題名、次序、假托等等問題,皆有進一步討論的啓發意義。

《文選篇題考誤》,發表於《國學論叢》1928年10月第一卷第四期,國家圖書館出版社《文選學研究》上册據以影印。

9.《選賦釋音》　陳方撰

提　要

陳方,生平不詳。

本文提出《選》賦除格調訓詁之外,應注意其音韵。其中,韵部的關係,由於古音多有流變,文士作賦,又不能盡守古音,一篇之中,常

常正變間雜。讀者若不明古韵正轉之例，韵脚每苦不諧。再就是音的關係，《選》注雖多標反切音注，其音切的體例却不容易知曉。“以位來説，有類隔的例，有位誤的例。以聲來説，有濁上誤去的例，有四聲誤讀的例。以呼來説，有憑下字的通例，有反取上字的變例。以等來説，有某類某母數等通用的例，有某類某母諸等不通用的例。以韵部來説，其同音異部的中間，有非辨於呼不能明其故的，有非明其等不能正其讀的。清濁轉讀平仄相配的理，還不在此數。”正是在這樣一種思想的推動下，作者以《兩都賦》爲例，分别標注正文中的音注，并在文末進行“釋音”，指出應讀音。爲近代選學探討音韵之探索者。

《女師學院期刊》第二卷第二期，國家圖書館出版社《文選學研究》上册據以影印。

10.《文選校箋》　劉盼遂撰

提　要

劉盼遂，生平見“《文選篇題考誤》”條下。

此文包括正文和續篇。以下按語的形式考訂《文選》李善注、五臣注訛誤或未盡之處，共計五十二條。其中不乏超越前人的真知灼見，如《魯靈光殿賦》有“胡人遥集於上楹，儼雅跽而相對”。張載注：“儼雅而相對，言敬恭也。”李善注：“儼雅，跽貌。”盼遂按：“儼雅連言，似不辭。疑此儼讀望之儼然之儼。雅跪自爲一辭。《漢書・何武傳》桀辟雅拜，周官太祝奇拜。杜子春云：奇拜，先屈一膝，今雅拜是也。《北齊書顯祖紀》：時復雅儛，折旋中節。是古有雅拜雅舞。今謂雅跪，正讀如雅拜雅舞之雅，言屈一膝而長跪也。又按《漢書・楚元王交傳》：使申公皇杵臼雅舂於市。注引晋灼曰：高肱舉杵，正身而舂之。然則雅跪之狀，殆有類於雅舂歟。”同時也有意補充前注資料之

不足,如"孔文舉論盛孝章書"條下,盼遂按曰:"孝章事,善注引虞預《會稽典録》,餘不多見。惟《宋書》沈約自序云:沈儀與兄瑜,父亡居喪過禮,外租會稽盛孝章,漢末名士也。深加憂傷,每撫慰之曰:汝并黄中冲爽,終成奇器,何爲逾制,自取殄滅耶?三年禮畢,始至滅性。此亦孝章故事之僅見者,録之以資故實。"

《文選校箋》,《文哲月刊》1935 年 11、12 月第一卷第一期、第三期。國家圖書館出版社《文選學研究》上册據以影印。

11.《文選讀餘》　葉履工撰

提　要

葉履工,生平不詳。

此書名"讀餘",蓋爲讀《文選》過程中所産生的一些見解,記載下來,相當於札記。但此文并非考據性質的札記,而是一種偏於辭章學探討的高度概括的札記。比如,提出"文人爲文,放言遣辭,每在似解非解之間,得成妙誦。即以'流''飛'二字論之,以實匪誣。如《蜀都賦》'蒟醬流味於番禺之鄉',《月賦》'素月流天''雁流哀於江瀨',《思玄賦》'咀石菌之流英',曹子建《七哀詩》'流光正徘徊',謝靈運《酬從弟惠連詩》'夕盧曉日流',王僧達《答顔延年詩》'楊園流好音',嵇叔夜《雜詩》'流咏太素',皆臻其極者也。《天台山賦》及潘岳《河陽作詩》之'飛莖',《思玄賦》之'飛梁'之諸飛字,亦屬絶妙。夫以不可以流不可以飛之物,而曰能之,非微眇玄通者,不敢爲此"。此外再如提出同偏旁字的羅列現象、古詩中的對偶現象、文人假借名字設爲辯論現象、疏狀事物動態多用叠韵詞語的現象、古詩中的體式模擬詞句胎息現象、述事舉人上下句重出稱謂以名字互舉之現象、古詩中的頂針連環法現象、碑誄傳狀書人死亡年月的次序問題等等。皆對深入理

解文本、理解文章寫作的規律特點大有幫助。

《文選讀餘》,發表於《學風》1936 年 8 月第六卷第五期。國家圖書館出版社《文選學研究》上册據以影印。

12.《論〈文選音〉殘卷之作者及其音反》　周祖謨撰

提　要

周祖謨(1914—1995),字燕孫。1932 年入北京大學中國語言文學系學習,1936 年畢業後考入中央研究院歷史語言研究所任助理研究員。1938 年起任北京輔仁大學中文系講師、副教授。抗戰勝利後,在北大中文系任教,并任該校《國學季刊》編輯委員。新中國成立後,一直任北大中文系教授。長於音韵學、訓詁學、古典目録學和校勘學。主要著作有《廣韵校本》《方言校箋》《洛陽伽藍記校釋》《漢語音韵論文集》《漢魏晋南北朝韵部演變研究》《問學集》等等。

本篇爲作者二十五歲任教於北大中文系時發表的作品。首先討論法國巴黎國家圖書館所藏唐寫本《文選音》殘卷的作者問題。王重民《巴黎敦煌殘卷叙録》認爲這是蕭該音,而周祖謨認爲可舉出幾處反證,與蕭該音不合之處,故推斷當爲許淹音。此卷的價值除了考校隋唐舊音,更在於其篇中之字保留了武則天時代《文選》寫本的原始面貌,可以説關乎選學者尤重。

《文選》的古音學上溯蕭該、曹憲、釋道騫、李善、公孫羅、許淹,下至余蕭客、王念孫、段玉裁,然引入新出土文獻加以考校,則可發前人所未發,推動《文選》古音學之發展。故亦將此文列入選學要集的範疇。

發表於《輔仁學志》1939 年 6 月第八卷第一期。國家圖書館出版社《文選學研究》上册據以影印。亦見周祖謨著《問學集》(全二册),

中華書局1966年版。

13.《選文附録》不分卷　鄭奠撰

提　要

鄭奠(1896—1968),字介石,號石君,浙江省諸暨縣人。1915年入北大中文系,師承黄侃、錢玄同。1920年畢業後任教於北大中文系等,直至1949年任浙江省文聯副主席。

此書蓋爲作者任教期間的備課札記和講義。全書包括三個部分,一是《選文附録》,二是《文賦義證》,三是《齊物論義證》。

《選文附録》收録陸機《豪士賦序》、劉令嫻《祭夫徐敬業文》、韓退之《祭張員外文》、曹丕《與朝歌令吴質書》、孔融《論盛孝章書》、江淹《别賦》、庾信《哀江南賦本證》、鮑照《登大雷岸與妹書》、《考定文字議》、徐勉《答客難》、《鄭玄傳》、劉歆《移書讓太常博士》、《春秋穀梁傳序》、陶淵明《歸去來兮辭》、潘岳《馬汧督誄》、王粲《登樓賦》。從選篇看,大多出自《文選》,同時也選一些雖未在《選》中,但多少相關的篇目。

其書體例大體爲義證。如陸士衡《豪士賦序》一文,作者先列陸機生平相關資料,包括史事與評論。次列考異,以《晋書》本傳校《文選》本。次列注釋,多引清人考訂筆記及史傳。次列分段,分析篇章段落及大意。次列用筆,標明本篇提頓之筆。次列遣詞,標出偶語、連珠、比喻、事類、用事、照應、練句、錘字、描寫。次列比觀,及相關文章列之於後。

存北京女子高等師範學校排印本一册,上海圖書館藏。

14.《古詩十九首考》　徐中舒撰

提　要

徐中舒(1898—1991),初名道威。安徽怀宁(今安徽安庆)人。1926年畢業於清華大學研究院國學門,師從王國維、梁啓超等著名學者。在此期間,他受到王國維先生的影響,樹立了"新史學"的觀念。以後更在實際的研究過程中,將古文字學與民族學、社會學、古典文獻學和歷史學結合起來,創造性地把王國維開創的"二重證據法"發展成爲"多重證據法"。終身執教於四川大學。

本文通過羅列諸證於句下,詳細考索"古詩十九首"的發生年代,最後得出"此十九首古詩,皆作於東漢以後"的結論。并指出《迢迢牽牛星》《客從遠方來》本爲擬作。《青青陵上柏》《今日良宴會》《西北有高樓》《回車駕言邁》《東城高且長》《驅車上東門》《去者日以疏》《生年不滿百》八首,大概作於東京末年,桓靈建安之際。有人命脆弱,而欲及時行樂之感。其餘《行行重行行》《青青河畔草》《涉江采芙蓉》《明月皎夜光》《冉冉孤生竹》《庭中有奇樹》《凜凜歲雲暮》《孟冬寒氣至》《明月何皎皎》九首皆匹夫匹婦之思,與史事無關。故不能確定爲何時所作,惟知所用必爲當時通行詩體耳。提出:"吾人須承認五言詩係由民間通俗詩體進化而來,并非由天才文學家憑空創作。故西京蘇李枚班作五言詩之説,决不可信。故古詩十九首,亦必出於東漢以後。"值得注意的是,徐中舒使用史學研究中的多重證據法,例如在"三五明月滿,四五蟾兔缺"句下,列舉十一條證據,證明"蟾兔"合稱,始於晋王嘉《拾遺記》,故認爲省稱蟾兔,始於此時。并由此認定此詩最早不過作於魏晋之間。然是否《拾遺記》源於此詩?能否據此判定古詩的創作時間?還是頗有值得斟酌之處。

此文發表在《立達》(季刊)第一期,1925年6月出版,當時印行不多,隨即絶版。後來徐中舒又做了《五言詩發生時期的討論》一文,載於《東方雜志》第二四卷第一八號,於此文互有發明。1929年1月又經廣州《中山大學語言歷史研究所週刊》第六卷六五期重載,國家圖書館出版社《文選學研究》中册據以影印。

15.《文選類詁》不分卷　丁福保編

提　要

丁福保(1874—1952),字仲祜,號疇隱居士,又號濟陽破衲。江蘇無錫人。六歲入家塾讀書,自稱"天性甚鈍,幼讀四書,日僅三四行,非百遍不能背誦"。十三歲開始學習《左傳》《史記》《漢書》《文選》等書。光緒二十一年(1895)二十二歲,入江陰南菁書院讀書。後習醫學,入京師大學堂任教習。兩年後南還在上海整理書業。一生行迹可用其自撰年譜中"行醫""刻書"這四個字來概括。

丁福保治學通博,數學、醫學、佛學、文學、古錢幣學、文字學、倫理學等各個學術領域無不涉獵。先後編纂的譯著有算學書十種,建康法書二十六種,文字學九種,文學詩詞八種,古錢學八種,雜著九種,佛學三十四種,醫學七十五種,德育十種,道學二種。

此書相當於一部《文選》字典,重在解釋《文選》諸篇中的字詞含義。其編寫的出發點在於能够更方便讀者檢索《文選》中某一字詞的具體含義及所在篇目。如其《序》所説:其書體例在於"將李《注》逐字逐條輯出,依照字典排列,名曰《文選類詁》,以便讀者注經時易於檢查","然欲猝檢一字,往往不能遽得,輒引以爲苦。余於是盡變《選雅》之例,仍吾初志,依照筆畫多少、部居先後,略仿《駢字類編》之法:某詩、某文,注於各字之下;三言、五言,悉以首字爲斷"。然其不便之

處在於未列及所釋字詞在《文選》中的具體使用，僅僅釋義和部分指明出處，因此，和《詞源》《故訓彙纂》的功能相似而無其完整，而漸漸失去獨特意義。

丁福保《文選類詁序》曰：

余自弱冠前，即喜讀漢魏六朝諸名家集，而於《蕭選》尤深嗜焉。蓋梁昭明太子聚高齋十學士，集周秦至梁文筆，成《文選》三十卷。凡所謂綜輯辭采，錯比文華，沈思翰藻，錦篇綉什，靡不燦備，洵古今總集之弁冕，詞林之鈐轄也。隋唐傳者，遂成"選學"。《隋志》：《文選音》三卷，蕭該撰。《唐志》：蕭該《文選音》十卷，僧道淹《文選音義》十卷，李善《文選注》六十卷、《文選辨惑》十卷，公孫羅注《文選》六十卷又《音義》十卷，康國安注《駁文選異義》二十卷，《五臣注文選》三十卷，曹憲《文選音義》卷亡，許淹《文選音》十卷。今案：隋蘭陵蕭該與陸法言同撰《切韵》，蓋最初爲"選學"者。"三卷"亦作"十卷"者，或有增纂也。曹憲精諸家文字之書，遠紹杜林、衛宏之古文學。《舊唐書·儒學·曹憲傳》："所選《文選音義》，甚爲當時所重。初，江、淮間爲《文選》之學者，本之於憲，又有許淹、李善、公孫羅復相繼以《文選》教授，由是其學大興於世。"又《文苑·李邕傳》："父善，嘗受《文選》於同郡人曹憲。"然則許淹、李善、公孫羅之學，當俱出諸曹憲者也。僧道淹即許淹，《唐志》兩見，蓋傳本題名之不同。惟康國安未詳所出。今諸家書俱亡，僅存李善《注》及《五臣注》而已。李善《辨惑》十卷亦亡。五臣者，吕延濟、劉良、張銑、吕向、李周翰五人也。南宋時曾與李善《注》合刻，亦題曰"六臣注"。自唐李匡乂《資暇集》，已備摘五臣竊據善《注》，巧爲顛倒，爾後代有攻駁，指不勝僂。則《五臣注》之疏陋，不待言矣。若夫李善《注》，敷析淵洽，

援引浩博，但檢書目，新、舊《唐志》已不多載，馬氏《經籍考》，十僅存一二耳。都凡引用諸經傳訓一百餘種，小學三十七種，緯、候、圖讖七十八種，正史、雜史、人物别傳、譜牒、地理、雜藝術，凡史之類幾及四百種，諸子之類百二十種，兵書二十種，道釋經論三十二種，若所引詔、表、箋、啓、詩、賦、頌、贊、箴、銘、七、連珠、序、論、碑、誄、哀詞、吊祭文、雜文集幾及八百種。其即入選之文，互引者不與焉。是以近代輯佚書者，爲箋注疏證之學者，咸莫不資之爲淵藪。而采李《注》以自成詁訓之書者，則如朱氏《駢雅》、夏氏《拾雅》、洪氏《比雅》、杭氏《續方言》、張氏《廣釋名》之屬，皆是也。蓋李《注》包羅群籍，羽翼《六經》，雖零金斷璧，不免叢碎；而殘膏剩馥，猶足沾溉無窮。余自十七歲從事選學，即擬將李《注》逐字逐條輯出，依照字典排列，名曰《文選類詁》，以便讀者注經時易於檢查。其後十餘年中，率因衣食於奔走，未能發凡而起例。至光緒乙巳，於役京師，得程一夔先生所輯《選雅》二十卷，依《爾雅》分類，其體例一如陳碩甫氏本《毛傳》而作《毛雅》，朱豐芑氏本《説文》而作《説雅》，俞蔭甫氏本《唐韵》而作《韵雅》，亦可謂篤古之作矣。然欲猝檢一字，往往不能遽得，輒引以爲苦。余於是盡變《選雅》之例，仍吾初志，依照筆畫多少、部居先後，略仿《駢字類編》之法：某詩、某文，注於各字之下；三言、五言，悉以首字爲斷。東海無際，既匯衆流；南山雖高，此其捷徑。假令顏曰"《文選》李注通檢"，當可無愧。惟是先梁作家文字，每用同音通借，猶本六書假借依聲托事之例。如《上林賦》之"消摇"即"逍遥"，《長揚賦》之"桔隔"即"戛擊"，《射雉賦》之以"剔"爲"惕"，張景陽《雜詩》之以"陣"爲"塵"，諸如此類，不遑枚舉。初學讀之，每多不能得其會通。故余復取薛傳均之《文選古字通

疏證》二百四條，杜宗玉之《文選通假字會》四百六十九條，并輯入焉。薛書則注明"疏證"，杜書則注明"字會"，以示區別。夫許叔重《説文解字》一書所載，多有借義行而本意轉晦者，亦有用本字而退借字者，證以薛、杜二書，而益昭若發蒙，洵足補《選雅》之闕漏矣。此書經始於乙巳，脱稿於乙丑，時閱二十載，而始克告成。尚冀閎淹博聞之士，以匡正不逮，則幸甚矣。中華人民建國之十四年八月，無錫丁福保仲祜序。

《文選類詁》不分卷，丁福保撰，民國十四年自序，無錫丁氏排印本。也有醫學書局印本，臺北文史哲出版社 1990 年印本等。

16.《文選六臣注訂譌》四卷　祝文白撰

提　要

祝文白(1884—1968)，字廉先，衢州柯城城關人。歷任浙江省立第八中學(現衢州一中)、第三中學、第九中學校長，浙江省教育會秘書長、燕京大學教授。抗日戰争期間任浙江大學中文系教授，隨學校遷至貴州遵義。有《兩浙詩學源流》《四聲概要》等書。

其書前有張宗祥序、繆鉞序、自序。繆序稱："祝廉先先生，沈研典籍，希蹤杜郭，逸情雲上，同符魏晋，夙嗜蕭《選》，耽味淵深，以前修之偶誤，恐來學之多迷。爲《文選六臣注訂譌》，凡若干條，或明訓詁，或考地望，或釋疑闕之義，或求事類之原。參諸比興，以抉其微，博稽群言，以衎其當。既潛心而自悟，復商榷於友朋。義據通深，實事求是。"自序則稱是書寫作的背景，爲"隨浙江大學避兵黔中，爲諸生講楚辭、漢賦、漢魏六朝詩及六朝文等，取材於蕭《選》者什六七，遇有詮釋不明，或訛誤者，隨時訂正，積稿既多，恐遂散佚，因合昔年所録，彙訂成册，計百有六十餘事，非敢指摘前修，實恐貽誤後學"。

其書對《文選》李善注、五臣注、李善所引舊注中的訛誤,包括正文的訛誤、解題的是非進行辨釋,見解精闢,實事求是。其注釋體例爲先列正文,次列注文,次加案語考證是非。如第二三卷阮嗣宗《咏懷詩》"趙李相經過"句下,顔延年曰:"趙,漢成帝趙后飛燕也。李,武帝李夫人也。并以善歌妙舞幸於二帝。"祝氏以李爲李夫人,非。按:"李指成帝婕妤李平,顧亭林《菰中隨筆》,已正其誤。曾氏《十八家詩鈔》,不主其説。謂'咸陽趙李,系游俠近侍之儔。漢《谷永傳》:小臣趙李,從微賤專寵。籍用趙李字正出此'。按:《谷永傳》所謂趙李,即指趙飛燕及婕妤李平。從上文永疏中語可證,非别有游俠近侍之小臣,名趙李者。且小臣二字,應上讀,不屬下句也。"由此一例,可見其考證之精審。故其書廣受推崇,多次翻印。

發表於《國立浙江大學文學院集刊》第四集,民國三十二年。收入國家圖書館《文選學研究》上册。民國三十二年杭州浙江大學石印本,北京大學圖書館藏。

17.《文選賦箋》　繆鉞撰

提　要

繆鉞(1904—1995),字彦威,江蘇溧陽人,1922到1924年就讀於北京大學文科。曾任保定私立培德中學和保定私立志存中學國文教員。後歷任河南大學中文系、廣州學海書院、四川大學、浙江大學中文系教授。治學主文史互證、博通與專精結合。曾任中國唐史研究會理事、中國唐代文學學會理事、成都市杜甫研究學會會長。1981年,被國務院學位委員會批准爲首批博士生導師。出版著作有《元遺山年譜彙纂》、《詩詞散論》、《杜牧詩選》、《三國志選》、《讀史存稿》、《杜牧傳》、《杜牧年譜》、《三國志選注》(主編)、《冰繭庵叢稿》、《靈溪

詞説》(合著)、《三國志導讀》(主編)、《冰繭庵序跋輯存》、《冰繭庵剩稿》、《詞學古今談》(合著)等專著，發表論文一百二十餘篇，多數收入上述各論文集。另有舊體詩詞集《冰繭庵詩詞稿》行世。《繆鉞全集》於 2004 年由河北教育出版社出版，共八卷。

文章分别對班固《兩都賦》、王粲《登樓賦》、潘岳《閒居賦》、曹植《洛神賦》四賦進行解析。與作者一貫的治學理路相似，此文同樣偏重于以史觀文。也即重在通過探討四賦所寫作的歷史背景分析作家的心裏體驗和創作宗旨，自然得出較爲扎實的結論。如論班固《兩都賦》，從現實政治意義上看，都洛陽是東漢的失策之舉，因爲東漢的外患在西北而非在東部。班固作賦，力主東都之勝，從禮制方面找優勢，似有阿世之嫌。論王粲《登樓賦》，重在談當時的政治局勢，認爲賦中表達王粲的懷鄉之外，更深層次的是不遇之鬱悶。論潘岳《閒居賦》則通過辨正創作時間爲諂事賈謐之前，從而言其人品之躁進求宦，遠不如淵明之不慕榮利。論曹植《洛神賦》亦通過考定其創作時間，而否定感甄説，提出此篇爲“哀任城王彰而發”的説法。

《文選賦箋》，《中國文化研究彙刊》1947 年 9 月第七卷。國家圖書館出版社《文選學研究》上册據以影印。所發表的與《文選》相關的文章還有:《〈文選〉與〈玉臺新咏〉》，《益世報》1942 年 6 月 25 日《文史副刊》第九期;《讀曹植〈洛神賦〉》，《東南日報》1947 年 1 月 16 日《歷史與傳記》二期。《〈晋書・潘岳傳〉疏證》，《東南日報》1947 年 2 月 6 日《歷史與傳記》第四期。《曹植與五言詩體》，《文學雜志》1948 年 8 月第二卷一二期。《顔延之年譜》，《中國文化研究彙刊》1948 年 9 月第八卷。《〈文選六臣注訂訛〉序》，《冰繭庵序跋輯存》巴蜀書社 1989 年版。

18.《文選六臣注訂譌續編》二卷　祝文白撰

提　要

祝文白，見《文選六臣注訂譌》條下。

是書收録百餘條《文選》正文及注語之考證。其後有自撰跋文曰："昔年避寇黔中，曾成《文選六臣注訂譌》四卷。轉徙流離之際，公私圖籍散亡滋多。每苦無書足供參考，致紕繆仍所不免。復員以還，重理舊業，頗有改定，且於前書外，復補正百餘事，因分訂兩卷，爲續編。"其考證體例與正編相同，然所見益精。如第五九卷王簡栖《頭陀寺碑文》"行不捨之檀而施洽群有"句，先引五臣注曰："捨，止也。檀，惠也。"非是。按《大品經》有"六波羅密"，一曰"檀那波羅密"。譯言"布施"。亦謂之捨。行不捨之檀，謂以不捨爲捨，即無爲而無不爲之意。蓋有量則易窮，離相則難盡也。其説訂正了五臣的錯誤理解，也明確了李善注中所未明確的指向。

見《學原》第一卷，第一二期，民國三十七年。國家圖書館出版社《文選學研究》上册據以影印。

19.《後讀書雜志·〈文選〉雜志》　徐復撰

提　要

徐復(1912—2006)，字士復，一字漢生，號鳴謙，江蘇武進人。1929 年就讀於金陵大學，從黄侃攻文字、音韵、訓詁。1935 年入金陵大學國學研究班後轉至章太炎門下求學。曾任教於國立邊疆專科學校、金陵大學、南京師範學院、南京師範大學等校。爲《辭海》編委、《辭海》語詞學科分科主編之一、《漢語大詞典》副主編之一、《傳世藏

書》主編等。《秦會要訂補(修訂本)》,中華書局 1959 年出版。《後讀書雜志》,上海古籍出版社 1995 年出版。《〈訄書〉詳注》,上海古籍出版社 1999 年出版等。

徐復的《後讀書雜志》,始稿於 1932 年,至 1992 年成書,六十年間,增芟更易。所收多爲基本常用書,包括《史記》《漢書》《老子》《荀子》《楚辭》《陶淵明集》《文選》之類,共計二十四種。其中《文選》考證十七條。注重版本校勘,是本書的一大指導思想。正如作者《前言》所説,"籀讀古籍,需先治校勘。傅增湘《藏園群書題記》有云:'讀書不得舊本,慎勿輕言校勘。'舊本云者,指唐鈔、宋槧言,而舊本類書所引,亦時有善言,可供捃摭。如《文選》孔稚圭《北山移文》:'鍾山之英,草堂之靈,馳煙驛路,勒移山庭。'今按:影宋本《太平御覽》卷四十一引《金陵地記》第三句作'馳煙驛霧'。馳驛爲動詞,二字詞性相同。則原文'路'爲'霧'字之誤無疑。"

作者將自己訓詁箋注方法歸納爲四種:一、考雅訓;二、明代語;三、通假借;四、徵實物。

所謂考雅訓,即精訓詁之義。如司馬相如《諫獵賦》有"捷言慶忌",桓寬《鹽鐵論・周秦》有"雖有慶忌之健,賁育之勇"。或言捷當爲健之誤。然而《廣雅・釋詁》:"捷,健也。"則二者互訓,非誤。再如司馬相如《長門賦》有"願賜問而自進兮,得尚君之玉音",李善、五臣注都是:"願君問己之義。"徐復則曰:"疑此賜問當爲賜間之誤。"并舉古書多有"賜間"連用者,如《史記・范雎列傳》:"臣願得少賜游觀之間,望見顏色。"《韓非子・外儲説右上》:"秦惠王愛公孫衍,與之間,有所言。"間亦謂間隙,與之間,即賜間。又問、間二字形近,其誤亦時有之。作賜問,從語氣上來説,則太直率無藴藉。

明代語,謂以異語相易。如《文選》陸機《文賦》:"比瓊敷與玉藻,

若中原之有蘤。”敷，即華字。《爾雅·釋草》：“華，荂。”郭璞注：“今江東呼華爲荂，音敷。”由此可見陸機作《文賦》用江東語入文。

通假借，徵實物，相對較亦明瞭，此處不再贅述。

徐復《後讀書雜志》，上海：上海古籍出版社 1995 年版。此外尚有《讀〈文選〉札記》載於《南京師範學院學報》（社會科學版）1979 年第一期。收入《徐復語言文字學叢稿》，南京：江蘇古籍出版社 1990 年版。條目多與《後讀書雜志》所收同。

20.《昭明文選通假文字考》　李鍌撰

提　要

此書以胡克家刻本《文選》爲底本，參以《文選考異》，考訂《文選》中的通假字。依字典編排方式，以筆畫多少部居先後，依次排列，條目之下，注明通假之類。李氏自序云：“李氏（善）受業於曹憲，於六書假借，深得根柢，綜其所著通假之例，厥有四端：一則正文與注原爲一字，而有古今體之殊，則曰某，古某字，或曰某與某古今字。一則當時別本異字，義或相同，則曰某或爲某字，某本作某。此二端者，系於形也。一則聲義俱同，則曰某與某音義同。一則字之本義，因同一諧音，遂假其義，則曰某與某古字通。此二端者，存乎聲也，是皆六書假借之通例也。蓋古昔作者，涉筆摛藻，意興所至，異同間出，文字通假，尤爲繁雜。是以非深於小學者，莫能疏通證明之也。”

刊於《臺灣省立師範大學國文研究所集刊》第七期(1963)。亦見林聰明《文選學講義　昭明文選研究》第五章《歷代昭明文選學著述考》著録。

21.《陸機〈文賦〉疏釋》　徐復觀撰

提　要

本文首先對陸機《文賦》的文學史地位給予高度的概括，曰："有四百多年製作歷史的賦，到陸機的《文賦》出而始有一篇完整的反省性的文章。以現代語言説，這是一篇以賦爲主，而可通於其他文學製作的意味精深、組織嚴整的文學批評的作品，可以説是曹丕《典論·論文》後進一步的大發展。"同時也概括《文賦》的特色有二，曰："一是他盡可能地描述了創作的心理歷程。二是通篇除最後一段談到文學的功用外，主要是從文學的藝術性方面來加以討論乃至評鑒。"本文作疏釋的體例是，首要選擇《文選》李善及五臣舊注，凡舊注可用的皆用舊注。未用舊注的，是認爲舊注有問題，則加入現代人注釋及自己的見解，由閱者加以對勘。

本篇 1980 年正式發表，收入徐著《中國文學論集續篇》，臺北：學生書局 1981 年版。

22.《文賦集釋》　張少康撰

提　要

本書分校勘、集注、釋義三部分，集歷代對《文賦》注釋之大成，在其基礎上，加以分析，提出己見。校勘部分以宋刊尤袤刻本《文選》爲底本，參校唐陸柬之書《文賦》、遍照金剛《文鏡秘府論》。

前言對有關《文賦》的幾個問題加以説明。

一是關於《文賦》思想的歷史淵源問題。首先，提出《文賦》受道家思想影響很明顯，主要表現爲：陸機主張"言不盡意"。其次，强調

構思過程中的“虛静”。再次,陸機論創作十分重視情感的作用。

二是關於《文賦》的理論并不是形式主義理論,而是在内容爲主、形式爲内容服務的前提下講形式的,所謂“理扶質以立幹,文垂條而結繁”。

三是《文賦》的歷史地位和影響。它是我國文學理論批評史上獨一無二的關於創作問題的專論,影響深遠。蕭統在《文選序》中對文的概念的認識,也脱胎於陸機。蕭統對文的範圍的理解和《文賦》相一致,而與《文心雕龍》不同。

附録部分則包括《歷代各家對〈文賦〉的總評》《〈文賦〉研究論著目録》。

上海:上海古籍出版社 1984 年版;北京:人民文學出版社 2002 年版。

23.《讀〈文選〉續札》　徐復撰

提　要

共考證《文選》詞語五十六條,或明音轉,或通假借,疑義相析,豁然而明。

如釋張衡《東京賦》“龍雀蟠蜿,天馬半漢”。薛綜注曰:“天馬,銅馬也。蟠蜿、半漢,皆形容也。”李善無注,五臣也祇説“半漢,天馬貌”。清代學者張雲璈《選學膠言》卷三曰:“據注形容之語,蓋言天馬之高,其勢似可半霄漢耳。方氏《通雅》謂半漢當讀盤桓。”徐復則曰:“半漢,形容怒貌。爲怖漢之轉音。《廣雅・釋詁二》:‘怖漢,怒也。’王念孫疏證:‘怖之言勃然也。’《説文》:‘怖,很怒也。’引《小雅・白華篇》‘視我怖怖’。平子賦用半漢,亦當爲怒義。知者,《漢書・第五倫傳》:‘鮮車怒馬’,李賢注:‘怒馬,謂馬之肥壯,其氣憤盈也。’與張賦

半漢之義正合。”

如鮑照《蕪城賦》:“造分手而銜涕,感寂漠而傷神。”再從文字的考索看,五臣注曰:“造,至也。”徐復考曰:“造借爲蹙。《韓非子·忠孝》:‘《記》曰:舞見瞽瞍,其容造焉。’《孟子·萬章》作其容有蹙。又《大戴禮·保傅》:‘靈公造然失容。’盧辯注:‘造然,驚慘之貌。’”如此訓釋,皆可謂發前注之未明,現文字之鮮活底蘊。

然而,也應注意的是,其考證所據文本亦存在版本未加精研的問題。上一段話中所引《蕪城賦》句下,徐注引五臣注曰:“分,一作携。感,一作各,又作咸。”然今宋刊陳八郎本五臣注、奎章閣本六家注的五臣注都没有這句注文。所據蓋爲俗本。

本文見録於徐復《語言文字學晚稿》,南京:江蘇教育出版社 2007 年版。

24.《文賦研究新論》 劉忠惠著

提 要

内容包含《文賦》譯析注,《文賦》中部分術語解析,陸機及其《文賦》的寫作背景,《文賦》的藝術美建構系統論,歷代文論家對《文賦》的見解述評幾個部分。

長春:東北師範大學出版社 1993 年版。

25.《讀〈文選〉筆記》　蔣禮鴻撰

提　要

蔣禮鴻治學特色在於“文字訓詁和古書校釋方面”[①]蕭公權對其評價曰:“議論亦每有獨到之處。而允當樸實,一洗穿鑿之弊,尤爲難能可貴。”於作者可謂知己之言。

《讀〈文選〉筆記》一文亦體現作者語言文字方面的治學功力,其文對《文選》各篇中的正文之誤、舊注之誤、胡克家考異之誤加以簡明考訂,明確辨其是非。可見其是以胡克家刻本爲底本校讀《文選》的。校勘多能言之有據,簡潔得當。譬如班固《幽通賦》“俟草木之區别兮,苟能實其必榮”曹大家注:“俟,候也。”蔣禮鴻按曰:“曹大家説非是。應劭注《漢書》此賦曰:‘俟,維也。’是也。維者,發語詞也。《爾雅·釋詁》‘伊、維,侯也。’邢昺疏曰:皆發語詞,轉互相訓。《邶·谷風》云:‘伊余來塈。’《大雅·大明》云:‘維此文王。’《小雅·六月》云:‘侯誰在矣。’”可見其考證之詳。至五臣注作“俟,惟也”。由此可見五臣更接近於此字本義,蔣氏之考殊當。

然蔣氏之説也有百慮一失之處,如《西都賦》“金石崢嶸”李善注:“崢,力耕切。”蔣禮鴻按:“崢無力耕切之理。”《集韵》平聲十三耕韵:“崢,鋤耕切。注力字疑鋤字左畔殘缺之誤。”蔣氏所舉《集韵》的反切固然是“崢”字之音,但其對李善音注致誤原因的推斷是不準確的。從《後漢書》李賢注、陳八郎本五臣注來看,“力”字當是“仕”字之訛,力、仕二字形近。[②]

---

① 國務院學位委員會編《中國社會科學家自述》,上海:上海教育出版社 1997 年版,第 646—648 頁。

② 參見馬燕鑫《〈文選〉音注輯考》,南京:鳳凰出版社 2022 年版。

《讀〈文選〉筆記》一文收録在其《蔣禮鴻語言文字學論叢》,杭州:浙江古籍出版社 1994 年版。

26.《昭明文選李善注拾遺箋識》 李之亮撰

提 要

書前冠曹道衡先生序,曰:"《文選》自問世以後,曾迭經盛衰,其中最受人們重視的時期莫過於唐代和清代,但這兩個時代的《文選》盛行的背景及其所强調的方面是完全不同的,唐宋人看重《文選》是因爲當時朝廷以詩賦取士,所以人們大抵以此爲學習寫作的範本,偏重'辭章之學',故有'《文選》爛,秀才半'之諺。在這種風氣下,讀者對書中的名物訓詁典故出處未必很注意,但求略知大意就够了。清代《文選》學的復興,其情况則與之迥異。當時治選學的人,大抵是一些樸學家,他們研究《文選》,注重的是名物訓詁以及校勘輯佚之學。嚴格地説,他們的研究《文選》,正如其鑽研古史、諸子,藉以與五經的文字互證,强調的是文字、音韵、訓詁。"①

臺北:暨南出版社 1996 年版。

27.《讀〈文選〉札記再續》 徐復撰

提 要

本文收録《文選》考證札記八條,當爲作者晚年之作。分别考證了謝莊《月賦》"端憂"端字當爲"惙"字的假借,顔延之《秋胡詩》"物色桑榆時",潘尼《贈河陽詩》"華字叶歌韵",王粲《雜詩》"列樹敷丹榮",

---

① 此書出版於臺灣,今未見,此段序言録自作者《清代文選學珍本叢刊·前言》。見《清代文選學珍本叢刊》(第一輯)條。

李密《陳情事表》“進退狼狽”，楊修《答臨淄侯箋》“借讀入聲”，陳琳《檄吴將校部曲文》“身罄越軍”，干寶《晋紀總論》“蕭杌”。

此文亦收入徐復《語言文字學晚稿》，南京：江蘇教育出版社 2007 年版。

28.《〈文選・賦〉聯綿詞研究》　郭瓏撰

提　要

全書分四章，第一章聯綿詞論，對聯綿詞理論加以探討。第二、三章是對《文選・賦》聯綿詞的整理與分析。通過全面細緻鈎稽《文選・賦》中的聯綿詞，分析《文選・賦》聯綿詞沿用舊詞情況，使用新詞的情況。第四章則總結性歸納“沿用舊詞，音形不變”“沿用舊詞，音形變化”以及“漢魏晋南北朝新造聯綿詞”的情況。

成都：巴蜀書社 2006 年版。

29.《〈文選注〉修辭訓詁研究》　喬俊傑撰

提　要

本書從修辭訓詁的角度觀照《文選》和李善注。結合古今修辭學體系，觀照《文選》中大量存在而《文選注》尚未提及的修辭現象，分析出“反復”“頂真”“錯綜”“節縮”“藏詞”“誇張”“鑲嵌”“轉品”“列錦”“通感”等修辭方法。作者認爲李善對《文選》中豐富多彩的比喻尤爲青睞，并指出了“比喻”的一些類型。同時也指出，李善揭示最多的是徵引，在訓詁實踐中運用最多的也是徵引。而且在漢語訓詁史上，最早建立了徵引式的訓詁體例：舉先以明後，轉以相明，引後以明前。并提出了徵引訓釋應遵循“不以文害義”的原則。另外，李善

的《文選注》還揭示了其他一些修辭手法，如互文、變文、偶辭、假言、連言、反問、詳略、連珠、美言、貶言、敬謙、諱飾、聲律、摹繪、仿擬、借代等。

這一研究課題的意義在於開拓了《文選》學研究的新範圍，對由李善注所反映出的中古漢語修辭有完整的呈現，這一研究也有助於促進文學、美學及中古文化的交叉學科研究。

哈爾濱：黑龍江人民出版社 2007 年版。

30.《〈文選〉李善注語言學研究》　賀菊玲撰

提　要

本書將李善注置於六朝隋唐整個注釋學領域進行思考，首先，對李善注中的"協韵"這一術語，以漢魏六朝韵文押韵對比研究，從而發現其用韵特點。其次，對李善詞義注釋的方法進行了深入探討。再次，對於李善注中所包含的魏晋六朝出現的新詞新義，從詞彙發展的角度予以分析。最後，對李善注中提及的"通"與"同"等注釋術語，進行分析。

北京：中國社會科學出版社 2011 年版。

31.《〈昭明文選〉音注研究——以李善音注爲中心》　李華斌撰

提　要

本書從《文選》音注概況、體式及其認定，《文選》音注的輯佚，《文選》音注的校勘，《文選》中來歷不明音注的考證，《文選》中李善以前音注的考證，《文選》一般音注的語音研究，《文選》特殊音注的語音研究，《文選》音系的比較研究等方面着手，作了細緻系統的分析研究，

對於圍繞着《文選》音注而産生的一些學術争論課題，也得出了獨到的見解。

成都：巴蜀書社2013年版。

目録研究

1.《文選書録》一卷　劉紀澤撰

提　要

劉紀澤(？—1957)，字平山，江蘇鹽城人。清華研究院畢業，師事梁啓超、王國維。曾任清華大學圖書館館長、上海暨南大學文學院院長。新中國成立後，爲東北師範大學和河南師範學院中文系教授。勤於治學，長於目録學。著有《目録學概論》《書目考》《書目舉要補正》《楚辭書録》等。

此書搜取自梁以來研究《文選》之作，最録而按核之。

此書有梁氏慕真軒傳鈔稿本一册，亦見於林聰明《文選學講義昭明文選研究》第五章《歷代昭明文選學著述考》著録。今未見其藏處。

2.《敦煌新出唐寫本提要》　劉師培撰

提　要

劉師培所撰《敦煌新出唐寫本提要》對《文選李注殘卷》(法藏敦煌本P.2528卷第二張平子《西京賦》存三百五十三行李善注本殘卷)、對法藏敦煌本P.2527卷第四十五(東方曼倩《答客難》、揚子雲

《解嘲》存一百一十九行）李善注本殘卷、對法藏敦煌本 P. 2525 卷第二十五（沈休文《恩倖傳論》、班孟堅《述高紀》《述成紀》《述韓英彭盧吴傳》、范蔚宗《光武紀贊》存六十七行）白文殘卷均有較爲詳細的提要，如稱白文本殘卷"訛文俗字雖亦附見於其中（如可歸近習之可，又有倿幸之傳之倿，非昨唯殃之昨，均訛文也。構於牀芾之芾，虔劉庯代之庯，則俗體之訛者也），然視宋本經後賢改竄者固弗同矣"。

然其提要以茶陵陳仁子刊六家注《文選》、袁褧刊六家注《文選》、毛氏汲古閣翻宋本及胡克家翻尤袤本比勘，然僅出示異同，未詳考是非。間亦有漏誤。

《敦煌新出唐寫本提要》，收録於《劉申叔遺書》，南京：江蘇古籍出版社 1997 年版。

3.《選學源流目録》一卷　駱鴻凱撰

提　要

此書爲駱鴻凱所撰兩篇選學目録文章的抽印本，封面題曰《選學源流目録》。

《選學源流》一文最早發表於《制言》半月刊，第八期、第九期、第十期，共八十七頁。卷前有作者小序曰："戊辰己巳間，教授武漢大學，有《文選》講疏之作，其中源流一篇，起自唐初，訖於近代，凡有著述，悉徵録焉。非敢掎摭利病，聊以標舉源流。"可見其所編選學書目重在標舉源流，故所能見到皆盡行收録。全文分爲唐代《文選》學、宋元明《文選》學二十七種、清代《文選》學家述略三十二種，三個部分。唐代主要列叙源流，宋至清代則多撰寫提要，包括内容的叙述及價值的評論。

《選學書箸録》最早發表於《制言》半月刊第十一期。包括全注本兩種、删注本九種、校訂補注之屬二十九種、音義訓詁之屬十一種、評

文之屬十一種、摘類之屬九種、選賦選詩之屬十五種、補遺廣續之屬四種。主要是簡單羅列版本名稱、卷數、作者、刊刻時間。相當於選學書的目録之作。作者跋曰:“以上著録皆舉易知而可求者,其史志已佚及存目四庫不易見之本不録。”

山東大學圖書館藏。

4.《文選書録述要》一卷　蔣鏡寰撰

提　要

蔣鏡寰(1896—1981),一字吟秋。蘇州人。畢業於江蘇師範學校。曾任國立南京高等師範學校、吴縣縣立師範學校老師,南京高等師範學校金石研究會理事,蘇州美專國文兼書法教授,蘇州國立社教學院圖書館學系教授,江蘇省蘇州圖書館館長。新中國成立後任職於東吴大學。喜文藝,工詩善詞,通小學,擅金石、書畫,所書大字常得到外祖父、啓蒙老師陳壽祺(字慎三)贊揚。其一生著有《學書述要》《版本問答》《文選書録》《吴中先哲藏書考略》《滄浪亭新志》《蘇州景物詩選》等。

關於此書編寫的初衷,蔣鏡寰在《引言》中説“年來治事本館,編校之餘,以館藏宋槧六家《文選》及舊鈔余氏《紀聞》二難兼并,喜爲僅見,爰集館中所有《文選》書目及所見各家著録者,彙纂一編,名曰《文選書録述要》”。説明書録的編寫具有一定的偶然性,因爲其所在的蘇州圖書館中有宋刻六家本《文選》和余蕭客《文選紀聞》的精鈔本,兩本難得一見的珍本,故編此書録。

全書共收集歷代《文選》刊本及《文選》學著作共計四十六種。雖然收書不多,且順序雜亂,但由於是近代以來最早的一本《文選》學書録,也具有某些值得重視的優長之處,例如所收書列不同版本及出

處,以六臣注《文選》爲例,下列宋刊至明清的刊本十四種。再如部分書名下還著録較詳細的提要,包括版本形態、傳承關係和版本價值。再如"《文選》李善注六十卷"條下,收録了俞良甫辛亥甲寅間覆刻尤袤本,出處是島田翰的《古文舊書考》,下叙録曰:"福建莆田人俞良甫得尤刻《文選》於日本嵯峨,自辛亥始刻,甲寅竣工,時適日本應安四年至七年,故一稱應安本。"俞良甫刊《李善文選注》六十卷是在1374年,爲日本"五山版"之一種。然此本究竟爲哪一種?爲進一步的考索提供了起點。

其文首先發表在《江蘇省立蘇州圖書館館刊》1932年4月第三號。國家圖書館出版社《文選學研究》上册據以影印。有民國二十一年(1932)校印本,江蘇蘇州圖書館鉛印本一册。民國二十四年(1935)江蘇蘇州圖書館鉛印本一册。

5.《文選書目》　普暄撰

提　要

普暄,即民國學者壽普暄。

本書按照時代逐次排列選學著作,肇自隋唐,以迄近代。所收録的範圍略寬,除整部論述《文選》的,論述《文選》之某一部分的,如方回的《文選顔鮑謝詩評》,筆記評論類的如《義門讀書記》《讀書雜志》,雖與體制不合,但各有精義,均予收録。此外包括論及《文選》,衹要不是過於破碎的,也酌情收録。從朱彝尊《經義考》,於各書下標"存""佚""殘""未見"四目。其中未見,指訪尋未獲,或稿本未刊之書而言。

其書共收録各種選學著作計四十四種,自《文選》三十卷本到清王煦的《文選李注拾遺》二卷、《文選剩言》一卷。每書下有較詳細的提要。惜篇末標"未完",蓋非完帙。所收書也有失考之作,如收元虞

集的《文選心訣》,提要中并未介紹這是一本和《文選》没有關係的書。凡例中説標“存”“佚”“殘”“未見”四目,然正文則尚標“疑”,也顯得不那麽統一。

《文選書目》,《女師學院期刊》1934 年 7 月第二卷第二期。國家圖書館出版社《文選學研究》上册據以影印。

6.《選學源流》　王筱岩撰

提　要

王筱岩,生平不詳。

是書前有李文瀛《序》稱:“《文選》成書,千四百禩,士林推重,不減六經。自蕭該以降,鑽研《文選》,代有專家。或斤斤於文章之摹擬,或矻矻於音義之考訂。著述浩繁,奚止於汗牛充棟。惜於《文選》學史,治者尚尠。黄子高《文選注考》,語焉不詳。程先甲《選學源流記》,未果刊行。今筱岩是書,於選學源流派别,叙述詳盡,謂之第一部系統的《文選》學史,非過譽也。大輅椎輪,功不可没。”(中華民國二十三年八月二日序)

稱其爲系統的《文選》學史,雖非過譽,然其書甚爲簡略,勾勒自《文選》成書,經隋唐至宋元明清選學的發展歷程,同時就其中的重要問題展開討論,餘則略述。

如述唐代《文選》學時,就《新唐書·藝文志》所説的李邕爲李善補益《文選》注釋,兩注并行的説法,認爲并不確切、不可信,一引黄子高《文選注考》謂:“惟李匡乂《質(資)暇録》稱:‘善注有初注、覆注、三注、四注。其絶筆之本,釋音訓義,注解甚多。’説較可據。”再引《四庫全書總目提要》云:“然傳稱善注《文選》在顯慶中,與今本所載進表題顯慶三年者合。而《舊唐書·李邕傳》稱,天寶五載,坐柳勣事杖殺,

年七十餘。距顯慶三年,凡八十九年。此時邕尚未生,安得有助善注書之事? 且自天寶五載上推七十餘年,當在高宗總章盛亨間。而《舊唐書》稱善《文選》之學,受之曹憲。計在隋末,年已弱冠。生邕之時,當七十餘歲。亦決無伏生之壽,待其長而著書。考唐李匡乂《資暇録》曰:'其絶筆之本,皆釋音訓義,注解甚多。'是善之定本,本事義兼釋,不由邕。匡乂唐人,時代相近,其言當必有徵。知《新唐書》喜采小説,爲詳考也。"認爲此説甚精確可信。惟李善既開館講授《文選》,邕必受其影響,而精於選學,然非與善同時注《文選》耳。

《選學源流》益學社 1934 年印行。

7.《群書檢目・文選類》一册　楊樹達撰

提　要

楊樹達,字遇夫,號積微,晚號耐林翁。湖南長沙人。1897 年入時務學堂,1905 年官費赴日本留學。曾任北京高等師範學校、清華大學教授,中國科學院哲學社會科學部學部委員,著有《漢書窺管》《詞詮》《積微居金文説》《漢代婚喪禮俗考》等著作。

此編爲初治國學者檢閱國學要籍編次,故擇取唐以前國學最重要之古籍七十六種,將原書詳細目録重新編次,以便易於翻檢。以經史子集爲編次。編次最上列部首,中間列篇名,下列注音。各書卷數篇數皆根據通行本。集部《文選》一書篇數太多,不易尋檢,故分爲賦、詩、文三類,尋覓較易耳。集部所收唯《楚辭》《文選》《文心雕龍》。

北平:好望書店 1934 年版。

8.《廣選》　駱鴻凱撰

提　要

駱鴻凱,見《文選學》條下。

駱鴻凱著有《選學源流》,叙述自唐至近代的《文選》學著作、《文選》學家。然作此《廣選》一篇,則强調在狹義的"《文選》學"之外,還應有廣義的"《文選》學"著作,其重點强調清代三書,即張惠言《七十家賦鈔》、李兆洛《駢體文鈔》、王闓運《八代詩選》。尤其通過對三書文章學思想取向的深入把握,梳理其源流,於宏觀立場對《文選》學發展史加以觀照。

此文 1936 年發表在《制言》半月刊第二〇期,見國家圖書館出版社《文選學研究》上册。

9.《文選索引》(全三册)　(日)斯波六郎主編,李慶譯

提　要

斯波六郎爲日本廣島大學中國文學研究所教授。此書的編寫歷時五年,有岡村繁、小尾郊一等多位學者共同編著。

本索引以上海掃葉山房發行的二十四册本《仿宋本胡刻文選》爲底本。文字排列,以筆畫爲順。畫數相同,則據《康熙字典》之順序。將《文選》中出現的六千八百餘字皆包括其中,檢索一字一詞,即可知其出自何卷何篇何葉,出現了幾次。

雖然本書所完成的工作,在今天看來,可以通過電子版的檢索加以完成,但當年八九位學者,歷時五六年的時間,二十五萬張卡片的製作和整理,以及帶着對於《文選》研究的强烈熱情和發自内心的理

解,這都是值得深深銘記於《文選》學史的。

此書於1954年底編成,成書之始,以油印本方式發行。後獲美國哈佛燕京學社資助,於1955年正式出版面世。1971年有中文出版社出版,同年臺灣正中書局又影印出版。另有上海古籍出版社1997年版。

10.《敦煌古籍叙録·文選》(《文選》十一種)　王重民叙録

提　要

王重民(1903—1975),原名鑒,字有三,筆名舒學,别署冷廬主人。河北高陽人。民國十三年入北京師範學校國文系,治文史於高步瀛、楊樹達、陳垣,深爲器重。又問學於黎錦熙、錢玄同、吴承仕諸名師。以目録學、版本學爲治學門徑。民國十八年任北平圖書館編纂委員兼索引組組長。民國二十三年奉派至巴黎法國國家圖書館東方寫本部作交换館員。民國二十四年至德國柏林普魯士國立圖書館,英國劍橋大學、牛津大學等圖書館,民國二十五年出版《巴黎敦煌殘卷叙録》(第一輯,北平圖書館版)。二十八年八月,應華盛頓美國國會圖書館之邀,爲該館遠東部整理與鑒定中文善本圖書,并撰寫提要。民國三十年,出版《巴黎敦煌殘卷叙録》(第二輯,北平圖書館版)。民國三十四年,應新澤西州普林斯頓大學圖書館之聘,整理葛思德文庫中之中國善本書,成一千種善本書提要。民國三十六年,返歸北平圖書館任職,兼任北大中文系教授。王重民乃著名版本學家、目録學家、敦煌學家,還著有《中國書史》(北大講義本)、《〈校讎通義〉通解》、《冷盧文藪》、《莊子殘本校記》、《敦煌變文集》、《中國善本書提要》、《中國目録學史論叢》、《敦煌遺書論文集》、《徐光啓集》等等。所著專書、論文篇目詳見劉修業編、楊殿珣校訂之《王重民著述目録》,載《中國當代社會科學家》第一輯、《中國目録學史論叢》附録。

1957年作者將自己撰寫的有關敦煌遺書中四部古籍的題記，以及羅振玉、王國維、劉師培、陳寅恪等學者撰寫的題跋，按四庫分類彙爲一編，對研究利用敦煌四部古籍頗爲有益。其中，與《文選》學相關的除了敦煌《文選》殘卷十一種還有《楚辭音》，皆爲之叙録。

叙録的體例大體爲每種古籍先著書名（或兼著篇名）及著者姓氏，次著原藏號碼，次著該古籍之各種影印或排印本。每種古籍題記或收自撰，或兼收自撰和其他人的相關撰述。均依編寫年月排列。故一編在手，可以瞭解諸如王重民以及羅振玉、王國維、劉師培等各家之叙録，具有資料的便利意義。

作爲二十世紀初敦煌本《文選》的發現者、搶救者和整理者，一代學者的功績可謂至偉。最大的功績當在於充分認識到出土文獻的價值所在。如本書所引羅振玉在《文選》李善注本一、二，蕭統原本一、二，四種之下的叙録説："善注世無善本，今宋刊善注本乃從善注及五臣注合并本中選録出之，非善注單行之舊。胡果泉中丞作《考異》，言之甚詳，亦至確。此善注二卷，可正今本之失，其可貴不待言。至蕭《選》舊本在善注前者，人間所絶無，其可貴更在善注本之上。"

但值得注意的是，由於當時是在二十世紀早期，《文選》版本亦不多見，故對敦煌本與今本異文的比較往往還停留在與今傳宋刊李善本或某一系統的六臣本《文選》比較的基礎上，所以不够全面客觀。如收録羅振玉叙録認爲：《王文憲集序》"發毁舊塋"，今本"發"作"廢"。"鎮軍將軍"，今本作"鎮國將軍"。然從今更多版本比較看，日抄九條本、陳八郎本、朝鮮正德本、奎章閣本皆作"發"。奎章閣本"發"下注記："善本作廢字。""鎮軍"，日抄九條本、陳八郎本、朝鮮正德本、奎章閣本皆作"鎮軍"，奎章閣本注記曰："善本作國字。"諸如此類，顯然不能籠統地稱今本作"某"。這是今天的利用者值得注意的。

是書有北京商務印書館 1958 年版、中華書局 1979 年版。

11.《俄藏敦煌漢文寫卷叙録》 (俄)孟列夫主編,西北師範大學敦煌學研究所袁席箴、陳華平翻譯

提　要

内中收録孟列夫對俄藏敦煌本《文選》兩種的叙録。其一爲第一四五一號(Дх—1502a)左思《吴都賦》殘卷。存二十三行,每行十六七字。其二爲第一四五二號(Φ—242a),存一百八十五行,每行十三字。對於第二種,孟列夫初步判定曰:"題字佚失,僅有經典標題。經典從[《補亡詩》]起,東廣微著。第六首。到《上責躬應詔詩表》,曹子建著。著明日期七—八世紀,不早於六三〇年(李世民登位時間,因爲把'民'寫作'𠨡'缺末筆)不遲於七一八年(五位作者做注釋的時間)。"

初版由蘇聯科學出版社東方文學部 1963、1967 年出版。上海古籍出版社 1999 年出版中譯本。

12.《中國善本書提要·集部·總集類·通代·〈文選〉》 王重民著,楊殿珣、傅振倫校訂

提　要

王重民,見《巴黎敦煌殘卷叙録》條。

收録善本書四千二百餘種,另補遺一百餘種,提要對各書之版本、著者、編者、刻工、序跋、源流、研究價值等均加考訂和介紹,且多糾正《四庫全書總目提要》之誤。是目録版本學方面一部規模較大、學術價值較高的專著,不但可供讀者查檢古書書目,而且能作爲讀者閲讀之嚮導。

本書收録《文選》并提要共三十一種。包括《文選》版本、《文選》學著作等,其提要的體例包括書名、存佚情況、藏地。刻本叙録皆爲元明刻常見的《文選》刻本,如張伯顔本、陳仁子增補六臣注本、贛州本、晋藩養德書院本、袁本、茶陵本、洪楩翻陳仁子刻本等。皆爲收藏於北京圖書館、北大圖書館、美國國會圖書館的《文選》刻本。《文選》學類有鄒思明《文選尤》兩種、《選》詩七種、《選》賦四種、《文選補遺》、《文選纂注》、《廣文選》等。提要的特點之一在於能通過各書實物、序跋,考訂源流、糾正前人之錯誤和不足。如著録《文選尤》十四册,明三色套印本。據《四庫全書總目提要》:"思明字見吾,歸安人。始末未詳。前有韓敬序,其私印已稱庚戌會狀兩元,則萬曆後人也。"王重民則通過書前所附朱國楨序,考訂鄒思明生平,稱此序蓋爲四庫館臣所未見。又再美國國會藏本《文選尤》條下曰:"美國葛思德圖書館藏一部,余已考出思明事迹,以補《提要》所未詳。此本有朱國楨序,稱思明'僅逾八十',大約天啓二年,思明已八十一歲。則其嘉靖四十三年中舉人時,年僅二十一二歲也。"可見其注重對於前録的補正。

上海:上海古籍出版社 1982 年版。

13.《文選研究論著目録》　(日)牧角悦子

提　要

此書凡例中稱收録近代以來,中國、日本、韓國《文選》研究方面的論文和著作目録。然所收基本以日本學者的研究爲詳,可以反映近代以來至二十世紀七十年代日本的《文選》學研究狀況。體例上包括《文選》總論部分及賦體部分(含各細類)、詩體部分(含各細類)、文類各種文體分列,附作者及昭明太子,按時代先後順序排列。

九州大學文學部 1986 年印行。

14.《中外昭明文選研究論著索引》　魏淑琴等編

提　要

本書編寫於二十世紀八十年代,分成版本、評注、作家、作品四個部分,彙集了古今中外的《文選》學版本和研究著作。據其《前言》所説,在編寫的過程中,受到日本岡村繁教授、美國康達維教授的海外支持。所以本書當爲繼民國《文選書録》編寫之後,第一部彙聚 1988 年以前中外選學版本和著作的《文選》索引。

長春:吉林文史出版社 1988 年版。

15.《中外學者文選學論著索引》　俞紹初、許逸民主編

提　要

本書爲收録 1911 年至 1993 年《文選》學研究論著的總目索引。收録範圍包括單篇論文,也包括專題著述。地域則包括中國、日本、韓國、歐美。每一部分之前,均有編輯者撰寫的概述,簡要評介該地區《文選》學研究的歷史與現狀。

北京:中華書局 1998 年版。

版本研究

1.《敦煌本文選跋》　蔣黼跋

提　要

蔣黼,吴縣(今江蘇蘇州)人。蔣清翊之子。輯有《沙洲文録》《敦

煌石室遺書》,爲中國敦煌學研究的先驅人物。

法藏敦煌本P. 2527卷第四十五(東方曼倩《答客難》、揚子雲《解嘲》存一百一十九行)殘卷,爲李善注本。李善注皆以"臣善曰"領起。

蔣黼跋曰:"一存百二十一行。起東方曼倩《答客難》,迄揚子雲《解嘲》,首尾皆缺,書體遒美。與《穀梁傳》同。凡虎、世、治字皆缺筆。旦字不缺。疑亦高宗時内庫本也。二本皆李善注,惟與今本詳略不同。按《唐書·李邕傳》:'父善顯慶中爲文選注表上之,始善注文選,釋事而忘義。書成以問邕。邕意欲有所更。善曰:試爲我補益之。邕附事見義。善以其不可奪,故兩書并行。'今以此二卷與今本相校,凡今本釋意之處,此皆從略。知此爲崇賢初次表上之本。而今本北海補益之本也。廬山真面,隱晦千年。一旦見之,能無狂喜。其餘傳寫之異同,足資訂正者甚多,如崇賢注例曰:'舊注是者,因而留之。其有乖繆,臣乃具釋。并稱臣善以別之。'今本除明言用舊注之數篇,尚存善曰,然已删去臣字。餘悉删之。有時并其所引《漢書》注之臣瓚曰之臣字亦删之。(見《西京賦》'度曲未終'注。)他篇采用舊注者亦不少,即如《答客難》《解嘲》諸篇,多采《漢書》舊注,故凡崇賢自注皆稱名別之。今本則漫無界限。又有本引書名,而今本删之者。(如《西京賦》'閭閻'注引《字林》曰'閭,里門也'云云。今本删'字林曰'三字。)非引此書,而今本誤增者。(如《西京賦》'螭魅魍魎'注引《説文》曰云云,其實皆杜氏《左傳注》也。)有引書而誤其字者。(《西京賦》'金較'注引《説文》:'較,車輢上曲銅也。'今本誤作曲鈎。又'飛罕'注引《説文》:'罕,網也。'今本誤作綱也。'鋋'字注引《説文》:'鋋,小矛也。'今本誤作小戈也。皆與《説文》合,然段懋堂注《説文》已誤,據今本《選》改'較'字説解矣。)至於字句間之增損,尤非更僕可數。余別有校勘記詳之。宣統二年吴縣蔣黼。"(《敦煌叢刊初集》第八册)

2.《敦煌本文選跋》 羅振玉跋

提 要

羅振玉,并非專門的《文選》學研究者,然其在選學領域的貢獻却是無可比擬的。尤其是其保存影印日本新出《文選集注》之功,便會永遠閃耀在《文選》學史上。

除此之外,其對於敦煌本《文選》殘卷的叙録和介紹,也同樣具有重要的價值。羅振玉跋文曰:"石室本《文選》四卷,其一張平子《西京賦》。其二東方曼倩《答客難》及揚子雲《解嘲》二篇,皆李善注。其三《王文憲集序》。其四起《恩倖傳論》,訖《光武紀贊》,皆無注。""善注世無善本,今宋刊善注本乃從善注及五臣注合并本中選録出之,非善注單行之舊。胡果泉中丞作《考異》,言之甚詳亦至確。此善注二本可證今本之失,其可貴不待言。至蕭選舊本在善注前者,人間所絶無,其可貴更在善注本之上。以校今本,可是正譌誤不少,如《王文憲集序》,'發毁舊塋',今本'發'作'廢'。'建元三年遷尚書左僕射',今本'三年'作'二年'。'以公爲侍中尚書令鎮軍將軍',今本'鎮軍'作'鎮國'。'留服捐駒',今本'留服'作'掛服'。'革於容論',今本'革'作'隔'。《恩倖傳論》,'逮於大漢','大漢'今作'二漢'。'郡縣掾史',今本譌'掾吏'。'皆由世族',今本作'勢族'。'理難遍通',今本作'變通'。'南金北毳',今本譌'南京'。絜其異同,并以是爲優矣。二卷中,第廿五卷虎字已缺筆,寫於唐之初紀。王文憲集序内,衷字缺筆作哀,爲隋代寫本,尤可珍也。"雪堂此跋作於"丁巳閏月晦(1917)"。

見《雪堂校勘群書叙録》二卷,揚州:廣陵古籍印刻社1998年版。

3.《元槧風雅翼十二卷》題跋　劉善渥撰

提　要

劉善渥,字雨人,號淵默居士,清末秀才。清宣統元年(1909)當選爲湖南咨議局咨議員。同年十月在第一次常年會議期間提出兩項提案,其中一項就是以定王臺湖南圖書館"建築簡陋,地處偏僻,書籍寥寥,益以秩亂,辦理腐敗,虚靡巨金",而提出"整頓擴充圖書館案",并擬定"湖南圖書館章程",此提案獲得原案通過。民國後任湖南省都督府參事、督軍公署秘書官等。1916年下半年至1918年上半年任湖南圖書館館長。事迹參見常書智《湖南圖書館百年志略》,北京圖書館出版社2004年版。

題跋録於明正統三年(1438)何景春刻本《風雅翼》一書的首頁,據跋文知,劉善渥所得《風雅翼》一書缺《選詩補遺》二卷,前缺至正金華戴良序,對此頗感遺憾。希望所缺二卷,他日可以鈔補。同時,遍查諸家書目對《風雅翼》一書的著録異同,提要鈎玄,考鏡源流,對該書版本流傳作深入分析,認爲"此書除浙江采集遺書及范氏天一閣外,皆係明翻刻本,則此本亦可稱罕見矣"。

此題跋將所得《風雅翼》一書的刊刻時間確定爲"元槧",顯然未加仔細辨别,在今山東大學圖書館所藏此本首頁第三行題"新安金德玹,仁本校正",第四行題"建陽縣知縣何景春捐俸刊"。金德玹與何景春都是明人,定位爲"元槧"顯然是不正確的。關於此題跋有張麗芬《民國志士劉善渥題跋輯釋》(《圖書館研究與工作》2018年第7期)、孫振玉《山東大學圖書館藏〈風雅翼〉叙録》(《古籍整理研究學刊》2011年第6期)可參考。

4.《讀宋槧五臣注〈文選〉記》　顧廷龍撰

提　要

顧廷龍，字起潛，號匋誃，又號隸古定居主人、小晚成堂主人，筆名路康，蘇州人。1931年畢業於上海持志大學，獲文學學士學位。次年入北京大學研究院國文系，獲文學碩士學位。其學專注於目録版本學，《中國叢書綜録》《中國古籍善本書目》皆爲顧廷龍所編，享有“目録版本學泰斗”之譽。

本文主要對其外叔祖王同愈（栩緣老人）藏書之宋槧五臣注《文選》三十卷加以介紹，并移録其外叔祖跋文於後。堪稱爲最早對《文選》五臣單注本之文獻價值加以宣傳介紹者。

《國立中山大學語言歷史研究所週刊》1929年10月第九集第一〇二期。國家圖書館出版社《文選學研究》上册據以影印。

5.《唐鈔本文選注殘卷跋》（《唐鈔本文選殘篇跋》）　（日）狩野直喜撰

提　要

本篇爲狩野直喜爲俄藏敦煌本《文選》殘卷所作的跋文。此卷自謝靈運《述祖德詩》至曹子建《上責躬應詔詩表》“馳心輦轂”一句，凡一百七十九行。狩野氏稱此卷“字體蒼潤，類初唐人筆迹。檢書中帝諱淵、世、民、顯字闕筆，而隆基字則不然，則知其成在玄宗以前矣”。

作者又舉其可考者數事，一曰卷數。李善注本書中張茂先《勵志詩》在卷一九之尾，曹子建表文列卷二〇之首。而此卷張詩與曹文相接連爲同一卷，則疑非六十卷本。二曰本文異同。《文選》舊注之存

於今者,唯李善五臣,五臣上於開元六年,疑在此書成後。然可采勘文字異同,今見此書與李善注本合者十八九,與五臣本合,或與兩者均不合者十一二。可知此書非李善、非五臣,别是一本,源流不同矣。三曰注書。檢注頗與李善五臣相類,而間有歧異。

通過基本比對,狩野氏得出的結論是"此書殆宋以來學者所未見未聞,可謂驚人秘笈,天壤間孤本而已"。

發表於《支那學》1929 年第五卷第一號,亦見於狩野直喜《讀書籑餘》,弘文堂昭和二十二年(1947)刊行,收入《君山文》(昭和己亥刻,1959)等。後《昭明文選論文集》《古典文獻研究·文選學專輯》亦收入。

6.《北宋本李善注文選校記》　劉文興撰

提　要

劉文興(1910—1960),字詩孫,1933 年畢業於國立北京大學研究所國學門,爲著名語言文字學家沈兼士(沈尹默之弟)所賞識。參與編纂《廣韵聲系》,新中國成立後,任教於蘭州大學中文系,治中國古典文學。

存北宋刊李善注《文選》殘葉十四紙,《西都賦》《東都賦》文略具,又兩半葉紙,爲《離騷》文。每葉十行,行十七八字,注雙行,行二十五字。黑綫口,中題李善注《文選》第一,下記葉數。爲其父從京師書肆中購得。劉文興此文正爲將此十幾頁與胡克家《文選》相校,得數十處,爲校記於後。并提出,此十餘葉的可貴在於,是除尤袤本之外的僅見的宋刊李善單注本《文選》,從避諱可認定其爲北宋初年刊本。然目前僅能見到這篇校記,劉氏所看到的十幾頁李善注《文選》已經不知去向。所幸今中國國家圖書館藏北宋刻本《文選》爲周叔弢舊

藏，存北宋本《文選》卷三〇、卷三一、卷三六至三八、卷四六、卷四七、卷四九至六〇，共十九卷四百單二頁。今臺北“故宫博物院”亦存北宋本《文選》前十六卷中的十一卷，包括班固《西都賦》《東都賦》共計八面。然與劉文興校記所存葉不同。

勞健《北宋本〈文選〉李善注殘卷跋》曰：“丁卯十二月，余自唐山來天津，適叔弢新得北宋本李善注《文選》，凡存十九卷，出以見示。開函展玩，見其字畫朴茂渾古，異於他宋刻書。宋諱缺筆至‘禎’字止，‘通’字亦爲字不成。天聖元年，章獻太后臨朝稱制，令天下諱其父名。明道二年，后崩，遂不復諱。知此書乃天聖明道間所刻，與上虞羅氏所印日本高山寺藏北宋本《齊民要術》字體絶相似。彼書‘通’字亦缺末筆，或同時同地所刻，亦未可知也。《文選》李善注，世所傳者无。張伯顔刊本以下，俱不足論。惟淳熙辛丑尤文簡刻本爲最古，然以五臣混。善注之弊，亦未能盡免。若此單行李善注，原本恐人間遂無其匹，不獨刊刻在尤本前一百五十餘年爲可貴。楊惺吾《日本訪書志》言自來著録家有北宋六臣及五臣《文選》而絶無北宋李善注《文選》。若南宋之初四明贛上所刻善注，皆從六臣本抽出，遂謂李善注初無單行本，并舉宋刻六臣本、國子監準敕節文爲與五臣合刊之證。今見此書，乃知李善注，北宋初固槧行於世，惟流傳極罕，是以藏書家多未著録。此書隱晦且數百年。今一旦光顯，雖斷圭殘璧，不能不推爲希世之珍矣。”總之，劉文興的此篇校記與中國國家圖書館和臺北“故宫博物院”所存的兩種北宋本《文選》共同構成了我們今天所能見到的尤袤本之前的李善單注本《文選》，故同樣彌足珍貴。也值得進一步深入研究其與尤袤刻本《文選》的關係、與抄本系統的關係。

《國立北平圖書館館刊》第五卷第五號，國家圖書館出版社《文選學研究》上册據以影印。

7.《文選諸本研究》（日）斯波六郎著

提　要

此稿是對作者所見李善注《文選》、李善五臣合注《文選》版本中的三十三種以及舊抄本三種加以解說。解說的重點，是闡明這些版本的系統及其特色。

其一，其所收李善單注本，有如下十五種：

清胡克家本。明覆元張伯顔本。明汪諒刊本。明朱純臣刊本。明翻張伯顔本。明唐藩刊本。明養正書院重刊本。明晋藩養德書院刊本。明文思堂校正本。明鄧原岳刊本。清素位堂重刊汲古閣本。清懷德堂重雕汲古閣本。清錢士謐重校汲古閣本。清文盛堂重雕汲古閣本。清光霽堂重雕汲古閣本。

其二，六家注本有如下六種：

宋明州刊本。明袁褧仿宋刊本。明丁覲重刊本。張守校正本。日本慶長活字本。日本寛永本。

其三，六臣注本有如下十二種：

宋贛州刊本。《四部叢刊》景宋本。明重刻茶陵陳仁子刊本。明洪楩校本。明萬卷堂校刊本。明崔孔昕校本。明徐成位重校本。明潘惟時潘惟德校刻本。明吴勉學重校本。明蔣先庚重校本。日本慶安版本。日本寛文本。

依據對三十三種《文選》版本和日本所藏古抄本《文選集注》以及敦煌寫本永隆本《西京賦》的調查，證實了四庫館臣和顧千里、彭兆蓀在《文選考異》中所提出的李善注本係從六臣本中抄出的結論。斯波六郎的研究雖然受到了資料的局限，即依據的宋版僅有明州本、贛州本，甚至没有見到宋刻尤袤本。但正如岡村繁所言："以今天的眼光

看，這一《文選》學的歷史性名著確實已經成爲幾十年以前的舊考論了。但是作爲將當時所能見到的《文選》各種古鈔本、古版本都網羅涉及，并加以嚴密考證的學術性力作，在今天無疑仍有很多參考價值。”①肯定之餘，岡村繁也指出了斯波六郎《文選》研究中存在的問題：一是認爲日藏舊鈔本存李善注真面目，顯然評價過高。二是把尤袤本視作李善單注本的祖本。三是對宋元明清諸多《文選》刻本的來源問題的看法，也值得進一步討論。

本書大體寫於昭和十二至十三年(1937—1938)間。其中的一部分，已在《支那學》雜志第九卷第一號以及《帝國學士院紀事》第三卷第一號中發表。此後，又多次加以訂正，1957 年在日本正式出版。另有臺北：法嚴出版社 2003 年版。上海古籍出版社 1997 年出版《文選索引》，即將《文選諸本研究》一書附在其前。詳見斯波六郎所撰寫的《前言》。

8.《唐寫文選五臣注本殘卷跋》　張壽林撰

提　要

張壽林字任甫，生卒年不詳，安徽壽縣人。曾任燕京大學、北京女子師範學校講師、教授，以及《世界日報》編輯等職。著有《三百篇研究》《論詩六稿》等。

日本古抄本《文選》今見基本分爲三十卷白文本系列、李善注本系列和五臣注本。其中日古抄中唯一的五臣本殘卷即三條家藏本《五臣注文選》卷第二〇。張壽林此跋文的創獲在於發現“所存各篇，

---

①　岡村繁《文選之研究》序章《文選學的歷史和課題》，上海：上海古籍出版社 2002 年版，第 43 頁。

似已與李善注本相混”。且認爲“似出鈔胥之手,故書法雖極勁秀,然鈔録草率,訛誤孔多。各篇標題,多將作者主名省略”,“至於文句之脱誤,更難悉數”。雖然如此,畢竟此本代表三十卷五臣抄本,仍具重要參考價值。如作者所説:“五臣注《文選》,雖不免疏陋,然披沙揀金,亦有可寶。惜自李唐以來,久與善注相混,輾轉相沿,遂致訛誤脱爛,甚於李注。今得此卷,雖已非五臣之原本,然其面目,尚可於其中推校一二,寧不可喜。”

此文發表在《文學年報》第七期,國家圖書館出版社《文選學研究》上册據以影印。

9.《書陸善經事——題〈文選集注〉後》　向宗魯撰

提　要

本文爲向宗魯先生遺著,雖然衹有一頁,也同樣是早期關注到《文選集注》中的陸善經注的討論文獻。文章主要就陸善經的著作情況、陸善經的事迹以及可能爲《文選》作注的歷史事實展開討論。

此文發表在《斯文半月刊》1943年1月第三卷第二期,國家圖書館出版社《文選學研究》上册據以影印。

10.《論文選注及其版本》　祝文儀撰

提　要

祝文儀,生平不詳。

其書先言李善注與五臣注的優劣,次言自六臣注出,則李善注之原貌不可復睹。并考訂各注版本,冀李氏原注得復舊觀。

初刊於《學原》1948年第八期。見收於臺灣學生書局《近代文史

論文類輯》中之《昭明太子和他的文選》(1971 年版)一書中。

11.《日本古鈔文選五臣注殘卷校記》　饒宗頤撰

提　要

《日本古鈔文選五臣注殘卷校記》,原載《東方文化》1956 年第三卷第二期。以三條公爵家藏本,昭和十二年影印的日本所存舊鈔卷第二十殘葉(列《東方文化叢書》第九),與胡刻本、六臣本參證。得出系列結論如"五臣注襲改善注""五臣注有爲人誤亂處""六臣本割并五臣及李善注有兩誤處""六臣本校語之歧異""與《史記》《漢書》參校""可與日本舊鈔《文選集注》參校知其異於各本"等概括性結論。

12.《敦煌本文選斠證》　饒宗頤撰

提　要

《敦煌本文選斠證》,原載《新亞學報》1957 年第三卷第一期、1958 年第二期。首先表列敦煌本《文選》殘卷共計十六種,另列舉三種與《文選》有關之寫卷。并重點介紹敦煌本《文選》和永隆寫本《西京賦》薛綜、李善注殘卷,東方朔《答客難》,揚雄《解嘲》殘卷,成公子安《嘯賦》殘卷,楊德祖《答臨淄侯箋》殘紙五種文獻,并進行斠證。此當爲首次系統整體地介紹敦煌吐魯番本《文選》的存世情況及詳細斠證之作。

13.《文選集注研究》　邱啓鐊撰

提　要

本書通過考證認定日本藏《文選集注》爲我國唐寫百二十卷本殘

卷,非日本古寫本。在書序中說:“集注纂輯李善及五臣注而外,尚收《文選鈔》《文選音决》《陸善經注》及唐人編者案語。其時唐本俱在,可以糾繆正訛,發千載之蒙蔽者:如劉伶《酒德頌》,今本‘其樂陶陶’,下衍‘兀然而醉,豁爾而醒’云三十六字,唐寫本所無。干寶《晋紀總論》唐本‘公劉遭夏人之亂’,今本夏人訛狄人。諸葛亮《出師表》,唐本‘深追先帝’今本‘帝’下衍‘遺詔’二字。‘臣不勝受恩感當遠離臨表涕泣’,今本‘感’字下衍‘激,今’二字等,不知凡幾?是以作者廣搜今存刊本之善者,凡明州、贛上、崇化書坊、尤刻宋本及胡刻顧校何校,置諸案上,旁參經史諸子,唐宋類書,清代選學家暨黄季剛先生諸家校語,褒采衆説,以定是非。計將撰校勘記二十四卷,都爲十册,陸續付梓,以就正於并世通博。兹所刊行,即其第一册也。”據作者所言,此書爲十册系列研究著作之第一册。然其餘校勘記并未見,未知刊否。

本書研究分五個專題,分別是:壹,《文選集注》所引《文選鈔》研究。貳,《文選集注》寫本年代續考。叁,日本宫内廳舊鈔本《文選·出師表》卷跋。肆,唐寫本《文選集注》第九八卷跋。伍,唐寫卷子本《文選集注》第九八卷校勘記。附録:唐寫本《文選集注》第九八卷真迹。日本宫内廳藏古鈔《文選·出師表》真迹。

臺北:臺灣《文選》學研究會 1978 年版。

14.《文選雜識》(全六册)　(日)森野繁夫撰

提　要

主要是對《文選集注》展開的研究,也包括對日本現存舊抄本的考證。

東京:第一學習社 1981—1989 年版。

15.《文選》英譯本　(美)康達維(David R. Knechtges)譯

提　要

康達維(David R. Knechtges),西雅圖華盛頓大學東亞語文系主任,美國東方學會會長。1970年便已開始翻譯附有詳細注解的英文本《昭明文選》(Wen Xuan, or Selections of Refined Literature),預計共有八册,美國普林斯頓大學出版社(Princeton University Press)出版。目前出版的有:第一册於1983年出版(包括第一到第六卷),第二册於1987年出版(包括第七到第一二卷),第三册1996年出版(包括第一三到第一九卷:賦的最後部分,詩的第一部分)。康達維的研究論文則有《賦中描寫性複音詞的翻譯問題》《〈文選·賦〉評議》《〈文選〉英譯淺論》《歐美"文選學"研究概述》等。蘇偉《有感於美國中國學研究》説:"最近讀到哥倫比亞大學華裔教授夏志清某文,談到從今往後,無論中國、日本以及海内外學人,假若要在研究《昭明文選》時搞出點名堂來,都非要細讀西雅圖華盛頓大學康達維教授關於漢賦的專著不可。因爲他畢生數十年的研究功力,集中了古今中外對《昭明文選》的研究之大成,其成就早已超越了當代中日有關專門學者。"

是書前有長篇前言,討論蕭統的生平和他對《文選》的編輯,介紹了梁代的文學背景與蕭統的文學觀念,其翻譯每一頁都有大量的注釋,總長度甚至超過翻譯本身。另有關於本卷出現的作者傳記的介紹,并於卷末附有詳細的參考書目和索引。

參見《〈文選〉英譯本前言(選譯)》,(美)康達維撰,劉歡萍譯《古典文獻研究》第14輯《〈文選〉學專輯》,南京:鳳凰出版社2011年版。《評康達維英譯〈文選〉第一卷》,(加)白潤德撰,許净瞳譯《古典文獻研究》第14輯《〈文選〉學專輯》,南京:鳳凰出版社2011年版。

16.《九條本文選古訓集》（日）中村宗彦撰

提　要

本書系統整理了九條本的和訓，結論是九條本比其他鈔本更多受到五臣注本的影響。關於九條本的來源和性質問題，目前存在幾種不同的觀點：一是阿部隆一認爲九條本抄寫的年代是從平安時代末年到南北朝時代初期，其原本應是在中國已經丢失的無注三十卷本的唐鈔本。因此，九條本保存了《文選》最古老的原貌。山崎誠則提出九條本的來源不是五臣本，衹有注是從五臣本來的，其真正的來源應是無注三十卷本。佐竹保子認爲九條本的來源不明確，它不能作爲研究其他文獻的資料。傅剛則認爲九條本諸多特徵都與李善本相近相同，應是出於李善本的底本。具體見傅剛《〈文選〉版本研究·附録·日本宫内廳藏九條本〈文選〉研究》。

東京：風間書房昭和五十八年(1983)版。

17.《文選版本鑑定》　蔣復璁撰

提　要

本文歷數《文選》刻本中的李善注本系統和六臣注本系統諸書。李善注本系統包括北宋刊本、尤袤刊本、張伯顔刊本、唐藩翻刻張伯顔本、明嘉靖元年金臺汪諒覆刻張伯顔本、晋藩養德書院刊本、毛氏汲古閣本、嘉慶十四年胡克家刻本共八種，介紹各本的行款、異同、源流等。

六臣注本系統包括三種情況，一是五臣注與李善注并列不删的，以宋廣都裴氏刊配明袁氏覆刻裴氏本爲例。二是五臣注在前，比較

詳,李善注在後,多加删削,以宋紹興二十八年明州刊本爲例。三是李善注在前,五臣注在後,李注較詳而五臣注多删削,以宋紹興間贛州州學刊本爲例。

此文正文標題爲"《文選》版本的講述",與目録標題不一致。收録於《古籍鑑定與維護研習會專集》,臺北:中國圖書館學會 1985 年版。

18.《〈昭明文選〉奎章閣本研究——〈昭明文選〉版本源流與斠讀》 解夢撰

提 要

論著以奎章閣本《文選》爲基礎,研究合并本源流,以及奎章閣本(及其祖本秀州州學本)跟中國流傳的合并本之間的關係,詳細校讀各本白文與注文。提出的論點有:《文選》單注本與五臣注首次合并的版本是秀州州學本。"秀州本"是所有合并本之祖本。五臣、李善及六臣注本源自宋朝,以孟氏五臣本及國子監本爲足本。公元 1094 年的秀州州學本是《文選六臣注》之最早者;也是明州本、廣都本、奎章閣本、觀海堂等朝鮮活字本的足本。除了上述研究要點外,本論文亦引用西方版本學所謂"critical edition"的概念,開始建立《文選》各版本出入之詳細對照資料庫。

本書爲臺灣師範大學博士解夢的博士論文,由李鍌指導,發表於 1989 年。

19.《敦煌本〈昭明文選〉研究》 羅國威撰

提 要

書中收録所有已刊布的敦煌本《文選》寫卷的録文,用海内外新

發現的日抄本、宋刻本加以比勘，略作箋釋，并在此基礎上，作系統深入探討。全書分爲三個部分：一、敦煌本《昭明文選》校釋，二、敦煌本《昭明文選》研究，三、附録。

其中，研究的部分，按照敦煌本《文選》寫卷的實際情況，將其分爲無注白文本、李善注本、其他注本三種，探討其與今本的異同及文獻價值。

哈爾濱：黑龍江教育出版社 1999 年版。

20.《敦煌本〈文選注〉箋證》　羅國威箋證

提　要

本書爲日本東京細川氏永青文庫藏敦煌本《文選注》寫卷和天津藝術博物館藏《文選注》的合并箋證本。永青文庫藏敦煌寫卷的内容包括司馬相如《喻巴蜀檄》、陳琳《爲袁紹檄豫州》《檄吴將校部曲文》、鍾會《檄蜀文》、司馬相如《難蜀父老》的注文。其注與今所見的李善、五臣及《文選集注》中的注皆不同，故稱佚注。天津藝術博物館的寫卷内容包括趙景真《與嵇茂齊書》、丘希範《與陳伯之書》、劉孝標《答劉秣陵沼書》、劉子駿《移書讓太常博士》、孔德璋《北山移文》等篇的注。前者相當於今六十卷本的第四四卷，後者相當於第四三卷。二者筆迹、注釋方式非常相似。這兩份分藏於不同地方的敦煌寫卷佚注本《文選》注文所徵引，有的是今已失傳的唐前典籍，有的注釋可補李善五臣之不足，有的注釋亦體現與今本正文不同的文本面貌，故具有很高的文獻價值。

本書先影印兩份寫卷，後附三篇考釋文字，其一是天津藝術博物館藏《文選注》的箋證，其二是翻譯岡村繁教授《永青文庫藏敦煌本文選注的箋訂》，其三是永青文庫本《文選注》的補箋。

成都：巴蜀書社2000年版。

21.《〈文選〉版本研究》　傅剛撰

提　要

本書前有曹道衡序，正文分作上篇、中篇和下篇。上篇是歷代《文選》版本著録考，分别考察了史志、官修目録、家藏目録中的《文選》版本，以及《文選》版本在明清的存藏和流傳。中篇是《文選》版本叙録，分别爲寫本十六種、日本古抄本五種、刻本（李善注本、五臣注本、六家本、六臣本）叙録。下篇爲《文選》版本考論，收録自己圍繞《文選》版本所撰寫的系列論文九篇。附録則收録《論〈文選〉所收陸機〈挽歌〉三首——兼論宋本〈樂府詩集〉〈陸士衡集〉的編輯與〈文選〉的關係》。

北京：北京大學出版社2000年版。

22.《文選版本論稿》　范志新撰

提　要

此書編撰的緣由是，因偶讀蔣鏡寰先生的《文選書録述要》，覺其尚多掛漏，又無相應書影，於是萌生自己動手搜集彙編歷代《文選》版刻，編輯《書影》，佐以簡要叙録，使其兼備選學與版本價值的想法。經過十年搜集資料，撰寫叙録，甄别真僞，考鏡源流，成《書影》《論稿》兩書。

《論稿》一書主要收集作者有關各書版本的考證過程。是書分作兩部分：上編"版刻編"，下編"寫本編"。

"版刻編"考證宋廣都裴氏原刻本、重刻本，贛州本與明州本，贛

州本與建州本,李善注《文選》尤刻本傳承考辨,李善注《文選》尤刻本的成書,尤刊《李善注文選》中五臣注的來歷,茶陵本,張伯顔本,汲古閣毛本,葉樹藩海録軒本等等,討論宋元明清關於《文選》版刻本的諸多問題。還包括《文選》版本脞録,記録比較簡短的考訂文獻;清人與《文選》版刻捃屑,討論清人與《文選》版刻的具體問題。介紹《文選》版本之最及其他相關知識。下附《文選》版刻年表,包括上至五代,下至民國的刻本、影印本、活字本,二百二十七種,標其存佚,對於研究《文選》的歷代版本流變頗爲有益。

"寫本編"主要考察敦煌寫本《文選》和《文選集注》本的相關問題。

南昌:江西人民出版社 2003 年版。

23.《文選版本擷英》　范志新撰

提　要

本書以《文選》版刻爲搜集、研究對象,合書影與書録提要爲一體,旨在使讀者窺《文選》諸本源流,選學正變之迹,藉此鑒賞各時期雕版風貌。其所取包括各時期《文選》白文、全注、節注、選賦選詩、補遺、廣續之屬。清以前從寬,清以後從嚴。

貴陽:貴州人民出版社 2004 年版。

24.《胡克家本〈文選〉研究》　郭寶軍撰

提　要

胡克家刊刻的《文選》是學者及一般讀者所重視的目前最爲通行的《文選》版本,然而此本的底本來源於南宋淳熙八年的尤袤刻本遞

修本的殘本，與尤刻原本文字有一定差異。胡刻本與尤刻本之間存在的異文，胡刻所附《文選考異》，亦因其所見版本有限，不僅厚誣尤袤，且尚存謬誤，在選學出土文獻、域外文獻大量面世的今天更需重新審視，從而對胡刻本《文選》的學術價值進行重新評估。本書分作四章，分别就胡刻本《文選》底本的幾個問題、《文選》胡刻本與尤刻本異文研究、胡刻本《文選》引書研究、《文選考異》研究等幾個方面展開討論。

鄭州：河南大學出版社 2014 年版。

25.《〈文選〉版本研究》　傅剛撰

提　要

本書是在 2000 年初版《文選版本研究》一書基礎上的再版。雖説是再版，但由於添加了其後十來年間的最新研究成果，也相當於一本新的著作，故單列於此。

此次新版除了包含前書所有的内容，新增加的内容有：一篇《文選學史》，簡潔、深入、全面地描述了中、日、韩三國的《文選》研究史。六篇關於日本抄本的長篇文章，即《文選集注》的發現、流傳與整理，日本猿投神社藏《文選》古寫本研究，日本宫内廳藏《文選》古寫本卷二研究，據日本現存寫抄本討論刻本前的《文選》面貌兼論寫本與刻本的關係，日本宫内廳藏九條本《文選》研究，九條本與《文選集注》本及相關刻本校記。全書前有美國康達維教授所撰序言。

西安：世界圖書出版公司 2014 年版。

26.《朝鮮正德四年本五臣注〈文選〉研究》　趙蕾撰

提　要

本書以朝鮮正德刊本五臣注《文選》爲研究對象,内容包括六個部分:正德本的研究現狀,正德本的體系歸屬,宋刻五臣注本的源頭,正德本的正文,正德本的音注,正德本的義注。經過文獻梳理,作者發現正德本五臣注的《文選》,是今日所見五臣注本中當之無愧的足本。

開封:河南大學出版社 2014 年版。

27.《奎章閣本〈文選〉研究》　孔令剛撰

提　要

該書共分以下幾個部分:一、奎章閣本《文選》正文研究。奎章閣本的正文雖以五臣本爲主,但也有多處采用了李善本,另外還有兩本皆不從之處。二、奎章閣本《文選》斷句位置研究。三、奎章閣本《文選》音注研究。四、奎章閣本《文選》李善注研究。五、奎章閣本《文選》五臣注研究。奎章閣本同樣對單注本五臣注進行了省略、删減、增添和拆分處理,各種處理也都有其原因和規律。六、奎章閣本《文選》的影響。

鄭州:河南大學出版社 2014 年版。

28.《古抄本〈文選集注〉研究》　金少華撰

提　要

本書分作:第一章引言,介紹《文選集注》殘卷的基本情況、編纂

體例、研究動態，提出現存《文選集注》殘卷是删節謄抄本；第二章李善注，論李善注例及集注本李善注的校勘價值；第三章《文選鈔》及《文選音决》，包括對《文選鈔》的撰者的考證、《吴都賦》衛權注的輯佚、傳世刻本李善注中所見《文選鈔》的考證、《文選音决》所引舊音、《文選音决》的異文考證；第四章五臣注，包括集注本五臣注對於李善注的校勘價值，五臣《音决》異讀考；第五章陸善經注，包括特殊來源的陸善經本異文、傳世刻本李善注所見陸善經注。

杭州：浙江大學出版社 2015 年版。

29.《敦煌吐魯番本〈文選〉輯校》　金少華撰

提　要

本書共收集敦煌寫卷《文選》三十四號、吐魯番寫卷十號，總計得四十四號，綴合爲二十四件。分白文本十八號、李善注本四號、佚名注本二號，三類加以校録。每類皆敦煌本居前，吐魯番本次後。全書前有緒論，介紹敦煌寫本的版本價值、校勘價值、文字學價值、音韵學價值，以及近代以來的研究動態等等。每件寫本題下列題解、正文、校記三個部分。題解，簡要説明底本及參校本、原本完缺情况、鈔寫年代的判斷和前人著録研究情况等，不作詳細的文物性外觀資料描述。校記多所引證，考異文之是非。

杭州：浙江大學出版社 2017 年版。

30.《敦煌本〈文選〉舊注疏證》　羅國威撰

提　要

本書是對俄藏 242 號敦煌本《文選注》、天津博物館藏敦煌本《文

選注》、日本永青文庫藏敦煌本《文選注》三種《文選》舊注的疏證。

成都：巴蜀書社 2019 年版。

引書研究

1.《〈文選〉李注引經考敘例》　程仁卿撰

提　要

程仁卿，潛山(今屬安徽安慶)人。師從程師尹。1985 年任安徽文史館館員，後於安徽大學教書。撰有《詩學津梁》，1990 年於臺灣“商務印書館”出版，發表《關於宋玉一文的意見》等文章。事見陶顯斌主編《安徽省文史館館員傳》第一輯。

本文雖然衹有一頁，但談到李善注引經體例問題的幾個方面，值得今人進一步探討。

其一，李善引經，多異今本，然古字多通假，義并不殊，蓋其時所據之本然。然李善注距今千百年，其引經改正字爲俗字，居十之七八，蓋非盡李氏之舊矣。

其二，李善引經很多訛誤，可惜没有經過系統考訂而輾轉沿誤。有李善之訛，有傳寫之訛。如《思玄賦》注引《毛詩》曰：“睆彼牽牛，不可以服箱。”今《詩》無可字。段玉裁云“不可以服箱”，與下文“不可以簸揚”“不可以挹酒漿”句法一例，今各本皆脱可字。李善所引，正可以證段氏之説，知今本之誤。

其三，李善引經多取大略，有顛倒經文以合賦句。

其四，李善引有避諱之字，如顔淵作顔回，世字作代，然雜出互見者，蓋後人追復之未盡。

《學風》1935 年第五卷第九期。國家圖書館出版社《文選學研究》上册據以影印。

2.《文選注引書引得》　燕大圖書館引得編纂處編

提　要

此書爲《文選》李善注引書之索引。

哈佛燕京學社引得編纂處,北平:哈佛燕京學社 1935 年版。

3.《文選李善注所引尚書考證》　(日)斯波六郎撰

提　要

本書乃日本斯波六郎(1894—1959)於 1942 年呈京都大學文學部之學位論文。此前,已有私家版(1938 年初版)行世。至 1982 年,東京汲古書院以手訂油印本爲底本,附小尾郊一《解説》影印出版。

全書由三篇構成:一爲《文選李善注引文義例考》。二爲《文選李善注所引尚書條考》。三爲《李善本尚書總考》。其作者認爲胡克家刻本最存李善注之舊。以胡克家原刻本爲底本,將李善注所引《尚書》經文(1184 次)與今通行本阮元刻《尚書》相校,以明相異之處。經過考證,認爲李善所引《尚書》,乃以姚方興本《舜典》補東晋《尚書》之僞孔傳本。其雖與《尚書正義》之所據本、現行本屬同一系統,然差異甚大,其優於唐之正義本、現存隸古定本處,乃在於保存了東晋《尚書》之古貌。清水凱夫稱其爲:"於經學、選學兩域均乃極有裨益之考證書籍。"誠如小尾郊一《解説》所評,其"教誨實證精神之嚴肅性","亦對此方面已減弱之近時研究者加以訓戒"。

是書就李善注所引《尚書》詳加考證,非僅闡明所引《尚書》出於

何本,更力圖發掘李善對《文選》正文解釋的本意。

東京:汲古書院 1982 年版。

4.《文選注引漢書注非襲用顔師古注本説》　段凌辰撰

提　要

段凌辰(1900—1948),河南汲縣(今河南衛輝)人。1925 年留美歸國,受聘任中州大學文科副教授。1930 年被聘爲河南大學文學院教授。主要著作有:《中國文學概論》《漢魏六朝賦選》《八代詩選》《和沈休文樂府》《潭上勝録》等,亦發表文章如《漢志詩賦略廣疏》《西漢文論概述》等。

正如文題所説,本文通過仔細比勘,提出李善注《漢書》諸文,所引各家舊注,非襲用顔師古注本。以郭璞爲例,郭璞爲顔師古所采之一家,然《子虚上林賦注》一卷,曾見《隋書・經籍志》,是當時固有單行本矣。今尋李注《子虚》《上林》二篇,所引景純之注,爲《漢書・司馬相如傳注》所未取者,計八十四條。再者,隋唐之世,諸家漢書注本,存者尚衆,故李氏注《文選》,有單注本可據。觀其注漢書以外之文,於衆家漢書單注,時見稱引,即其明證。李善别有《漢書辨惑》二十卷。其書今雖不傳,然察名度義,李氏於孟堅之書,必能參會群籍,解難息紛,决非以一家自蔀者。其所討論正指向當時謂李注出於顔注的説法。

本文發表在《儒效月刊》1946 年 6 月第二卷第二、三期。國家圖書館出版社《文選學研究》上册據以影印。

5.《李注文選中漢書諸文多足證顔注所本説》　段凌辰撰

提　要

段凌辰，見《文選注引漢書注非襲用顔師古注本説》條下。

本文亦如文題所説，仍爲探討《漢書》顔師古注的來源問題。其所遵循的途徑是，以《文選》李善注所引《漢書》來加以參比驗證。作者得出的結論是："《漢書》舊注，隋唐之際，存者尚多。而顔氏所引，不過二十三家。二十三家以外之注，顔氏雖未經來取，而自注則多本之。二十三家之注，顔氏雖見采取，復多所遺弃。其所遺弃者，亦多據爲己説。又古書及先儒故訓，經顔氏引用者極多，而亦不著所出。此在李氏視之，甚不合注書體例也。故李氏不憚以注選之例，移於顔氏之身。於《文選》中《漢書》諸文，凡顔注本於《漢書》舊注及古書故訓者，皆爲揭出，以示顔氏有所祖述也。"

本文發表在《河大學術叢刊》1946 年 12 月第一期。國家圖書館出版社《文選學研究》上册據以影印。南京圖書館藏《河大學術叢刊》鉛印本一卷。

6.《〈文選注〉引用書目彙編》　馬念祖輯

提　要

馬念祖（1905—?），北京人。早年於京師大學堂國學館研究經學、詩詞。後經蕭一山之介紹師從柯劭忞，從事聲韵訓詁研究。編著有《水經注引書考四卷》《水經注等八種古籍引用書目彙編》《僞書舉例》，著有《兩漢經學史》《蔓草秋窗集》《傷心詩稿》《笳音詞鈔》皆爲民國年間的鉛印本。

其書是重要古籍及古注引用書目的彙編，可作爲校勘輯佚之參考。總名《水經注等八種古籍引用書目彙編》，其中輯録了《水經》酈道元注、《三國志》裴松之注、《世説新語》劉孝標注、《文選》李善注、《藝文類聚》、《一切經音義》、《太平御覽》、《太平廣記》八種古籍所引用的書籍名稱。其體例先按書名筆畫，再依筆順進行排列。每種書名下，記其見於上述八種古籍的情况。

其中所輯《文選》李注引書共一千五百五十一種。采用的版本是顧氏《讀畫齋叢書》刊《文選理學權輿》本。馬念祖在《凡例》中稱："這樣的目録，綜合編制的是未曾有過，但單體編制的是有的。或爲本身所附的，如《太平御覽》的前面'經史圖書綱目'，《太平廣記》前有'引用書目'。或爲後人輯録的，如《世説新語》劉孝標注，南宋高似孫曾叙其引用書目在'緯略'卷九。《三國志》裴松之注，清趙翼曾録目在《廿二史札記》卷六。《文選》李善注，清汪師韓曾録目在《文選理學權輿》中。這些單體的編目，也往往不免於疏漏錯誤，如《太平御覽》'經史圖書綱目'所載引用書目一千六百九十九種，而實核則有二千五百七十九種。《太平廣記》前載引用書目三百四十一種，實核有五百二十六種。高似孫記《世説》注引書一百六十七種，實核有三百九十五種。趙翼記《三國志》注引書一百四十九種，實際得二百零三種。僅汪師韓態度謹嚴，他紀録的《文選》注引用書目才是正確的。"事實上，據今人考證，汪師韓《文選理學權輿》引書一千五百八十二種，而實際《文選》李注的引書至少在一千九百九十八種以上，馬念祖所説顯然亦并不準確。同時，本書衹標記所引書名和在哪本古籍中，并没有具體的卷數，便很難具有索引的功能。然本書的最大價值，當在於將八種古籍的引用書目彙於一編，就不僅僅局限在某一本的引書問題上了。

上海：中華書局上海編輯所1959年版。

7.《李善〈文選〉注引〈説文〉考》 温文錫撰,高明教授指導

提 要

本文以臺北藝文印書館影印之宋淳熙本重雕鄱陽胡氏藏版《文選》爲底本,搜集李善注引《説文》共一千二百四十二條,依《説文》次序排列,凡同引自一篆者,聚歸一處,而後加按語。得證舊説大誤有四:

一是大徐本《説文》偶有疏誤。二是《文選》注引《説文》,訓義雖遵許慎,而字形常依《文選》。三是《文選》注引《説文》疊字聯詞往往依《文選》而倶存,清儒不識其意,或詆二徐之非,或據李注以補。四是《文選》注所附切語,前人或謂皆本《音隱》,畢沅乃作《説文舊音》,胡玉縉續作《説文舊音補注》,盡收集之,今考證非出自《音隱》,蓋注疏家所附也。

見《華岡碩士論文提要》,中國文化學院研究生業務組譚光豫,臺北:華岡出版部 1973 年版。

8.《〈昭明文選〉李善注引〈左傳〉考》 周謙撰,林尹指導

提 要

《文選》李善注引《左傳》有不少舛誤,其事非關後世傳鈔鏤版訛誤,即崇賢本人當時已有疏失。故本文重在補正、考訂、繫以紀年,得李注引經文傳文一千四百零八條。

見《華岡碩士論文提要》,中國文化學院研究生業務組譚光豫,臺北:華岡出版部 1973 年版。

9.《文選李善注引尚書考》　葉程義撰

提　要

本書以臺北藝文本《文選》李善注爲基礎，考察李善注所引《尚書》。逐條輯録，仍按照僞《古文尚書》篇次，順序排比，句下復加注《文選》作者、篇名及文句，以便查考。復加案語，校其異同，博采衆説，間以己意。

書前弁言叙述自己撰著此書的宗旨曰："書經秦火，歷盡災厄，衛包改之於先，陳(鄂)、李(昉)繼之於末，《古文尚書》之貌，幾不可復得矣。幸遜清末世，古本蜂起，或出東瀛，或見西陲，敦煌秘籍，石室佚書，吉光片羽，彌足珍貴。每睹斯篇，未嘗不心游目想，移晷忘倦。惟此篯玉，究非全豹，乃不自量，欲復舊觀，擬以天寶易字之前，諸書所引，加以校勘，期識廬山之真。"可知作者的目的正是通過李善注所引《尚書》觀察《古文尚書》之原貌。

臺北：正中書局1975年版。

10.《關於文選李善注》　(日)衣川賢次撰

提　要

本書提出《文選》李善注引書一千九百種。作者探討了爲什麼《文選》李善注有可能出現，以及如何才會出現，這樣兩個問題。認爲李善注之所以可能出現，是六朝以來對經典、史書注釋的學術風潮持續發展的結果。而唐代類書的編纂，使詩文的注釋成爲可能。此外，唐代寺院當中藏書豐富也是重要原因之一。認爲這一情況，爲研究中國佛教和文學發展的關係提供了新視角。

載《小尾博士古稀紀念中國學論集》,小尾博士古稀紀念委員會編,汲古書院 1983 年版。因本書未在國内翻譯出版,故引用李慶《日本的昭明文選研究》一文所介紹。見《文選與文選學——第五届文選學國際學術研討會論文集》,北京:學苑出版社 2003 年版。

11.《文選李善注引書考證》 (日)小尾郊一、富永一登、衣川賢次撰

提 要

本書是日本學者小尾郊一等圍繞《文選》李善注引書展開的考證。以胡克家本爲底本,參校了《文選集注》殘卷、袁褧本六家注《文選》以及《四部叢刊》本六臣注《文選》,同時參考胡克家《文選考異》、梁章鉅《文選旁證》、汪師韓《文選理學權輿》、高步瀛《文選李注義疏》,梳理《文選》李善注的引書情况。前後歷時二十餘年。

東京:研文社 1990、1992 年出版。1996 年又出版《文選李善注引書索引》。

12.《〈文選〉李善注引〈説文〉考》 孫琳、王會波、陳愛香撰

提 要

本書將李善注《文選》所引《説文》條目與徐鉉等奉敕校訂本《説文解字》(即大徐本)進行對比,分類説明李善引用《説文》的情况,從文字、語音、詞義、訓詁等方面考察李注引文,歸納其引文特點和價值。

全書包括六個部分:緒論、李善注引《説文》文本與大徐本文本的比較、李善注引《説文》與大徐本異文的考證、李善注引《説文》的特點

和價值、結語及附録。附録包括九個表格，收録《文選》李善注中所有引用《説文》的條目。

成都：四川大學出版社2014年版。

注評類

1.《文選》六十卷，唐李善注；《考異》十卷，清胡克家撰　傅增湘校并跋

解　題

傅增湘(1872—1949)，字沅叔，别署雙鑒樓主人、藏園居士、藏園老人、清泉逸叟、長春室主人等。四川省江安縣人。光緒二十四年(1898)進士，選入翰林院爲庶起士。1917年12月至五四運動前，曾入内閣任教育總長。傅氏一生藏宋金刻本一百五十種，四千六百餘卷；元刻本善本數十種，三千七百餘卷；明清精刻本、抄本、校本更多，總數達二十萬卷以上，是晚清以來繼陸心源皕宋樓、丁丙八千卷樓、楊氏海源閣、瞿氏鐵琴銅劍樓之後的又一大家。傅增湘無論是在藏書、校書方面，還是目録學、版本學方面，堪稱一代宗主。

《文選》六十卷，唐李善注。《考異》十卷，清胡克家撰。清同治八年崇文書局刻本，傅增湘校并跋。中國國家圖書館藏。

2.《古詩十九首詮釋》　髯客著

提　要

髯客，近代學者，生平不詳，有作《擬遠游篇》《擬白馬篇》《擬門有

車馬行》《論今日宜求爲工業國》等作品。

其文小序稱："此爲古詩之祖，全係性情之作，其格調雅近樂府，故分段解釋之。如樂府體之分解數，以示五古之法。""行行重行行"句下，作者談到《古詩十九首》與樂府的關係時説："樂府分段分解，如《詩》三百篇之分章也。三百篇即詩即樂，後乃分而二之。而十九首則猶未至大相違異，大約皆系四句一解。惟其中亦偶有特例。則或系全首主句，不可多説。或係陪襯之文，恐侵本位，則亦有二句一解者。惟此一句，則本連下三句爲一解，但因其爲十九首之總起，十九首皆由此一句生出，其躊躇不决之情，耐人尋味。實可獨立總冒於十九首之上。"此爲分段釋文之法。然將每首詩皆落實到具體的人，如稱"盈盈樓上女"，即爲"行行重行行"之人，則顯得多穿鑿臆斷。

《學藝》第二卷第四、五期，國家圖書館出版社《文選學研究》中册據以影印。

3.《文選精華》　中華書局輯

提　要

《文選精華》一書爲語文教學用所編之教材。分上下册，封面題"教科自修適用""《文選精華》""中華書局印行"。前有佚名序曰："教育者，所以陶冶國民之品性，俾造於優美，其爲術至神，而其爲途至多。近世教育家之言，不僅德育智育力育而已也。又尚夫美育焉。美育之爲事，東西國以繪畫音樂雕刻建築等當之，繪畫雕刻建築以形入，音樂戲曲以聲入，以形入者淺，以聲入者深。顧以吾國而論，聲之優美者寓於文，殆莫尚於美文已。昔阮元説韵文，曾以廣義解釋之，大意謂韵在句末者爲韵文，一句之中聲韵和諧者，亦爲韵文。由斯説以推，則《文選》所録者，皆一以貫之矣。爰就《文選》所録，約其尤美

者得若干首,名曰《文選精華》。今夫食之者亦求其飽而已,何必遍嘗衆味於一餐之頃乎。果爾,是辨味也,非求飽也。今此之作,亦庶幾求飽之意云爾。雖然,高以下基,洪由纖起,教育者苟挾是以授之學僮,優而游之,俾心曠神怡於美文之内,則馴至於志潔行芳不難也。其爲美育,又豈可量也哉。"其説正可反映出二十世紀初關於兒童教育中如何通過《文選》美文的教育來加强美育培養的思想觀念。其説的提出正是在白話文運動的前夕。

這本教材上册選録了《高唐賦》《神女賦》《兩都賦》《登樓賦》《洛神賦》《閒居賦》《文賦》《雪賦》《月賦》《别賦》《秋風辭》《七發》《古詩十九首》《四愁詩》《短歌行》十五篇。下册收録《詩序》《上秦始皇書》《尚書序》《聖主得賢臣頌》《論盛孝章書》《爲曹操作書於孫權》《與朝歌令吴質書》《與吴質書》《典論論文》《求自試表》《陳情表》《讓開府表》《爲李令謝詢求爲諸孫置守冢人表》《春秋左傳集解序》《五等諸侯論》《東方朔畫像贊》《讓中書令表》《歸去來辭》《陶徵士誄》《北山移文》《廣絶交論》《宋書謝靈運傳論》二十二篇。正文體例爲頁眉録"浦曰""方曰""何曰""孫曰"等評點之語。題下、篇末各有解題、尾注等録幾家評點之語。其中引録"浦曰"爲最多。如《高唐賦》頁眉録:"浦曰:'高唐神女皆虚設,以雲引,以夢證。'浦曰:'怠寢寓諷。'浦曰:'以上撰事下入賦因。'邵曰:'風止二句,唤醒人夢不少。'浦曰:'數語籠全賦境象。'"諸如此類。

1916 年出版,中華書局輯。見藏於中國國家圖書館普通古籍部,索書號 79235。

4.《文選平點》　黄侃撰

提　要

黄侃(1886—1935),字季剛,晚自號量守廬居士,湖北蘄春人。現代著名的音韵訓詁學家、文學家。曾師事章太炎、劉師培,長於小學、文學與經學。歷任武昌高等師範學校、北京大學、東北大學、金陵大學和中央大學教授。著有《文心雕龍札記》《黄侃論學雜著》《説文箋識》《廣韵校録》《爾雅音訓》《文字聲韵訓詁筆記》《文選平點》等。

黄侃《閲嚴輯全文日記》卷二"戊辰五月三日辛卯"説:"余觀書之捷,不讓先師劉君,平生手加點識書,如《文選》蓋已十過,《漢書》亦三過。注疏圈識,丹黄爛然。《新唐書》先讀,後以朱點,複以墨點,亦是三過。《説文》《爾雅》《廣韵》三書,殆不能計遍數。"

章太炎《黄季剛墓志銘》云:"(季剛)不肯輕著書。余數趣之,曰:'人輕著書,妄也。子重著書,吝也。妄不智,吝不仁。'答曰:'年五十當著紙筆矣。'今正五十,而遽以中酒死。"因此,我們今天所見黄侃的選學著作,并不是專門注釋《文選》,而是在閲讀過程中,參考各本,邊校,邊注,邊批。"其校對校、本校、他校、理校并用,争取恢復著作原貌;其注擷各家之長,力求準確無誤;其批,或吸收古人的見解、或獨抒己見,大都可觀。"(穆克宏《黄侃與〈文選〉學研究》)

此外,在《量守廬講學二記》(黄侃講,黄席群、閔孝吉記。時間是1934年夏。見《量守廬學記續編》,張暉編,三聯書店2006年版)一書中,黄侃講學涉及《文選》的有兩條,一是《讀〈文選〉法》,二是梁章鉅《文選旁證》著作權問題。

《讀〈文選〉法》説:《文選》采擇殊精,都爲名作。《文選》之學有二:一曰"《文選》學",二曰"《文選》注學"。吾輩可舍注學而不講求,

否則有床上架床，屋上架屋之弊。讀《文選》時，應擇三四十篇熟誦之，餘文可分兩步功夫。(甲)記字：一曰記艱澀不常見之字，二曰記最恰當之字。(乙)記句：至少須有千百句镕裁於胸，得其神髓局變。例如《高唐》《神女》兩篇，則更爲枚乘、司馬相如二大家之所祖述。至於韓愈《平淮西碑》，亦模擬《難蜀父老》而成也。《文選》不必拘於體例，表章亦猶書疏，皆繁乎情也。《阿房宫賦》末段並韵而無之，頗類《秦論》。《赤壁》兩賦及《春醪賦》《秋聲賦》，皆賦中之變體，與漢賦不同。讀《文選》一書，不如兼及《晋書》《南北史》。史載之文，非其佳妙，即與史事有關耳。讀《文選》，當讀《唐文粹》，以化其整滯。

關於梁章鉅所著《文選旁證》，黄侃認爲多係從人售來者，如《文選旁證》《三國志旁證》，皆非自撰。其自撰者衹《浪迹叢談》一書，較前二者迥不類矣。

關於《文選》學與《文選》注學應區分對待，代表了其文章學的立場，頗具啓發意義。也即《文選》注學，其實也是爲《文選》學服務的，掌握這一宗旨，殊不至於陷入繁瑣考據之中無法自拔。關於梁章鉅《文選旁證》著作權問題，今所見梁章鉅批校本《昭明文選》，其中批注繁密，可見梁氏對《文選》一書的精心研究，雖然最後成書并不一定是親自操刀，但前期的學習準備工作及其《文選》學研究是不可抹殺的。

黄侃於"《文選》學"雖然已經達到精熟甚至能背誦的程度，但生前似并未留下專門的著作。今人所見惟有其長女黄念容整理的《文選黄氏學》，臺灣文史哲出版社 1977 年出版。其侄黄焯整理的《文選平點》，上海古籍出版社 1985 年出版。其子黄延祖整理的《文選平點》(重輯本)，中華書局 2006 年出版。黄延祖的重輯本，實爲將黄念容的《文選黄氏學》與黄焯的《文選平點》重輯爲一。此外，今存有黄侃批校的《文選》六十卷，唐李善注，清何焯評本，清乾隆三十七年葉

氏海録軒刻朱墨套印本,湖北省圖書館藏。

5.《新式標點昭明文選大觀》　陳益編

提　要

陳益,字德謙。

作者序言述作之由曰:“所惜坊本,古法是守。圈點不明,節目疏漏。人名地名,無從分剖。閲者茫然,中無所有。本局主人,心以爲疚。不惜重資,寓新於舊。聘請文人,徵求良友。加以標點,分其句讀。一目瞭然,空前絶後。嘉惠士林,功如反手。以云射利,應曰否否。”故其目的在於對《文選》加以新式標點,以方便讀者閲讀。其書底本爲何義門評本,將何焯評語列於書眉。書前附新式標點説明表。

掃葉山房1925年印行,普益書局1926年再版。

6.《古詩十九首釋》　朱自清撰

提　要

朱自清,原名自華,字佩弦,號秋實,原籍浙江紹興,生於江蘇東海,成長於江蘇揚州,故稱“我是揚州人”。畢業於國立北京大學,曾任國立清華大學中國文學系教授、系主任。著作包括:《古逸歌謡集説》《詩名著箋》《十四家詩鈔》《宋五家詩鈔》《新詩雜話》《經典常談》《詩言志辨》《標準和尺度》《語文零拾》《論雅俗共賞》等,皆見於《朱自清全集》。

此書以《古詩十九首》爲最古五言詩,是“温柔敦厚”“怨而不怒”詩風的代表,六朝以前古詩的標準正宗。朱自清認爲在歷代注釋

《古詩十九首》的人當中,李善最爲謹慎、切實。雖然他釋事的地方多,釋義的地方少。事是詩中引用的古事和成辭,普通稱爲典故。義是作詩的意思或意旨,就是我們日常說的用意。正因爲詩是精粹的語言,暗示是它的生命。暗示即包括比喻或用古事成辭等,要透徹地瞭解詩,在許多時候,非先弄明白詩里的典故不可。李善注《十九首》的好處在於他所引的事,都跟原詩的文義和背景切合,幫助我們瞭解更深入。詳見《〈古詩十九首釋〉前言》。本書也貫穿了朱自清的文學思想,即應避免望文生義、斷章取義,也反對以"比興"的信念支配一切,反對作詩必關教化。主張應全面觀照詩歌的文義、背景和典故。

本書的體例是先抄原詩,詩句下附列數字,李善注便依次抄在詩後。偶有不是李善的注,都在下面記明出處,或加一"補"字。注後是說明,兼采各家,去取以切合原詩與否爲準。

亦見於《國文月刊》一卷六期,國家圖書館出版社《文選學研究》中册據以影印。有朱自清《古詩歌箋釋三種》,上海古籍出版社 1981 年版。浙江古籍出版社 2008 年影印出版朱自清《古詩十九首釋》手稿。此書亦有臺北五南圖書出版股份有限公司 2011 年版,南京譯林出版社 2015 年版等。

7.《古詩十九首講話》　錢基博撰

提　要

雖爲一篇短文,但其中談到了關於《古詩十九首》的幾個重要問題:

一是作者與時間。錢氏的做法并不是先提出看法,而是系統梳理前人的看法和文本的關係,如列舉李善注"辭兼東都,非盡是乘"。

劉勰《文心雕龍·明詩》:"古詩佳麗,或稱枚叔。其《孤竹》一篇,則傅毅之詞,比采而推,兩漢之作乎?"徐陵《玉臺》録枚乘詩九首,八首俱在十九首中。而辭兼東都之作不在其中。故錢氏認爲"大抵十九首不出於一手,作於一時",認爲劉彦和之説,最爲得之。又提出鍾嶸《詩品》"舊疑是建安中曹王所制",然"辭氣温厚,非建安所及"。明胡應麟《詩藪》亦明辨之。

二是關於《古詩十九首》的獨特詩風。鍾嶸認爲源出於《國風》,劉勰《文心雕龍》則以爲"直而不野,婉轉附物,怊悵切情"。錢氏概括曰:"蓋比興意多而出以柔厚,此風人以來嫡脉相承之法。柔則意婉而不爲蘇黄之傾瀉。厚則味長而不爲郊島之寒瘦。不能不言而又不欲竟言。托物寓意,於是乎有比興。"

三是關於十九首中《東城高且長》前後意若不屬,不知何以并作,故十九首當作二十首。

四是《古詩十九首》的主題,概括而言有四事:一曰懷春。二曰傷離。三曰悲窮。四曰哀逝。

《光華大學半月刊》1934年第三卷第四期。

8.《古詩十九首解》 徐柱撰

提 要

本篇前有小序,稱:"《古詩十九首》,無名氏無題目之詩也。其作者時代,近世之論紛如,其書汗牛,各有所見。要以東漢之季,建安七子之前爲是。其作詩之意,則在昔多以爲忠臣、義士、文人騷客之作。今人多以爲男女戀愛,鄉里歌咏之謡。詩既失題,作者不可復生,誰復能定其是非乎?"因此作者主張"詩無達詁",美人芳草,不必無君臣朋友之寄托。愛戀忠誠,不必衹是民間歌謡。故今以己意説詩,求其

詩意可通而已。

《學術世界》1935 年 6 月第一卷第一期。國家圖書館出版社《文選學研究》中册據以影印。

9.《古詩十九首新箋》　王緇塵撰

提　要

新箋即不同意傳統舊説以十九首之作非一時一地一人之作的説法，而是提出這是一對夫婦的贈答詩。并具體標出，哪首爲婦贈夫，哪首爲夫贈婦。并於小序中説："昔涇包慎伯自言，讀《過秦論》及《十九首》皆萬遍以上，始識其要點。然亦未言《十九首》究爲何事而作也。今予不揣鄙陋，敢以所獲，貢之於同好。"

《學術世界》1935 年第一卷第三期。國家圖書館出版社《文選學研究》中册據以影印。

10.《古詩十九首志疑》　胡懷琛撰

提　要

作者主要就《古詩十九首》的創作時間、作者身份提出疑問，仍疑十九首乃成於漢魏之間，如鍾嶸《詩品》所謂疑是建安中曹王所制，更爲接近。

本文主要通過名物訓詁的角度，證明自己的觀點。如舉出"洛"字，是建安中所用，漢代用"雒"字。再舉出古墓被犁，松柏被摧之北邙山。再舉出洛神遺錦衾。

并進一步解釋説：彼時五言初行，子建、仲宣輩試爲之，必遭當時人之非議，故不肯自承，他人亦莫知耳。

《學術世界》1935年第一卷第四期。國家圖書館出版社《文選學研究》中册據以影印。

11.《葦芷繚衡室古詩札記(古詩十九首)章句之解釋》 俞平伯撰

提 要

此篇解十九首,通過詩的意境、詩的用字、詩的藝術來切入詩人的情感世界。使讀者領會詩的妙處所在。雖然説詩的對象是中學生,但對一般的讀者亦具有新鮮的意義。

《中學生雜志》1935年第五六號。國家圖書館出版社《文選學研究》中册據以影印。除此文之外,俞平伯尚有《古詩"明月皎夜光"辨》,見於《清華學報》1936年7月第一一卷,第三期。國家圖書館出版社《文選學研究》中册據以影印。

12.《詳注四部精粹·文選精粹》 王旡咎主編

提 要

王旡咎,生平不詳。

《詳注四部精粹》一書包括對經史子集四部中重要典籍的精選精注。其中集部精粹包括《楚辭》、《文選》、《六朝文絜》、王績文、李白文等的精選精注。《文選精粹》主要精選《文選》中的賦體、文體七十八篇。體例爲先列正文白文,篇末對於重點字詞進行簡要注釋。楚辭類單列楚辭精粹。

有中華書局民國十五年初印本,亦有上海經緯教育聯合出版部民國二十五年重印本。

13.《古詩十九首論證》　潘聖予撰

提　要

本文從人名之考證説起,反對鍾嶸以十九首爲建安中曹王所作的觀點。其一,“子建天生異才,拔出時輩,觀其諸作,雄壯如白馬,深刻如七步,艷麗如美女名都,雖十九首作者,亦莫能過之”,十九首在風格上與子建不相似。其二,爲時代之考證,認爲十九首中有西漢之作。其三,爲《生年不滿百》一篇朱説辨謁,朱彝尊《書玉臺新咏後》一文認爲《生年不滿百》一首裁剪自樂府古詞,是選樓諸子的僞作。作者考辨其説之謬。其四,討論各篇次第章句不同之研究。其五,爲各篇分韵問題之研究。其六,爲换韵問題之研究。其七,爲篇章長短之研究。

續篇繼續論證:《古詩十九首》非樂府之辨證;《青青河畔草》“畔”字正誤;《明月皎夜光》一篇時代辨證;十九首中犯諱問題之辨證;《古詩十九首》擬作概論;十九首校勘正誤。

以上研究可見出民國治選學之十九首者的基本路徑。

《進德月刊》1937 年 4 月第二卷第五、六期。國家圖書館出版社《文選學研究》中册據以影印。

14.《古詩十九首集釋》　隋樹森撰

提　要

隋樹森,字育楠,山東招遠人。1928 年就讀於北京師範學校。就學期間出版了《文學通論》《古詩十九首集釋》等著作。

《古詩十九首集釋》分作考證、箋注、彙解、評論四卷,每一卷中廣

泛搜羅重要的研究文獻，加以分類羅列。其中“彙解”的部分彙集了元代劉履及清代吴淇、張庚、姜任修、朱筠、張玉穀、方東樹、饒學斌、劉光蕡九家，以助研究。

《古詩十九首集釋》1955年初版，此後一再再版。

15.《古詩十九首初探》　馬茂元撰

提　要

馬茂元，字懋園，安徽桐城人，桐城派殿軍馬其昶之孫。上海師範大學文學研究所教授。1938年畢業於無錫國學專修學校。曾任安徽省教育廳編審、秘書。新中國成立後，歷任上海第一師範學院教師、上海師範大學教授。專於唐詩、《楚辭》研究。著有《古詩十九首初探》《晚照樓論文集》《唐才子傳箋證》，編有《楚辭選》《唐詩選》《楚辭資料海外編》等。

此書包括前言和文本兩部分。前言概述樂府和古詩、古詩和《古詩十九首》的分别；《古詩十九首》的作者和時代，在中國詩歌發展史上的重大意義，基本内容、現實性和思想性，藝術特色、繼承性和獨創性；本書的内容和體例。正文部分對《古詩十九首》逐首加以詳細的注釋和説明。主要是關於詩中的詞、句、典故、歷史時代、綜合與引申等方面。尤其在詩意的分析和闡發方面，可謂多有新見。在1981年再版中增加了《古詩十九首》的集評部分。作者認爲無論是《文選》還是《玉臺新咏》，對十九首詩的排列可能是隨意編排的，因此，本書加以調整，按照内容把十九首詩分成兩大類，一類是描寫游子的感慨，一類是刻劃思婦的心情。每一類中仍以《文選》原排次序爲先後。

本書完成於1956年，由作家出版社1957年出版，後有陝西人民

出版社 1981 年再版。

16.《文選顔鮑謝詩評補》　黄稚荃撰，林孔翼校

提　要

黄稚荃(1908—1993)，筆名杜鄰，又名黄先澤。四川江安人。詩人、書法家、畫家，世稱“三絶”。早年師從黄晦聞、趙熙、向楚、謝無量諸先生，博采衆家之長。曾任四川省政協常委、中華詩詞學會顧問、四川詩書畫院顧問、四川詩詞學會名譽會長等職。著有《杜詩在中國詩史上的地位》《杜詩札記》《李清照著作十論》《稚基三十以前詩》《楚辭考異》《文選顔鮑謝詩評補》《杜鄰存稿》等。

此書蓋作於二十世紀三四十年代，手稿本前有黄稚荃書於 1946 年之序。輾轉數年，藉林孔翼老先生以九十高齡整理的上海古籍出版社 2013 年版影印手稿本，終得流傳於世。

黄稚荃作爲中國近現代史上聲名卓著的女學者、詩人，以自己獨到的視角評補方回的《顔鮑謝詩評》，她在自序中陳述曰：“吾師順德黄晦聞先生有鈔本，蓋從《四庫全書》鈔出者，壬申春以授稚荃，謂方氏之評有理致，於史實訓詁亦有考訂，但隨性下筆，待於後人補充者尚多，命稚荃試爲之。藉作治詩讀史途徑。”又稱“乙酉授八代詩於四川大學，重讀顔謝諸篇，靡覺玄淵雋永，於是以意逆志，剪裁舊鈔”，成評補四卷。

17.《昭明文選譯注》　陳宏天、趙福海、陳復興主編，陰法魯審訂

提　要

《昭明文選譯注》一書由陳宏天、趙福海等主編，前有陸宗達撰

序，全六卷，由北京大學、中國人民大學、中南海業餘大學、吉林社會科學院、長春師範學院、哈爾濱師範大學和哈爾濱師範專科學校部分教師和科研工作者協作完成。

全書體例爲題解、原文、注釋、今譯。題解簡要介紹作者生平中與本文有關的事迹，重點評論作品的思想内容和藝術特徵。原文以胡克家本爲底本。注釋以李善注爲基礎，以五臣注爲參考，并盡力吸收清代和近代學者的研究成果。今譯既貼切原意，又流利暢達。

此書 1987、1988 年出版後，又有 1992、2007 年再版，皆爲吉林文史出版社出版。

18.《古詩十九首彙説賞析與研究》　張清鍾撰

提　要

張清鍾，臺灣省嘉義縣人，嘉義師範學院教授。

本書在前代《古詩十九首》研究豐富成果的基礎上，按詩分詩旨、注釋、作法、評介與賞析五項，彙輯各家之説，并參以己意，進行賞析。同時也就《古詩十九首》的源流背景、年代與作者、内容與思想、體式與風格，予以分章剖析論述、評價。

有臺灣"商務印書館"1988 年版。

19.《昭明文選新解》　李景濚注

提　要

本書爲《昭明文選》的注音、標點、注解、翻譯本。體例爲正文（含標點、注音）、語譯、注釋三個部分。譯文盡量做到古雅，且流暢易懂。

臺北:暨南出版社 1990 至 1991 年出版四册,每册相當於原本的十卷。

20.《文選全譯》(全 5 册)　周啓成、徐達等譯

提　要

書前有王運熙撰《前言》,歷數《文選》的編者和體例、選文標準、選文價值等方面。正文體例由作者、題解、原文、注釋、譯文五個方面構成。由沉思翰藻的文言,譯爲通俗易懂的白話文,的確是一件非常不易的工作,然有些白話翻譯確實損害原文的韵味,譬如《西都賦》"有西都賓問於東都主人曰",譯成"有一位長安的客人,向洛陽的主人發問",恐已遠離作者原意。諸如此類,尚需進一步探討。

貴陽:貴州人民出版社 1994 年版。臺灣三民書局 2001 年重新刊印,名曰《新譯昭明文選》。

21.《昭明文選斠讀》(上、下册)　游志誠、徐正英注

提　要

本書爲解讀《昭明文選》的學習教材,全部爲《文選》文的部分。詩、賦没有收録。

全書分上下册,上册由游志誠執筆,下册由徐正英執筆。上册并由游志誠撰寫導讀及凡例。正文按《昭明文選》篇章,略依時代順序,再選擇精要可讀、藉觀歷代文體之變、足堪生活文化啓示者,每篇有白文、白文校證、注文校證、今注、集評、總案等。

書前有較爲詳細的"《文選》學概論"一文。列述《文選》學的定義與範疇、評點家《文選》終不可廢、《文選》版本學概述、敦煌本《文選》

寫卷、日本古抄無注三十卷本《文選》、陳八郎本、廣都本、贛州本、《文選》黄氏學、《文選》評點、《昭明文選》研究、《昭明文選》探索、當代《文選》學概述、《昭明文選》授課大綱十四個方面。

所選文章正文之下，先列白文校證、注文校證，盡最大力量確保文本的真確。

臺北：駱駝出版社 1995 年版。

22.《昭明文選》(上下册) 馬清福等編，魏鑒勛等注釋

提 要

簡體横排，今人注本。

沈陽：春風文藝出版社 1995 年版。

23.《新編今注今譯昭明文選》(共六册) 张葆全審訂，樊運寬等注譯

提 要

全書據胡克家本《文選》加以注譯，體類順序一與胡克家本同。每篇分爲原文、作者簡介、篇旨、注釋、語譯、評析等部分。原文按文意分段抄録。原文與文字方面的問題，酌采胡克家《文選考異》的校勘意見，在注釋中加以説明。作者簡介出現在首見作者之篇。包括：列作者姓名、生卒年、字號、籍貫、仕履，并適當介紹作者的文學成就及代表作。篇旨爲一篇内容之總概括。注釋衹注字音字義，不串講句義。語譯以今語翻譯原文，韵文有的譯成散文。評析注重原文内容和表達特色兩個方面。書末附《昭明文選》作者篇目一覽表，按時代順序排列，以便讀者查閲翻檢。全書約一百六十四萬字。臺北：黎

明文化事業公司 1995 年出版。

24.《昭明文選注析》　王友懷等注析

提　要

本書亦爲《文選》的白話譯本。作者對《文選》原書進行了二次遴選,舍去了部分文采和影響稍遜的篇章,保留了膾炙人口的精華之作,在吸收前人研究成果的基礎上,重新注釋,并對原文的藝術性、思想性加以評析。書前有佘樹聲撰《前言》。體例爲正文、譯文、注釋、評析四個部分。

西安:三秦出版社 2000 年版。

25.《昭明文選》　于平等注

提　要

相當於今注本,注釋隊伍有二十八人。列入"中國古代詩文經典選本叢書"。

北京:華夏出版社 2000 年版。

26.《文選名篇》　曹道衡主編

提　要

本書是"中國歷史文化名城鎮江研究叢書"之一種,精選《昭明文選》中的名篇加以注釋、賞析,在書後還附有蕭統年譜、世系表等。

南京:江蘇人民出版社 2004 年版。

《文選》學研究

1.《蕭梁文選及古文辭類纂編例之比觀》　王錫睿撰

王錫睿,生卒年不詳。順天府寧河縣蘆臺鎮(今天津寧河)人。爲道光年間的監生。清末武將王錫鵬的堂弟。

此文比較蕭統《文選》與姚鼐《古文辭類纂》二書的編纂動機和旨趣、選擇的範圍及其標準、分類及其組織三個方面,并得出結論認爲:姚鼐所選之文,雖皆止乎義,却未必皆發乎情。蕭氏所選者,雖多發乎情,却未必皆止乎義。“蓋姚氏重義法而以道術爲主,蕭氏則意存欣賞而以風雅爲宗。”是二者皆各有所偏至,而未臻乎完美之域也。并提出而今後之有事於《新文選》者,當以二書爲先導,詳加討論,以資參考。

見《國學叢刊》1926年第三卷第一期。國家圖書館出版社《文選學研究》上册據以影印。

2.《古詩十九首之研究》　賀揚靈撰

提　要

賀揚靈(1901—1947),字培心,江西永新人。家境貧寒,十二歲始就學,年十七入高小,民國九年,入南昌省立第一師範,民國十二年入武昌師範大學。涉獵文藝,旁究社會政治之學。在學期間,著《古代奴隸考》及《古詩十九首研究》。後參加國民黨,在民國十六年九月,著《農民運動》,七十萬字。民國十九年東渡日本,入早稻田大學。二十年返國,二十一年任交通部秘書。後歷任内政部編審、浙江省紹

興縣縣長等職。

其書從作者、時代以及藝術性等方面對《古詩十九首》展開討論，對其中的篇章進行詳細解讀。全書共分作五個部分：一、《古詩十九首》之作者問題；二、《古詩十九首》所著之時代考；三、《古詩十九首》之藝術上的鑒賞；四、《古詩十九首》與各家之擬作；五、《古詩十九首》之校勘記。書成之時，作者是剛剛二十六歲的年輕人，其文係抄襲徐中舒《古詩十九首考》而作，已爲《中山大學語言歷史研究所週刊》編輯指出。

《古詩十九首研究》，原是賀揚靈著作《古詩叢談》中的一部分，最早由上海光華書局1927年出版，後由上海大光書局1935年再版。也收入北京知識産權出版社2015年出版的《古代詩詞研究三種》中。

3.《文選學》　駱鴻凱撰

提　要

駱鴻凱(1892—1955)，一名蒼霖，字紹賓，號彦均。湖南省長沙人。家世業商。少年即發奮勤學，1914年考入北京高等師範學校英語部肄業。次年，入北京大學文科中國文學門學習，1918年畢業。從1921年起，歷任南開大學教員，北京師範大學及北京女子師範大學講師，上海暨南大學、保定河北大學、武漢大學教授。1932年返湘，任湖南大學教授。1941年改任國立師範學院教授，還一度兼任中山大學中文系主任。新中國成立後，國師并入湖大，他復任湖大教授。1953年院系調整，在原湖大文理科的基礎上建立湖南師範學院(今湖南師範大學)，他轉入該院任教。1955年元月逝世，終年六十二歲。爲黄侃弟子，又嘗從章太炎及劉師培問學，在學術思想、治學方法上深受其影響，博涉經、子，兼及文、史，尤邃於文字、音韵、訓詁及《楚

辭》《文選》之學。平生著述頗多，已正式出版的專著有《文選學》（中華書局 1989 年版）、《爾雅論略》（岳麓書社 1985 年版）。尚未正式刊布的專著，現存尚有《楚辭通論》《聲韵學》兩種，曾由北京師範大學、湖南大學及國立師範學院分别印行。此外，還在雜志上發表了不少專題論文。

駱鴻凱治《文選》學，蓋從 1928 年在武漢大學教授"《文選》學"一門課程時開始。據其《讀選導言》一文前言稱："戊辰（1928）己巳間，教授武漢大學，主者以《文選》設科，凱承其乏，乃爲諸生講述《文選》纂集義例，及前代研治選學者之成績。殿以《文選》讀法十六事。"《文選學》一書爲二十世紀現代"選學"史上的一部重要著作，它從整體上對《文選》進行研究，正如其在《文選學》序中所説：研治選學，有兩條途徑，一是考據學家的徵實之學，一爲詞章家的課虚之學。"前者主於核典，後者主乎屬辭。事雖相資，功有偏至。"又概括言曰："上篇叙《文選》之義例，以及往昔治斯學者之途軏，明選學之源流也。又下篇所述，則以文史、文體、文術諸方，析觀斯集，爲研習《文選》者導之津梁也。"正如許逸民所説："駱氏的研究，第一次從整體上對《文選》加以系統、全面的評價，作者不僅對《文選》自身的纂集、義例、源流、體式有獨到的見解，還對如何研讀《文選》指出了門徑。"因此被稱作"新選學的開山之作"①。

全書結構分纂集、義例、源流、體式、撰人、撰人事迹生卒著述考、徵故、評騭、讀《選》導言、餘論十個部分。《文選》分體研究舉例、《文選》專家研究舉例附録二種。選學書著録一種。可謂體大思精，

---

① 許逸民《再談選學研究的新課題》，《文選學論集》，長春：時代文藝出版社 1992 年版。

包羅萬象。

也單獨發表《文選學自叙》,《國學叢編》1931 年 7 月第一期第二册;《讀選導言》(附選學書目),《學術世界》1935 年 12 月第一卷第七期。另有《選學源流》《選學書著録》《文選指瑕》等文章,國家圖書館出版社《文選學研究》上册據以影印。這些文章也都於 1937 年彙爲《文選學》一編,由上海中華書局正式出版。今有臺北華正書局 1978 年版、中華書局 1989 年版、北京知識産權出版社 2013 年版等。今有陳松青點校本駱鴻凱《文選學》,長沙:湖南師範大學出版社 2018 年版。

4.《選學舉要》　高步瀛撰

提　要

高步瀛,見《文選李注義疏》條下。

此書相當於《文選李注義疏》的簡本,東北史學家金毓黻在爲其《選學綱領》一文所作的序中說:"今年(1930)秋,先生來主萃升書院講席,授《文選》學。手輯講義,署曰《選學舉要》。取《文選》如干篇,章解而句析之,蓋即義疏之簡本。其第一第二兩卷,論選學綱領,及李注略例,擴采尤精,兹取以實本刊,聊見其凡。今世續學之士,治選學者,頗不乏人,其裒然成帙,不愧專門名家者間亦有之,然若先生之兀坐一室,博綜群籍,原始要終,殫見洽聞者,殊不多覯。此誠崇賢以後所希有,不僅爲昭明之功臣也。"(《東北叢刊》1931 年第一一期)

其書有萃升書院講義本,遼寧城内華興紙莊代印,遼寧同昌印刷局印,1931 年版。

5.《文選學講義》 周貞亮撰

提　要

周貞亮，見《梁昭明太子年譜》條下。

本書前有作者導言，述《文選》一書的重要地位和"《文選》學"的發展源流。全書分兩部分，第一部分爲《文選》學上編，包括：第一章，《文選學》之起原；第二章，《文選》之意義；第三章，《文選》之封域；第四章，《文選》之篇體；第五章，《文選》之序次；第六章，《文選》作者之時代與地域；第七章，《文選》學之成立；第八章，自隋迄明研究《文選》學者之成績；第九章，清代《文選》學者對於《文選》之貢獻；第十章，《文選》之刊刻及評騭（附《文選》學書目）。

第二部分爲《文選》學下編，包括：第一章，讀《文選》的預備：（一）程明訓詁，（二）曉聲韵，（三）達名物，（四）通句讀，（五）曉文律，（六）詳史實，（七）知地理，（八）辨文體，（九）明文史，（十）曉玄學，（十一）通佛典。第二章，《文選》之觀察法：（一）從文學流變上觀察《文選》，（二）從文章體式上觀察《文選》，（三）從文家體性上觀察《文選》，（四）從時代風格上觀察《文選》，（五）從南北派別上觀察《文選》，（六）從駢體文成立之趨勢及其修詞之通則上觀察《文選》，等等。第三章，《文選》之讀法：列專章讀法、專篇讀法、連篇讀法、分體讀法、兩體比較讀法、專家讀法、兩家比較讀法、斷代讀法、專家分體讀法等。第四章，選詩研究法（見於下編目録，未見正文）。第五章，選學條論（見於下編目録，未見正文）。第六章，《文選》條論（見於下編目録，未見正文）。

今稿本在以上内容後附：《選林拾補》，選録與《文選》學史相關的資料；《文選》在文學史上的地位（綱要）；清選學人名；《文選紀聞》引

用書目;《昭明太子年譜》;目録學。

周貞亮的《文選學講義》與駱鴻凱《文選學》講義都是在武漢大學講授文選課時所編,二者體現了各自不同的思路和取向,他們關於文選學的思考,都值得進一步深入研究。雖然周貞亮的《文選學講義》是一部没有完全按照既定設計完成的講稿,但總體上還是展現了極其豐富的内容,完備的系統性。包括上編重在探討《文選》學及《文選》學史,下編重在探討解讀具體《文選》作品的方法。附録中還包括《選林拾補》《昭明太子年譜》的相關文獻的搜集整理,由此可見老一輩《文選》學家治《選》的特色所在。

周貞亮《文選學講義》,現存所知有三個版本,一是由周榮編《民國文獻資料叢編·民國時期武漢大學講義彙編》(全三十四册),國家圖書館出版社 2018 年版,周貞亮《文選學講義》在第二三册。二是河南大學圖書館藏國立武漢大學鉛印本綫裝二册(一函)。三是稿本,《中國古籍珍本叢刊·西南大學圖書館》第四三册,國家圖書館出版社 2015 年版,收録周貞亮撰述《文選學講義》稿本。

6.《文選學》　周貞亮撰

提　要

周貞亮,見《梁昭明太子年譜》條下。

此文内容包括"導言""《文選》學之起原一"兩個部分,叙述此書的創作源起和《文選》學的源流,未有結尾。據其導言稱:"往者先師仁和譚復堂先生,欲爲李注作疏,已定略例,未及成書。僕昔嘗受其法,欲續成之。搜集選才,至數十種,人事匆迫,握槧未遑。欲具長編,今亦未就。蓋欲爲此書成一賅博貫通之著述,其不易措手如此。方今經籍道熄,文學績衰,變篇章爲語録之體,目典册爲貴族之文,其

於此書蓋弃之若芻狗矣。僕不佞，懼頹波之日下，審國粹之宜存。欲以《文選》一書，遺之學者，仰師資於百代，繫一髮於千鈞。文學復興，其斯是賴。於是考其源流，詳其派别，審其條目，究其義例，依《文選》理學權輿之緒，而益以擴充條貫之業。泛覽群書，慎裁體制，不述全文，但詳大義。不臚衆説，惟絜總綱。略分兩篇，上編詳選學之史，下編明研討之方。意在取各家考索之資材，開學者究習之門徑。爲選學一啓其先路也。”

見《安雅月刊》1935年第三期。國家圖書館出版社《文選學研究》上册據以影印。亦收録於周貞亮《文選學講義》一書中。

7.《八代文講義·選學叢録》　向宗魯撰

提　要

此書爲向宗魯在重慶大學時的講義《八代文講義》一書中保留下來的《選學叢録》的部分殘本，現藏四川大學圖書館。後經館員唐新梅博士整理，編入《向宗魯先生紀念文集》（成都：巴蜀書社2015年版）。

據整理説明：“向宗魯先生《八代文講義》，正文題‘選學叢録’，版心有‘重慶大學印行’字樣，與《史記講義》同爲向先生1931年至1935年在重慶大學任教時的講義。惜僅見殘本於四川大學圖書館，存《文選·七發》殘本一篇。爲全面反映向宗魯先生的《文選》學成就，雖零篇斷簡，亦予收録。博雅君子，如知見或藏有足本，盼予賜教，以待他日續補。”

從正文看，講義先從題解開始分析，多引張雲璈《選學膠言》之語。間下案語，發以己意。如針對“七”體，認爲《文心雕龍·雜文》所云：“《七發》以下，作者繼踵，觀枚氏首唱，信獨拔而偉麗矣。及傅毅

《七激》,會清要之工;崔駰《七依》,入博雅之巧;張衡《七辯》,結采綿靡;崔瑗《七厲》,植義純正;陳思《七啓》,取美於宏壯;仲宣《七釋》,致辨於事理。自桓麟《七説》以下,左思《七諷》以上,枝附影從,十有餘家,或文麗而義暌,或理粹而辭駁。觀其大抵所歸,莫不高談宫館,壯語畋獵,窮瑰奇之服饌,極蠱媚之聲色。甘意摇骨體,豔詞動[1]魂識。雖始之以淫侈,而終之以居正。然諷一[2]勸百,勢不自反。子雲所謂'先騁鄭衛之聲,曲終而奏雅'者也。唯七厲叙賢,歸以儒道,雖文非拔群,而意實卓爾矣。"爲得其源流。然向氏亦稱,"李氏以爲《七諫》之流,考東方朔在枚叔之後,何得擬之。且《七諫》自屬騷體,與此不類。故劉氏不數之也"。指出李善注的失誤。又説"崔瑗《七厲》,案:《後漢》子玉本傳但有《七蘇》,無《七厲》,傅休弈《七謨》序云:昔枚乘作《七發》,馬季長、張平子亦引其源而廣之,馬作《七厲》,張造《七辨》,據此則《七厲》乃融作耳,彦和誤也",指出劉勰之誤。又指出"五臣注"中"枚乘事梁孝王,恐王反,故作《七發》以諫"。引張雲璈《膠言》考證,認爲五臣所説爲是。值得進一步討論的是,本條五臣注在建州本中,繫於李善注下,在明州本中繫於五臣注下。

下正文部分,作者則逐句考釋,引録前人,并下案語,足見其細緻縝密。

另附《文心雕龍·雜文》第一四:"及枚乘摛豔,首制《七發》,腴辭雲構,誇麗風駭。蓋七竅所發,發乎嗜欲,始邪末正,所以戒膏粱之子也。"

---

① 動,《叢書集成初編》據《兩京遺書》本影印《文心雕龍》作"洞"字。

② 一,《叢書集成初編》據《兩京遺書》本影印《文心雕龍》作"以"字。

8.《胡克家文選考異叙例》　普暄撰

提　要

本書體例仿照晁公武《郡齋讀書志》、陳振孫《直齋書録解題》，相當於胡克家《文選考異》一書的提要。

刊於《女師學院期刊》1935年6月第三卷第二期。國家圖書館出版社《文選學研究》上册據以影印。

9.《文選類例正失》　徐英撰

提　要

徐英(1902—1980)，字澄宇。漢川(今湖北漢川)人。二十二歲考入北平中國大學哲學系，從章太炎、黄季剛諸先生文學。畢業後歷任上海交通大學、暨南大學、安徽大學、中央大學、復旦大學等校文科教授，1958年被貶至新疆石河子醫專，1961年任上海文史館館員。著有《詩經學纂要》《論語會箋》《甲骨文理惑》《楚辭札記》《詩法通微》《澄碧草堂集》《徐澄宇學術論著集》等，亦點校《高青丘集》。

《文選類例正失》一文，正《昭明文選》體例之失。主要是就蕭統序中所表達的經傳子史與翰墨篇章相異的觀點提出質疑。認爲“此可謂一家之體例，而非文章之通義也。且蕭氏於此，昧於文章之流别矣。文章之變，由六藝而諸子百家，諸子百家，又後世文體之所從出也。章氏學誠，論之詳矣”(《顏氏家訓》已發其凡)。

又指出就算蕭統編《文選》爲一家之體例，其體例亦存在《文選序》所説與《文選》實際所收之間的不符等問題。如謂：“詩書春秋之序，過秦典論之篇，并屬經子，何以入録？豈懸諸日月，於彼獨尊，立

意爲宗？於此爲非耶？既曰事異篇章，不録史籍，而史論史贊，何以裒然成帙？以爲事出神思，義歸翰藻，則《文選》所載，顯違沉思翰藻者，又何多也。且六代辯亡，抑揚諷咏，出史家之論贊。養生博弈，自有命意，乃諸子之支流。同編一集，豈謂知類？又所謂謀夫之話，辨士之端，概見墳典，亦所不取。然則宋玉之對楚王，東方之答客難，寧異仲連之却秦軍，食其之下齊國。"

又指出《文選》文體分類不清的問題。一曰别騷於賦。二曰强立名目。尤其對"符命""史述贊"二體提出質疑。三曰强分體類。册令教，同爲制誥之文，不得以題名各異。他如選録之失，尤多可異。

其説承章學誠、章太炎，然亦不應忽視文學一門的獨立特性，劉師培就已經不贊同章氏之説。然此文可謂對於《文選》體例問題的一次系統總結和檢討，亦多精闢之見。正如作者在文前小序中所説："二十一年壬申夏，去夏欲作《文選》通論，擬目五篇。一論《文選》體例，就昭明之所撰次而正其失。即此篇。二論《選》注，就歷代《文選》注如李善注五臣注而論其優拙。三論《文選》學史。四唐宋以降《文選》。五餘論。人事牽率，未能卒業。"其對於《文選》學史的思考，是系統全面而深入的，可惜未能完成。

《文選類例正失》，發表於《安徽大學月刊》1935 年 3 月第二卷第五期。國家圖書館出版社《文選學研究》上册據以影印。

10.《文選學考》　許世瑛撰

提　要

許世瑛(1910—1972)，字詩英，魯迅好友許壽裳長子。1930 年秋考入清華大學中文系。畢業後考入研究院，從師趙元任、陳寅恪，研究語言聲韵學和歷史學。後在鎮江中學、燕京大學和輔仁大學等校

執教，并協助王力教授工作。抗戰勝利後，隨父赴臺任職，曾任臺灣大學、臺灣師範大學、淡江大學、輔仁大學教授。1962年，被臺灣教育部門聘爲指導博士生教授。著述甚豐，主要有《中國目録學史》《中國文法講話》《常用虚字淺釋》和《論語二十篇句法研究》等。

此文重在考訂唐代李善注、五臣注的源流優劣，考證宋元明清《文選》學史，因限於篇幅，考六臣注詳而考宋元明清略。多引歷代《文選》學著作之説，略加案語，闡明己意。

《文選學考》，《國聞週報》1937年3月15日第一四卷第一〇期。許世瑛另有《我對於昭明文選的一點意見》，發表在《藝文雜志》1944年8月第二卷第七、八期合刊。國家圖書館出版社《文選學研究》上册據以影印。

11.《〈文選〉與〈玉臺新咏〉》　繆鉞撰

提　要

本文主要比較《文選》與《玉臺新咏》在幾個方面的差異：一是對待流行文學的不同，吴歌西曲，昭明蓋弃不選。《玉臺新咏》則均以入選。二是對待作家的態度，《文選》不録存者，足見態度之鄭重。《玉臺新咏》則不然，從梁武帝到湘東王、王筠、庾信等人之作盡皆選録。三是選録風格方面，昭明謹嚴，崇尚雅正，多補偏救弊之心。簡文通脱，愛好新艷。昭明崇尚文質彬彬，事出於沉思，義歸乎翰藻。簡文以立身與文章殊爲二體，“立身先須謹重，文章且須放蕩”。

最早發表在《益世報》，1942年6月25日《文史副刊》第九期。後收入《繆鉞文論甲集》1944年版，國家圖書館出版社《文選學研究》上册據以影印。

12.《文選編撰時期及其編者考略》　何融撰

提　要

此文中附《蕭統年表》《文選梁代作家及其卒時表》,通過歷時性梳理提出《文選》中所收最晚的作品是劉孝標《辨命論》,由《辨命論》之作不早於天監十五年,由此得出《文選》成書必在天監十五年之後的結論。又通過所收梁代作家卒時最晚的作家是普通七年陸倕。初步確定了《文選》編撰"開始於普通中","完成於普通末年之後",并率先提出"《文選》一書并非昭明太子一人所編撰","此時期中服職東宫之學士,皆可能爲《文選》之主要編輯人"的觀點,進而認爲劉孝綽可能"爲《文選》之主要編輯人",劉孝綽與王筠參與編輯的"可能之成分尤高"。今天的學者對《文選》編撰者問題的討論,認同較多的"蕭統與劉孝綽共同編纂説",無疑是對何氏論證的繼承和發展。

《國文月刊》1949 年 2 月第七六期。國家圖書館出版社《文選學研究》上册據以影印。

13.《文選李注纂例》　李維棻撰

提　要

本文分作序言、自明作注之例、釋義用語之例、文字變異之例、辨正得失之例五個部分。分别討論了李善自己所設定的作注體例,以及從李善注文中所歸納出來的體例。其中從李善注文中所歸納出來的,包括釋義用語之例,如言、謂、猶等不同的提示用語所代表的意義。包括文字變異之例,即李善所注出的通假字的特定用語,如古今字的情況、音義同的情況、古字通的情況、古字同的情況、與某同的情

況、協韵的情況。包括辨正得失之例，分爲六種情況，分別是：辨識本文正誤之例、訂正作者失考之例、訂正《文選》編者之例、訂正各家舊注之例、兼考他籍得失之例、衆説取捨論斷之例。可謂系統而又簡要地總結了李善注的體例特點。

刊於《大陸雜志》第一二卷第七期，亦收入趙昌智、顧農編纂的論文集《李善文選學研究》，揚州：廣陵書社2009年版。

14.《中國現代學術經典·譚丕模卷·文選講義》　譚丕模撰

提　要

譚丕模，原名毓規，字銘洪，號丕模，後以號行。又號披朦，筆名洛如、一泓、千因、孤君等等。湖南省祁陽縣人。1928年畢業於北京師範大學國文系。一生主要從事教育事業。從二十世紀三十年代開始，在北平歷任北平師範學校、華北學校、民國大學、桂林師範學院、湖南大學、北京師範大學等教職。其著述遍及文史哲各個領域，尤以中國古代文學史和中國思想史爲最。其《中國文學史綱》(1933)一書八易其稿，四次出版，影響最大。此外專著有《新興文學概論》(1932)、《文藝思潮之演進》(1933)、《新文學比較研究》(1934)、《宋元明思想史綱》(1936)、《清代思想史綱》(1940)，以及其他未見傳本的衆多著作。

譚丕模《文選》講義原稿現存於北京師範大學檔案館，之前未經公開發表，後經整理，收録於《中國現代學術經典·譚丕模卷》。據整理者意見，這份手稿，應是譚先生二十世紀四十年代任教於桂林師範學院國文系期間寫成。

講義從十二個方面談了學習《文選》所需注意的問題，而後附《文選》三篇範文的講解，尤其注重以訓詁學的方法對一些疑難字句進行

釋讀。講義借鑒於駱鴻凱《文選學》處不少。駱先生講《文選》,分纂集、義例、源流、體式等來講,譚先生這份手稿中,"選文標準"正可對應其"義例","編撰者"及"文學總集之歷史淵源"對應其"纂集","分類"對應其"體式",歷代《文選》之研究概況對應其"源流"。但因體式不同,譚先生的講義顯得提綱挈領一些,初學者極易由此窺得門徑。行文也更乾净利落,如評價明代《文選》學,直斥爲"以八股眼光評《文選》,至清猶不絶,殆爲《文選》罪人"。

此外,譚先生在講義中時常以今語釋古語。例如,談《文章流别》中"流别"二字時,除了解釋爲"以文體爲綱",譚先生還附帶了一句"以今語釋之就是歷史的演變"。再如"《文章流别志》近於歷史的探討,《翰林論》近於美思的批判"等語,既可見出譚先生對這幾部古籍頗爲通達的看法,也可見出譚先生力圖打通古今,使學生對授課内容有切身體會的苦心。

範文講解中,注重訓詁方法的運用。比如,《七啓》"寒芳苓之巢龜"句,譚先生遍徵典籍,證明古時"寒"字常與"炙""蒸"等字并舉,因此"是寒爲烹飪之術也",而絶非望文生義的寒冷義。因此五臣本妄改"寒"作"搴",其謬不言而喻。

此外,釋讀《文選》方面如陸機《文賦》中"意不稱物,文不逮意"一句,譚先生就認爲"確係經驗之談",并引《文心雕龍・神思》"方其搦翰,氣倍辭前;暨乎篇成,半折心始。何則,意翻空而易奇,言徵實而難巧也"一句作爲注脚。并稱:"詩賦體裁本難論矣。但陸氏衹用四節寫之而括該無遺,其藝術亦云妙矣。"

當然,這份講義是在戰亂年代寫成,手邊資料未必齊全,錯漏之處在所難免。比如開頭所謂"十文學士",譚先生所列乃劉孝威、庾肩吾等以下十人。這一説法因見載於楊慎《升庵外集》而影響深遠,但

高步瀛先生在《文選李注義疏》中已經充分辨證，此十人乃是“高齋學士”，不可與“昭明十文學士”相混淆。讀者詳參高先生書可知。《文選》版本上的問題，眼下的研究進展當然更非六十多年前的所能料想的了。但總體説來，瑕不掩瑜。

北京：北京師範大學出版社2013年版。

15.《讀文選》　錢穆撰

提　要

本篇總體蓋分爲三個話題，首先是總論中國文學史上建安時代乃爲一極關重要的時代，“因純文學獨立價值之覺醒在此時也”。并圍繞此一核心觀點展開申説。其次就昭明《文選序》中“始以後世文學家眼光敘述歷史”，也能“以變動的歷史眼光敘述文學”的清晰標舉獨立的文學觀念，皆爲前人所未有。最後則根據《文選》目録的分體列類先後，進行逐一闡説評述。其評述的標準亦爲純文學與其他各體文學。

其説繼承阮元，標舉文學的獨立、文人之文的區分，但又不同意阮元專以駢偶之詞爲文學，而是提出“純文學”價值的獨立覺醒。文人之文，特重於“思”，即“沉思”“翰藻”，即獨立的文人之心，文之技巧，文之藝術。

錢穆乃“一生爲國故招魂者”，尤其對《文選》有着深厚的理解。他在爲劉茂華《中國選學發展史大綱》一書撰寫的《序》中説：“民初以來，争言文學改良，凡以文言爲文，皆目之爲‘死文學’。又譬之以冢中之枯骨。流衍至今僅五十年，承學之士，已多不能讀百年前舊籍，遑論於唐宋，更遑論於蕭《選》？抑文史哲諸學，固皆賴文字之記載與表達，文字隨時代而有變，或可謂有‘死文字’，然其所記載與表達之

文史哲諸學,則精光常在,終不隨文字而俱死。希臘文字早已死絶,然其哲學與文學,仍爲今歐西學者所鑽研而崇奉,英法意德諸邦,壤地相連,而語言文字不相通,然賴移譯,可以相悦而解,不聞以死文學、死文字相譏。中國文字,自古迄今,一綫相傳。三千年前古詩,有今小學生上口即解者。文字未死,烏得謂其文學已死?所謂選學,不過籍訓詁音韵校勘考據之尋求,有以跨越乎年代之殊異,文字形聲義類之小變,與夫其詩文中所牽涉之諸端,鈎稽發明,使後世之讀者,益明前古所傳之内藴。治文學哲學,必藉此以通古今,識流變,參萬歲以一成純,固非謂斬滅傳統,塞源拔本,僅操現俗,既得成爲文學也。抑文學非徒限於文字,在其文字中,有其人之生平,有其當身之時代,有其特有之情思,與夫所信守之義理。是非高下,大小廣狹。必有其所以成爲文學,而無所逃於衡評鑒賞之公者。而各自有其一番之修養,亦非謂以筆代口,直吐我心,即是文學也。蕭《選》一書所包羅,亦既成爲我中國自先秦訖南朝梁代近一千年之文學大淵海。於此一千年中人,所以發抒其情思,表達其信守,咏嘆感慨其身世,扶翼經綸其時代,大綱大節,可泣可歌,天道世運,胥由而見。其可弃置如冢中之枯骨,而不加理會乎?若果推此以言,人生百歲,皆將爲冢中之枯骨,皆當弃置不理會。今日之活文學,即變爲明日之死文學。'爾曹身與名俱滅,不廢江河萬古流。'"其序作於癸丑春(1973),正可謂對五四新文化運動以來抨擊選學思潮的深刻反思。

錢穆《讀文選》,見載於《新亞學報》1958 年第三卷第二期。見《錢賓四先生全集》卷一九《中國學術思想史論叢》(二),臺北:聯經出版公司 1998 年版。

16.《選學考》　邱燮友撰

提　要

本書緒言云:"是編之作,僅采各代選學之成書,依文分類,除《文選》本書外,更析注釋、音義、評校、選理、摘粹、選賦選詩、芟廣、目録引得八類,依其出書早晚爲序而列之,《古詩十九首》及選學論文附録於後,名曰《選學考》。各書并著明篇卷,撰人、著録、存佚、提要、版本諸項,并志明其在臺現存之館藏,以便有志於選學者索覽焉。"

見《臺灣師範大學國文研究所集刊》第三號,臺北:臺灣師範大學國學研究所 1959 年版。亦見林聰明《文選學講義　昭明文選研究》第五章《歷代昭明文選學著述考》著録。

17.《昭明文選考略》　林聰明撰

提　要

本書分六章:緒論、《選文》標準述評、體式、撰人考、歷代選學著述考、導讀。與其後所撰寫的《文選學講義　昭明文選研究》大同小異。

臺北:文史哲出版社 1974 年版。

18.《中國選學發展史大綱》　劉茂華撰,黄維琩題署

提　要

劉茂華(1901—1988),平江縣長壽鎮人。早年入上海美專,受業於劉海粟、潘天壽。先後任教於長沙省立一中、衡粹等中學,入南京金陵大學國學研究院學習,兼職於江蘇省教育廳任科員、督學等職,

以半工半讀完成學業。抗日戰争爆發後,回湘參加抗日救亡,任湖南省民衆訓練處指導員。抗日戰争勝利後,歷任湖南省民政廳主任秘書、山東省政府主任秘書(少將銜)。從政期間,曾書"雙手萬能,涓滴歸公"聯匾,懸掛於辦公室以自警。後去香港,任教於培正中學、浸會學院、官立文商學院。曾參加《湖南省志》《王船山遺書》等編纂工作。主要著作有《早稻政策——人定勝天》(收入"联合國農林組織叢書")、《廉吏史》、《王船山年譜》、《韓愈學譜》等。

是書前有錢穆癸丑春(1973)所撰序,序中提到"《昭明文選》起自先秦兩漢,中歷魏晋,下迄齊梁,爲中國古代近一千年辭、賦、詩、文之大結集。隋曹憲、唐李善以降,乃有所謂選學。清代訓詁音韵、校勘考據之業大盛。而選學亦因之益起。劉君茂華承其緒,撰《中國選學發展史大綱》一書"。又有王韶生辛酉(1981)五月序,稱是書"申申論曹憲之學,演進而述江淮學派之盛。取證於經史群籍,持之有故,言之成理"。

本書内容分作上下卷,上卷爲選學探源篇,下卷爲選學發展篇。

上卷選學探源篇又包括《文選》與古訓合流别開新徑,中文文法一貫相承,名篇巨製句法字法班班可考,特出文體亦各有其結構與音律,蕭書精選八代遺篇佚著學術考據價值尤高,蕭書保存了人類學、天算、古生物、建築資料。下分本論上、本論下兩個部分。本論上,包括:蕭書正名之由、蕭書義例之密、蕭書與故訓家交融之新發展、蕭氏寓評於選封域無殊、蕭書引致近三百年江淮學術之大成就。本論下包括:文字與文章略、文筆與聲律略、韵散兼糅略、齊梁三書略、蕭書述作人物略。

下卷選學發展篇包括:建安文風嬗變與江淮學術勃興,江淮顯學及其音注之傳授與發展,注史學風之昏亂及范書注家啓疑(原注之啓

疑,出土碑志之參證),近三百年江淮學術之成熟,碑志資料,年表:述作人物年表,音注,人物補注,考據人物年表,文證。

原書目録尚有章跋、蘇跋、何跋、後記,今本皆不見。

本書無出版年代和版權頁。據前王序作於1981年判斷,其書當印制於此年。今藏於北京大學圖書館、湖南圖書館。

19.《文選學講義　昭明文選研究》　林聰明撰

提　要

本書分六章:第一章《昭明文選》的編撰,第二章《昭明文選》選文標準與述評,第三章《昭明文選》之體式,第四章《昭明文選》之内容,第五章歷代《昭明文選》學著述考,第六章《昭明文選》導讀。皆能細述原委,簡明扼要,如第四章述《昭明文選》之内容,分别按"著明撰人者",即有作者名的按時代先後分列,將作家繫於時代,將作品繫於作家,同時對作家的詳細資料進行原原本本的羅列,如:傅武仲(毅)《舞賦》,見《後漢書文苑傳》,有集五卷。《論衡案書篇》云:"蘭臺令楊終、傅毅之徒,賦象屈原、賈生,奏事象唐林、谷永,并比以觀,其美好一也。"劉勰云:"傅毅崔駰,光采比肩。"又云:"傅毅《七激》,會清要之工。"諸如此類。不題撰人者,按作品繫録。對撰人可疑者如卜子夏《毛詩序》、司馬長卿《長門賦》等,則詳加考訂。

臺北:文史哲出版社1986年出版。

20.《昭明文選雜述及選講》　屈守元撰

提　要

本書是作者於二十世紀四十至七十年代在四川師範大學中講授

《文選》課程的自編教材。上編雜述選學常識，下編擇録李注本各體文章若干篇選講，以啓發學生讀選，初名《選學椎輪》。1988 年出版時改爲《昭明文選雜述及選講》。下編《文選李注選講》部分，序例曰：講讀《文選》，應首及蕭統《文選序》，尋繹李注，必先看李善《上文選注表》。詳見高步瀛《文選李注義疏》。選講篇目以有利於指點治《選》方法爲標準，亦照顧時代、體裁、名家、名作。長篇短什，在所不論。凡時流《選》本競采之文，姑從簡汰。入《選》篇章，悉據胡刻李善注本。校釋依《經典釋文》《五經正義》之例，衹出正文、注文之有説者。講疏所采多爲校訂訓詁及歷史、辨證資料，評文之語，擷取從嚴。

天津：天津古籍出版社 1988 年版。1990 年臺北貫雅文化事業有限公司重版印行，書名爲《選學椎輪初集》。前有作者以駢體文所撰之序。

21.《文選導讀》　屈守元撰

提　要

本書作者自序述曰："按照《叢書》的體例，分作《導言》和《選讀》兩部分。兩百年前汪師韓的《文選理學權輿》，是我寫《導言》部分的嚮導。而六十年前高閬仙先生的《文選李注義疏》，則是我寫《選讀》部分之取法。"此外也注重吸收新出文獻如日本古抄無注三十卷本、唐寫集注本，以及新印的淳熙池陽郡齋刻本、日本明州本、敦煌寫本等，故不乏創見。

全書導言部分包括：第一，關於《文選》産生時代的文化氛圍；第二，《文選》的編輯；第三，《文選》學史略述；第四，清儒《文選》學著述舉要；第五，《文選》流傳諸本述略；第六，怎樣閱讀《文選》。

對《文選》的閱讀方面提出：對《文選》的評價要正確、閱讀《文選》

一定要口到、不宜用庸俗的批點法讀《文選》、讀《文選》的程序(必須把全書讀完,不宜中途而廢。學習欣賞可以從易到難,鑽研李注則應從頭讀起。“熟精《文選》理,休覓彩衣輕”)。

選讀部分,選《文選》各部類、各時代、各作家作品,凡十六題,三十九首。其再選考慮體裁、時代、作家,以短小精美爲主,詩類祇選《古詩十九首》,大賦不選,通行選本競相選録的不選,注釋以李善爲尊則,李善後擇清人注尤多。以胡刻爲底本,參以尤刻原本及古抄諸本,六臣注本祇用明州本、贛州本。注文力求通俗、簡要、有憑有據,但不必寫入原原本本的考證。作者及提要,一般依李注。兼有掌故及可資借鑒的評論資料,略爲采掇。祇有正文和注釋部分。未加白話翻譯。

成都:巴蜀書社 1993 年版;北京:中國國際廣播出版社 2008 年再版。

22.《清水凱夫〈詩品〉〈文選〉論文集》　(日)清水凱夫撰,周文海編譯

提　要

本書收録日本學者清水凱夫自 1988 年發表的有關《詩品》和《文選》的論文十一篇。其中與《文選》有關的有《從〈文選〉編纂看文學觀——以“頌”“上書”的選録爲中心》《文選編纂實况研究》《王羲之〈蘭亭序〉不入選問題研究》《答顧農先生并論“新〈文選〉學”的課題與方法》《有關日本〈文選〉古文獻諸種及其它》五篇。

其《從〈文選〉編纂看文學觀——以“頌”“上書”的選録爲中心》一文,質疑中國傳統選學所説的“昭明太子是實際上的編者”“《文選》是根據昭明太子的文學觀選録的”,是未經科學論證的輕易得出的結論,而昭明太子“撰”祇是表示名義上的編者的可能性是充分存在的。

“本來,帝、王編著書籍,名義上的占大多數。”

質疑之後,清水氏結合《文選》收録“頌”體的五篇作品,七篇“上書”的作品進行深入研究,提出《文選》所選的“頌”,除揚雄的《趙充國頌》以外,其餘四篇都是以諷刺、批判爲主要内容的“野頌之變體”。因此就絶不是屬於“按照以‘文質彬彬’爲標準的傳統的正統的文體觀而選録的性質”。認爲“上書”類中選録由於讒言而被治罪的士人與獄中提出的辯明書兩篇,“很難説這是正統的選擇”。

由此一篇我們大概可以看出清水氏的治學理路和特色。但也應清醒地認識到,一旦脱離開中國本土傳統的文化背景來談《文選》問題,就會走上糾纏於具體詞彙的歧途。何謂“正統”? 何謂“文質彬彬”? 必須是在先秦詩、騷所建立起來的“主文而譎諫”(《毛詩序》)的基礎上來理解。

許逸民《“新〈文選〉學”界説》(《鄭州大學學報》哲學社會科學版2010年第3期)總結摘録了清水教授關於“新〈文選〉學”四大課題的論點,包括:

一、《文選》真相的探明,概括爲七個問題:齊梁時代總集編纂的情況。《文選》編纂時期的特定問題。編者的特定問題。有關編者的文學觀、境遇、性格問題。《文選序》的基本思想與撰者問題。《文選》收録作品顯示的内在規律問題。《文選》編纂的目的和選録標準問題。

二、弄清如下先行理論對《文選》的影響。與《文心雕龍》的影響關係。與《詩品》的影響關係。與《宋書·謝靈運傳論》《四聲譜》沈約八病説的影響關係。與陸機《文賦》、摯虞《文章流别論》、李充《翰林論》、裴子野《雕蟲論》、蕭子顯《南齊書·文學傳論》等的影響關係。

三、弄清各個時代對《文選》接受、評價的變遷,换言之,即擴充

和充實歷來所説的《文選》學史。調查分析各個時代、不同的人，對《文選》的批評、評價情況。對歷代注釋的再檢討，各國各時代《文選》研究著作的研討。

四、徹底地探討版本、訓詁學的歷史，補上欠缺的部分。

據周文海爲此書作《編譯後記》介紹，日本"新《文選》學"命名，始於神田喜一郎《新的文選學》一文（《世界文學大系月報》1963 年 12 月），"新《文選》學"的提出，主要是認爲"舊《文選》學"没有觸及《文選》的本質。清水氏首先響應神田氏的説法，於 1976 年發表《文選編輯的周圍》一文，成爲日本新《文選》學誕生的標志。1988 年，重慶師範學院韓基國撰寫《日本"新〈文選〉學"管窺》，稱清水的"新〈文選〉學"主要限定在六個問題上：《文選》的編者。《文選》的撰録標準。《文選》與《文心雕龍》及《詩品》的相互關係。沈約的聲律論。簡文帝蕭綱《與湘東王書》。對《文選》的評價。本書中所説的"新《文選》學"的四大課題，顯然比早期的思考更加細密全面。

關於"新《文選》學"的思考，1992 年許逸民撰《再論"選學"研究的新課題》中提出，以駱鴻凱《文選學》爲傳統選學和新選學的分水嶺。新選學的"新"，主要體現在，第一，有着整體性的研究形式，包括《文選》自身及其相關聯的問題，能力圖從歷史的廣闊背景中録求答案。第二，具有較高的理論造詣，以文學批評爲武器來探討《文選》的産生及對當時與後世的影響。補充一點就是，新選學没有門户之見，善於利用版本、校勘、注釋、評點等各類學術成果進行綜合研究。强調在"新《文選》學"和"傳統選學"之間筑一道墻，完全割斷二者的聯繫，是不可取的。新《文選》學的研究當擴大視野，拓寬領域，加强歷史學、文藝學研究的色彩，傳統選學校勘、注釋、評點也仍可發揮其作用。則新《文選》學可約略劃分爲"八學"：《文選》注釋學、《文選》校勘學、

《文選》評論學、《文選》索引學、《文選》版本學、《文選》文獻學、《文選》編纂學、《文選》文藝學。

北京：首都師範大學出版社 1995 年版。

23.《昭明文選學術論考》　游志誠撰

提　要

本書收録作者的十七篇研究論文，另有叙論：《新〈文選〉學名義與範疇》。附録(一)：《文選》書録舉例。附録(二)：《文選》學重要參考書目。其中十七篇論文分别是：《五臣注原貌》《敦煌古抄〈文選〉五臣注》《〈文選〉學之文類評點方法》《選詩評點所見文類學方法——兼論山水詩歸類問題》《論〈文選〉之難體》《雜體詩在文學史上的意義》《江淹雜擬三十首反映的文類學》《〈文選〉〈登江中孤嶼〉一詩之歸類問題》《〈文選〉及其評點所見漢詩學》《〈文選〉多義性集評方法》《試用物色理論分析〈文選〉行旅詩》《再用物色理論分析〈文選〉游覽詩》《〈文選〉〈鵩鳥賦〉〈幽通賦〉〈思玄賦〉三篇之評價方法與標準》《〈文選〉作品閲讀法》《隱秀與咏懷》《〈文選〉七體考》《〈文選〉學的回顧與展望》。

據作者自己在《序》中概括説“一大類是版本校勘，另外一大類是文意訓釋。總的説，我把小學的《文選》與文學的《文選》同時并重，一齊研究。這二者，偏向任何其一，都不對”。

臺北：學生書局 1996 年版。

24.《文選卮言》　饒宗頤撰

提　要

此爲饒宗頤教授治《選》重要著作的彙集，書中共收録六篇文章：

除《敦煌本文選斠證》、《日本古鈔文選五臣注殘卷校記》(單行文章已見版本研究類)外,還包括《讀文選序》,主要論述"《文選》編成之年代及背景""《文選》選文之標準問題""昭明文學見解與文質綜合觀""《文選》與文體分類問題""吐魯番寫本《文選序》之校勘"五個部分。《唐代文選學略述》,後附補記曰:"拙文考曹憲事迹與李善及賀蘭敏之之關係,頗有發蘊之勞。"亦言及王勃曾師事曹憲,與李善共事,應屬江都《文選》學派的人物。

《敦煌吐魯番本文選序》(1999 年 12 月)、《敦煌吐魯番本文選叙録》(1981 年 3 月初稿,1997 年 7 月再訂)。兩篇亦見於 2000 年中華書局出版的《敦煌吐魯番本文選》。

《文選卮言》,收録於《饒宗頤二十世紀學術文集》卷一—《文學》,臺北:新文豐出版社 2003 年版。北京:中國人民大學出版社 2009 年再版。

25.《昭明文選研究》　穆克宏撰

提　要

該書圍繞《昭明文選》展開,分作十個專題,加以系統探討,包括蕭統的生平及著作,蕭統的文學思想,《文選》産生的時代,《文選》的内容,《文選》研究,《文選》的編者問題、年代問題、分類問題、選録標準問題,《文選》的文學價值,《文選》與文學理論批評,《文選》對後世的影響。穆克宏的研究特點在於將《文選》和《文心雕龍》結合起來研究,作者認爲:"參閲《文選》,可以證實《文心雕龍》許多論點的精闢。""研究《文選》亦應與《文心雕龍》相結合,揣摩《文心雕龍》之論斷,可以説明《文選》選録詩文之精審。因此,將二書結合起來研究,好處很多。"

北京：人民文學出版社 1998 年版。

26.《昭明文選》　穆克宏撰

提　要

本書爲《插圖本中國文學小叢書》中的一部，略帶普及性質，綜合了作者《文選》研究的成果。

全書分爲六章：一、蕭統的生平和思想。二、《文選》的内容。三、《文選》的研究概況。四、《文選》的文學價值。五、《文選》與文學理論批評。六、《文選》對後世的影響。附録有《蕭統年表》。其中總結《文選》的文學理論和文學批評思想，約言四端：首先，《文選》體現了編者的文學發展觀。其次，《文選》提出了文體分類的具體主張。再次，《文選》選録作品貫徹了編者提出的選録標準，即傳統的儒家雅正文學觀，加上“沉思”“翰藻”。最後，《文選》對所選作家都做出了評價，主要是通過《文選》選録作家作品之多寡，反映編者的好尚所在。

沈陽：春風文藝出版社 1999 年版。

27.《〈文選〉贈答詩流變史》　江雅玲撰

提　要

全書圍繞六個部分展開討論《文選》分類學與贈答詩類流變研究的關聯、贈答詩類的提出、贈答詩類的義界、贈答詩類的溯源、贈答詩類的承繼、漢魏晋南北朝隋代贈答詩的歸類與分析。提出了自己獨到的歸類原則和分析，特别是附有五十四種相關資料統計表及七種圖目録。

臺北：文津出版社 1999 年版。

28.《新〈文選〉學:〈文選〉的新研究》 (日)清水凱夫撰

提　要

全書共分爲七章,首爲序章:新《文選》學的創建。第一章,《文選》全體像的概觀。内容包括《文選》收録作品的統計、分析,各王朝存續年數及遺存作品數和采録作品的關係,各種文體作品和作家的分析。第二章,《文選》編纂的實態。内容包括《文選》編纂實際狀態的研究情況、六朝總集編纂的實際情況、梁代總集編纂的實際情況、昭明太子總集編纂的實際狀況。第三章,《文選》的實質撰者。内容包括:傳統《文選》學關於《文選》撰者的見解、確定《文選》的實質編者特定的必要性和方法、通過收録作品的内容分析《文選》實際的編者。第四章,《文選》編纂的目的和選録規準。内容包括《文選》編纂的動機和目的、《文選》的編纂規準、《文選》收録作品的内在文學觀、昭明太子《文選》序的檢討。第五章,《文選》和他書的影響關係及接受史、變遷史。内容包括《文選》和《文心雕龍》的影響關係、王羲之《蘭亭序》不入選問題的檢討。第六章,新《文選》學的課題與方法。包括新《文選》學的現狀、對中國學者顧農提出的反對文章的反論、提出新《文選》學首要解決的問題,具體如下:(1)齊梁總集編纂的具體情況問題。(2)《文選》編纂時期的特定問題。(3)《文選》編者的特定問題。(4)編者的文學觀。(5)《文選》序的基本思想及撰者問題。(6)《文選》收録作品所顯示的内在規律問題。(7)《文選》編纂的目的和選録基準問題。第七章論《文選》研究的基礎材料——沈約的聲律諧和論。

此書未見中譯本。東京:研文出版社 1999 年版。

對於清水凱夫提出的"新《文選》學",國内學者看法不一,提出質

疑的如顧農、屈守元。見顧農《評清水凱夫"新文選學"》,《齊魯學刊》1996 年第三期;清水凱夫則有《答顧農先生并論"新文選學"的課題與方法》(顧農氏の反論に答え并せて"新文選學"の課題と方法を論ず),《清水凱夫〈詩品〉〈文選〉論文集》,北京:首都師範大學出版社 1995 年版。亦收入本書。屈守元有《"新文選學"芻議》,見《文選學新論》,鄭州:中州古籍出版社 1997 年版。傅剛有《傳統選學和新選學》,見《文史知識》1998 年第四期。許逸民有《"新文選學"界説》,見《鄭州大學學報(哲學社會科學版)》2010 年第三期,則持肯定的態度。

29.《文選李善注的研究》 (日)富永一登撰

提　要

全書共六章,第一章爲"李善注前史",主要探討蕭該的《文選音》、曹憲的《文選音義》及許淹、魏模、公孫羅等有關的《文選》注釋。第二章爲"李善的傳記和《文選》學的形成",對江夏李氏家系進行了調查,做出了比較詳細的李善的傳記。第三章"版本《文選》李善注的形成過程",通過和舊抄本的比較,認爲最初的李善注的版本,是以各種唐代流行的抄本爲根據,可能進行過再編。在此基礎上,對"李邕增補説"進行了辨析。和集注本的比較,考證了李善注引書的下限。第四章"《文選》李善注的特點"。討論《文選》李善注的義例,李善注的態度和《漢書》顔師古注的比較。李善注中所見的修辭學用語,對李善注的用語特點進行了分析。第五章"《文選》李善注的影響",討論了和集注本所引的《文選鈔》的關係,和陸善經注的關係,和《後漢書》李賢注的關係。第六章"《文選》李善注的活用",討論了《文選》李善注在各種文獻校訂、語言學研究等方面所起的作用。

因本書未在國内翻譯出版,故引用李慶《日本的昭明文選研究》

一文所介紹。見《文選與文選學——第五届文選學國際學術研討會論文集》,北京:學苑出版社 2003 年版。

東京:研文出版社 1999 年版。

30.《〈文選音决〉的研究》　(日)狩野充德撰

提　要

作者認爲《音决》對進一步研究唐代南方字音和唐代音韵學史都具有極其重要的資料意義和價值。

本書以京都大學影印本《文選集注》所引《文選音决》爲中心展開研究。共總結歸納出《文選音决》反切、直音、聲調注五千三百餘條。

本書主要討論《音决》音韵體系的特徵和反切構造的特徵。

廣島:溪水社 2000 年版。

31.《〈昭明文選〉研究》　傅剛撰

提　要

本書分作上、下兩編,上編是"《文選》編纂背景研究",具體包括:第一章,漢魏六朝編撰考論。第二章,文體辨析與總集的編纂。第三章,齊梁文壇的創作與批評。下編是"《文選》的編纂及文本研究"。具體包括:第一章,《文選》的編纂。第二章,《文選》的基本面貌。第三章,《文選》的比較研究。第四章,《文選》的文體論析。

上編對《文選》編纂的背景做總體的調查、分析,"力圖將需要解决的問題,置入我們再現了的歷史環境中,尋繹現象形成的根源、動因,争取最大可能地探求《文選》編纂的歷史真貌"①。下編則在上

① 傅剛《〈昭明文選〉研究序》,北京:中國社會科學出版社 2000 年版。

編的基礎上，通過對《文選》文本的全面審查，對《文選》的編輯宗旨、體例、選録標準等做出了實事求是的論定。同時通過《文選》幾種主要文體賦、詩、文的分析，對蕭統的文學觀作出具體可信的論述。

作者的主要觀點和結論是：

《文選》的編者主要是蕭統和劉孝綽。《文選》的編輯時代開始於普通三年至六年，完成於大通元年末至中大通元年之間。《文選》的最初體例是以天監十二年爲下限，後因劉孝綽的原因而增選了劉孝標、徐悱、陸倕的作品，故成書後的下限是普通七年。《文選》的文體分類是三十九類。《文選》的選録標準依據於《文選序》和《答湘東王求文集及〈詩苑英華〉書》。《文選》與《文心雕龍》没有太大的關係，其文體觀主要來自任昉的《文章緣起》。《文選》是一部意圖對前代文學進行總結，編選歷代文章菁華，進行文體辨析，以指導後學寫作的通代文學作品選集。

蕭統在對作家不同文體寫作而有不同成就的理解基礎之上，形成了根據不同文體對作家作品進行不同判斷的文學觀。

北京：中國社會科學出版社 2000 年版。

32.《文選詩研究》　胡大雷撰

提　要

本書以"《選》詩"爲研究對象，從結合專家研究進行分體研究。作者把《文選》詩諸類各自作爲一個獨立整體，研究該類詩的主題、題材、結構、風格等，以探索該類詩的總體特點、時代特點以及發展綫索。同時，也探討選詩分類中文學理論的潛在思想。書前蔣寅序曰：經過如此細密分析，《文選》詩歌的研究至少在幾個方面得到了深化：一是幾個爲人忽視的類别如"補亡""述德""反招隱""挽歌"等

被認真地討論。二是一些類别如“獻詩”“咏史”“游覽”“雜擬”等被概括出若干寫作模式。三是每類詩歌自身的發展被細緻地描述出來。四是從不同角度揭示了中古詩中人們的心靈狀態和抒情方式。

桂林:廣西師範大學出版社 2000 年版;西安:世界圖書出版公司 2014 年版。

33.《現代文選學史》　王立群撰

提　要

本書作者界定曰:所用的“現代”一詞,并非單純的時間概念、政治概念,實乃一文學概念。也即從研究模式的變化,來觀照傳統《文選》學與現代《文選》學的分水嶺。

全書按專題大致劃分爲五個部分:

第一部分是討論現代《文選》學的建立,含清代傳統《文選》學對現代《文選》學的影響、現代《文選》學對傳統《文選》學的繼承與發展、周貞亮《文選》學與駱鴻凱《文選》學。

第二部分是對《文選》的編纂者蕭統及蕭統文學思想的研究,含《蕭統年譜》研究與《文選序》的研究。

第三部分《文選》成書研究。含《文選》成書研究,《文選》與劉勰《文心雕龍》、鍾嶸《詩品》、江淹《雜體詩三十首》、任昉《文章史》的相互關係。

第四部分爲《文選》本體研究。含《文選》版本研究、注釋研究、分體研究、文本研究。

第五部分爲附論,含現代《文選》學文獻述略、現代《文選》學家流派與現代《文選》學研究分期。

北京：中國社會科學出版社 2003 年版；鄭州：大象出版社 2014 年版。

34.《文選錢氏學研究》　吴曉峰、陳復興、陳延嘉撰

提　要

本書主要圍繞"《文選》錢氏學"概念的提出及其體系特點、内容特點，錢鍾書與蕭統，錢鍾書與《文選》李善注，錢鍾書的《文選》評點，錢鍾書的連類舉似法，錢鍾書論陸機《文賦》"方圓"問題等加以討論。提出的主要觀點是，錢鍾書先生的《文選》研究以其獨具的特色形成了《文選》錢氏學。之所以稱學，是由於他在研究體系上的完備和内容上的廣博。

長春：吉林大學出版社 2004 年版。

35.《蘭陵蕭氏與南朝文學》　曹道衡撰

提　要

本書的内容包括上下兩編。上編從歷史與文化的角度探討"蘭陵蕭氏的世系和南齊皇朝"，下編探討諸蕭的文學活動及其歷史地位。其中下編第四、五章專門論述"蕭統和《文選》"。包括蕭統的生平、思想和文學創作，《文選》的編者和編定時間，蕭統的文學思想和《文選》的選録標準，《文選》關於文學和非文學的區分和文筆之分，《文選》的文體分類，《文選》和魏晋以來文學傳統的關係和它的編排問題，《文選》的流傳與對後世的影響。

北京：中華書局 2004 年出版。

36.《文選學纂要》　屈守元撰

提　要

此書與《文選導讀》内容完全相同，因書名、出版地不同，姑列於此。

臺北：華正書局 2004 年版。

37.《隋唐文選學研究》　汪習波撰

提　要

此書以隋唐《文選》學爲研究對象，在充分總結前人研究成果的基礎上，又盡量利用新出文獻如敦煌寫卷、日本古抄及臺灣藏陳八郎本等。本書用力多在考證史實和比勘文本方面。以“第四章李善注的卓越成就”爲例，分别探討了李善注釋的體例，李善輯録舊注的不同情況，李善“釋典”的把握方式，李善注的音義訓詁，李善注的校勘與考證，李善注的作家傳與提要，李善注的知識與詮釋世界等，皆采用文本比勘的方式説明問題。

上海：上海古籍出版社 2005 年版。

38.《文選成書研究》　王立群撰

提　要

本書主要圍繞《文選》一書的編者、成書年代、編纂方法、體例以及《文選》之文體分類、《文選》和《文章流别集》等前代總集的關係等問題展開探討。全書共分八章，前五章對《文選》成書過程、《文選》所選文章先後安排次序的原則、參與《文選》編纂的文人學士、《文選》成書時間等問題進行探討。後三章又分别對《文選》多録常用文體與歷

代名作的狀況,《文選》與南朝其他總集、詩文評著的關係等進行論述。作者提出的主要觀點有:《文選》是據摯虞《文章流别集》、李充《翰林》、劉義慶《集林》等前賢總集二次選編的再選本。《文選》是蕭統親選的總集。"昭明太子十學士"編纂《文選》説難以成立。《文選》雖然是再選本,其所選文體是通行常用文體,所選作品是歷代傳誦的名篇。《文選》成書於普通三年(522)十一月間,他明確區分文學批評和文學作品,在文學批評史上意義重大。

北京:商務印書館 2005 年版。鄭州:大象出版社 2015 年版。

39.《〈文選〉編輯及作品繫年考證》　韓暉撰

提　要

此書分作上、下兩編,上編對《文選》編輯者及編纂時間進行考證,提出蕭統主編説是正確的,而劉孝綽編纂説和蕭統獨纂説,均有極大的片面性。關於《文選》的編輯和成書時間,批駁了在蕭統丁母憂及蠟鵝事件前的説法,認爲應在大通二年(528)到中大通元年(529)九、十月間及中大通二年(530)至中大通三年(531)三月之間。

下編是對《文選》所録作品的繫年考證,涉及《文選》所選一百三十一家七百五十一篇作品。從宏觀、微觀兩個方面的結合,力求每篇作品的繫年皆有内證和旁證。

北京:群言出版社 2005 年版。

40.《文學的御花園——文選》　簡宗梧編撰

提　要

本書爲"中國歷代經典寶庫"叢書之一部,相當於對《文選》部分

篇章的導讀。全書分作上、下編兩個部分。上編爲“關於《昭明文選》”,包括“《昭明文選》的纂集”“《昭明文選》的體例”“《昭明文選》所選的篇章”“《昭明文選》篇章的分類”,下編爲“《昭明文選》篇章選析”。具體體例則包括正文、注釋、語譯、賞析。

在注釋方面,注音注重難字、破音字,或一般容易讀錯的字。對古代讀音,如果關係着篇章的節奏韵律,則在賞析中稍加説明。解釋字詞,則力求簡明扼要,完全用白話,除非必要,不引典故出處。於作者,衹作簡單的介紹。翻譯,力求忠實流暢,也求其優雅,但不得不在不損害原著精神的前提下,對文字的詳略和語氣語序,略作變動。於賞析方面,力求深入淺出,除了説明作品的背景、題旨、段意之外,還進一步發揮文意,探討脉絡,分析作法、作者的生平遭遇,探討其品性學養以及寫作的心理歷程。

海南:中國三環出版社 1992 年初版;臺北:時報文化出版企業股份有限公司 2012 年第五版。

41.《〈文選黄氏學〉研究》　魏素足撰

提　要

以黄侃手批《文選》爲研究文本,從其校、注、點、評着手研究發掘。共分八章:首章緒論,説明研究動機、研究方法、研究範疇及内容外,兼以章太炎先生所作之《黄季剛墓志銘》爲主要綫索,簡略介紹先生之生平事迹。第二章則深究先生獨重選學之思想背景,及先生逝後,由門生親人過録成書之經過,以及各本之輯録者介紹,并兼論各過録本内容之同異。第三章透過先生評點《文選》之材料來源,加以分析,以明前人對先生之取材多樣豐富之影響。第四章則將重心放在先生手批之評、點、校、注模式研究,概分爲校勘文字、音讀模式、圈

點符識和注釋内容等四端，予以歸納分析，以明先生治《選》之法。第五章就先生手批《文選》之主要内容，首論與《文心雕龍》之關連，并就作品之旨要、章法、文術、文氣、文德等要點摘例論述，以明先生衡文之標準，而舉凡文體源流、文題名義、文句出處、作品時代、作品真僞等，先生皆考校原典，言有實據，尤於六朝習用語之訓釋，别有獨到之見，又間或述及憂國憂民、感懷身世之個人心情，亦見隨文批於眉端，以今日觀之，此類批語則尤富情感，可見先生之真性情。第六章就先生評點《文選》之商榷立言，依先生之校勘、條例、援引等三方面論之，以補先生選學之未及處。第七章則探討先生手批《文選》之價值及影響，一則論價值，則知先生有超越舊注，後出轉精之處，且能自成一家之言，開創屬於傳統選學之新局；二則論影響，透過後人對先生選學之評價，以見其影響及在選學史上應有之地位。第八章則爲結論。

臺湾師範大學博士學位論文，李鍌指導。

42.《文選講讀》　胡曉明撰

提　要

本書前有作者自撰的《文選導讀》，其文就應如何看待《文選》這部書，及其在中國文學史上的發展演變，與其背後的社會文化的密切關聯等問題展開，提出當代語境下，隨着社會生活的發展變化，《文選》的語言確實不能適應現代生活的需要了。通過《文選》造就有文化素養的現代秀才，構建文明社會，這已經是一個煙消雲散的古老的夢，《文選》已經完成了它的歷史使命，回到了語言博物館之中。所以今天講《文選》并不是爲了實用，而是爲了瞭解古代中國人的生活，豐富我們的歷史記憶，欣賞古典語文，瞭解中國文學的秘密，增進今人的文化素養和審美水平。

該教材的編例，選擇那些反映重要時代社會生活、有重要文化含量、體現中國藝術傳統的經典文章，選擇體現古人心靈世界和思想傳統的文章，兼顧各體文章。注釋全用李善注。底本用胡克家本。每篇文章後附“文學史鏈接”“問題分析”“文化史擴展”“集評”以及“思考與討論”。

上海：華東師範大學出版社 2006 年版。

43.《昭明文選研究發展史》　王書才撰

提　要

全書分上編“隋唐宋元明清時期的《文選》研究”，下編“清代的《文選》研究”。上編包括“《文選》學的興起與繁榮——隋唐時期”“《文選》學的轉型期——宋元時期”“評點與考據——明代《文選》學”；下編包括“清代《文選》學概述”“清代《文選》研究發展期”“清代《文選》學鼎盛期”“清代後期選學衰微時期李審言的《文選》研究”。

北京：學習出版社 2008 年版。

44.《明清文選學述評》　王書才撰

提　要

本書評述、分析明清選學家的《文選》研究，注重將這些選學家置於當時各自特定的時代背景、社會環境、生活經歷、人際交往之中，考察其内在心理動機，從而觀照明清選學家研究《文選》的具體過程和研究成果的水平狀況。

上海：上海古籍出版社 2008 年版。

45.《文選五臣注詩之比興思維》　鄭婷尹撰

提　要

本書對《文選》五臣注的詮釋特徵、五臣注中比興思維、五臣注中比興思維的産生背景等幾個方面進行了系統考察。

收入《古典文獻研究輯刊》六編第一九册，潘美月、杜潔祥主編，新北：花木蘭文化出版社 2008 年版。

46.《〈昭明文選〉與〈玉臺新咏〉之比較研究》　顔智英撰

提　要

著作從編者、編撰動機、時代背景及編者的文學觀，來探討二書的異同及動因。同時對二書選録作品的特色，作深入的比較分析。最後從影響與價值方面，對二書作客觀評價。

《古典文獻研究輯刊》六編第二〇册，潘美月、杜潔祥主編，新北：花木蘭文化出版社 2008 年版。

47.《文選李善注與五臣注比較研究》　陳延嘉撰

提　要

全書分上篇和下篇。上篇爲李善注與五臣注的比較分析，共分三章，第一章，李善、五臣賦注之比較分析。第二章，李善與五臣詩注之比較分析。第三章，文注之比較分析。下篇爲關於李善注與五臣注的一些問題及其評價。

長春：吉林文史出版社 2009 年版。

48.《文選編纂研究》　胡大雷撰

提　要

本書共分六章,内容包括:《文選》的編纂者,《文選》的編纂思想,《文選》編纂的録文方式,《文選》編纂的文體分類及編次,《文選》賦、詩編纂的以類相分,《文選》編纂中的一些具體問題。尤其就《文選》的編者,《文選》的編纂時間,《文選》的選録標準,《文選》的體類劃分等一些學界討論的熱點問題,給予系統的論述。就《文選》的編者問題來説,傳統的説法一般以爲是昭明太子蕭統親自主持編纂,劉孝綽等參與。日本清水凱夫等則提出,太子衹是掛名,實際編纂的人應該是劉孝綽。本書則較爲詳細地梳理了蕭統的生平、蕭統的文化素養、蕭統的文士集團等等編纂條件,進一步鞏固傳統説法。

桂林:廣西師範大學出版社 2009 年版。

49.《古詩十九首與建安詩歌研究》　木齋撰

提　要

本書前有傅璇琮序《十九首研究的首次系統梳理和突破》。後有張法、龔斌、寧稼雨跋。

全書分十七章,通過内證與外證相結合,系統梳理五言詩發展演變的諸多資料。突破過去"《古詩十九首》非一人一事而作"(清費錫璜《漢詩總説》)、"東漢説"(梁啓超)、"西漢説"等舊説,提出建安十六年之前,并不具備産生《十九首》的詩歌史條件,并進一步追索,提出《古詩十九首》與曹操、曹丕、曹植關係密切,尤其是其中《涉江采芙蓉》《西北有高樓》等九首即爲曹植所作,并與曹植與甄氏的戀愛隱情

有着隱秘的關聯。故提出“建安説”。

北京:人民出版社 2009 年初版,2011 年再版。

50.《宋代文選學研究》　郭寶軍撰

提　要

本書結合宋代《文選》傳播的實際,從宋代對《文選》的編纂、宋代的《文選》刊刻、宋代的《文選》傳播、宋代的《文選》評論研究、宋代的《文選》續編諸方面對宋代《文選》學進行系統考察。

北京:中國社會科學出版社 2010 年版。

51.《文體、讀者與思想:讀〈文選〉札記》　胡曉明撰

提　要

本文爲李康《運命論》、干寶《晋紀總論》、陸機《吊魏武帝文》、江淹《恨賦》、謝惠連《雪賦》的讀書札記,從思想理論、文學理論上對《文選》中魏晋齊梁這幾篇文賦加以細讀。作者從作家所在時代的思想心理入手,來分析其寫作用心與後世對其用心的誤讀。比如寫到謝惠連《雪賦》時,稱在《雪賦》之前,雪衹有清潔一義,謝賦一出,雪則示象爲二,或成道,謹持儒家高潔的人格操守;或玷污,隨物賦形,與世沉浮,作者甚至借枚乘之口道出了“白玉守貞,未若飛雪”的心態。這種心態,實際上可以看作元嘉之際乃至整個六朝時期,士大夫文人群體在人格取向上的認同危機:在儒學崩塌、道釋上升的亂世,士人究竟是堅守儒家,還是認同道釋?是保持白玉般的節和潔,還是像白雪那樣隨物賦形、同流合污?最終,化儒爲道,成爲士人們那種如鐘擺般飄摇矛盾的内心唯一可居的避風港。對於《雪賦》中最關鍵的一句,“縱心皓

然,何慮何營?”李善注却以“浩然”釋“皓然”,以《孟子》所謂“浩然之氣”來解釋這裏的縱心,分明是誤注。一字之差,文義大亂。李善或有苦心乎?

再如對於江淹《恨賦》,重點討論江淹通過對耦、對比而產生的結構意義,如秦始皇與趙王遷、李君與明妃、馮衍與嵇康,來深入思考作者列舉諸多恨例,并非簡單的重複,而是指向同一個不争的事實,無論窮達富貴,人生始終是一種不滿足的狀態,而人就是一種永恒的遺憾動物。故悲哀虚無,當爲江淹創作之時的根本心態。

本文收録於《中外文化與文論第 19 輯:中國古代文藝理論年會論文專輯》,成都:四川大學出版社 2010 年版。

52.《文選詮釋研究》 馮淑静撰

提 要

本書將歷代《文選》詮釋情況劃分爲四個階段(隋唐、宋元、明、清)、五個體系(正文詮釋、李善注詮釋、正文李善注詮釋、正文六臣注詮釋、六臣注詮釋),重點對其詮釋體系、詮釋體式、詮釋方法與類型等進行研究和論述。

北京:中國社會科學出版社 2011 年版。

53.《走向“經典”之路——〈古詩十九首〉闡釋史研究》 李祥偉撰

提 要

本書嘗試將《古詩十九首》放置於其所屬文化傳統與中國古代詩歌批評所建構的詩歌經典譜系中進行動態考察,探討《古詩十九首》的經典化過程。重點以歷代《古詩十九首》闡釋文本爲研究對象,圍

繞《古詩十九首》作爲經學的詩歌經典與文學的詩歌經典的價值進行研究。全書正文共分九章:第一章討論"什麽是文學經典"。第二章圍繞"古代詩歌批評譜系中的《古詩十九首》"展開論述。第三、四章,圍繞"《古詩十九首》的經學闡釋"進行討論。第五至九章,論述"《古詩十九首》的文學闡釋問題"。

廣州:暨南大學出版社2011年版。

54.《〈文選〉評點述略》　王書才撰

提　要

本書共分十六章,包括:唐代詩格類典籍與《文選》評點、唐代《文選》六臣注與《文選》評點、宋代詩話與《文選》評點、《文選》評點第一書——元初方回《文選顔鮑謝詩評》、金元二代詩話與《文選》評點、明初劉履《文選補注》的評點特色、明代詩話與《文選》評點、孫鑛與《孫月峰先生評文選》、明代鄒思明《文選尤》評點特色與得失、凌濛初《合評選詩》及其對"《文選》理"的探求、何焯及其《文選》評點、方廷珪《昭明文選集成》之研究、于光華《文選集評》研究、清代詩話與《文選》評點、黄侃先生《文選平點》述論、民國詩話與《文選》作家作品評論。

上海:上海古籍出版社2012年版。

55.《文選評點研究》　趙俊玲撰

提　要

作者從各大圖書館中尋找到二十六種附有評點的《昭明文選》,加以整理、比照、研究。對評點者的生平及其評點活動,評本的刊刻、抄録、流傳予以考證梳理,然後概括、評述諸家評點所體現的文學思

想及其與時代風氣的關係,并論述明清《昭明文選》的發展歷程。

上海:上海古籍出版社 2013 年版。

56.《顧隨講文選》 葉嘉瑩、劉在昭筆記,高獻紅、顧之京整理

提 要

本書依據葉嘉瑩女士與劉在昭女士聽課筆記整理而成,分爲兩部分:前一部分包括《答蘇武書》《爲幽州牧與彭寵書》《報孫會宗書》《與朝歌令吴質書》《運命論》等九篇;後一部分包括《與魏文帝箋》《答東阿王箋》《報孫會宗書》《遺民傳論》《晋紀總論》等十篇。其中所選篇目,書、記、論、箋,體裁不一;史論、政論、純散文,題材多樣。而就講説體例言,則先釋字詞,次言文之"美"。在其《開堂引言》中提到文學評價的標準:"所謂選學妖孽,桐城謬種者,以其過重美觀、不重實用。其實,美觀、實用二者,皆是'雅潔',殊途而同歸。古典,雅潔乃其特色。""雅潔,不但文言,白話亦須如此。然流弊乃至於空泛,衹重外表,不重内容,缺少言中之物。實際説來,文章既無不成其爲物之言,又無不成其爲言之物。五四而後,有些白話文缺少物外之言,而言中之物又日趨淺薄。"

石家莊:河北教育出版社 2013 年版。

57.《文選文研究》 李乃龍著

提 要

《文選》分體選文,本書意圖梳理其文體"從哪來""什麼樣"和"怎麼變"。對既有文體理論,比其同,較其異,析其因,指其謬,補其疏。對選文,辨明"是什麼""爲什麼"和"有何好"。從分類、比較、定量與

定性相結合，還原歷史與現代觀照相結合，文章學與文學相結合等角度，剖析選文。

桂林：廣西師範大學出版社 2013 年版。

58.《文選與唐人詩歌創作》　林英德撰

提　要

作者以“初唐四傑”、李白、杜甫、韓愈爲主要代表，論説了唐人對《文選》的充分汲取與其詩歌高峰的形成之間的密切關係。

北京：知識産權出版社 2013 年版。

59.《文選版本注釋綜合研究》　王立群撰

提　要

本書的研究目的在於，通過釐清《文選》李善注本系統的發展演變，而試圖對李善注的成就做出較爲公正客觀的評價。之所以稱“版本注釋綜合研究”，作者意在綜合版本外部的資料整理研究與版本内部的文本對校研究，相互印證。所以本書的結構大體是圍繞《文選》李善注的發展演變這個中心，重點考察前人的目録、記載與《文選》的文本文字。

本書的具體内容分爲三個部分：一是研判《文選》李善注。二是考察《文選》五臣注。三是對幾個重要傳世版本做了重點研究。其中當涉及一些《文選》研究中有較大争議的問題，作者對此提出自己的看法。

郑州：大象出版社 2014 年版。

60.《明代文選學研究》 郝倖仔撰

解　題

本書以明代選學爲研究對象,將其置於《文選》學史和明代思潮的坐標中,運用版本目録、歷代文論、詩文鑒賞、心理分析、藝術批評各個相關領域的研究方法加以研究。通過五章七部分,論述明代《文選》學在出版、傳播、教育普及、大衆文化等方面的影響與貢獻,以及在思想史和文化史上的意義和地位。

新北:花木蘭文化出版社 2014 年版。

61.《清代文選學研究》 王小婷撰

提　要

清代爲唐代之後的又一個《文選》學研究高峰。本書從清代大量《文選》學研究專著中遴選出十五位研究者、二十一種專著,分爲三類:評點筆記類、考據類、綜合類。對每本的研究過程、研究狀況、研究方法與成果價值及其得失,進行梳理和評述。

上海:上海古籍出版社 2014 年版。

62.《昭明文選應用研究》 張鵬飛撰

提　要

作者把"《文選》學"劃分爲"體學"(本體研究)和"用學"(應用研究)兩端,本書重在研究後者。

前有羅積勇《序》。正文内容包括:第一章,歷代《文選》的流傳與《文選》學述評。第二章,《昭明文選》與唐代的科舉詩文。第一節《文

選》詩賦文與唐人試律詩。具體包括：一、考試詩題取用《文選》詩賦文原句或李善注解；二、唐人試律詩對《文選》詩賦文辭藻的慣用描述；三、唐人試律詩對《文選》詩賦文的化用方式總略。第二節《文選》策論等與唐人試策文。具體包括：一、唐人策問對《文選》所收策文形制的繼承；二、唐人對策對《文選》文章行文傳達的繼承。第三節《文選》經典化并成爲唐人科考教科書。具體包括：一、《文選》經典化的歷程及其動因；二、《文選》經典化的内容表現；三、《文選》經典化的價值意義。第三章《昭明文選》與杜、李、韓詩文創作。第一節《文選》與杜甫詩歌作品："熟精《文選》理。"第二節《文選》與李白詩文創作："從邯鄲學步"到"飄然不群"。第三節《文選》與韓愈詩文創作："惟陳言之務去。"第四章《昭明文選》辭藻類纂之書述評。第五章《文選》與輯佚、校勘、注釋和辭典編纂。

對於其書的價值，羅積勇序中指出：本書第一次把"《文選》學"劃分爲"體學"和"用學"兩大端，并選定《文選》的"用學"作爲研究對象。第一次比較翔實地對比考察了《文選》與唐代科舉詩文的關係，得出許多令人耳目一新的結論。如"《文苑英華》所收唐人試律詩詩題約四分之一取用《文選》詩賦之原句或李善注解"之類。第一次集中梳理了宋代到民國的多種《文選》辭藻類纂之書等等。

北京：中國社會科學出版社 2014 年版。

63.《唐宋〈文選〉學史論》　丁紅旗撰

提　要

本書依托版本基礎研究和歷史背景考索，叙論唐宋時代《文選》學的軌迹。全書分作四章，分别叙述"陳隋至初唐時期的《文選》學""唐代科舉與《文選》及《文選》學的興盛""抄本時代的《文選》注""宋

代《文選》刻本的流傳"等内容。每一章中也探討了一些具體的問題，比如"《秋胡變文》中秋胡携《文選》事考釋""從詩格、賦譜等看《文選》在中晚唐的讀習"等。作者得出唐代大歷貞元年間，是一個廣泛借鑒《文選》、截取詩句命題的高峰時期，影響所及，也自然形成了讀習《文選》的熱潮的結論。

上海：上海人民出版社 2015 年版。

64.《元代文選學研究》　羅琴撰

提　要

本書是對元代《文選》學的系統梳理和研究。共分五章，第一章研究了方回《文選顔鮑謝詩評》和《虚谷五謝詩》版本，認爲二者同出一源。第二章研究陳仁子及其《文選補遺》，介紹陳仁子的家世生平及《文選補遺》的七種版本。總結《文選補遺》的特點，提出陳仁子對此書用力不勤。第三章研究劉履及其《風雅翼》，考證劉履的家世生平及交游，詳細研究劉履《風雅翼》從明到清的十五種版本。第四章研究《文選》在元代的刊刻。包括陳仁子刻茶陵本《文選》和池州路張伯顔刻李善注《文選》。第五章則分别從元代《文選》學的刊刻成就、注釋得失、開評點一派、興廣續之風、重理學特點幾個方面做了總結性評價。

本書附録包括整理了《虚谷評五謝詩》獨有文字、元代《文選》學著作的序跋輯録、元代《文選》版本的書影三個部分。

新北：花木蘭文化出版社 2015 年版。

65.《古詩十九首析評》　楊鴻銘評

提　要

本書爲《古詩十九首》的普及讀本,先録正文,下面包括注釋、翻譯、分析、批評四個部分。其分析注重文本的語典,如《行行重行行》中的"胡馬""越鳥""浮雲蔽白日"等。其批評的部分注重突出特色、抓住亮點,比如《行行重行行》的强化寫法,包括情景强化、情形强化、情境强化、情意强化、情思强化幾方面。《青青河畔草》一首的各種叠字運用,包括描摹叠字、衍意叠字、借代叠字、轉化叠字、直賦叠字、層遞叠字。《今日良宴會》叙其不盡的寫法,包括明言不盡如"今日良宴會,歡樂難具陳",總言不盡如"彈箏奮逸響,新聲妙入神",寓言不盡如"齊心同所願,含意俱未申",譬言不盡如"人生寄一世,奄乎若飈塵",婉言不盡如"何不策高足,先據要路津"。《生年不滿百》强調其時間表達的特色,包括時間數詞、時間名詞、時間限定、時間泛指等。

見於《文史哲學集成》六七六,臺北:文史哲出版社 2015 年版。中國國家圖書館南區港澳臺閲覽室藏。

66.《〈文選〉陸善經注研究》　尹曙光撰

提　要

本書從《唐鈔文選集注彙存》中移録出陸善經注的白文和相應的《文選》正文,校訂出一個比較可靠的陸善經注文版本。再對陸善經注文進行箋注,以呈現陸注的原貌。

作者深入調查了陸善經其人的相關資料,對陸善經注進行了系統的分析,統計出陸注一千一百六十七條,一万九千一百五十九字,

除去漫漶和衍文。總結出陸善經對提要的注釋，可分爲解釋類名、解釋篇題、介紹作者、徵引舊注共四類。對正文的注釋則包括訓釋語詞、釋句、引典、注明典制、講解文法、辨誤校勘、注音等内容。提出通過陸注、李注皆有注語之處的比較，可見二者各有特色。善注重學術研究，陸注則兼顧普通閲讀。從徵引書籍的情况看，陸善經注二十三卷中二十二卷均有徵引，共引書九十二種。

最後作者還結合“諸本作某”“陸善經本作某”及陸注中的文字，探究了陸善經本《文選》的面貌。

新北：花木蘭文化出版社 2015 年版。中國國家圖書館藏。

67.《文選何焯校集證》　范志新撰

提　要

何焯作爲清康熙年間的選學大家，没有一部獨立的選學著作，却留下了不少校評《文選》的成果分散在各書當中，廣被引用和流傳，不啻千江映月，選學奇觀。

本書收集散金片玉，試圖復原完整的何焯選學。内容包括三個部分：一、收集何焯校《文選》(集何焯分散各處之校評)，二、集衆家之説(引衆家確乎針對何校之論説)，三、斠證(考校何校之是非及諸家源流説的得失)。其中何焯校《文選》的來源有《義門讀書記》卷四五至四九、葉樹藩海録軒重刻汲古閣本及諸家搜集載録者。正如作者在《凡例》中所説：“何事《文選》校勘，功非一役，先後悟見，容有變化。况義門校本未曾單本鋟版，《讀書記》、葉氏所刻與學者傳寫多有互異。又諸家編纂移録，例有重出、删節。”足見何校究竟原貌如何，是頗具複雜性的。

作者搜集何焯校評，除了《義門讀書記》、葉樹藩海録軒本之外，

還有余蕭客《文選音義》、孫志祖《文選考異》《文選李注補正》、胡克家《文選考異》、張雲璈《選學膠言》、梁章鉅《文選旁證》、姚範《援鶉堂筆記·文選》、朱珔《文選集釋》、徐攀鳳《選學糾何》、胡紹煐《文選箋證》、許巽行《文選筆記》、黄侃《文選平點》、高步瀛《文選李注義疏》。又采用大量新材料，包括敦煌寫本、日抄本，作爲參考材料，來辨證何校的得失是非。并歸納出何焯評校《文選》的特色和不足。

全書一百五十多萬字。開封:河南大學出版社 2016 年版。

68.《昭明文選教程》　胡大雷、韓暉撰

提　要

本書以《昭明文選》的編纂和所收作品的分類研究及《文選》學史爲中心，分别從《文選》的編纂時間、編纂思想、纂録方式、分類及編次、《文選》學史、《文選》與時代文學潮流的比較研究、《文選》在域外的流傳與研究、《文選》作家作品分類研究舉隅幾方面結構全書，既注意横向研究，也注意縱向的研究史的梳理。

桂林:廣西師範大學出版社 2016 年版。

69.《文選賦研究》　馮莉撰

提　要

本書爲對《文選》賦體的整體研究。全書共分兩大部分，前兩章爲第一部分，從總的方面探討了《文選》文體分類的價值影響以及《文選》賦體的分類原則和設目編次情況。後十五章逐一對《文選》賦十五類目及其所録全部賦作進行分析考述。包括探討每一類賦的類名及題材溯源，分析每一類賦選録作品的文本特色，考察漢魏六朝未被

《文選》收録的其他賦作,在比較中凸顯《文選》選文的合理性。同時也總結了在不同政治文化背景下表現的不同創作特徵。作爲附録,此書還輯録了每一類賦在漢魏六朝的存目表,爲研究者提供文獻參考。

北京:北京語言大學出版社 2016 年版。

70.《明清詩話對〈古詩十九首〉的接受研究》　葉宛樺著

提　要

本書主體部分包括"明詩話與《古詩十九首》""清詩話與《古詩十九首》——對'真'概念之接受與拓變""《古詩十九首》極得《詩經》遺意之述評",附録部分包括"明代詩話論及的《古詩十九首》""清代詩話談及的《古詩十九首》"等内容。

《古典詩歌研究彙刊》第二〇輯一四,新北:花木蘭文化出版社 2016 年版。中國國家圖書館南區港澳臺文獻閱覽室藏。

71.《王官與正統:〈昭明文選〉與蕭梁帝國圖像》　許聖和撰

提　要

本書對《昭明文選》選文模式與編撰意圖加以研究,結合蕭梁所處之南北對立的政治局勢、蕭統身兼太子與監撫的雙重身分、蕭梁時代文士參政的普遍風氣,提出蕭統編輯《文選》的三大意圖:其一,建構蕭梁帝國的政治正統性與文化正統性;其二,表達出自己理想的作者觀——"文士國士化";其三,藉以凸顯太子監撫對國政參與之密切,并提升東宫文士集團的地位。

臺灣:元華文創 2017 年版。

72.《〈昭明文選〉分三體七十五類説》　李立信撰

提要

本書提出《文選》在體例編排上確有疏失，而最關鍵的疏失在於“體、類不分”“目録標示不明”“序與目録所收之作品名稱、順序及數量不一”“未盡符各以時代相次之體例”“所收作品題目多與本集不符”等核心問題。作者通過梳理《昭明文選》重要版本目録，并加以比較，認爲舊説《文選》分三十七體、三十八體、三十九體之説皆不甚科學，真正的情況應該是三體七十五類。而這三體七十五類又是和當時流行的“文”“筆”説相聯繫的。

作者以圖示的形式展示自己的看法：

文
- 賦—京都、郊祀、耕籍、畋獵、紀行、游覽、宫殿、江海、物色、鳥獸、志、哀傷、論文、音樂、情共十五類
- 詩—補亡、述德、勸勵、獻詩、公宴、祖餞、咏史、百一、游仙、招隱、反招隱、游覽、咏懷、臨終、哀傷、贈答、行旅、軍戎、郊廟、樂府、挽歌、雜歌、雜詩、雜擬、騷共二十五類
- 筆—文—詔、册、令、教、文、表、上書、啓、彈事、箋、奏記、書、檄、難、對問、設論、辭、序、頌、贊、符命、史論、史述贊、論、連珠、箴、銘、誄、哀、碑文、墓志、行狀、吊文、祭文共三十五類

對於李立信的説法，大陸學者力之撰《昭明文選分三體七十三説商兑》(《學術交流》2013 年 1 月)一文指出，從文獻可信的角度看，六臣注本目録排列如何，衹能是一種參考。從方法論的層面上説，考察《文選》的分體情況，《文選序》中所説“凡次文之體，各以彙聚，詩賦體

即不一,又以類分”是個關鍵。所以《昭明文選》分三體七十三類[①]説斷不能成立。

臺北:文史哲出版社 2017 年版。

彙編整理類

1.《國學論文薈編》第二輯《昭明文選論文集》　陳新雄、于大成主編

提　要

本書收録民國期間《文選》學論文十四篇,主要爲當時研究者提供免於四處搜尋的便利,這些論文多見於今國家圖書館出版社影印的《文選學研究》之中。

臺北:木鐸出版社 1976 年出版。

2.《首届〈昭明文選〉國際學術討論會:〈昭明文選〉研究論文集》　趙福海、陳宏天等編

提　要

首届《昭明文選》國際學術討論會於 1988 年在吉林長春召開,本書即爲此次會議論文的結集。共收入三十二篇論文,圍繞《文選》和《文選》學的定位、《文選》編纂相關問題、《文選》李善注和五臣注的相

① 這裏所説的“三體七十三類”是針對李立信在 2008 年發表在《〈文心雕龍〉與二十一世紀文論國際學術研討會論文集》上的説法。至本書中,作者又改爲“三體七十五類”説。

關問題、《文選》的文學及語言、《文選》學史及研究動態等問題展開。

長春:吉林文史出版社1988年版。

3.《文選學論集·選學國際學術研討會論文集》　趙福海主編

提　要

這本論集,編入從不同角度研究"選學"的論文和提要三十三篇。前有趙福海所撰前言,提道:"這是一九九二年選學國際學術研討會論文集。翻開目録或曰:眼花繚亂。無論這批評含褒含貶,都是中肯的。因爲它至少揭示兩個事實:一、選學是個富礦,它藴含着極爲豐富的瑰寶。二、選學研究,目前尚未進入就某一方面集中深入探討的階段。"

長春:時代文藝出版社1992年版。

4.《文選學新論》　中國文選學研究會、鄭州大學古籍所編

提　要

本書是1995年《文選》學國際學術討論會論文集。所收文章内容主要集中在三個領域:一是關於所謂"新《文選》學"問題。二是《文選》中所録作品的解釋和評價。三是關於《文選》的李善注、五臣注和其他注本的問題。

鄭州:中州古籍出版社1997年版。

5.《清代文選學珍本叢刊》(第一輯)　李之亮點校

提　要

本書將清人三種考訂著作合爲一編,作爲第一輯,其中第一種是清代王煦著《昭明文選李善注拾遺》二卷,《文選剩言》一卷;第二種是

徐攀鳳的《選注規李》;第三種是徐攀鳳的《選學糾何》。此三種均已見清代部分,兹不再贅述。本書點校者對原作進行了相應的整理,包括原書均不列細目,本書整理時在每條目前增加了簡短的標識。因原書爲匡謬之作,這次點校時不再出校記,個别需要説明的地方,用"點校者按"的形式在條末稍作交代。

《清末文選學珍本叢刊》第一輯,鄭州:中州古籍出版社 1998 年版。

6.《文選與文心》 顧農撰

提 要

本書收録作者三十年間的十幾篇論文,其中包括七篇"《文選》學"論文,三篇談《文選》與《文心雕龍》《詩品》關係的論文,五篇與《文心雕龍》相關的論文。《文選》學七篇論文包括"《文選》的三重背景""風教與翰藻——蕭統的文學趣味和《文選》的選文趨向""與清水凱夫先生論《文選》編者問題""評清水凱夫'新《文選》學'""李善與《文選》學""關於《文選》五臣注""《文選》學新研二題"等内容。三篇談關係的論文包括"試論《昭明文選》與《文心雕龍》的關係""蕭統《文選》與鍾嶸《詩品》""各具特色的默殺——劉勰、鍾嶸、蕭統文學史觀之一瞥"。這些内容基本都被收録在其《文選論叢》(2007 年版)一書中。

貴陽:貴州人民出版社 1998 年版。

7.《中外學者文選學論集》 俞紹初、許逸民主編

提 要

本書爲鄭州大學古籍研究所規劃的《文選學研究集成》叢書中的

一項成果。據書前《序》中所介紹:該項叢書包括以下十二項選題:(一)中外學者《文選》學論著索引。(二)中外學者《文選》學論集。(三)《文選》學研究資料彙編。(四)《文選》學書録。(五)《文選》集校。(六)《文選》彙注。(七)《文選》唐注考。(八)《文選》版本學。(九)《文選》學發展史。(十)《文選》編纂學。(十一)《文選》今注今譯。(十二)《文選》學詞典。

本書分上、下兩册,上册收録近代以來大陸《文選》學研究中的重要論文,如高步瀛《論〈文選〉之纂集》、劉盼遂《文選篇題考誤》等三十七篇論文。下册收録二十篇論文,主要收録來自中國香港、中國臺灣及日本、韓國、歐美學者的選學論文。另外收録五篇附録,即海内外《文選》學研究的綜述文章。

北京:中華書局1998年出版。

8.《唐鈔文選集注彙存》　周勛初編

提　要

全書《前言》,介紹本書資料的來源和付印情況,具體包括《文選集注》一書的發現與傳播、《文選集注》的編寫和年代、《文選集注》中各家注本之介紹、《文選集注》在《文選》學上的價值等等。2000年版較京都大學文學部影印本篇幅有所增加,而2011年版則又增補三件殘片和一件殘卷。全書後附録五種:羅振玉《唐寫文選集注殘本》序、汪大燮《文選集注》卷七三零頁題記、田潛《文選集注》卷七三零頁題記、横山弘《文選集注》研究論著目録(1956—2011)、雋雪艷現存《文選集注》一覽表。正文部分的介紹見唐代部分之《文選集注》。

上海:上海古籍出版社2000年版,2011年增補版。

9.《敦煌吐魯番本文選》 饒宗頤編

提 要

是書網羅世界各地收藏《昭明文選》敦煌古寫本之殘縑零簡，彙總影印。并撰《敦煌吐魯番本文選叙録》系統介紹寫本《文選》殘卷三十三種，以及《文選音》、班孟堅《幽通賦并注》、王仲宣《登樓賦》三種。爲《文選》學出土文獻系統搜集整理研究的奠基之作。其叙録結尾言："凡石室所出秘笈《文選》有關寫本，大體畢具於斯，按其卷第羅列，可免檢索之勞，足爲校讎之助。清世學人於選學致力至勤，惜限於聞見，若許密齋(巽行)平生校蕭《選》至七十二歲，前後凡十三次，而所見不出汲古閣本，益嘆今人眼福，迥非前賢所可及也。"(《饒宗頤二十世紀學術文集》卷一一《文學》)

北京：中華書局 2000 年版。

10.《昭明文選研讀》 趙福海撰

提 要

全書分作"文選精讀"和"文選論文"兩部分。上篇是從作者《昭明文選譯注》中選取的部分篇章，做些調整和修改。下篇是作者近年撰寫的部分"選學"論文收入本書。

長春：時代文藝出版社 2001 年版。

11.《沈思與翰藻：〈文選〉研究》 (日)小尾郊一撰

解 題

本書既有關於日本近代以來重要《文選》學著作的系統梳理，也有

自己的研究心得。如關於斯波六郎《文選索引》的介紹，關於李善的《文選》注引書考證的介紹，關於《文選》全譯本的介紹，關於《文選》的流傳和《文選》學，關於森野繁夫、富永一登《文選》學著作的介紹。自己的研究心得則包括“沉思與翰藻”“作品研究”“《文選》研究雜感”。

東京：研文出版社 2001 年版。

12.《文選之研究》　(日)岡村繁撰，陸曉光譯

提　要

岡村繁早年師從斯波六郎，是日本“京都學派”的後起學者。其學術風格爲重視基礎工作，重視版本、訓詁、考據以及資料索引等方面的研究。全書共分八章：

第一章，《文選》的編纂實況與當時對它的評價。(1)《文選》編纂以前的先驅性詩文總集和選集。(2) 六朝末期文壇對《文選》的反應。(3) 昭明太子與東宫文壇的盛衰。(4) 昭明太子的病衰與劉孝綽的東宫復職。(5)《文選》編纂的實況。(6)《文選》——由先行詩文選集再度編選而成的選集。

第二章，《文選》與《玉臺新咏》。(1) 硬派文學與軟派文學。(2)《玉臺新咏》的編纂情況。(3) 簡文帝蕭綱的《與湘東王書》。(4)《文選》的編纂基準和蕭綱的文學理念。(5) 廟堂文學和宫闈文學。

第三章，《文選》的沉浮——南北朝末期的文學動向與《文選》學的出現。(1) 南北朝末期的社會情勢與貴族文藝。(2) 梁朝的滅亡與南朝貴族文化的没落。(3) 陳朝軍國主義的臨戰體制。(4) 沉溺於宫體的北周文壇。(5) 隋文帝楊堅的詩文改革、科舉新政與《文選》學的黎明。

第四章,日本細川家永青文庫藏《敦煌本文選注》——唐代初期《文選》注解的側影。

第五章,永青文庫藏《敦煌本文選注》箋訂。

第六章,從《文選》李善注中的緯書引用看其編修過程。(1)李善注在隋唐《文選》學史上的價值。(2)《文選》李善注的初注本和唐朝秘閣本。(3)敦煌出土的唐鈔《文選》李善注殘卷二本之内容。(4)從緯書的引用看《文選》李善注中典故指證的補充過程。(5)從僅依類書檢出典故到廣據古典到廣據古典著作而補訂。

第七章,《文選集注》與宋明版行的李善注。(1)以往對現存李善單注本形成過程的認識。(2)關於《文選集注》中的李善注。(3)《文選集注》的李善注與現存版本的李善注之比較。(4)李善注的原初形態。(5)《文選集注》的李善注與現存版本李善注的關係。

第八章,宋刊《李善文選注》對《五臣注》的"盜用"。(1)《文選》在宋代的價值及其出版狀況。(2)關於宋刊《李善注文選》之産生情況的舊説。(3)蘇軾所見的《文選》李善注與五臣注。(4)從唐鈔本《李善注》到宋代刊本《李善注》——"李善注"盜用"五臣注"的過程。(5)宋刊《李善注文選》盜用《五臣注》的意圖。

東京:岩波書店 1999 年版;上海:上海古籍出版社 2002 年版。見中譯本《岡村繁全集》第二卷。

13.《昭明文選與中國傳統文化——第四届文選學國際學術研討會論文集》 趙福海主編

提　要

本書爲 2000 年 8 月 3 日至 5 日在長春召開的第四届《文選》國際學術研討會論文的結集出版。本次會議由長春師範學院受中國《文

選》研究會委托而主辦。論文集前有曹道衡《序》。後有趙福海《後記》。

全書收録論文五十九篇,包括許逸民關於《文選》編纂年代的討論、岡村繁《宋代刊本李善注〈文選〉盗用了五臣注》、周勛初《〈文選集注〉上的印章考》、横山弘《舊抄本〈文選集注〉傳存概略》、常思春《讀北宋本李善注〈文選〉殘卷》、羅國威《天津藝術博物館藏〈文選集注〉殘卷的文獻價值》等。《文選》學研究史方面的論文有七篇之多,探討了顧炎武、章太炎、魯迅、錢鍾書等與《文選》學的關係以及對二十世紀選學研究的總結和反思等内容。

長春:吉林文史出版社 2001 年版。

14.《文選與文選學——第五届文選學國際學術研討會論文集》

中國文選學研究會編

提　要

第五届國際《文選》學術研討會於 2002 年在江蘇鎮江召開,參會人數超過百人。與會學者的論文遠較過去廣泛深入,入選論文集的有六十八篇,包括了《文選》的文學思想及體例,《文選》中的各類文體,《文選》中所録各具體作品的分析和研究,《文選》各種版本的異同,關於李善的《文選注》,日本的《文選》學研究,等等。著作前有曹道衡《序》,其中特别提到許逸民《從蕭統目録學思想看〈文選〉選録標準》,從目録學史的角度指出了蕭統《文選》與王儉、阮孝緒諸人的關係。張蓓蓓《略談〈文選〉牽涉的幾個中國文學史問題》,考察《文選》對賦、楚辭和駢文、貴族文學的態度。關於《文選》各種文體的研究有周勛初論四言詩、朱曉海論連珠、程章燦論碑文、鍾濤論制策文。版本方面有李佳《從永樂本〈文選〉看六臣注〈文選〉的版本系統》等。

北京:學苑出版社 2003 年版。

15.《文選學散論》　吴曉峰主編

提　要

本書爲長春師範學院所編寫的《文選》學論文專集，在其所舉辦 1988、1992、2000 三届《文選》學會、創辦《文選》學研究班的基礎上，彙集衆家成果，收録選學名家如曹道衡《讀文選札記》、陳延嘉《文選五臣注的綱領和實踐》、趙福海《試論文選理——以選賦爲例》等論文，也收録不少選學新秀之作。

長春：吉林人民出版社 2004 年版。

16.《文選學研究》（上、中、下三册）　南江濤選編

提　要

本書主要選録民國時期一些重要學術刊物及報紙上發表的《文選》學研究論文，包括《文選》總體研究和《文選》作家作品研究。總體研究，包括了《文選》目録、版本、校勘、注釋、批評等方面。作家作品研究包括對《文選》中作家的考證研究、對作品的研究等等。反映了當時《文選》學研究的成果和面貌。

北京：國家圖書館出版社 2010 年版。

17.《文選綜合學》　游志誠撰

提　要

游氏倡"《文選》綜合學"，意思是版本、校勘、輯佚與評點，《文選》學欲通而貫之。"各法需兼顧，缺一不可，執偏亦難。故而試擬'《文選》綜合學'一詞以包括之。但最終以文學讀解，心靈感會，達致知性

與感性之生命文學爲其終極關懷。此‘《文選》綜合學’之鵠的也。”本書便在這一理念指導下展開，論版本、論古注、論選學史、論評點，最後歸結到章句與作品詮釋上。作者在結論中進一步引申拓展曰：《文選》學今後尚待深耕拓展的領域有二，一是《文選》學與類書，一是《文選》學與筆記。

臺北：文史哲出版社 2010 年版。

18.《文選選詩研究》(上、下册)　楊淑華撰

提　要

全書六章，約依三個層次展開論述：第一、二章考辨全書之編纂時間、成員、選材與背景等選集基礎，以及版本異同、編輯體例等構成《文選》評論的客觀條件。第三、四章分析《文選》詩部的選録原則，詩篇選目的分析，選録地位的比較，和歷代詩話評價的縱横聯繫。第五、六章則綜觀前述量化統計結果，配合詩篇内容分析與詩人其他創作、後代選集等比較，以評估《文選》所選詩篇與各家、各類詩中的代表性。之後從詩歌原理、詩歌源流、詩歌體類、詩歌批評四個方面論述。

作者通過統計學方法之應用，比較同時代别集、專集與後世選集，研究得出《文選》的評詩立足當代，遵循時尚，注重實用之傾向，《文選》選詩實已充分反映齊梁當代評詩風尚與論詩觀點。

新北：花木蘭文化出版社 2010 年版。

19.《文選之山水詩體類研究》　孫淑芳撰

提　要

本書用《文類》學方法分析討論《選》詩，旨在從文學的角度研究

《文選》山水詩。主要的出發點是:《文選》衆多的詩類中,偏偏没有山水詩類,其原因何在? 作者通過歸納,找出《選》詩和山水詩交集的二十五首詩,梳理他們相通的藝術特色,以反省梁代"山水體類"的認識。

新北:花木蘭文化出版社 2010 年版。

20.《文選學綜觀研究法》　游志誠撰

提　要

全書共分五章,分别從"《文選》版本學——以唐寫本宋刻本爲中心""《文選》校勘學——以胡克家《文選》考異爲例""《文選》注疏學——以善注、五臣注爲例""《文選》評點學——以明清評點爲例"這四個方面,展開深入系統的探討。最後第五章爲"結論——《文選》學綜觀研究方法示例",從方法論的角度總結了以上的研究成果。作者所謂的"綜觀",蓋謂《文選》版本學、《文選》校勘學、《文選》注疏學、《文選》評點學四個部分加以整體觀照,相互聯繫。而反對片面或者究其一點的微觀研究。

新北:花木蘭文化出版社 2011 年版。

21.《新校訂六家注文選》　俞紹初等點校

提　要

本書以韓國正文社影印奎章閣藏朝鮮世宗十年(明宣宗宣德三年,1428)古活字本《文選》爲底本,重新加以校勘整理而成。通過校理,凡遇原本有誤,包括諸本李善注中的共同錯誤,一律加以改正,并説明根據,寫入校記,力求使奎章閣本更趨完善。然而,值得注意的

是，韓國正文社影印奎章閣藏古活字《文選》與現存的東京大學藏、京都大學藏古活字本《文選》皆有一定的異文，或出於挖改，或出於補刻，似應進一步探討。

俞紹初教授點校，劉群棟博士、王翠紅博士參與完成。鄭州：鄭州大學出版社 2013 年版，全書共六册。

22.《文選資料彙編・賦類卷》(全二册)　劉志偉主編

提　要

《文選資料彙編・賦類卷》係《文選資料彙編》六種分卷之一，輯録歷代有關《文選》之賦體的文獻資料。全書分總論、分論兩個部分，總論按照時代順序，專收總體論述或較寬泛的涉及《文選》賦體的資料，以及無法繫於單篇作品之下的資料。分論以重要賦家賦作爲次，收録有關的具體評論資料及歷代有所討論辯駁者，采用"附録"形式列於首論之後。各條資料注明出處，必要處加以勘誤考疑。

北京：中華書局 2013 年版。

23.《文選研究文獻輯刊》(共 60 册)　宋志英、南江濤編

提　要

本書選擇宋代至清代比較重要的《文選》學研究著作四十二種，其中不乏罕見之本，全部爲原本影印，保存原貌。

現將其卷册對應之目録羅列如下：

第一册，《文選雙字類要》三卷(宋)蘇易簡撰，宋刻本。

第二、三、四册，《文選類林》(宋)劉攽撰，明嘉靖三十七年(1558)刻本。

第四册,《文選詩句圖》一卷(宋)高似孫撰,清鈔本。《文選顔鮑謝詩評》四卷(元)方回撰,文淵閣《四庫全書》本。《文選心訣》一卷(宋)虞集撰,日本文化元年(1804)刻《昌平叢書》本。

第五、六册,《選詩補注》八卷(元)劉履補注,明刻本。

第六、七册,《選詩約注》八卷(明)馮惟訥撰,明萬曆九年(1581)沈思孝刻本。

第八、九、一〇、一一册,《文選纂注》十二卷(明)張鳳翼撰,明萬曆間(1573—1620)刻本。

第一二、一三册,《文選錦字録》二十一卷(明)凌迪知輯,清光緒十一年(1885)融經館斠刊本。

第一四、一五、一六、一七、一八册,《孫月峰先生評文選》三十卷(梁)蕭統撰,(明)孫鑛評,(明)閔齊華注,明末刻本。

第一九、二〇、二一、二二、二三册,《文選章句》二十八卷(明)陳與郊編,明萬曆二十五年(1597)刻本。

第二四、二五、二六、二七册,《文選删注》十二卷(明)王象乾撰,明萬曆間(1573—1620)刻本。

第二七、二八册,《合評選詩》七卷(梁)蕭統輯,(明)郭正域批點,(明)凌濛初輯評,明凌濛初刻套印本。

第二九、三〇册,《文選尤》十四卷(明)鄒思明輯評,明天啓二年(1622)刻本。

第三一、三二册,《梁昭明文選越裁》十二卷(清)洪若皋輯評,清康熙間(1662—1722)名山聚刻本。

第三三册、三四册、三五册,《六朝選詩定論》十八卷(清)吴淇撰,清康熙間(1662—1722)刻本。

第三五册,《義門讀書記·文選》五卷(清)何焯撰,清乾隆三十四

年(1769)長洲蔣氏刻本。

第三六册,《文選舉正》不分卷(清)陳景雲撰,清咸豐七年(1857)抄本,《文選課虚》四卷(清)杭世駿編,清刻本。

第三七册,《文選理學權輿》八卷(清)汪師韓撰,清嘉慶間(1796—1820)刻《讀畫齋叢書甲集》本。

第三八册,《文選音義》八卷(清)余蕭客輯,清乾隆間(1736—1795)静勝堂刻本。

第三九、四〇册,《文選紀聞》三十卷(清)余蕭客撰,清宣統元年(1909)碧琳琅館叢書刻本。

第四一册,《文選理學權輿》補一卷(清)孫志祖撰,清嘉慶間(1796—1820)刻《讀畫齋叢書甲集》本;《文選考異》四卷(清)孫志祖撰,清嘉慶間(1796—1820)刻《讀畫齋叢書甲集》本;《文選李注補正》四卷(清)孫志祖撰,清嘉慶間(1796—1820)刻《讀畫齋叢書甲集》本。

第四二、四三册,《選學膠言》(清)張雲璈撰,民國十七年(1928)上海文瑞樓書局、北平直隸書局影印本。

第四四册,《文選考異》十卷(清)胡克家撰,清同治八年(1869)湖北崇文書局重刻本。

第四五、四六册,《文選筆記》八卷(清)許巽行撰,(清)許嘉德校,民國十七年(1928)上海文瑞樓書局、北平直隸書局影印本。

第四七、四八、四九、五〇册,《文選集釋》二十四卷(清)朱珔撰,清光緒元年(1875)涇川朱氏梅村家塾刻本。

第五一、五二、五三、五四册,《文選旁證》四十六卷(清)梁章鉅撰,清光緒八年(1882)刻本。

第五五、五六、五七册,《文選箋證》三十二卷(清)胡紹煐撰,清光緒間(1875—1908)貴池劉氏聚學軒叢書六十種本。

第五七册,《文選編珠》二卷(清)石藴玉撰,清宣統元年(1909)刻碧琳琅館叢書本;《文選古字通補訓》四卷(清)吕錦文撰,清光緒二十七年(1901)懷硯齋刻本。

第五八册,《文選古字通補訓補遺》一卷(清)吕錦文撰,清光緒二十七年(1901)懷硯齋刻本;《文選拾遺》八卷(清)朱銘編,清光緒十八年(1892)刻本;《文選通假字會》四卷(卷一至二)。

第五九册,《文選通假字會》四卷(卷三至四)(清)杜宗玉撰,清光緒二十二年(1896)孝感學署刻本;《讀選集箴》不分卷(清)何其傑輯,清光緒九年(1883)陳鳳堂刻本;《文選集腋》六卷(卷一至三)(清)胥斌等輯,清嘉慶十八年(1813)寶寧堂刻本。

第六〇册,《文選集腋》六卷(卷四至六)(清)胥斌等輯,清嘉慶十八年(1813)寶寧堂刻本;《選注規李》一卷(清)徐攀鳳撰,清道光三十年(1850)金山錢氏漱石軒刻《藝海珠塵》壬集本;《選學糾何》一卷(清)徐攀鳳撰,清道光三十年(1850)金山錢氏漱石軒刻《藝海珠塵》壬集本;《讀文選日記》一卷(清)陳秉哲撰,清光緒十六至二十二年(1890—1896)刻《學古堂日記》本;《文選叩音》一卷(清)趙晋撰,民國二十四年(1935)本。

北京:國家圖書館出版社 2013 年版。

24.《清代文選學名著集成》(全 20 册)　許逸民編

提　要

《清代文選學名著集成》在底本的遴選上儘量選擇最早和最完整的刻本,共分二十册。每種著作皆撰寫提要一篇,主要簡介作者生平與著述,以及其書的主要内容、特點價值、版本情況等,并注明本《集成》所據以影印的底本。共收録清代重要選學著作十二部,尤其是程

先甲《選雅》,爲首次收入重要選學叢書之中。

揚州:廣陵書社 2013 年版。

25.《文選學研究論文集》　陳延嘉撰

提　要

本書前有陳復興所撰序,後有作者自撰跋《我與文選》。全書是作者二十餘年選學論文的結集。共分作三個部分:一是《文選》五臣注。二是《文選》錢氏學。三是《文選》散論。於《文選》五臣注,作者通過對李善、五臣兩注的比較、分析、案斷,提出不應片面地揚李善抑五臣。《文選》錢氏學的部分,則將《昭明文選》和錢鍾書的《管錐編》《談藝録》結合起來加以探討。

長春:吉林人民出版社 2006 年版。

26.《文選論叢》　顧農撰

提　要

本書爲作者有關《文選》論文的結集,分上卷和下卷。

上卷爲《文選》總論性質的論文,包括"《文選》編纂的三重背景""蕭統的趣味與《文選》的選文傾向""與清水凱夫論《文選》的編者問題""評清水凱夫的'新《文選》學'""劉孝綽名教案與《文選》的編撰""李善與《文選》學""關於《文選》五臣注""《文選》學新研二題""試論《昭明文選》與《文心雕龍》的關係""劉勰與蕭統樂府詩觀之異同""蕭統《文選》與鍾嶸《詩品》"等内容。

下卷討論《文選》的具體作品。如:"左思《三都賦》及其序注綜考""禰衡論——以《鸚鵡賦》爲中心""《閒居賦》與潘岳其人""林下之

游的終結與向秀《思舊賦》”“中古時代的四篇寡婦賦”“《文賦》與《演連珠》”“《洛神賦》新探”“平庸的文人應貞”“臨别之際大談玄理——讀孫楚《征西官屬送於陟陽候作》”“石崇潘岳與金谷集詩”“謝靈運詩《鄰里相送至方山》解讀”“説‘左思風力’及其背景”“論郭璞《游仙詩》的自叙性”“江淹與建平王劉景素”“讀阮籍《咏懷詩》札記二則”“關於曹植《七哀》及其晋樂所奏本”“嵇康《幽憤詩》解讀”“謝靈運詩《廬陵王墓下作》解讀”“關於劉琨和盧諶的贈答詩”“陸機陸雲與吴王晏”“略談曹操的《短歌行》”“建安時代英雄主義的贊歌——略談曹植《白馬篇》”“陶淵明對陸機的模仿與超越”“有節制有節奏的感情噴發——劉琨《扶風歌》賞析”“讀古詩札記二則”“從《四愁詩》到我的失戀”“曹植《朔風詩》解讀”“‘江東步兵’張季鷹”“陶淵明：在家常生活中安頓精神家園”“陶淵明與菊花酒”“《離騷》中的角色轉换”“試探《離騷》的總體結構”“《涉江》闡釋”“《出師表》的潛臺詞”“《陳情表》答問二題”“《爲鄭冲勸晋王箋》作年考”“《與山巨源絶交書》作年考”“丘遲和他的《與陳伯之》書”“陶淵明的‘童僕’”“《毛詩大序》的合理内核”諸多文章。

揚州：廣陵書社 2007 年版。

27.《中國文選學——第六届文選學國際學術研討會論文集》　中國文選學研究會、河南科技學院中文系編

提　要

本書作爲第六届文選學國際學術研討會論文集，收録論文五十三篇，歸納來看，主要圍繞《文選》編纂問題、《文選》學史、《文選》作家作品研究、《文選》版本研究幾個方面。

北京：學苑出版社 2007 年版。

28.《文選學研究》　穆克宏撰

提　要

此書爲作者有關《文選》研究論文的彙集,共五十多萬字,分作兩大部分,第一部分爲《昭明文選研究》,共分十章,對蕭統的生平、著作、文學思想及《文選》産生的時代、内容、歷代研究情況、文學價值、影響、《文選》研究中的熱點問題,分别作了評述,并提出自己的看法。第二部分爲《昭明文選研究續編》,分十四章,包括直接與《文選》有關的内容,如劉勰與蕭統、蕭氏父子與梁代文學等,有些内容是評述清代及近代《文選》學的,如阮元、顧千里、李詳等的《文選》學研究。

厦門:鷺江出版社2008年版。

29.《〈文選〉學與楚文化——紀念李善逝世1317周年國際學術研討會》　吴曉峰主編

提　要

全書前有俞紹初、傅剛序言,岡村繁賀詞。本書爲2006年在湖北黄岡召開的"紀念李善逝世1317周年國際學術研討會"上的論文結集。其中收録會議論文三十三篇。分作三個主題,第一個主題是"李善與《文選》李善注",第二個主題是"《文選》學與楚文化研究",第三個主題是"《文選》學綜合研究",包括胡耀震的《李善年譜》、陳復興的《李善的文論及其選注表微》等文章。

武漢:武漢出版社2008年版。

30.《李善文選學研究》　趙昌智、顧農主編

提　要

本書爲記念鄉賢李善，以及爲了迎接在揚州召開的第八届《文選》學國際學術研討會，編者從關於李善的研究成果中遴選了近二十篇論文，編爲一集，供學界參考。

揚州：廣陵書社 2009 年版。

31.《第八届文選學國際學術研討會論文集》　趙昌智、顧農主編

提　要

本書共收入第八届文選學國際學術研討會論文五十九篇，内容涵蓋《文選》文本到諸家注釋，從文體考辨到選學發展史，從總體論説到具體篇目、作者的考辨，尤其是《文選》版本方面的研究如明州本、陳八郎本、日古抄本、《文選》集注本等。

揚州：廣陵書社 2010 年版。

32.《古典文獻研究·〈文選〉學專輯》　程章燦主編

提　要

本書以《文選》學爲相對集中的主題，共分四組收録文章，其中三組與《文選》相關。第一組爲"《文選》及其周邊"，收録《兩漢六朝詩文中的李陵現象》(朱曉海)等四篇論文。第二組爲"日本學者選學論文選輯"，收録《唐鈔本文選殘篇跋(附録一種)》(狩野直喜)、《文選絜語》(神田喜一郎)、《文選鈔的引書》(長谷川滋成)、《文選李善注前史》(富永一登)、《李善文選注引文義例考》(斯波六郎)、《關於和刻本

文選》(芳村弘道)、《文選挽歌詩考》(一海知義)、《蕭統與蕭綱》(大上正美)、《再論文選與文心雕龍之關係》(清水凱夫)九篇文章。第三組文章爲"歐美學者《選》學論文選輯"。收録德國施米特《敦煌唐寫本文選解説》、美國康達維《文選英譯本前言》、加拿大白潤德《評康達維英譯文選第一卷》、美國雷久密《文選中的歲暮主題新探》、美國高德耀《道别:中國中古前期的誄文轉變》、美國柏士隱《文選的最後一篇:王僧達〈祭顔光禄文〉》六篇文章。

南京:鳳凰出版社 2011 年版。

33.《多維視野中的〈昭明文選〉研究》　孫博等編

提　要

本書是長春師範學院《文選》研究所學術成果的結集。全書分四個部分:《昭明文選》的闡釋學研究、《昭明文選》的文學研究、《昭明文選》的美學研究、《昭明文選》的歷史與文學研究。

長春:東北師範大學出版社 2013 年出版。

34.《域外漢籍研究集刊》第九輯《〈文選〉研究專輯》　張伯偉主編

提　要

本書設《文選研究專輯》,收録《文選》域外研究論文四篇,分别是:

佐藤道生撰,張淘譯《平安時代〈文選集注〉的接受》;静永健撰,陳翀譯《日本八至九世紀考古文獻所見〈文選〉斷簡考》;河野美貴子撰《古代日本佛典注釋書所引〈文選〉初探——以善珠撰述書爲中心》;陳翀撰《清末民國初期〈文選集注〉相關史料彙考——兼答劉志

偉先生質疑》。

北京:中華書局 2013 年版。

35.《文選與中國文學傳統》　程章燦主編

提　要

此書爲第九届《文選》學國際學術研討會論文集,分爲文體論、作家作品論、《文選》學三個部分,收録海内外知名學者有關《文選》學之論文三十四篇。探討《文選》所録多種文學體裁,以及《文選》版本流傳情况、《文選》有關文學批評等問題。

北京:中華書局 2014 年版。

36.《第十届文選學國際學術研討會論文集》　王立群主編

提　要

"第十届文選學國際學術研討會"於 2012 年在河南大學召開,與會學者提交了幾十篇論文,其中,有介紹最新發現的《文選》版本、相關古籍資料的文章,也有利用新的方法論研究《文選》學的成果,有對之前《文選》學研究成果的質疑,也有《文選》學研究的最新主張。

鄭州:河南大學出版社 2014 年版。

37.《現代學術視野下的〈文選〉研究》　劉躍進、柳宏主編

提　要

本書是 2015 在揚州召開的"《文選》· 文章學 · 學術史學術研討會"的會議論文集。收録相關文章二十七篇,分爲"綜合研究"和"《文選》研究"兩個部分。具體内容可概括爲:一、文章學及相關問題。

二、學術史研究。三、《文選》學研究。

北京:中國社會科學出版社 2016 年版。

38.《文選學論文集粹》　劉志偉主編

提　要

本書收録鄭州大學文學院教師論文三十二篇,計二十九萬字,分爲"《文選》文獻學研究""《文選》唐注研究""《文選》學史""《文選》文藝學研究""《文選》與中國文學""《文選》整理與研究"六大部分。

北京:中華書局 2017 年版。

39.《昭明文選叢考》　羅國威撰

提　要

本書是從作者近三十年來研究《昭明文選》所發表的論文中遴選出的二十篇考證文章。其中,有兩篇合并成了一篇,都爲十九篇。全書包括四個方面的内容:第一部分爲作家考。收《書〈梁書·劉峻傳〉後》《沈約任昉年譜》兩篇。第二部分爲舊注考。收《左思〈三都賦〉綦毋邃注發覆》《俄藏敦煌本 Φ242〈文選注〉考》《〈文選〉陸機〈演連珠〉劉孝標注疏證》《天津藝術館藏〈文選集注〉殘卷考》《古老詮釋文本的再度詮釋》《日本永青文庫藏敦煌本〈文選注〉補箋》。第三部分是文本考。收《日本新出古鈔〈文選集注·南都賦〉殘卷考》《敦煌本〈文選〉賦二篇校證》《吐魯番本〈文選·七命〉殘卷考》《敦煌本 S5550〈文選·晋紀總論〉殘卷校證》《國家圖書館藏敦煌新 1543〈文選·辯亡論〉寫卷校證》《敦煌本〈文選·五等論〉寫卷校證》《敦煌本石室〈文選〉李善注本殘卷考》《〈文選·齊竟陵文宣王行狀〉校讀札記》。第四

部分爲雜考類。收《〈文選〉分類之我見》《〈文選集注〉傳存管見》《李善生平事迹考辨》。

新北：花木蘭文化事業有限公司 2017 年版。

40.《文選舊注輯存》　劉躍進撰

提　要

此書以南宋淳熙八年(1181)尤袤刻本爲底本，通過逐句分列正文文本，輯録各家舊注於句下，客觀臚列，統觀比照。句後加作者按語，補充異文、重要相關研究成果、音注、避諱等内容。所收舊注範圍包括李善輯注、李善注、五臣注、《文選集注》所引各家注、敦煌本佚注、《史記》三家注、《漢書》顔師古等注等。南京：鳳凰出版社 2017 年版，二十册，其中正文十九册，索引一册。

41.《文選資料彙編·總論卷》　江慶柏、劉志偉主編

提　要

本書是對涉及《文選》整體研究的文獻資料的彙編，分爲兩大部分：第一部分爲統論資料，主要是對《文選》以及"《文選》學"加以整體研究的論述、評價性資料，包括論析《文選》編者、選録標準、成書過程、編纂體例、纂集的優劣正誤、文體分類、諸注家及其注釋研究、《文選》的流布與接受、"《文選》學史"研究等相關文獻資料；第二部分爲歷代"《文選》學"紀事，即有關《文選》的流傳、研習、傳抄、版刻、校勘、注釋以及"《文選》學"歷史的記載類資料。

北京：中華書局 2018 年版。

42.《文選彙評》　趙俊玲撰

提　要

本書以通行的胡克家本爲底本,彙輯海内各大圖書館所藏明清以來二十餘種《文選》評點爲一册,多有取自珍本、孤本者。是書前有《文選諸評本提要》《凡例》,附録各評本序跋。正文按《昭明文選》體類次序,諸篇逐句加以彙評。

南京:鳳凰出版社 2017 年版。

43.《文選學研究》(第一輯)　陳延嘉主編

提　要

本書爲長春師範大學《昭明文選》研究所創辦的《文選學研究》輯刊,由當届中國文選學研究會會長傅剛撰寫卷首語,其中提到以後的研究工作有以下幾個方面:

一、進一步開展《文選》文獻研究。包括《文選》文獻的整理和影印,比如中外《文選》寫鈔本的彙刊、校注,歷代《文選》學重要著作的整理印行,《文選》學研究資料長編,《文選》學書目提要,《文選》版本與校勘。

二、《文選》文章學、辭章學研究。

三、《文選》批評學,包括評點學、《文選》詩學研究、漢魏六朝文學作品批評史。

本刊中收録十七篇以《文選》爲中心的研究論文,如俞紹初《新校訂六家注文選》前言、范志新《安得陳編盡屬君——論顧千里爲清代〈文選〉校勘第一人》、朱曉海《從尤刻本善注〈文選〉宋代避廟諱字臆

推其祖本時代并申論》等。

北京：中華書局 2018 年版。

44.《文選與漢唐文化——第十一届文選學國際學術研討會論文集》 劉志偉主編

提　要

本書是 2014 年鄭州召開的第十一届《文選》學國際學術研討會論文集，本次會議共收到海内外專家學者參會論文一一七篇，從中選收四十八篇代表性論文，共分作："《文選》注釋與版本研究""《文選》編選研究""《文選》學史研究""《文選》文藝學""《文選》體類研究""作家作品論"六個單元。

北京：中華書局 2018 年版。

45.《文選資料彙編·序跋著録卷》 劉鋒、王翠紅編

提　要

本卷編録歷代有關《文選》的各種著録、解題、序跋等等，序跋部分收録歷代《文選》版本及《文選》學著作的序言、跋語，著録部分收録歷代書目有關《文選》版本與《文選》學著作的著録、解題等資料。

北京：中華書局 2019 年版。

續補類

1.《續文選》二十卷　雷瑨輯

提　要

雷瑨(1871—1941),字君曜,別號娛萱室主,筆名雲間顛公、縮庵老人等。松江縣人。雷補同族弟。光緒十四年(1888)舉人。工詩詞,善文章。初任掃葉山房編輯,編有《清人説薈》初集、二集各二十種,《娛萱室小品》六十種等。後任《申報》編輯多年。熟諳掌故,勤於著述。家藏鄉邦文獻頗多,熟悉地方史料。民國六年(1917)續修《華婁縣志》時,曾纂有《藝文志》稿,輯有《松乘》初稿。此外,編選有《古今詩論大觀》、《新文選》四卷、《短篇文選》三卷、《近人詩録》四卷、《近人詞録》二卷、《唐文摯》四卷、《評注唐宋八家文》、《評注林和靖詩集》、《箋注劍南詩鈔》、《詳注鄭板橋集》、《注釋小倉山房文集》、《箋注隨園詩話》、《詳注春在堂尺牘》及《疑雲集注》等。還著有軼事小説筆記多部。

雷瑨《續文選》,主要收録六朝至清詩文,以續《文選》。范志新稱其"持擇尚有矩矱"。①

《續文選》二十卷,民國八年(1919)上海中華圖書館石印本,南京圖書館藏。另有雷瑨編《新文選》四卷,民國三年上海掃葉山房石印本四册,京都大學圖書館藏。

---

① 范志新《文選版本擷英》,貴陽:貴州人民出版社 2004 年版,第 310 頁。

下編 《文選》札記與關聯文獻叙録(230 種)

一、齊梁(25 種)

1.《文章緣起》一卷　任昉撰

提　要

任昉(460—508),字彦升,樂安博昌(今山東壽光)人。幼好學,仕宋、齊、梁三朝,梁武帝時官秘書監。校讎秘閣四部書,確定篇目。自藏書一萬餘卷,多異本。以文才稱於時,與沈約詩并稱"沈詩任筆"。見《梁書》卷一四、《南史》卷五九。

《文章緣起》一書收録漢代至梁代八十四種文體的代表之作。包括詩(三言、四言、五言、六言、七言、九言)賦、歌、離騷、詔、策文、表、讓表、上書、書、對賢良策、上疏、啓、奏記、箋、謝恩、令、奏、駁、論、議、反騷、彈文、薦、教、封事、白事、移書、銘、箴、封禪、頌、贊、序、引、志録、記、碑、碣、誥、誓、露布、檄、明文、樂府、對問、傳、上章、解嘲、訓、辭、旨、勸進、喻難、誡、吊文、告、傳贊、謁文、祈文、祝文、行狀、哀策、哀頌、墓志、誄、悲文、祭文、哀詞、挽詞、七發、離合詩、連珠、篇、歌詩、遺命、圖、勢、約等。其所列文體,幾乎全部涵蓋了《文選》和《文選序》中的文體。除了《文選》"史論""史述贊"二體,在《文章緣起》中統稱爲"傳贊";"策秀才文",在《文章緣起》中稱爲"對賢良策";騷,稱爲"離騷";難,稱爲"喻難";七,稱爲"七發";符命,稱爲"封禪"等差異。

《四庫全書總目提要》認爲今傳本任昉《文章緣起》爲僞托之書,曰:"《文章緣起》一卷,舊本題梁任昉撰。考《隋書・經籍志》載任昉

《文章始》一卷，稱有録無書。是其書在隋已亡。《唐書·藝文志》載任昉《文章始》一卷，注曰張績補。績不知何許人。然在唐已補其亡，則唐無是書可知矣。宋人修《太平御覽》，所引書一千六百九十種，摯虞《文章流别》、李充《翰林論》之類，無不備收，亦無此名。"吴承學等學者對《文章緣起》疑爲依托的主要理由一一加以考辨，認爲以任昉原本在隋代已亡，現傳本爲依托之書的説法并不能成立。應審慎對待唐宋以來的傳統説法，《文章緣起》的獨特價值在於代表任昉關注脱離經學束縛後個體的文章創作，創造性地以簿録的方式，簡省地記録了任昉心目中具有一定獨立性與典範性的文章學譜系。① 傅剛有《論〈文選〉與〈詩品〉〈文心雕龍〉〈文章緣起〉的關係》。② 王立群《文選成書研究》，亦辟專章討論《文選》和任昉《文章緣起》關係問題。③ 力之則撰《〈文選〉不可能受到〈文章緣起〉的什麽影響》予以反駁。④

今存《四庫全書》本、《學海類編》本、《叢書集成初編》本。

2.《文心雕龍》十卷　劉勰撰

提　要

劉勰(約465—約532)，字彦和，莒縣(今山東莒縣)人，生於京口(今江蘇鎮江)。劉勰少年時讀書鐘山定林寺，與方丈釋僧祐居處十餘年，刻苦鑽研釋典、四部，編定經藏，同時大概也於此時完成了其《文心雕龍》。

---

① 吴承學、李曉紅《任昉〈文章緣起〉考論》，《文學遺産》2007年第4期。

② 見《文學評論叢刊》第2卷第1期，南京：江蘇文藝出版社2000年版；《漢魏六朝文學與文獻論稿》，北京：商務印書館2016年版。

③ 王立群《文選成書研究》，北京：商務印書館2005年版。

④ 力之《〈文選〉不可能受到〈文章緣起〉的什麽影響》，《湖北教育學院學報》2007年第11期。

《文心雕龍》約成書於公元501—502年(南朝齊和帝中興元至二年)間。深得沈約賞識。梁朝建立,天監初年,劉勰"起家奉朝請、中軍臨川王宏引兼記室、遷車騎倉曹參軍、出爲太末令,政有清績。除仁威南康王記室、兼東宫通事舍人。……遷步兵校尉,兼舍人如故"(《梁書・劉勰傳》)。劉勰任"東宫通事舍人",從天監十一年(512)左右,直至昭明太子去世(中大通三年,531年),一直隨侍昭明太子左右,但要比太子年長約三十歲。據《梁書・劉勰傳》:"昭明太子好文學,深接愛之。"太子卒後,"有敕,與慧震沙門於定林寺撰經。證功畢,遂啓求出家,先燔鬢髮以自誓。敕許之。乃於寺變服,改名慧地。未期而卒"。由此可見劉勰對昭明太子及《文選》的編訂都有一定的影響。①

《文心雕龍》是中國文學理論史上第一部有嚴密體系、"體大而慮周"(章學誠《文史通義・詩話篇》)的文學理論專著。全書共十卷,五十篇(原分上、下部,各二十五篇)。

上部從《原道》至《辨騷》五篇,是全書的綱領。從《明詩》到《書記》二十篇,以"論文序筆"爲中心,對各種文體源流及作家、作品進行研究和評價。下部從《神思》到《物色》二十篇(《時序》不計在内),以"剖情析采"爲中心,重點研究有關創作過程中各個方面的問題。《時序》《才略》《知音》《程器》等四篇,則主要是文學史論和批評鑒賞論。加上最後叙述作者寫作此書的動機、態度、原則的《序志》,共五十篇。

---

① 穆克宏認爲可能性很小,因爲劉勰的卒年史無明文,范文瀾《文心雕龍・序志》注六認爲卒於普通二年(521),計五十六七歲。劉勰是否參加過《文選》的編選工作,還可以進一步研究。見穆克宏《文選學研究的幾個問題》,《文選學新論》,鄭州:中州古籍出版社1997年版。

《文心雕龍》與《文選》的關係，也是選學領域備受重視、看法多元的問題。一般認爲《文選》的編纂受到劉勰的影響，也有人認爲二者之間没有直接的關聯。但正如駱鴻凱《文選學》一書中曰："竊謂讀《文選》，必先於《文心雕龍》之説信受奉行，退觀此書，乃有真解。若以後世時文家法律論之，是猶算春秋曆用杜預長編，行鄉飲酒儀於晋朝學校，必不合矣。"①

《文心雕龍》的版本，現存最古之本是英藏敦煌寫卷殘本，存《原道》篇贊"龍圖獻體"之"體"字，至《諧隱》第一五篇名止。潘重規《唐寫本〈文心雕龍〉殘本合校》"詳列校文，并附原卷攝影"。元至正本，上海圖書館藏，爲現存最早的刻本。明謝恒鈔本，北京圖書館藏。今有上海古籍出版社 1984 年影印本。

3.《詩品》三卷　鍾嶸撰

提　要

鍾嶸(467？—519？)，字仲偉，潁川長社(今河南長葛)人。《梁書·鍾嶸傳》稱嶸齊武帝永明中爲國子生，衛將軍王儉領祭酒，頗賞接之。(梁武帝)天監中，遷西中郎晋安王(簡文帝蕭綱)記室。鍾嶸撰《詩品》，在沈約卒後，完成於爲晋安王記室時，蓋在天監十七年、十八年(518—519)，即嶸晚年，卒前不久。其書也應早於《文選》而成書。

《詩品》上品十二家：《古詩十九首》、李陵、班姬、曹植、劉楨、王粲、阮籍、陸機、潘岳、張協、左思、謝靈運。全部見收於《文選》。

《詩品》中品三十九人：秦嘉、徐淑、曹丕、嵇康、張華、何晏、孫楚、

① 駱鴻凱《文選學·源流第三》，臺北：華正書局有限公司 2014 年版，第 119 頁。

王贊、張翰、潘尼、應璩、陸雲、石崇、曹攄、何劭、劉琨、盧諶、郭璞、袁宏、郭泰機、顧愷之、謝世基、顧邁、戴凱、陶潛、顏延之、謝瞻、謝混、袁淑、王微、王僧達、謝惠連、鮑照、謝朓、江淹、范雲、丘遲、任昉、沈約。三十三人見收於《文選》。

《詩品》下品七十二人：班固、酈炎、趙壹、曹操、曹叡、曹彪、徐幹、阮瑀、歐陽建、應瑒、嵇含、阮侃、嵇紹、棗據、張載、傅玄、傅咸、繆襲、夏侯湛、王濟、杜預、孫綽、許詢、戴逵、殷仲文、傅亮、何長瑜、羊曜璠、范曄、宋孝武帝劉駿、劉鑠、劉宏、謝莊、蘇寶生、陸脩之、任曇緒、戴法興、區惠恭、湯惠休、帛道猷、釋寶月、齊高帝蕭道成、張永、王儉、謝超宗、丘靈鞠、劉祥、檀超、鍾憲、顏測、顧則心、毛伯成、吴邁遠、許瑶之、鮑令暉、韓蘭英、張融、孔稚珪、王融、劉繪、江祏、王中、卞彬、卞鑠、袁嘏、張欣泰、范縝、陸厥、虞羲、江洪、鮑行卿、孫察。見於《文選》者二十四人。

《詩品》專評五言。《序》云："四言每苦文繁而意少。五言居文詞之要，是衆作之有滋味者。故云：會於流俗。嶸之所録，止乎五言。"這和《選》詩以"五言"爲主體的選擇傾向是一致的。

《詩品》品評古今詩人皆重探溯流别。如上品評《古詩》："其體源出於國風。"評曹植曰："其源出於國風。"評晋步兵阮籍曰："其源出於小雅。"評漢都尉李陵曰："其源出於楚辭。"此四者可謂上品中的上品，而觀其評語，則主張一種骨氣、詞采、情感、文質皆高度統一的詩歌理念。如評曹植曰："骨氣奇高，詞采華茂，情兼雅怨，體被文質。"評阮籍詩曰："言在耳目之内，情寄八荒之表。"評古詩曰："文温以麗，意悲而遠，驚心動魄，可謂幾乎一字千金。"

關於《文選》與《詩品》《文心雕龍》的關係問題，也是近年選學研究的一個重要方面，相關研究成果如：張伯偉《鍾嶸〈詩品〉研究》，南

京：南京大學出版社1999年版。王叔岷《鍾嶸〈詩品〉箋證稿》，北京：中華書局2007年版。顧農《蕭統〈文選〉與鍾嶸〈詩品〉》，《揚州師院學報》1995年第一期。張亞新《文選五言詩與鍾嶸詩品》，《文選學新論》，鄭州：中州古籍出版社1997年版。傅剛《論文選與詩品、文心雕龍、文章緣起的關係》，《文學評論叢刊》第二卷第一期，南京：江蘇文藝出版社2000年版。

4.《昭明太子集》十卷　劉孝綽編

提　要

劉孝綽（481—539），字孝綽，本名冉，小字阿士。彭城（今江蘇徐州）人。父劉繪，齊大司馬霸府從事中郎。舅齊中書郎王融。幼聰敏，善屬文，爲沈約、任昉、范雲等時流所重。天監初，起家著作佐郎。遷太子舍人。後以本官兼尚書水部郎。歷任平南安成王記室、太子洗馬、掌東宫管記、上虞令、秘書丞、廷尉正等。據《梁史・劉孝綽傳》："時昭明太子好士愛文，孝綽與陳郡殷芸、吴郡陸倕、瑯邪王筠、彭城到洽等同見賓禮。太子起樂賢堂，乃使畫工先圖孝綽焉。"大同五年卒，時年五十九。其文集當時有數十萬言流傳於世。按《隋書・經籍志》集部别集類載《劉孝綽集》十四卷。《舊唐書・經籍志》著録十二卷。《新唐書・藝文志》著録十一卷。《宋史・藝文志》著録一卷。張溥《漢魏六朝百三名家集》有《劉秘書集》輯本一卷。

劉孝綽所編《昭明太子集》爲昭明太子生前編成。《梁書・劉孝綽傳》載："太子文章繁富，群才咸欲撰録，太子獨使孝綽集而序之。"劉孝綽《昭明太子集序》作於"大梁二十一載"，即梁武帝普通三年（522）。一帙十卷。

劉孝綽在《昭明太子集序》中説：

臣竊觀大易，重明之象著焉。抑又聞之，匕鬯之義存焉。故《書》有孟侯之名，《記》表元良之德。歷選前古，以洎夏周，可得而稱，啓誦而已。雖徽聖挺賢，光乎二代，高文精義，闃爾無聞。漢之顯宗，晋之肅祖，昔自春宫，益好儒術，或專經止於區易，或持論窮於貞假。子桓雖摛藻銅省，集講肅成，事在藩儲，理非皇貳。未有正位少陽，多才多藝者也。粤我大梁之二十一載，盛德備乎東朝。若乃有縱自天，惟睿作聖，顯仁立孝，行於四海。如圭如璋，不因琢磨之義。爲臣爲子，寧待觀喻之言。惟性道難聞，而文章可見。故俯同志學，用晦生知。以弦誦之餘辰，總鄒魯之儒墨，遍綈緗於七閣，彈竹素於九流。地居上嗣，實副元首。皇帝垂拱岩廊，委成庶績，時非從守，事或監撫。雖一日二日，攝覽萬機，猶臨書幌而不休，對欹案而忘怠。况復迨納侍講，討論經紀。去聖兹遠，愈生穿鑿。枝分葉散，殊路偆馳。靈臺辟雍之疑，禋宗祭社之繆，明章申老之議，通顔理王之説，量核然否，剖析異同，察言抗論，窮理盡微。於時淹中稷下之生，金華石渠之士，莫不過衢樽而挹多少，見斗極而曉西東。與夫盡春卿之道，贊仲尼之宅，非貫誼於蘇林，問蕭何於棗據，區區前史，不亦恧歟。加以學貫總持，辯同無礙。五時密教，見猶鏡象。一乘妙旨，觀若掌珠。及在布金之園，處如龍之衆，開示有空，顯揚權實。是以遍動六地，普雨四花，豈直得解瓔須提，舍鉢瓶沙。騰曇言德，梵志依風而已哉。若夫天文以爛然爲美，人文以焕乎爲貴。是以隆儒雅之大成，游雕蟲之小道。握牘持筆，思若有神。曾不斯須，風飛雷起。至於宴游西園，祖道清洛，三百載賦，該極連篇。七言致擬，見諸文學。博弈興咏，并命從游。書令視草，

銘非潤色,七窮煒燁之説,表極遠大之才。皆喻不備體,詞不掩義。因宜適變,曲盡文情。竊以屬文之體,鮮能周備。長卿徒善,既累爲遲。少孺雖疾,俳優而已。子淵淫靡,若女工之蠹。子雲侈靡,異詩人之則。孔璋詞賦,革祖勸其修今。伯喈答贈,摯虞知其頗古。孟堅之頌,尚有似贊之譏。士衡之碑,猶聞類賦之貶。深乎文者,兼而善之。能使典而不野,遠而不放,麗而不淫,約而不儉,獨擅衆美,斯文在斯。假使王朗報箋,卞蘭獻頌,猶不足以揄揚著述,稱贊才章,况在庸臣,曾何仿佛。然承華肇建,濫齒時髦,居陪出從,逝將二紀。譬彼登山,徒仰峻極。同夫觀海,莫際波瀾。但職官書記,豫聞盛藻,歌咏不足,敢忘編次。謹爲一秩十卷,第目如左。日升松茂,與天地而偕長;壯思英詞,隨歲月而增廣。如其後録,以俟賢臣。(《四部叢刊》本《昭明太子集》卷首、《七十二家集》本卷首)

梁蕭子範亦撰有《求撰昭明太子集表》,見《四部叢刊》本《昭明太子集》卷首、《藝文類聚》卷一六。

5.《南齊書·文學傳論》　蕭子顯撰

提　要

蕭子顯,字景陽,南朝梁蘭陵人。齊高帝蕭道成之孫,豫章文獻王嶷第八子。官至吏部尚書。位終吴興太守。博學多才,善辭賦,爲沈約所賞識。逯欽立《先秦漢魏晋南北朝詩》輯録其詩作十八首。撰《齊書》六十卷,今稱《南齊書》。

《南齊書·文學傳論》是體現蕭子顯文學思想的代表作,也是南北朝理論價值較高的單篇文學文章之一。其文學見解可歸納爲:“由

情性而達神思”“自新變而求代雄”“取情采又存典正”“委天機而任自然”。① 可以作爲蕭統編選《文選》確立標準的文學理論背景之一。

6.《昭明太子文集》二十卷　梁簡文帝蕭綱編集

提　要

蕭綱(503—551),字世纘,小字六通。梁武帝第三子,蕭統弟。天監二年生,天監六年(507)封晋安王,中大通三年(531)蕭統死,蕭綱被立爲皇太子。太清三年(549)侯景之亂,侯景扶蕭綱即位,在位二年,被侯景所廢。幽禁遇弑。追謚“簡文皇帝”,廟號“太宗”。《梁書》卷四《簡文帝傳》記載,簡文帝蕭綱所著有:“《昭明太子傳》五卷,《諸王傳》三十卷,《禮大義》二十卷,《老子義》二十卷,《莊子義》二十卷,《長春義記》一百卷,《法寶連璧》三百卷,并行於世焉。”張燮《七十二家集》收《梁簡文帝集》十六卷。

昭明太子殁後,蕭綱編《昭明太子文集》二十卷,并著有《梁簡文帝上昭明太子集别傳》等表。《梁書·昭明太子列傳》《南史·昭明太子傳》《隋書·經籍志》《舊唐書·經籍志》和《新唐書·藝文志》載二十卷本,概即此本,説明隋唐時還見流傳,至宋代《崇文總目》《直齋書録解題》及《宋史·藝文志》都僅著録《昭明太子集》五卷,正如《四庫總目提要》所説:“已非其舊。”

宋人著録的五卷本《昭明太子集》,即宋淳熙八年袁説友刊池陽郡齋本。今《四部叢刊》影印烏程許氏藏明本《昭明太子文集》五卷,當從此出。清代天禄琳琅藏書樓藏有梁《昭明太子文集》,一函兩册。民國八年,貴池劉世珩覆刊《昭明太子集》五卷,行款爲八行十六字,

① 參見曹順慶《中外文論史》第二卷,成都:巴蜀書社 2012 年版,第 1885 頁。

并附《札記》一卷,《考異》一卷,所據即爲天禄琳琅藏書樓藏本。清光緒辛酉年,武進盛宣懷輯《常州先哲遺集》有《昭明太子集》五卷,補遺一卷,乃用影宋淳熙本重雕,并輯有逸文二十一首。

明代還出現了不少輯本,又分成五卷本和六卷本。

《昭明太子文集》五卷,梁蕭統撰,有明嘉靖三十四年周滿刻本,中國國家圖書館藏;明遼國寶訓堂刻本,中國國家圖書館藏;明天啓崇禎間張燮刻《七十二家集》本,傅增湘校并跋,中國國家圖書館藏;張溥《漢魏六朝百三名家集》本;清抄本,清奚鋼題款,清丁丙跋,南京圖書館藏。《昭明太子集》六卷,梁蕭統撰,明葉紹泰刊,此本抄存於《四庫全書》。《昭明太子六律六吕文啓》一卷,梁蕭統撰,清釋行景注,清康熙刻本,清華大學圖書館藏。

梁簡文帝蕭綱《昭明太子文集序》先列昭明太子蕭統十四德,後曰:"至於登高體物,展詩言志,金銑玉徽,霞章霧密,致深黄竹,文冠緑槐,控引解騷,包羅比興,銘及盤盂,贊通圖象,七高愈疾之旨,表有殊健之則,碑窮典正。每出則車馬盈衢,課無失體,纔成則列藩擊缶,近逐情深,言隨手變,麗而不淫。"(據《四部叢刊》本《昭明太子文集》卷首。亦見《全梁文》卷一二,《七十二家集》本卷首)關於五卷本《昭明太子集》的整理,以俞紹初《昭明太子集校注》(鄭州:中州古籍出版社 2001 年版)爲代表性成果。

7.《昭明太子傳》五卷　梁簡文帝蕭綱撰

提　要

梁簡文帝蕭綱,生平見"《昭明太子文集》二十卷"條下。

昭明太子事迹見於《梁書·昭明太子傳》《南史·梁昭明太子傳》《建康實録·梁昭明太子傳略》。然蕭綱所撰《昭明太子傳》五卷,當

與此類史傳不同。

梁簡文帝《上昭明太子集别傳等表》:"臣聞無懷、有巢之前,書契未作;尊盧、赫胥之氏,墳典不傳。若夫正少陽之位,主承祧之則,口實爲美,唯稱啓誦。自兹厥後,罕或聞焉。昭明太子稟仁聖之姿,縱生知之量。孝敬兼極,温恭在躬。明月西流,幼有文章之敏;羽籥東序,長備元良之德。蘊兹三善,弘此四聰。非假二疏,寧勞四皓。虎賁恧其經學,智囊慚其調護。豈止博望延賓,壽春能賦,問疑稟據,書戒馬陵而已哉。玉折何追,星頹靡續。地尊虢嗣,外陽之術無徵;位比周儲,緱山之駕不反。臣以不肖,妄作明離。出入銅龍,瞻仰故實,思所以揄揚盛軌,宣記德音。謹撰昭明太子别傳、文集,請備之延閣,藏儲廣内,永彰茂實,式表洪徽。"(《四部叢刊》本《梁照明太子文集》卷首;《藝文類聚》卷一六,又卷五五;《初學記》卷一〇)

8.《玉臺新咏》十卷　徐陵編

提　要

徐陵(507—583),字孝穆,東海郯(今山東郯城)人。梁戎昭將軍徐摛之子。博涉史籍,縱横有辯才。早歲以詩文知名,通《老》《莊》。梁普通二年(521),晋安王蕭綱爲平西將軍、寧蠻校尉,父徐摛爲王咨議,陵參寧蠻府軍事。中大通三年(531),蕭綱立爲皇太子,徐陵爲東宫學士。後任尚書度支郎、上虞令、鎮西湘東王記室參軍等。蕭綱在東宫撰《長春殿義記》,令徐陵爲序。又令撰《莊子義》。太清二年(548),兼通直散騎常侍,使魏。入陳爲散騎常侍、左丞、御史中丞、吏部尚書等。陳後主即位,遷左光禄大夫、太子少傅。至德元年(583)卒,時年七十七。《陳書》卷二六《徐陵傳》稱:"自有陳創業,文檄軍書及禪授詔策,皆陵所制,而《九錫》尤美。爲一代文宗,亦不以此矜物,

未嘗詆訶作者。其於後進之徒,接引無倦。世祖、高宗之世,國家有大手筆,皆陵草之。其文頗變舊體,緝裁巧密,多有新意。每一文出手,好事者已傳寫成誦,遂被之華夷,家藏其本。後逢喪亂,多散失,存者三十卷。"徐陵與庾信齊名,世稱"徐庾體"。《隋書・經籍志》載陵集本三十卷,久佚不傳。今傳本有《徐孝穆集》十卷,影上海涵芬樓藏明屠隆刊本,見《四部叢刊》初編。此本乃後人從《藝文類聚》《文苑英華》諸書内采掇而成(《四庫全書總目提要》)。清吴兆宜有《庾信集箋注》,又作《徐孝穆集箋注》六卷,未及卒業,同里徐文炳續補《徐孝穆集箋注》六卷、《備考》一卷。今人有許逸民《徐陵集校箋》,北京:中華書局 2008 年版。

《玉臺新咏》是徐陵所編的一部詩歌選集。從《玉臺新咏》一書稱簡文帝爲皇太子、梁元帝爲湘東王來看,此書的編纂當在梁大同十年(544)至太清元年(547)之間。全書收録了漢魏六朝一百餘位作家共六百七十餘篇作品,書分十卷:第一卷爲樂府詩,二至八卷爲五言詩,九卷爲七言、雜言詩,十卷爲絶句。此書最早著録於《隋書・經籍志》,題徐陵撰。但是《陳書・徐陵傳》却未著録此書。

從時間上來看,此書的編纂僅晚於《文選》將近二十年的時間,其收録標準則體現了非常明顯的差異。《玉臺新咏》收録作品多爲日常樂府、閨閣之詞,形式方面也以自然流麗的風格爲主。如《〈玉臺新咏〉序》中所説:"選録艷歌,凡爲十卷。曾無參於雅頌,亦靡濫於風人。涇渭之間,若斯而已。"因此,許多《文選》中遺漏的詩歌,多賴《玉臺新咏》一書收録而保存。比如《古詩爲焦仲卿妻作》、曹植《弃婦詩》、庾信《七夕詩》等就僅見於本集。爲《古詩十九首》等與《文選》重合的篇目也提供了重要的校勘資料。

《玉臺新咏》現存最早的版本是敦煌石室藏唐寫本,起張華《情

詩》第五篇，訖《王明君辭》，凡五十一行，前後尚有殘字七行。在今傳本《玉臺新咏》第二卷之末，次第與今各本相同。宋刻《玉臺新咏》現已不得一見。現存刻本最早爲明刻，大致可分爲兩大系統，一是宋人陳玉父刻本系統，二是明人鄭玄撫刻本系統。陳本系統有明崇禎二年(1629)馮班抄本、趙均小宛堂覆宋本(明代崇禎六年寒山趙均小宛堂覆宋陳玉父刻本)、五雲溪館本(《四部叢刊》影印無錫孫氏小禄天藏所藏銅活字本)及萬曆張嗣修巾箱本、清翁心存抄本等。此一系列書後附陳玉父跋。鄭撫本系統爲明嘉靖十九年鄭玄撫刻本，萬曆七年茅元禎刻本，嘉靖二十二年楊元鑰刻本，天啓二年沈逢春刻本等。

9.《古今典誥文言》十卷　梁昭明太子撰

提　要

《梁書·昭明太子列傳》《南史·昭明太子傳》載，昭明太子撰《古今典誥文言》爲正序十卷。至《隋書·經籍志》載："梁又有《文章英華》三十卷，梁昭明太子撰，亡。"

10.《詩苑英華》二十卷　梁昭明太子撰

提　要

《梁書·昭明太子列傳》載昭明太子撰"五言詩之善者爲《文章英華》二十卷"；《南史·昭明太子傳》載昭明太子撰"五言詩之善者爲《英華集》二十卷"；《隋書·經籍志》載："梁昭明太子撰《古今詩苑英華》十九卷"；《舊唐志》："《古今詩苑英華集》二十卷，梁昭明太子撰"；《新唐志》："《古今詩苑英華》二十卷"；尤袤《遂初堂書目》載："《詩苑

英華》";鄭樵《通志》載:"《古今詩苑英華》二十卷,梁昭明太子集。"今佚。

11.《歷代賦》十卷　梁武帝蕭衍撰

提　要

見載於《隋書・經籍志》集部總集類。

12.《詩集》五十卷　謝靈運撰

提　要

見載於《隋書・經籍志》集部總集類。

13.《古樂府》八卷　不著撰人

提　要

見載於《隋書・經籍志》集部總集類。

14.《上封禪書》二卷　不著撰人

提　要

見載於《隋書・經籍志》集部總集類。

15.《古今箴銘集》十四卷　張湛撰

提　要

見載於《隋書・經籍志》集部總集類。

16.《誄集》十五卷　謝莊撰

提　要

見載於《隋書·經籍志》集部總集類。

17.《七集》十卷　謝靈運集

提　要

見載於《隋書·經籍志》集部總集類。

18.《吊文集》六卷,録一卷,《吊文》二卷

提　要

見載於《隋書·經籍志》集部總集類。

19.《碑集》二十九卷

提　要

見載於《隋書·經籍志》集部總集類。

20.《設論集》二卷　劉楷撰

提　要

見載於《隋書·經籍志》集部總集類。

21.《連珠》一卷　陸機撰，何承天注

提　要

見載於《隋書·經籍志》集部總集類。

22.《梁代雜文》三卷　不著撰人

提　要

見載於《隋書·經籍志》集部總集類。

23.《漢名臣奏》三十卷，《魏名臣奏》三十卷　陳長壽撰

提　要

見載於《隋書·經籍志》集部總集類。

24.《宋元嘉策孝秀文》十卷

提　要

見載於《隋書·經籍志》集部總集類。

25.《誹諧文》十卷　袁淑撰

提　要

見載於《隋書·經籍志》集部總集類。

二、隋唐五代(16 種)

1.《藝文類聚》一百卷　歐陽詢編

提　要

歐陽詢，字信本，潭州臨湘(今湖南長沙)人，南梁征南大將軍歐陽頠之孫，南陳左衛將軍歐陽紇之子。歐陽詢與同代的虞世南、褚遂良、薛稷三位并稱初唐四大家。因其子歐陽通亦通善書法，故其又稱“大歐”。高祖武德五年(622)，歐陽詢應詔編撰《藝文類聚》，七年書成，詢撰序言。全書凡一百卷，分四十八部，徵引古籍達一千四百餘種，這些古籍後來大多散佚，賴《藝文類聚》保存諸書重要内容。

《藝文類聚》之與選學的重要價值在於其中所保存的文本文獻與《文選》文本、李善注皆有一定的校勘價值。《四庫全書總目提要》也以《藝文類聚》代表了唐初一種特殊的文本整理形式，如卷一三五子部四五《藝文類聚》一百卷條下曰：“《流别》《文選》專取其文。《皇覽》《遍略》直書其事，文義既殊，尋檢難一。是書比類相從，事居於前，文列於後，俾覽者易爲功，作者資其用，於諸類書中，體例最善。凡爲類四十有八，其中門目，頗有繁簡失宜，分合未當。”

今存南宋紹興年間浙江刊本、明正德十年(1515)無錫華氏雪堂銅活字版印本、明嘉靖七年(1528)胡纘宗刻小字本等。上海圖書館1959年以所藏宋紹興刻本原版影印，中華書局上海編輯所1959年印行斷句排印本，由汪紹楹校訂，精裝兩册。此後多據此重印。

2.《漢書注》一百二十卷　顔師古等注

提　要

顔師古(581—645),名籀,以字顯。京兆萬年(今陝西西安)人,祖籍琅邪臨沂。顔之推孫、顔思魯之子。傳家業,博覽群書,精訓詁,善屬文。高祖武德中,累擢中書舍人、專典機密,詔令一出其手。太宗立,拜中書舍人,旋坐事免。貞觀中,與魏徵修《隋書》。嘗受詔於秘書省考定《五經》文字,多所厘正。貞觀七年,遷秘書少監,專典刊正所有奇書難字,隨疑剖析,曲盡其源。官終秘書監、弘文館學士。著作有《匡謬正俗》《漢書注》《急就章注》及《顔師古集》四十卷。事見《舊唐書》卷七三《列傳》第二三、《新唐書》卷一九八《列傳》第一二三。

李善注所引唐人資料,最多的是《漢書》顔師古注,從敦煌本可以看出李善初尊稱顔師古爲顔監。對比《漢書》顔師古注與《文選》李善注,可以看出李善不僅大量直接以"顔監曰"的方式引録顔師古注,而且化用的地方也很常見,如韋孟《諷諫詩》下"肅肅我祖,國自豕韋"顔注作:"應劭曰:在商爲豕韋氏也。"李善注作:"應劭曰:《左氏傳》曰:在商爲豕韋氏。杜預曰:國名。東郡白馬縣南有韋城。"據統計,《漢書》與《文選》重合的文章約三十篇,顔注與李善注的繼承關係,也值得進一步探究。

今存傳承最早的《漢書》文本和顔師古注,當爲日鈔本和敦煌寫本殘卷。其中日藏古抄本《漢書》卷第五七《揚雄傳》上,一卷,卷首殘缺,存《反離騷》之反字以下至上卷卷終。與《文選》相同篇目存《甘泉賦》《羽獵賦》。有享德二年(1529)跋語。神田喜一郎記曰:"審其書法,規撫歐陽,率更精健儁逸,殊饒神味,淵民二字缺筆,蓋初唐人所書。"

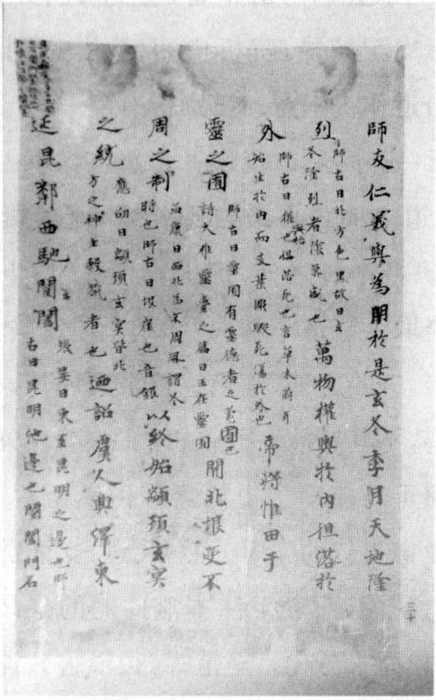
師友仁義與爲朋於是玄冬季月天地隆
烈師古曰北方色黑故曰玄冬隆烈者淒寒盛也萬物權輿於内徂落於
外師古曰權輿始也徂落死也言草木萬物始生於内而支葉凋殞死落於外也帝將惟田于
靈之囿師古曰靈囿有靈德者之苑囿也詩大雅靈臺之篇曰王在靈囿開北垠受不
周之制服虔曰西北爲不周風謂冬時也師古曰垠崖也音銀以終始顓頊玄冥
之統應劭曰顓頊玄冥皆北方之神主殺戮者也廼詔虞人典澤東
延昆鄰西馳閶闔晉灼曰東至昆明之邊也師古曰昆明池邊也閶闔門名

日古鈔本《漢書·揚雄傳》

3.《匡謬正俗》八卷　顔師古撰

提　要

顔師古，生平見"《漢書注》一百二十卷"條。

師古在注《漢書》一百卷後，"又以世俗之言多謬誤，質諸經史，匡而正之，謂之《匡謬正俗》。未成而卒"(《匡謬正俗序》)。唐高宗永徽二年(651)其子揚庭編爲八卷。

其書考訂前代典籍中訛誤混淆之字詞約一百八十條。其中所引典籍及諸家訓詁多上世逸書，言辯而確，可資後學見聞。與《文選》直接相關的近三十條。或爲考訂字義、字音，或爲諸書相沿異文、異説

之辨正。師古爲一代通儒，考訂精審，所見資料亦古，故頗具文獻參考價值。如卷五“《史記》”條，辨析史書體例，從司馬遷《史記》皆有“自叙一卷，總歷自道作書本意。篇别皆有引辭”。認爲淵源於《尚書叙》，即孔安國所云《書序》所以爲作者之意也。班孟堅《漢書》亦仿其意，於序傳内又歷道之而謙不敢自謂作者，避於擬聖，故改作“述”。“後人不詳，乃謂班書本贊之外，别更爲覆述，重申褒貶，有所嘆咏。摯虞撰《流别集》全取孟堅書序爲一卷，謂漢述已失其意。而范蔚宗、沈休文之徒撰史者，詳論之外，别爲一首華文麗句，標舉得失，謂之爲贊。自以取則班馬，不其惑歟？劉軌思《文心雕龍》雖略曉其意，而言之未盡。”此段考證重新梳理了史傳書叙由漢至六朝的演變分化，實際是由於對班馬史書書叙的誤解。然《文選》文體分類中正出現李善注本系列有“史述贊”體，而五臣注本無此體的分歧。按照師古的意見，至少摯虞的時代尚未分化。至范曄《後漢書》、沈約《宋書》則已不同。那麽蕭統所編《文選》中的分類是否有必要單獨分出“史述贊”一類，這顯然值得進一步深入探討。

本書也涉及南北朝時古音與唐代今音差異的考訂，所謂“古人考辨小學之書，今皆失傳。自顔之推《家訓音證篇》外，實莫古於是書”（《四庫全書總目提要》）。

今所見有乾隆二十一年(1756)盧見曾刻《雅雨堂叢書》本，中國國家圖書館藏。

4.《文館詞林》一千卷　許敬宗等編修

提　要

許敬宗(592—672)，字延族，杭州新城(今浙江富陽)人。唐武德中文學館學士，貞觀八年，累除著作郎兼修國史，遷中書舍人。高宗

時擢禮部尚書。咸亨三年卒,年八十一。貞觀以來主持或參加朝廷所修《五代史》《晋書》《文思博要》《累璧》《瑶山玉彩》等諸多著作的編寫。其事迹見《舊唐書》八二《許敬宗傳》。《新唐書》卷二二三上將之列入《奸臣傳》中。

《舊唐書·經籍志》《新唐書·藝文志》都有記載"《文館詞林》一千卷,許敬宗撰"。據《唐會要》卷三六《修撰》曰:"唐高宗顯慶三年(658)十月二日,許敬宗修《文館詞林》一千卷,上之。"又《舊唐書》卷一八九上《劉伯莊傳》曰:"其後,又與許敬宗等參修《文思博要》及《文館詞林》。"此書收録先秦至唐貞觀年間詩文。宋代以後其書逐漸在中土佚失,而流傳於海外。清代以來,經過多方搜集整理,日本古典研究會於昭和四十四年(1969)出版《影弘仁本〈文館詞林〉》一書,共搜集日本藏弘仁鈔本《文館詞林》三十卷(殘簡按一卷計)。中華書局 2001 年出版羅國威《日藏弘文本〈文館詞林〉校證》。

此書計現存詩文四百三十二篇,其中見於《文選》者分别爲《文選》卷二四陸機《答賈長淵》、卷三四曹子建《七啓》、卷三六傅季友《爲宋公修張良廟教》《爲宋公修楚元王墓教》四篇。經比對,其所收文章與《文選》所收存在較爲明顯的文字差異,對《文選》的版本異文具有重要的校勘意義。如尤袤本《答賈長淵》序中"賈長淵以散騎常侍東宫積年"句,五臣本系統包括奎章閣本都作"魯公賈長淵以散騎常侍侍東宫積年",《文館詞林》作"魯公賈謐以散騎常侍侍東宫積年"。從中可以看出兩個問題:一是《文館詞林》本與五臣本系統較爲接近。二是賈謐、賈長淵、魯公賈謐、魯公賈長淵,稱呼的不統一,有助於進一步考證小序與正文的關係問題。再如《答賈長淵》詩中傳世本皆作"啓土雖難,改物承天",而五臣劉良注曰"三哲開土宇,安患難,改漢物制,承奉天命"。其中"雖"字,并無"安"的意思。今據九條本、集注

本、《文館詞林》本作“綏”，可知原本“綏”，今傳本誤作“雖”。諸如此類，值得全面系統加以校勘。

今存《文館詞林》殘本，雖殘缺且非專門的選學著作，但由於編寫於唐初，其文本具有重要的校勘意義，故列於此。

5.《後漢書注》　章懷太子李賢等注

提　要

李賢(654—684)，字明允，高宗子。永徽六年(655)封潞王，後徙沛王、雍王，上元二年(675)立爲皇太子，尋令監國。調露二年(680)廢爲庶人，後遷巴州。文明元年(684)爲則天所逼自殺。年三十二歲。睿宗即位，又追贈皇太子，謚章懷。

李善表呈《文選注》後，即遷任潞王府，當時李賢四歲左右。李善在潞王府及秘書郎任上約八九年時間。乾封中(666—667)出爲經城令，當時李賢十二三歲。由此，可以推算，李賢對於李善《文選注》應是相當熟悉的。至李賢作太子監國期間，曾招集當時學者太子左庶子張大安、洗馬劉訥言、洛州司户格希元、學士許叔牙、成玄一、史藏諸、周寶寧等注范曄《後漢書》，表上之，賜物三萬段，仍以其書付秘閣。參見《舊唐書》卷八六《高宗中宗諸子列傳》。

故章懷太子李賢《後漢書注》的完成當在李善《文選注》成書近二十年後。比較兩注，部分作品的注釋如孔融《薦禰衡表》、陳孔璋《爲袁紹檄豫州》、班孟堅《典引》等引用文獻内容基本一致，蓋有一定的承襲關係。但也有部分作品的注釋完全不同。蓋《後漢書》注出於衆人之手，李善《文選注》亦作爲參考書。

6.《古今詩人秀句》二卷　元兢撰

提　要

元兢編，參預此集編纂的尚有劉禕之、范履冰。元兢，字思敬，高宗時爲周王府參軍、協律郎，嘗預修《芳林要覽》。事迹見《舊唐書·元思敬傳》。《新唐書·藝文志四》重複著録元兢《古今詩人秀句》二卷、元思敬《詩人秀句》二卷。又撰有《沈約詩格》一卷、《詩髓腦》一卷。皆已佚。

元兢《古今詩人秀句》摘録兩漢、魏、晋、宋、齊、梁、陳、隋唐代(終於初唐上官儀)近四百名詩人之秀句。元兢作《古今詩人秀句序》(載遍照金剛《文鏡秘府論》南卷)，闡明秀句"乃六義之眉首"，詳述撰集秀句"遂歷十年"之經過以及"以情緒爲先，直置爲本，以物色留後，綺錯爲末，助之以質氣，潤之以流華"。

其書已佚，今見載於《文鏡秘府論》。由載録的資料可知，其與《文選》的關係亦密切。日僧遍照金剛《文鏡秘府論》南卷《集論》引元兢《古今詩人秀句》曰："晚代銓文者多矣。至如梁昭明太子蕭統與劉孝綽等撰集《文選》，自謂畢乎天地，懸諸日月，然於取捨，非無舛謬。方因秀句，且以五言論之。至如王中書'霜氣下孟津'，及'游禽暮知返'。前篇則使氣飛動，後篇則緣情宛密。可謂五言之警策，六義之眉首。弃而不紀，未見其得。"這段議論中首先是批評《文選》選詩之失。

7.《史通》二十卷　劉知幾撰

提　要

劉子玄(661—721)，名知幾，彭城(今江蘇徐州)人。唐高宗永隆

元年(680)舉進士。曾任定王府倉曹,奉命與李嶠、徐彦伯、徐堅、張説等編纂《三教珠英》。長安二年(702)開始擔任史官,撰起居注,歷任著作郎、左史、鳳閣舍人、秘書少監、太子左庶子、左散騎常侍等職,兼修國史。長安三年,與李嶠、朱敬則、徐彦伯、徐堅、吴兢等撰修唐史,成《唐書》八十卷。曾探究本族歷史,撰《劉氏家史》及《劉氏譜考》。神龍二年(706)與徐堅、吴兢等修成《則天實隸》。玄宗初,與譜學家柳冲等改修《氏族志》,撰成《姓族系録》二百卷。又與吴兢重修《則天實録》三十卷,撰成《中宗實録》《睿宗實録》各二十卷。其後又與吴兢續修《高宗實録》,并自撰《睿宗實録》。後被貶安州别駕,卒於任上,年六十一。

劉知幾一生專攻史學,又屢任修史之職,深感宰相大臣監修,多所干預,不能秉筆直書,遂於景龍二年(708)辭去史職,開始私撰《史通》,詳論史書之體例及内容,闡述自己對史學的見解。書成於景龍四年(710),共二十卷,是中國第一部系統的史學評論專著。

《史通》撰著時間晚於李善注《文選》大約三十年,其書中如《論贊》第九,辨析論體、述、贊的史體源流,評價各家的得失及歷史影響;《序例》第一〇,辨析史序體裁原委。《載文》第一六叙述史書中收録文章的問題。《探賾》第二七,論史論之宗旨是非立意得失。《外篇·雜説》評價諸史家得失,都反映了唐代的史傳觀念與思考,且與《文選》中具有史論色彩的篇章可相參看。比如《探賾》篇中稱:“若齊冏失德,豪士於焉作賦。賈后無道,女史由其獻箴。斯皆短什小篇,可率爾而就也。安有變三國之體統,改五行之正朔,勒成一史,傳諸千載,而藉以權濟物議,取誠當時。豈非勞而無功,博而非要,與夫班彪《王命》,一何異乎?”《載文》篇言:“其理讜而切,其文簡而要,足以懲惡勸善,觀風察俗者矣。若馬卿之《子虚》《上林》,揚雄之《甘泉》《羽

獵》,班固《兩都》,馬融《廣成》,喻過其體,詞没其義,繁華而失實,流宕而忘返,無裨勸奬,有長奸詐,而前後《史》《漢》,皆書諸列傳,不其謬乎?”也可以看出唐代史家視角中的《文選》選文。

《史通》一書流傳滋廣,版本較多,要者如《史通》二十卷附《札記》一卷附《札記補》一卷,唐劉知幾撰,孫毓修編《札記》,姜殿揚編《札記補》,影上海涵芬樓藏明張鼎思刊本,《四部叢刊初編》。《史通》二十卷,唐劉知幾撰,明李維楨評,明郭孔釋,明刻本,《四庫存目叢書》。《史通通釋》二十卷《附録》一卷,清浦起龍撰,《四部備要》。

8.《樂府古題要解》二卷　吴競撰

提　要

吴競(670—749),汴州浚儀(今河南開封)人。武則天時入史館,編修國史。中宗時歷右補闕、起居郎、水部郎中。玄宗時官衛尉少卿,兼修文館學士,累遷太子左庶子。初與劉知幾等撰《武后實録》,所述張昌宗誘張説陷魏元忠事,直書不諱,後張説爲相,屢請更改,均遭拒絶。嘗私撰《唐書》《唐春秋》,未成,以書事不當貶荆州司馬,仍修史不止。天寳初,入爲恒王傅,猶求還史職。有《貞觀政要》《吴氏西齋書目》等。

《樂府古題要解》書前有小序,説明了作者撰述此書的目的,是要掃除樂府詩創作中“不睹於本章,便斷題取義”的積弊,爲後人“取正”提供依據。書中羅列漢魏六朝樂府古題一百餘個,采録傳記、諸家文集,疏記積累,分别闡發古題初旨,考證本事,叙述流變,内容較爲詳實。如關於樂府古辭之《長歌行》,尤袤本李善注引“崔豹《古今注》曰:長歌言壽命長短定分,不妄求也。此上一篇似傷年命,而下一首直叙怨情。《古詩》曰:長歌正激烈。魏武帝《燕歌行》曰:短歌微吟不

能長。傅玄《豔歌行》曰：咄來長歌續短歌。然行聲有長短，非言壽命也”。而《樂府古題要解》上卷曰：“右古詞：‘青青園中葵，朝露待日晞。’言榮華不久，當努力爲樂，無至老大乃傷悲也。曹魏改奏文帝所賦‘西山一何高’，言仙道洪濛不可識，如王喬赤松，皆空言虚辭，迂怪難信，當觀聖道而已。若晋陸士衡‘逝矣經天日’，複言人運短促，當乘閒長歌，不與古文合。”而在魏武帝《短歌行》“对酒當歌，人生几何”下言：晋陸士衡“置酒高堂，悲歌臨觴”，皆言當及時爲樂。又舊説“長歌”“短歌”，大率言人壽命長短分定，不可妄求也。所解亦言古題舊説皆指壽命之長短，而非聲之長短。

又解張衡《四愁詩》曰：“傷時之文也。其旨以所思之處方朝廷。美人爲君子。珍玩爲仁義。岩險雪霜爲讒諂。其流本出於《楚詞・離騷》。”其説與《文選・四愁詩序》所説“屈原以美人爲君子，以珍寶爲仁義，以水深雪雰爲小人。思以道術相報，貽於時君。而懼讒邪不得以通”一脉相承。

故此書雖非與《文選》直接相關，但其時代較早，與《文選》注具有相互發明的重要資料價值。

《樂府古題要解》二卷，今存版本衆多，有傅增湘跋明抄本，中國國家圖書館藏。影印明崇禎間毛氏汲古閣刻津逮秘書本，收入《四庫存目叢書》等。然今所傳無論刻本還是鈔本，似乎都非吴氏原本，晁公武《郡齋讀書志》稱唐吴競雜采漢魏以來古樂府辭凡十卷，又於傳記及諸家文集中采樂府所起本義以釋解古題。其所説十卷本的吴競《樂府古籍要解》久已佚失，今存者衹此兩卷本。《四庫全書》刊入《存目》，提要疑爲元人僞造，然考之宋郭茂倩《樂府詩集》所録，以及衆本，蓋爲殘本而非僞本。其中明抄本前有嘉靖己酉陸東序，嘉靖庚申河間知縣汝南梁梧刻書序，吴競的《樂府古題要解序》，後有正德乙亥

柳僉跋,又有陸東後跋。

9.《詩式》五卷　皎然撰

提　要

皎然(730—799),俗姓謝,字清晝,湖州(今浙江吴興)人,自稱爲謝靈運十世孫,從靈隱寺戒壇守直律師受戒,於毗尼道,尤所留心。住吴興杼山妙喜寺,與靈澈、陸羽爲莫逆之交。在文學、佛學、茶學等方面頗有造詣。贊寧《高僧傳》稱他"文章雋麗,當時號爲釋門偉器"。湖州刺史顔真卿集文士撰《韵海鏡源》,皎然亦參與其中。著作有《儒釋交游傳》及《内典類聚》共四十卷,《號呶子》十卷,今不見傳,另有《杼山集》十卷、《詩式》五卷等傳世。

《詩式》五卷,初爲評論漢魏以下古今人詩與討論作詩體式的札記,貞元五年(789)被整理成書。對"兩漢以降,至於我唐,名篇麗句,凡若干人"的詩歌創作經驗所作的理論概括,堪稱中國較早出現而又較爲完備的一部探討詩歌理論專著。元辛文房《唐才子傳·皎然上人傳》稱其"皆議論精當,取舍從公,整頓狂瀾,出色騷雅"(卷四)。

《詩式》評詩與《文選》具有密切的關聯。主要表現在所舉詩例多爲"選詩"。如"偷語詩例"條:"陳後主《入隋侍宴應詔詩》:日月光天德。取傅長虞《贈何劭王濟詩》:日月光太清。上三字同。下二字義同。""偷勢詩例"條:"王昌齡《獨游詩》:手携雙鯉魚,目送千里雁。悟彼飛有適,嗟此罹憂患。取嵇康《送秀才入軍詩》:目送歸鴻,手揮五弦。俯仰自得,游心泰玄。""越俗"條:"其道如黄鶴臨風,貌逸神王,杳不可羈。郭景純《游僊詩》:左挹浮邱袂,右拍洪厓肩。"

在皎然的詩歌理論體系中,重視對"用事"的辨析,現列其兩條如下:"用事。詩人皆以徵古爲用事,不必盡然也。今且於六義之中,略

論比興。取象曰比,取義曰興。義即象下之意。凡禽魚、草木、人物、名數,萬象之中義類同者,盡入比興,《關雎》即其義也。如陶公以'孤雲'比'貧士',鮑照以'直'比'朱絲',以'清'比'玉壺'。時久呼比爲用事,呼用事爲比。如陸機《齊謳行》:'鄙哉牛山嘆,未及至人情。爽鳩苟已徂,吾子安得停?'此規諫之忠,是用事非比也。如康樂公《還舊園作》:'偶與張邴合,久欲歸東山。'此叙志之忠,是比非用事也。詳味可知。""語似用事義非用事。此二門始有之,而弱手不能知也。如康樂公'彭薛纔(一作裁)知耻,貢公未遺榮。或可優貪競,豈足稱達生?'此申商榷三賢,雖許其退身,不免遺議。蓋康樂欲借此成我詩,非用事也。如《古詩》:'仙人王子喬,難可與等期。'曹植《贈白馬王彪》:'虚無求列仙,松子久吾欺。'又古詩:'師涓久不奏,誰能宣我心?'上句言仙道不可偕,次句讓(一作誚)求之無效。下句略似指人,如魏武呼杜康爲酒。蓋作者存其毛粉,不欲委曲傷乎天真,并非用事也。"

此外,評詩推崇《古詩十九首》、曹植、謝靈運,尤其對謝詩給予極高評價,稱其:"直於情性,尚於作用,不顧詞彩,而風流自然。彼清景當中,天地秋色,詩之量也;慶(一作卿)雲從風,舒卷萬狀,詩之變也。不然,何以得其格高,其氣正,其體貞,其貌古,其詞深,其才婉,其德宏,其調逸,其聲諧哉?至如《述祖德》一章,擬《鄴中》八首,《經廬陵王墓》《臨池上樓》,識度高明,蓋詩中之日月也,安可攀援哉!惠休所評'謝詩如芙蓉出水',斯言頗近矣!故能上躡《風》《騷》,下超魏晋。建安製作,其椎輪乎?"又:"兩重意已上,皆文外之旨。若遇高手,如康樂公,覽而察之,但見性情,不睹文字。"

否定沈約聲律,認爲其"酷裁八病,碎用四聲,故風雅殆盡。後之才子,天機不高,爲沈生弊法所媚,懵然隨流,溺而不返"。此皆略同

於選詩之取向。

《詩式》版本頗多,較常用者有《歷代詩話》本、《四庫全書》本以及《四庫存目叢書》所收明抄本等。

10.《詞苑麗則》二十卷　康顯貞撰

康顯貞,生卒年不詳,唐中宗時任修書學士。生平事迹見《新唐書・藝文志》卷四《海藏連珠》條注,顏真卿《銀青光禄大夫海濮饒房睦臺六州刺史上柱國汲郡開國公康使君神道碑銘》(《全唐文》卷三四四)。其作品有《海藏連珠》三十卷、《累璧》十卷、《文集》十卷,皆佚。

《日本國見在書目録》總集類載:"《詞苑麗則》廿卷,虞顯真撰。"《舊唐志》載:"《詞苑麗則》二十卷,康明貞撰。"《新唐志》載:"康明貞《辭苑麗則》二十卷。康顯《辭苑麗則》三十卷。"遍照金剛《文鏡秘府論》南卷《集論》中所載以"或曰"開頭的引文四篇,均無標題,其中,一、三、四分别出自殷璠《河岳英靈集論》、元兢《古今詩人秀句》、陸機《文賦》。其二據張固也考證,爲《辭苑麗則》序。故列於此。

11.《文鏡秘府論》　(日)遍照金剛撰

提　要

遍照金剛,俗名佐伯真魚,灌頂名號遍照金剛,謚號弘法大師,日本佛教僧侣,日本佛教真言宗創始人。空海法師於延曆二十三年(804),與最澄法師隨遣唐使入唐學法,抵唐之後,輾轉到長安,後訪寺擇師,在翌年的三月,拜在青龍寺惠果法師門下,受到惠果法師的傾囊相授,同年十二月,惠果法師示寂,空海於是四處参學,於次年(806)十月回國,留唐二年多。回國時携回大量的佛教經典,對此後的日本佛教産生重大影響。著有《辯顯密二教論》《三教指歸》《文鏡

秘府論》《文筆眼心鈔》《性靈集》《高野雜筆集》《篆隸萬象名義》等書，保存了不少中國文學和語言學資料。

《文鏡秘府論》全書包括序言，天卷（聲韵調聲説）、地卷（體勢論）、東卷、南卷、西卷、北卷幾個部分。其内容包括了四聲説、調聲説（天卷），十七式、十四例、十體（地卷），對屬論（東卷和北卷），病犯論（西卷），創作論（南卷）等方面，是日本漢詩學的第一部著作，對後世學者影響深遠。其中所引有部分與《文選》重合的内容，如陸機《文賦》就被多次全文或片段引用。

此外，保存了不少唐人對於《文選》中作家作品評論的資料，以及文學理論的資料。如《南卷·論文意》有："凡文章皆不難，也不辛苦。如《文選》詩云：'朝入譙郡界'，'左右望我軍'，皆如此例，不難不辛苦也。"又《南卷·論句》："夫詩，一句即須見其地居處，如'孟夏草木長，繞屋樹扶疏。衆鳥欣有托，吾亦愛吾廬。'若空言物色，則雖好而無味，必須安立其身。"談詩之比興如《南卷》："詩有平意興來作者，'願子勵風規，歸來振羽儀。嗟余今老病，此别恐長辭。'蓋無比興，一時之能也。詩有'高臺多悲風，朝日照北林'，則曹子建之興也。阮公《咏懷詩》曰：'中夜不能寐（謂時暗也），起坐彈鳴琴（憂來彈琴以自娱也）。薄帷鑒明月（言小人在位，君子在野，蔽君猶如薄帷中映明月之光），清風吹我襟（獨有其日月以清懷也）。孤鴻號外野，翔鳥鳴北林（近小人也）。'"

保存了唐人關於文體的理論，如《南卷·别類》："咏史者，讀史見古人成敗，感而作之。雜詩者，古人所作，元有題目，撰入《文選》，《文選》失其題目，古人不詳，名曰雜詩。樂府者，選其清調合律，唱入管弦，所奏即入之樂府聚之。如《塘上行》《怨歌行》《長歌行》《短歌行》之類是也。咏懷者，有咏其懷抱之事爲興是也。"

保存了唐人關於詩史的勾勒，如《南卷》："夫詩有三四五六七言之别，今可略而叙之。三言始於《虞典》《元首》之歌。四言本出《南風》，流於夏世，傳至韋孟，其文始具。六言散在《騷》《雅》。七言萌於漢。五言之作，《邵南》《行露》，已有濫觴，漢武帝時，屢見全什，非本李少卿也。(以上略同古人。)少卿以傷子爲宗，文體未備，意悲詞切，若偶中音響，《十九首》之流也。古詩以諷興爲宗，直而不俗，麗而不朽，格高而詞温，語近而意遠，情浮於語，偶象則發，不以力制，故皆合於語，而生自然。建安三祖、七子，五言始盛，風裁爽朗，莫之與京，然終傷用氣使才，違於天真，雖忘松容，而露造迹。正始中，何晏、嵇、阮之儔也，嵇興高邈，阮旨閒曠，亦難爲等夷；論其代，則漸浮侈矣。晋世尤尚綺靡，古人云：'采縟於正始，力柔於建安。'宋初文格，與晋相沿，更憔悴矣。"諸如此類，恕不一一列舉。

《文鏡秘府論》在日本流傳甚廣，有多種鈔本殘卷，其中比較完整的古鈔本《文鏡秘府論》有昭和五年東方文化學院影印本。今有《文鏡秘府論校注》，王利器校注，北京：中國社會科學出版社 1983 年版。《文鏡秘府論彙校彙考》，盧盛江整理，北京：中華書局 2006 年版。又盧盛江有《文鏡秘府論研究》，北京：人民文學出版社 2013 年版。

12.《資暇集》(《資暇録》) 三卷　李匡乂(李濟翁)撰

提　要

李匡乂(806？—886？)，顧氏覆宋本作李濟翁。爲唐宗室，元和間宰相李夷簡之子。初仕洛陽主簿，後任賀州刺史，事見陳振孫《直齋書録解題》卷八。中和元年，任太子賓客，隨僖宗入蜀。昭宗時，官至正少卿。關於李匡乂之名，周中孚《鄭堂讀書記》卷五四考訂云當作"李匡文"："考濟翁之名匡文，見《唐書宗室世系表》，及《藝文志》史

部編年類、譜牒類與子部小説家類，凡四見，皆作‘匡文’。又陸放翁《渭南文集》跋此書，亦作‘匡文’，王勉夫《野客叢書》引此書，則作‘正文’，蓋避‘匡’爲‘正’也。”今不可遽定，仍從傳本。李匡乂著作頗豐，有《李氏房從譜》《聖唐偕日譜》《幸蜀記》《兩漢至唐年紀》《資暇集》等書。然僅存《資暇集》傳世。

《資暇集》一書爲唐代考訂筆記之重要著作。其内容涉獵廣泛，包括典章制度、花鳥蟲魚，古語舊事，文章訛誤，都加以溯源、辨誤、不乏精允之見。其自序中稱：“世俗之談，類多訛誤，雖有見聞，嘿不敢證，故著此書。上篇正誤，中篇譚元，下篇本物，以資休暇。”此序今傳本已佚，見載於晁公武《郡齋讀書志》卷三下。

書中與《文選》直接相關的條目以卷上“非五臣”條爲代表，其文曰：“世人多謂李氏立意注《文選》，過爲迂繁，徒自騁學，且不解文意，遂相尚習五臣者，大誤也。所廣徵引，非李氏立意。蓋李氏不欲竊人之功，有舊注者，必逐每篇存之，仍題元注人之姓字。或有迂闊乖謬，猶不削去之。苟舊注未備，或興新意，必於舊注中稱‘臣善’，以分别之。既存元注，例皆引據，李續之，雅宜殷勤也。代傳數本李氏《文選》。有初注成者，覆注者，有三注、四注者，當時旋被傳寫之。其絶筆之本，皆釋音訓義，注解甚多。余家幸而有焉。嘗數本并校，不唯注之贍略有異，至於科段，互相不同，無似余家之本該備也。因此而量五臣者，方悟所注盡從李氏注中出。開元中進表，反非斥李氏，無乃欺心歟！且李氏未詳處，將欲下筆，宜明引憑證，細而觀之，無非率爾。今聊各舉其一端。至如《西都賦》説游獵云：‘許少施巧，秦成力折。’李氏云：‘許少、秦成，未詳。’五臣云：‘昔之捷人壯士，搏格猛獸。施巧力折，固是捷壯。’文中自解矣。豈假更言？况又不知二人所從出。又注‘作我上都’云：‘上都，西京也。’何大淺近忽易歟！必

欲加李氏所未注,何不云'上都者,君上所居,人所都會'耶?況秦地厥田上上,居天下之上乎?又輕改前賢文旨。若李氏注云:'某字或作某字',便隨而改之。其有李氏不解,而自不曉,輒復移易。今不能繁駁,亦略指其所改字。曹植樂府云:'寒鱉炙熊蹯',李氏云:'今之臘肉謂之寒,蓋韓國事饌尚此法。'復引《鹽鐵論》'羊淹鷄寒'、劉熙《釋名》'韓羊韓鷄'爲證,'寒與韓同'。又李以上句云'膾鯉臇胎鰕',因注《詩》曰:'炰鱉膾鯉。'五臣兼見上句有'膾',遂改'寒鱉'爲'炰鱉',以就《毛詩》之句。又子建《七啓》云:'寒芳蓮之巢龜,膾西海之飛鱗',五臣亦改'寒'爲'搴'。搴,取也。何以對下句之'膾'耶?況此篇全説修事之意,獨入此'搴'字,於理甚不安。上句既改'寒'爲'搴',即下句亦宜改'膾'爲'取'。縱一聯稍通,亦與諸句不相承接。以此言之,明子建故用'寒'字,豈可改爲'炰''搴'耶?斯類篇篇有之,學者幸留意,乃知李氏絶筆之本,懸諸日月焉。方之五臣,猶虎狗鳳鷄耳。其改字也,至有'翩翻'對'恍惚',則獨改'翩翻'爲'翩翩',與下句不相收。又李氏依舊本,不避國朝廟諱,五臣易而避之,宜矣。其有李本本作'泉'及年代字,五臣貴有異同,改其字,却犯國諱。豈唯矛楯而已哉!"由此可見其考訂方式方法,兹全録於此。

《新唐書·藝文志》、晁公武《郡齋讀書志》"小説家類"著録,題名《資暇》三卷。陳振孫《直齋書録解題》"雜家類"著録題名《資暇集》三卷。《崇文總目》《宋史·藝文志》則著録《資暇録》。名雖異而實爲一書。本書版本衆多,有《叢書集成初編》所選陽山顧氏文房覆宋本,《唐宋叢書》《學海類編》《墨海金壺》《續知不足齋叢書》皆收入此書。今有中華書局 1985 年影印本和 2012 年點校本等。

13.《兼明書》五卷　丘光庭（邱光庭）撰

提　要

丘光庭，唐五代烏程（今浙江吴興）人。新、舊《唐書》無傳，生卒年也存在唐代、五代和宋三種説法。然大約與羅隱、殷文圭同時代，羅隱（833—909）有《酬丘光庭》詩，作於唐僖宗中和二年（881）。殷文圭（？—920）有《題胡（湖）州太學丘光庭博士幽居》詩，當於唐昭宗乾寧三年（896）。又《湖州府志》卷七四《人物傳·文學》中“邱光庭”條載：“天祐三年（906），高澧刺湖，延光庭校書樓中。”入五代以後事迹無考。故其主要的活動時間當在881年至906年。應屬唐人。《直齋書録解題》卷一〇《雜家類》稱：“唐國子太學博士邱光庭。”其中“邱”當爲“丘”，爲避孔子諱所改。丘光庭存世的著作不多，只有《兼明書》和《全唐文》收録的十二篇文章。《新唐書·藝文志》載《丘光庭集》三卷。

全書爲文獻考證的纂集，以考訂儒家經典與五臣注《文選》爲主。卷一爲總説諸書，卷二、卷三爲考證《周易》《尚書》《毛詩》《春秋》《禮記》《論語》《孝經》《爾雅》等儒家經典，卷四爲《文選》考訂二十二條，卷五爲雜説。其考訂“引據典核，辨訂詳明”（《湖州府志·人物傳·文學》），當然也有值得商榷和明顯不當之處。

具體看《兼明書》中與《文選》相關的考訂内容，主要爲卷四《文選》部分二十二條，其首列“五臣注《文選》”，言“五臣者不知何許人也，所注《文選》頗爲乖疏。蓋以時有王張，遂乃盛行於代”。其後二十一條則逐條辨證五臣注釋之失誤。《四庫全書總目提要》稱其考證“精核”，然仔細推敲，似存先入之見，不少條目仍值得商榷。如“昔聞東陵瓜”條曰：“阮籍《咏懷詩》曰：‘昔聞東陵瓜，近在青門外。’臣延濟

曰:‘故秦時東陵侯邵平種瓜於青門外,其瓜甚美,以供賓也。’明曰:‘按嗣宗此詩是遭亂代,思深居遠害,故以瓜喻之。言邵平種瓜不能深遠,近在青門之外,又色妍味美,遂爲人所食啗。故下云:五色耀朝日,嘉賓四面會。膏火自煎熬,多財爲患害。意言人遭代亂,苟逞才露穎,必爲時所害。如美瓜膏火之自喪矣。而延濟不喻此義。種瓜以供賓客,何其謬歟?’”事實上,沈約舊注、李善注同樣指出此詩爲用《史記》召平東陵瓜之典故,且五臣張銑在下一句的注釋中指出:“膏以明而受煎熬,人以財而見患害,豈如邵平爲布衣而終身不仕。至於寵禄,何足恃賴? 顧朝廷若是,願以退居,故有此詞。”沈約、李善、五臣對此典故的釋讀,同樣指向以東門賣瓜喻布衣生活,而無意於寵禄之意。考阮籍《咏懷詩》中二首詩首次化用了“東陵瓜”的典故,《咏懷詩》第五四首有“持瓜思東陵,黄雀誠獨羞”,陶淵明《飲酒》其一有“衰榮無定在,彼此更共之。邵生瓜田中,寧似東陵時”,庾信《擬咏懷》二十七首其二四有“千年水未清,一代人先改。昔日東陵侯,唯見瓜園在”。同樣表達了以種瓜喻布衣隱逸的意藴。光庭獨指責五臣,不理解阮籍以“美瓜膏火之自喪”喻“逞才露穎,必爲時所害”之意,顯然未喻全詩用典深意而妄加批評。

《兼明書》五卷,收録於《四庫全書》子部雜家類。《叢書集成初編》據寶顔堂秘笈本排印,中華書局 1985 年據以影印。

14.《江談抄》　(日)大江匡房撰,後藤昭雄等校注

提　要

此書第三卷中講述了遣唐使吉備真備在唐被幽閉,後由安倍仲麻吕的鬼魂導引,接受了皇帝關於《文選》、圍棋、野馬臺等種種考驗,終於回國的故事。這一故事也被創作爲畫卷名《吉備大臣入唐繪

詞》,是日本藝術史上典型的“繪卷物”之一種。此卷大約製成於平安後期,從1932年起,被美國波斯頓美術館收藏。除了這一故事外,也有《文選》師説漸絶而令人慨嘆無比的一條記載。日本神田喜一郎撰有《文選絮語》,童嶺譯,見《古典文獻研究》2011年第一四輯。神田氏提出:“作爲繼承紀傳道博士家的大江匡房,因此感到了巨大的責任,也就是那種對於《文選》難讀的重壓感吧！涉及《文選》的《吉備大臣入唐繪詞》的這一段,不就是大江匡房對於《文選》師説漸絶的苦悶的象徵嗎？總之,從日本漢文學史上看,這是非常有意思的一段。”

東京:岩波書店1997年版。

15.《河岳英靈集》三卷　殷璠撰

提　要

殷璠,生卒年不詳,丹陽人。

殷璠《河岳英靈集叙》中稱:“梁昭明太子撰《文選》,後相效著述者十餘家,成自稱盡善。高聽之士,或未全許。且大同至於天寶,把筆者近千人,除勢要及賄賂者,中間灼然可尚者,五分無二,豈得逢詩輯纂,往往盈帙？蓋身後立節,當無詭隨,其應詮揀不精,玉石相混,致令衆品銷鑠,爲知音所痛。”[①]説明此集的編纂爲續昭明《文選》所作。對於選詩的標準,在其《叙》中闡述説:“夫文有神來、氣來、情來。有雅體、野體、鄙體、俗體。編紀者能審鑒諸體,委詳所來,方可定其優劣。論其取捨,至如曹劉詩多直語,少切對,或五字并側,或十字俱平,而逸駕終存。然挈瓶庸受之流,責古人不辨宫商徵羽,詞句質素,耻相師範。於是攻異端,妄穿鑿,理則不足,言常有餘,都無興象,但

① 按:諸本皆脱此段,《四部叢刊》影印明刊本校勘記依《文苑英華》補。

貴輕豔。雖滿篋笥,將何用之?自蕭氏以還,尤增矯飾。武德初,微波尚在。貞觀末,標格漸高。景雲中,頗通遠調。開元十五年後,聲律風骨始備矣。實由主上惡華好樸,去僞從真,使海内詞人,翕然尊古,南風周雅,稱闡今日。”其説一則選本選詩當“審鑒諸體”,二則以神、氣、情爲選擇要素,三則强調興象,聲律風骨,反對矯飾。從體例和選詩標準上看,都與《文選》具有一定的繼承創新關係,可稱爲早期的續《選》詩之作。

中國國家圖書館藏宋刻本《河岳英靈集》二卷,有《四部叢刊》初編影印明翻宋本三卷、明末汲古閣刻本三卷,通行本有上海古籍出版社1958年版。

16.《古文苑》九卷　唐佚名編,宋章樵序

提　要

唐人佚名所編。書前有宋朝奉郎知平江府吴縣事武林章樵序,作於南宋紹定壬辰(1232)七月望日。《序》曰:“古文苑者,唐人所編,史傳所不載,《文選》所不録之文也。歌、詩、賦、頌、書、狀、箴、銘、碑、記、雜文爲體二十有一,爲編二百六十有四,附入者七,始於周宣石鼓文,終於齊永明之倡和,上下一千三百年間,世道之升降,風俗之醇漓,政治之得失,人才之高下,於此而概見之,可謂萃衆作之英華,擅文人之巨偉也。”

陳振孫《直齋書録解題》卷一五言:“《古文苑》九卷,不知何人所集。皆漢以來遺文、史傳及《文選》所無者。世傳孫洙巨源於佛寺經龕中得之,唐人所藏也。韓無咎類次爲九卷,刻之婺州。”本書存兩個系統,一爲南宋淳熙六年(1179)韓元吉刻本,爲九卷本。中國國家圖書館藏宋刻本。再造善本據以影印。此本曾經清嘉慶十四年(1809)

孫星衍影刻，見《岱南閣叢書》。二爲章樵整理本，前有宋紹定五年(1232)序，二十一卷，蓋經章樵補遺勘誤并注釋。今存宋端平三年常州軍刻淳祐六年盛如杞重修本，再造善本據以影印。又有明成化十八年(1482)張世用刻本，見於《惜抱軒叢書》《四部叢刊》《四庫全書》《龍溪精舍叢書》等收入。

關於《古文苑》一書的成書時代，後人争議頗多。清人則考證認爲“此書乃宋人所録，其時隋以前集罕存，凡不全各篇采諸唐人類書”，“九卷本脱誤不少，却非章樵廿一卷本所能補正”(見顧千里《與孫淵如觀察論九卷本古文苑書》，《顧千里集》)。

三、宋金元(29種)

1.《文苑英華》一千卷　李昉等編

提　要

李昉(925—996),字明遠(《直齋書録解題》作明叔),深州饒陽(今河北饒陽)人。後漢乾祐間進士。仕後周爲翰林學士。宋初,爲中書舍人。宋太宗時任參知政事、平章事。以特進、司空致仕,至道二年(996)卒,年七十二,贈司徒,謚文正。李昉效法白居易詩風,爲"白體詩"代表人物之一。典誥命共三十餘年,曾參與編寫宋代四大類書中的三部(《太平御覽》《文苑英華》《太平廣記》),有文集五十卷,今已佚。《全宋文》輯有其文兩卷,《全宋詩》録其詩。

《文苑英華》是北宋四大部書之一,是繼《文選》之後編寫的又一部大型詩文總集。由李昉、徐鉉、宋白及蘇易簡等二十餘人共同編纂。全書上起蕭梁,下迄唐五代,選録作家近二千二百人,文章近兩萬篇,所收唐代作品最多,約占全書的十分之九。可謂卷帙浩繁。按文體分賦、詩、歌行、雜文,還收録了詔誥、書判、表疏、碑志等。太平興國七年(982)九月開始纂修,雍熙三年(986)十二月完成。明代胡維新在《刻〈文苑英華〉序》中説:"《苑》之集始於梁,而部系類分,悉宗《選》例,非嗣文以承統乎?"認爲《文苑英華》編纂體例有續《文選》之意。此後,人們習慣用"續仿"來評價《文苑英華》,如《四庫全書總目》言"《文苑英華》所録,則起於梁末,蓋即以上續《文選》。其分類編輯,體例亦略相同,而門類更爲繁碎"。今人的觀點也大體相似。

宋王應麟《玉海·藝文》卷二〇引《會要》:“太平興國七年(982)九月,帝以諸家文集其數至繁,各擅所長,蓁蕪相間,乃命翰林學士承旨李昉、學士扈蒙、直院徐鉉、中書舍人宋白、知制誥賈黄中、吕蒙正、李至、司封員外郎李穆、庫部員外郎楊徽之、監察御史李範、秘書監丞楊礪、著作佐郎吴淑、吕文仲、胡汀、戴貽慶、國子監丞杜鎬、將作監丞舒雅,凡十七人,以徽之尤精風雅,特命編詩爲百八十卷。閲前代文章,撮其精要,以類分之,爲千卷,目録五十卷。雍熙三年十二月壬寅書成,號曰《文苑英華》。後李昉等相繼改外任,續命翰林學士蘇易簡等共成之。帝覽之稱善,降詔褒諭,以書付史館,賜器帛各有差。景德四年(1007)八月丁巳,詔三館分校《文苑英華》,以前所編次未盡允愜,遂令文臣擇前賢文章,重加編録,芟繁補缺,换易之,卷數如舊。景德中,上謂宰臣曰:今方外學者少書,誦讀不能廣博,《文苑英華》先帝纘次,當擇館閣文學之士校正,與李善《文選》并鏤板頒布,庶有益於學者。”又引《實録》:“雍熙三年(986)十二月壬寅,翰林學士宋白等上。宋白等表曰:‘席翻經史,堂列縑緗,咀嚼英腴,總覽翹秀。撮其類例,分以布居,使沿溯者得其餘波,慕味者接其妍唱。’上覽而善之,詔答曰:‘近代以來,斯文浸盛。雖述作甚多,而研蚩不辨。’遂令編緝,止取菁英,所謂摘鸞鳳之羽毛,截犀象之牙角。書成來上,實有可觀,宜付史館。景德四年八月丁巳,命直館校理校勘《文苑英華》及《文選》,摹印放行。祥符二年(1009)十月己亥,命太常博士石待問校勘。十二月辛未,又命張秉、薛映、戚綸、陳彭年覆校。孝宗以秘閣本多舛錯,命周必大校讎以進。淳熙八年(1181)正月二十二日,以一百十册藏秘閣。”

《崇文總目》卷五總集類:“《文苑英華》一千卷,原釋宋白等奉詔撰,采前世諸儒雜著之文。”至少在宋代,這部書被作爲與《文選》并行

的文學總集而傳承。今存明隆慶元年(1567)刻本,藏中國國家圖書館。有中華書局1966年影印本。

2.《唐文粹》一百卷　姚鉉撰

提　要

姚鉉(968—1020),字寶臣,廬州合肥(今安徽合肥)人。宋太宗太平興國八年(983)進士,官至兩浙轉運使。有文集二十卷,已佚。今存詩五首。《宋史》卷四四一有傳。據姚氏《唐文粹》自序,此書始編於宋真宗咸淳五年(1002),歷時十年,成書於大中祥符四年(1011)。

本書原題《文粹》,又題作《唐賢文粹》。是我國現存最早的斷代總集式詩文選本。所選録作家涵蓋初唐至晚唐,二百餘人。收文一千一百零四篇,收詩九百六十一首。分古賦九卷、詩九卷(含上下)、頌五卷、贊二卷、表奏書疏六卷、文三卷、論五卷、議四卷、古文七卷、碑十六卷、銘五卷、記七卷、箴誡銘一卷、書十二卷、序七卷、傳録紀事二卷。以作品體裁分類編輯,選録唐人作品,"以古雅爲命,不以雕篆爲工,故侈言蔓辭率皆不取"(《唐文粹序》)。因此文賦衹收古體,不收駢文;詩歌衹收古體詩,不收五言、七言的近體詩。南宋周必大在《文苑英華序》中説姚鉉從《文苑英華》中選録詩文十分之一而成《唐文粹》,其實是誤解,其所選多不見於《文苑英華》。因其鮮明的編纂宗旨和選録標準,加上文獻揀擇精當,學界對其多有推許,如《四庫全書總目提要》、陸敬安《冷盧雜志》"唐文粹"條等。

此書的編纂明顯繼承了昭明太子蕭統《文選》的編纂體例,如姚鉉《序》中所説:"梁昭明太子蕭統,始自楚騷,終於本朝,盡索歷代才士之文,筑臺而選之,得三十卷,號曰《文選》,亦一家之奇書也。厥後

徐庾之輩淫靡相繼。下逮隋季，咸無取焉。有唐三百年，用文治天下，陳子昂起於庸蜀，始振風雅。繇是沈宋嗣興，李杜傑出，六義四始一變至道。”又“今世傳唐代之類集者，詩則有《唐詩類選》《英靈》《間氣》《極玄》《又玄》等集。賦則有《甲賦》《賦選》《桂香》等集。率多聲律，鮮及古道。蓋資新進後生幹名求試者之急用爾，豈唐賢之文迹兩漢、肩三代而反無類次以嗣於《文選》乎？鉉不揆昧懵，遍閱群集，耽玩研究，掇菁擷華，十年於兹”。

中國國家圖書館藏宋紹興九年臨安府刻本，題名曰《文粹》，爲現存最早的版本，中國國家圖書館影印再造善本古籍收録。亦有中華書局影印的《四部叢刊初編》本。明代張溥有《唐文粹删》，清代王士禛有《唐文粹詩選》，郭麟有《唐文粹補遺》。可參見張達雅《〈唐文粹〉知見版本考》，《東海大學圖書館館訊》新八五期。

3.《夢溪筆談》二十六卷，《補筆談》三卷，《續筆談》一卷　沈括撰

提　要

沈括(1031—1095)，字存中，晚號夢溪丈人。錢塘(今浙江杭州)人。嘉祐八年(1063)進士。熙寧五年(1072)提舉司天監，熙寧八年(1075)爲翰林學士，元豐三年(1082)知延州。晚年居潤州(今鎮江)夢溪園，《筆談》内容基本完成於此時。紹聖二年(1095)卒，年六十五歲。

《夢溪筆談》系列著作，以筆記體記録、輯考和訂正了大量的典章制度、掌故軼事、文物考古、物産民俗等，更爲人矚目的是保存了大量科學技術的發明實踐。三種著作共有六百零九條，其中科技方面的條目占二百五十五條。其中也包括與《文選》相關的考訂，如：

卷三辨證一“《楚詞·招魂》尾句皆曰些(蘇個反)，今夔峽、湖湘

及南北江獠人凡禁咒句尾皆稱‘些’。此乃楚人舊俗,即梵語‘薩嚩訶’也。薩音桑葛反。嚩,無可反。訶,從去聲。三字合言之,即‘些’字也”。又“歷代宮室有‘謻門’,蓋取張衡《東京賦》‘謻門曲榭’也。説者謂‘冰室門’。按《字訓》:‘謻,别也。’《東京賦》但言别門耳,故以對‘曲榭’,非有定處也”。又卷四辨證二關於司馬相如《上林賦》、郭璞《江賦》之水文地理的考證,關於顔延年詩“一麾乃出守”的考證。又卷五樂律一關於馬融《笛賦》中“適”字李善注的辨證、李善注“笛”的辨證。另有,卷二三譏謔考司馬相如叙上林諸水李善注誤條;《補筆談》卷一“自古言‘楚襄王夢與神女遇’,以《楚辭》考之,似未然”條;《補筆談》卷三“黄鐶(《蜀都賦》‘青珠黄鐶’)”條;《續筆談》:“陶淵明《雜詩》:‘采菊東籬下,悠然見南山。’往時校定《文選》,改作‘悠然望南山’,似未允當。若作‘望南山’,則上下句意全不相屬,遂非佳作。”其考證多能結合豐富的實踐和廣博的學識,故多精當。如“陶淵明《雜詩》”條稱“往時校定《文選》”,也反映出宋人校改《文選》之史實。

據沈括《夢溪筆談序》曰:“予退處林下,深居絶過從,思平日與客言者,時紀一事於筆,則若有所晤言,蕭然移日。所與談者,唯筆硯而已,謂之《筆談》。”

《夢溪筆談》一書的版本,現存以元大德九年(1305)茶陵陳仁子東山書院本爲最早,藏中國國家圖書館。此外有《四部叢刊續編》影印明覆宋本、愛日精廬活字本、《四庫全書》本等。歷來校勘最精細本當爲胡道静《夢溪筆談校證》,古典文學出版社 1957 年版,上海古籍出版社 1987 年版。

4.《麈史》三卷　王得臣撰

提　要

王得臣(1036—1116),字彦輔,自號鳳臺子,安州安陸(今湖北安陸)人。嘉祐四年(1059)進士,歷岳州巴陵令、管幹京西漕司文字、爲秘書丞、提舉開封府界常平等事、開封府判官等。官至司農少卿。著有《江夏辨疑》一卷、《鳳臺子和杜詩》三卷、《江夏古今紀咏集》五卷、《麈史》三卷。

《麈史》是王得臣晚年所整理的筆記,涉及範圍很廣。包括二八四事,分四十四門,凡朝廷掌故,耆舊遺聞,耳目所及,咸登編録。其間參稽經典,辨别異同,亦深資考證。其中與《文選》相關者如:

卷二"詩話"門有:"古善詩者善用人語,渾然若己出唯李杜。顔延年《赭白馬賦》云:'旦刷幽燕,晝秣荆越。'子美《驄馬行》曰:'晝洗須騰涇渭深,夕趨可刷幽并夜。'太白《天馬歌》曰:'鷄鳴刷燕晡秣越。'蓋皆出於顔賦也。"

卷二"文學"門有:"《楚辭》:《招魂》《大招》其中盛稱洞房翠帷之飾,美顔秀領之列,瓊漿胾羹之烹,新歌鄭衛之娱,日夜沉湎與象棋六博之樂,夫所以呰楚者深矣。其卒云:'魂兮歸來,正始昆只。'言往者既不可以正,尚或以解於後耳。又曰'賞罰當只''尚進士只''國家爲只''尚三王只',皆思其來而反其政者也。"

"王羲之《蘭亭三日序》,世言昭明不以入《選》者,以其'天朗氣清'。或曰《楚辭》'秋之爲氣也,天高而氣清',似非清明之時。然管弦絲竹之病,語衍而複,爲逸少之累矣。"

"梁任昉集秦漢以來文章名之始,目曰《文章緣起》。自詩、賦、離騷至於藝、約八十五題,可謂博矣。既載相如《喻蜀》,不録揚雄《劇

美》。録《解嘲》，而不收韓非《説難》。取劉向《列女傳》，而遺陳壽《三國志評》。至韓柳、元結、孫樵又作原，如《原道》《原性》之類；又作讀，如《讀儀禮》《讀鶡冠》之類；又作書，如《書段太尉逸事》；訟，如《訟風伯》；訂，如'訂樂'等篇。嗚呼文之體可謂拯矣。今略疏之，續彦昇之志也。”

“任昉以三言詩起晋夏侯湛，唐劉存以爲始於'鷺於飛''醉言歸'。任以頌起漢之王褒，劉以始於周公《時邁》。任以檄起漢陳琳檄曹操，劉以始於張儀檄楚。任以碑起於漢惠帝作四皓碑，劉以管子謂無懷氏封太山刻石紀功爲碑。任以銘起於始皇登會稽山，劉以蔡邕《銘論》'黄帝有金几之銘'，其始也。若此者尚十餘條，或討其事名之因，或具成篇而論，雖有不同，然不害其多聞之益。”

“李善注《文選》最爲該洽，然潘岳《閒居賦》曰：'周文弱枝之棗，房陵朱仲之李。'善以'周文''房陵'未詳。予嘗讀王子年《拾遺》曰：'北極有岐峰之陰，多棗木百尋，其枝莖皆空，其實長尺，核細而柔，百歲一實。'夫岐乃周文所居，又棗枝莖皆空，核細而柔。任昉《述異志》曰：'房陵定山有朱仲李園三十八所。'李尤《果賦》云'三十六園朱李'是也。由是知岳賦所用蓋出此。”

“吴興姚鉉集唐人所爲古賦、樂章、歌詩、贊、頌、碑、銘、文、論、箴、表、傳、録、書、序，凡百卷，名《文粹》。予在開封時，長渝游相國寺，得唐漳州刺史張登文集一策六卷，權文公爲之序，其略曰：'所著詩賦之外，書啓志記，序述銘誄，合爲一百二十篇。'又曰：'如《求居》《寄别》《懷人》三賦，與《證相》一篇，意有所激，鏘然玉振，倘有繼梁昭明之爲者，斯不可遺者也。'然所得書肆鏤板，纔六十六篇，蓋已亡其半。抑觀《文萃》并不編載。由是知姚亦有未見者。予續《文粹》之外，登之文，以至金石所傳，裒而録之，以廣前集。今病矣，不酬其志。”

關係到文體、用事、蘭亭詩、李善注等幾個方面的考證和記載，無疑具有相當高的史料價值。然《四庫全書總目提要》也指出了其存在的問題，曰："論王羲之《蘭亭集》，不知'天朗氣清'本張衡《南都賦》，絲竹管弦本《漢書·張禹傳》。論潘岳《閒居賦》，謂'周文弱枝之棗，房陵朱仲之李'，李善以'周文''房陵'爲未詳，因引王嘉《拾遺記》《述異記》補之，不知善注於此二條引《廣志》注'周文弱枝'，引《荆州記》注'房陵朱仲'，疏解分明。得臣蓋偶見不全之本。"

本書有《四庫全書》本、《叢書集成續編》本、國家圖書館藏明鈔本等。

5.《蘇軾文集》　蘇軾撰

提　要

蘇軾(1037—1101)，字子瞻，一字和仲，號東坡居士。眉州眉山(今四川眉山)人。《宋史》卷三三八《蘇軾傳》曰其："博通經史，屬文日數千言，好賈誼、陸贄書。既而讀《莊子》，嘆曰：'吾昔有見，口未能言，今見是書，得吾心矣。'"歷仕北宋仁宗、英宗、神宗、哲宗朝，才華爲時所重，然身處新舊政法更迭之際，屢屢貶官外任。期間愛民厚俗，政聲日隆。父蘇洵，弟蘇轍。皆以文才聞名當世。本傳史臣論曰："蘇軾自爲童子時，士有傳石介《慶曆聖德詩》至蜀中者，軾歷舉詩中所言韓、富、杜、范諸賢以問其師。師怪而語之，則曰：'正欲識是諸人耳。'蓋已有頡頏當世賢哲之意。弱冠，父子兄弟至京師，一日而聲名赫然，動於四方。既而登上第，擢詞科，入掌書命，出典方州。器識之閎偉，議論之卓犖，文章之雄雋，政事之精明，四者皆能以特立之志爲之主，而以邁往之氣輔之。故意之所向，言足以達其有猷，行足以遂其有爲。至於禍患之來，節義足以固其有守，皆志與氣所爲也。仁

宗初讀軾、轍制策,退而喜曰:'朕今日爲子孫得兩宰相矣。'神宗尤愛其文,宫中讀之,膳進忘食,稱爲天下奇才。二君皆有以知軾,而軾卒不得大用。一歐陽脩先識之,其名遂與之齊,豈非軾之所長不可掩抑者,天下之至公也,相不相有命焉,嗚呼!軾不得相,又豈非幸歟?或謂軾稍自韜戢,雖不獲柄用,亦當免禍。雖然,假令軾以是而易其所爲,尚得爲軾哉?"議論頗爲持中。東坡先生著述頗豐,有《東坡全集》一百一十五卷,《東坡先生墓志銘》一卷、年譜一卷,《東坡詩集注》王十朋注三十二卷,《施注蘇詩》四十二卷、總目二卷、首一卷、年譜一卷,《蘇詩補注》清查慎行補注五十卷、年表一卷、采輯書目一卷,《東坡詞》一卷,收入《四庫全書》;《經進東坡文集事略》六十卷,《四部叢刊》影印宋刻本;《東坡志林》十二卷、《仇池筆記》一卷,《叢書集成初編》本;《廣成子解》一卷、《蘇氏易傳》九卷、《格物粗談》二卷等,《叢書集成新編》本。

蘇軾於《文選》的關注,歸結起來,在如下幾個方面:

(1) 評《文選》之"編次無法,去取失當"曰:"舟中讀《文選》,恨其編次無法,去取失當。齊、梁文章衰陋,而蕭統尤爲卑弱。《文選》引斯可見矣。如李陵、蘇武五言,皆僞而不能去。觀《淵明集》,可喜者甚多,而獨取數首。以知其餘,人忽遺者甚多矣。淵明《閒情賦》,正所謂《國風》好色而不淫,正使不及《周南》,與屈、宋所陳何異。而統乃譏之,此乃小兒强作解事者。元豐七年六月十一日書。"(《蘇軾文集》卷六七《題跋》)

又"梁蕭統集《文選》,世以爲工。以軾觀之,拙於文而陋於識者,莫統若也。宋玉賦《高唐》《神女》,其初略陳所夢之因,如子虚、亡是公等相與問答,皆賦矣。而統謂之叙,此與兒童之見何異?李陵、蘇武贈别長安,而詩有'江漢'之語。及陵與武書,詞句儇淺,正

齊梁間小兒所擬作，絶非西漢文。而統不悟。劉子玄獨知之”（《蘇軾文集》卷四九《答劉沔都曹書》，亦見於《蘇軾文集》卷六七《題蔡琰傳》）。

（2）評《文選注》：《書謝瞻詩》：“李善注《文選》，本末詳備，極可喜。所謂五臣者，真俚儒之荒陋者也。而世以爲勝善，亦謬矣。謝瞻《張子房詩》云‘苛慝暴三殤’，此《禮》所謂上、中、下殤，言暴秦無道，戮及孥稚也。而乃引‘苛政猛於暴虎，吾父、吾子、吾夫皆死於是’，謂夫與父爲殤，此豈非俚儒之荒陋者乎。諸如此類甚多，不足言。故不言。”（《蘇軾文集》卷六七《題跋》）。

又《書文選後》：“五臣注《文選》，蓋荒陋愚儒也。今日偶讀嵇中散《琴賦》云：‘間遼故音庳，弦長故徽鳴。’所謂痺者，猶今俗云敁聲也（敁音鮮，出《羯鼓録》）。兩弦之間遠，則有敁，故曰間遼。微鳴云者，今之所謂泛聲也。弦虚而不接，乃可按，故云‘弦長而微鳴’也。五臣皆不曉，妄注。又云：《廣陵》《止息》《東武》《大山》《飛龍》《鹿鳴》《鵾鷄》《游弦》。中散作《廣陵散》，一名《止息》。此特一曲爾，而注云《八曲》。其他淺妄可笑者極多，以其不足道，故略之。聊舉此，使後之學者，勿憑此愚儒也。五臣既陋甚，至於蕭統，亦其流爾。宋玉《高唐神女賦》，自‘王曰唯唯’以前，皆賦也。而統謂之序，大可笑也。相如賦首有子虚、烏有、亡是三人論難，豈亦序耶。其餘謬陋不一，亦聊舉其一爾。”（《蘇軾文集》卷六七《書文選後》）。

（3）評《文選》所收作家作品的思想意藴。如評司馬相如，有《書司馬相如論蜀文後》二篇，曰：“司馬長卿始以污行不齒於蜀人，既而以賦得幸天子，未能有所建明立絲毫之善以自贖也。而創開西南夷逢君之惡，以患苦其父母之邦，乃復矜其車服節旄之美，使邦君負弩先驅，豈得詩人致恭桑梓，萬石君父子下里門之義乎？卓王孫暴富遷

虜也，故眩而喜耳。魯多君子，何喜之有。”“司馬相如歸臨邛，令王吉謬爲恭敬，日往朝相如，相如稱病，使從者謝吉。及卓氏爲具，相如又稱病不往。吉自往迎相如。觀吉意，欲與相如爲率錢之會耳。而相如遂竊妻以逃，大可笑。其《諭蜀父老》，云以諷天子。以今觀之，不獨不能諷，殆幾於勸矣。諂諛之意，死而不已，猶作《封禪書》。如相如，真可謂小人也哉！司馬相如諂事武帝，開西南夷之隙，及病且死，猶草《封禪書》，此所謂死而不已者耶。列仙之隱居山澤間，形容甚臞，此殆得道人也。而相如鄙之，作《大人賦》，不過欲以侈言廣武帝意耳。夫所謂大人者，相如孺子，何足以知之。若賈生《鵩賦》，真知大人者也。庚辰八月二十二日。”(《蘇軾文集》卷六五《史評》)

關於楊子雲《趙充國頌》的議論："始予觀充國策先零、匈奴情僞，曰：'何其明也。'又觀遣雕車行羌中告諭，阻辛武賢先攻罕、開，守便宜不出師。畫屯田十二利，專務以恩信積穀招降，以謂此從容以義用兵，與夫遑詐諼疲人於一戰者絶殊。最末，觀其語將校曰：'諸君皆便文自營爾，非爲公家忠計也。'語郎中曰：'是何言之不忠也？吾固以死守之。'語浩星賜曰：'吾老矣，豈嫌伐一時事以欺明主哉！老臣不以餘命爲陛下言之，卒死，誰當復言之？'卒以其意白上云。嗚呼！使有位君子皆用其心如充國，則古今天下豈有不治者哉！嘗觀於内，公卿士大夫之議曰：'法當然，奈何！'觀於外，將之議曰：'詔如是，不當違詔也。'凡在我，一入一出，未有止障也。脱有能言一事，其言不用，則矜語於人曰：'某事吾嘗言之，上不我用也，我則無負。'終不更犯顔色，往復論也，况於以死守而不欺，豈復有哉！而以餘命受禄位者，并肩立也。豈特才不及充國，忠又不如，可嘆也。夫充國之用心，人臣常道爾。然與充國同時在漢廷人，未聞皆然，而充國獨然，故可重也。噫，今之人，不及往時遠矣，則充國益可重也。予既觀充國而感今之

人，又觀宣帝與之上下議論，而格排群疑用之，遂無勞兵下羌寇，不知其能功名，亦遇主然也。噫，宣帝、充國可重也，況三代君臣間哉。下不肯有欺上，上其容有間然乎？而觀揚子雲贊，不及此區區論功爾。功古今豈無大者哉，不若原其心以勵事君也。班固又不出語。山東氣俗，故著云爾。"

評阮籍曰："'世之所謂君子者，惟法是修，惟禮是克。手執圭璧，足履繩墨。行欲爲目前檢，言欲爲無窮則。少稱鄉黨，長聞鄰國。上欲圖三公，下不失九州牧。獨不見夫群虱之處褌中乎？逃乎深縫，匿乎敗絮，自以爲吉宅也。行不敢離縫際，動不敢出褌襠，自以爲得繩墨也。然炎丘火流，焦邑滅都，群虱處於褌中不能出也。君子之處域内，何異夫虱之處褌中乎？'此阮籍之胸懷本趣也。籍未嘗臧否人物，口不及世事，然禮法之士，疾之如仇讎，獨賴司馬景王保持之爾，其去死無幾。以此論之，亦虱之出入往來於衣褌中間者也，安能笑褌中之藏乎？吾故書之，以爲將來君子一笑。戊寅冬至日。"(《蘇軾文集》卷六五《史評》,《外集》題作《書阮籍語》)

又"阮籍見張華《鷦鷯賦》，嘆曰：'此王佐之才也。'觀其志，獨欲自全於禍福之間耳。何足爲王佐之才乎？華不從劉卞言，竟與賈氏之禍。畏八王之難，而不免倫、秀之害。此正求全之過，失《鷦鷯》之本意也。"(《蘇軾文集》卷六五《史評》,《東坡志林》題作《張華〈鷦鷯賦〉》)

又評陶淵明《雜詩》之"秋菊有佳色"篇曰："靖節以無事自適爲得此生，則凡役於物者，非失此生耶？"(《蘇軾文集》卷六七《題跋》)

(4) 評《文選》所收作品的藝術性，如《書蘇李詩後》曰"歷觀古人之作辭約而意盡者，莫如李少卿贈蘇子卿之篇"。又《題淵明飲酒詩後》："'采菊東籬下，悠然見南山。'因采菊而見山，境與意會，此句最有妙處。近歲俗本皆作'望南山'，則此一篇神氣都索然矣。古人用意深

微，而俗士率然妄以意改，此最可疾。”(《蘇詩文集》卷六七《題跋》)

(5) 與《文選》中作品的接受和互動。有《續養生論》，續嵇康《養生論》；有《藥誦》，爲根據嵇康《幽憤》詩卒章“采薇山阿，散髮岩岫。永嘯長吟，頤性養壽”而生發的議論。見《蘇軾文集》卷六四《雜著》。

以上所引見《蘇軾文集》，孔凡禮點校，北京：中華書局 1986 年版。

6.《清江三孔集》四十卷　孔平仲撰

提　要

孔平仲(1044—1111)，字義甫，一作毅父，臨江新喻(今江西新餘)人。英宗治平二年(1065)進士。神宗熙寧中爲密州教授(本集《常山四詩》序)。元豐二年(1079)爲都水監勾當公事(《續資治通鑒長編》卷二九八)。哲宗元祐元年(1086)召試學士院。二年擢秘書丞、集賢校理。三年爲江南東路轉運判官。後遷提點江浙鑄錢、京西南路刑獄(同上書卷三八〇、四〇七、四〇九、四八三)。紹聖中坐元祐時附會當路，削校理，知衡州。又以不推行常平法，失陷官米錢，責惠州別駕，英州安置。徽宗立，復朝散大夫，召爲户部、金部郎中，出提舉永興路刑獄。崇寧元年(1102)，卒。平仲與兄文仲、武仲并稱“三孔”，黄庭堅有“二蘇聯璧，三孔分鼎”之譽。著有《續世説》《孔氏談苑》《珩璜新論》《釋稗》等。

其與《文選》相關的作品主要包括兩首集《文選》句詩。一首詩《集文選句贈别》，原文爲：

> 離别在須臾，置酒宴所歡。借問此何時，萋萋春草繁。江蘺生幽渚，山櫻發欲然。游絲映空轉，紅藥當階翻。飛鳥繞樹翔，哀猿響南巒。相與數子游，行邁越長川。相去日已遠，光景不可攀。舉目增永慕，叙意於濡翰。

另一首是《文選集句寄慎思，交代學士。慎思游越，老夫守舍，叙述游舊，慎問交承與夫舍舟登陸之策，俱在此矣》，原文作：

鄧生何感激，志尚好書詩。清機發妙理，言論準宣尼。翰墨時間作，文雅縱横飛。彌年缺相從，夢想見容輝。自昔同寮寀，恩愛兩不疑。潔身躋秘閣，携手游郊畿。一麾乃出守，桑梓有餘輝。濡迹涉江湘，將就衡陽棲。渺渺孤舟游，洲渚既淹時。鳳凰集南嶽，平生遂幽期。岩峭嶺稠疊，高高入雲霓。企石挹飛泉，陵岡掇丹荑。即事既多美，游子澹忘歸。春仲尚未發，悠悠隔山陂。今我惟困蒙，處身孤且危。顧影悽自憐，悄悄令人悲。一心抱區區，知音世所希。塊然守空堂，高窗時動扉。仰視浮雲翔，密雨如散絲。中夜撫枕嘆，軒車來何遲。傾想遲嘉音，會合何時諧。借問下車日，臨路猶遲迴。春江壯風濤，漁潭霧未開。肅此塵外軫，以副飢渴懷。

作爲今所見最早的集《選》句詩，雖僅二首，亦彌足可貴，謹録於此。孔平仲詩文集已散佚，後經輯佚，刊入《清江三孔集》；民國初年編爲《朝散集》，刊入《豫章叢書》。《宋史》卷三四四有傳。孔平仲詩，有文淵閣《四庫全書・清江三孔集》、《豫章叢書・朝散集》、明鈔殘本《三孔先生清江文集》及《宋詩鈔》等版本。另可參看《宋代集句詩校注》，張福清校注，上海：上海古籍出版社 2013 年版。

7.《文林啓秀》十卷　晁宗慤編

提　要

晁宗慤(985—1042)，字世良，累遷祠部員外郎、知制誥，入翰林爲學士兼龍圖閣學士，知開封府。康定元年拜右諫议大夫，参知政事。卒贈工部尚書，謚文庄。《宋史》卷三〇五有傳。

宋王應麟《玉海·藝文》卷二〇："晁文莊公宗慤以《文選》、《續文選》、《藝文類聚》、《初學記》、《文苑英華》、南北朝洎隋唐人文集，美字粹語，分百七十有四門，十卷，名曰《文林啓秀》。"

8.《唐子西文録》　唐庚語，强幼安編

提　要

唐子西，即唐庚(1071—1121)，生平見《三謝詩》條下。

據書前題記，此書乃强幼安追憶所編，共集唐庚論詩之語三十五條。成書於紹興八年(1138)。所發之評皆簡短精要，推崇司馬遷和杜甫。稱："六經以後，便有司馬遷。三百五篇之後，便有杜子美。六經不可學，亦不須學。故作文當學司馬遷。作詩當學杜子美。二書亦須常讀，所謂何可一日無此君也。"又："司馬遷敢亂道却好，班固不敢亂道且不好。不亂道又好是《左傳》，亂道又不好是《唐書》。"則將遷、固置於歷代史傳中加以考量。又評三謝詩曰："三謝詩，靈運爲勝，當就《文選》中寫出熟讀，自見其優劣也。"又："《文選》三賦，《月》不如《雪》，《雪》不如《風》。"又評謝玄暉詩云："'寒城一以眺，平楚正蒼然。''平楚'，猶'平野'也。吕延濟乃用'翹翹錯薪，言刈其楚'謂'楚'，木叢。便覺意象殊窘，凡五臣之陋，類若此。"有集外佚文見於《苕溪漁隱叢話》(作《唐子西語録》)、《詩人玉屑》等。

《四庫全書》收録於集部詩文評類。亦有《歷代詩話》本。

9.《石林詩話》　葉夢得撰

提　要

葉夢得(1077—1148)，字少藴，號石林居士，吴縣(今江蘇蘇州)

人。早年師從晁補之、張耒，紹聖四年（1097）進士。累官中書舍人、翰林學士、吏部尚書、龍圖閣直學士。靖康元年，知杭州。宋室南渡後，任建康（今江蘇南京）知府，致力於抗金防備及軍餉勤務。宋高宗建炎二年（1128）授户部尚書，遷尚書左丞。罷歸湖州。後任江東安撫使。

著有《石林春秋讞》三十卷、《春秋考》三十卷及《建康集》《石林詞》《石林詩話》《石林燕語》《岩下放言》《石林奏議》等，存詞一百零三首。

此書論詩以氣格、自然爲主，主張言與意會、言隨意遣、渾然天成的原則。頗類於鍾嶸的自然真味説。論詩於當代推崇王安石晚年之作，反對蘇、黄用事之法，批評剛剛興起的江西詩派牽率鬥湊，故求奇僻，流於字句模仿，偃蹇狹陋的流弊。“北宋詩話之作，多重記事而不重詩藝的研究，自《石林詩話》出，風氣才開始轉變。此書記事之處仍不少，但對詩歌理論的闡發，是明顯加强了，而且不乏深入透辟之見。”①

如其評謝靈運“池塘生春草，園柳變鳴禽”曰：“世多不解此語爲工，蓋欲以奇求之耳。此語之工，正在無所用意，猝然與景相遇，借以成章，不假繩削，故非常情所能到。詩家妙處，當須以此爲根本，而思苦言難者，往往不悟。”（《卷中》）

與《文選》相關的其他詩論，主要爲對於以模擬學詩的看法。如：“魏晋間人詩，大抵專工一體，如侍宴從軍之類，故後來相與祖習者，亦但因其所長取之耳。謝靈運《擬鄴中七子》與江淹《雜擬》是也。梁

---

① 霍松林主編《中國歷代詩詞曲論專著提要》，北京：北京師範學院出版社 1991 年版，第 69 頁。

鍾嶸作《詩品》,皆云某人詩出於某人,亦以此。然論陶淵明乃以爲出於應璩,此語不知其所據。應璩詩不多見,惟《文選》載其《百一詩》一篇,所謂'下流不可處,君子慎厥初'者,與陶詩了不相類。五臣注引《文章録》云:'曹爽用事,多違法度,璩作此詩,以刺在位,意若百分有補於一者。'淵明正以脱略世故,超然物外爲意,顧區區在位者,何足累其心哉?且此老何嘗有意欲以詩自名,而追取一人而模仿之,此乃當時文士與世進取競進而争長者所爲,何期此老之淺,蓋嶸之陋也。"(《卷下》)

再如:"江淹《擬湯惠休詩》曰:'日暮碧雲合,佳人殊未來。'古今以爲佳句。然謝靈運'圓景早已滿,佳人猶未還'、謝玄暉"春草秋更緑,公子未西歸",即是此意。嘗怪兩漢間所作騷文,未嘗有新語,直是句句規模屈宋,但换字不同耳。至晋宋以後,詩人之詞,其弊亦然。若是雖工,亦何足道。蓋當時祖習,共以爲然,故未有譏之者耳。"(《卷下》)

以及對於詩格與人格的看法。如:"嵇康《幽憤詩》云:'性不傷物,頻致怨憎。昔慚下惠,今愧孫登。'蓋志鍾會之悔也。吾嘗讀《世説》,知康乃魏宗室婿。審如此,雖不忤鍾會,亦安能免死邪。嘗稱阮籍口不臧否人物,以爲可師,殊不然。籍雖不臧否人,而作青白眼,亦何以異?籍得全於晋,直是早附司馬師,陰托其庇耳。史言禮法之士,嫉之如仇,賴司馬景王全之。以此而言,籍非附司馬氏,未必能脱禍也。今《文選》載蔣濟《勸進表》一篇,乃籍所作,籍忍至此,亦何所不可爲。籍著論鄙世俗之士,以爲猶虱處乎褌中。籍委身於司馬氏,獨非褌中乎?觀康尚不屈於鍾會,肯賣魏而附晋乎?世俗但以迹之近似者取之,概以爲嵇、阮,我每爲之太息也。"(《卷下》)

《石林詩話》有元陳仁子刻本、明末汲古閣刻本、《四庫全書》本

等諸多版本。各本或分一卷,或分上、中、下三卷。但總體相同。今有《歷代詩話》本,中華書局 1981 年出版,三卷,共九十條,另附拾遺三條。

10.《楚辭補注》 洪興祖撰

提 要

洪興祖(1090—1155),字慶善,號練塘,丹陽(今江蘇鎮江)人。宋政和八年(1118)上舍及第。初爲湖州士曹,尋改宣教郎。建炎三年(1129)春,召試秘書省正字,專掌圖書及校勘典籍,後遷太常博士。時金兵已破徐州,洪進言上疏,"乞收人心,納謀策,安民情,壯國威",又論"國家再造,一宜以藝祖爲法",寬開賢路,扶危掖傾之心,深爲高宗所賞識。紹興四年(1134),遷駕部郎官。其言擊中朝廷紀綱之失,終爲奸相秦檜等人所憎。未幾,起知廣德軍(安徽)。後擢提江東刑獄,知真州。時真州爲宋、金交兵衝要之地,瘡痍滿目,百業皆廢。洪興祖數次請奏減免民租,招撫難民,以濟災苦,遭同朝怨屬嫉恨。不久,徙知饒州。紹興二十四年(1154),洪因爲已故龍圖閣學士程瑀《論語解》撰序,不意序言多涉怨望,引起滿朝非議。次年八月,洪興祖憂鬱而卒。時年六十六歲。墓葬丹陽裏莊竹塘村,後追贈敷文閣學士。洪興祖著有《楚辭考異》《楚辭補注》《論語説》等傳世。

洪興祖《楚辭補注》十七卷,徵引衆多前代典籍以補王逸的《楚辭章句》。其中對於《文選》一書對《楚辭》選取的批評,對《文選》五臣注的徵引,以及其参校底本的文獻價值等,都值得進一步研究。如《楚辭補注·漁父章句第七》卷末,洪興祖曰:"《藝文志》云:《屈原賦》二十五篇,然則自《騷經》至《漁父》,皆賦也。後之作者苟得其一體,可以名家矣。而梁蕭統作《文選》,自《騷經》《卜居》《漁父》之外,《九歌》

去其五,《九章》去其八。然司馬相如《大人賦》率用《遠游》之語,《史記·屈原傳》獨載《懷沙》之賦,揚雄作《伴牢愁》,亦旁《惜誦》至《懷沙》。統所去取,未必當也。自漢以來,靡麗之賦,勸百而諷一,無復惻隱古詩之義。故子雲有曲終奏雅之譏,而統乃以屈子與後世詞人同日而論,其識如此,則其文可知矣。”[①]今人郭寶軍《論洪興祖〈楚辭補注〉對〈文選〉及其注釋的接受》一文可爲參考。[②]

11.《世俗諺文》　(日)源爲憲編著

提　要

據源爲憲書前序,原書共一百一十二門,六百三十一章,勒成三卷。作序的時間在日本寬治四年(1090)丁未歲秋八月十七日,時在北宋哲宗的元祐五年。本文所據爲觀智院所藏卷子本一卷。後藤昭雄称,後附朱筆“中下闕失”“書寫紀年不詳”,據山田孝雄氏、川瀨一馬氏推定爲平安末期寫本,筑島裕氏則認爲是鐮倉初期寫本。

對於爲何編寫這樣一部類抄,源爲憲稱:“夫言語者,自來俗諺者多出經藉,雖釋典儒書爲街談巷説,然而苦不知本所出矣。”故目的在於通過這部類抄爲俗諺、俗語找出典籍的出處。此書的編寫雖然大約在北宋時期,然其所據文獻則爲唐代傳入日本的中國古典籍,故其文獻價值當不亞於敦煌石室古鈔。由此,我們也可藉其編纂瞭解日本中世所看到的中國唐世及以前經典書籍的面貌。然此抄三卷僅存上卷,殊爲遺憾,但僅上卷便引用了多達六十九種中國古典籍,亦可管中窺豹,略見端倪。

① 洪興祖著,白化文點校《楚辭補注》,北京:中華書局1983年版。

② 郭寶軍《論洪興祖〈楚辭補注〉對〈文選〉及其注釋的接受》,《南京師範大學文學院學報》2010年第2期。

此卷中所存典籍包括如下幾類：

(1) 儒家經典:《論語》三十條;《古文孝經》四條;《孝經》二條;《禮記》十四;《曲禮》五條;《古文尚書》一條;《尚書》五條;《春秋經》一條;《春秋傳》一條;《左傳》八條;《穀梁傳》一條;《毛詩》十五條;《周易》二條。

(2) 史部:《戰國策》二條;《史記》三十條;《漢書》九條;《後漢書》十條;《魏志》一條;《晋書》二條;《風俗通》一條;《東觀漢記》一條;《列女傳》一條;《世説新語》五條;《西京雜記》一條;《顔氏家訓》六條;王子年《拾遺記》一條;《漢武帝故事》(《漢武故事》)二條;《山海經》一條;《續齊諧記》一條;《神仙傳》二條;《博物志》一條;《逸士傳》一條。

(3) 子部:《墨子》一條;《老子》一條河上公注一條;《莊子》五條郭象注一條;《孫卿子》一條;《韓子》一條;《列子》一條;《列子傳》一條;《吕氏春秋》二條;《淮南子》一條;《韓詩外傳》一條;《説苑》三條;《抱朴子》一條;《孔子家語》二條;《劉子》三條。

(4) 集部:《楚辭》二條;《文選》十六條;《朝野僉載》七條;《白氏六帖》一條;陸士衡《文賦》一條;《千字文》一條;魏恒《四體書勢》一條。

(5) 佛典:《法華經》一條;《大乘本生心地觀經》(簡稱《心地觀經》)一條;《阿含經》一條;《西域記》一條;《大方便佛報恩經》(簡稱《報恩經》)一條;《賢愚經》一條;《仁主經》一條;《寶梁經》一條;《四分律》一條;《僧祇律》一條;《毗尼母經》一條;《法花文句》二條。

(6) 不明典籍:《正典》一條;《職員令》一條;《要覽》一條;《書判》一條。

其中引《文選》的部分可與今本《文選》相參。如引《文選》魏文帝《典論・論文》:"人善於自見,而文非一體,鮮能備善之,故各以所長,相輕所短。"尤袤本、觀智院鈔本(1330)《文選》"人"上有"夫"字,"善"

下無“之”字。“故”作“是以”。

此書引《文選》注惟引李善注，蓋出於李善單本注《文選》系統。故其與集注本頗有出入，如“一卷師”下引《文選》任彦昇《宣德皇后令》“博通群籍，而讓齒乎一卷之師”，乎，集注本作“于”，北宋本、尤袤本并作“乎”。

“一人向壁，滿座不論”條下引潘安仁《笙賦》云：“衆滿堂而飲酒，獨向隅而掩淚。”今北宋本、李善本下“而”并作“以”，然陳八郎本、朝鮮正德本并作“而”。若此本所據爲李善單本注，則今李善單刻本爲追求虚字的變化、上下句的一致而改下“而”爲“以”字。

“孔席不腝”條下，引《文選》班固《答賓戲》“孔席不暖，墨突不黔”句。下引注曰：“韋昭曰：腝，温也。臣善曰：《文子》曰：孔子無黔突，墨子無暖席。非以貪禄慕位，欲起天下之利，除万民之害也。《小雅》曰：黔，墨也。”然今尤袤本無“臣善曰”三字，將韋昭與李善注混爲一談。然原本當有此三字。正如敦煌本舊注下，善注上，皆列“臣善曰”三字。又《文子》曰“孔子無黔突，墨子無暖席”句，明顯與正文相反，是否錯鈔，待考。又此李善注條下“《小雅》曰：黔，墨也”，尤袤本作“《小雅》曰：黔，黑也”。

“聞善若驚，疾惡如仇”句下引《文選》潘安仁《楊荆州誄》曰：“聞善若驚，疾惡如讎。”注：“李氏曰：《國語》楚藍尹亹謂子西曰：夫闔盧聞一善言若驚，得一士若富。”其中，若富，尤袤本作“若賞”。

“千載一遇”句下引《文選三國名臣序贊》云：“千載一遇，賢智之嘉會也。”今尤袤本、集注本、陳八郎本并無“也”字。然細繹上下文，當以有也字爲長。

“黄河清而聖人生”句下引《文選》李蕭遠《運命論》云：“夫黄河清而聖人生。”注李氏曰：“《易乾鑿度》曰：帝王將起，河水先清，先白變

赤，赤變黑，黑變黄，各三日也。”李善此注在北宋本、尤袤本中作：“聖人受命，瑞應先見於河。河水先清，清變白，白變赤，赤變黑，黑變黄，各三日。”

“自近及遠”條下引《文選》曹子建《求通親親表》云：“蓋堯之爲教，先親後疏，自近及遠。其《傳》云：尅明畯德，以親九族。九族既睦，平章百姓。又《尚書・堯典》云云。”其中，畯，尤袤本作“俊”，北宋本、集注本作“畯”。“又《尚書・堯典》云云”句，集注本李善注中有“李善曰：《尚書・堯典》文也”句，北宋本、尤袤本李善注并無此句。

“守在海外”條下引《文選》張平子《東京賦》云：“且夫天子有道。”注：“薛綜云：‘言四夷皆爲臣僕也。’臣善曰：《左氏傳》沈尹戒云：古者天子守在四夷。”此條正文北宋本無“且夫”二字，尤袤本無“夫”字，九條本、陳八郎本、朝鮮正德本并作“且夫”。薛綜注北宋本、尤袤本并作“《淮南子》曰：若天下無道，守在四夷。天下有道，守在海外。言四夷皆爲臣僕”。李善注北宋本、尤袤本并作“鄭玄《禮記注》曰：道，謂仁義也”。這一條當中，薛綜注引文衹有一句，李善注引文完全不同。相比而言，刻本的李善注顯然更爲完善。是否此李善本爲初注本也未可知。

12.《學林》十卷　王觀國撰

提　要

王觀國，字彦賓，潭州長沙（今湖南長沙）人。《宋史》無傳。據陸心源《儀顧堂題跋》卷八考證，其爲宋徽宗政和五年（1115）進士，後知汀州寧化縣，紹興十四年（1144）被劾出知邵州。

《學林》書名，取自《漢書敘傳》：“正文字惟學林。”全書共十卷，凡三百五十八則。以考辨字體、字音、字義、詞句、典故爲主，博引經史

子集部,加以綜合考辨,《四庫全書總目提要》稱:“引據詳洽、辨析精核者十之八九。”往往多涉《文選》篇章詞句之考證。如:

卷一“奚斯”條,考證班固《兩都賦序》“奚斯頌魯”、王逸《魯靈光殿賦序》“奚斯頌僖,歌其路寢”,爲班固、王逸誤用典故。《詩・魯頌・閟宫》曰“新廟奕奕,奚斯所作”,意謂魯人新姜嫄之廟,而公子奚斯主持其事。

卷一“勺藥”條,考證《詩・鄭風・溱洧》“贈之以勺藥”,《毛傳》:“勺藥,香草也。以别則贈以勺藥,結恩情也。”江淹《别賦》“下有勺藥之詩”,即用此典故。至司馬相如《子虚賦》“勺藥之和具,而後御之”。《南都賦》云“歸雁鳴鵽,香稻鮮魚,以爲勺藥,酸甜滋味,百種千名”。枚乘《七發》“於是使伊尹煎熬,易牙調和。熊蹯之臑,勺藥之醬”。張景陽《七命》“味重九沸,和兼勺藥”。觀國按:讀勺藥爲酌略,是以魚肉等物爲醢醬食物,非溱洧之勺藥明矣。《子虚賦》諸家注説,皆誤以爲溱洧之勺藥。

卷七“古賦題”條,考證司馬相如《子虚賦》、班固《兩都賦》、張衡《二京賦》、左思《三都賦》本來都是一篇,但昭明太子《文選》析爲《子虚賦》《上林賦》、《西都賦》《東都賦》、《西京賦》《東京賦》、《蜀都賦》《吴都賦》《魏都賦》,認爲“夫賦題者綱領也,綱領正則文意通,昭明太子何其多析也”。

卷七“古賦序”條,提出如傅毅《舞賦》、宋玉《高唐賦》《神女賦》《登徒子好色賦》,本皆無序,然昭明太子編《文選》,析其賦首一段爲序。揚雄《羽獵賦》賦首有二序,五臣認爲一者史臣,一者雄序。觀國認爲《羽獵賦》“頌曰”下,乃賦也,非序也。又《文選》載揚子雲《解嘲》《甘泉賦》,賈誼《鵩鳥賦》,禰衡《鸚鵡賦》,司馬相如《長門賦》,漢武帝《秋風辭》,劉歆《移書責太常博士》有序,然皆非序也,乃史辭也。昭

明摘史辭以爲序,誤也。

卷七有“三都賦序”條、“甘泉賦”條、“四愁詩序”條、“閒情賦”條,卷八“詩重韵”條,“井幹”條,“陬”條,“木蘭”條等,皆有資選學考證。

但也有不甚準確之條,如胡紹煐《文選箋證》卷三指出:“王氏觀國《學林》曰:‘今人正月旦以桃木爲版,書神荼、鬱壘於版,而置於門,謂桃符,即桃梗也。《戰國策》“土偶與桃梗語”是也。《東京賦》“度朔作梗”,言以度朔山桃木爲符梗。善以梗爲病,誤。’紹煐按:‘作梗’,猶云‘作祟’,今俗云‘作梗’。王氏謂梗爲桃梗而引《戰國策》爲證,不知《戰國策》之桃梗即木偶也,而云度朔作木偶,於文爲不辭矣。”

此書有武英殿聚珍本,嘉慶十四年(1809),收入《湖海樓叢書》。《湖南叢書》同治五年(1866)、商務印書館《叢書集成初編》(1939)亦收入。今有田瑞娟點校本,北京:中華書局1988年版。

13.《緗素雜記》(《靖康緗素雜記》)十卷　黄朝英撰

提　要

黄朝英,字士俊,福安(今福建福安)人。生卒年不詳。晁公武《郡齋讀書志》云:“朝英,建州人。紹聖(1094—1098)後舉子也。”明代亦稱此書名《靖康緗素雜記》,蓋以“靖康”標注此書成書的時代,是在北宋之末年。宋人筆記如姚寬《西溪叢語》、王楙《野客叢書》、胡仔《苕溪漁隱叢話》、吴曾《能改齋漫録》等多引證此書。亦可證其成書蓋於北宋末。

自南宋起,本書爲衆多學者所稱,内容包括字詞、音義、句讀、人物、典章、名物、歷史事實等。重在辨正古今訛誤,校正史傳得失,其説引據詳明,論有根柢。堪稱宋代考據筆記中的重要著作,與王楙《野客叢書》、王觀國《學林》相埒。

本書的體例爲以字詞典故爲題，廣引四部典籍，加以辨證，其中包括《文選》中的詞語辨證，以及對《文選》正文及舊注的廣泛引用。如卷一“孤負”條，提出世之學者多説成是“辜負”，殊乖本義。“蓋公正衆所附，私反而孤焉。衆所附，則有相向之意，故不孤。私反而孤，則有相背之意，非向之也。孤負云者，言其背負而已。”所舉如李陵《與蘇武書》“陵雖孤恩，漢亦負德”，又云“孤負陵心，區區之意”，謝莊《月賦》云“孤奉明恩”，謝晦云“孤背天日”等等，未嘗用“辜”字。此外，卷三“白波”條，卷四“曲水”條，卷五“緑竹”“踆鴟”條，卷七“寒鼈”條，卷九“儲胥”條，卷十“金根”條，皆有資考證。

本書據《郡齋讀書志》稱：“所記二百事。”今傳本如明陳繼儒《寶顔堂秘笈》本、《四庫全書》本等，均爲十卷本，載九十條。則今本所存不足原本二分之一。《宋元筆記叢書》上海古籍出版社 1986 年版，《唐宋史料筆記叢刊》中華書局 2014 年版收入《靖康緗素雜記》吴企明點校本；《全宋筆記》第三編第四册，大象出版社 2008 年版，收入《緗素雜記》陳金林整理本。

14.《西溪叢語》二卷　姚寬撰

提　要

姚寬(1105—1162)，字令威，嵊縣(今屬浙江紹興)人。父舜明，紹聖四年進士，歷官户部侍郎徽猷閣待制。姚寬以父任補官，仕至權尚書户部員外郎、樞密院編修。著作有《西溪集》十卷、《史記注》、《五代史注》、《韓文公集》、《西溪叢語》二卷等，今唯《西溪叢語》得以流傳。其書多考證典籍之異同，頗爲精審，但也存在舛誤，《四庫全書總目提要》稱“大致瑜多而瑕少，考證家之有根柢者也”。其書内容廣涉四部，姚寬在自叙中説：“予以生平父兄師友，相與談説履歷見聞，疑

誤考證，積而漸富，有足采者，因綴緝成篇，目爲《叢語》。”

《西溪叢語》書中與《文選》相關的考證條目包括：

卷上考訂《文選》之《高唐賦》《神女賦》“玉”“王”字之誤。“昔楚襄王與宋玉游高唐之上，見雲氣之異，問宋玉。玉曰：‘昔先王夢游高唐，與神女遇，玉爲《高唐》之賦。’先王，謂懷王也。宋玉是夜夢見神女，寤而白王，王令玉言其狀，使爲《神女賦》。後人遂雲襄王夢神女，非也。古樂府詩有之，‘本自巫山來，無人睹容色。惟有楚懷王，曾言夢相識’。李義山亦云：‘襄王枕上元無夢，莫枉陽臺一片雲。’今《文選》本‘玉’‘王’字差誤。”此爲宋人第一次進行關於這個問題的考證。

又考訂《洛神賦》“感甄説”。其文曰：“李義山《代魏宫私贈》詩云：‘來時西館阻佳期，去後漳河隔夢思。知有宓妃無限意，春松秋菊可同時。’《代元城吴令質暗爲答》云：‘背闕歸藩路欲分，水邊風日半西曛。襄王枕土元無夢，莫枉陽臺一片雲。’第一篇注云：‘黄初三年，已隔存殁，追逮其意，何必同時。’按：此詩當是四年作。甄后，黄初二年郭后有寵，后失意，帝大怒，六月遣使賜死，葬於鄴。《洛神賦》云：‘黄初三年，朝京師，還濟洛川。’李善云：‘三年，立植爲鄄城王。四年，徙封雍丘，其年朝京師。’又《文紀》云：‘三年，行幸許。’又曰：‘四年三月，還雒陽。’《魏志》及諸詩序并云‘四年朝’。此云三年，誤矣。‘怨盛年之不當。’李善云：‘謂少壯之時，不能得當君王之意，此言微感甄后之情。’黄初二年，植與諸侯就國，監國謁者灌均奏植醉酒悖慢，劫脅使者，有司請治罪，故貶爵安鄉侯，改封鄄城侯。後求見帝，黄初四年來朝。帝責之，置西館，未許朝。上責躬詩。裴鉶《傳奇》載《感甄賦》之因，文字淺俗不可信。元微之《代曲江老人百韵》有‘班女恩移趙，思王賦感甄’，何也？李善注：《感甄賦》云：東阿王漢末求甄

逸女，既不遂，太祖回，與五官中郎將。植殊不平，晝思夜想，忘寢與食。黄初中，入朝。帝示植甄后玉縷金帶枕，植見之，不覺泣下。時已爲郭后讒死。帝意亦悟，因令太子留宴飲，以枕賫植。植還，度轘轅，將息洛水上，忽見女子來，自云：我本托心君王，其心不遂，此枕是我嫁時從嫁，前與五官中郎將，今與君王。遂用薦枕席，歡情交集，豈常辭能具。又云：豈不欲常見，但爲郭后以糠塞口，今被髮掩面，羞將此形貌重睹君王耳。言訖，遂不復見所在。遣人獻珠於王，王答以玉佩，悲喜不能自勝，因作《感甄賦》。後明帝見之，改爲《洛神賦》云。《孔融傳》云：'初，曹操攻屠鄴城，袁氏婦子多見侵掠，而操子丕納袁熙妻甄氏。'《魏略》云：'鄴城破，文帝入紹舍，后怖，脅伏姑膝上，帝令舉頭就視，見其顔色非常。太祖聞其意，爲迎取之。'"

此外，有考訂《離騷》《九歌》篇目、"綢繆"兩字有數義、《梁父吟》、"勺藥"(已見王觀國《學林》)。下卷"陶潛《讀山海經十三首》用事，今本多差誤，各爲注釋之"條、"鮑昭《行藥至城東橋》詩"條、"金虎"條、辨沈括《夢溪筆談》馬融《笛賦》"適"當爲"擿"條、潘岳《秋興賦》"彪"字條、潘岳《閒居賦》"朱仲李"條、"李善《文選》引證精博，五臣無足取"條、謝靈運詩"牽絲"條、《上林賦》"仁頻"條、《上林賦》"蜚鸓"條、《東坡志林》"苛慝暴三殤"條。

此書宋原刻本未見著録，現存明嘉靖二十七年(1548)俞憲鴸鳴山館刻本，有作者自序；明萬曆刊《稗海》本、明末《津逮秘書》本、《四庫全書》本皆無自序；清嘉慶間《學津討原》本以《津逮秘書》本爲底本，校勘整理，訂正了不少錯誤；繆荃孫校本等。今人整理本亦中華書局 1993 年孔凡禮點校本《西溪叢語》較爲完備。

15.《苕溪漁隱叢話》前集六十卷，後集四十卷　胡仔編

提　要

胡仔(1110—1170)，字元任，號苕溪漁隱，績溪(今屬安徽)人。父胡舜陟著有《三山老人語録》，《苕溪漁隱叢話》多加稱引。胡仔以父蔭入仕，授迪功郎，知晋陵縣。約在紹興十五年(1145)，卜居湖州苕溪。後復出，紹興三十二年(1162)官閩中漕幕，乾道初再次歸隱苕溪。

《苕溪漁隱叢話》前集六十卷，後集四十卷，屬於詩話資料彙編性質的總集。成書於南宋初年，前集有"戊辰(1148)春三月上巳苕溪漁隱胡仔元任序"，後集自序有"丁亥(1167)中秋日苕溪漁隱叢胡仔元任叙"。可見前後兩集的成書相差約二十年。

在編纂體例上繼承阮閱《詩話總龜》，但又有所突破。《總龜》以事類分數十門，《叢話》則按時代，以人爲綱，同時又增設長短句等門類，羅列有序，極便檢索。注重突出重點詩人，如李白二卷，杜甫十三卷，韓愈四卷，蘇軾十四卷，黄庭堅五卷。在資料搜輯方面，《總龜》成書於北宋末，所録偏重於雜事，且唯采舊文，罕有考證；《叢話》則成書於南宋初，偏重於論文考義。於材料采輯之外，多附辯證之語，論詩自有宗旨，强調"自得"，如前集卷三九："文章之妙，語意到處即爲之，不可限以繩墨也。"同時又指出詩歌創作，貴在含蓄而忌直露，如後集卷一五評杜牧《宫詞》："意在言外，而幽怨之情自見，不待明言之也。詩貴夫如此，若使人一覽而意盡，亦何足道哉！"故具有較高的學術價值，頗爲士林所重。

此書前集前四卷分别爲《國風漢魏六朝》上、下，《五柳先生》上、下。後集前三卷分别爲《楚漢魏六朝》上、下，陶靖節，乃與《文選》相關者。

其所引材料繁富,因此頗具史料價值。如其中引録《唐子西語録》:"江左諸謝詩文見《文選》者六人,希逸無詩,宣遠、叔源有詩不工。今取靈運、惠連、元暉詩合六十四篇,爲三謝詩。是三人者,詩至元暉語益工,然蕭散自得之趣亦復少減,漸有唐風矣。於此可以觀世變也。"(前集卷二)此不見於今本《唐子西文録》,蓋爲當時《三謝詩》之序,賴此書得以保存。

又議論往往發於獨見,亦體現其考據功底和詩學思想。如後集卷一有:"《復齋漫録》云:曹植詩:'鬥鷄東郊道,走馬長楸間。'陳沈炯《邊馬有歸心詩》:'彌憶長楸道,金鞍背落暉。'杜子美《玉腕騮詩》:'頓駿飄赤汗,跼蹐顧長楸。'《畫馬圖詩》:'霜蹄蹴踏長楸間。'苕溪漁隱曰:《文選注》云:'古人種楸於道,故曰長楸。'王介甫詩:'扶衰南陌望長楸。'東坡《題韋偃牧馬圖詩》:'當年爲誰掃驊騮,至今霜蹄踏長楸。'山谷《和子瞻觀畫馬詩》:'長楸落日試天步。'"

又如:"張文潛《明道雜志》云:'古人作詩賦事,不必皆實,如謝宣城詩:"澄江静如練。"宣城去江僅百里,州治左右無江,但有兩溪耳。或當時謂溪爲江,亦未可知也,此猶班固謂八川分流。'予按:謝玄暉《晚登三山還望京邑作詩》有'澄江静如練'之語,三山在江寧縣北十二里,濱江地名,則此詩非在宣城州治所作也,安得以八川分流爲比。按'八川分流',出司馬相如《上林賦》,亦非固之言。"

又苕溪漁隱曰:"《遁齋閒覽》載涪翁云:'顔謝之詩,可謂不遺鑪鞴錘之功矣,然淵明之牆數仞,而不得窺也。'余嘗疑其語意不完,今於《歷代確論》得其全語,云:'謝康樂庾義城之於詩,鑪錘之功,不遺力也,然陶彭澤之牆數仞,謝庾未能窺者,何哉?蓋二子有意於俗人贊其工拙,至如淵明之於詩,直寄焉耳。'"諸如此類。

今存明嘉靖七年(1528)徐梁抄本,見藏於中國國家圖書館。清

乾隆五年至六年楊佑啓耘經樓仿宋本(《四部備要》本),《四庫全書》本、《海山仙館叢書》本等。今通行本爲人民文學出版社 1962 年版、1980 年補正重印的廖德明校點本。

16.《容齋隨筆》七十四卷　洪邁撰

提　要

洪邁(1123—1202),字景盧,號容齋,别號野處,鄱陽(今江西鄱陽)人。爲學博極載籍,於《漢書》《資治通鑒》致力尤勤,精於考據,熟諳典章制度。官至翰林院學士、資政大夫、端明殿學士,宰執(副相)、封魏郡開國公、光禄大夫。卒年八十,謚"文敏"。著作有《容齋隨筆》《夷堅志》等。事迹見《宋史》卷三七三本傳。

《容齋隨筆》歷時三十年完成,是關於歷史、文學、哲學、藝術等方面的筆記,以考證、議論、記事爲主,共五筆七十四卷,一千二百二十則。《容齋隨筆》十六卷,《容齋續筆》十六卷,《容齋三筆》十六卷,《容齋四筆》十六卷,《容齋五筆》十卷。其中也吸收了王觀國《學林》中的部分考證成果。

本書中與《文選》相關考證條目包括:《隨筆》第一卷"五臣注《文選》"條,第七卷"七發"條、"羌慶同音"條,第八卷"陶淵明"條,第一四卷"李陵詩"條。《續筆》第一卷"公子奚斯",第三卷"秋興賦"條,第一三卷"曹子建論文"條,第一五卷"澗松山苗"。《三筆》第三卷"高唐神女賦"、"曹子建《七啓》",第一〇卷"禰衡輕曹操"。《四筆》第一卷"韋孟詩乖疏"。《五筆》第一卷"陶潛去彭澤"。

本書以筆記體,或考證,或評論,或指謬,或補闕,形式相對自由靈活,内容亦精審。如"五臣注《文選》"條曰:"東坡詆五臣注《文選》,以爲荒陋。予觀《選》中謝玄暉《和王融詩》云'阽危賴宗衮,微管寄明

牧',正謂謝安、謝玄。安石於玄暉爲遠祖,以其爲相,故曰宗衮。而李周翰注云:宗衮,謂王導。導與融同宗,言晋國臨危,賴王導而破苻堅。牧謂謝玄亦同破苻堅者,夫以宗衮爲王導,固可笑。然猶以和王融之故,微爲有説。至以導爲與謝玄同破苻堅,乃是全不知有史策,而狂妄注書,所謂小兒强解事也。唯李善注得之。"此條所説《和王融詩》爲今本《和王著作八公山詩》。詩中"阽危賴宗衮,微管寄明牧"句下,李善注"宗衮,謝安也。明牧,謝玄也"。五臣李周翰注曰:"宗衮,謂王導爲三公也。宗,謂與王融同宗。和融詩,故云宗也。衮,三公服也。言晋國臨危,賴王導而破堅也。明牧,謂謝玄爲兖州刺史,亦同破苻堅。"(集注本、陳八郎本)可謂真正指出了五臣注的明顯疏漏。

此書有上海涵芬樓景印宋刊本配北平圖書館藏宋刊本,常熟瞿氏鐵琴銅劍樓藏明弘治活字本,收入《四部叢刊續編》子部。

17.《老學庵筆記》十卷《續筆記》二卷　陸游撰

提　要

陸游(1125—1210),字務觀,號放翁,越州山陰(今浙江紹興)人。陸佃之孫,故其所記多推崇王安石。歷任福州寧德縣主簿、敕令所删定官、隆興府通判等職,因堅持抗金,屢遭主和派排斥。乾道七年(1171),任職於南鄭幕府。次年,奉詔入蜀,與范成大相知。宋光宗繼位後,升爲禮部郎中兼實録院檢討官。嘉泰二年(1202),宋寧宗詔陸游入京,主持編修孝宗、光宗《兩朝實録》和《三朝史》,官至寶章閣待制。《宋史》卷三九五有傳。

有關於北宋初年到北宋中後期文章風氣的轉移,曰:"國初尚《文選》,當時文人專意此書。故草必稱'王孫',梅必稱'驛使',月必稱

‘望舒’，山水必稱‘清暉’。至慶曆後，惡其陳腐，諸作者始一洗之。方其盛時，士子至爲之語曰：‘《文選》爛，秀才半。’建炎以來，尚蘇氏文章，學者翕然從之，而蜀士尤盛，亦有語曰：‘蘇文熟，吃羊肉；蘇文生，吃菜羹。’”（卷八）《四庫全書總目提要》考證曰其：“稱宋初人尚《文選》，草必稱王孫，梅必稱驛使，月必稱望舒，山水必稱清暉。今考‘驛使寄梅’出陸凱詩，昭明所録，實無此作，亦記憶偶疏。”

有關於後世化用《文選》篇句之記載，如：“顔延年作《靖節徵士誄》云‘徽音遠矣，誰箴予闕’，王荆公用此意作《别孫少述》詩‘子今去此來何時，後有不可誰予規’，青出於藍者也。”（卷八）

《四庫全書》子部有《老學庵筆記》十卷、《續筆記》二卷。《宋史·藝文志》雜史類載陸游《老學庵筆記》一卷，陳振孫《書録提要》作十卷，與此本合，《宋史》蓋傳刻之誤。《續筆記》二卷，陳氏不著於録，疑當時偶未見也。《文獻通考》列之小説家中。多爲軼聞舊典，往往足備考證。此書刊刻於南宋紹定元年（1228），其傳本有明《稗海》本和《四庫全書》本等。

18.《韵語陽秋》二十卷　葛立方撰

提　要

葛立方（？—1164），字常之，自號懶真子，常州江陰（今屬江蘇）人，徙居湖州（今屬浙江）。紹興八年（1138）進士。紹興十四年（1144），累官至左奉議郎、諸王宫大小學教授。黨附秦檜。歷任秘書省正字及編定書籍官、考功員外郎兼權中書舍人等職。紹興二十一年（1151）因忤秦檜罷官。秦檜死，起爲尚書吏部員外郎。累遷至權吏部侍郎。紹興二十七年（1157）罷官，復起爲知袁州。紹興二十九年（1159）遭彈劾，罷歸，居湖州。隆興二年（1164）卒。《宋史》附《葛

宫傳》。事迹另見於《建炎以來繫年要録》。清人繆荃孫撰有《葛立方傳》刊於《歸愚集》卷末。著述除現存《歸愚集》、《韵語陽秋》二十卷外,還有失傳的《西疇筆耕》、《萬輿别志》等書。

《韵語陽秋》二十卷,又名《葛立方詩話》,評漢魏至宋代諸家詩歌,“不甚論句格工拙,而多論意旨是非”①,《四庫全書總目》以爲“未免舛誤”,“然大旨持論嚴正,其精確之處,亦未可盡没也”。

是書卷一開首即引陸機《文賦》“謝朝華之已披,啓夕秀於未振”,認爲“學詩者尤當領此。陳腐之語固不必涉筆,然求去其陳腐不可得,而翻爲怪怪奇奇不可致詰之語以欺人,不獨欺人,而且自欺,誠學者之大病也”。故其論詩推崇“二謝”,曰:“詩人首二謝,靈運在永嘉,因夢惠連,遂有‘池塘生春草’之句。玄暉在宣城,因登三山,遂有‘澄江静如練’之句。二公妙處,蓋在於鼻無堊、目無膜爾。鼻無堊,斤將曷運?目無膜,篦將何施?所謂混然天成,天球不琢者與?靈運詩,如‘矜名道不足,適己物可忽’‘清暉能娱人,游子澹忘歸’。玄暉詩如‘春草秋更緑,公子未西歸’‘大江流日夜,客心悲未央’等語,皆得三百五篇之餘韵,是以古今以爲奇作,又曷嘗以難解爲工哉。”又:“陶潜、謝朓詩皆平淡有思致,非後來詩人怵心劌目之所爲也。”“大抵欲造平淡,當自組麗中來,落其華芬,然後可造平淡之境。”

對於《選》詩中重叠之駢句亦多有批評,稱:“《選》詩駢句甚多,如‘宣尼悲獲麟,西狩涕孔丘’‘千憂集日夜,萬感盈朝昏’‘萬古陳往還,百代勞起伏’‘多士成大業,群賢濟洪績’之類,恐不足爲後人之法。”(《卷一》)

具體關於《文選》中作品的評論和引用,如卷四論應璩《百一詩》

① 陳伯海主編《唐詩論評類編》,上海:上海古籍出版社 2015 年版,第 1618 頁。

條、論《七哀》詩條、論《從軍》詩條，卷七論盧諶與劉琨條，卷八"《文選》載王粲《公宴》詩"條、"謝靈運在永嘉臨川，作山水詩甚多"條，卷九"王儉《七志》曰：宋高祖游張良廟，并命僚佐賦詩"條、"左太冲陶淵明皆有荆軻之咏"條、"三良以身殉秦繆之葬"條，卷一〇"《文選》載嵇叔夜《贈秀才入軍詩》"條、"陸機作詩贈賈謐"條、"晋嵇康《贈弟秀才》四言詩云"條、"魏武於諸子中獨愛植"條，卷一九"高祖歌《大風》之歌"條。

亦有關於《文選》的相關考證，如卷一五"張衡作《南都賦》"條、"《文選》載石季倫明君詞"條。

關於《文選》翰藻的傳承，如卷一六"《文選》《海賦》云'雲錦散文於沙汭之際'"條等。

今存明正德二年（1507）葛諶刻本，中國國家圖書館藏。影印、收録亦爲常見。

19.《朱子語類·論文》　朱熹撰

提　要

朱熹（1130—1200），字元晦，號晦庵，徽州婺源（今屬江西）人。紹興十八年（1148）中進士，歷仕高宗、孝宗、光宗、寧宗四朝，慶元六年卒。嘉定二年（1209）詔賜遺表恩澤，謚曰文，尋贈中大夫，特贈寶謨閣學士。理宗寶慶三年（1227），贈太師，追封信國公，改徽國公。熹十四歲喪父，依父友劉子羽，受業于胡原仲、劉彦冲。胡、劉好佛，朱熹亦出入佛、道。三十一歲正式拜程頤的三傳弟子李侗爲師，於是專心儒學，成爲程顥、程頤之後儒學的重要人物。淳熙二年（1175），朱熹與吕祖謙、陸九淵等會於江西上饒鉛山鵝湖寺。在鵝湖會上，朱熹認爲做學問要先泛觀博覽，而後歸之約；陸九淵兄弟則主張先發明

人之本心,而後博覽。朱以二陸爲太簡,陸譏笑朱爲“支離”,朱陸分歧由此更加明確。朱熹立白鹿洞書院,訂立《學規》,講學授徒,宣揚道學。在漳州他首次刊刻《論語集注》《孟子集注》《大學章句》《中庸章句》。在潭州(今湖南長沙)修復岳麓書院,講學以窮理致知、反躬踐實以及居敬爲主旨。他繼承二程,又獨立發揮,形成了自己的體系,後人稱爲程朱理學。著作有《四書集注》《四書或問》《太極圖説解》《通書解》《西銘解》《周易本義》《易學啓蒙》等。此外《朱子語類》,是與弟子問答之書,黎靖德分類編定爲一百四十卷,《朱文公文集》由其子朱在編集,後人又有增補,包括《文集》一百卷,《續集》十一卷,《别集》十卷。朱熹是理學的集大成者,其學在元明清三代,被推崇爲官方哲學,《四書集注》被當作應試教材,朱學定爲科場程式。朱熹的學術思想在世界文化史上,也有重要影響。在朝鮮、日本稱朱子學,一度十分盛行。有《論文》上、下,見《朱子語類》卷一三九、一四〇。

朱熹論文中多處談論到《文選》,重要的是其關於《文選》的見解及設想直接影響到宋末至元代選學家們的思考方向。如稱“《文選》齊梁間江總之徒,賦皆不好了”。又稱“《選》中劉琨詩高。東晋詩已不逮前人,齊梁益浮薄。鮑明遠才健,其詩乃《選》之變體,李太白專學之”。又“淵明詩平淡出於自然”之類,皆以其重氣骨、重自然流露等爲品詩之尺度。

20.《野客叢書》三十卷　王楙撰

提　要

王楙(1151—1213),字勉夫,號分定居士。福州福清人,徙居平江吴縣(今江蘇蘇州)。少失父,事母孝。功名未成,杜門著述,當時稱爲“講書君”。有《野客叢書》《巢睫稿筆》傳世。臨終時留下一首七

言絶句，全詩爲："平生不學口頭禪，脚踏實地性虚天。臨終不用求纏裹，趁著帆風便上船。"

《野客叢書》爲王楙所作考訂評論性質的讀書筆記。如其在慶元元年(1195)所作"小序"中稱："僕間以管見隨意而書，積數年間卷帙俱滿，旅寓高沙，始命筆吏不暇詮次，總而録之，爲三十卷，目之曰《野客叢書》。井鼃拘墟，稽考不無疏鹵，議論不無狂僭，君子謂其野客則然，不以爲罪也。"嘉泰二年(1202)，王楙再序則云"繼觀他書，間有暗合"亦頗自許。《四庫全書總目》稱此書："位置於《夢溪筆談》《緗素雜記》《容齋隨筆》之間無愧色也。"潘景鄭跋語亦稱此書"考證典籍有條不紊，其精核實不下《容齋隨筆》《夢溪筆談》二書"。

考其書中與《文選》相關條目，如卷一"《蘭亭》不入《選》"，卷二"楊惲有外祖風"、"率邇逖聽"，卷三"歐公論騶虞"，卷四"荆軻"、"穆生鄒陽"，卷五"玉樹青葱"、"相如《上林賦》"、"《文選》注謬"(蕭揚州薦士表"七葉"五臣注誤)、"中和樂職詩"，卷八"種田養蠶"(嵇叔夜《養生論》)、"二老歸周"、"誤引畢萬後"(曹子建《王仲宣誄》)、"《嵇康集》"，卷一一"喉脣喉吻"(沈約《齊安陸昭王碑》)，卷一二"江淹擬古"，卷一四"奚斯頌魯"、"衆口鑠金"，卷一五"行狀不宣等語"(楊修《答臨淄侯箋》)、"千秋一日九遷"(任彦昇表)、"歸去來辭語"，卷一六"板輿"(潘安仁《閒居賦》)、"相如《大人賦》"、"驱娑承明"、"七發客難"，卷一七"潘安仁言遁逃字"，卷一九"靈運得句"、"顔延年五君咏"，卷二〇"規放古詩意"、"餘糧棲畝"、"謝玄暉詩(淮陽股肱守，高卧猶在兹)"，卷二二"陸士衡"，卷二三"絶交論"，卷二七"嵇康幽憤詩""應璩《百一詩》"，卷二九"五言詩"，卷三〇"劉琨盧諶贈答詩"，共計三十七條。

統觀全書，或發以己意，或針對前人意見提出不同看法。多以考

訂議論見長。如卷一"《蘭亭》不入《選》",針對所謂《文選》不收録王羲之《蘭亭序》的問題,提出是"往往搜羅之不及,非固遺之也"。而非詞語重複、情調消極等原因。再如卷三〇"劉琨盧諶贈答詩",認爲《文選》僅載一二首,而琨集載往返四首,應綜合觀照詩之高下。諸如此類。

此書宋代曾有刊刻、傳鈔本。但現存最早的版本,則是嘉靖四十一年(1562)王穀祥刻本,此即西北師範大學圖書館所藏潘承弼題跋之本。近現代的版本也不少,1922年上海文明書局出版的《寶顔堂秘笈》收入《野客叢書》十二卷;1971年臺灣學生書局版(三十卷本);1983年至1984年江蘇廣陵古籍刻印社出版《筆記小説大觀》,第九册收入《野客叢書》(原上海進步書局的三十卷本);1987年中華書局也出版了《野客叢書》(三十卷本,收入其父王大成的《野老紀聞》一卷,共三十九條筆記)。

21.《經外雜抄》二卷　魏了翁撰

提　要

魏了翁(1178—1237),字華父,號鶴山,蜀地邛州蒲江(今屬四川)人。寧宗慶元五年(1199)進士,累官至禮部尚書、端明殿學士,贈太師,謚文靖。《宋史》卷四三七有傳。著述有《鶴山全集》《九經要義》等。

《經外雜抄》二卷,皆雜録諸書,而略以己意標識於下。《四庫全書總目提要》曰:"是編蓋隨手記載,以備考證之用,本無意於著書,後人得其稿本,傳寫成帙也。"

其中如摘録《古詩十九首》之數首,曰"或可資暇日閒吟"。其録古詩《凜凜歲雲暮》一首,次句作"螻蛄多鳴悲",與宋本《玉臺新咏》,

《文選》的陳八郎本、朝鮮正德本、奎章閣本等五臣本系統相合,《四庫全書總目提要》稱“亦足證今《文選》刊本之誤”的説法實不準確,實爲可見今李善刊本系統作“螻蛄夕鳴悲”之誤。

此書有寶顔堂秘笈本、《四庫全書》本等。《全宋筆記》第六編,第一〇册,收録點校本《經外雜抄》二卷,及魏了翁《讀書雜抄》《古今考》。

22.《文辨》四卷　王若虛撰

提　要

王若虛(1174—1243),字從之,自號慵夫,滹南遺老,稾城(今河北藁城)人。承安二年(1197)進士,官至翰林直學士。有《滹南遺老集》四十五卷,傳見《金史》卷一二六。

《文辨》共一百三十六則。主張“凡爲文章,須是典實過於浮華,平易多於奇險,始爲知本”。在此文章學思想的指導下,其論文不乏一己之見,論《文選》之文凡七條,如“相如《上林賦》設子虛使者、烏有先生,以相難答,至亡是公而意終。蓋一賦耳,而蕭統别之爲二。統不足怪也,至遷、固爲傳,亦曰上覽《子虛賦》而善之,相如以爲此乃諸侯之事,故别賦《上林》,何哉?豈相如賦《子虛》自有首尾,而其賦《上林》也復合之爲一邪?不然,遷、固亦失也”。又:“張衡《二京》,一賦也。而《文選》析爲二首。左思《三都》,一賦也,而析爲三首。若以字數繁多,一卷不能盡之,則不當稱某京某都而各云一首也。豈後人編輯者之誤而不出於統歟?然《世説》載庾亮評庾闡《南都賦》,謂可以三《二京》而四《三都》,又何也?”又:“《晋》《宋書》載淵明《歸去來辭》云:‘善萬物之得時,感吾生之行休。已矣乎。寓形宇内復幾時,曷不委心任去留。胡爲遑遑欲何之。’‘已矣乎’之語,所以便章而爲斷,猶

‘系曰’‘亂曰’之類,則與上文不相屬矣,故當以‘時’字、‘之’字爲韵,其‘留’字偶與前‘休’字相協而已。後之擬者,自東坡以下皆雜和之,然則果孰爲韵邪? 近見陶集本作‘能復幾時’,此爲可從。蓋八字自是兩句耳。然陶集云:‘胡爲乎遑遑欲何之?’殆不可讀,却宜從史所載也。”皆爲有資校勘。

但此書論文往往求之過細。如論揚子雲《解嘲》云:“‘爲可爲於可爲之時,則從。爲不可爲於不可爲之時,則凶。此不成義理。’但云‘爲於可爲之時,爲於不可爲之時’。或云‘可爲而爲之,不可爲而爲之’,則可矣!”其説難免膠泥。

此書爲《滹南遺老集》卷三四至三七。今通行者有《四庫全書》本、《四部叢刊》本、《叢書集成》本。

23.《後村先生大全集》一百九十六卷　劉克莊撰

提　要

劉克莊(1187—1269),字潛夫,號後村居士,福建莆田人。吏部侍郎劉彌正之子。寧宗嘉定二年(1209)以蔭補將仕郎。後知建陽縣。端平初真德秀率閩,辟爲帥司參議官。理宗淳祐六年(1246)賜同進士出身,除秘書少監、國史院編修官,歷任樞密院編修、工部尚書兼侍讀,以龍圖閣直學士致仕。卒謚“文定”。有《後村先生大全集》,詞集《後村長短句》。

其論對《文選》頗多推崇,如《後村先生大全集》卷二四有《迂齋標注古文》,曰:“彙衆家文爲一編,蕭統以前無是也。統合先秦二漢三國六朝之作爲三十卷,姚鉉專録唐文,爾乃至百卷。卷帙益多文字益漓,《選》《粹》之優劣,即統鉉之優劣也。”

《後村先生大全集》卷一二八有《戊子答真侍郎論選詩》,在對

《選》詩的評價方面，具有重要的理論意義，多被後世引用。其全文曰："昨承尊旨，令編《選詩》，今取百十三首，作一册申納。古詩九，漢九，魏十二，晋五十二，宋二十一，齊八，梁二詩。古詩發乎性情，止乎禮義，三百五篇，多淫奔之詞，若使後人編次，必皆删弃。聖人并存之，以爲世戒其流，爲後世閨情等作，幾於勸淫矣。今皆不取。五言祖蘇李，首句云：'結髮爲夫妻。'若俚而媟，然下文云：'行役在戰場，相見未有期。'深合援袍忘身之義。不云'生當復來歸，死當長相思'。首尾皆有意義，不涉邪僻。班姬《團扇》之作，怨而不傷，臣妾之誼當然。張曲江當取其義。曹氏父子所作，雖非過沛横汾之比，後世帝王筆力罕及。此者太宗英偉蓋世，其詩乃似書生，無復氣魄。水心譏貶二曹太甚，此論未公。王仲宣轉仄兵戈，諸詩略備時事，《謁帝承明廬》篇，意多悲哀，然孝友之情備見乎辭。阮嗣宗云：'寧與燕雀翔，不隨黄鵠飛。黄鵠游四海，中路將安歸。'世亂憂深，言近指遠，似不可以人廢。張華《答何劭》，自謂優游卒歲矣，安知晚節之禍？足爲持禄固位者之戒。補《南陔》《白華》二首，視三百篇固縣絶，比韋孟豈不簡而勝乎？韋孟太絜，及云，'誰謂華高，金其齊而。誰謂德難，厲其庶而'。不言粹美。束生又不能道。漢作近古處，直是逼真，魏晋以後不及遠矣。陸士衡'願君廣末光，照忘薄暮年'，君臣之際深矣。劉越石'時哉不我與，夕陽忽西流'，每讀至此，常哀其忠憤不衰之志。盧諶輩雖不會做事，猶能上書雪主將，今時賓客止會，諶豈可輕訾。越石亦非泛愛，'借問(主賣)①蜉蝣輩，寧知龜鶴年'，乃是歿而不朽之義。景純明數知死，非真有羡於龜鶴也。陶公是天地冲和之氣所鍾，

① "主賣"二字疑爲錯簡，據《四庫全書》本，作"借問蜉蝣輩，寧知龜鶴年"。上文"止會"下有"賣主"二字，當是。

非學力可摹擬。四言最難,韋孟諸人皆勉强拘急,獨《停雲》《榮木》諸作優游,自有風雅之趣在。五言尤高妙,其讀書考古皆與聖矣不相悖,而安貧樂道,遁世無悶,使在聖門,豈不與曾點同傳?但'索標插人頭,前涂漸就窄。家爲逆旅舍,我如當去客',謂之達亦可,謂之媮亦可,與古詩《古墓犁爲田》一首,欲并删去。世以陶謝相配,謝用功尤深,其詩極天下之工,然其品故在五柳之下,以其太工也。優游栗重,僇死廣市,即是陶謝優劣,惟詩亦然。顔不及謝遠甚,《五君咏》却是不易之論。鮑明遠詩体與左太冲相類,古意浸微矣。元暉又工於靈運,《登孫權城》一篇如錦人機錦,玉人琢玉,非年歲經緯鍛鍊不能就,但陶公於短章稀句中美刺褒貶,確乎其嚴,而此篇押了十八韵,竟無歸宿,此豈可以智力争哉!《别范安成》一首,尽離别之情,休文得意之作也。頃見阮嗣宗、曹子建、鮑明遠、江文通之類,皆有全集,陶詩篇篇可取,而蕭統止取五六篇無緊要者,則諸家傑作横遭絀落者,豈可勝計!某本不敢當此差使,但先生長者諄諄命之,止得黽勉揀去,未必仰合帥指,更望爲將全集子細看過,勿使觀者得以譏議,幸甚!"(《後村先生大全集》,《四部叢刊初編》本)

《後村先生大全集》一百九十六卷,天一閣藏影宋鈔本傳録,《四部叢刊》收入上海涵芬樓影印舊鈔本。程章燦《劉克莊年譜》對其行迹有較詳細考證,侯體健《劉克莊的文學世界》展現了其文學創作各個方面,探索精微。

24.《論詩三十首》　元好問撰

提　要

元好問(1190—1257),字裕之,號遺山,世稱遺山先生。太原秀容(今山西忻州)人。金宣宗興定五年(1221)進士。正大元年

(1224),又以宏詞科登第後,授權國史院編修,官至知制誥。金滅後,被囚數年。晚年隱居不仕,潛心著述。元憲宗七年(1257),逝世,年六十八。元好問是宋金對峙時期北方文學的主要代表,擅長作詩、文、詞、曲。有《元遺山先生全集》《中州集》。

《論詩絶句三十首》爲元好問二十八歲,即金宣宗興定元年(1217)的作品,繼承杜甫《戲爲六絶句》的論詩方式,將漢魏至唐宋主要詩家及流派的詩歌特徵作了概括的批評,表現詩人自身的詩學觀念。正如其第一首開門見山指出的"漢謡魏什久紛紜,正體無人與細論。誰是詩中疏鑿手,暫叫涇渭各清渾"。第二首"曹劉坐嘯虎生風,四海無人角兩雄。可惜并州劉越石,不教横槊建安中"。便確立了自然清峻、陽剛壯美的評詩標準。

此《論詩絶句三十首》對曹植、劉楨、張華、陶淵明、阮籍、潘岳、謝靈運皆有論詩。其中一些直論本詩本人,如論陶曰:"一語天然萬古新,豪華落盡見真淳。南窗白日羲皇上,未害淵明是晋人。"論潘岳曰:"心畫心聲總失真,文章寧復見爲人。高情千古《閒居賦》,争信安仁拜路塵。"論阮籍曰:"縱横詩筆見高情,何物能澆塊壘平。老阮不狂誰會得?出門一笑大江横。"皆表現崇尚自然、誠、雅的詩學思想。郭紹虞曰:"若引此語論阮籍咏懷之作,則其掩抑隱蔽之處,在在見其真情之流露,亦所謂怨之愈深,其辭愈婉者邪。"①

另有論源流影響,并針砭時弊者。如"謝客風容映古今,發源誰似柳州深。朱弦一拂遺音在,却是當年寂寞心"。自注曰:"柳子厚,晋之謝靈運。"主張柳宗元上承謝靈運。翁方綱《石洲詩話》曰:"柳詩

① 郭紹虞箋釋《元好問論詩三十首小箋》,北京:人民文學出版社 1978 年版,第 62 頁。

繼謝之注,至此發之。"

《元遺山詩集》單本較多,流行者有毛氏汲古閣本等。《元遺山先生集》初刻本今不可見,今行世有靈石楊氏原刻本,光緒八年京都翰文堂書坊印行《元遺山先生全集》四十卷、附年譜三種、新樂府四卷、《續夷堅志四卷》,其中卷第一一"七言絶句"部分收録其《論詩三十首》。有郭紹虞箋釋《元好問論詩三十首小箋》,完成於1964年,由人民文學出版社1978年出版。

25.《靈岩集》十卷　唐士耻撰

提　要

唐士耻(約1230年在世),字子修,金華(今屬浙江)人。大致生活於寧宗、理宗時代,以蔭入仕,薦充改秩,曾在吉州、臨江、建昌、萬安諸郡任丞伴問刑之官。《四庫全書總目》稱其:"洽聞殫見,古澤斑然,非南宋末流掺臆見、騁空談者所能望其涯涣矣。"著有《靈岩集》八卷。生平事迹見《靈岩集跋》、《宋詩紀事補遺》卷七三。

《靈岩集》卷三有其《梁文選序》一篇,其文曰:"《文選》者,梁昭明太子統所集也。維統心明才通,好古不倦,凡百縑册,既輯既繹。載念辭華之作,由屈騷而下,浩若煙海,雜然并陳,遴擇之功弗加,則黑白甘苦混爾一區,孰取孰舍?雖皓首窮年,曷克殫究。後學來者,何所矜式?是用極耳目之廣,盡權衡之公,拔其尤殊,成一編之書,凡三十卷,詔諸不朽,不可無述也。二氣絪緼,太和保合,靈而人,秀而文,經綸乎事業,發揮乎天人。崇庳間陳,醇駁互見,未易一概言也。績學種文之士,儻將淹今古而觀之,則必有去取焉,有褒貶焉,有明而無厚也,有决而非同也。海納川涵,蓋所未暇。而采摘孔翠,拔擢犀象,吾亦於其善者而已。由屈平以來,更秦越漢,分裂之邦,離合之統,上

下數百載，代不乏人。發於情性，見之事緒，揭爲世用，形諸筆舌者，不知其幾也。若大若小，或淺或深，博若摯虞，不過爲之流别而已，他未暇也。統也，帝子之英，精懋墳典，博望名苑，聚書幾三萬卷，一時俊乂之流，網羅無遺。朝慮夕講，孜孜不忘，聚古作而耕獵焉。討論之力既加，薈萃之功益著，月異而歲不同，以成章告，曰賦，曰詩，曰騷，曰七，吟咏情性之作四焉。曰詔册，曰令，曰教，曰文，上之訓下四焉。曰表，曰上書，曰啓，曰彈事，曰箋，曰奏記，下之事上六焉。曰書，曰移，曰檄，曰對問，曰設論，敵以下一往一來者四焉。曰辭以陳意，曰序以述事，曰頌，曰贊，曰符命，以稱美。曰史論，曰史述，曰贊，以評議古昔。曰論，以析理精微。曰連珠，以駢儷對偶。曰箴，曰銘，以自儆。曰誄，曰哀，曰碑文，曰墓志，曰行狀，曰吊文，曰祭文，以厚終。始於班孟堅《兩都賦》，終於王僧達《祭顔光禄文》，凡三十有七種，而賦詩之體不與焉。由梁而上異篇名什，往往而在。統之志勤矣。艷高屈宋，香濃班馬，而今而後，吾知所從事矣。音則蕭該、僧道淹、公孫羅、許淹、曹憲。注則李善、公孫羅、吕延濟、劉良、張銑、吕向、李周翰。其訓義日以宣明。孟利正、卜長福之《續文選》。卜隱之《擬文選》，瞠若乎其學步矣。徐堅《文府》，選云乎哉？韓愈以文鳴，而高許杜甫，實詩人之雄也，其訓子乃曰：‘熟精《文選》理。’則統也其可問諸選也，其可忽諸。”

見文淵閣《四庫全書》集部别集類。《靈岩集》詩文别集，宋唐士耻著，十卷。卷一卷二爲制誥詔表，卷三卷四爲序記，卷五卷六爲贊頌箴銘，卷七爲啓、墓銘、行狀等，卷八爲賦詩。是集久已失傳，未見諸書著録。今《四庫全書》本乃從《永樂大典》中采輯而成。《續金華叢書》所收爲十卷本，據八千卷樓舊抄本刊。

26.《困學紀聞》二十卷　王應麟撰

提　要

王應麟(1223—1296),字伯厚,號深寧居士,又號厚齋。慶元(今浙江寧波)人。淳祐元年(1242)進士。寶祐四年(1256)中博學宏詞科。曾任太常寺主簿,禮部尚書兼給事中等。宋亡不仕,專事著述。對天文、地理、經史百家均有研究,開清初考據學之先河。著有《困學紀聞》《玉海》《論語孟子考異》《漢制考》《六經天文編》《通鑒地理通釋》《深寧集》等三十餘種。傳見《宋史》卷四三八《儒林》。

《困學紀聞》是王應麟晚年所著,有《説經》八卷,《天文》、《地理》、《諸子》合爲二卷,《考史》六卷,《評詩文》三卷,《雜識》一卷。其中卷一七、卷一八、卷一九評詩文的部分,可見評《文選》數條。

如卷一七:"李善注《文選》,詳且博矣,然猶有遺缺。嘗觀《楊荆州誄》'謂督勛勞',不引《左氏》'謂督不忘'。'執友之心',不引《曲禮》'執友稱其仁'。""瓊,赤玉也。《雪賦》'林挺瓊樹',注以爲誤。""李善精於《文選》,爲注解,因以講授,謂之《文選》學。少陵有詩云'續兒誦《文選》',又訓其子'熟精《文選》理',蓋選學自成一家。江南進士試《天鷄弄和風詩》,以《爾雅》天鷄有二,問之主司。其精如此。故曰:'《文選》爛,秀才半。'熙豐之後,士以穿鑿談經,而選學廢矣。""《文選·安陸王碑》云:'弈思之微,秋儲無以競巧。'弈秋,見《孟子》。儲字未詳,蓋亦善弈之人,注謂'儲蓄精思',非也。"

卷一八:"《文選注》:'五言自李陵始。'《文心雕龍》云:'《召南·行露》,始肇半章。孺子《滄浪》,亦有全曲。《暇豫》優歌,遠見春秋。《邪徑》童謡,近在成世。'則五言久矣。""《古詩十九首》,或云枚乘,疑不能明也。《驅馬上東門》《游戲宛與洛》,辭兼東都,非盡是乘作。

《文心雕龍》云：‘《孤竹》一篇，傅毅之詞。’”“《古詩》‘何能待來兹’，兹，年也。《左傳》‘今兹’，注云：‘此歲。’《吕氏春秋》‘今兹美禾，來兹美麥’。”“應璩《百一詩》‘室廣致凝陰，臺高來積陽’。”

該書始刻於元代泰定二年(1325)，世稱慶元路儒學刻本。此後刻本繁多，清人有《困學紀聞》七家箋釋，程瑶田、屠繼緒、萬希槐、閻若璩、何焯、全祖望、錢大昕，故世稱七箋本。有翁元圻采諸家之説所刻本，即道光五年(1825)餘姚守福堂刊刻本。桐鄉汪垕刻何義門校本，鄭州市圖書館藏。近年常見之本有1935年《四部叢刊三編》影印元刊本、1998年孫通海整理標點本。

27.《玉海・辭學指南》四卷　王應麟編

提　要

王應麟，見《困學紀聞》條。

《辭學指南》四卷附刻於王應麟所編大型類書《玉海》卷二〇一至二〇四。書名“辭學”，實爲宋時與科舉考試中宏詞科、詞學兼茂科、博學鴻詞科三種科目有關的文章之學，内容包括章、表、詔、誥、露布、檄等十餘種文體。此書即專爲應試詞科而編著，對各種文體進行頗爲細緻的探討，包括文體特徵、文體源流、文體寫作等等。亦收入《歷代文話》第一册。

本書頗爲重視學習《文選》在詞學應試中的重要作用。其中“誦書”條指出“古文中如《左傳》、《國語》、西漢文最爲緊切，其次則《選》、《粹》及韓、柳等文”。“當擇總類佳者誦之”，其中列《文選》篇目“班、張《兩都》、《二京賦》，左太冲《三都賦》，司馬相如、揚雄、潘岳諸賦，屈平《九歌》，枚叔《七發》、曹子建《七啓》、張景陽《七命》，潘元茂《九錫文》，王元長、任彦升《策秀才文》，司馬長卿《喻巴蜀檄》、《難蜀父老

文》,東方朔《答客難》,揚子雲《解嘲》,班孟堅《賓戲》,顔延年、王元長《曲水詩序》,王子淵《賢臣頌》,揚子雲《劇秦美新》,班孟堅《典引》,張茂先《女史箴》,班孟堅《封燕然山銘》,張孟陽《劍閣銘》,陸佐公《石闕》、《刻漏》二銘”爲必背篇目。其所探討的應試文體中又以檄、箴、銘、贊、頌、序等諸體,多舉《文選》諸文深入辨析。爲研究《文選》應用文體提供了可貴資料。

此書有元刻本、清康熙補刻本、志古堂本、《四庫全書》本、浙江書局本等。

28.《敬齋古今黈》十二卷,逸文兩卷,附録一卷　李治撰

提　要

李治(1191—1279),字仁卿,自號敬齋。真定欒城(今河北欒城)人。金正大七年(1230)登詞賦進士第,後因戰亂,流離顛沛。元世祖至元二年(1265)召拜翰林學士,至元十六年(1279)卒於家,年八十八。所著有《敬齋古今黈》、《敬齋文集》四十卷、《壁書蘩削》十二卷、《泛説》四十卷、《測圓海鏡》十二卷、《益古衍段》三十卷。

此書清人僅見過明抄本,四庫館臣從《永樂大典》中輯録《敬齋古今黈》八卷,又有繆荃孫光緒壬寅(1902)刻本,收入《藕香零拾叢書》。

根據繆荃孫的整理本,此書有十二卷,逸文兩卷,附録一卷,總條目約五百六十條。其以“黈”名者,取《漢書東方朔傳》“黈纊充耳,所以塞聰”。蓋取專精覃思,穿穴今古,有取於不外聽之義。

此書專爲考訂而作,《四庫全書總目》云:“其書皆訂正舊文,以考證佐其議論,詞鋒駿利,博辨不窮。”“有元一代之説部,固未有過之者也。”所考訂的内容涵蓋經史子集,其中與《文選》密切相關的有四十餘條,分散在各卷之中。或進行文本溯源,如卷八淵明《歸去來辭》

“或命巾車”條、卷一〇陸士衡《君子有所思》“宴安銷靈根，鴆毒不可恪”條；或就五臣注之失提出質疑，如卷八《兩都賦序》“道有夷隆，學有麤密”條、謝靈運《擬魏太子鄴中集詩序》“不誣方將，庶必賢於今日爾”條、李陵詩“行人難久留，各言長相思。安知非日月，弦望自有時”條，分别糾正吕延濟、張銑、李周翰注語之失。尤其值得稱道的是作者的識見與貫通，如卷三班固《封燕然山銘》謂實憲夤亮聖皇，登翼王室，納於大麓，維清緝熙。李治認爲“納於大麓”則堯、舜内禪之事也。“維清緝熙”，則文王受命之詩也。而固也施之於憲，雖文人造次之辭，亦不倫矣。再如考證古詩“迢迢牽牛星，皎皎河漢女”一詩，五臣吕延濟注曰：“牽牛、織女星。夫婦道也。常阻河漢，不得相親。此以夫喻君，婦喻臣。言臣有才能，不得事君，而爲讒邪所隔。故後人用牛女事及咏七夕等，皆以爲牽牛織女。”對於此説，李治引用天文知識考證説：“織女三星，在天紀東端。織女，天女孫也。天紀九星，乃在貫索東，距牽牛甚遠。然則牛女之女，非織女，乃須女也。須女四星，天之少府也。須，賤妾之稱，婦職之卑者也。牽牛，亦賤役也。故須女與牽牛相媲。又同列於二十八宿之中。密相附麗，但隔天漢。詩人以是有盈盈脉脉之語。若以爲織女，則天女牛郎非其偶也。或者引《大東》之詩云，‘維天有漢，監亦有光。跂彼織女，終日七襄。雖則七襄，不成報章。睆彼牽牛，不以服箱’。此自以牽牛織女爲類。延濟之注，於何繆戾。曰：大東義取有名無實而已。吕説義取伉儷，難以彼此相證也。”其説非止局限於典籍徵引，更能相互貫通，以出己意。

29.《古賦辨體》　祝堯撰

提　要

祝堯，字君澤，上饒(今屬江西)人。元仁宗延祐五年(1318)進士。爲江山尹。仕至無錫州同知。博學能文。元人錢序、張序皆以其爲宋人，誤。著作有《大易演義》《古賦辨體》等。

《古賦辨體》共收録楚辭至唐、宋賦共一百二十六篇。卷一卷二爲"楚辭體"，卷三卷四"兩漢體"，卷五卷六"三國六朝體"，卷七"唐體"，卷八"宋體"，卷九卷一〇"外録"，包括後騷、古歌、辭、文等。每朝録取數篇，以分辨賦體之源流體格。《四庫全書總目提要》稱其"采摭頗爲完備"，"於正變源流亦言之最確"。據祝堯《自序》稱編寫此書："實欲因時代之高下而論其述作之不同，因體制之沿革而要其指歸之當一，庶幾可以由今之體以復古之體云。"其書以評與選相結合，其説以師古爲尚，提倡"祖騷而宗漢"，又主張古今之賦當情、辭、理兼之。然必以情爲本。這是衡量品格高下的根本要素所在。

祝堯所選楚辭體、兩漢體、三國六朝體的賦家作品多與《文選》賦重合，評論過程中也多借鑒選學賦論，并提出不同的辨體意見。如賈誼《吊屈原賦》，《文選》收録在"吊文"類，名《吊屈原文》。祝堯改題作《吊屈原賦》，評曰："雖曰賦而比，比義實多。《文選》因史傳有'投文吊屈'之語，故以爲《吊屈原文》。而諸家則以爲賦。要之篇中，實皆比賦之義。宜從諸家。"再如潘岳《籍田賦》，臧榮緒《晋書》以爲《籍田頌》，《文選》以爲《籍田賦》。祝堯列入賦類，稱："要之篇末雖是頌，而篇中純是賦。賦多頌義少，當曰賦。馬揚之賦終以風，班潘之賦終以頌，非異也。田獵禱祠涉於淫樂，故不可以不風。奠都籍田國家大事，則不可以不頌。所施各有攸當，凡爲臺閣之賦又當知此。"

《古賦辨體》原刻本今不可見，今存最早的刻本，當爲明成化二年(1466)金宗潤刻本。後明嘉靖十一年張鯤據之覆校刻本，國家圖書館善本古籍部藏即爲此本，前有李一氓題記、張鯤《古賦辨體刻叙》，後亦覆刻成化二年錢溥《古賦辨體序》。此外，尚有《四庫全書》本《古賦辨體》八卷、《外集》二卷，明嘉靖十六年刻本，明嘉靖二十一年蘇祐刻本。

四、明代(21種)

1.《文章類選》四十卷　朱㮵刻本

提　要

朱㮵(1378—1438),號凝真子。朱元璋第十六皇子。洪武二十四年(1391),册封爲慶王。二十六年(1393),駐韋州城(今寧夏同心韋州鎮)。二十七年(1394)"册指揮孫繼達女爲慶王㮵妃"。於是慶王在韋州成婚并居住長達九年的時間。在寧夏軍衛建制完善,屯墾經濟發展和邊塞大局穩固以後,于建文三年(1401),朝廷命慶王遷往寧夏鎮城,暫時以寧夏衛衙署作爲臨時王府。永樂五年(1407),朝廷派内官太監楊升,工部主事劉謙、王恪和欽天監陰陽劉俊卿到寧夏,共同負責籌備建造新王府事宜。正統三年(1438),慶王鬱鬱成疾,一病不起,於八月初三日病逝,享年六十。謚"靖",史稱"慶靖王"。慶王歷經洪武、建文、永樂、洪熙、宣德、正統六朝,享藩四十七年。著作有《寧夏志》二卷、《凝真稿》十八卷、《集句閨情》一卷,自編《文章類選》《增廣唐詩鼓吹續編》等。

其書由明代慶王朱㮵在洪武年間組織人力編寫而成。編寫的目的,在於收集秦漢魏晋唐宋文章之精粹者,彙於一編,每體擇取數篇,集之以爲學習寫作文章的範本。搜集的範圍包括《文選》《唐文粹》《宋文鑑》《文苑英華》《翰墨全書》《事文類聚》諸書,分作賦、記、序、傳、騷、辭、文、説、論、辯、議、謚議、書、頌、贊、銘、箴、解、原、論諫、封事、疏、策、檄文、狀、詔、制、口宣、符命、册文、赦、奏、教、表、箋、啓、

碑、行狀、墓志、神道、墓表、誄、哀册、謚册、祭文、哀辭、彈事、札、判、問對、規、言語、曲操、樂章、露布、題跋、雜著五十八種文體。其中若爲《文選》已有之文體，必以《文選》所選文章列在類首。洪武年間國家初定，文墨尚未暇崇，此書的出現可以代表明代初期選學的認識。

洪武三十一年(1398)朱㮵編，見藏於中國國家圖書館，亦收入《四庫存目叢書》集部第二九〇册。

2.《四溟詩話》(亦名《詩家直説》)四卷　謝榛撰

提　要

謝榛(1495—1575)，字茂秦，號四溟山人、脱屣山人，東昌臨清(今山東臨清)人。少有詩名，嘉靖間，挾詩卷游京師，與李攀龍、王世貞等結詩社，爲"後七子"之一，論詩主"性情"，"氣格""情景俱工""古體近體概同一法"，主張"選李杜十四家之最者，熟讀之以奪神氣，歌咏之以求聲調，玩味之以裒精華"。後爲李攀龍排斥，削名"七子"之外，客游諸藩王間，以布衣終其身。著有《四溟集》二十四卷(一説十卷)，《四溟詩話》(亦題《詩家直説》)四卷。

其書中卷三有專論"選體詩"一條，曰："學《選》詩不免乎套子，去套子則語新而句奇。務新奇則太工。辭不流動，氣乏渾厚。如辭勝氣，氣勝辭，套子用否之間，善作者不墮於一隅也。"此外，還有散見論《選》詩、賦諸篇者，如卷一論"謝瞻《從宋公戲馬臺送孔令》曰：'聖心眷佳節，揚鑾戾行宫。'謝靈運曰：'良辰感聖心，雲旗興暮節。'是時晋帝尚存二公，世臣媚裕若此。靈運又曰'韓亡子房奮，秦帝魯連耻'，何前佞而後忠也"。又論賦體曰："《漢書》曰'不歌而誦謂之賦'，若《子虚》《上林》可誦不可歌也。然亦有可歌者，若《長門賦》。"論謝靈運《擬魏文帝芙蓉池之作》"過於體帖，宴賢之際，何乃自陳德業哉"。

論江淹《擬劉琨》:“用韵整齊,造語沉著,不如越石,吐出心肺,作詩譬諸用兵,慎敵則勝。命題雖易,不可率然下筆,至於渾化無施不可。”諸如此類。此外還有論漢高祖《大風歌》、論束晳《補亡詩》、論漢武帝《秋風辭》、韋孟《諷諫詩》、枚乘《七發》、論《古詩十九首》、論阮籍《咏懷詩》、木玄虚《海賦》、禰正平《鸚鵡賦》等。

《續修四庫全書》集部詩文評類影印據北京圖書館藏明萬曆三十九年李本緯刻本。亦頗多單行之本。

3.《小序》六十三首　黄省曾輯

提　要

黄省曾(1490—约1540),字勉之。吴縣(今江蘇蘇州)人。一生著述頗豐,内容涉及經學、史學、地理、農學等。文史類如作《〈申鑒〉注》、輯《嵇中散集》十卷,刊刻《水經注》《山海經》等,《明儒學案》記其“少好古文,解通《爾雅》。爲王濟之、楊君謙所知”。嘉靖辛卯年(1531)舉人,魁於鄉榜。後累舉進士不第,遂醉心於游覽山川,足迹遍於五嶽,自號爲五嶽山人。錢塘田汝成稱其“瘦骨輕軀,乘危涉險,不煩筇策,上下如飛”。海内名耆如李夢陽、康海、王廷相、楊一清、霍韜等或以翰札見知,或以經濟加器,可謂聲噪一時。附見於《明史》卷二八七《文苑傳》之文徵明傳中,稱其“從王守仁、湛若水游,又學詩於李夢陽”。

小序收録自古詩始至陳子昂止六十三篇關於作家作品的評論。其所編排詩人多爲《文選》中的作家,雖時代前後往往失序,然所評論之語頗有獨到之處,或對蕭統《文選》選詩提出質疑,如稱嵇康詩“昭明所采止於四言,覽其完集,索有遺珠,述志何減於阮宗,游仙大過於郭璞,因知統之删選捐漏多矣”,其説多被馮惟訥《選詩約注》所引用。

《四庫存目叢書》集部第九四册收有黄省曾《五嶽山人集》，以南京圖書館藏明嘉靖刻本影印。

4.《六朝詩集》　薛應旂輯

提　要

薛應旂，字仲常，號方山，武進縣（今江蘇常州）人。嘉靖十四年（1533）進士，改江西九江府儒學教授，累遷南京考功郎中。因得罪嚴嵩而謫官，嚴嵩失勢後復起，官至浙江提學副使。《明史》本傳記載其“雅工場屋文字，與王鏊、唐順之、瞿景淳齊名”。著有《宋元資治通鑒》《考亭淵源録》《薛方山紀述》《方山文録》《浙江通志》等。《明史》卷二三一有傳。

《六朝詩集》共收録了二十四家六朝的别集，包括梁武帝集一卷、梁簡文帝集二卷、梁元帝集一卷、梁宣帝集一卷、後周明帝集一卷、陳後主集一卷、隋煬帝集一卷、陳思王集四卷、阮嗣宗集三卷、嵇中散集一卷、陸士衡集七卷、陸士龍集四卷、謝康樂集一卷、謝惠連集一卷、謝宣城集五卷、江文通集四卷、鮑氏集八卷、梁沈約集一卷、梁劉孝綽集一卷、梁劉孝威集一卷、何水部集二卷、陰常侍集一卷、王子淵集一卷、庾開府集二卷。全書前冠以薛應旂撰於嘉靖二十二年（1543）的《序》。但由於薛序中衹是泛泛論及詩歌創作問題，并未談到編纂具體情况，故關於此書是否確爲薛應旂所編，還存在較多的疑問。[①] 正如鄭振鐸先生所言：“明人所刻漢魏六朝人集，當無早於此刻者。明末閻氏彙刻《蕭梁文苑》一書，也是以這部書爲底本的。”

① 詳見楊焄《明人編選漢魏六朝詩歌總集研究》第三章《嘉靖中期至隆慶年間問世的漢魏六朝詩歌總集》，西安：陝西人民教育出版社 2009 年版。

明嘉靖刻本,鄭振鐸跋,中國國家圖書館藏。

5.《文脉》三卷　王文禄撰

提　要

王文禄,字世廉,海鹽(今浙江海鹽)人。嘉靖十年(1531)舉人。性廉峻,遇不平必叱罵,不避權貴。喜聲樂,性嗜書。著有《藝草》《丘陵學山》《邑文獻志》《廉矩》《文脉》。

《文脉》一書見於《百陵學山》、《學海類編》、《叢書集成初編》第二六一八册、《四庫存目叢書》集部四一七册。《四庫全書總目提要》卷一九七集部五〇:"明王文禄撰。文禄有《廉矩》,已著録。此書雜論古今之文,謂文章一脉相傳,故曰《文脉》。第一卷總論,二卷雜論,三卷新論。品藻古今,頗出別解。然其述理學則推象山、慈湖,論文體則推六朝、《文選》。至論唐文,伸柳州而抑昌黎,謂韓非柳匹。尤不免立異太過矣。"

王文禄推崇《昭明文選》,以其爲"文統"。論見其《文脉》卷一曰:"故六經,文原也。子、史、集,文支也。是以析理不一。六經騁奇淆諸子,紀事括諸史,摛辭贍諸集。《昭明文選》,文統也。恢張經、子、史也。選文不法《文選》,豈文乎?""皇陵碑文,體用六朝,氣雄兩漢,文華也。實見六朝後不足法也。夫六朝之文,風骨雖怯,組織甚勞,研覃心精,累積歲月,非若後代,率意疾書,頃刻盈幅,皆俚語也。""今變復古,必選歷代之文,定其格。夫《文選》尚矣,莫及焉。選諸史之文,不可也。簡短不華之文,删去可也。劉氏《廣文選》,選子史之文,不可也。《續文選》未選可也。遺隋文不可也。補隋文可也。《唐文粹》,遺甚多也。《宋文鑑》,取甚濫也。《元文類》,識甚陋也。《皇明文衡》,編甚泛也。《文鑑》不及紹興後之文,《文類》不及至正後之文,

《文衡》多元遺儒之文，亦程氏未定之選也。况文運必積百年後興，今其時也。一仿《文選》之例，增選之自六經後。始曰《戰國先秦文選》，曰《三國文選》，曰《六朝文選》，曰《唐文選》五代附之，曰《宋文選》，曰《元文選》遼金附之。我朝曰《皇明文選》。噫，人文之成，需在位聖人。欲請於朝聚文學之士成之，草莽細臣，無由上達。如《選》矣，一代成歷代之美，文運之光乎。"

6.《古詩紀》一百五十六卷　馮惟訥編

提　要

馮惟訥，見《選詩約注》條下。

《古詩紀》又稱《詩紀》，是現存最早的一部系統搜集唐以前詩歌的總集。其書的編纂始於甲辰(1544)之冬，集成於丁巳(1557)之夏，凡十四年。《列朝詩集・馮惟訥小傳》稱本書："自上古以迄陳隋，網羅放失，殊有功於藝苑。"此後臧懋循《古詩所》、梅鼎祚《八代詩乘》，皆以本書爲藍本。明張溥編《漢魏六朝百三家集》、近人丁福保編《全漢三國晉南北朝詩》，皆以此書爲重要參考文獻。

《古詩紀》卷帙浩繁，亦不少真僞錯雜，抵牾舛漏之處。清代楊守敬撰《古詩存目》一百四十四卷，補其出處。馮舒著《詩紀匡謬》一卷，訂正本書錯誤一百一十二條。近人丁福保根據此書稍加增訂，撰成《全漢三國晉南北朝詩》。逯欽立編《先秦漢魏晉南北朝詩》也是在此書基礎上重加考訂而成的。

《古詩紀》分前集十卷，收先秦古逸詩；正集一百三十卷，收録漢魏至隋詩歌；外集四卷，收録古小説、筆記中的仙鬼之詩；别集十二卷，收録與本書有關的詩歌評論；志異一卷，收録了一二韵語不能成篇的殘句。不可確考年代的作家與詩歌附録於末。其編撰的目的在

於最大限度地保存唐前古詩文獻。其編纂體例則以作品繫人,各家編法先樂府,次詩,各分四五六七言、雜言。

其書所收録的漢魏六朝古詩,全部涵蓋了《文選》詩。作者在收録《選》詩正文的同時,還校以別集、類書、《玉臺》、《詩品》、《文心雕龍》、《荆楚歲時記》、《文選》諸本、《選詩補注》等,詩下多存提要,引録史書或舊注。可與其《選詩約注》相參看。

此書有馮惟訥原刻本。傳世的刻本有明嘉靖三十九年(1560)甄敬刻本,明萬曆間吴琯重刻本,明萬曆四十一年(1613)馮琈關中重刻本。《四庫全書》收録吴刻本。《詩紀匡謬》有知不足齋本。

7.《古今詩删》三十四卷　李攀龍編

提　要

李攀龍,字于鱗,號滄溟,歷城(今山東濟南)人。嘉靖二十三年(1544)賜同進士出身,任刑部主事、刑部員外郎、順德府知府、陝西按察司提學副使等。後回鄉隱退。被稱爲"後七子"之領袖。著有《滄溟集》三十卷,《白雪樓詩集》十卷,《古今詩删》三十四卷。

《古今詩删》,亦名《詩删》。一至九卷爲古詩,一〇至二二卷爲唐詩,二三至三四爲明詩。因爲選詩嚴格,體現了李攀龍的詩學觀。其論五古則重漢魏,認爲"唐無五言古詩"。選唐詩以後直接選明詩,跳過宋元,認爲宋元無詩。《四庫全書總目提要》評曰:"宋詩導黄陳之派,多生硬杈枒。元詩沿温李之波,多綺靡婉弱。論其流弊,誠亦多端,然鉅製鴻篇,實不勝數,何容删除? 兩代等之,自鄶無譏。王世禎《論詩絶句》有曰:'鐵崖樂府氣淋漓,淵穎歌行格盡奇。耳食紛紛説開寶,幾人眼見宋元詩。'其殆爲夢陽輩發歟!"批評其持"門户之見,入主出奴,不緣真有限斷"。基於復古派的立場,李攀龍在《詩删》中

所選漢魏晋六朝詩基本是在《選》詩的基礎上，削除或者補充部分篇目，體現出自己的選詩標準。比如全録《古詩十九首》，以見其推崇。阮籍《咏懷詩》十七首，録其四首，另增補三首。左思《咏史詩》八首，録其三首。全書皆爲白文選入，不加注釋題解。

此書存明汪時元刻本，中國國家圖書館藏。

8.《詩法大成》十卷　謝天瑞撰

提　要

謝天瑞，生卒年不詳，字起龍，一字思山。自號復古生。明嘉靖萬曆間浙江杭州人。熟諳音律，多刻書。嘉靖十七年(1538)刻印過宋魏慶之輯《詩人玉屑》二十卷。萬曆二十七年(1599)刻印過張綖《詩餘圖譜》六卷，自撰《補遺》六卷。萬曆二十九年(1601)刻印過羅大經《鶴林玉露》二十四卷，又輯刻《詩法》十卷。其創作的傳奇有《劍丹記》《狐裘記》《分釵記》《麥舟記》《忠烈記》。

是書集合《木天禁語》《古今詩法二集》《二十四詩品》《滄浪詩法》等，校正發揮而成。總結詩歌創作的法則和規律。前有明成化庚子(1480)序。其中卷一《家數》中列表有：

三百篇	思無邪	學者不察失於“意見”
離騷	激烈憤怨	學者不察失於“哀傷”
《選》詩	婉曲柔順	學者不察失於“柔弱”
太白	雄豪空曠	學者不察失於“狂誕”

諸如此類，單列《選》詩爲家數之一。

《續修四庫全書》集部詩文評類據北京圖書館藏明復古齋刻本影印。

9.《藝苑卮言》十六卷　王世貞撰

提　要

王世貞(1526—1590),字元美,號鳳洲、弇州山人。太倉(今屬江蘇)人。嘉靖二十六年(1547)進士,授刑部主事,屢遷員外郎、郎中,又爲青州兵備副使。因忤嚴嵩,吏部兩擬提學,皆不用,用爲青州兵備副使。後官至南京刑部尚書。與李攀龍同爲"後七子"領袖,攀龍死後,獨主詩壇二十年。早年主張文必秦漢,詩必盛唐,倡導復古摹擬。《四庫全書總目提要》説"世貞才大學博,自謂靡所不少,方成大家",亦有人指出其作品多摹擬仿古,但往往失於藻飾。晚年文學思想轉變,以"恬淡自然爲宗",其《宋詩選序》稱:"余所以抑宋者,爲惜格也,然而代不能廢人,人不能廢篇,篇不能廢句,蓋不止前數公而已,此語於格之外者也。"著有《弇州山人四部稿》等。

《藝苑卮言》爲王世貞探討歷代詩文創作得失、表達文學思想的文學評論著作。其中評論《選》中詩文往往多注重其源流演變軌迹,如卷八評曰:"長卿《子虛》諸賦本從高唐物色諸體而辭勝之。《長門》實從騷來,毋論勝屈,故高於宋也。長卿以賦爲文,故《難蜀》《封禪》綿麗而少骨。賈傅以文爲賦,故《弔屈》《鵩鳥》率直而少致。雜而不亂,複而不厭,其所以爲屈乎? 麗而不猥,放而有制,其所以爲長卿乎? 以整次求二子則寡矣。子雲雖有剽模,尚少溪徑。班張而後愈博愈晦愈下。"指出賦之源於屈宋,以及子雲班張以下的不同所在。

此外值得注意的是,王氏頗爲注意哪些詩文入《選》,哪些詩文不入《選》,探討昭明選文的標準之所在。如卷八"宋玉《諷賦》與《登徒子好色》一章,詞旨不甚相遠,故昭明遺之"。又曰:"班姬《擣素》如:'閱絞練之初成,擇玄黄之自出。准華裁於昔時,疑形異於今日。'又

‘書既封而重題，笥已緘而更結’，皆六朝鮑謝之所自出也。昭明選彼而遺此，未知其故?”

《藝苑卮言》，收於《續修四庫全書》集部詩文評類，據上海圖書館藏明萬曆十七年武林樵雲書舍刻本影印。

10.《評注八代文宗》八卷　袁黄撰

提　要

袁黄(1533—1606)，初名表，後改名黄，字慶遠，又字坤儀、儀甫，初號學海，後改了凡，後人常以其號“了凡”稱之。浙江嘉善縣魏塘鎮(今屬嘉興)人。晚年辭官後曾隱居吴江蘆墟趙田村，故一作吴江人。

袁黄青少年時聰穎敏悟，卓有異才，曾受教於雲谷禪師，對天文、術數、水利、軍政、醫藥等無不研究，補諸生。明嘉靖四十四年(1565)，知縣辟書院，令高材生從袁受經學。萬曆五年(1577)會試，初擬取第一，因策論違逆主考官而落第。十四年(1586)中進士，爲萬曆初嘉興府三名家之一。十六年(1588)授河北寶坻(今屬天津)知縣，任職五年。二十年(1592)，調任兵部職方主事，後罷歸家居，閉户著書。卒年七十四歲。

袁黄是明代重要思想家，是迄今所知中國第一位具名的善書作者。他的《了凡四訓》融會道教哲學與儒家理學，勸人積善改過，强調從治心入手的自我修養，提倡記功過格，在社會上流傳甚廣。

《評注八代文宗》八卷，《四庫全書》存目收録，提要曰:“舊本題明袁黄編。黄有《皇都水利》，已著録。是編取《文選》中之近於舉業者，掇拾成書。有全删者，有節取數段者。舛謬百出，不能縷舉。在坊刻中亦至陋之本。黄雖不以文章名，亦未必紕繆至是也。”見《四庫全書總目提要》卷一九三集部總集類存目。

11.《詩藪》二十卷　胡應麟撰

提　要

胡應麟，字元瑞，又字明瑞，號少室山人，後又更號爲石羊生，浙江金華府人。明代萬曆丙子(1576)舉人。他布衣一生，却廣交天下，酷嗜藏書、閱讀和著述，廣涉書史，深諳浙東學術之真諦。建有藏書樓兩間，名"二酉山房"，取秦末書生藏書於大酉山、小酉山的石洞中，得以避"焚書坑儒"之典故。所藏經、史、子、集、佛、道、類書、雜家之書達四萬餘卷，撰有《二酉山房書目》六卷。詩文承七子餘風，與李維楨、屠隆、魏允中、趙用賢稱爲"末五子"。論詩以"興象風神"作爲最重要的標準。著有《少室山房筆叢正集》《少室山房類稿》等三十七種。

《詩藪》一書，内編六卷包括總論、古體與近體；外編六卷以時代爲綱，論詩史之變化；雜編六卷收羅遺逸；續編兩卷論明詩。其詩論以系統化爲特色，具有明確的理論思考，如其論："《文賦》云'詩緣情而綺靡'，六朝之詩所自出也，漢以前無有也。'賦體物而瀏亮'，六朝之賦所自由也，漢以前無有也。蘇李諸詩，和平簡易，傾寫肺肝，何有於綺靡。自綺靡言出，而徐庾兆端矣。馬揚諸賦，古奥雄奇，贅澀牙頰，何有於瀏亮。自瀏亮體興，而江謝接迹矣。故吾嘗以阮左者，漢魏之遺。而潘陸者，六朝之首也。未可概以晋人也。"(外編卷二)在當時影響甚鉅。許學夷《詩學辨體》等書中多次引録其語。

《詩藪》一書中有大量論及漢魏六朝作家作品的内容，其中直接關涉《文選》的有：

内編卷二："蕭統之選，鑒别昭融。劉勰之評，議論精鑿。鍾氏體裁雖具，不出二書範圍。至品或上中倒置，詞則雅俚錯陳，非蕭劉比也。"

外編卷二:"六代選詩者,昭明《文選》,孝穆《玉臺》。評詩者,劉勰《雕龍》,鍾嶸《詩品》。劉鍾藻騭,妙有精理,而製作不傳。孝穆詞人,然《玉臺》但輯閨房一體,靡所事選。獨昭明鑒裁著述,咸有可觀。至其學業洪深,行義篤至,殊非文士所及。自唐以前,名篇傑什,率賴此書。功德詞林,故自匪淺。宋人至以五臣匹之,何其忍也。"

外編卷二:"世但知蕭氏《文選》,然吟譜稱昭明彙集漢後五言,爲詩選二十卷,其中必大有五朝佳什,惜今不可見矣。"

外編卷二:"劉坦之《選詩補注》,雖稍溺宋人,其論漢魏六代及唐,剖析深至,亦似具隻眼者。"

雜編卷一:"世率稱楚騷漢賦,昭明《文選》分騷賦爲二,歷代因之,名義既殊,體裁亦别。然屈原諸作,當時皆謂之賦。《漢·藝文志》所列詩賦一種,凡百六家,千三百一十八篇,而無所謂騷者。首冠屈原賦二十五篇,序稱楚臣屈原離讒憂國,作賦以風,則二十五篇之目,即今《九歌》《九章》《天問》《遠游》等作,明矣。所謂《離騷》,自是諸賦一篇之名。太史傳原末舉《離騷》而與《哀郢》等篇并列,其義可見。自荀卿、宋玉,指事咏物,别爲賦體。楊馬而下,大演波流,屈氏諸作,遂俱係《離騷》爲名,實皆賦一體也。"

雜編卷一:"宋玉賦《高唐》《神女》《登徒》及《風》,皆妙絶今古。《古文苑》於《選》外,更出六篇,《小言》也,《大言》也,《笛》也,《諷》也,《釣》也,《舞》也,以爲皆玉賦,昭明所逸者。余始以或唐、景之徒爲之,細讀多有可疑。……昭明裁鑒,詎可忽哉。"

雜編卷一:"宋玉賦,昭明選外,《古文苑》所收六篇,已大半可疑。陳氏《文選補遺》乃有《微咏賦》一篇,題宋玉撰,余驟睹其

目，驚喜，亟閲之，怪其詞迴不類。又微咏名義殊不通，細考乃知宋王微所作《咏賦》。”

雜編卷一：“《十九首》之目，漢世無之，第以名氏不詳，總曰古詩。梁鍾嶸《詩品》稱陸機舊擬十四首，外四十五首，頗爲總雜。今士衡集擬古止十二章，昭明又去其一，益以他作，爲十九首，如《去者日以疏》《客從遠方來》，皆鍾氏所稱。則《凛凛歲雲暮》《孟冬寒氣至》《生年不滿百》《迴車駕言邁》等六首，亦當在四十五首之内。外陸所擬《蘭若生朝陽》與《橘柚垂華實》等九篇，别爲章次，較鍾所稱原數，今世僅存十五，大半失亡。然《冉冉孤生竹》《驅車上東門》又載樂府，則《飲馬長城窟》之類，舊亦鍾氏數中，未可知也。”

雜編卷一：“蘇李録别逸詩十餘章，皆東漢、魏人擬作者，昭明所選少卿三章，和平清遠，一唱三嘆。今所録諸篇，矯峻參错，體殊不倫。昭明裁鑒，洞精乃爾。然亦非建安後所辦也。”

雜編卷一：“鍾嶸《詩品》云：‘王楊枚馬之徒，詞賦競爽，而吟咏靡聞。從李都尉至班婕妤，將百年間，有婦人焉，一人而已。’按：蘇李同見《文選》，《詩品》標李爲五言宗，而蘇絶不入品。又古詩或謂枚乘，而嶸以枚馬之徒，吟咏靡聞。蓋嶸與昭明同世，《文選》未盛行，而《玉臺》爲後出故也。”

《詩藪》，《四庫全書存目叢書》著録僅十八卷，漏計兩卷續編。通行有清末廣雅書局本，附刻於《少室山房筆叢》之後，仍有缺漏。南京圖書館藏日本貞享三年(1686)重刊明本。中華書局上海編輯所1962年有據此重刊校補本。《續修四庫全書》集部詩文評類有據明刻本影印之本。

12.《詩源辨體》三十八卷　許學夷撰

提　要

許學夷，字伯清，又稱許山人，明南直隸江陰(今屬江蘇)人。一生隱居家鄉，未應科舉考試。自小能詩，論詩三百首，辨其源流，析其正變。萬曆三十五年(1607)與徐弘祖同游惠山，崇禎六年(1633)與沈鶩、邱維賢、徐益等二十二人結滄州社，學夷爲領袖。惲應翼撰《許伯清傳》曰："其人性疏略，不治邊幅，不理生産，杜門絶軌，惟文史是紬。嘗刪輯《左傳》《國語》《國策》《太史》諸書，手録參訂，計數百卷，十年而功始畢。少學詩，三百篇、楚騷，古今諸詩，靡不探索而溯其源。既而作《詩源辨體》，歷四十年，十二易稿，業乃成。"有《許山人詩集》《許伯清詩稿》《澄江詩選》《詩源辨體》等。

本書以辨體爲主，説諸家詩，多采摭舊説，并明標姓字出處。卷一論周詩，卷二論楚辭，卷三至卷一一，爲論漢魏六朝隋。卷一二到卷三三爲論初盛中晚唐。卷三四至三六并爲總論。以識其文體變遷之軌迹。其中漢魏六朝詩，皆從馮惟訥《古詩紀》中輯出。總體上以《詩三百篇》爲源，以漢魏六朝唐人爲流。認爲"古詩以漢魏爲正，太康、元嘉、永明爲變。至梁陳而古詩盡亡"。

其論説中除引録前人諸説外，也有不少自發之議論，兹録其直接關涉《文選》者如下：

卷二第八條："屈原《遠游》，較《離騷》更爲聯絡，而文采亦完。《文選》不録，不可曉。司馬相如《大人賦》雖仿《遠游》，然好以奇難爲工，後人幾不能讀矣。"

卷二第一六條："宋玉《九辨》舊分爲十一章，前五章從《文選》所定，無疑。後自'霜露慘悽'至'信未達乎從容'爲第六，自

‘竊美申包胥之氣盛’至‘不得見乎陽春’爲第七,自‘睹杪秋之遥夜’至‘蹇淹留而躊躇’爲第八,自‘和泛濫之浮雲’至‘亦多端而膠加’爲第九,自‘被荷裯之晏晏’至‘妒被離而鄣之’爲第十,自‘願賜不肖之軀’至末爲第十一。朱子更定爲九章,以實九數。”

卷三第七條:“漢魏五言,委婉悠圓,其氣格自在,不必言耳。或欲於漢魏專取氣格,故必先莽蒼古質而後委婉悠圓,是慕好古之名而不得其實者也。《昭明文選》庶幾得之。”

卷三第三七條:“古詩五言十九首舊注:‘詩以古名,不知作者爲誰。或云枚乘,而梁昭明既以編諸蘇李之上,李善謂之詞兼東都,非盡爲乘詩。故蒼山曾原一《衍義》特列之張衡《四愁》之下,蓋十九首本非一人之詞,今姑依昭明編次云。’按:鍾嶸云‘古詩云去者日以疏,四十五首’云云,則十九首與《上山采蘼蕪》等篇皆古詩也,昭明删録而爲十九首耳。然中既有枚乘之詩,則當爲五言之始。”

卷三第四一條:“《古詩十九首》乃昭明選録,采衆人之精,故文采完美,略無莽蒼之態。或以此見琢磨之功者,非也。”

卷三第五一條:“李陵、蘇武五言,昭明已録諸《文選》。劉勰乃云:‘成帝品録,三百餘篇,而詞人遺翰,莫見五言,所以李陵、班婕妤見疑於後代也。’愚按:《左氏傳》子長不及見,《漢書》所載而《史記》有弗詳者,正以當時書籍未盡出故耳。由是言之,成帝品録而不及蘇李,又何疑焉。東坡嘗謂‘蘇李之天成’,是矣。至因劉子玄辯李陵書非西漢文,乃謂蘇李五言亦後人所擬,亦不免爲惑。蘇李七篇,雖稍遜十九首,然結撰天成,了無作用之迹,決非後人所能。”

其餘論選中作家者亦繁多,兹從略。

此書初刻本爲十六卷(附作者詩稿一卷),萬曆四十一年(1613)刊本,時年作者五十一歲。據初刻本凡例和作者自序,此書原稿本來有詩論和詩選兩部分,計詩論十六卷,詩選三十卷。後經增補,内容進一步完善,但作者生前未能付梓。至崇禎十五年(1642)陳所學刻《詩源辨體》三十八卷成,但也衹是抽刻修訂本原稿的詩論部分。其詩選部分今或早已散佚,故今人已無法見到《詩源辨體》這部書的全貌了。此書有1921年惲毓齡在上海出版的排印本。有杜維沫校點本,北京:人民文學出版社1987年版。《續修四庫全書》集部總集類據陳所學本影印收録。

13.《古詩歸》十五卷　鍾惺、譚元春同編

提　要

鍾惺(1574—1625),字伯敬,號退谷。竟陵(今湖北天門)人。萬曆三十八年(1610)進士。官南京禮部主事、郎中。以福建提學僉事歸,卒於家。與譚元春評選唐詩爲《唐詩歸》、評選隋以前詩爲《古詩歸》,稱"竟陵體"。還撰有《詩合考》《毛詩解》《鍾評左傳》《隱秀軒集》《名媛詩歸》《宋文歸》《周文歸》及讀書隨筆《史懷》等。

譚元春(1586—1637),字友夏。竟陵(今湖北天門)人。明天啓七年鄉試第一。後赴京試,卒於旅店。善詩文,名重一時,與鍾惺同爲竟陵派創始者。論文强調性靈,反對摹古,追求幽深孤峭,所作亦流於僻奥冷澀。曾與鍾惺共評選《唐詩歸》《古詩歸》。自著有《嶽歸堂集》《譚友夏合集》等。譚元春起步之時與《文選》關係密切,其《序操縵草》謂:"予年十六學爲詩,初無師承,亦不知聲病,但家有《文選》本,利其無四聲,韵可出入,竊取而擬之殆遍。其法止如其詩題與其長短之數、起止之節,而易其辭,亦自以爲擬古也。越三年,始有教之

爲近體者。是時亦粗知詩意,有問予擬《古詩十九首》及韋孟以下諸詩者,則面發赤。後數年又稍進,并陸士衡之《擬古》,江文通之代擬諸作,私心亦有所不愜,則遂泛泛焉回翔於古詩、近體之間,蓋未有專力,至於今愧之。"(《譚友夏合集》卷九)鄒漪謂其"少喜言詩,頗規模《昭明》選體,落筆輒肖。已復去之,學盛唐。後乃出心穎、取奇俊,翩翩多致"(鄒漪《啓禎野乘》卷七《譚解元傳》)。

今存明萬曆四十五年(1617)刊本。前有鍾惺序,次譚元春序。閔振業刊三色套印本則又有吴德輿序與閔振業撰小引,以及凡例。

《古詩歸》一書選上古至陳隋詩歌凡十五卷。雖爲選本,但命名曰"歸",意在區别於"選"之主觀性。正如鍾惺《序》所説:"選古人詩而命曰詩歸,非謂古人之詩以吾所選爲歸,庶幾見吾所選者以古人爲歸也。引古人之精神以接後人之心目,使其心目有所止焉,如是而已矣。昭明選古詩,人遂以其所選者爲古詩,因而名古詩爲選體。唐人之古詩曰唐選。嗚呼!非惟古詩亡,幾并古詩之名而亡之矣。何者?人歸之也。選者之權力能使人歸,又能使古詩之名與實俱徇之,吾其敢易言選哉!"另一方面意在糾正時人的模仿之弊,重視選體而不應被選體所束縛,以此呼應竟陵派主性靈、主創意的取向。如其所説:"嘗試論之,詩文氣運,不能不代趨而下,而作詩者之意興,慮無不代求其高,高者取異於途徑耳。夫途徑者不能不異者也,然其變有窮也。精神者不能不同者也,然其變無窮也。操其有窮者以求變,而欲以其異與氣運爭,吾以爲能爲異而終不能爲高,其究途徑窮而異者與之俱窮,不亦愈勞而愈遠乎!此不求古人真詩之過也。今非無學古者,大要取古人之極膚極狹極熟,便於口手者,以爲古人在是,使捷者矯之,必於古人外自写一人之詩以爲異,要其異又皆同乎古人之險且僻者,不則其俚者也,則何以服學古者之心?無以服其心,而又堅其

説以告人，曰千變萬化不出古人，問其所爲古人，則又向之極膚極狹極熟者也，世真不知有古人矣。”

其書經閔振業三色套印本再版，做了一定版面的調整，如“鍾譚原評舊本不拘前後，俱用鍾云譚云，覺繁碎，今鍾悉置前，用硃色。譚悉置後，用黛色。以便觀覽。非敢有低昂也”（《凡例》）。眉目更加清晰。《四庫全書總目提要》集部總集類存目三叙録《詩歸》五十一卷，凡古詩十五卷，唐詩三十六卷，評曰：“大旨以纖詭幽渺爲宗，點逗一二新雋字句，矜爲玄妙。又力排選詩惜群之説，於連篇之詩隨意割裂，古來詩法於是盡亡。至於古詩字句，多隨意竄改。顧炎武《日知録》曰：‘近日盛行《詩歸》一書，尤爲妄誕。’”對明人評詩頗多批評之語。

14.《七十二家集》　張燮編刻

提　要

張燮（1574—1640），字紹和，又字理陽。號海濱逸史。福建龍溪（今福建漳州）人。萬曆二十二年（1594）舉人，此後科舉不中，未曾步入仕途。一生創作和編輯了大量著作，如與何喬遠合編《皇明文徵》、與徐鑾合編《漳州府新志》（二十卷），注《梁簡文帝御製集》（十六卷），著有《東西洋考》（十二卷），記述東南亞的海陸狀況，共涉及三十八個國家。張燮的文集《群玉樓集》八十四卷。

張燮所編《七十二家集》，收録漢魏六朝文人别集七十二家，遠超此前汪士賢所刻叢集的二十二家。而且此集有輯佚、附録遺事、集評、糾繆等創始之功和研究價值，成書之後不久，張溥編《漢魏六朝百三名家集》，繼承了張燮的成果，更爲流行，但張燮《七十二家集》本身所具的價值和意義却不可忽視。尤其是與《文選》的密切關聯，更爲

值得重視。

張燮編選《七十二家集》,即十分重視《文選》的經典地位。如其在《昭明太子集序》中説:"從古選集希傳,獨昭明三十卷,詞人奉爲金匱。片簡見録,便如名在丹臺石室中。古今有一佳文字見遺,必求所以不入《選》之故,而遞相揣摩。爾日殿最,頓貽壇苑許大事。"

其編纂體例和評價標準多因襲《文選》。如其《凡例》中説"集中所載,皆詩賦文章,若經翼史裁,子書稗説,聽其别爲單行,不敢混收。蓋四部元自分途,不宜以經史而入集也。如賈之《新書》、董之《繁露》、揚之《太玄》《法言》、班之《漢書》《白虎》、蔡之《獨斷》、諸葛之《心書》、魏武之《軍令》、嵇之《高士傳》、陶之《群輔録》、梁元之《金樓子》、沈之《宋書》、任之《述異記》、隱居之《冥通記》《位業圖》、吴之《續齊諧》"等皆不録。所强調的正是蕭統《文選序》不録經史子的編纂思想。又集中首賦、次詩、次文,亦與《文選》文體排列一致。

本書所選七十二家,上至宋玉,下至隋代。七十二家中有四十一家與《文選》作家相重合。

評價具體作家時,往往以是否入《選》作爲標準。如在《劉户曹集小引》中説:"《昭明文選》,梁人自任、沈外見收者寥寥,而玄靖采取者三,然則聲價故重於華林二三子,正不得以《遍略》高之矣。"

所收録與《文選》重合作家中,《文選》中的經典作品也多是題詞評論的對象。如宋玉集一者説"先民之有集,蓋首於宋大夫"。再者説,此集未有傳本,"余乃編次,爰成斯集"。三者説"獨怪公之《招魂》《九辨》,悲悼填膺,如遠刺心血,灑作紅雨噴人。殆《高唐》《好色》等篇,又若破涕成歡,排愁成媚。忽而蒿目,忽而解頤,似乎彼此兩截地界。豈悼其師之芳草化蕭,必哺糟啜醨,别爲玩世耶"。頗具批評價值。集後則或有遺事、集評、糾謬等條目。

集中所收諸文爲白文，間有考證，提出疑問，如宋玉《舞賦》後案曰："王元美謂傅武仲《舞賦》托宋玉爲襄王問對，及閱《古文苑》，宋玉《舞賦》所少十分之七，中間精語如華袿飛髾而雜纖羅，大是麗語。至形容舞態，如羅衣從風，長袖交横，駱驛飛散，颯沓合并，綽約閑靡，機迅體輕。……"通過比較，提出："豈武仲衍玉賦以爲己作耶？抑後人節約武仲賦，因序語而誤爲玉作也？今姑存之。"就傅毅《舞賦》與宋玉《舞賦》的關係問題，提出討論。諸如此類。

本書有《七十二家集》三百四十六卷《附録》七十二卷，明張燮輯，《續修四庫全書》影印中國國家圖書館藏明末刻本。可參考河南師範大學王京州《張燮〈文選〉學述評——以〈七十二家集〉及題辭爲中心》，劉志偉主編《〈文選〉與漢唐文化——第十一届〈文選〉學國際學術研討會論文集》，北京：中華書局 2018 年版。同時，王京州還有《七十二家集題辭箋注》，上海：上海古籍出版社 2016 年版。

15. 《續刻温陵四太史評選古今名文珠璣》八卷　黄鳳翔、楊道賓、李廷機、史繼偕選

提　要

此書共六册，一到五册爲《續刻温陵四太史評選古今名文珠璣》八卷，卷前有佚名《序》及楊九經題識一段，次列《續名文珠璣目録》，正文題名"《續刻温陵四太史評選古今名文珠璣》一卷，甲榜第二人，黄鳳翔、楊道賓、李廷機、史繼偕選"。第六册題名爲"《鼎刻焦太史彙選百家評林名文珠璣》十卷，翰林九我李廷機石蕢陶望齡閲，兑陽劉應秋、思白董其昌校"，此十卷所選皆爲唐宋八大家古文之評點。蓋《名文珠璣》爲焦竑所選評，而《續刻》則爲温陵四先生所選評。

《續刻》所選文章有來自《周禮》、《檀弓》、《左氏内傳》、《左氏外

傳》、《莊子》、《韓非子》、《孫武子》、《吕氏春秋》、《史記》、《淮南子》、屈原、宋玉、西漢文、東漢文、漢晋間文、唐文、宋文、《郁離子後集》等。始之以《周禮》,終之以陳繼儒《董玄宰文序》。其中所收屈原、宋玉至漢晋間文多出於《昭明文選》,如屈原《離騷經》《九歌》《九章》、宋玉《九辯》,西漢文有司馬相如《上林賦》《諫獵》、揚雄《甘泉賦》《校獵賦》《長楊賦》《劇秦美新》、班固《封燕然山銘》、范曄的傳贊、曹植的《與吴質書》、夏侯湛的《東方朔畫像贊序》、趙至《與稽番書》、江淹《詣建平王上書》、劉峻《答劉秣陵書》、張衡《西京賦》《東京賦》、左思《三都賦序》《蜀都賦》《吴都賦》《魏都賦》、鮑昭《蕪城賦》、曹植《七啓序》、張協《七命末篇》、王融《三月三日曲水詩序》、任昉《王文憲集序》、袁宏《三國名臣序贊》諸文。

其評點體例包括眉批和文末總評,其中眉批引書與同樣是閩地學者選學著作的《鼎雕增補單篇評釋昭明文選》較爲相似,所引録的文獻出自王志遠、茅坤、蔣孟育、鄒德溥、董芬、葛曦、唐順之、張鳳翼、李廷機、王世貞、李夢陽等也幾乎一致,同時又有少量自出己意之評點,如評《劉峻重答劉秣陵書》曰:"按:劉峻《重答劉秣陵》,意必尚有書不傳,此特其序云耳。不然所謂存其梗概者何在也?"又"按:若使墨翟以下冀其九原有知,鑒吾之衷,末二句則又恐幽明異路,不能昭恪,故以懸劍空隴爲喻"。

據此書卷前楊九經題辭,可知此書之前有《名文珠璣》前集,故稱此爲《續刻》。鈐"長樂鄭振鐸西諦藏書"之印。今藏中國國家圖書館古籍善本部,索書號:T03276。著録爲余紹崖自新齋,明萬曆二十三年(1595)刻本。

16.《文儷》十四卷　陳翼飛編

提　要

陳翼飛,字元明,號少翮,平和(今福建漳州平和)人。萬曆三十八年(1610)進士,除宜興知縣,被劾歸。詩摹七子,篇什甚富。有《慧閣》、《紫芝》、《長梧》三集及《文儷》。

《四庫全書總目提要》卷一九三集部總集類存目,提要曰:"是書所録,自漢及唐皆以駢儷爲主,略依《文選》之例。惟不載詩,與《文選》稍異耳。"(浙江巡撫采進本)見收於《四庫全書存目叢書補編》第二五册。南京圖書館藏明末刻本。

17.《三國两晋南北朝文選》不分卷　錢士馨、陸上瀾同編

提　要

錢士馨,字稚拙,又字稚農。明末清初浙江平湖人。明崇禎十五年(1642)貢生。韶年倜儻不羈。後假東湖僧舍以居,夜讀《昭明文選》,爲沙彌所譏,由是發憤研究經史,嘗據《尚書》、大小戴《記》、《春秋》内外傳以補《周禮・冬官》。爲人輕財好客。工古文,兼精書畫。明末在京師,親歷李自成軍破京城事,以記其見聞《甲申傳信録》,另有《賡笳集》等。

陸上瀾,字芳洲,號狂生,崇禎九年(1639),應天府鄉試第二名,刻有《三國兩晋南北朝文選》《陸子三編》,詩文集二十卷。

其書之編纂在已有《昭明文選》的情況下,用意蓋糾正《文選》之不足,以己之意重新編定《文選》。如錢士馨序所説"以昭明之才,極數子之盛,然而摭拾詳略,忤長用短,滯於情采,遺於風骨,貿於理思,

牽於裁格,既不足以宗經馭子,逞馳秦、漢之奇,復不足盡綺藻騈枝,以劇魏、晋之麗。自漢以上,所獵未盡,晋、宋而下,爲例不純"。故而此書的編纂首先尊秦漢文章,不再入選,選文自三國始。而三國之文自蜀漢始,以明正統。可以見出編者標準好尚所在。

《三國兩晋南北朝文選》,明来复堂刻本,見《北京市文物局圖書資料中心藏古籍珍本叢刊》北京市文物局圖書資料中心影印收録,北京:燕山出版社 2012 年版。

18.《漢魏六朝百三名家集》　張溥編

提　要

張溥生平見《文選删》條下。

《漢魏六朝百三名家集》,爲萬曆年間張溥所輯。作爲明代影響最大的集部叢書,本書是以張燮《七十二家集》爲基礎,又增益馮惟訥《詩紀》和梅鼎祚《文紀》擴充而成。全書共一百一十八卷,收録一百〇三家文集。收録作家始於漢代賈誼,止於隋代薛道衡。每部别集作品則按先賦、次文、後詩,附以作者本傳的順序排列。每集之前各寫一篇題辭,對作家作品進行介紹和評論。

《四庫全書總目提要》指出此書編録無法、考證未明等缺點,但也肯定了此書"州分部居,以文隸人,以人隸代,使唐以前作者遺篇一一略見其梗概"的價值所在。

張溥的《漢魏六朝百三名家集題辭》,對全部一百〇三家皆加以介紹評論,其評論一方面借鑒張燮的《七十二家集題辭》的評傳體例,以《昭明文選》爲準繩。另一方面,也自出機杼,頗具批評價值。

張溥在《梁昭明太子集題辭》中説:"梁武八男,唯豫章性殊,餘各有文武才略。昭明、簡文同母令德,文學友于,曹子桓兄弟弗如也。

昭明夭薨,簡文叙其遺集,頌德十四,合之史傳,俱非虚美。《南史》所云埋鵝啓釁,蕩舟寢疾,世疑其誣。於是論昭明者,斷以姚書爲質矣。昭明述作,《文選》最有名,後人見其選,即可知其志。集中諸篇,範金合土,雖天趣微損,而章程頗密,亦文家之善慮彼己者也。潯陽陶潛,宋之逸民,昭明既爲立傳,又特序之。以萬乘元良,悠論山澤,唐堯汾陽,子晋洛濱,若有同心。摘譏閒情,示戒淫麗,用申繩墨,游於方内,不得不然。然洛神放蕩,未嘗删之,而偏詆此賦,於孔子存鄭衛,豈有當焉。"既有對昭明太子及其所編《文選》的推崇,也指出了《文選》編纂中"天趣微損",又指出其在《文選》中收録《洛神賦》,却在《陶淵明傳》中指責陶潛《閒情賦》,呈前後矛盾。

又如張溥在《司馬文園集題辭》中稱:"梁昭明太子《文選》,登采極嚴,獨於司馬長卿取其三賦四文,其生平壯篇略具,殆心篤好之,沉湎終日而不能舍也。"

所選作家中,有五十七家與《文選》所收作家重合。對這些作家的題辭,往往就其與《文選》重合的篇目加以重點介紹,如《潘黄門集題辭》曰:"予讀安仁馬汧督誄,惻然思古義士,猶班孟堅之傳蘇子卿也。及悼亡詩賦,哀永逝文,則又傷其閨房辛苦,有古落葉哀蟬之嘆。史云'善爲哀誄',誠然哉。《籍田賦》《客舍議》并以典則見稱,陸海潘江,無不善也。獨惜其愍懷詐書,呈身牝後,屈長卿之典册,行江充之告變,重污泥以自辱耳。《閒居》一賦,板輿輕軒,浮杯高歌,天倫樂事,足起愛慕。孰知其仕宦情重,方思熟客,慈母拳拳,非所念也。"

此書存明婁東張氏刻本,題《漢魏六朝百三名家集》,中國國家圖書館、上海圖書館、南京圖書館藏,《中國古籍總目》著録。此外存清光緒三年、五年、十八年刻本,清鈔本(王振聲跋,上海圖書館藏)等。

19.《通雅》五十五卷　方以智撰

提　要

方以智(1611—1671),字密之,號曼公,又自號龍眠愚者、澤園主人、浮山愚者、鹿起山人、宓山子、宓山氏、宓山愚者、愚者密、江北讀書人、愚者。流離五嶺,化名吴石公。中年歸隱,自稱愚道人。披緇則改名弘智、行遠,法號、稱呼變化極多。江南安慶桐城鳳儀里人。及登進士,言時政得失,爲崇禎帝贊許。甲申之變,因變姓名流離嶺表廣州。輔瞿式耜立永曆帝繼明統於肇慶,然亦不仕,隱於平樂之平西山。清兵入粤西,變服爲僧,避身禪門,居梧州云蓋寺。誓不仕清,歸南京後,皈依曹洞宗,閉關高座寺看竹軒。行迹見任道斌編著《方以智年譜》、羅熾著《方以智評傳》等。平生著述百餘種,書畫題跋亦甚多。然而由於生前迭遭患難,著述率多亡佚、分散。有《博依集》、《浮山文集前編》十卷《後編》二卷、《四韵定本》二卷、《藥地炮莊》九卷、《冬灰録》五卷、《通雅》五十五卷、《物理小識》十二卷等。其《浮山全集》在清代被列爲禁書。

《通雅》五十五卷,卷首三卷,包括音義雜論、讀書類略、小學大略、詩説、文章薪火等。卷一、卷二疑始。卷三到卷一〇爲釋詁。卷一一、卷一二爲天文。卷一三到卷一七爲地輿。卷一八身體。卷一九稱謂。卷二〇、二一姓名。卷二二至卷二五爲官制。卷二六、二七爲事制。卷二八禮儀。卷二九樂曲。卷三〇樂舞。卷三一至三五爲器用。卷三六、三七衣服。卷三八宫室。卷三九飲食。卷四〇算數。卷四一至卷四四植物。卷四五至卷四七動物。卷四八金石。卷四九諺源。卷五〇切韵聲原。卷五一脉考。卷五二古方解。其書撰作的宗旨在於將由文字孳衍、方言紛沓所造成的一字而分數字、數字實歸

一音,取而通之,從而“古今來遂無不辨之字,天地内遂無不通之音”(余颺《蘆中集》)。《四庫全書總目提要》雜家類三曰:“是書皆考證名物象數、訓詁音聲。明之中葉,以博洽著稱者楊慎,次則焦竑,惟以智崛起崇禎中,考證精核,迥出其上。風氣既開,國初顧炎武、閻若璩、朱彝尊等沿波而起。雖其中千慮一失,或所不免,而窮溯源委,詞必有徵,在明代考證家中,可謂卓然獨立。”

此書體例仿《爾雅》然又有新創,從分類方式到證詁體例皆有同異,如《凡例》稱:“此書每則上標一語,仿《爾雅》之遺,使觀者望而知之,然後尋繹下方。此書主於折衷音義,其無辨難者,或爲語不經見又所忽略,或舊名紛糾,爲删舉其要,以便省覽,又有異者疑者,偶書以俟正,故無斷詞。”“辨證以經史爲本,旁及諸子百家。志書小説難可盡信,然引以相参自可證發。”可知其基本形制。

由於相當於名物字詁類百科全書,所采文獻又多爲先唐典籍,故與《文選》一書關係極爲密切。通檢全書,關於《文選》名物制度詞語的考證,涉及數百條。如卷三釋詁考“連珠始於韓子”,卷五釋詁“孰何,問之也,猶言誰何也”,卷六釋詁“泬寥”(《九辯》)、“譸張”(劉琨詩)等等。

其書於選學雖有資考證,然也存在引證不精的問題。如卷四四:“胥餘,即楈枒,椰子也。仁頻,檳榔。○《史記·上林賦》‘留落胥餘’,六臣作‘胥邪’。平子賦用‘楈枒’。郭璞曰:‘楈枒似栟櫚。’智以爲即椰子。”“六臣注《選》引《仙藥録》曰:檳榔,一名椶然,又馬檳榔。訛爲馮金囊。生滇金齒沅江諸地,蔓生結實,紫色,味甜不可當。”直接用“六臣”“平子賦”這樣籠統的説法。周中孚《鄭堂讀書記》説:“書中所稱引,不盡載書名。援舉古人,其字號官地,隨處異稱,不盡載姓名。讀者往往瞀惑,是其一短。”又有《通雅刊誤補遺》一卷,乾隆間刊。

此書《凡例》稱成書於崇禎十二年(1639)以前，方以智曾説“幸以三冬力，抄成五雅箋”，則其書當於崇禎十年冬動筆，初稿成於十二年。三十六歲時，即順治三年(1646)再爲綴集，直至康熙五年(1666)，歷時近三十年而終得刊刻出版。成書之後影響深遠，嘉慶(1796—1820)年間甚至有日本刻本、朝鮮刻本流傳。《四庫全書》收入子部雜家類雜考之屬。今中國國家圖書館藏有康熙五年姚氏浮山此藏軒刻本，《中華再造善本》據以影印。中國書店 1990 年有影印本。周遠富著有《通雅古音考》，河南人民出版社 2008 年版。

20.《彙刻建安七子集》　楊德周編

提　要

楊德周，生卒年不詳，字齊莊。明萬曆間浙江鄞縣人。萬曆四十年(1612)舉人。歷官古田、高唐縣知縣。曾與費道用刻印過《岳武穆遺文》等。著有《銅馬編》二卷，又有《澹圃餘紀》《金華雜識》《杜詩解》與《識隨筆》，并傳於世。

是書收録建安七子文集。

明崇禎十一年陳朝輔刻本，中國國家圖書館藏。清乾隆二十三年刻本，上海圖書館藏。

21.《考古辭宗》二十卷　况叔祺編

提　要

况叔祺，生卒年不詳，字吉甫，高安(今屬江西)人。嘉靖二十九年(1550)進士。授刑部主事。歷禮部郎中，貴州提學僉事。與王世貞等游從唱和。著有《考古辭宗》《大雅堂集》等。

《四庫全書總目提要》:"《考古辭宗》二十卷,明况叔祺編。叔祺字吉甫,高安人。嘉靖庚戌進士,官至貴州提學僉事。是書以浦南金所編《修辭指南》爲藍本,而增抄《文選雙字類要》於各類之下。一切分目體式,及每類之前半,皆仍浦氏之舊。因人成事,不足尚也。"

五、清代(51種)

1.《日知録》三十二卷　顧炎武撰

提　要

顧炎武(1613—1682),本名繼坤,改名絳,字忠清。明亡,改炎武,字寧人,號亭林,自署蔣山傭。蘇州昆山人。居亭林鎮,學者稱爲亭林先生。明諸生。明清之際,參加昆山楊永言抗清軍隊,被明魯王授予兵部司務。其學以"博學於文,行己有耻"爲主,合學與行、治學與經世爲一,於經、史、兵、農、音韵、訓詁以及典章制度,無所不通。以"學有根柢"著稱。著有《天下郡國利病書》一百二十卷,又《肇域志》《音論》《詩本音》《易音》《唐正韵》《日知録》《古音表》《韵補正》《金石文字記》《求古録》《杜解補正》《二十一史年表》《歷代帝王宅京記》《營平二州地名記》《昌平山水記》《山東考古録》《京東考古録》《譎觚》《菰中隨筆》《亭林文集》《詩集》等。

此《日知録》三十二卷爲作者讀書心得,隨時札記。積三十年之力而成。大體按經術義、政事、財賦、世風、禮制、科舉、史地、兵事、藝文等類,類下列子目。考訂精審,頗多可取。

諸卷之中分散有與《文選》相關的六十餘條考證。其書往往圍繞一個主題,貫通諸篇,以出己意。如卷二一"詩人改古事"條,列舉《文選》中的《趙至與嵇茂齊書》"梁生適越,登嶽長謡"和謝靈運《述祖德詩》"弦高犒晋師,仲連却秦軍",總結説,"梁鴻本適吴,而以爲越者,吴爲越所滅也"。又:"弦高所犒者秦師,而改爲晋,以避下'秦'字,則

舛而陋矣。”

對於“弦高犒晋師”，顧炎武指出了致誤的原因，乃謝靈運爲了避下文的“秦”字所改。其説可謂簡明而精確，亦影響深遠，沈德潛編《古詩源》（光緒十七年夏湖南四賢書局重刊本）尚作“弦高犒晉師”，注云：“弦高犒秦師，在晉之道，晉音晋，見《吕氏春秋》。諸本爲晋字之誤也。因改正。”其説顯然是受了李善增注的影響，甚至爲之更改了原文。然至沈德潛撰《説詩晬語》，則云：“弦高本犒秦師。謝康樂云弦高犒晋師，誤用事實。”《古詩源》刻在前，《説詩晬語》刻在後，至《晬語》沈氏已吸收了顧炎武的説法，更改了前面的錯誤認識。至杭世駿《訂訛類編》卷三“弦高犒晉師”條發現了沈德潛的前後變化，然稱“不知何以又有此論？”

考《文選》敦煌本佚注、陳八郎本五臣注也分别指出了謝靈運誤用，但不曉其中的原因。尤袤本李善注則引《吕氏春秋》秦三帥是陷在“邊候晉之道”，高誘注曰：“晉，國名也，音晋。今爲晋字之誤。”這一段爲“晋師”曲爲解説的文字，奎章閣本李善注無，陳景雲《文選舉正》、胡克家《文選考異》皆謂非出於李善原注，蓋爲後世所添加。那麽，從《文選》《述祖德詩》此句的正文和注的情况看，其原本即當作“弦高犒晋師”，出於詩人作詩以上下規避的原因，不惜改變古事。故顧炎武所言爲得。

除此之外，與《文選》相關的考證條目尚有卷一“卜筮”，卷七“駉”（《子虛賦》《上林賦》《南都賦》），卷九“宗室”（《六代論》），卷一一“權量”（《養生論》），卷一三“耿介（《離騷》）”“鄉愿（卜居、漁父）”“書前代官（顔延之題陶淵明‘有晋徵士’）”，卷一七“齊王融爲武帝作《策秀才文》”，卷一九“直言”“文人模仿之病”“古文未正之隱”“假設之辭”，卷二〇“非三公不得稱公”“郡國改名”“地名割用一字”“年月朔日子”

“古人必以日月繫年”“古人不以甲子名歲”，卷二一“瓜分”“陸機文誤”“郭璞賦誤”，卷二三“兼舉名字”，卷二四“主”“相公”“對人稱臣”“上下通稱”，卷二五“巫咸”“湘君”“杞梁妻”“莊安”，卷二六“《文選》任昉《爲齊明宗讓宣城郡公表》”，卷二七“《考工記》注”“《爾雅》注”“《史記》注”“司馬相如《子虛》之賦”“《通鑑》注”“杜子美詩注”“《文選》注‘趙李相經過’”，卷二九“驢贏”，卷三〇“泰山治鬼”，卷三一“吴會”，卷三二“誰何”“桑梓”“寫”“幺”等。

顧炎武作爲明末清初一代大儒，其《日知録》考證經史，旁綜藝文，以簡賅精審爲特色。實爲變明代之風，開清代選學先路之作。

此書有康熙九年(1670)顧炎武自刻本，八卷。顧炎武弟子潘耒康熙三十四年(1695)整理本，中國國家圖書館藏。學苑出版社2006年出版徐德明主編《清代學術筆記叢刊》第二册據以影印，并將乾隆時編《四庫全書》的抽毁稿附於全書之後。此外，有道光十四年(1834)黄汝成《日知録集釋》三十二卷，有世界書局1936年印行本。再就是20世紀30年代陳垣作《日知録校注》進一步“溯其史源，注其起止”，見安徽大學出版社2007年版。徐正英撰有《顧炎武與文選學——以日知録爲例》，見趙福海等主編《〈昭明文選〉與中國傳統文化　第四届文選學國際學術研討會論文集》，吉林文史出版社2001年版。

2.《采菽堂古詩選》三十八卷《補遺》四卷　陳祚明編

提　要

陳祚明(1623—1674)，字胤倩，號稽留山人，其書室號采菽堂。浙江仁和(今浙江杭州)人。“布衣敦高尚之節，家貧賣文以給食，順治十三年入都，以詩酒遨游公卿間。龔鼎孳、王崇簡皆甚禮重之。其

詩取徑三唐，格律精整，前後十九首。熒惑不見歌，戲作《焦仲卿詩補》。才大如海，一時作者，無不斂手。卒以窮死。自輓三章，强作達語，亦可悲已。其没在康熙十三年，年五十二。”（鄧之誠《清詩紀事初編》卷二）存詩集《嵇留山人集》二十一卷，本名《敝帚集》。

此書一名《采菽堂定本漢魏六朝詩鈔》三十八卷，附補遺四卷。書前有凡例，詩題下常有提要，詩下有評語。陳氏推崇《文選》，於陶詩幾乎全録；此外，則多取曹植、阮籍、謝靈運、鮑照、謝、沈約、庾信諸家。

陳氏評詩，有感於“《文選》注雖更六臣詳故實，不究作者之意”（《凡例》），故重在本意之探尋，詩史之勾勒。如其收阮籍《咏懷詩》五十二首，題下解曰：“阮公咏懷，千秋嘉嘆。然未知所咏是何懷也。詳味其辭，雜焉無緒，夫狥物者繫情，遺世者冥感。繫情者詎忘富貴，冥感者匪怨仳離。人之立身各有懷抱，二端各見，歧路分趨，情見乎辭，在誠難飾。今既脱略榮華，好談輕舉，乃復綣懷親愛，甚戀綢繆，非徒旨謬老莊，亦恐卜迷詹尹。是知君平兩弃，必匪無因。夸叔長辭，正緣篤感云爾。世累人煩，此情未睹，光禄之注無述，鍾嶸之評漫然，昭明所去所存亦豈能窺本意。爰乃尋其渺緒，探厥微辭，蕪累則删，成章必録，輒復略標大意，恐後人疑爲曲解，往往摘其難通知旨，特爲設難尋省之下，蓋可悟焉。”具體在詩下，如評阮籍《咏懷詩》第一首，曰：“薄帷二句，清景蕭疏，鑒字特古。”“孤鴻，失侣也。”“翔鳥句，反南枝之義而用之，有所思也。”“人未有無所見而憂者，公果何所見乎？反若自疑，不敢以告人耳。”

《采菽堂古詩選》，康熙四十八年（1709），由其學生翁嵩年刊行。清康熙丙戌（四十五年）武林翁氏原刊本，《續修四庫全書》第一五九〇册，據天津圖書館藏本影印。

3.《讀書敏求記》四卷　錢曾撰

提　要

錢曾，字遵王，號也是翁。常熟(今屬江蘇)人。錢謙益族孫，明代諸生。工詩。有《錢遵王詩稿》等集傳世。輯有《述古堂藏書目》，并選擇其中的珍貴之書撰《讀書敏求記》。顧廷龍有"研究版本目録之學，向必從遵王《讀書敏求記》入門"[①]之説。死後，藏書歸泰興季振宜。錢大成著有《錢遵王年譜稿》。《國朝耆獻類徵》卷四七二有傳。

《讀書敏求記》卷四集部總集類有"李善注《文選》六十卷"條，曰："古人注書，類有體例。漢唐諸大儒，依經疏解，析理精妙，此注經之體然。史家如裴松之之注《三國志》、劉孝標之注《世説》，旁搜曲引，巧聚異同，使後之覽者知史筆有所料揀，非闕漏不書耳。若夫郭象注《莊》，晋人謂離莊自可成子，是亦一説也。至於集《選》，宜詮釋字句所自出，以明作者之原委，如善注《文選》其嚆矢焉。善注有張伯顏重刻元板，不及宋本遠甚。予所藏乃宋刻佳者，中有元人跋語，古香醃薆，閲之不免以書簏自笑。"有關於"五臣注《文選》三十卷"條，曰："宋刻《五臣注文選》，鏤版精緻，覽之殊可悦目。唐人貶斥吕向，謂'比之(善注)，猶如虎狗鳳鷄'，由今觀之，良不盡誣。昭明序云：'都爲三十卷'，此猶是舊卷帙，殊足喜耳。"

其書版本衆多，有清雍正四年(1726)趙孟升松雪齋刻本，哈佛燕京圖書館中文善本特藏。《四庫全書存目叢書》影印收入。有清雍正六年(1728)濮梁延古堂刻本，《續修四庫全書》影印收入。《叢書集成

---

① 顧廷龍《讀書敏求記校證跋》，見《顧廷龍全集・文集卷》上，上海：上海古籍出版社 2015 年版，第 143 頁。

初編》據《海山仙館叢書》本排印。有清人張金吾撰《錢遵王〈讀書敏求記〉校證》，收入《清人書目題跋叢刊》。今則有北京書目文獻出版社 1984 年版等。

4.《古歡堂集》三十七卷　田雯撰

提　要

田雯，字子綸，一字綸霞，又字紫綸，號漪亭，晚號蒙齋，山東德州人。康熙進士。任内閣中書，官至户部侍郎。

《古歡堂集》三十七卷包括詩集十五卷，雜著八卷，序四卷，題辭一卷，記二卷，銘表二卷，傳一卷，跋一卷，雜文三卷。其中關於《文選》的有：

《雜著》卷一《論詩》稱："選體可學乎？學之者如優孟學叔敖，衣冠笑貌儼然似也，然不可謂真叔敖也。善學者須變一格，如昌黎、義山、東坡、山谷、劍南之學杜，則湘靈之於帝妃，洛神之於甄后，形體不具，神理無二矣。不然選體何易學也。"又稱："選詩有《昭明選體》，徐陵《新咏》，鍾嶸《詩品》，唐人選唐詩，迨夫半山老人《唐百家詩選》，曾端伯選宋詩，元裕中選《中州集》，以及《詩統》《正聲》《品彙》《唐音》，紛紛四出，不一其義。"

《序》卷二《歷代詩選序》首曰："詩有昭明選體，鍾嶸《詩品》，著述家多宗之。唐人選唐詩，可稱詳備而分集各編，名目雜出，學者不深晰其原委，第求諸次第議論之間，鮮不望洋而嘆，罕有津逮者。"

《題辭》卷一有《漢魏晋六朝選文題辭》中曰："杜甫言别裁僞體而生平著述則熟讀昭明一書，顔之推於六朝人士概以輕薄呰詆之，皆非篤論，世之學者無淆於空疏之説，黿腸蟬腹而歌嗚嗚，亦烏足以聽也？"

此書有康熙間刻本傳世，并被收入《四庫全書》集部别集類，《清代詩文集彙編》第一三八册收録。

5.《容齋千首詩》七卷　李天馥撰

提　要

李天馥，字湘北，號容齋。瀘州合肥(今屬安徽)人。順治十五年進士，改翰林院庶吉士。康熙十一年，擢翰林院侍講，十四年擢侍講學士。歷官户部左侍郎，吏部左侍郎，工部尚書，武英殿大學士。著有《容齋千首詩》《容齋詩餘》等。

《容齋千首詩》爲李天馥詩作集，李天馥在詩學思想上以"倡興古學"爲己任，《晚晴簃詩彙》謂其詩"皆以雍容淵秀出之"。卷前有康熙丁丑秋八月王世禎所撰序，稱："公詩以南雅爲經，以《史》《漢》《騷》《選》《古樂府》爲緯，取材博而不雜，持格高而不亢，托興深而不詭，遣調婉而不靡。"

此集中所收作者創作的四言古詩、五言古詩以及七言古詩。五言律、五言絶、七言絶、七言排律諸詩體。其中四言古詩有《擬陶詩》十六章，追和原韵。五言古有《擬古附序》(擬江淹《擬古》)，可見其追步《選》學的痕迹。其《擬古》三十首《序》中説："五言古昉於關西，盛於鄴下。極於河右江左，性情所感，運會攸關。蓋風雅之雲仍，律絶之高曾也。以故八代傳人，變體靈均，追蹤典屬，雲興日麗。率藉以不朽焉。乃執者非貴賤甘辛，則重輕聞見。豈其放懷獨適哉。要亦讓彼單行耳。梁江文通有《擬古》諸作，衣冠宛肖，廣恕通方，可謂無愧。明王元美亦嗣響焉。雖兼功因述，聲韵不殊，然猶以中多率意爲恨。余寢食諸什，思竊效之。擇其事之可傳，與文之足述者，上自漢魏，下迄陳隋，研仿體義，成三十首，雖不敢謂再構新豐，庶可自信不失故步，至

齊耳目於一致，等今昔於同觀，是所望於知者。”其説包含對江淹《擬古》詩的評價、對王世貞《擬古》詩的評價，以及自述創作之緣由。

《容齋千首詩》，見《清代詩文集彙編》第一三八册。

6.《師友詩傳録》一卷　朗廷槐撰

提　要

朗廷槐(1667—?)，字梅溪。遼陽(今屬遼寧)漢軍旗人。康熙三十七年(1698)官新城知縣。著有《師友詩傳録》《江湖夜雨集》等。

關於此書的評議，《四庫全書總目提要》卷一九六集部四九："《師友詩傳録》，國朝郎廷槐編。《續録》，國朝劉大勤編。二人皆學詩於新城王士禛，各述其師説，以成其書。以郎録在前，故劉録稱續焉。郎録雖以士禛爲主，而亦兼質於平原張篤慶、鄒平張實居，故每一問而三答。其稱歷友者，篤慶之號。稱蕭亭者，實居之號也。篤慶於士禛爲中表，所著有《昆崙山房集》。實居於士禛爲婦兄，所著有《蕭亭詩集》。士禛皆嘗論次之。故三人所答，或共明一義，或各明一義，然大旨皆不甚相遠。中間如篤慶'答《古詩十九首》'一條，歷引《玉臺新咏》《文心雕龍》，證爲枚乘所作，而力駁'游戲宛洛詞兼東京'之説。然考鍾嶸《詩品》，稱'去者日以疏'四十五首，舊疑是建安中曹、王所制。'客從遠方來''橘柚垂華實'，亦爲驚絶矣。嶸與劉勰同時，而稍在徐陵前，其説必有所受，似未可盡懸斷爲西京之作。篤慶又稱《文選》以十九首爲二十，蓋分'燕趙多佳人'以下自爲一章。不知此明張鳳翼之《文選纂注》，李善及五臣舊本均不若是。嚴羽《詩話》稱《玉臺新咏》以'越鳥巢南枝'以下另爲一首。則析一爲二乃徐陵，非蕭統。然宋本《玉臺新咏》實不另爲一首，未審羽何以云然。謹附識於此。篤慶誤也。士禛答樂府一條，稱樂府之名始於漢初，引高祖《三侯之

歌》、唐山夫人《安世房中歌》爲證。然樂府始漢武帝，史有明文，漢初實無是名。篤慶又稱樂府主紀功，古詩主言情，實居又稱樂府之異於古詩者，往往叙事。古詩貴温裕純雅，樂府貴遒深勁絶，又其不同也。不知郊祀鐃歌之類，倚聲制詞之樂府也，與詩稍别。清商平調之類，采詩入律之樂府也，其初本皆古詩。故《孔雀東南飛》，樂府雜曲歌詞也，而本題曰《古詩爲焦仲卿妻作》。其序曰：'時人傷之，爲詩云爾。'《紫騮馬》，樂府横吹曲詞也，而吴均《樂府解題》曰：'"十五從軍征"以下，古詩也。'其説甚明，不必以後世之法，遽區分其本始。至《君子行》爲言理之作，《怨歌行》乃緣情之什，亦何嘗專叙事乎？又士禎答稱七言换韵始於陳、隋。案吴均、費昶之《行路難》，蕭子顯之《燕歌行》，皆已排偶换韵，啓初唐四傑之體，安得云始之陳、隋耶？"

今存清光緒五年排印本《師友詩傳録》，上海圖書館藏。

7.《合刻曹陶謝三家詩》　卓爾堪編

提　要

卓爾堪(1653—1712)，字子任，號鹿墟，又號寶香山人。江都(今江蘇揚州)人，一作浙江仁和人。侍郎卓敬之孫。康熙間從征耿精忠，爲右軍前鋒，摧堅陷陣，居士卒先。後壯游四方，有豪俠名。工詩，嘗輯《勝國逸民詩》(今名《明遺民詩》)，另有《近青堂集》。卓爾堪的卒年參考潘承玉《清初詩壇：卓爾堪與〈遺民詩〉研究》一書。

清康熙刻本，清梅植之批點并跋，中國國家圖書館藏。合刻曹集二卷，總評一卷，曹植撰；陶集四卷，總評一卷，晋陶淵明撰；謝集二卷，總評一卷，謝靈運撰。

8.《古詩源》十四卷　沈德潛編

提　要

沈德潛(1673—1769),字碻士,號歸愚,江南長洲(今江蘇蘇州)人。乾隆四年(1739)以六十七歲高齡中進士,官至内閣學士兼禮部侍郎。乾隆三十年(1765),封光禄大夫、太子太傅。葉燮門人,論詩主"格調",提倡温柔敦厚之詩教。所著有《沈歸愚詩文全集》《説詩晬語》。又選有《古詩源》《唐詩别裁》《明詩别裁》《清詩别裁》等。

《古詩源》一書的編纂,正如其自序中所説:"詩至有唐爲極盛,然詩之盛非詩之源也。"以漢魏六朝詩爲唐詩之源。其説正爲糾正當時宗唐宗宋之説。曰:"有明之初,承宋元遺習,自李獻吉以唐詩振,天下靡然從風。前後七子,互相羽翼,彬彬稱盛。然其敝也,株守太過,冠裳土偶,學者咨之。由守乎唐而不能上窮其源。故分門立户者得從而爲之辭。則唐詩者宋元之上流,而古詩又唐人之發源也。"在這一詩學思想的主導下,他所采擇包括"凡《三百篇》、楚騷而外,自郊廟樂章訖童謡里諺,無不備采"。

其中包括《選》詩諸家,兩個值得注意的方面,一是例言中詩史的評論。二是詩篇的評論。前者如:"風騷既息,漢人代興,五言爲標準矣。就五言中,較然兩體。蘇李贈答,無名氏十九首。古詩體也。"又"蘇李以後,陳思繼起,父兄多才,渠尤獨步。故應爲一大宗。鄴下諸子,各自成家,未能方埒也。嗣宗觸緒興懷,無端哀樂,當塗之世,又成别調矣"。又"太冲拔出於衆流之中,豐骨峻上,盡掩諸家。鍾記室季孟於潘陸之間,非篤論也"。

詩篇的評論包括解題與詩評。如《古詩十九首》題解曰:"十九首非一人一時作。《玉臺》以中幾章爲枚乘。《文心雕龍》以《孤竹》一篇

爲傅毅之詞。昭明以不知姓氏,統名爲古詩。從昭明爲允。”而於詩下評語往往簡明切要,如評《今日良宴會》曰:“據要津乃詭詞也。古人感憤,每有此種。”評陸機《招隱詩》曰:“必富貴難圖而始稅駕,見已晚矣。士衡進退,所以不無可議。”

此書版本衆多,早期版本有康熙五十八年刻本,中國國家圖書館藏。乾隆尊經閣本,江蘇師範大學圖書館藏。

9.《陶謝詩集》(《陶謝四家詩集》《陶謝四家詩》)　姚培謙編

提　要

姚培謙(1693—1766),字平山,廓下(今浙江餘姚朗霞)人。少時勤奮好學,稍長,喜交游,善文章,名聞江東。清康熙五十九年(1720)自刻所著《春帆集》,校刊宋劉克莊《後村居士後集》二十卷。翌年,與松江徐是效同作《茸城蹋歌》,記載了松江縣的風俗。康熙六十一年,刻所注《古文斫》十六卷,後集十八卷。雍正二年(1724),又刻所著《自知集》。爲人清高,淡泊名利,尚書沈德潜薦於朝,不赴。一生勤於纂述,所著《經史臆見》、《松桂讀書堂集》入《四庫全書》存目,還著有《楚辭節注》、《類腋》五十五卷、《春秋左傳杜注補輯》三十卷、《朱子年譜》、《李義山詩箋注》、《樂善堂賦注》等,編有《唐宋八家詩鈔》、《陶謝詩集》等,與人合編有《文心雕龍輯注》、《通鑒攬要》二十七卷、《明史攬要》八卷、《宋詩百一鈔》八卷。

清乾隆二十九年姚培謙刻本,清翁同龢批注跋并臨清何焯校,中國國家圖書館藏。此外中國國家圖書館還藏有清乾隆三十二年清妙軒刻本。上海圖書館藏有清抄本。包括陶彭澤詩四卷、謝康樂詩二卷、謝法曹詩二卷、謝宣城詩四卷。

10.《訂訛類編》六卷《續編》二卷　杭世駿撰

提　要

杭世駿,生平見《文選課虚》條下。

《訂訛類編》六卷,約成書於乾隆十一年(1746),《續編》二卷,約成書於乾隆十七年(1752),每編分義訛、事訛、字訛、句訛、書訛、人訛、天文訛、地理訛,歲時訛、世代訛、鬼神訛、禮制訛、稱名訛、服食訛、動物訛、植物訛、雜物訛十七類。類下列條,條皆有題。成書後於1918年始由嘉業堂據漢陽葉氏敦夙好齋精鈔本刊印,前有杭世駿序,後附吴興劉承幹跋。今有陳抗點校,中華書局1997年版。

此書爲杭世駿的讀書心得。廣録經史古籍以及前人筆記中考訂文字,相互參訂,訛者正之,繆者糾之。因被稱爲"博學者之實功"(劉承幹跋)。其中與《文選》考訂密切相關的有三十一條。雖然存在着一些考訂不確、與前人暗合等問題,但部分條目亦能成一家之言,尤其是提出了許多有待解决的問題,以啓發後學。如卷六有"金錯刀非刀"條,以考張衡《四愁詩》"美人贈我金錯刀"句,提出"金錯刀"可能是"王莽所鑄錢名"。又曰:"或注四愁詩引《續漢書》,佩刀,諸侯王以黄金錯環。"這條資料的提出,并非獨創,李善注即列此兩條:一引《漢書》曰:"王莽鑄大錢,又造錯刀,以金錯其文。"接下來又引《續漢書》曰:"佩刀,諸侯王黄金錯鐶。"杭世駿考訂的意義正在於提出了"金錯刀究竟爲何物?"尚需進一步考證的問題意識。於此類似的尚有卷六"玉案非几"條、"盧橘非枇杷"條、"木蘭無墜露,秋菊無落英"條,卷五"七夕牛女相會不足信"條、"阮詩趙李是趙季李款"條,卷二"中和樂職詩非太守事"條等等。故而杭世駿此書的特色除考據精審扎實外,還有可貴的問題意識。

11.《示學者書》　王元啓撰

提　要

嘉興王元啓(1714—1786)，字惺齋，乾隆十六年(1751)進士。官至福建將樂縣令，在任三月而罷。著有《祇平居士文集》《惺齋論文》《惺齋雜著》及《讀韓記疑》等。

其《示學者書》中强調爲文當從讀書之精求義訓開始。曰："自周漢以迄唐宋，讀書者要在求其義訓而已。姬公之《爾雅》，孔子之《翼傳》，卜子夏之《小序》，以及漢唐宋諸儒傳注箋疏之文皆是也。惟其志在求解，故雖所得各有淺深，要旨循循然不敢放言高論。至南宋而乃有圈點評贊之文，引學者之心思於浮誇馳競之場，以至有明中葉以後坊選濫行，雌黄雜出，黄口小兒學語未成，輒復放神高遠，妄肆品題，其所爲文必求句句可以著圈而加贊。其實有識者觀之，知其文理不通而已。蓋讀書不精求義訓，則其爲文必無法度可觀。其爲言也，必至雜亂無章而止。若以祖龍燔書爲燧人鑽木之罪，則南宋圈贊之文，吾亦不得不加以禍首罪魁之目。古人論學之言，始於《説命》。《説命》曰：'惟學，遜志，務時敏。'欲求古文法度之所在，先須遜志。唐之元和及宋都汴京時文章之盛，可以上追周漢，自南宋至今，非無才人傑士，然欲與北宋人相較，即戛戛乎難之。而北宋以前獨未有圈贊之文。六經孟荀氏之書，無論王逸之《騷》、郭象之《莊》、司馬貞之《史記》、顔師古之班書，下至李善之注《文選》，吕延祚所集五臣之注，雖其專以能文爲本，不以立意爲宗者，亦必句蒋字櫛，斤斤義訓之是求。……此足以見古人遜志之學也。"

見王元啓撰《祇平居士集》卷一四《書》二，《續修四庫全書》第一四三〇册。

12.《十七史商榷》一百卷　王鳴盛撰

提　要

王鳴盛(1722—1797),字鳳喈,號禮堂,又號西莊,晚年改號西沚居士。嘉定(今屬上海)人。生平詳見錢大昕《西沚先生墓志銘》及王昶《王鳴盛傳》。其治學以漢學考證方法爲依據,博綜善考據,當世目爲通人。官侍讀學士、内閣學士兼禮部侍郎、光禄寺卿。所著有《尚書後案》三十卷、《十七史商榷》一百卷、《蛾術編》一百卷,另有《耕養齋詩文集》、《西沚居士集》等。

本書以毛氏汲古閣所刻十七史爲校勘底本,又對其中典章制度、歷史事實加以考證,既涉及歷史總論,亦涉及具體問題,殊爲讀史者有益之參考。其中校訂各史書的同時,也涉及《文選》作家其人其事,《文選》作品内容之品評,或提出質疑疑問之處,皆可資參閱。如卷六《史記》下有:"太史公""司馬氏父子異尚""司馬相如""司馬相如傳贊後人所亂"四條。卷七至卷二八《漢書》有"田肯""婴""宗室不宜典三河""彌節""楊惲""師法""《毛詩》《周官》"。卷二九至卷三八《後漢書》有"范矯班失""邕無子""張衡論史""馬融傳叙事顛倒""孔融傳論""馬融從昭受《漢書》"。卷四〇《三國志》有"五人俱逝"。卷四四至卷五二《晋書》有"全載九錫勸進""《晋紀·總論》""司馬遷非宦者""九品中正""山濤舉嵇紹""鷦鷯賦""張華傳附雜事""陸機入洛年""機稱三國群臣""《籍田賦》校誤""《閒居賦》校誤""三江揚都""嵇紹論張華""潜年六十三"。卷五三《南史合宋齊梁陳書》有"褚淵進司徒重出""宣德太后令""鮑照爲文帝中書舍人""沈約重文人""靈運傳論""謝朏""王融屢陳北伐""謝王聚於一處""王儉首倡逆謀""王儉嫡母武康主""王儉年四十八""《南齊書》不譏褚淵""到溉顯貴""山陰公

主悦褚淵”“張融不寄人籬下”“范蔚宗以謀反誅”“顔謝優劣”“沈約不作豫章王碑”“江淹領東武令”“詩筆”“王融稱字”“沈約傳用其自序”“沈約年”“高祖有憾於張稷”“恩倖傳論”諸條。

有清乾隆五十二年洞涇草堂刻本,復旦大學圖書館藏。

13.《四庫全書總目提要・文選提要》　永瑢、紀昀等撰

提　要

《四庫全書總目提要》是對《四庫全書》及存目書籍提要的彙編。是内容豐富、系統的研究古典文獻的重要工具書、提要式書目的代表作。成書於乾隆四十六年(1781),二百卷,收録古籍計一萬零二百八十九種,爲便於翻檢,次年另編《四庫全書簡明目録》二十卷。提要從簡,不收存目書。

在《提要》總集類序中説:“文籍日興,散無統紀,於是總集作焉:一則網羅放佚,使零章殘什,并有所歸;一則刪汰繁蕪,使莠稗咸除,菁華畢出。是固文章之衡鑒、著作之淵藪矣。”對總集的地位給予總體的評價。同時也指出西晋摯虞的《文章流别》爲體例所成之始,即分體編録。又指出:“至《文選》而下,互有得失,至宋真德秀《文章正宗》,始别出談理一派,而總集遂判兩途。”

本目録提要總集類正編共收録《文選》類五種:汲古閣本李善《文選注》、内閣藏本六臣注《文選》、元方回《文選顔鮑謝詩評》、宋陳仁子《文選補遺》四十卷、元劉履《風雅翼》十四卷。

總集類存目則收入宋高似孫《文選句圖》、明張鳳翼《文選纂注》、明林兆珂《選詩約注》、明陳與郊《文選章句》、明鄒思明《文選尤》、明閔齊華《文選瀹注》、清洪若皋《昭明文選越裁》、清吴湛《選詩定論》、清余蕭客《文選音義》、明劉節《廣文選》、明孫鑛《今文選》、明周應治

《廣廣文選》、明袁了凡《評注八代文宗》、明湯紹祖《續文選》、明陳翼飛編《文儷》、明凌濛初《合評選詩》十六部。

正如其總集類總序中説："文質相扶，理無偏廢，各明一義，未害同歸。惟末學循聲，主持過當，使方言俚語，俱入詞章。麗制鴻篇，横遭嗤點。是則并德秀本旨失之耳。今一一别裁，務歸中道。至明萬曆以後，儈魁漁利，坊刻彌增，剽竊陳因，動成巨帙。并無門徑之可言，姑存其目，爲穴濫之戒而已。"對明萬曆後至清初所編的選學著作一概予以否定。

值得注意的是《提要》對汲古閣本《文選》的版本源流、對李善注本《文選》李邕補注的問題、李善注本與五臣注本相混等都做出了嚴謹的考證或者資料的比對。如稱《新唐書・李邕傳》所説李邕補注李善《文選》一事爲采自小説家言，實不可信。提出今汲古閣李善注本存在前後體例不一、收文次序調整等等問題，但由於當時所見除此本外并無他本佐證，所以衹能"仍而録之，而附著其舛互"。

對五臣本《文選》亦做出客觀的評價。如稱"然其疏通文意，亦間有可采，唐人著述，傳世已稀，固不必竟廢之也"。

中華書局 1965 年新印《四庫全書總目》。

14.《古文辭類纂》七十四卷　姚鼐編選

提　要

姚鼐，見《文選筆記》條下。

《古文辭類纂》爲《文選》之後影響較大的一部文章總集。全書分爲論辨、序跋、奏議、書説、贈序、詔令、傳狀、碑志、雜記、箴銘、頌贊、辭賦、哀祭十三類，文約七百篇，合爲七十四卷。卷首《序目》，略述各類文體的特點和源流。

姚鼐在《古文辭類纂序目》言明此書的文體分類及篇章去取用意，如“辭賦類”條下：“昭明太子《文選》分體碎雜，其立名多可笑者。後之編集者，或不知其陋而仍之。余今編辭賦，一以漢《略》爲法。古文不取六朝人，惡意靡也。獨辭賦則晋宋人猶有古人韵格存焉。惟齊梁以下，則辭益俳而氣益卑，故不録耳。”由此可見其選文之宗旨。與《文選》比較而言：一者歸并文體；二者調整順序，以論辨、奏議等實用文體居首；三者尚古人韻格，不取靡丽、駢偶之文，并提出所以爲文者八，曰“神、理、氣、味、格、律、聲、色”的文章思想。所選文章與《文選》中重合者計五十四篇。

書成於乾隆四十四年(1779)。版本有嘉慶時康紹庸刊刻初稿本，附有姚氏評語及圈點。道光時吴啓昌、光緒時李承淵重刻姚氏晚年定本。吴刻删去圈點，李刻又再恢復。民國十二年(1923)上海廣益書局刊行徐斯異、闞家祺、鄭家祚、胡惠生等人編撰的《評點箋注古文辭類纂》，廣泛搜集古代以及清代方苞、劉大櫆、姚鼐、梅曾亮、張裕釗、吴汝綸等人對入選文章的圈點和評語，有總批、眉批，并加簡注。

15.《知聖道齋讀書跋》二卷　彭元瑞撰

提　要

彭元瑞(1731—1803)，字掌仍，一字輯五，號芸楣，别署身雲居士。江西南昌人。乾隆二十二年(1757)進士，改庶吉士，散館授編修，官至侍講，擢詹事府少詹事，值南書房，遷侍郎，曆工、户、兵、吏諸部，擢工部尚書。輯《秘殿珠林》《石渠寶笈》《西清古鑒》《寧壽鑒古》《天禄琳琅》諸書，出力較多。乾隆中主編《天禄琳琅書目》及續編。曾任四庫全書館副總裁，與紀昀稱爲“南北兩才子”。收藏圖書頗豐，有《知聖道齋書目》四卷，著録圖書千餘種，刻入《玉簡齋叢書》中。作

《知聖道齋讀書跋尾》二卷，輯録其讀書跋文一一三篇。輯刻有《鈞臺遺書》五種。著有《經進稿》《恩餘堂稿》等。本書是他的讀書隨記，原名《知聖道齋讀書跋尾》。其跋語要言不煩，多叙版本源流。

此書中收録《昭明文選》跋語一則，分别叙述了宋刊《文選》四種，即北宋本《文選》、贛州本《文選》、明州本《文選》、廣都本《文選》版本源流。如其叙北宋本曰："古今書籍版行之盛者，莫如《文選》。予所見宋本夥矣，細校字畫、款式、題識，確然無疑者凡四。其一，有《國子監準敕序》，文云五臣注《文選》傳行已久，竊見李善《文選》，援引該贍，典故分明，若許雕印，必大段流布，欲乞差國子監説書官員，校定净本後，抄寫版本，更切對讀後，上版就三館雕造，候敕旨。奉敕，宜依所奏施行。是爲國子監本。"叙贛州本《文選》曰："其一，每卷末刊校對、校勘、覆勘銜名三四人，其覆勘，贛州州學教授張之綱、贛州司互參軍李盛、贛州石城縣尉蕭倬、贛州觀察推官鄒敦禮，皆貢章僚屬，是爲贛州本。"

此書有稿本存中國國家圖書館，有清乾隆年間刻本，收入《四庫未收書輯刊》。有據《式訓堂叢書》本排印本，收入《叢書集成初編》史部目録類。此外還有清抄本、嘉慶年間刻本等。遼寧教育出版社2001年出版校點本。

16.《札樸》十卷　桂馥撰

提　要

桂馥(1736—1805)，字冬卉，一字未谷，號雩門。山東曲阜人。乾隆五十五年(1790)進士，官雲南永平縣知縣，卒於官。《清史稿·儒林傳·桂馥傳》稱其："博涉群書，尤潛心小學，精通聲義。嘗謂士不通經，不足致用；而訓詁不明，不足以通經。"又"四十年間，日取許

氏《説文》與經之義相疏證,爲《説文義證》五十卷。力窮根柢,爲一生精力所在”。對其《説文》的成就和特點,本傳亦描述頗詳,曰:“段書約而猝難通闢,桂書繁而尋省易了。夫語其得於心,則段勝矣。語其便於人,則段或未之先也。其專臚古籍,不下己意,則以意在博證求通,展轉孳乳,觸長無方,亦如王氏《廣雅疏證》,阮氏《經籍籑詁》之類,非以己意爲獨斷者。”著有《説文解字義證》《繆篆分韵》《札樸》《晚學集》等。

桂馥治學嚴謹,“發揮旁通”,使學者能引申貫注,便於後學。桂馥生當“樸學”大盛之時,畢生精力治文字考據之學,但能不被時尚所囿,看到“樸學”之弊,他引徐幹《中論》曰:“鄙儒博學,務於物名,詳於器械,考於訓詁,摘其章句而不能統其大義之所極,以獲先王之心。故使學者勞思慮而不知道,費日月而無功成。”批評時下學風,可見其見識超越時見。

《札樸》十卷,其中“温經”二卷,“覽古”四卷,“匡謬”“金石文字”“鄉里舊聞”“滇游續筆”各一卷。有嘉慶十八年段玉裁的序和自序。以其細碎,比之匠門木材,故題曰《札樸》。其書從小學出發,考訂經義、文字、名物。其中與《文選》文句考訂密切關聯的近一百三十餘條。其考訂的體例注重貫通,廣引諸書,以證成其意。於《文選》文義亦多有啓發。如卷四“案”字條,首先引《玉篇》,説明“案”字有兩義:“几屬也,食器也。”而下案語首引張衡《四愁詩》“何以報之青玉案”,并引李善注“玉案,君所憑倚”。并引《東觀漢記》《廣韵》《上雜物疏》等七條證明當時多有“几案”“書案”的使用。接下來又引《方言》《急就篇》《東觀漢記》《鹽鐵論》等二十餘條證明作爲“食器”的案也多有使用。桂氏治學的特點在於不輕下己意,就此條來説,考證的宏富本身爲讀者提供了判斷的依據。

桂馥治學態度謹嚴，與友人切磋討論往往虚心接受意見，如卷七“貢”條，桂馥首先引《文選》卷一四班固《幽通賦》“周賈蕩而貢憤兮”，認爲“貢憤”當爲“憤憒”，以此詢問王念孫。王氏認爲“憤”與“憒”同義，因此不必改“憤”爲“憒”。可貴的是，他把王氏的回復全文附録，以存兩説。當他發現自己與他人意見相左時，能全面呈現不同意見，以供讀者參考。

本書有刻於嘉慶十八年(1813)的小李山房校刊本，刻於光緒九年(1883)的長洲蔣心矩校刊本，趙智海點校中華書局 1987 年排印本。

17.《讀書脞録》七卷《續編》四卷　孫志祖撰

提　要

孫志祖，生平見《文選理學權輿補》條下。

其書正編七卷，卷一爲經部，卷二爲子部，卷三爲史部，卷四爲雜考諸書，卷五至卷七爲詞語典故雜考。然其後記中曰：“偶有所得，隨筆疏記，積久成帙，因有感於盧抱經學士辛苦纂集煙飛灰盡之語，乃略加詮次，付諸剞劂。凡説經二卷，説子史二卷，雜識三卷。唯冀直諒多聞之君子，匡其不逮，而糾正其失。”可知此書爲作者生前自編成書。

孫志祖爲文字音韵訓詁之學，有《文選理學權輿補》《文選考異》等選學著作，本書亦與選學多所關涉。主要表現爲以《文選》證經史疑説，經子史部皆打通互證。以卷七“碫碬二字”條爲例，考證曰：“《説文》石部無碫字，但有碬字。注云礪石也，從石叚聲。《春秋傳》曰：‘鄭公孫叚，字子石。’徐鍇《繫傳》云：木華《海賦》‘碬石詭光’，是碬石文也。(案《文選》《海賦》作‘瑕石詭暉’，注引《説文》‘瑕，玉之小赤色者’，亦不作碬。)今《春秋左傳》書公孫碬作公孫段，誤也。痕加

反。”孫志祖針對徐鍇《繫傳》所說提出:“詩取厲取鍛,《釋文》鍛本又作碫,丁亂反。而非痕加反,明矣。《左傳》鄭公孫段、印段,一字伯石,一字子石,皆不從叚。可證也。《玉篇》碫,厲石也。别出碬字,云下加切。磍碬高下也。蓋《説文》本有碫、碬二字,今本脱去碬字之注,又脱去碫字而以碫字之注入於碬字之下。楚金不考而誤音之,反以今《左傳》作段爲誤,則謬矣。《九經字樣》云碬音霞,見《春秋》,亦誤。”精細辨析碫碬二字,糾正其字在《説文》中的誤混,及徐鍇《繫傳》的誤判。其中引徐鍇所引木華《海賦》,校以今本《文選·海賦》,可見其嚴謹之處。

孫氏校勘札記注重版本考訂,探討舊注誤引及致誤因由。如卷七“求瘼”條曰:“《文選·齊安陸昭王碑文》云:‘慮深求瘼。’李善注云:‘詩求民之莫。’班固《漢書》引詩而爲此‘瘼’。《爾雅》曰:‘瘼,病也。’志祖案:《漢書·叙傳》上引詩求民之莫,亦作莫字。顔師古注訓莫爲定,與毛鄭同(説見《匡謬正俗》)。蓋李所據《漢書》本與師古異也。”

除本條外,本書與《文選》相關考證還有卷三“《史記》誤字”(以李善《文選》注校正今本《史記》之誤),卷四“抱朴子逸文”(《雪賦》注引)、“《淮南》逸文”(《求通通親表》注引)、“纏子”(《文賦》注引),卷五“禽息薦百里奚”(《演連珠》注)、“大夫種非鄞人”(《豪士賦序》注引)、“孔墨”(《答賓戲》)、“揚雄仕莽”,卷六“陶淵明世系”,卷七“觸字無平讀”(《西京賦》)、“葷薰字同”(李善注)、“三九”(《文選》公宴詩)、“因是已”(《咏懷詩》注)、“雨絶”(《檄吴將校部曲》《擬潘黄門述哀》)、“鵲起”(《和伏武昌詩》)、“髯奴文”(《東京賦》李善注引)、“《上林賦》”、“《九辯》”、“商歌”(《嘯賦》注)等諸條。

《郭象升藏書題跋》曰:“《脞録》雖非《困學》《日知》之比,而法度

謹嚴，不染宋人空談之習，所以不失過江第二流也。”[1]其評可謂允當。

今有中國國家圖書館藏清嘉慶四年（1799）刻本，又蘭州大學圖書館藏清光緒十三年上海醉六堂本，此外有《皇清經解》本、山西省圖書館藏清蘇州文學山房木活字印本等。

18.《文史通義》八卷　章學誠撰

提　要

章學誠（1738—1801），字實齋，號少岩。浙江會稽（今紹興）人。乾隆四十三年進士。官國子監典籍。曾主講定州、保定、歸德各地書院。後爲安徽學政朱筠幕僚。少時習聞劉宗周、黄宗羲之學説。學識廣博，尤以史學見長。著有《文史通義》《校讎通義》。主修和州、亳州、永清等志，主編《湖北通志》，於方志之學頗具卓見。曾佐湖廣總督畢沅纂《續資治通鑒》，并欲藉畢沅之力搜求遺書，編巨著《史籍考》未果。後人輯其撰述，編爲《章氏遺書》，1922年刊刻。

章學誠關於《文選》的論述見於其《文史通義》卷八外篇三《與甄秀才論〈文選〉義例書》《駁〈文選〉義例書再答》兩篇文章以及卷一《書教》中、《詩教》上、《詩教》下諸篇之中，重點討論《文選》的義例問題，并延伸到文章的性質、文體的流變、文史的關係等問題。

如稱“夫踵事增華，後來易爲力。括代總選，須以史例觀之。昭明草創，與馬遷略同。由六朝視兩漢，略已，先秦略之略已。周則子夏《詩序》，屈子《離騷》而外，無他策焉。亦猶天漢視先秦，略已，周則略之略已。五帝三王，則本紀略載而外，不更詳焉。昭明兼八代，《史

① 山西省圖書館編《郭象升藏書題跋》，太原：山西古籍出版社2007年版，第340頁。

記》采三古，而又當創事，故例疏而文約。《文苑》《文鑑》，皆包括一代。《漢書》《唐書》，皆專紀一朝。而又藉前規，故條密而文詳。《文苑》之補載陳隋，則續昭明之未備。《文鑑》之并收制科，則廣昭明之未登。亦猶班固《地志》之兼采《職方》《禹貢》，《隋書》諸志之補述梁陳周齊，例以義起，斟酌損益，故無不可耳。夫一代文獻，史不盡詳，全恃大部總選，得載諸部文字於律令之外，參互考校，可補二十一史之不逮。其事綦重，原與揣摩家評選文字不同，工拙繁簡，不可屑屑校董。讀書者但當采掇大意，以爲博古之功，斯有益耳”(《與甄秀才論〈文選〉義例書》)。認爲《文選》在體例上和司馬遷《史記》一樣，皆爲詳今而略古，其編纂的目的當爲歷史的補充，而非單純作爲文章的範本。這和章學誠所一貫主張的歷史立場密切相關。其好友甄松年批評説“文章一道，所該甚廣，史特其中一類耳。選家之例，繁博不倫，四部九流，何所不有？而兄概欲以史擬之”。在這一批評的刺激下，章學誠繼續撰寫答書，闡明文章史事，固相始終，文史相通，本爲一途，不應劃文於史外。

由此也就關係到當今應如何看待《文選》性質的問題。章學誠説：“子史衰而文集之體盛，著述衰而辭章之學興。”“學者不知，而溯摯虞所裒之《流别》，甚且以蕭梁《文選》，舉爲辭章之祖也，其亦不知古今流别之義矣。”(《詩教》上)也就是説，隋代以來，分經、史、子、集爲四途，以及《文選》類總集的繁興，應該是一個歷時性發展的産物，并不意味着性質的改變。昭明《文選》序所説不收經、史、子，并不代表着《文選》實際所收的作品衹是純粹的“文章”，而不含經、史、子。也并非代表着“文章”是獨立於經、史、子之外的門類。因爲“至戰國而文章之變盡，至戰國而後世之文體備”(《詩教》上)。著述皆文，也著述皆史，文史本同源而生，不可强行劃分。

章學誠這一主張，源於清代以來考證訓詁風靡一時，但也帶來“風氣徵實過多，發揮過少，有如蠶食葉而不能抽絲”(《與江龍莊書》)的弊端；學文之風興盛，但也流於追求辭藻形似的膚淺空疏。則《文史通義》蓋爲矯正其時風氣而作。其基本觀念，乃“即器以明道”。曰：“學者，學於道也。道混沌而難分，故須義理以析之。道恍惚而難憑，故須名數以質之。道隱晦而難宣，故須文辭以達之。三者不可有偏廢也。”(《與朱少白論文》)又曰：“是以學文之事，可授受者規矩方圓，其不可授受者心營意造。至於纂類摘比之書，標識評點之册，本爲文之末務，不可揭以告人，衹可用以自志。父不得而與子，師不得以傳弟。蓋恐以古人無窮之書，而拘於一時有限之心手也。”(《文理》)“古文法度隱而難喻，能熟於古文，當自得之。執古文而示人以法度，則文章變化，非一成之文所能限也。”(《文理》)從這一角度來看，章學誠又提出了一個文章的根本大體，以及應當如何學習文章創作的問題。故《文選》作爲學習文章的範本，不應斤斤於考證訓詁、章法辭藻之類，而應站在一個全面系統的立場上，通過考據、辭章進而尋其義理，得其大體。這也對當時盛行的評點、辭藻類的《文選》學之風提出了批判和思考。

另外，對《文選》作爲辭章之祖的説法提出了自己的論斷，如《詩教》上曰：“子史衰而文集之體盛，著作衰而辭章之學興。文集者，辭章不專家，而萃聚文墨，以爲蛇龍之菹也。後賢承而不廢者，江河導而其勢不容復遏也。經學不專家，而文集有經義；史學不專家，而文集有傳記；立言不專家，而文集有論辨。後世之文集，舍經義與傳記、論辨之三體，其餘莫非辭章之屬也。而辭章實備於戰國，承其流而代變其體制焉。學者不知，而溯摯虞所哀之《流别》，甚且以蕭梁《文選》，舉爲辭章之祖也，其亦不知古今流别之義矣。”

又以爲《文選》所收文體，實際并非單純辭章，而兼備衆體。“京都諸賦，蘇、張縱横六國，侈陳形勢之遺也。《上林》《羽獵》，安陵之從田，龍陽之同鈞也。《客難》《解嘲》，屈原之《漁父》《卜居》，莊周之惠施問難也。韓非《儲説》，比事徵偶，《連珠》之所肇也。……而或以爲始於傅毅之徒，非其質矣。孟子問齊王之大欲，歷舉輕暖肥甘，聲音采色，《七林》之所啓也；而或以爲創之枚乘，忘其祖矣。鄒陽辨謗於梁王，江淹陳辭於建平，蘇秦之自解忠信而獲罪也。《過秦》《王命》《六代》《辨亡》諸論，抑揚往復，詩人諷諭之旨，孟、荀所以稱述先王，儆時君也。淮南賓客，梁苑辭人，原、嘗、申、陵之盛舉也。東方、司馬，侍從於西京，徐、陳、應、劉，徵逐於鄴下，談天雕龍之奇觀也。遇有升沉，時有得失，畸才彙於末世，利禄萃其性靈，廊廟山林，江湖魏闕，曠世而相感，不知悲喜之何從，文人情深於《詩》《騷》，古今一也。”

又從篇章流傳和總集編纂的角度，看《文選》文體分類問題。《詩教》下有：“論文拘形貌之弊，至後世文集而極矣。蓋編次者之無識，亦緣不知古人之流别，作者之意指，不得不拘貌而論文也。集文雖始於建安，而實盛於齊梁之際，古學之不可復，蓋至齊梁而後蕩然矣。范、陳、晋、宋諸史所載，文人列傳，總其撰著，必云詩、賦、碑、箴、頌、誄若干篇，而未嘗云文集若干卷，則古人文字，散著篇籍，而不强以類分可知也。孫武之書，蓋有八十二篇矣，而闔閭以謂‘子之十三篇，吾既得而見’，是始《計》以下十三篇，當日别出獨行，而後世始合之明徵也。韓非之書，今存五十五篇矣。而秦王見其《五蠹》《孤憤》，恨不得與同時。是《五蠹》《孤憤》，當日别出獨行，而後世始合之明徵也。《吕氏春秋》自序，以爲良人問十二紀，是八覽六論，未嘗入序次也。董氏《清明》《玉杯》《竹林》之篇，班固與《繁露》并紀其篇名，是當日諸篇，未入《繁露》之書也。夫諸子專家之書，指無旁及，而篇次猶不可

强繩以類例,况文集所裒,體制非一,命意各殊,不深求其意指之所出,而欲强以篇題形貌相拘哉!”

在此角度看,章學誠把批評的矛頭指向了《文選》文體分類、篇章次序。曰:“賦先於詩,騷别於賦,賦有問答發端,誤爲賦序,前人之議《文選》,猶其顯然者也。若夫《封禪》《美新》《典引》,皆頌也。稱符命以頌功德,而别類其體爲符命,則王子淵以聖主得賢臣而頌嘉會,亦當别類其體爲主臣矣。班固次韵,乃《漢書》之自序也。其云述《高帝紀》第一、述《陳項傳》第一者,所以自序撰書之本意,史遷有作於先,故已退居於述爾。今於史論之外,别出一體爲史述贊,則遷書自序,所謂作《五帝紀》第一、作《伯夷傳》第一者,又當别出一體爲史作贊矣。漢武詔策賢良,即策問也。今以出於帝制,遂於策問之外,别名曰詔。然則制策之對,當離諸策而别名爲表矣。賈誼《過秦》,蓋《賈子》之篇目也。因陸機《辨亡》之論,規仿《過秦》,遂援左思‘著論準《過秦》’之説,而標體爲論矣。魏文《典論》,蓋猶桓子《新論》、王充《論衡》之以論名書耳。《論文》,其篇目也。今與《六代》《辨亡》諸篇,同次於論;然則昭明《自序》所謂‘老、莊之作,管、孟之流,立意爲宗,不以能文爲本’,其例不收諸子篇次者,豈以有取斯文,即可裁篇題論,而改子爲集乎?《七林》之文,皆設問也。今以枚生發問有七,而遂標爲七,則《九歌》《九章》《九辨》,亦可標爲九乎?《難蜀父老》,亦設問也。今以篇題爲難,而别爲難體,則《客難》當與同編,而《解嘲》當别爲嘲體,《賓戲》當别爲戲體矣。《文選》者,辭章之圭臬,集部之準繩,而淆亂蕪穢,不可殫詰;則古人流别,作者意指,流覽諸集,孰是深窺而有得者乎?集人之文,尚未得其意指,而自裒所著爲文集者,何紛紛耶?若夫總集别集之類例,編輯撰次之得失,今古詳略之攸宜,録選評鈔之當否,别有專篇討論,不盡述也。”(《詩教》下)其説雖

存在不少可商榷之處,但亦有可斟酌參考之價值。

章學誠著《文史通義》版本衆多,今通行有葉瑛《文史通義校注》,頗爲詳盡,北京:中華書局1985年版。臺灣學者游志誠有《論章學誠文選學的一綱三目》,見《第十届文選學國際學術研討會論文集》,鄭州:河南大學出版社2014年版。

19.《阮嗣宗咏懷詩注》四卷　蔣師爚注

提　要

蔣師爚(1743—1798),字慕劉,一字晦之,號東橋,仁和人。乾隆四十四年試解元,乾隆四十五年進士,選庶起士,官兵部主事。乾隆五十四年順天鄉試同考官,五十七年福建鄉試副主考。著有《六經精義》、《漢書疏證》、《通志略刊誤》,又有《敦艮堂文集》十二卷、《詩集》八卷、《札記》十卷等。生平參見《國朝耆獻類徵初編》卷一四七、潘衍桐《兩浙輶軒續録》卷一三。

嘉慶間刻本,二册,書名據卷端題。附抄配蔣公墓志銘等。中國國家圖書館古籍館普通古籍閲覽室藏,索書號81646。

20.《讀書偶記》八卷　趙紹祖撰

提　要

趙紹祖(1752—1833),字繩伯,號琴士。涇川(今安徽涇縣)人。從朱筠學經解、《説文》。以博學能文知名。平生著述甚豐,有《通鑒注商》十八卷,《新舊唐書互證》二十卷,《金石文正續鈔》十卷,《校補竹書紀年》二卷,《古墨齋筆記》六卷,《琴士詩鈔》十卷,《文鈔》六卷等。

《讀書偶記》卷四有《陳琳爲袁紹作檄》，認爲當題爲《陳琳爲袁紹檄州郡討操》。卷五有《陶淵明傳誤》，謂《晋書》作"義熙三年，解印去縣，賦《歸去來》"乃史家沿昭明太子《陶潛傳》之誤而不察。

有趙英明、王懋明點校本，北京：中華書局1997年版。

21.《校禮堂文集》三十六卷　凌廷堪撰

提　要

凌廷堪（1755—1809），字次仲。安徽歙縣人。乾隆五十五年（1790）進士，充寧波府學教授。家境貧寒，群經皆手鈔讀之。學術博通經史，兼擅詞章，并勤於讀史，於疆域沿革、職官異同，均極熟悉。專精《禮》學。著有《禮經釋例》十三卷，《燕樂考原》六卷，《元遺山年譜》二卷，《校禮堂文集》三十六卷，《詩集》十四卷。

凌廷堪"少好六朝辭賦，爲文喜作選體"（凌廷堪《上洗馬翁覃溪師書》）。清人大多以"復古"爲旗號，試從古代思想資源中尋找革新的依據。但對於"古"的理解，各有不同。尤其是"古文"之名，更是所指多端，且多指唐宋八大家的古文。圍繞文風的變革問題，黄宗羲、錢謙益、侯方域、葉燮、邵長衡、魏禧、紀昀、袁枚、方苞、姚鼐、章學誠、蔣士銓、王世禛、汪中、凌廷堪等都從各自的角度和立場，提出了不同的看法。或倡回歸"六經"，或倡道統，或歸之於"氣運"，或主張學唐宋之文，或主張將古史作爲古文辭之源，或主張駢文與散文并重，或主張以漢魏六朝文爲正統。惟凌廷堪旗幟鮮明提出應以漢魏六朝文尤其是《文選》爲"辭林之正軌，文苑之大宗"。同時批評韓愈等提倡的所謂"古文""化偶爲奇，戛戛獨造，特以矯枉於一時耳，故好奇者皆尚之，然謂文章之别派則可，謂爲文章之正宗則不可"。凌氏説甫出，姚鼐就譏諷説"至於文章之事，諸君亦未瞭解，凌仲子至以《文選》爲

文家之正派,其可笑如此”。以凌説爲個人的可笑之見。衆説紛紜之中,阮元力挺凌廷堪的新“文統”説。阮元亦撰有《次仲凌君傳》,見《揅經室集》二集卷三。

今存嘉慶十八年張其錦刻本,復旦大學圖書館藏。

22.《讀賦卮言》一卷　王芑孫撰

提　要

王芑孫(1755—1817),字念豐,號鐵夫,惕甫。長洲(今江蘇蘇州)人。乾隆五十三年(1788)欽賜舉人。授華亭縣學教諭,晚年曾任揚州樂儀書院山長,五十歲後,閉户著書以終。工五言古詩,又以書法著稱。著有《淵雅堂全集》《碑版文廣例》《古賦識小録》等。傳見《清史列傳》卷七二,王鎏《族兄惕甫先生傳》(《清碑傳集補》卷四七)。

據本書作者自序及汪榮光《淵雅堂全集總序》,知本書撰成於乾隆四十六年(1781),刊行於嘉慶九年(1804)。卷前有同縣沈清瑞序、甘泉汪榮光序。其中沈《序》曰:“吾友念豐勃窣文心,熟精《選》理,筌簧於群雅,殽蒸於衆藝,成《讀賦卮言》一卷。”又卷前有王芑孫乾隆辛丑自序曰:“自鍾嶸評詩而後譚詩者萬家,而言賦者獨鮮。夾漈鄭氏《經籍志》所載唐范傳正《賦訣》,紇干俞《賦格》,張仲素《賦樞》,浩虚門《賦門》,諸家之述,今多不傳,學者以墨卷餘功從事於此,而又先入以坊本,時師之説緇澠不別,義類莫衷,宜其無逮於古也。僕之爲賦,故無深解,顧自姬漢以來,名篇晦什,涉目差廣於是。上下其源流,而考鏡其得失,欲略仿東莞《雕龍》之例,指陳舊式,疏厥異同,臚列變宗,判其阡陌,別爲一書。以舉昔賢墜義。”敘述了此書撰作的緣起。

全書分導源、審體、立意、謀篇、造句、小賦、律賦、獻賦、試賦、序

例、注例、和賦例、韵例、官韵例、押虚字例、總指共十六篇，其根本思想首在追根溯源，認爲賦之産生以《詩三百篇》爲統系之宗，然賦與詩劃境，則“單行之始，椎輪晚周。别子爲祖，荀况屈平是也。編别爲宗，宋玉是也”（《導源》）。又稱“昭明序《選》所以云：荀宋表前，賈馬繼後。而慨然於源流自兹也。相如之徒，敷典摛文，乃從荀法。賈傅以下，湛思渺慮，具有屈心，亦荀正而屈變，馬愉而賈戚。雖云一轂，略已殊塗。賦家極軌，要當盛漢之隆，而或命騷爲的，偏舉東京，豈曰知言者哉”（《導源》）。以一祖二宗探討賦體的發生問題，同時與昭明《選》序所説相參看。又在《導源》篇中，作者以《文選》《唐文粹》選賦爲大宗，稱：“不讀《選》《粹》二書，而漫言作賦，將奚取諸？”其對《文選》選賦評價曰：“《文選》一書，肇周訖梁，取類既博，稍病言哤。然掌故斯存，理無删削。李善之爲辨惑，康國安之爲駁異，攻摭洊臻，而江河萬古不輟其流也。”又指出《文選》選賦的遺漏，比如“在於周若荀之五篇，其在於楚若宋之《釣賦》，西京則楊有《河東》，枚有《兔園》，東京則班有《終南》，張有《天象》，逸居選外，猶憾闕遺”。又“禰《選》而作，有《唐文粹》一書，亦譏蕪濫，惟賦一門，篇篇精玉”。

本書《清史稿・藝文志》著録。有嘉慶八年（1803）刊本，收入《清代詩文集彙編》第四四二册。有嘉慶九年（1804）刊《淵雅堂全集》本、光緒五年（1879）印本、光緒十一年印本以及香港三聯書店 1982 年何沛雄編《賦話六種》本、北京圖書館出版社 2006 年王冠輯《賦話廣聚》本。

23.《七十家賦鈔》六卷　張惠言撰

提　要

張惠言（1761—1802），字皋文，一作皋聞。號茗柯。江蘇武進

(今屬江蘇常州)人。嘉慶四年進士。大學士朱珪門生。官編修。初工駢文,詞藻極美。又工詞,爲常州詞派創始人。後治古文,學韓愈、歐陽修,號爲陽湖派古文。再進而治經學,深於《易》《禮》,卓然爲經師。有《周易虞氏義》九卷,《虞氏消息》二卷,《虞氏易禮》、《虞氏易言》各二卷,《虞氏易候》一卷,《周易鄭氏義》三卷,《周易荀氏九家義》一卷,《周易鄭氏荀義》三卷,《易義别録》十四卷,《易緯略義》三卷,《易圖條辨》二卷,《儀禮詞》一卷,《讀儀禮記》二卷,《茗柯文編》五卷、《詞》一卷。

其書目録下有張惠言乾隆五十七年序,詳述賦體宗旨源流。卷首列道光元年五月合河康紹鏞《七十家賦鈔序》。所選包括屈原以下賦十二家八十二篇;荀況以下賦十六家重三家二十九篇;梁鴻以下賦十四家二十二篇;王粲以下賦八家重一家十一篇;向秀以下賦十一家二十二篇;傅亮以下賦五家八篇;張融《海賦》一家一篇;簡文帝以下賦四家十一篇;江總《修心賦》一家一篇;庾信《枯樹賦》一家四篇。共七十家二百〇六篇。所選多與《文選》賦類重合,而且在所選賦篇後標明出處,如出自《文選》《藝文類聚》《文苑英華》《南齊書》等。在每篇賦作之中有圈點、異文標注、評釋、引録他人評論等等。

駱鴻凱《文選學》評騭第八:"詮賦惟取於茗柯,明詩折衷夫湘綺,雜文以下,兼采李譚。其它一切糞除,以歸清謐。張摹漢賦,王擅《選》詩,申耆文法中郎,尚存矩矱。蓋皆懷區區之獨照,屏流俗之讕言。"

張惠言《七十家賦鈔》六卷,遼寧省圖書館藏清道光元年合河康氏家塾刻本,《續修四庫全書》第一六一一集部總集類據以影印。

24.《瓶水齋詩集》十七卷　舒位撰

提　要

舒位(1765—1816),字立人,號鐵雲。祖籍大興(今北京),生於吴縣(今江蘇蘇州),曾隨父任居廣西永福。著《瓶水齋詩集》十七卷,《别集》二卷,存詩二千四百餘首,又有《瓶水齋論詩絶句二十八首》《瓶水齋詩話》《乾嘉詩壇點將録》等。錢仲聯先生認爲,舒位是繼袁枚而起的袁派巨擘,朱則傑、王英志等以舒位爲性靈派之骨幹。

舒位論詩以"寓性情"爲主,對前代和清代詩人皆有品評。其中與《文選》相關的如評"建安七子"及曹植、評《文選》十家,往往結合作家個人才性、遭際,分析點評,同時闡發自己的詩歌觀念。如評王粲曰:"舊佩復作,殘碑闇誦。邕獨奇之,表不甚重。芒芒去國,悵悵登樓。貌寢體弱,乃能封侯。"評陳琳曰:"四州之檄,本初可哀。九錫之文,公茂能爲。既諫何進,亦偕陰夔。齊名元瑜,改書伯珪。"(見《瓶水齋詩集》卷一七,《建安七子圖贊》)

另作者有《向讀文選詩愛此數家,不知其人可乎,因論其世。凡作者十人,詩九首》分别以七律論《文選》十家,包括曹孟德、阮嗣宗、石季倫、潘安仁、陶淵明、謝靈運、鮑明遠、謝玄暉、江文通、沈休文的《選》詩。如評鮑明遠曰:"俊逸真勘定品評,杜陵老眼勝鍾嶸。尤工樂府幽燕曲,誰比參軍鄭衛聲。朝士自來多見嫉,文人從古好相輕。如何更向荆州去,愁殺空梁薛道衡。"評謝朓曰:"大謝生天小謝遲,長城且欲老偏師。吟翻紅葉當街後,傾倒青蓮對酒詩。天際雲飛龍在望,山中霧隱豹留姿。難消文字輪迴孽,五百年間杜牧之。"(見《瓶水齋詩集》卷八)可見其論詩置於詩史,而不局限於本人本詩。

《叢書集成初編》收録《瓶水齋詩集》,爲據《畿輔叢書》本排印之

本。哈佛燕京圖書館藏有《瓶水齋集》,光緒乙卯(1879)王氏謙德堂校刊本。中國國家圖書館藏有《瓶水齋論詩絶句》一卷,清抄本。亦見載於《中國古籍善本書目》。

25.《南北朝文鈔》二卷　彭兆蓀輯

提　要

彭兆蓀(1769—1822),字湘涵,又字甘亭。江蘇鎮洋(今太倉)人。有才名,久困無所遇。道光元年舉孝廉方正。先後客江蘇布政使胡克家、兩淮鹽運使曾燠官署,與顧廣圻同校元本《通鑒》及《文選》。擅長古文,工詩駢體文。著有《小謨觴館集》。

彭兆蓀《南北朝文鈔》,有清光緒八年紫雲室刻本。《叢書集成初編》第一八二九、一八三〇册,據《粤雅堂叢書》本排印。有徐達源序:"夫詩崇正始,賦首麗則,凡厥文辭,貴求初軌。駢儷之製,何獨不然。元熙以前,體裁惝恍,未極神明。迨南北瓜分,自永初之元,迄開皇之季,中間世歷數禩,代挺雅材,摛藻敷華,珠零錦粲,蔓乎莫之尚已。有唐而降,厥風漸頹,流及天水,古意浸微。幾鄰俳俗,後之作者欲探源珠海,取法椎輪,舍南北朝,其奚適哉。吾友彭子甘亭,少學爲沉博絶麗之文,其持論也,寧蹇澀以違俗,勿軟滑以悖古。投迹高軌,棘棘不阿,間取有宋迄隋數朝文,博觀而慎擇之,除《文選》所已收,及庾徐不録外,分體詮次,廑得百首。以爲學駢文者,制輪之寸轄,運闢之尺樞。廪廪乎其操約而旨嚴也。嘉慶己未夏,聯襼金閶,縱言及此,予因参校一過,并録甘亭原引,授之剛氏。韋莊有云,雖遺妍可惜,而備載斯難。是編也,聊以樹規植矩,使希雅音者若射之有鵠焉耳。苟謂攬翮剔毛,足翼選學,則是輕塵足嶽而隊露添流也。即謂鴻律蟠采,道在於兹。則又以指測河,而曰河盡也。嗚乎,慎矣。吴江徐達源山

民氏序。”

彭兆蓀《原引》曰:“六朝文爲偶語之左海,習駢儷而不胎息於此,庸音俗體,於古人固而存之之義何居焉。選樓以外,遺珠綦多,降自陳隋,不乏名製,暇時雜取南北史、《文苑英華》、《藝文類聚》、《百三家集》、《四六法海》,諸書,擇其文之尤工者,斷自永初,迄於大業,彙爲一集,題曰《南北朝文鈔》。攻選體者,欲挽頽波而趨正軌,此編或藥俗之昌陽乎。至徐庾二集,固與選學同揭日月而行,兹不復列。且仿選詩家不收李杜例也。嘉慶己未仲春上澣婁東彭兆蓀甘亭氏,書於吴門寓齋。”

伍紹棠跋:“案駢儷之文,自以導源蕭《選》爲極則,然自奇偶既判,源流遂分,近時陽湖李氏,刊《駢體文鈔》,凡蕭《選》所録,一字不遺,於是賈生《過秦論》,太史公《報任少卿書》,乃均指爲駢體。宜爲陸祈孫輩所訾議也。是集托始南北朝,與王志堅《四六法海》、湯顯祖《續文選》,體例相同,最爲醇正。每篇間附評騭,考據數語,亦極精評。考甘亭平生論文宗旨,具見集中,《荆石山房文集序》及《與姚春木》兩書,於虞通《讓旮表》,釋真親《役僧書》,皆詆毀不遺餘力。然此篇仍録有釋真親書,豈欲聊備一格耶。至篇中凡徐庚文及《文選》已有者,概不復列。然如劉峻《山栖志》,温子升《寒陵山寺碑》,亦以習見不收,此與姚鉉《唐文粹》,不載昌黎平淮西碑,或當别有微旨耳。竊謂南北朝人所著書,多以駢儷行之,亦均質雅可誦,如范尉宗、沈約之史論,劉勰《文心雕龍》,鍾嶸《詩品》,酈道元《水經注》,楊衒之《洛陽伽藍記》,斯皆篇章之珠澤,文采之鄧林,誠使勒爲一書,與此編相輔而行,足爲詞章家之圭臬。余向有是志,惜乎抗塵走俗,逢轉萍浮,頭白有期,汗青何日。擬俟山居稍有餘暇,當補成之。光緒乙亥,白露前二日。南海伍紹棠謹跋。”

《南北朝文鈔》二卷,有清嘉慶四年(1799)刻本,中國國家圖書館、首都圖書館、天津圖書館藏。清光緒二年(1876)番禺陳起榮刻本,福建省圖書館藏。清光緒八年(1882)紫雲室刻本,福建省圖書館藏。

26.《駢體文鈔》三十一卷　李兆洛輯

提　要

李兆洛(1769—1841),字申耆,晚號養一老人。陽湖(今江蘇常州)人。嘉慶十年(1805)進士,充鳳臺知縣七年,辭官後主講江陰書院二十年。專精史學,尤嗜輿地。有《養一齋文集》二十六卷、《歷代地理志韵編今釋》、《歷代地理沿革圖》等。事見《清史稿·文苑傳·李兆洛傳》。

此書編寫的目的,如自序曰:"少讀《文選》,頗知步趨齊、梁。後蒙恩入庶常,臺閣之制,例用駢體,而不能致工。因益搜輯古人遺篇,用資時習,區其巨細,分爲三編。"又曰:"自秦迄隋,其體遞變,而文無異名。自唐以來,始有古文之目,而目六朝之文爲駢儷。而爲其學者,亦自以爲與古文殊路。""夫氣有厚薄,天爲之也;學有純駁,人爲之也。體格有遷變,人與天參焉者也;義理無殊途,天與人合焉者也。得其厚薄純雜之故,則於其體格之變,可以知世焉;於其義理之無殊,可以知文焉。文之體至六代而其變盡矣,沿其流極而溯之以至乎其源,則其所出者一也。"表達其書雖名"駢體",然所選較爲寬泛,主張駢散合一,超越狹隘的六朝駢體文概念。

其書選録秦至隋末的駢體文七百七十四篇,全書共分三編,上編:銘刻、頌、箴、謚誄哀策、詔書、策命、告祭、教令、策對、奏事、駁議、勸進、賀慶、薦達、陳謝、檄移、彈劾;中編:書、論、序、頌贊箴銘、碑記、

墓碑、志狀、誄祭；下編：設辭、七、連珠、箋牘、雜文等文體。此書收録《文選》文類多數文章，然亦有所選擇。如史述贊體、序體中的《毛詩序》、孔安國《尚書序》等皆摒弃不録。其文體分類繼承《文選》的同時，又有所調整，基本按照内容分布文體，無"史論""史述贊"，上行文書分作"彈劾類""勸進類""奏事類""陳謝類""薦達類"，就避免了表、啓、上書、奏記等體每有重複的問題。"碑記""墓碑"分爲二體。對一些文章的屬類也有調整，比如《文選》論類的東方曼倩《非有先生論》，《駢體文鈔》收入"設詞類"。《文選》史論類的《晋紀・總論》，《駢體文鈔》歸入"論類"。《文選》同在"碑文類"下的王簡栖《頭陀寺碑文》，《駢體文鈔》置"碑記類"。沈休文《齊安陸昭王碑文》，《駢體文鈔》置"墓碑誄"。

《駢體文鈔》所收録文章基本爲白文，偶有簡注。在題下點評或自出機杼，或引他人之語，往往高屋建瓴，從文章氣質結構修辭着眼，切中肯綮，體現其文章學思想。如司馬長卿《難蜀父老》題下解曰："意雖寓規，實則頌也。解此措語之法，乃能氣壯情駭。《四子講德論》仿之必俗，此文仿之必駭世然。必解此然後文有生氣，藻麗絶特，尤擷香拾艷之淵藪也。"王子淵《四子講德論》題下解曰："張宛鄰云：往時讀此文病其氣靡辭冗，今再讀之，始知其氣之淳厚，辭之腴暢，從容雅頌，令人漸漬其中而不能自已。"

駱鴻凱《廣選》評曰："至清而桐城、儀徵兩派分道而馳，一察自好，不務返觀三代兩漢魏晋之文，以會合體要，其弊甚矣。先是乾隆中有昭文邵齊燾爲儷體，氣獨冲夷。有正宗雅器之目。嘗序其兄文云：清新雅麗，必澤於古。非苟且牽率以娱一世之耳目者。駢體之尊始此。而孔廣森與其甥朱滄湄書，亦云駢體文以達意明事爲主，不爾，則用之婚啓，不可用之書札。用之銘誄，不可用之論辨。直爲無

用之物。六朝文無非駢體,但縱横開闔一與散體同也。兩家之論,漸開合駢於散之機。自汪中、李兆洛出,其風始暢。容甫爲文,合漢魏晋宋作者,鑄成一家之言。淵雅醇茂,醖釀獨深。申耆亦溯源兩漢,氣格自矜,特纂《駢體文鈔》,以張其駢散不分之論。”其説對於自汪中至李兆洛,通過提倡《文選》,張駢散不分文學思想的文章學意義。

有嘉慶末唐氏原刻本,《四部備要》譚獻評點本,《續修四庫全書》第一六一〇册據山東省圖書館藏清道光合河康氏家塾刻本影印。

27.《思適齋文集》十卷　顧千里撰

提　要

顧廣圻(1770—1839),字千里,號澗薲、無悶子,别號思適居士、一雲散人。元和(今屬江蘇蘇州)人。受業於江聲,通經史小學,尤精校讎,孫星衍、張敦仁、黄丕烈、胡克家、秦恩複、吴鼒先後延主刻書,皆爲之札記,考定文字。人方之王仲寶、阮孝緒。被稱爲“清代校勘第一人”。嘗以邢子才“日思誤書,更是一適”語,自號思適居士。著有《思適齋文集》,又摘先儒語録爲《遁翁苦口》一卷。事具《清史稿》列傳。他提出校勘古書要做到“唯無自欺,亦無書欺。存其真面,以傳來兹”。先後校有《説文》《禮記》《儀禮》《國語》《戰國策》《文選》諸書,并替胡克家作了《文選考異》十卷,附於書後。

《思適齋文集》二十卷,原爲其孫所編定,道光二十九年(1849)刻入《春暉堂叢書》,删去其中與段玉裁争論的文章和作品兩卷,衹刻十八卷。經近人王欣夫整理《顧千里集》,鈎沉輯佚,成二十四卷。并附録傳記、序録若干篇,可稱較完整可讀之本。有中華書局2007年版。

顧千里於《文選》學的貢獻在於版本校勘方面。除前所述重刻尤袤本《文選》、撰《文選考異》之外,在其集中也多涉及《文選》的版本和

校勘問題。如卷七有《與陳仲魚孝廉書》曰“近段大令又掊擊果泉先生《文選序》用毋昭裔鏤版事，以載《五代史補》一語爲杜撰，不知序全取《揮麈餘録》，乃王明清目驗彼時《五代史補》而云然，烏得杜撰耶?”

卷一一有《重刻宋淳熙本文選序》(代胡果泉)、《文選考異序》(代胡果泉)，言重刻宋尤袤本、撰《文選考異》的緣由。

卷二三有跋《文選》六十卷(校宋本)，言其購得馮竇伯藏宋本《文選》，其本前二十卷又有藍筆，爲陸敕先所覆校。又復借薌嚴周氏所藏殘宋尤袤槧本，即馮、陸所據者，重爲細勘。可作爲今胡刻本版本來源的重要參考。有跋《文選考異》四卷(讀畫齋刻本)，批評孫志祖的《文選考異》“既鮮精深，亦未閎富”。

除此以外，顧千里論學，多隨手舉《文選》注以爲例證，如卷一五《跋石鼓文》曰:“予嘗讀《古文苑》，第六鼓文‘爲卅里’，卅必當釋作三十，‘爲卅里’者，《小雅·六月》之‘於三十里’也。《鄘詩》‘作於楚宮’‘作於楚室’二於字，張載《魏都賦》注引作‘爲’，或《毛詩》‘於’，三家詩‘爲’字歟? 鄭注《聘禮記》云:‘於讀曰爲’，注《士冠禮》云:‘於猶爲也’，古‘於’‘爲’通用。”

《思適齋集》十八卷，《續修四庫全書》影印復旦大學圖書館藏清道光二十九年徐渭仁刻本。有《思適齋書跋》四卷《補遺》一卷，清光緒元年(1875)王氏學禮齋刻藍印本，陝西省圖書館藏。

28.《昭昧詹言》十卷《續》八卷《續録》二卷　方東樹撰

提　要

方東樹(1772—1851)，字植之。别號副墨子。取蘧伯玉五十知非、衛武公耄而好學之意，室名“儀衛軒”，自號“儀衛老人”。安徽桐城人。姚鼐之師方澤之曾孫。諸生。承先業，從學於姚鼐。治經排

斥漢儒，崇尚宋學，客居廣東學海堂，不苟同於衆。窮老不遇，卒於祁門東山書院。著述刊行後，名聲大起。著有《漢學商兑》《書林揚觶》《大意尊聞》《向果微言》《昭昧詹言》《儀衛軒集》。事迹見《清史列傳》。

《昭昧詹言》寫成於道光十九年(1839)，專論五言古詩。首卷爲通論，以下漢魏、阮籍、陶淵明、謝靈運、謝惠連、顔延之、鮑照、謝脁、杜甫、韓愈、黄庭堅各一卷。道光二十一年，又寫成《續昭昧詹言》八卷，專論七言律詩。

方東樹評論的方式大抵按照桐城派從立意、體氣、文勢、句法等着眼，并且提出了"學《選》詩當避《選》體"，以表達力避陳言以出新意，以創作"活潑潑地詩文"的觀念。

兹引録其與《文選》相關的若干條以見其主張：

《昭昧詹言》卷一："《昭明文選序》平鈍卑庸如彼，令人憎賤。歸熙甫自言不能爲八代語，斯言真韓徒哉。《陶淵明傳》真所謂亂雜無章，此雖指文言之，而詩亦多如此。"

《昭昧詹言》卷三："學《選》詩當避《選》體，此是微言密旨，杜韓所以爲百世師也。不但避其詞與格，尤當避其意。蓋選詩之詞格與意爲後人指襲，在今日已成習熟陳言。""今學漢魏阮公，當玩其文法高妙，氣體雄放，而避其詞意。原本前哲，直書即目，領略古法，而又不蹈襲。"

《昭昧詹言》卷四論陶公曰："學詩當從《三百篇》來，以屈子漢魏阮公淵明嗣之，如此方見吟咏之本。所謂感而有思，思而積，積而滿，滿而作，及其成章，使人諷之，自得於興觀群怨之指，至於文詞句法，工拙高下，特其餘事耳。"

《昭昧詹言》卷四："觀昭明《選》詩及分類，真乃無所知，然其論陶

詩却有見。如云:‘人言陶詩篇篇有酒,吾觀其意不在酒,亦寄酒爲迹者也。’又曰:‘其文章不群,詞采精拔,跌宕昭彰,獨超衆類。抑揚爽朗,莫與之京。語事理則指而可想,論懷抱則曠而具真。貞志不休,安道苦節,自非大賢篤志,與道污隆,孰能如此。’讀陶詩者宜繹會此言。”

《昭昧詹言》卷八:“觀《選》詩造語奇巧已極其至,但無大氣脉變化。杜公以六經史漢作用行之,空前後作者,古今一人而已。”

《昭昧詹言》卷九:“選體造語極其奇變,但筆勢不能壯浪縱恣,又托興隱緩,自家胸襟面目不能呈露。固由其本領淺薄,亦由篇局短,筆力愞,氣魄小,發不出來。至杜韓始極其揮斥,固是其胸襟高,本領高,實由讀書多,筆力彊,文法高古。而文法所以高古,由其立志高,取法高,用心苦。其奥密在力去陳言而已,非止字句,先在去熟意。凡前人所已道過之意與詞,力禁不得襲用。於用意戒之,於取境戒之,於使勢戒之,於發調戒之,於選字戒之,於隸事戒之,凡經前人習熟,一概力禁之,所以苦也。”

《昭昧詹言》十卷《續》八卷《續録》二卷,《續修四庫全書》第一七〇五册影印清光緒十七年刻本。

29.《楚辭韵讀》不分卷　江有誥撰

提　要

江有誥(1773—1851),字晋三,號古愚,安徽歙縣(今屬安徽黄山)人。通音韵之學,深受顧炎武、江永、段玉裁的影響,據《清史稿》本傳記載:“得顧炎武、江永兩家書,嗜之忘寢食。謂江書能補顧所未及,而分部仍多罅漏,乃析江氏十三部爲二十一,與戴震、孔廣森多暗合。書成,寄示段玉裁,玉裁深重之,曰:‘余與顧氏、孔氏皆一於考

古,江氏、戴氏則兼以審音。晋三於前人之説擇善而從,無所偏徇,又精於呼等字母,不惟古音大明,亦使今韵分爲二百六部者得其剖析之故,韵學於是大備矣。'著有《詩經韵讀》《群經韵讀》《楚辭韵讀》《先秦韵讀》《漢魏韵讀》《唐韵四聲正》《諧聲表》《入聲表》《二十一部韵譜》《唐韵再正》《唐韵更定部分》,總名《江氏音學十書》,王念孫父子胥服其精。晚歲著《説文六書録》《説文分韵譜》。"(《清史稿》卷二六八)段玉裁對江有誥的研究極爲推許,稱其書"集音學之成",王力更認爲江氏是清代古音學的巨星。

本書爲江有誥《音學十書》之三。包括《離騷經》《九歌》《天問》《九章》《遠游》《漁父》《卜居》《九辨》《招魂》《大招》。其體例與《詩經韵讀》同。先列正文,句尾標韵。後列《楚辭韵讀古音釋》。末附《宋(玉)賦韵讀》,包括《風賦》《高唐賦》《神女賦》《登徒子好色賦》《大言賦》《釣賦》《笛賦》《舞賦》,爲江氏參照屈宋《楚辭》和文字諧聲,反復參證,以考核古韵的部類。

《江氏音學十書》十二卷,有清嘉慶道光間江氏刻本,上海中國書店1928年影印出版,《續修四庫全書》收録。渭南嚴氏成都書局《音韵學叢書》本,四川人民出版社1957年重印,中華書局1993年出版。

30.《癸巳存稿》十五卷　俞正燮撰

提　要

俞正燮(1775—1840),字理初,歙縣(今安徽黄山)人。道光元年(1821)舉人。其後屢試不第,生活貧困漂泊,以編書校書爲業。"其學主於求是,其文典重,手成官私宏鉅書如《欽定左傳讀本》《行水金鑑》之類。不自名者甚多。自名者有《癸巳類稿》《癸巳存稿》《説文部緯校補》《海國紀聞》,而《類稿》爲最著。其書自緯度輿圖、經疑史證

以及靈素道梵、方言志乘皆兼綜條貫，發前人未發之覆。掌教江寧惜陰書院。"見《重修安徽通志》卷二一九《人物志・儒林》。

俞正燮學問主於求是，篤好讀書，手不釋卷，深受孫星衍、阮元等學者的賞識。其在《文選》校讀方面，如在《文選自校本跋》(《癸巳存稿》卷一二)中自述："《文選》見於史策者極多，一一校存之，備異同斟酌耳。……舟中讀《文選》，所記爛然於眉上、行間，四十日始畢，非改《文選》也，因跋之。丙戌九月朔，夏鎮舟中。"本條列舉數例昭明選篇過程中的增删情况。另《癸巳存稿》卷七存《書文選幽憤詩後》，辨嵇康"非湯武而薄周孔"之本義及嵇康被殺本事。卷一二存《陳掾》《藐解脱文説》《文選相沿誤字》《文賦注書後》《元龍解》《古詩十九首跋》《青玉案義》《文選注引書字識語》《校文選李注識語》九條皆圍繞主題，廣徵旁引，考正《文選》文本之正誤。

其《癸巳類稿》十五卷，存道光十三年(1833)求日益齋刻本，中國國家圖書館藏。《癸巳存稿》十五卷，有清道光二十八年(1848)靈石楊墨林刻《連筠簃叢書》本，中國國家圖書館藏。《叢書集成續編》第九三册收録《癸巳類稿十五卷　附詩文補遺一卷　俞理初先生(正燮)年譜一卷》。《叢書集成新編》第一四册哲學類收録《癸巳存稿十五卷》。今則收入于石等點校《俞正燮全集》全三册，黄山書社 2014 年版。

31.《痴學》六卷附録二卷　黄本驥撰

提　要

黄本驥(1781—1856)，字仲良，别號虎痴。湖南寧鄉人。道光元年舉人。官黔陽教諭。通經史，尤喜金石，有痴名。嘗聚秦漢以來金石文字數百種。有《聖域述聞》《古志石華》《嵰山紺雪》等。

《痴學》一書爲考訂性質的學術筆記，包括《讀經筆得》上、中、下，《讀史筆得》《讀文筆得》《讀詩筆得》，附《韵學卮言》《信古録》《疑疑孟》。其中卷五《讀文筆得》、卷六《讀詩筆得》爲揚榷歷代諸體詩文創作評注之得失，論及《文選》共五條，分别考訂左太冲《三都賦序》稱稽之地圖、驗之方志，實不無誇飾；張平子《南都賦》"爾其則有謀臣武將"句"爾其"下當有脱字；枚乘《七發》李善注之"未詳"實可考；李斯《諫逐客書》摹范睢初見秦王語。

論及《古詩》"與君爲婚姻，兔絲附女蘿"，女蘿即兔絲也。在木爲女蘿，在草爲兔絲。少陵《新婚别》改爲"兔絲附蓬麻"，已可見體物之精，詩律之細矣。然尚有未精細處。《荀子》曰"蓬生麻中，不扶自直"，是麻已爲蓬所附矣，豈蓬又爲兔絲所附耶，可見蔦與女蘿，施於松柏，古人象物確不可移。由中可見作者綜觀上下，議論精細，視野頗廣。

《痴學》，清道光六年刻本，收入《三長物齋叢書》，《叢書集成續編》據以影印。

32.《詩比興箋》四卷　陳沆箋

提　要

陳沆，原名學濂，字太初，號秋舫。蘄水(今湖北蘄春)人。嘉慶二十四年(1819)狀元及第。陳沆卒年，《清史列傳》記爲道光六年(1826)。周錫恩撰《陳修撰沆傳》，則言年四十一，當爲道光五年(1825)。所著存《近思録補注》《簡學齋詩存》《白石山館遺稿》等。

《詩比興箋》以箋釋《詩經》之法，來箋釋兩漢魏晋以至唐人的詩歌，以見比興之本義。是書前附咸豐四年魏源《序》曰："由漢以降，變爲五言，古詩十九章，多枚叔之詞，樂府鼓吹曲十餘章，皆騷雅之旨。

張衡《四愁》，陳思《七哀》，曹公蒼莽，對酒當歌，有風雲之氣。嗣後阮籍、傅玄、鮑明遠、陶淵明、江文通、陳子昂、李太白、韓昌黎，皆以比興爲樂府、琴操。上規正始，視中唐以下純乎賦體者，固古今升降之殊哉。自《昭明文選》專取藻翰，李善《選》注專詁名象，不問詩人所言何志，而詩教一敝。自鍾嶸、司空圖、嚴滄浪有詩品、詩話之學，專揣於音節風調，不問詩人所言何志，而詩教再敝。而欲其興會蕭瑟嵯峨，有古詩之意，其可得哉。《離騷》之文，依詩取興，引類譬喻，詞不可徑也，故有曲而達。情不可激也，故有譬而喻焉。善鳥香草，以配忠貞。惡禽臭物，以比讒佞。靈修美人，以媲君主。宓妃佚女，以譬賢臣。虬龍鸞鳳，以托君子。飄風雷電，以喻小人。以珍寶爲仁義，以水深雪雰爲讒構。荀卿賦蠶，非賦蠶也，賦雲，非賦雲也。誦詩論世，知人闡幽，以意逆志，始知《三百篇》皆仁聖賢人發憤之所作焉，豈第藻繪虛車已哉。"從《詩經》《楚辭》以來的比興傳統出發，批評《昭明文選》及李善注"專取藻翰""專詁名象"，不問詩人所言何志。也批評詩品、詩話"專揣於音節風調，不問詩人所言何志"，而以"比興"爲"漢魏六朝、初唐騷人墨客，勃鬱幽芬於情文繚繞之間。古今詩境之奥阼，固有深微於可解不可解之際者乎"。

全書四卷，卷一、卷二收録漢魏晋南北朝詩，如枚乘古詩九首（《古詩十九首》惟前九章枚乘作），蘇武詩四首，李陵詩三首，古詩餘篇十首（即《古詩十九首》除枚乘九首的十首），曹操《短歌行》一首，曹植詩三首，阮籍咏懷詩三十八首，劉琨詩二首，郭璞游仙詩九首，陶淵明詩三十五首，鮑照《行路難》八首，江淹詩十四首等，皆源自《文選》。

本書箋釋體例包括"題解"和"詩解"兩個部分。"題解"首先在詩題下進行相關考證，比如"枚乘詩箋"首先考證《古詩十九首》的作者問題，認爲《玉臺新咏》録枚乘古詩止九篇，且與《文選》次第迥異，分

别是:《西北有高樓》第一,《東城高且長》第二,《行行重行行》第三,《涉江采芙蓉》第四,《青青河畔草》第五,《蘭若生春陽》第六(《蘭若》一詩,《文選》不録),《庭中有奇樹》第七,《迢迢牽牛星》第八,《明月何皎皎》第九。提出"以史證詩,則《玉臺》次第大勝《文選》"。再如在"阮籍詩箋"題解曰:"顔延年注咏懷詩曰:阮公身事亂朝,常恐遇禍,因兹發咏,故每有憂生之嗟,雖事在刺譏,而文多隱蔽,百世而下,難以情測也。今案:阮公憑臨廣武,嘯傲蘇門,遠迹曹爽,潔身懿師,其詩憤懷禪代,憑吊今古,蓋仁人志士之發憤焉。豈直憂生之嗟而已哉。特寄托至深,立言有體,比興多於賦頌,奥詰達其渺思。比興則聲情依永,言之若不倫。奥詰則索解隱微,聞之者無罪,在心之藴既抒,尚口之窮亦免。乃知材高識寡,遺憾正平,小雅不怒,無慚《巷伯》者已。惜乎,昭明之去取未詳,光禄之抉揚頗略。是用比類其章,引伸厥趣,爲上篇十二章,中篇十章,下篇十六章。取易尋求,無嫌穿鑿云爾。"

詩下解説也基本按照"以史證詩"的方法,比如其箋釋《西北有高樓》曰:"《玉臺》以此爲首篇,蓋諫吴不聽而思遠舉之詞也。高樓齊雲,阿閣重階,非王居乎?名爲西北,其實東南。杞妻善慟,城隅爲崩,以此感人,庶幾回聽。乃慷慨餘哀,而聽者終莫我諒也。區區歌苦,竟何益乎。惟有高飛遠舉而已。古之君子,一諫而不聽則再,再諫而不聽則三。恐積誠之未至也。三諫而不聽,則以去争之,冀幸君之一寤也。閨中既以邃遠兮,哲王又不寤。懷朕情而不發兮,焉能忍而與之終古?"

本書初刻於咸豐五年乙卯(1855),重刻於光緒九年癸未(1883),1959年中華書局上海編輯所曾據光緒本斷句排印出版,1980年上海古籍出版社出版。

33.《六朝文絜》十二卷　許槤評選

提　要

許槤(1787—1862),嘉慶二十四年(1819)舉人。道光十三年(1833)進士。歷官直隸知縣、山東平度知州。以吏事精敏,善决疑獄著稱。公餘不廢學。致力於文字之學,研治《説文解字》頗有創獲。亦熟諳鐘鼎文字。以六書名家。博通文字學、醫學,兼善篆隸書。爲譚獻所推,自稱私淑弟子。亦能文。著有《古韵閣文》一卷、《古韵閣詩》一卷、《讀説文記》一卷(收入《古韵閣遺著》)、《説文解字疏箋》(已佚)、《識字略》、《洗冤録詳義》四卷首一卷、《古韵閣寶燒録》、《外科正宗》、《咽喉脉證通論》、《刑部比照加減成案》三二卷、《續編》三二卷、《海寧許公名宦鄉賢軼事》一卷。編訂有《六朝文絜》。生平事迹見《海寧州志稿》卷二八、譚獻《許府君家傳》。

《六朝文絜》,其"文絜"一詞,取自劉勰"析詞尚絜"之説。全書共十二卷,選入賦、詔、敕、令、教、策問、表、疏、啓、箋、書、移文、序、論、銘、碑、誄、祭文十八體作品,七十二篇。作者三十五人,名爲"六朝",實則晋代僅選陸機一人一篇,其餘都是南北朝作家。在選文上,與《文選》有重合也有不同,如"銘"類,去《文選》所選的兩篇,而取鮑照銘三篇,庾肩吾一篇,庾信銘三篇。"論"衹取梁元帝《鄭衆論》一篇。"箋"取《辭隨王子隆箋》,"移文"取孔稚珪《北山移文》等。許槤於正文圈點,同時在頁眉多加批注。内容包括提要、箋注、鑒賞評點。

在此基礎上,有光緒十四年黎經誥爲之詳加箋釋刊行,用作家塾課本。補充材料直接列於章句之下,如鮑照《蕪城賦》、謝莊《月賦》等都直接補入李善注等諸多文字。此本題《六朝文絜箋注》,有復旦大學圖書館藏清光緒十五年刻本,收入《續修四庫全書》。此外有道光

五年(1825)許氏享金寶石齋藏版,首列許楗道光五年序,中國國家圖書館藏。另有光緒三年(1877)、光緒五年(1879)、光緒七年(1881)刻本等。

34.《黄氏逸書考》二百九十一卷附十一卷　黄奭輯

提　要

黄奭(1809—1853),字右原,甘泉(今屬江蘇揚州)人。以貲入爲刑部郎中。道光中,欽賜舉人。少時從江藩學,專精漢學。江藩以惠棟著《十三經古義》,惟《爾雅》未成,命奭卒其業,奭乃就陸德明《釋文》叙録十家舊注,博引群書爲之疏證,更於十家之外捃拾爲衆家注,成《爾雅古義》十二卷。藩卒,又獨學十餘年,足不出外。其學專鄭氏,輯有《高密遺書》十三種。阮元曾稱其勤博。著有《端綺集》二十八卷,《存悔齋集杜詩注》三卷。事迹見《清史列傳》卷六九。

黄奭輯《黄氏逸書考》分四類,包括《漢學堂經解》一百一十二種,《通緯》七十二種,《子史鈎沉》八十四種,《通德堂經解》十七種,共二百八十五種。當爲清代輯佚之代表作,與馬國翰《玉函山房輯佚書》可相媲美,在引録諸書之詳盡方面又更勝一籌。唯其書初成,以手稿傳世,間有殘缺,"以殘本充完本付印,稱《漢學堂叢書》。後經江都王氏從事補校,雖多出五十餘種,且讎勘不精,且漫漶之處亦未能完全補全缺憾"(葉仲經序)。後其刻版幾經廢壞補勘,至民國甲戌(1934)經朱甸清、周雁石補苴校理刊刻,《續修四庫全書》據以影印。

其書輯佚將《文選》李善注作爲與《世説新語》劉孝標注及《北堂書鈔》《藝文類聚》《初學記》等書一樣重要的資料來源,不僅逐條輯出李善注引佚書之正文條目,而且依原書之序次排列。同時輯佚正文之條下,往往小字并列各書所引之文,并排比觀,可見各家引此條之

異同,蓋爲此書超過其他輯本之處。如輯王隱《晋書》"愍懷太子"傳正文下,并引《太平御覽》、《藝文類聚》、《文選》陸士衡《皇太子宴玄圃宣猷堂令賦詩》注引、《占經》各書相互參照并見。此書可作爲《文選》引書研究的重要參考資料。

35.《吹網録》六卷 葉廷琯撰

提 要

葉廷琯(1792? —1868?),字調生,吴縣(今江蘇蘇州)人。宋葉夢得之後。其書前有汪日楨序曰:"弱冠才譽籍甚,既而淡於榮進,潜浸樸學,一以考佐經史爲營。"而自序此書命名源於宋僧惠洪述佛印禪師語:"學者漁獵語言文字中,正如吹網欲滿,非愚即狂。"

此書重在考證辨析,每草一條,"必反覆考榷事隱而得其證,思窮而通其旨"(汪序)。其中與《文選》相關者數條,皆有資參證。如卷一關於"曲逆二字音"的考證,先引《文選》陸士衡《高祖功臣頌》中五臣注"曲,區句反。逆,音遇"之説。又引《考古質疑》辨之當如本字,不當借音。引胡三省注《通鑑》、顔之推亦以讀去遇爲非。繼而反覆論證,提出"其義自應如本字解,其音則《文選》所注正協北音,未可執爲當如本字,顔黄門及葉、胡二家皆拘於曲逆字義,而未暇講及轉聲也"。又針對何義門、余蕭客所謂"《文選》遂讀曲爲區句反,誤顒爲遇"。而提出曲遇,乃河南中牟縣聚名,與曲逆爲中山蒲陰縣本名者,判然兩地。前人誤認曲遇即曲逆,乃臆改顔注遇字作逆,因而不復辨曲字之作邱羽反者,由地名既異,字音自亦各殊。翻以此議,《選》注之訛何舛耶? 就提出了五臣注"去遇"爲"曲逆"的轉音問題和何焯所提出的當據《漢書·曹參傳》顔注"曲,音邱羽反。逆,音顒"。其考證可謂深曲精細,然證以今敦煌本《文選音》"曲",音"區主"。"逆",音

“五恭”,自與五臣注不同。説明《文選》音注本身亦早有分歧,非起於何義門也。

除此而外,卷一“郭林宗卒年”條、卷三“張伯顔壙志”條、卷五“《文選》李善五臣同異”條、“《文選》注引墨子罌聽之法”條,皆可資參考。

有同治八年刻本,《續修四庫全書》子部雜家類第一一六三册據以影印。

36.《曝書雜記》三卷　錢泰吉撰

提　要

錢泰吉(1791—1863),字輔宜,號警石,浙江嘉興人,錢儀吉之從弟。好學,與從兄儀吉以學業相勉,有“嘉興二石”之目。家貧,又好校古書,假人善本,勘校數周,一字之舛,旁求衆證。以廪貢生官海寧訓導,近三十年。後避太平軍之亂,卒於安慶,年七十三。泰吉著有《甘泉鄉人詩文稿》二十四卷,及《海昌學職禾人考》《海昌備志》。

《曝書雜記》主要内容爲:(1) 記述作者知見的各類書籍的著述情況、傳刻源流、體例與内容要旨、校勘及版本異同等情形,間有分析評論;(2) 記載各學者的校勘工作;(3) 記録諸家刻書、抄書、藏書的情況,或據書目題識記藏書處所、所藏内容與來源,或詳記所刻書字體、版式、紙墨及内容的精善;或記抄書之家、其影抄的精美與否及各類抄本的價值等。該書還記録了一些同時代學者的學術研究活動,敘述細緻生動且多富感情色彩。

與《文選》相關的内容,見於卷上收入的筆記四條,分别是:《文選注》(記顧廣圻作《文選考異》)、《明新都刻六臣注文選》(徐成位校六臣本)、《文選評本》(抄録何焯評《文選》之本)、《文選音義》四條。卷下有“《文選注》義例”“諸文漪録《文選》評本(諸氏家集)”條。其所歸

納的"《文選注》義例"一共十六條，主要是將李善《文選注》中涉及注釋體例的條目羅列彙集。開篇稱"李氏《文選注》自明注例，散見各篇，録之以爲注釋古書之法"。

有別下齋校本、《式訓堂叢書》本。別下本僅兩卷，式訓堂本三卷。第三卷爲錢泰吉咸豐以後所記。《叢書集成初編》1939 年據式訓堂本排印。

37.《讀書雜釋》十四卷　徐鼒撰

提　要

徐鼒(1810—1862)，字彝舟，六合(今江蘇南京北)人。道光二十五年(1845)進士。二十七年授翰林院檢討。三十年冬，任實録館協修官。咸豐元年(1851)擢爲御史。咸豐八年授福建福寧知府。同治元年(1862)卒於官。作爲經、史學家與文人，幼喜駢文，長而專研經史。其著作有《讀書雜釋》《禮記彙解》《月令異同疏解》《四書廣義》《爾雅注疏》《説文引經考》《小腆紀傳》《小腆紀年附考》《未灰齋文集》《未灰齋詩抄》等。其生平詳見《敝帚齋主人年譜》《敝帚齋主人年譜補》《清史列傳・文苑傳四》《碑傳集補・守令四》所載。

《讀書雜釋》十四卷，今存咸豐十一年(1861)福寧初刻本。是徐氏積二十餘年治學心得的樸學力作。所釋之書包括《周易》《尚書》《詩》《春秋》《論語》《孟子》《爾雅》《孝經》《老子》《史記》《漢書》《文選》等。其中卷一四單列《文選》，收考證五條。所標條目，首列漢儒以來名家箋注成果，廣搜博引，疏解辨證，而後斷以己意。《清史稿》本傳稱其"考據詳明，有裨經傳"。今有閻振益、鍾夏校點本，北京：中華書局 1997 年版。

38.《郘亭知見傳本書目》十六卷　莫友芝撰

提　要

莫友芝(1811—1871),字子偲,號郘亭,晚號眲叟,獨山(今貴州獨山)人。莫與儔之子。清道光十一年舉人。家世傳業,通文字訓詁之學,與遵義鄭珍并稱"西南巨儒"。擅詩、書、目録之學,不慕榮利,曾客曾國藩幕。著作有《郘亭知見傳本書目》、《唐寫本〈説文解字〉木部箋異》、《宋元舊本書經眼録》、《郘亭遺文》八卷、《郘亭遺詩》八卷、《金石筆識》一卷等。

莫友芝搜集"文宗、文彙、文瀾三閣遺籍,往來江浙間。收藏家恒出舊本相質證,又盡見上海郁氏豐順丁氏之書,考論評核"(董康《序》)。所收書多爲《四庫全書》所未收之作。《郘亭知見傳本書目》亦分經部、史部、子部、集部四部。其中集部總集類收録《文選》版本文獻三種:《文選注》六十卷,六臣注《文選》六十卷,《文選顔鮑謝詩評》四卷。前兩種《文選》著作下都有詳細的版本源流叙録,如"《文選注》六十卷"條下歷叙李善注本自宋尤袤刻本以下諸多刻本的版本形態、優劣等。提到李善系統刻本約十三種。通過這份書目,我們可以看到清末江南一帶的藏書情况,此書可作爲《文選》版本研究或者目録學方面的參考。然作者當時并没有看到北宋刊本《文選》,也是值得注意的。

此書清同治十二年(1873)鉛印本,河南大學圖書館藏。有清宣統元年(1909)日本田中慶太郎北京鉛印本,中國國家圖書館藏,并影印收入《清代四家藏書目録題跋叢刊》第四、五册。上海圖書館藏清莫繩孫鈔本。另有傅增湘訂補本,北京:中華書局1993年出版。

39.《古文選雋詳評》三卷　匡援評　存卷中、卷下

提　要

此書收録《文選》中的部分文章與唐宋明清名文集萃。卷中題名下有“未悔居士輯”。與匡援《文選古詩》同函，全書大部分爲手抄，少部分夾入刻本葉。卷中名《能移人情》，卷下名《開拓心胸》。其中卷中收録了《文選》中的《離騷經》、《九歌》的《湘君》《湘夫人》《少司命》《東君》《山鬼》、《涉江》，以及《對楚王問》、諸葛亮《前出師表》、李密《陳情表》、江淹《别賦》、陶淵明《歸去來兮辭》。其詳評體例除了詳録諸家舊注之外，又有作者自己的朱筆讀書題識，如評《歸去來辭》曰：“重言叠章，得風騷之味。前從未歸之前，後從既歸之後，生出無限佳境，乃皆是虚景耳。可悟無中生有之法。壬辰閏九月讀。”評《陳情表》曰：“至性所結，屈忠伸孝，於最難着筆處，寫得惻惻動人，而文成法立，未嘗不原反正申，分曉如畫。可知文章原本性靈，非强人所不能也。癸巳五月讀。”評《前出師表》曰：“忠樸發於真性，似勁直無文，然思先帝，愈念陛下，責任賢臣，尤責望陛下。責任自己，尤責望陛下之思報先帝，深情曲折，中未嘗不脉動筋摇，讀此足以增性靈而引思致，豈僅筆意樸勁。癸巳五月讀。”蓋爲作者在鈔稿本基礎上的反復批閲而得。

中國國家圖書館，普通古籍藏，索書號42073。

40.《六朝四家全集》　胡鳳丹編

提　要

胡鳳丹（1828—1889），初字楓江，後字月樵，一字齊飛。同治五

年(1866)夏游歷來到湖北江夏(今武昌),次年學政鮑源深奏議清政府創設書局。湖廣總督李瀚章以胡喜藏書,遂邀其創辦崇文書局,領補用道銜,爲書局督校。搜求秘藏遺書,悉心校訂,所出書海内視爲佳本。光緒元年(1875),任湖北督糧道。經多方搜求采掇金華府縣古今散佚遺書,精心校訂,撰《金華文萃書目提要》八卷。於杭州開設退補齋分局,以次刻印。按經、史、子、集分類,共六十七種,於二十一年完成,名《金華叢書》。胡喜吟咏,業餘與何白英、陳心泉、彭漁帆、張鹿仙、唐薇階、丁心齋、張月卿、劉幹臣、朱荻舫、緒遲鞠、車竹君、僧蓮衣等人結爲詩課。先後編成《鄂渚同聲集初編》《鄂渚同聲集正編》各一卷。胡著作甚豐,爲漢陽葉志詵、葉名琛、葉名灃寫有《葉公家傳》,還有《黄鵠山志》十二卷、《大别山志》十卷、《鸚鵡洲小志》四卷及《桃花園志》、《退補齋詩鈔》、《退補齋詩文存》、《永康十孝廉詩鈔》等。

子胡宗懋,光緒二十八年中舉。少承父教,喜搜羅鄉邦文獻,博訪秘抄古刻五十九種,於1924年版刻,名《續金華叢書》。著作有《金華經籍志》《夢選樓詩鈔》《東萊吕太師文集考異》《倪石陵書考異》《魯齋王文憲公文集考異》《淵穎吴先生集考異》等。

本套叢書收録陶彭澤集六卷,謝宣城集五卷,鮑參軍集二卷,庾開府集四卷。附録:采輯歷代詩話一卷,辨訛考異一卷。

《金華叢書》本,同治光緒刻,民國補刻,中國國家圖書館藏。

41.《讀書雜識》十二卷　勞格撰

提　要

勞格(1819—1864),字季言,仁和(今浙江)人。諸生。與兄勞權均精校勘之學。入貲爲訓導,同治甲子(1864)歲卒,年四十五。《越縵堂讀書記》卷一一《讀書雜識》條下曰:"其學泛博無涯涘,强識過

人,勤於搜采。"今存著作有《唐尚書省郎官石柱題名考》《唐御史臺精舍題名考》《〈文苑英華〉辨證拾遺》等。

此書共十二卷,皆雜校群籍,爲之補正。如卷二校《蔡中郎集》(蘭雪堂活字本,歐静序):《郭有道太原林宗碑》"見述,見一作紀。《文選·楊荆州誄》注作見"。校《陳太丘碑》曰:"二子,季方、元方。《文選·辨命論》注引作'元方、季方'。命世希有,繼期特立。《選》注希有作挺生。繼作膺。立作授。"等皆以《文選》校别集。再如卷二校尤本《文選》,以他書校尤袤本《文選》共七條。皆有資今之考證。

《讀書雜識》十二卷,《續修四庫全書》影印清光緒四年刻本。

42.《越縵堂讀書記》 李慈銘撰

提 要

李慈銘(1829—1894),字炁伯,號莼客。會稽(今浙江紹興)人。同治九年始中舉人。光緒六年方爲進士。改御史。入貲爲户部侍郎。可謂仕途坎坷,久困場屋。然其二十歲就開始通過日記的方式記載自己的學術心得,除短暫間斷,堅持達三十五年之久。《清史稿》本傳稱其"日有課記,每讀一書,必求其所蓄之深淺,致力之先後,而評騭之,務得其當"。著作除《越縵堂日記》外,已刊者有《湖塘林館駢體文鈔》《白華降柎閣詩集》《讀史札記》等。事見《清史稿·文苑列傳》、《掌山西道監察御史李慈銘傳》(收入《碑傳集三編》)。

此書記《文選》類的書籍五部。其一爲《文選》,僅有讀《文選》木華《海賦》一條,其全文如下:"王兖州《卮言》以是賦從洪水發端,可移用之九河,不免辜負大海。結亦似未了。後之評《文選》者,俱以爲不然。然細思此等大題目,起法實難。元虛從禹治九河、水盡歸海著想,爲海之大發源,雖似略大舉小,亦避熟趨巧法也。至結處歸到神

仙杳冥,而又總之以包乾之奥,括坤之區,宏往納來,何有何無等語,似亦更無餘義。而讀之若不滿者,則理足而詞未足之病耳。或以爲故留不盡之地,殊不然也。"(咸豐丁巳正月十五日)著力從文之章法、詞氣義理的角度加以揣摩。其次爲讀汪師韓《文選理學權輿》、孫志祖《文選考異》《文選李注補正》,對其選學貢獻給與高度肯定。次讀梁章鉅《文選旁證》,曰:"閲梁氏章鉅《文選旁證》,考核精博,多存古義,誠選學之淵藪也。聞人言此書出其鄉之一老儒,而梁氏購得之。或云是陳恭甫氏稿本,梁氏集衆手稍爲增益者。其詳雖不能知,要以中丞他所著書觀之,恐不能辦此。"(同治己巳四月二十五日)

此書原本達六十餘册,被推爲晚清四大著名日記之一。其中包括大量的讀書札記,王重民有《越縵堂讀史札記》《李越縵先生著述考》、王利器輯録《越縵堂讀書簡端記》等。由雲龍輯録而爲《越縵堂讀書記》,收集作者對近千種古籍的評議,商務印書館 1959 年出版。上海書店 2000 年進行了重新補訂、整理排印出版。

43.《楹書隅録》五卷　楊紹和撰

提　要

楊紹和(1830—1875),字彦合,號勰卿,聊城(今山東聊城)人。同治四年(1865)進士,擢右贊善,轉侍講、翰林院編修。其父楊以增,於道光二十年(1840)創建海源閣。楊紹和則爲海源閣的第二代主人。現存海源閣五種書目,有三種出自楊紹和之手。分别是《楹書隅録》五卷、《楹書隅録續編》四卷、《宋存書室宋元秘本書目》四卷。其所撰《楹書隅録》和《楹書隅録續編》皆用題跋體,考核版本異同,考校得失,詳載行款、題跋、收藏印記等方面。

《楹書隅録》卷五集部下,收録《宋本三謝詩》一卷、元本《文選》六

十卷。分別詳爲叙録文獻源委,叙述宋本三謝詩和元張伯顔刻本,并録蔣杲《書三謝詩後》與陳鱣元刻本《文選》跋,以資考訂。

《楹書隅録》五卷,《續修四庫全書》影印上海辭書出版社圖書館藏清光緒二十年聊城海源閣刻本。

44.《善本書室藏書志》十四卷 丁丙撰

提 要

丁丙(1832—1899),一字松生,號松存,别署錢塘流民、八千卷樓主人、竹書堂主人,錢塘(今浙江杭州)人。與兄丁申同爲諸生。左宗棠以補用知縣薦往江蘇,加同知銜,淡於仕途,不肯赴任。家世經營布業,富於資財。多藏書,著述頗富。

《善本書室藏書志》卷三八集部收録《文選》版本包括《文選》六十卷明汪亮翻元本、《文選》六十卷明嘉靖晋藩刊本、增補六臣注《文選》六十卷嘉靖洪楩刊本、六家《文選》六十卷明吴郡袁氏仿宋刊本、增補六臣注《文選》明翻茶陵陳氏刊本、六家《文選》六十卷明刊本、《選詩句圖》一卷舊鈔本,多爲明刊《文選》,由此可見當時所説《文選》流傳素乏善本的狀况。

《善本書室藏書志》,清光緒辛丑季秋錢塘丁氏刊本。《續修四庫全書》史部目録類影印出版,第九二七册。

45.《湘綺樓説詩》八卷 王闓運撰,王簡編

提 要

王闓運(1833—1916),字壬秋,又字壬父,號湘綺,所居有湘綺樓,世稱"湘綺先生"。湖南湘潭人。咸豐二年(1852)舉人,曾任肅順

家庭教師，後入曾國藩幕府。1880年入川，主持成都尊經書院。後主講於長沙思賢講舍、衡州船山書院、南昌高等學堂。授翰林院檢討，加侍讀銜。辛亥革命後任清史館館長。一生著作，經部有《周易説》十一卷，《尚書義》三十卷，《尚書大傳補注》七卷，《詩經補箋》二十卷，《禮記箋》四十六卷，《春秋公羊傳箋》十一卷，《穀梁傳箋》十卷，《周官箋》六卷，《論語訓》二卷，《爾雅集解》十六卷；史部有《史贊》《湘軍志》《湘潭縣志》諸種；子部有《老子注》《莊子注》《墨子注》《鶡冠子注》諸種；集部有《楚辭釋》《湘綺樓文集》《詩集》《詞鈔》《箋啓》《日記》諸種；選編有《八代詩選》《八代文粹》《唐詩選》《唐十家詩選》諸種。

王氏著作雖多，然而不論經、史、子、集，都存在"廣博而不精深"的問題。其真正值得稱道、名噪一時的在於其詩文，可稱爲一代詩文大家，民國初年汪國垣作《光宣詩壇總録》列他爲一代詩人之首。譚嗣同稱其詩超越"詩人之詩"，屬於"更向上一著"之類。王闓運撰文駢散兼行，既不堆砌辭藻，又不故作高深，所以能自然渾成，不落俗調，并多警策之言。正如張舜徽《清儒學記》(《湖南學記》第七)中所評價："他的學問，博而不精，特以文章典雅見長。與其説是儒宗，無寧説是文豪。他一生自少至老，有一個好習慣，便是喜歡鈔書，定爲日課。"其子王代功編《湘綺府君年譜》説："蓋自二千年以來，學人鈔録之勤，未有盛於府君者也。"鈔書過程中，邊鈔邊記，將自己的意見寫録於旁。鈔完一書，便成一本箋注。故其一生編著之書，都着墨不多。

王闓運還喜歡選詩文、評詩文，他的《八代詩選》《八代文粹》都屬於這類。在其詩學文章學思想的指導下，尤其主張師古、法古。王闓運作詩强調從師古着手，五言長詩宗魏晋，七言長詩及近體詩兼宗盛唐，但并不單純模擬古人，而是盡法古人之美，熔鑄而出之，自成一家

風格。《八代文粹序》曰:“夫詞不追古,則意必循今。率意以言,違經益遠。”故十分重視對《文選》類總集的學習以及改造,稱“欲驗流風,尤資總集。但蕭樓略選,僅存梗概。梅紀旁探,未區門目。自餘撏撦,莫識津涯”(《八代文粹序》)。

王簡編《湘綺樓説詩》中王闓運説《文選詩》的部分主要在卷六、卷七、卷八。其説詩能就詩本身涵泳玩味,避免今人主觀意見强加詩人詩作之上,以生枝節附會。如評謝靈運詩曰:“謝靈運詩托意遥深,神契自然,所謂出水芙蓉。衹是於其處處見之。人多賞其工刻,而忘其神韵。《九日從宋公戲馬臺集送孔令詩》,首賦九日,便帶離别,意微嫌衰颯耳。江南公子初至徐州,已不堪荒凉矣。蘭巵五句,美宋公優賢。有孚用未濟上爻詞。言飲酒也。和樂句用《鹿鳴》詩序,以美好賢之誠極之天下。皆理、宿心三句傷己不能辭榮,以美孔令也。明白如此,而何焯、孫鑛等乃有未及孔令,止足等語,妄淺可閔。”何焯《義門讀書記》評此詩有“是其心猶不忘事二姓爲耻也”之論。兩者相較,即可見出評詩之不同意味。

再如評鮑明遠詩:“氣急色濃,務迫奇險,其品度卑矣。然自能成格調,亦非流騁無歸者。無識者乃以爲風韵獨高出顔謝之上,是不知翰林之鶩而以爲丹山之鳳也。鮑詩衹是多琢句精選詞工布景,故格不得高,其勁氣才足除冗弱弊耳。”所評自能力求公允精到。

《湘綺樓説詩》前叙評價王闓運的詩評説:“其論詩先唐人近體,次六朝,殿以詩經。評語由淺而深,引人入勝,以師不用唐後名名書,改爲説詩。蓋傳述詩説,非助名士之清談,實啓學人之憤悱。”駱鴻凱《文選學·評騭第八》對雖非《文選》學家、但深於選學的王闓運的評價是:“詮賦惟取於茗柯,明詩折衷夫湘綺,雜文以下,兼采李譚。其它一切糞除,以歸清謐。張摹漢賦,王擅選詩,申耆文法中郎,尚存矩

鑊。蓋皆懷區區之獨照,屏流俗之讕言。”

王簡編有《湘綺樓説詩》,有1934年成都日新社鉛印本。另有1979年鼎文書局本。收入《近代中國史料叢刊續編》第三輯,文海出版社印行本。

46.《八代詩選》二十卷　王闓運撰

提　要

王闓運生平,見《湘綺樓説詩》條下。

全書二十卷,按四言、五言等不同體裁編輯。收録的範圍自漢至隋,包括北朝詩歌,其中陶淵明收一百零七首,謝靈運收六十首,鮑照收九十二首,謝朓收五十四首,大體上包羅了這一時期主要詩人的主要作品。作者編纂此書的目的,正在於以爲馮惟訥《古詩紀》偏於繁瑣,沈德潛《古詩源》偏於簡略,故以是書涵蓋古詩。全書白文無評點,僅可通過編纂體例、收詩情況看出作者的好尚。

刻本有幾種,清光緒七年(1881)四川尊經書院刻本,中國國家圖書館、重慶市北碚圖書館等藏。光緒十六年(1890),江蘇書局刻本,收入《續修四庫全書》第一五九三册。光緒十九年(1893)章氏經濟堂刊本,中國國家圖書館藏。光緒二十年(1894),善化章氏經濟堂刊本,湖南圖書館藏。較好的是章氏經濟堂刻本。

47.《儀顧堂續跋》十六卷　陸心源撰

提　要

陸心源(1834—1894),字剛父,號存齋,晚號潛園老人,吴興(今浙江湖州)人。咸豐九年(1859)舉人。任廣東知府。後乞養歸湖州。

光緒十七年(1891)受召不就,專意著述。藏書頗豐,尤以宋元本居多,號皕宋樓。著《集韵校誤》《群經音辨校誤》《宋史翼》《儀顧堂集》《皕宋樓藏書志》等,有《潛園總集》。

其於《文選》版本的關注,有《尤本〈文選〉考異校補》一卷,同時還有相關的三篇跋文,見於其《儀顧堂續跋》卷一三。這三篇跋文分别是:《元張伯顔槧本〈文選〉跋》(提要已見上編)、《影宋抄尤本〈文選〉考異跋》以及《成化唐藩本〈文選〉跋》。其中《影宋抄尤本〈文選〉跋》主要介紹其所見之"《李善與五臣同異》四十一葉影寫宋刊本,行款與尤本《文選》同,有摹尤延之手書刻《文選》題及淳熙辛丑袁説友跋文"等,并指出:"文簡所據必有善注單行本,非從六臣本摘出。至尤序所云衢州本,余家有其書。四明本,亦尚有存者。皆六臣注,非單行善注。由是觀之,善注單行,文簡以前無刻本矣。袁刻《文選》跋,胡氏克家據陸敕先校本録於考異後,脱學者是所謂成民而致力於神者與淳熙辛丑三月望日建袁説友題二十七字。"亦有資李善單注本之考證。

《儀顧堂題跋》十六卷《儀顧堂續跋》十六卷,《續修四庫全書》第九三〇册影印復旦大學圖書館藏清刻潛園總集本。

48.《書目答問·文選》　張之洞撰　《書目答問補正》　范希曾補正

提　要

張之洞(1837—1909),字孝達,號香濤,直隸南皮(今河北南皮)人。身爲總督,稱"帥",故時人呼之爲"張香帥"。清末洋務派代表人物,地位僅次於李鴻章。咸豐二年(1852)十六歲中順天府解元,同治二年(1863)二十七歲中進士第三名探花,授翰林院編修,歷任教習、侍讀、侍講、内閣學士、山西巡撫、兩廣總督、湖廣總督、兩江總督(多

次署理,從未實授)、軍機大臣等職,官至體仁閣大學士。此書係成於光緒元年(1875)張之洞任四川學政期間。

張之洞一直重視興學興教,他創辦了自强學堂(今武漢大學前身)、三江師範學堂(今南京大學前身)、湖北農務學堂、湖北武昌蒙養院、湖北工藝學堂、慈恩學堂(南皮縣第一中學)、廣雅書院等。主張"中學爲體,西學爲用"。光緒三十四年(1908)十一月,以顧命重臣晋太子太保,次年病卒,謚文襄。有《張文襄公全集》。與曾國藩、李鴻章、左宗棠并稱"晚清中興四大名臣"。

范希曾(1899—1930),字耒研,號稚露。江蘇淮陰(今江蘇淮安)人,幼孤力學。1919 年入南京高等師範學校文史地部,師從柳詒徵。1927 年就職於南京國學圖書館,1930 年去世,年僅三十一歲。

《書目答問》一書編寫的目的,就是在《四庫全書總目提要》的基礎上,編寫一部可以吸收其後百年來最新研究成果,可以"以約馭繁",可以作爲初學者讀書入門指導的書籍。作者在《略例》中指出:"諸生爲學者來問應讀何書?書以何本爲善?……因録此以告初學。"此書的編寫也正建立在"讀書不知要領,勞而無功。知某書宜讀,而不得精校精注本,事倍功半"。故"此編所録,其原書爲修《四庫》書時所未有者十之三四,《四庫》雖有其書,而校本注本晚出者十之七八"。所以此書的編集在體例、新版本、新資料方面都更稱得上是一部指導治學門徑的舉要書。

但由於成書倉促,該書也存在着收録繁簡失當,分類未盡合理,版本舛訛、缺略等不足。爲了使這部編於光緒二年(1876)影響極大的目録書能爲民國學人有效利用,范希曾采用補正之法,在保持原書體例的基礎上,對原書進行修正補充。在柳詒徵的支持下,范希曾經過三年,終於撰成了《書目答問補正》。并於 1931 年由國學圖書館將

《書目答問補正》排印出版。在本書序言中，柳詒徵充分肯定了范希曾的學術貢獻："(《答問》)在光緒初足爲學人之津逮者，至晚近則病其漏略矣。郎園(葉德輝)批校增輯之三四本未印行，江氏箋補亦未廣，希曾所輯最後較備。"

《書目答問補正》總集類列"《文選》之屬"爲單獨一類，收入胡克家仿宋本《文選》李善注六十卷附《考異》十卷、汪師韓《文選理學權輿》八卷、孫志祖《文選理學權輿補》一卷、孫志祖《文選李注補正》四卷、孫志祖《文選考異》四卷(陳景雲《文選舉正》六卷未刊)、余蕭客《文選音義》八卷、朱珔《文選集釋》二十四卷、梁章鉅《文選旁證》四十六卷、薛傳均《文選古字通疏證》六卷、張雲璈《選學膠言》二十卷、宋陳仁子《文選補遺》四十卷、《文選六臣注》六十卷。并稱以上爲"近世選本，舉大雅者"。范希曾《補正》：顧廣圻胡本考異十卷。貴池劉世珩玉海堂仿宋淳熙貴池本《文選》六十卷附札記。上虞羅氏藏德清傅雲龍籑喜廬仿日本延喜刻本《文選》第五卷殘卷(今已考證爲僞本)。余蕭客《文選紀聞》三十卷，光緒間巴陵方功惠刻入《碧琳瑯館叢書》。胡紹煐《文選箋證》三十卷，貴池劉世珩刻《聚學軒叢書》本。吕錦文《文選古字通補訓》四卷附《補遺》，光緒辛酉懷硯齋刻本。《四部叢刊》影印宋刻本《文選六臣注》六十卷。

另有附録二《國朝注疏諸家姓名略總目》單列《文選學家》，曰："國朝漢學、小學、駢文家皆深選學，此舉其有論著校勘者。"所列包括："錢陸燦、潘耒、何焯、陳景雲、余蕭客、汪師韓、嚴長明、孫志祖、葉樹藩、彭兆蓀、張雲璈、張惠言、陳壽祺、朱珔、薛傳均。"其中陳壽祺實并無論著校勘著作傳世，列入不當。此書版本衆多，不一一列舉。

49.《校正昭明太子文集》二卷　程銘敬校正

提　要

程銘敬,字以庵,號憶雲,吴縣(今江蘇蘇州)人。光緒甲午(1894)舉人。官至浙江知縣。

其伴雲誃手抄本《校正昭明太子文集》,卷首補録梁簡文帝《昭明太子集序》(據嚴可均《全梁文》)。末署光緒庚子(1900)十一月朔冬至日。卷前有自序鈔本緣起曰:"歲戊戌春見友人齊頭有明沈氏槧袖珍本《文選》三十册,以《昭明文集》附於末。余考是集有明葉紹泰編刻蕭梁文苑本,而余未之見,見不傾氏槧本心竊悦之。遂竭數日夜之力,借抄一過。惟罣漏羼越,亥豕魯魚所在皆是,乃命侍姬方雲取烏程嚴可均所輯《全梁文》中昭明太子文一一校正之。而以簡文帝殘序補録於篇首。雖非善本,亦資循覽。且使後之見者,知閨中静友助我實多焉。光緒戊戌六月吴趨程銘敬書於伴雲誃。"繼之又録不傾氏序曰:"余既有《文選》袖珍之刻後且竣,因思誦詩讀書必論世得其人,故略考《梁書》昭明小傳并其集梓之。昭明集世鮮刊本,見升庵楊公、木涇周公間曾訂定,亦略成書,尋復湮没。皇甫百泉家藏録本魚豕不堪讀。余客長安復得古本於友人王木仲以參合閲焉,遂成完璧。以昭明之有功於古人,與諸君子之有功於昭明也。宜并傳不朽。故附之《選》末。以志文家衣鉢云。不傾氏書於采椽閣。"據此可知此鈔本的底本爲不傾氏所獲之古本,校之世傳五卷、六卷本《昭明太子文集》皆有出入,有待深考。

上海圖書館藏。

50.《愧生叢録》六卷　李審言撰

提　要

李詳(1859—1931),字審言,一字慎言。初號窳生,後改愧生。號百藥生。江蘇揚州興化人。光緒十一年(1885),時二十七歲,取爲第一名秀才。此後在功名仕途上并没有多少進展,唯整理文獻典籍、教育、出版、著述等方面,不遺餘力。光緒三十三年(1907)五月,在安慶存古學堂,講授史學與《文選》學。沈曾植於客座介紹審言,每以"江淮選學大師李先生"相稱。民國十二年(1923),受聘東南大學講授《文選》《陶詩》《杜詩》《韓詩》。民國十四年(1925)李詳六十七歲,親赴上海,搜集汪中、汪喜孫父子的著作,編成《江都汪氏叢書》,由上海中國書店影印行世。民國十六年(1927),蔡元培任大學院(後改中央研究院)院長,李詳與胡適、魯迅、陳垣等十二人同受聘爲特約著述員。一生著述存二十餘種,於方志學、《文選》學貢獻尤大。除《文選學著述五種》之外,還有《世説小箋》《文心雕龍黄注補正》《愧生叢録》《阜寧縣志》《鹽城縣志》等。生平事迹見尹炎武《李審言先生傳》、陳訓正《興化李先生墓表》、柳向春《興化李審言先生年譜長編稿》等。

前有自序,述病中讀書筆記之狀,後曰:"宣統元年詳記於冶城寓廬。"則此書係宣統元年(1909)自加删定而成。

其書以考訂校補爲主,内容極其豐富。涉及典故出處之考證,多考隋唐以下諸書化用《文選》之典故出處,如汲出庾信《哀江南賦》"班超生而望反,温序死而思歸",乃效王粲《登樓賦》"鍾儀幽而楚奏,莊舄顯而越吟"句。隋韋世康:"禄豈須多,防滿則退;年不待暮,有疾便辭",乃出自謝靈運《還舊園作》:"辭滿豈多秩,謝病不待年。"尤其稱劉知幾《史通》多處化用《文選》,熟精選理;另校前人考訂失誤者數

條，如卷四第五九條校桂馥《札樸》、卷二第四四條校顧千里《文選考異》；又校補《文選》李善注之未備，如卷一第一九條、卷一第六一條、卷二第三〇條等；考訂作品本事、作者行歷等；亦有點評作品之條，如卷二第八條論陶淵明詩；并有述選學掌故之條，如卷三第五八條述顧千里與孫志祖、臧庸堂、段懋堂事，卷三第二九條閻若璩《字百詩》與應璩《百一詩》關係等；此外，其所鈎沉之戴凱之《竹譜》引劉淵林注尤可與今本相比勘。

见《李審言文集》，南京：江蘇古籍出版社 1989 年版。

51.《漢魏六朝名家集初刻》　丁福保編

提　要

丁福保生平，見《文選類詁》條下。

清宣統三年無錫丁氏鉛印本，中國國家圖書館藏。收止隋煬帝集共四十一家。

六、近現代以來(88 種)

1.《國故論衡·文學總略》　章太炎撰

提　要

章太炎(1869—1936),原名學乘,字枚叔,後易名炳麟,因慕顧炎武,改名絳,字太炎。早年又號"膏蘭室主人""劉子駿私淑弟子"等,後自認"民國遺民"。浙江餘杭人。幼年從外祖父讀經,十五歲,研讀《史記》《漢書》,瀏覽老莊,十六歲研讀《文選》《説文解字》。二十二歲,父親去世,赴杭州入詁經精舍,從俞樾受業問學七年。甲午戰爭後,投身政治,提倡國故,以國學爲中華民族自立於世界民族之林的根本。著作甚豐,有《訄書》《國故論衡》《齊物論釋》《文始》《檢論》《葑漢微言》等。爲文初法汪中、李兆洛,後上追三國兩晋文辭。

章太炎《國故論衡》包羅宏富,上卷爲《小學》十篇,中卷爲《文學》七篇,下卷《諸子學》九篇。論《文選》在《國故論衡·文學總略》中。

《文學總略》一文中,章太炎就昭明太子蕭統《文選序》"於史籍,則云'事異篇章'。其於諸子,則云不以'能文爲貴'"提出質疑,認爲"此爲裒次總集,自成一家,體例適然,非不易之定論也。若以文筆區分,《文選》所登,無韵者固不少。若云文貴其彣耶,未知賈生《過秦》、魏文《典論》,同在諸子,何以獨堪入録。有韵文中,既録漢祖《大風》之曲,即《古詩十九首》亦皆入選,而漢晋樂府,反有佚遺。是其於韵文也,亦不以節奏低昂爲主,獨取文采斐然,足耀觀覽,又失韵文之本矣。是故昭明之説,本無以自立者也"。又提出阮元之論,"不悟《文

選》所序,隨情涉筆,視爲經常,而例復前後錯迕”。“近世阮元以爲孔子贊《易》,始著《文言》,故文以耦儷爲主,又牽引文筆之説以成之。夫有韵爲文,無韵爲筆,是則駢散諸體,一切是筆非文,借此證成,適足自陷。”提出“文學者,以有文字著於竹帛,故謂之文。論其法式,謂之文學”。對何謂中國本民族的“文學”提出了新的論説。其説篇幅無多,但影響巨大。

其後劉師培、黄侃皆有相應的回應。如此書前附弟子黄侃《國故論衡贊》曰:“蕭嗣《文選》,上本摯君,蓋乃鈔選之常科,非盡文辭之封域。伯元所論,滌生所鈔,弇侈殊途,悉違律令。”

章太炎《國故論衡》初刊於 1910 年,凡三卷,書内各篇題下署“章氏學”三字。出版日期是庚戌五月朔日,當刻印於日本。此原刊本至今已十分罕見。①

2.《藏園群書經眼録》　傅增湘編

提　要

傅增湘(1872—1949),生平見“《文選》六十卷,唐李善注;《考異》十卷,清胡克家撰”條下。

本書原爲手稿,三十八册,整理者參考其其他撰述和札記手稿等,整理而成,包括經部二卷,史部四卷,子部五卷,集部八卷,共十九卷。前面有總目一卷。全書收録各種善本約四千五百種。其中集部總集類收録《文選》各版本三十種,包括北宋刊本、尤袤本等。目下注時代、存世情況。正文每條著録體例,包括題名、作者、存帙情況、版

① 參見朱維錚《〈國故論衡〉校本引言》,《復旦學報》(社會科學版)1997 年第 1 期。

本形態、按語幾個部分。如《文選》類第一種：

《文選注》六十卷，唐李善注，存《西都賦》《東都賦》計十六頁。北宋刊本，半葉十行，行十六至十九字不等，注雙行二十四五字不等，白口，四周單闌，板心上題"李善注《文選》第幾"，下記葉數，無魚尾，而以横綫闌斷之。按：此與北京圖書館藏殘本同，"通"字缺筆，即世傳所謂天聖明道本。别見殘本數卷，余亦收得數葉，均内閣大庫舊藏。（寶應劉啓瑞翰臣藏，庚申四月見。）

《藏園群書經眼録》，北京：中華書局 1983 年版。

3.《咏懷詩補注》不分卷　黄侃撰

提　要

黄侃（1886—1935），字季剛，晚自號量守廬居士，湖北蘄春人。現代著名的音韵訓詁學家、文學家。曾師事章太炎、劉師培，長於小學、文學與經學。歷任武昌高等師範學校、北京大學、東北大學、金陵大學和中央大學教授。著有《文心雕龍札記》《黄侃論學雜著》《説文箋識》《廣韵校録》《爾雅音訓》《文字聲韵訓詁筆記》《文選平點》等。

《咏懷詩補注》，初爲《咏懷詩箋》，署丙辰年（1916）四月，發表於遼寧省教育廳編譯處編寫的《東北叢刊》1930 年第三期。對阮籍《咏懷詩》除《文選》所收十七首之外的六十三首進行注釋。《咏懷詩補注》刊於章氏國學講習社編《制言》半月刊，第四五期。收録阮籍《咏懷詩》八十二首，對八十首作了解釋。兩種文本除了數量不同，内容基本一致。當爲後來補充而爲完整之本。

關於阮籍《咏懷詩》的解讀，歷來存在争議，尤其對是否用以史證詩、揭示微言大義的方法，殊多不同意見。如劉履、馮惟訥、方東樹等皆主張不應如五臣注那樣牽强附會，但都同意"以史證詩"，在引用分

析史料的基礎上,準確地闡釋詩中微言。黄侃則主張從詩歌本身入手闡釋詩歌。他在《咏懷詩補注》中説:"阮公深通玄理,妙達物情,咏懷之作,固將包羅萬態,豈僅厝心曹馬興衰之際乎?迹其痛哭窮路,沈醉連旬,蓋已等南郭之仰天,類子輿之鑑井。大哀在懷,非恒言所能盡,故一發之於詩歌。顔、沈以後,解者衆矣。類皆摭字以求事,改文以就己。固哉高叟,余甚病之。今輯録顔、沈之説,補其未備云爾。"又在《文心雕龍・比興》篇中説:"若乃興義深婉,不明詩人本所以作,而輒事深求,則穿鑿之篳固將滋多於此矣。"又稱"雖當時未必不托物以發端,而後世則不能離言以求象"。故主張"即言以求象"。此卷《咏懷詩補注》可以説是黄侃釋詩方法的一個實踐範例。

從體例上看,此卷僅輯録顔延之、沈約《咏懷詩》的注釋,并加以補注,不做過多索解,也拋開歷史本事,衹就詩論詩。如其解《二妃游江濱》,先録沈約注,然後補注曰:"物之興衰,情之起伏,惟妃匹之間爲甚。故多托以爲喻。言交甫見欺,虚懷環珮,千載不忘。傾城見悦,至於蓬首,而終焉離隔。人情無定若此,雖復金石之交,庸足賴乎?"其解詩方法可謂與陳沆《詩比興箋》走在相反的方向上。

此文又見於黄侃《文心雕龍札記》附録部分,北京文化學社 1927 年版,中華書局 1962 年版。①

4.《贊文藝改良附論中國文學之分期》　錢玄同撰

提　要

錢玄同(1887—1939),原名夏,字中季,少號德潛,後更爲掇獻,

① 相關研究可參看張建偉《論黄侃〈咏懷詩補注〉——兼談阮籍〈咏懷詩〉的注釋》,《江漢大學學報》2012 年第 2 期等。

又號疑古。浙江吴興(今浙江湖州)人。常效古法將號綴於名字之前,稱爲疑古玄同。五四運動以前改名玄同。早年留學日本,曾任北京大學、北京師範大學教授,五四時期參加新文化運動,提倡文字改革,曾倡議并參加擬制國語羅馬字拼音方案,是我國著名的語言文字學家。著有《〈廣韵〉四十六字母標音》(《國語旬刊》1929 年第 1 卷第 9 期)、《古音無"邪"紐證》(《師大國學叢刊》1932 年第 1 卷第 3 期)、《古韵二十八部音讀之假定》(《師大月刊》32 周年紀念專號)等。文字學方面,著有《説文部首今讀》、《説文音符今讀》和《中國文字學説略》(《教育今語雜識》1910 年第 1 期)、《説文部首今語解》(《教育今語雜識》1911 年第 5、6 期合刊)、《中國文字形體變遷新論》(《北京大學研究所國學門月刊》1919 年第 1 卷第 1 期)等論著。

此文爲呼應 1917 年 1 月 1 日出刊的《新青年》上胡適《文學改良芻議》一文而作,文章中錢玄同稱贊胡適"具此識力,而言改良文藝,其結果必佳無疑。惟選學妖孽,桐城謬種見此不知若何咒駡,雖然得此輩多駡幾聲,便是價值加一分也"。其所提出"選學妖孽,桐城謬種"的口號,并且持久地堅持這一主張,1917 年 7 月 1 日《新青年》發表他《論應用文之亟宜改良》,提出"惟選學妖孽所尊崇之六朝文,桐城謬種所尊崇之唐宋文,則實不必選讀",8 月又在《新青年》上發表《論白話小説》。1918 年爲胡適《嘗試集》寫的序及《文字改革及宗教信仰》一文,都對選學家、桐城派展開了猛烈的攻擊,直到 20 世紀 30 年代中葉,仍時時提起。

將"選學妖孽,桐城謬種"這一口號放到新文化運動的大時代中去,可以看出它提出的目的正在於攻擊舊的文學形式,而樹立新的文學形式。如胡適在《新青年》上發表的《文學改良芻議》中所列舉的新文學的八個要素包括:一、需言之有物。二、不模仿古人。三、須講

求文法。四、不作無病之呻吟。五、務去爛調套語。六、不用典。七、不講對仗。八、不避俗字俗語。當然胡適也説明了不用典但也不排斥廣義用典。不對仗不排斥出語自然的對仗。陳獨秀在 1917 年 2 月 1 日《新青年》上發表《文學革命論》提出三大主義:"推倒雕琢的阿諛的貴族文學,建設平易的抒情的國民文學。推倒陳腐的鋪張的古典文學,建設新鮮的立誠的寫實文學。推倒迂晦的艱澀的山林文學,建設明瞭的通俗的社會文學。"

錢玄同關於新文學運動的主張,收入其《錢玄同文集》,北京:中國人民大學出版社 1999 年版。

5.《劉師培中古文學論集》　劉師培撰,陳引馳編校

提　要

劉師培(1884—1919),字申叔,號左盦,儀徵(今江蘇揚州)人。曾祖劉文淇、祖父劉毓崧、叔父劉壽曾,均以治《左傳》享有盛名。劉師培早年受到年長十五歲的章太炎的影響,對革命産生熱情,主張攘除清廷,光復漢族,甚至更名"光漢"。成爲激進的革命黨人。參與《國粹學報》《警鐘日報》《民報》的編輯工作。1908 年,劉、章發生分歧,乃至結怨。從此,劉師培的思想發生了根本的改變,投靠了清廷兩江總督端方。此後,在政治上隨波逐流,在學術上日漸成熟。1916 年,蔡元培出任北京大學校長,劉師培得陳獨秀舉薦進入北大。主講中古文學史、經學、史傳、諸子等課程,又與黄侃、朱希祖、馬叙倫、梁漱溟等成立"國故月刊社"。

劉師培的選學研究并無專門的著作,但分散於其中古文學相關論著當中,陳引馳編校的《劉師培中古文學論集》比較全面地彙集了相關文章。其理念、方法、材料方面,都對後世有着重要的影響。

首先，理念方面，劉師培接續阮元《文選》學的思想，主張："儷文律詩爲諸夏所獨有，今與外域文學競長，惟資斯體。""非偶語儷詞，無足言文。""故沉思翰藻，今古斯同。而美媲黄裳，六朝臻極。"(《中國中古文學史》第一課《概論》)；主張嚴明文筆之辨，以明文軌(《中國中古文學史》第二課《文學辨體》)。

其次，方法方面，劉師培研究漢魏六朝文學，首要注重從史料搜集整理入手。1919 年 5 月 20 日《國故》月刊第三期劉師培發表的《搜集文章志材料方法》，其文雖以摯虞《文章流别論》爲範本，但所提出的四種收集整理資料的方法，却是貫穿在其整個漢魏六朝文學研究當中的。如第一，完整保存之書，除正史外，還要博涉旁收。第二，亡佚之書，亦當輯録鈎沉。第三，詩文評之書，論及《文心雕龍》《詩品》《史通》以及《全唐文》和野史雜記之類。第四，文集的存佚以及文集目録的價值。體現其對於某一領域材料一網打盡的治學方式。尤其注重對於同時代散見材料的鈎沉，以最大限度地體現時代風貌，而非後人主觀性的論斷。在完整系統搜集輯録資料的基礎上，再進一步系統編排，比勘考訂，精審辨析，彼此勾連，互補互證，也是重要的一環。如其講述《文心雕龍・誄碑》時，同時講解《文選》第五六卷、五七卷誄類所選曹子建《王仲宣誄》、潘安仁《楊荆州誄》、潘安仁《楊仲武誄》、潘安仁《夏侯常侍誄》、潘安仁《馬汧督誄》、顔延之《陽給事誄》，顔延之《陶徵士誄》、謝希逸《宋孝武宣貴妃誄》。這種理論與經典文本相結合，輯證與疏解相結合的方法，體現了系統的文章學學習方法，後世多加采用。

最後，材料方面，注重吸收運用新材料。劉師培著有《敦煌新出唐寫本提要》，對《文選李注殘卷》(法藏敦煌本 P. 2528 卷第二張平子《西京賦》存三百五十三行李善注本殘卷)、對法藏敦煌本 P. 2527 卷

第四五(東方曼倩《答客難》、揚子雲《解嘲》存一百一十九行)李善注本殘卷、對法藏敦煌本P.2525卷第二五(沈休文《恩倖傳論》、班孟堅《述高紀》《述成紀》《述韓英彭盧吴傳》、范尉宗《光武紀贊》存六十七行)白文殘卷均有較爲詳細的提要,如稱白文本殘卷"訛文俗字雖亦附見於其中(如可歸近習之可,又有倿幸之傳之倿,非昨唯殃之昨,均訛文也。構於牀芾之芾,虔劉庯代之庯,則俗體之訛者也),然視宋本經後賢改竄者固弗同矣"。

本書所收録與《文選》相關的著述包括《中國中古文學史講義》《漢魏六朝專家文研究》《廣阮氏文言説》《駢文讀本序》《與人論文書》《文説》《文章源始》《文章學史序》《論文雜記》《南北文學不同論》等。此外,劉師培還有《〈文選古字通疏證〉書後》《又廣阮氏文言説》,見《左盦集》卷八。

劉師培的一生,著述頗多,逝後經弟子搜集整理,編成《劉申叔遺書》七十四種,總計約四百萬字。1939年正式發行。此後,又編輯《劉申叔遺書補遺》,加入羅常培根據聽課筆記整理的《漢魏六朝專家文研究》《文心雕龍講録二種》,共計收録五百餘篇,一百六十餘萬字。[①]此《劉師培中古文學論集》,北京:中國社會科學出版社1997年版。

6.《漢魏樂府風箋》《魏文帝魏武帝詩注》《曹子建詩注》《阮步兵詩注》《鮑參軍詩注集説》《謝康樂詩注》《謝宣城詩注》　黄節撰

提　要

黄節(1873—1935),原名晦聞,字玉昆,號純熙,別署晦翁、佩文、

① 參見劉躍進《劉師培及其漢魏六朝文學研究引論》,《中國中古文學史講義》,南京:鳳凰出版社2011年版。

黄史氏。廣東順德人。清末在上海與章太炎、馬叙倫等創立國學保存會，刊印《風雨樓叢書》，創辦《國粹學報》。民國成立後加入南社，長居北京，袁世凱復辟帝制期間，黄節頻頻撰文抨擊，致遭忌恨。此後，不再從事新聞輿論工作，專心致力於學術研究和教育事業。1917年，受聘爲北京大學文學院教授，專授中國詩學。1922年拒任北洋政府秘書長，後曾擔任過一年的廣東省教育廳廳長兼通志館館長。1929年辭職，仍回北京大學，同時兼任清華大學研究院導師。

黄節以詩名世。著有《蒹葭樓詩》二卷，七律尤爲出色。著有《詩學》《詩律》《詩旨纂辭》《變雅》《漢魏樂府風箋》《魏文帝魏武帝詩注》《曹子建詩注》《阮步兵詩注》《鮑參軍詩注集説》《謝康樂詩注》《謝宣城詩注》《顧亭林詩説》等。是近代較早全面研究漢魏六朝文學的學者，影響巨大。

值得注意的是，其諸多漢魏六朝文學研究著作，特别注重對《文選》作品的吸納及對李善注的引録、補注。箋注的體例爲：先引録李善注全文，次節箋，次節釋音，次引明清以來學者的評釋之語，如劉履《選詩補注》、朱乾《樂府正義》、吴旦生《歷代詩話》、吴淇《選詩定論》等。又能自出新見，時有發明。

據其《曹子建詩注》序曰："壬戌（1922）之秋，余在大學説陳王詩。"之後斷斷續續不斷修改補充自己的講義，直到1928年，結集并完成此序。中間大病幾死，所以在序的末尾，不勝感慨地説："嗟夫！陳王詩曰：'孔氏删詩書，王業粲已分。騁我徑寸翰，流藻垂華芬。'余讀之而悲，蓋悲乎人之不如鱗蟲，自昔而然也。後之讀余是注者，儻亦有悲余之悲陳王者乎！"國亂之際，病痛之時，其著書之複雜心境由此可見。

7.《蕭統評傳》 謝康撰

提 要

謝康,1901 年出生,廣西柳城縣人,曾任廣西大學訓導長、文學院長。20 世紀 30 年代獲法國巴黎大學文科博士學位。後到臺灣,任教於各大專院校。著有《西洋史提要》《文史論叢》等。

關於此文的撰述源起,作者説:“記得六七年前,我們的新文學運動剛才萌芽,胡適之、陳獨秀、錢玄同一輩人大罵‘選學妖孽,桐城謬種’的時候,昭明太子做了‘選派’的罪魁。如今我們的態度稍爲轉變了,整理古文學的需要,令我們對於《昭明文選》不得不用新方法、新眼光來研究,同時對於編輯這部中國古代自周至梁一千年間韵文及論著文的第一部總集的蕭統之生平性格、文學思想,在我國文學史上的位置,尤其有研究和批評的必要。”評傳主要考察昭明太子蕭統的時代背景、生平性格、《文選》編纂的過程和意義、選文的文學思想。在論及《文選》一書的文學價值的時候,説:“我想他須得和《詩經》一樣,永遠站在中國古文學最浩大、最正派的河流之源頭。《詩經》如果是中國的荷馬詩集,那麼《文選》應該是‘文藝復興時代’人的總集了。”

評傳中還提到中國“文章”兩字的起源,就是“文采章明”。就是言語詞筆經過藝術化的才配叫作“文章”。所以孔門論文,把樸實的記載意在明道理的稱爲《論語》,而將有音韵、有排偶《周易·繫辭》稱爲文言。蕭統的文學觀講求内容和形式的和諧一致,即“文質彬彬”“麗而不淫”“典而不野”,是形式和精神都要顧到的。由此可知《文選》在古代文學史上的位置,本應在《詩經》以後占正宗,而其末流則過求形式之美,專門堆砌辭藻,拘牽體制,造成流弊,也應跟蕭統《文

選》本身的文學主張區别來看。

本稿完成於民國十三年(1924)四月二十日,發表於《小説月報》1927年6月第一七卷號外。國家圖書館出版社《文選學研究》上册據以影印。

8.《開明活葉文選注釋》 宋雲彬編

提 要

此書分十册,收録古今中外的文章。包括《荀子·非十二子》,《史記自序》,《莊子》之《逍遥游》、《馬蹄》、《胠篋》及白居易《琵琶行》,吴偉業《圓圓曲》,侯方域《癸未去金陵日與阮光禄書》等,體現了兼容并包、不拘一格的選文態度。其中所收與《文選》相同者,第一册有《文選序》、《歸園田居》、《蕪城賦》、《諫逐客書》,第二册有《古詩十九首》、阮籍《咏懷詩》十七首、左思《咏史詩》八首、陶潛《飲酒》、楊惲《報孫會宗書》、李密《陳情表》等篇。其注釋的體例頗爲詳盡,包括"題解""作者述略""注釋"三個部分,注語多采舊注。

開明書店,民國二十年(1931)初版發行。

9.《梁昭明太子年譜》 周貞亮編

提 要

周貞亮(1867—1933),字子幹,號止盦、退舟。《文選》學家、目録學家、歷史學家。六歲入私塾,年未及冠,應縣、府學科考試,均名列榜首。光緒三十一年,進士及第。隨即留學日本,回國後點任翰林。曾任黑龍江省高等監察廳檢察長,北京政府國務院法制參事,平政院評事,司法官懲戒委員會委員。1917年以後,厭弃仕途,投身教育,歷

任國立師範大學、南開大學等校教授。1931 年回湖北，聘爲武漢大學一級教授，1933 年病逝於武漢大學寓所。有《書目舉要》、《目録學講義》、《梁昭明太子年譜》一卷、《五百家駢體文萃》八卷、《通鑒論》十三卷、《中國通史》、《中國近代史》、《晚善盧隨筆》二十卷、《叢書舉要》、《文選學講義》等，皆流傳於世。

此爲選學中的第一部昭明年譜，整體雖較簡略，但特色突出。首先是内容上注重蕭統的生平與齊梁之際政治活動的聯繫。如先詳叙蕭衍仕齊明帝朝，建武二年(495)爲右軍晋安王司馬、淮陵太守、太子中庶子以及當時如何一步步執掌權柄，形成代齊勢力之事，作爲蕭統出生之前的時代背景。正文從齊中興元年(501)九月太子生於襄陽始，至中大通三年(531)太子三十一歲止。也多引録當時的史實。其次是年譜後附昭明太子世系表。

《梁昭明太子年譜》，《武大文哲季刊》1931 年 4 月第二卷第一期。國家圖書館出版社《文選學研究》上册據以影印。亦有單行鉛印本流傳。臺灣"商務印書館"1981 年出版單行本。亦附於其《文選學講義》教材之中，見西南大學圖書館所藏稿本。

10.《昭明太子年譜》　胡宗楙編

提　要

胡宗楙(1867—1939)，字季樵，浙江金華人。光緒年間舉人，民國間實業家，著有《夢選樓詩鈔》二卷，《夢選樓文鈔》二卷。

胡宗楙《昭明太子年譜》分爲《自叙》《昭明太子年譜》《昭明太子年譜附録》三個部分。其《附録》部分收録《册府元龜》、《梁書》本傳和《普慧大士傳録》、《梁書・陸襄傳》、《梁書・王錫傳》、《梁書・王筠傳》、《梁書・謝舉傳》、《梁書・劉勰傳》、宋張敦頤《六朝事迹編類・

樓臺門》《六朝事迹編類·總叙門》《六朝事迹編類·靈異門》、《南史·昭明太子傳》、《南史·邵陵王綸傳》、袁説友《昭明太子集跋》、《絳雲樓書目》、朱彝尊《經義考》、《四庫全書總目》、《善本書藏書志》、《廣弘明集》、《元和郡縣志》、《輿地紀勝》、《古今圖書集成·職方典》、《吴禮部集》、《圖經》、《姑蘇志》、《金華黄先生文集》等有關昭明太子蕭統的文獻資料。

有"夢選樓"民國二十一年(1932)刊本,今藏上海圖書館。

11.《集外集》　魯迅撰

提　要

是書收録魯迅杂文和詩歌合集,收入1933年以前出版的雜文集中未曾編入的雜文三十二篇,詩十四首。最早於1935年在上海群衆圖書公司出版。《選本》一文寫於1932年。此時魯迅五十二歲,看待問題相對冷静客觀。《選本》一文雖然短小,但提出選本能够比作家的别集或者理論批評專著更有讀者,更有影響,而之所以值得關注和研究的原因也正在此。如説:"册數不多,而包羅諸作,固然也是一種原因,但還在近則由選者的名位,遠則憑古人之威靈,讀者想從一個有名的選家,窺見許多有名作家的作品。所以自漢至梁的作家的文集,并殘本也僅存十餘家,《昭明太子集》衹剩一點輯本了,而《文選》却在的。讀《古文辭類纂》者多,讀《惜抱軒全集》的却少。凡是對於文術,自有主張的作家,他所賴以發表和流布自己的主張的手段,倒并不在作文心,文則,詩品,詩話,而在出選本。"此爲從影響力的角度來認識選本。但也指出選家的眼界也會使讀者受到一定的局限,如説:"讀者的讀選本,自以爲是由此得了古人文筆的精華的,殊不知却被選者縮小了眼界,即以《文選》爲例罷,没有嵇康《家誡》,使讀者衹

覺得他是一個憤世嫉俗,好像無端活得不快活的怪人;不收陶潛《閒情賦》,掩去了他也是一個既取民間《子夜歌》意,而又拒以聖道的迂士。選本既經選者所濾過,就總衹能吃他所給與的糟或醨。”這也是客觀存在的。唯有讀者更加注意閱讀選本而避免局限於選本。這可以看出魯迅的深刻洞察處。在魯迅《題未定草》(後收入《且介亭雜文二集》)也論及了選家的眼光和原則問題,又提出若干對於古代選家的批評意見,發人深省。

魯迅與《文選》相關的研究成果,還有《嵇康集考》,見《歷史研究》1954 年第 2 期。《嵇康集序》,《華美》1938 年 4 月第 1 卷第 1 期,見《文選學研究》,北京:國家圖書館出版社 2010 年版。皆爲作者以《文選》校讀《嵇康集》之學術實踐。

12.《準風月談》　魯迅撰

提　要

本書爲魯迅於 1933 年陸陸續續撰寫的隨筆雜文的彙集,前有 1934 年 3 月 10 日撰於上海的序。雖爲雜文,但書中完整保存了魯迅與施蟄存關於青年人該不該讀《莊子》與《文選》這一問題的論戰,以及魯迅先生對待《文選》在推行白話文後傳播的問題的看法。魯迅相關的文章包括《重三感舊——一九三三年憶光緒朝末》《感舊以後》《撲空》《撲空正誤》《答兼示》《反芻》《古書中尋活字彙》,也收録了施蟄存的回應文章《〈莊子〉與〈文選〉》《推薦者的立場——〈莊子〉與〈文選〉之論争》《致黎烈文先生書——兼示豐之餘先生》,反映了 20 世紀 30 年代人們關於文言文和白話文、新思想和舊傳統,在青年中當如何前行的困惑和思考。

《準風月談》,有聯華書局 1936 年版。

13.《敦煌秘籍留真序》　許壽裳撰

提　要

本書涉及對敦煌本《文選》整理和部分考證，如法藏敦煌本 P. 3345 卷第二九（王仲寶《褚淵碑文》存五十四行）殘卷。許壽裳《敦煌秘籍留真新編序》："又《褚淵碑文》'昔柳莊疾棘，衛君當祭而輟禮'。按：卷子本禮作祀。李善注云：'《禮記》曰：衛有太史曰柳莊，寢疾，公曰：若疾革，雖當祭必告也。公再拜稽首請於尸曰：臣有柳莊也，非寡人之臣，社稷之臣。聞之死，請往，不釋服而往，遂以襚之。'是作'祀'字，於義爲長。"

法藏敦煌本 P. 2658 卷第二四（揚子雲《劇秦美新》、班孟堅《典引》存二十四行）殘卷。許壽裳《敦煌秘籍留真新編序》曰："《文選》《劇秦美新》'增封泰山，禪梁父'，卷子本禪字上有'廣'字，觀上文既爲四字句，則作'廣禪梁甫'似較三字句爲佳，此胡氏考異未舉出者，幸賴此卷子本，得識揚子雲此文之真面目。"見《敦煌叢刊初集》第一三册。

14.《販書偶記》　孫殿起編

提　要

孫殿起（1894—1958），字耀卿，號貿翁，河北冀縣人。家境貧寒，年十一始入私塾。年十五，輟讀入京經商，至琉璃廠宏京堂書坊學業，受業於同郡郭長林。民國八年，開設通學齋書肆，此後邊收購古書，邊從事古籍目録編纂、古籍收藏修復等。編著有《叢書目録拾遺》《販書偶記》《販書偶記續編》《清代禁書知見録》《清代禁毁書目》等書。

《販書偶記》相當於《四庫全書》的補編，凡見於《四庫全書總目》者概不録，非單行本不録。所收大多爲清代古籍，也有部分民國典籍。其書體例亦按經史子集分類，卷一九總集類專門收録"《文選》"條。其下收録《文選》學著作十六種。於各書名下著録作者名、修訂者名、版本刊刻時間。偶引書序標明宗旨作意。

此書有上海書店《民國叢書》本，有中華書局1959年本、1982年本。上海古籍出版社1980年出版《販書偶記續編》二十卷，亦包括《文選》類書目。

15.《漢魏六朝賦選》　瞿蜕園選

提　要

本書是在《文選》的基礎上分别去取，擇定二十篇，爲研讀古賦者提供一些便利。其編輯體例如下：

(1) 爲精簡起見，每一類型的賦，盡可能不重複入選。例如《恨賦》與《别賦》，《雪賦》與《月賦》都衹收一篇。又如京都賦衹選内容更豐富的《三都賦》，就中又衹選較短的《蜀都》一篇。惟《西征賦》及《哀江南賦》，因有其獨特的規模格局，雖較冗長，也予入選。至於同一作家，衹選其作品略具有代表性的，以期儘量照顧全面。

(2) 從文體來看，即使命名不同，屬於賦體性質的仍應歸入賦類，《七發》是其一例。至《酒箴》雖不宜逕名爲賦，而形式上亦與賦無異，故也收入。其他不以賦名而實爲賦之支流者，如《答客難》《典引》之類，則限於篇幅，未能遍收。

(3) 古人注書，有釋事釋意兩種，李善注《文選》，是偏重釋事的。在今天看來，由於賦中所用的詞彙往往與現代漢語距離過遠，不能不要求詳盡的解釋，但若專注重詞藻的溯源，而忽略詞意的闡發，對讀

者的幫助仍然不大,因此,本書的注釋采取兩者相結合的方針。除一般的字句加注外,兼顧到作者的作意。

(4) 賦中的名物訓詁有不少還没有確切解决,經過清代以至近人的考證,對舊注也有不少的糾正,或補充。本書則多采用傳統上較爲肯定的舊説。

所選二十篇賦分别爲:賈誼《吊屈原賦》、枚乘《七發》、司馬相如《長門賦》、揚雄《酒箴》、張衡《歸田賦》、趙壹《刺世疾邪賦》、蔡邕《述行賦》、禰衡《鸚鵡賦》、王粲《登樓賦》、曹植《洛神賦》、潘岳《西征賦》、陸機《文賦》、左思《三都賦》、孫綽《游天台山賦》、陶潜《閒情賦》、鮑照《蕪城賦》、謝莊《月賦》、江淹《别賦》、蕭子暉《冬草賦》、庾信《哀江南賦》。每賦現有題解及正文分段注釋。

本書有中華書局上海編輯所 1964 年第一版,上海古籍出版社 1979 年重印。

16.《校讎學》　向宗魯撰

提　要

本書爲向宗魯先生在四川大學時的授課講義,1943 年經弟子屈守元搜集整理成書付印,前有王利器先生撰序,其書之特色在於以駢體文言撰述校讎之義,原定十二章,成稿七章。每章正文句下,自作注釋數條,多引諸書,尤重《文選》,每見稱引,足見其對《文選》史料的熟悉。第九章"擇本"中,曰"《戴記》舊疏,足考唐人所資;《文選》注家,遂超六臣之外"。下列注文詳細叙述日鈔本《文選》三十卷無注本,百二十卷集注本,由於條件所限,其所叙述主要是根據澀江全善、森立之的《經籍訪古志》,島田翰的《古文舊書考》,羅振玉印《文選集注》殘卷序等,蓋很難見到日本古鈔卷子原貌。雖然如此,作者亦根

據所見相關史料展開研究考辨。

此書有1943年初版。另有北京:商務印書館1944、2014年版;北京:國家圖書館出版社2012年版。

17.《漢魏六朝詩鈔》　浦江清鈔

提　要

本書共四編:第一編《漢詩補鈔》,第二編《兩漢魏晋古詩鈔》,第三編《陶謝詩鈔》,第四編《南北朝樂府》,另附録浦江清先生關於漢魏六朝詩歌的筆記資料三種:《詩定義資料》《古詩十九首資料》《魏文帝〈典論·論文〉資料》。

北京:北京出版社2018年版,未刊手稿本。

18.《蕭統評傳》　殷孟倫撰

提　要

本書從三個方面評述昭明太子蕭統,一是事迹概述;二是《文選》的編選標準和蕭統的文學思想;三是對《文選》編選標準的理解。從整體上看,這份評傳敘述的成分少,研究的成分多。主要是就《文選》的編選標準問題展開討論。尤其是作者對《文選序》中"事出於沉思,義歸乎翰藻",重新理解爲"事,指寫作的活動和寫成的文章而言。出,是産生。於,介詞。在這裏表所從。沉思,猶如説精心結構或創意。義指文章所表達的思想内容而言。歸,歸終。乎,同於"。其説對後世有較大的影響。

收入《中國歷代著名文學家評傳》第一卷,山東教育出版社1984年版。

19.《中古文學史論》　王瑶撰

提　要

本書共十四章，起於漢末，訖於梁陳，大致分三部分：第一部分是“文學思想”，着重探討文學思想本身以及它和當時一般社會思想的關係；第二部分是“文人生活”，着重探討文人生活和文學作品的關係；第三部分是“文學風貌”，論述主要作家及其作品内容。本書爲文學史研究提供了一種“以史證文”、重視“闡釋與批評”的經典範本。其中與《文選》相關聯的有《文體辨析與總集的成立》《論希企隱逸之風》《擬古與作僞》《曹氏父子與建安七子》《潘陸與西晋文士》諸篇。

本書於1942年首次出版後，又多次再版，較爲通行。

20.《楚辭書録・外編》　饒宗頤撰

提　要

此《楚辭書録》分書録、别録、外編三個部分。其中外編部分收入六篇文章，總題曰《楚辭拾補》，與《文選》多有考證發明的分别是：《“離騷”異文亦作“離慅”考第一》《隋釋道騫〈楚辭音〉殘卷校箋第三》《唐本〈文選集注・離騷〉殘卷校記第四》《唐陸善經〈文選・離騷〉注輯要第五》。

其中第一篇，考證《離騷》異文，據《史記・屈原傳》“故憂愁幽思而作《離騷》”，按曰：“司馬貞《史記索隱》本‘離騷’作‘離慅’。單行《索隱》(卷二〇)。‘而作離慅’句下云：‘慅亦作騷。’按《楚辭》慅作騷，音素刀反。應劭云：離，遭也。騷，憂也。又《離騷序》云：離，别也。騷，愁也。日本龍川資言《史記會注考證》云：‘《索隱》本、楓、三

本騷作慅。'楓,蓋指日本楓山文庫本《史記》,三指日本三條西實隆寫本《史記》,是屈傳之作'離慅',東瀛古鈔本多與《索隱》同。"又考證曰:"'慅'字不見於字書。張文虎曰:'《索隱》本作搔,疑今本史文皆後人所改。'則一本作'離慅'。《廣雅·釋詁》:'慅,愁也。'又《釋訓》:'慅慅,憂也。'《九嘆》'騫騷騷而不釋'。慅慅,即騷騷也。慅與騷通。《詩·晨風》'勞心慅兮',《釋文》云:'慅,憂也。'重言則曰'慅慅'。《爾雅·釋訓》:'慅慅,勞也。'《釋文》:'郭:騷、草、蕭三音。'慅,亦音'蕭',與《索隱》'騷,一音蕭'正合。"由此得出:"慅訓憂訓愁,與《離騷》之爲離憂正合。"其説在版本、出土文獻、文字、音韻、訓詁的基礎上,提出令人信服的結論,由此可見作者治學之方法途徑。

本書收録於《饒宗頤二十世紀學術文集》卷一一《文學》,臺北:新文豐出版社2003年版;北京:中國人民大學出版社2009年再版。

21.《選堂賦話》　饒宗頤撰

提　要

是書前有作者自撰《小引》,題"甲寅歲暮",則1974年彙集成册。其中收録與《文選》相關内容,包括述宋玉、枚乘賦中受到莊子的影響,班孟堅《兩都賦》受到老子道家思想的影響,班固《兩都賦》與佛教傳入的文化背景,左思《三都賦》尊魏謑晋之辨,孫綽《游天台山賦》中"消一無於三幡",枚乘《七發》及七體的術數淵源等。及至收録於《饒宗頤二十世紀學術文集》卷一一《文學》,又新增加了司馬相如小論、論《文賦》與音樂、《蕪城賦》發微、敦煌寫本《登樓賦》重研等内容,由新文豐出版社2003年出版,中國人民大學出版社2009年再版。

22.《管錐編》　錢鍾書撰

提　要

《管錐編》一書包括《周易正義》二十七則、《毛詩正義》六十則、《左傳正義》六十七則、《史記彙注考證》五十八則、《老子王弼注》十九則、《列子張湛注》九則、《焦氏易林》三十一則、洪興祖《楚辭補注》十八則、《太平廣記》二百一十五則、《全上古三代秦漢三國六朝文》二百七十七則。

其中關於《文選》的評考論釋主要集中在其《全上古三代秦漢三國六朝文》的二百七十七則之中,内容包括:

文體及分類方面如第八則"《文選》編次《高唐賦》"條:"寫巫山風物,而入《文選》'情'門,實與《神女》《好色》不倫非類。當入'游覽門',與孫綽《游天台山賦》相比。"理由是"宋賦僅爲襄王陳高唐之'珍怪奇偉',而設想'王將欲往見之',王未真登陟也。孫賦衹言神游,見天台'圖像'而'遥想','不任吟想''俯仰之間,若已再升',亦未嘗親'經魑魅之途,踐無人之境'也"。第一五則"《文選》編次《鵩鳥賦》"條,認爲:"《文選》録之入'鳥獸'門,何焯評:'此特借鵩鳥以造端,非從而賦之也。……宜與《幽通》《思玄》同編。'是也。"第一八則"七標目",第二八則"官箴變爲箴官",第六〇則"蔡邕作碑志",第一三〇則"書啓自署'君''公'",第二〇三則關於"六朝彈劾章奏程式"之類。

《文選》正文的詞句文法方面,如第八則《高唐賦》的"進階法",第二三則《報任少卿書》之"仿構",第二七則"《羽獵賦》寫景語及長對",第九五則"文詞風格與辨僞",第二八則"《長楊賦》句樣、鋪比對仗之弊",第一三九則"《演連珠》立喻"之類。

《文選》舊注考訂方面,如第一三則關於《鵩鳥賦》李善注,第四〇

則“《三都賦注》斥揚班諸賦之失”，第一三五則“徐爰注《射雉賦》”之類。

《文選》學及篇章考證方面，如第二〇一則“《文選》學”，第二一〇則“筆與文”，第六八則“《檄吴將校部曲文》非陳琳作”，第九三則“《出師表》有宋人參補”，第一〇六則“昭明不取《蘭亭序》各説”之類。關於“《文選》學”，首次提出：“詞章中一書而得爲學，堪比經之有《易》學、《詩》學等，或《説文解字》之蔚成‘許學’者，惟《選》學與‘紅學’耳。寥落千載，儷坐儷立，莫許參焉。‘千家注杜’‘五百家注韓、柳、蘇’，未聞標立‘杜學’‘韓學’等名目。考據言‘鄭學’，義理言‘朱學’之類，乃謂鄭玄、朱熹等輩著作學説之全，非謂一書也。”

《文選》評論方面，如第一一則“齋藤謙論《諫逐客書》”，第二〇七則“《恨賦》評”之類。

1972 年錢先生撰寫的《管錐編》序中，也指出了本書的成書“瞥觀疏記，識小積多”，“又於西方典籍，褚小有懷，綆短試汲”。

本書出版後多次再版，有北京：中華書局 1979 年版；也有北京：生活・讀書・新知三聯書店 2001 年補訂重排本等。

23.《阮籍咏懷詩研究》　邱鎮京撰

提　要

全書分上下二篇，上篇緒論，凡三章。分別介紹詩人的家世、生平、時代背景、名士風尚及思想行爲。下篇本論，凡四章，包括咏懷詩的版本及源流、内容剖析、特徵及技巧、地位及影響等内容。

臺北：文津出版社 1980 年版。

24.《漢魏六朝唐代文學論叢》 王運熙撰

提 要

作者在"初版後記"中說:"收在這本集子中的三十篇論文,是我從50年代初期到最近期間陸續寫成的。多數寫於1966年前,少數是近兩三年寫的。"從論文集所收看,其所撰寫的《文選》文章,包括《應當重視對文選的研究》(1988)、《文選簡論》(1994)、《文選選録作品的範圍和標準》(1988)、《文選所選論文的文學性》(1997)、《從文選所選碑傳文看駢文的敘事方式》(2007)五篇基本都是撰寫於1988年以後。

就《文選》的選録標準問題,作者提出蕭統受儒家思想影響頗深,因此在作品的思想内容方面,頗重視政治教化内容及其功能作用。特别是對諷諭内容相當重視。另一方面,蕭統也重視日常生活中的寫景抒情之作。此類作品,體裁大概是詩、小賦、書信,認爲南朝文人談及吟咏性情,則常指抒寫個人日常生活的感受和情趣,大抵和政治教化無關。這是當時文學趨向獨立、自覺的一個重要標志。藝術上,蕭統主張文質兼顧,文質彬彬,反對華艶無實之作。即"麗而不浮,典而不野"。

上海:上海古籍出版社1981年版。上海:復旦大學出版社2002年增補本。

25.《興膳宏〈文心雕龍〉論文集·〈文心雕龍〉人物略傳》 (日)興膳宏撰,彭恩華譯

提 要

《〈文心雕龍〉人物略傳》一文,對《文心雕龍》中所提到的作家全

部進行列傳,其中很大一部分作家和《文選》相重合,對於重合這部分作家則標出其哪些作品收録於《文選》。也是將《文選》與《文心雕龍》作家作品進行系統比較的參考資料。

濟南:齊魯書社1984年版。

26.《傳統文學與類書之關係》　方師鐸撰

提　要

方師鐸係臺灣學者,此書最早由美國哈佛燕京學社資助於1971年在臺灣東海大學印行,由其子方謙光推動,終於1986年在大陸出版。本書撰作之旨,在傳統文學與類書之間,尋覓相互影響、相互依存的關係。并以此爲中心綫索,探究歷代類書産生的背景和原因。對數十部類書的體例沿革、發展源流進行考證和論述。

其中第四章第二節專論《昭明文選》,題曰:"《昭明文選》體又分類——附《隋書·經籍志》雜家書目",第四節題曰"賡續《文選》的《文苑英華》"。本書把《昭明文選》作爲"類書"來討論,主要的根據是《昭明文選》編纂當時和之前類書編纂風氣的盛行,《昭明文選》本身就是分體分類的。以此爲視角,仔細比照《昭明文選》的體類與《文館詞林》《文苑英華》體類的承續變化。

天津:天津古籍出版社1986年版。

27.《六朝文學論稿》　(日)興膳宏撰,彭恩華譯

提　要

本書譯者將興膳宏十九篇論文翻譯介紹出來,以供國内學界參考借鑒。其中與《文選》相關的主要是一些具體作家作品的文章,如

《嵇康的飛翔》《左思與咏史詩》《謝朓詩的抒情》《潘岳年譜稿》《陶淵明》《〈宋書·謝靈運傳論〉綜説》《宫廷文人的登場——論枚乘》諸篇。

興膳宏曾發表談話,題目是"深入地、放大了眼看材料",即通過細緻深入的史料分析,得出不同着眼點的結論,給人以如"異域之眼"的啓發。如其論《嵇康的飛翔》,選取嵇康詩歌中飛鳥的意象,以及其前後詩人詩作中飛鳥的意象,投射詩人超越現實、嚮往理想的自由精神世界。

除此之外,興膳宏與《文選》相關的著作還有《詩人郭璞》、《文選的成書與流傳》,見《異域之眼:興膳宏中國古典論集》,戴燕選譯,上海:復旦大學出版社 2006 年版。《東方朔的三個面貌——論東方朔畫贊》,見《書論》1976 年第九期。《試談〈文賦〉抄本的系統》,見《文選學論集》,長春:時代文藝出版社 1992 年版。《文選選詩的基準》,見《文選學新論》,鄭州:中州古籍出版社 1997 年版。《文選總説》,見《中國的古典》,日本東京:角川書店 1998 年版。

28.《李嘉言古典文學論文集》　李嘉言撰

提　要

本書收作者所撰寫的論文七十五篇。其中有關於《詩經》、《離騷》、先秦散文、《漢賦》、南朝樂府、唐詩等代表作品及屈原、杜甫、白居易、孟浩然、李賀、韓愈等代表作家的研究和論述,也有關於古典文學史及文學批評的探討。與《文選》相關的論文包括:《漢魏六朝文學與書鈔》《魏晋文學之哲學基礎》《佛教對於六朝文學的影響》《關於〈文賦〉一些問題的商榷》《試談蕭統的文學批評》《論〈昭明文選〉》《〈昭明文選〉流傳的原因》。

上海:上海古籍出版社 1987 年版。

29.《六朝文學論文集》　(日)清水凱夫撰,韓基國譯

提　要

是書收録日本學者清水凱夫的研究論文,包括《文選》研究論文八篇,分别是:《〈文選〉撰(選)者考——昭明太子和劉孝綽》《〈文選〉中梁代作品的撰(選)録問題》《〈文選〉編輯的周圍》《昭明太子〈文選序〉考》《〈文選〉編輯的目的和撰(選)録標準》《〈文選〉和〈文心雕龍〉的相互關係》《文心雕龍對〈文選〉的影響——關於散文的研討》《〈文選〉與〈文心雕龍〉的關係——關於韵文的研討》。

作者在本書《前言》中稱,自己所撰著的這一系列文章是在神田喜一郎博士所提倡的"新《文選》學"的理念基礎上展開的。作者認爲過去發表的一些有關《文選》的論著,大多停留在版本的研究、譯注、編制索引等基礎研究上,自己的論文則對探索《文選》的本質,也就是《文選》是一部什麽性質的詩文集的問題上,進行探索。清水凱夫所提出的《文選》的實際編者是劉孝綽、《文選》的編纂并未受到《文心雕龍》的影響等看法在國内學術界都引起了激烈的討論。

《六朝文學論文集》,(日)清水凱夫著,韓基國譯,重慶:重慶出版社 1989 年版。

30.《文轍:文學史論集》　饒宗頤撰

提　要

是書前有作者自撰《文轍小引》,稱:"本書所收長短論文,統六十餘篇,皆文林一類之舊稿也。念平生爲學,喜以文化史方法,鈎沉探

賾，原始要終，上下求索，而力圖其貫通。即文學方面，賞鑒評騭之餘，亦以治史之方法處理之。五十年來，講論所及，凌雜米鹽，亦有門人椾記，未忍刊削者，兹彙爲一之帙，略依討論内容之年代爲次，用便省覽，題曰《文轍》。”

本書中有專門討論考訂選學作家或作品的文章。如《讀〈頭陀寺碑〉》考訂作者當爲“王巾”而非“王中”。《後漢書論贊之價值》對於范曄史贊體的本義鈎沉汲要，同時針對當前史學界史學發達，資料出現，方法講求，提出“然僅著意於史迹，辨僞則厘析其史料之真假先後，考證則務爲餖飣苛碎，於袁氏、范氏所謂義教與意旨者，概摒而不問。問或論之，而莫關名教，絶無情采，即乏沉思，又寡翰藻，是烏足以盡史之用乎？范氏論贊，義者多病其稠叠，不知論之爲務，關乎史識。贊之爲事，繫乎文才。不史不文，有何足觀？”

除此而外，有《連珠與邏輯——文學史上中西接觸誤解之一例》《山水文學之起源與謝靈運研究》亦與《文選》相關。

《文轍：文學史論集》，臺北：學生書局 1991 年版。後收録於《饒宗頤二十世紀學術文集》卷一一《文學》，臺北：新文豐出版社 2003 年版。北京中國人民大學出版社 2009 年再版，題作《文轍新編》，所收文章稍有不同。一部分被歸入《楚辭論叢》，一部分歸入《文選卮言》等書中，尚餘三十篇文章，彙入本《新編》中。

31.《中國古文獻學史》 孫欽善撰

提 要

本書包括先秦、兩漢、元、明、清等七章，介紹各時代古文獻學的概況和有代表性的古文獻學家。其中第四章第五節，介紹《文選》注家李善及五臣。

北京：中華書局1994年版。

32.《四蕭年譜》　胡德懷撰

提　要

四蕭，指梁武帝蕭衍、梁簡文帝蕭綱、梁孝元帝蕭繹、梁昭明太子蕭統。年譜的主要内容包括：年代；時事，略記政治、經濟和文化等方面的重大事件，以便與譜主的詩文和社會活動互相參證；譜主的家庭、經歷、思想、性格、文化活動概況；同時代的文學作家情況；考證史籍中的錯誤記載。文學作品亦繫年。

見作者《齊梁文壇與四蕭研究》，南京：南京大學出版社1997年版。亦收入劉躍進主編《六朝作家年譜輯要》下册，哈爾濱：黑龍江教育出版社1999年版。

33.《中古文學文獻學》　劉躍進撰

提　要

本書分上中下三編，上編：總集編撰與綜合研究；中編：中古詩文研究文獻；下編：中古小説文論研究文獻。上編圍繞《文選》的編者、成書年代、文體分類、《文選》的注釋、《文選》的版本、《文選》學、當代《文選》研究的新課題等問題展開文獻梳理。中編第五章第二節中單列《古詩十九首》，分考辨述要和論著舉要。

南京：江蘇古籍出版社1997年版。

34.《阮籍咏懷詩講録》 葉嘉瑩主講,劉志剛整理

提 要

是書内容依次爲作者(阮籍)簡介、咏懷詩概説、詩歌賞析。其中詩歌賞析部分所收爲《文選》的咏懷詩十七首。

天津:天津教育出版社 1997 年版。

35.《古代文學論集》 樊榮撰

提 要

本書爲作者 1987 到 1998 年間三十餘篇論文的彙集。多爲先秦漢魏晋南北朝相關問題的討論,其中關於《文選》主要討論了"擬作"與《文選》的關係問題,撰寫了"擬作風尚之形成與《文選》選録之標準、擬作與《文選》組織結構之關係、擬作内容在《文選》中的不同體現、擬作述評之關鍵與《文選》選録之得失"等。

海口:海南出版社 1998 年版。

36.《漢魏六朝文學論文集》 曹道衡撰

提 要

本書爲作者七十歲時選編,是繼《中古文學史論文集》和《中古文學史論文集續編》之後,關於《文選》、樂府詩和兩晋南北朝文學其他問題的研究成果的彙集。共收入三十六篇文章,其中與《文選》直接相關的十五篇,具體作家作品研究七篇。現將題目移録如下:《略論〈文選〉與選學》《從樂府詩的選録看〈文選〉》《論〈文選〉中樂府詩的幾個問題》《〈文選〉和辭賦》《從文學角度看〈文選〉所收齊梁應用文》《關

於蕭統和〈文選〉的幾個問題》《論〈文選〉的李善注和五臣注》《讀〈資暇録〉兼論〈文選〉李善注和五臣注的異同》《從〈文選〉和〈玉臺新咏〉看蕭統和蕭綱的文學思想》《關於〈文選〉中六篇作品的寫作年代》《關於〈文選〉的篇目次第及文體分類》《南朝文風和〈文選〉》《昭明太子和梁武帝的建儲問題》《梁武帝和竟陵八友》《〈北山移文〉新證》《陸機的思想及其詩歌》《陶淵明〈述酒〉詩臆解》《從〈雪賦〉〈月賦〉看南朝文風之流變》《江淹作品寫作年代考》《論任昉在文學史上的地位》《試論〈毛詩序〉》。

桂林:廣西師範大學出版社 1999 年版。亦見《曹道衡文集》卷三,鄭州:中州古籍出版社 2018 年版。

37.《阮籍咏懷詩詳解》　靳極蒼撰

提　要

先列《晋書·阮籍傳》《世説新語》中有關阮籍的言行和評議等相關資料。正文爲《阮籍八十二首咏懷詩詳解》。具體體例爲每首詩列正文、校異、詩情簡介、詳解、總結(含作品分析和小議),其撰述的目的在探索“詩的幽旨”。

太原:山西古籍出版社 1999 年版。

38.《古籍整理淺談》　程毅中撰

提　要

本書包括有關古籍整理的文章二十六篇,包括《古籍整理淺談》《魯迅論古籍整理》《古代校勘學的得失與當代古籍整理》等文章。其中有《略談李善注〈文選〉的尤刻本》一文,原載於《文物》1976 年第一

一期。論述中國國家圖書館藏宋刻尤袤本的文獻源流和價值。

北京:北京燕山出版社 2001 年版。

39.《蕭統評傳》 曹道衡、傅剛撰

提 要

本書分上下兩篇,上篇論蕭統的家世和生平,包括"蘭陵蕭氏的先世""齊梁易代與梁武帝""登上皇位後的梁武帝""梁武帝諸弟侄及梁武帝對他們的態度""蕭統的生平""蕭統諸弟及蕭統與他們的關係""蕭統的後人"。下篇論蕭統的文學活動和文學思想,分别從"以蕭統爲中心的天監、普通年間文學思想和創作""蕭統的文學活動""蕭統與《文選》"等方面展開。後附録《文選》版本略説、索引,描述蕭統的家世、生平、思想、創作以及他在組織學士編輯《文選》中所起的作用、所作的貢獻,同時對蕭衍和蕭氏家族在南朝政治、文化中的作用和影響進行探討。

南京:南京大學出版社 2001 年版。

40.《昭明太子集校注》 俞紹初校注

提 要

此書在前人輯本的基礎上,對《昭明太子集》重加整理并校訂,按詩、賦、文分類編排,每類篇目依時間先後編次,凡輯本所收詩文,作者歸屬有疑問者,一律抽出,另入附編,并説明原委。本書的附録一收録九篇有關《昭明太子集》的序、跋、表、提要等文獻。附録二收録《梁書》《南史》《建康實録》中的《昭明太子傳》。附録三則收録作者自編的《蕭統年譜》。

鄭州：中州古籍出版社2001年出版。

41.《楚辭文化研究》　熊良智撰

提　要

本書第八章“選學中的騷學”，分別探討騷體分類的文學思想、選學騷類的學術問題、《文選集注》騷類殘卷的價值。將選學與楚騷聯繫起來加以考察。

成都：巴蜀書社2002年版。

42.《漢魏六朝唐代文學論集》　王運熙撰

提　要

本書作爲增訂版，上編收文二十六篇，下編收文二十篇，是作者二十世紀八九十年代以來陸續寫成的論文。與《文選》相關的論文包括上編的《范曄後漢書的序和論》(《文學遺産》1962年增刊第10輯)、《孔稚圭的北山移文》(《文匯報》1961年7月29日)，下編的《談前人對劉楨詩的評價》(《古代文學理論研究叢刊》第14輯，上海古籍出版社1989年版)、《應當重視對〈文選〉的研究》(《江海學刊》1988年第4期)、《文選簡論》(《文選全譯》前言，貴州人民出版社1992年版)、《〈文選〉選録作品的範圍和標準》(《復旦學報》1988年第5期)、《〈文選〉所選論文的文學性》(《古籍研究》1997年第7期)諸篇。

除本書所收之外，王運熙先生於1961年在《光明日報》上刊出《蕭統的文學思想和〈文選〉》一文，認爲一般文學史和文學批評著作對於蕭統和《文選》估價較低，或不加齒及。

上海：復旦大學出版社2002年版。

43.《中古文史叢稿》　曹道衡撰

提　要

本書收録作者 1999 年至 2002 年的中古文史研究論文二十四篇，其中直接與《文選》相關的三篇，分别是：《南北文風之融合和唐代〈文選〉學之興盛》《從〈文選〉看齊梁文學思潮和演變》《試論〈文選〉對作家順序的編排》。

和《文選》作家作品相關的有：《陸機事迹雜考》《〈文選〉孫子荆〈征西官屬送於陟陽候作詩〉臆考》《關於應瑒事迹的臆測》《論〈毛詩序〉對幾首詩的解釋》。

作者在延續已有學風的基礎上，結合關隴河朔北朝文學研究，更將《文選》學的考察放置到了南北朝文風交融的時空背景之下，同時注意《文選》之中所反映的時代文學思潮流變。

保定：河北大學出版社 2002 年版。

44.《二十世紀中古文學研究》　吴雲編著

提　要

本書爲中古文學研究文獻綜述，收録範圍包括自 1900 至 2000 年一百年間的重要論著。全書共分十七章，其中第十五章爲《文選研究》。分 1900 至 1949 年、1949 到 1978 年、1978 到 2000 年三個階段，綜述各階段選學研究的基本情況。

天津：天津古籍出版社 2004 年版。

45.《楚辭與中古文獻考説》　力之撰

提　要

本書分“《楚辭》考説”和“中古文獻考説”兩部分。收録相關文章三十多篇。其中與《文選》直接相關的包括:《〈文選〉騷類李善注引〈楚辭章句〉小序均非原貌辨》《〈文選·長門賦〉爲司馬相如作無疑辨》《總集之祖辨》《〈文選〉李注札記》。其他關於中古具體問題和具體作品的考辨,亦間接相關。

成都:巴蜀書社2005年版。

46.《周振甫講〈文心雕龍〉》　周振甫撰

提　要

本書收録了作者有關《文心雕龍》的論文二十一篇,對《文心雕龍》作了全面而中肯的評介。其中收録作者《〈文心雕龍〉與〈文選〉的同一錯誤》一文,主要分析《文心雕龍·書記》:“趙至贈離,乃少年之激切也。”以及《文選·趙景真與嵇茂齊書》同樣誤認爲此爲趙至給嵇茂齊的書信,唐房玄齡、褚遂良等編的《晋書》,也相信這是趙至的信,收在《晋書·趙至傳》里。李善注《文選》,指出這封信有“二説不同”,但也未做考定。作者認爲直到五臣注《文選》時,李周翰才考定這是吕安與嵇康書。《嵇紹集》里也指出了爲什麽要把這封信改成趙至與嵇蕃書。由此可見,《文心雕龍》和《文選》對這封信的認識是錯誤的。

考察今《文選集注》中所收録的《文選鈔》和陸善經注,也都涉及這個問題,實際上當時人們就已經認識到分歧之所在并加以討論了。比如《文選鈔》就認爲干寶《晋紀》中所記載的吕安與嵇康書爲是。至

陸善經注則認爲“詳其書意，自吾子植根芳苑已下，則非與康，明矣”。因此，一不能説是五臣之一李周翰才考訂是吕安與嵇康書。二《文心雕龍》和《文選》爲什麽不約而同地確定爲趙至與嵇茂齊書？并不一定衹是簡單的錯誤，還值得進一步深入探討。

南京：江蘇教育出版社 2005 年版。

47.《中國辭賦源流綜論》　曹虹撰

提　要

本書采用系列論文的寫作形式，歸爲源流篇、思想篇、理論篇、域外篇四個專題。其中源流篇提到“從古詩之流説看兩漢之際賦學的新變”，包括從戰國遺風的消歇與政教力量的介入、揚雄的困惑與自譴、班固的法度思想及其影響等三個視點加以觀察。理論篇包括“陸機賦論探微”，從感物到體物，體物瀏亮與魏晋玄學，賦的特徵及其區分法，承先啓後的理論地位等幾個方面加以討論；包括“《文選》賦立物色一目的意義”，從辭賦轉繁與物色之名、《文心雕龍·物色》與《文選·物色》目、蕭統的“文之時義”觀與物色賦鑒賞等幾個方面加以討論。域外篇載“陶淵明《歸去來辭》與韓國漢文學”“論朝鮮女子徐氏《次歸去來辭》”等。

北京：中華書局 2005 年版。

48.《中國古代駢文批評史稿》　奚彤雲撰

提　要

其書對從魏晋直至近現代有關駢文學的理論批評著作進行介紹和論述。其中在第四章“萬曆以後駢文批評的重興”中列“孫鑛評《文

選》"一節。以于光華《文選集評》所收録孫鑛評點爲依據,考察孫氏評點的特點及在駢文發展史上的地位。認爲孫氏雖然比七子派的復古更進一步,是要求取法六經的關鍵人物,但仍關注歷代文章,從而得出孫氏更崇尚古文充沛的文勢和筆隨意到的寫法的結論。另外作者還指出孫氏在評點中闡明六朝駢文的階段性特點及其與散文的根本差異,爲清代批評家深入探討駢散文在藝術特質上的差異問題奠定了基礎。

上海:華東師範大學出版社 2006 年版。

49.《沈玉成文存》　沈玉成撰

提　要

本書收録沈玉成古典叢論,包括選學研究的單篇文章,如:《讀〈文選〉札記》《"竹林七賢"與"二十四友"》《有關〈文選〉編纂中幾個問題的擬測》《怎樣讀謝靈運的山水詩》《謝靈運的政治態度與思想性格》《建安文學史料繫年》《魏晋文學史料考辨》《〈張華年譜〉、〈陸平原年譜〉中的幾個問題》《嵇康被殺的原因和時間》《讀〈文選〉有感》等系列文章。

在其去世十周年之際,由劉寧博士編寫《沈玉成文存》一書,北京:中華書局 2006 年版。

50.《漢魏六朝文學考論》　許雲和撰

提　要

本書第一編爲《詩文文獻考論》,收録兩篇與《文選》文獻考證相關的論文,分别是:《德藏吐魯番本漢班固〈幽通賦〉并注校録考證》《俄藏敦煌寫本 Φ242 號〈文選〉注殘卷考辨》。

上海:上海古籍出版社 2006 年版。

51.《中國中世文學研究論集》 章培恒主編

提 要

本書是 2004 年"中國中世文學國際研討會"的論文彙編,内容涉及中國中世文學的詩文等文體的研究以及作品分析,作家生平事迹的考證,中國古籍在海外的傳承介紹,中外詩人比較等等。與《文選》學相關的論文包括曾棗莊的《文學·文體·文選》,楊海峥《班固的賦論及其影響》,李慶《王逸〈招魂章句〉考辨——日本鈔本〈文選集注〉和洪興祖〈補注〉本的文獻研究》,戴燕《飛馳新解——讀〈典論·論文〉札記》,磯部彰《朝鮮版五臣注〈文選〉的版本研究》,郭英德《明代文選類總集叙録》諸篇。

上海:上海古籍出版社 2006 年版。

52.《世紀之交中國古代文學研究問題聚焦》 王國健主編

提 要

本書聚焦世紀之交中國古代文學研究的重要問題,涉及古代文論、作家作品研究和文獻資料整理考據等三個方面的内容。其中關於《文選》的焦點問題確定爲"《文選》的版本與注釋"研究。

廣州:廣東教育出版社 2007 年版。

53.《四蕭研究》 林大志撰

提 要

本書是關於梁代皇室蕭衍、蕭統、蕭綱、蕭繹父子文學研究的專

題著作。包括上、中、下三篇，即時代與作家、創作與思想、風格與理論。主要論及以下幾個方面的内容：四蕭生平思想考述及其與文學之關係、四蕭文學思想異同之比較、四蕭詩文的分類研究、四蕭創作風格綜論、齊梁文學的相關理論問題。對一些問題如"蠟鵝事件"的真僞與蕭統之死的關係、蕭綱晚年的人格節操、武人後裔文人化與高門士族俗化趨勢的融和對宫體詩的影響、宫體詩的情感類型、梁代文學的分期、梁代文壇"三派"説、主體文學精神特徵闡釋等提出見解。

北京：中華書局2007年版。

54.《問學鴻爪拾碎》　宋恪震撰

提　要

本書爲作者自20世紀80年代以來撰寫的中國古代文學方面的論文集。其中關於《文選》的文章有：《選學最早幾部撰著試述》《關於讀蕭統〈文選〉》《對楊明〈"事出於沉思義歸乎翰藻"解〉的附議與異議》《贈答詩的勃興——讀〈文選〉隨札一則》《别詩説略——讀〈文選〉隨札》《和詩説略——讀蕭統〈文選〉隨札》六篇。

北京：綫裝書局2009年版。

55.《逯欽立文存》　逯欽立撰

提　要

此書收集作者研究論文三十一篇。包括《漢詩别録》，辨析蘇李詩、班氏詩、古詩、柏梁臺詩真僞，考五言詩、七言詩源流。與陶淵明研究有關的有《陶潛里居史料評述》《陶淵明行年簡考》《〈述酒〉詩題

注釋疑》《讀陶管見》系列論文。文學理論方面則有《説文筆》《跋〈嵇康集〉第一卷詩》《〈洛神賦〉與〈閒情賦〉》等。

作者先有《漢魏六朝文學論集》，西安：陝西人民出版社 1984 年版。中華書局 2010 年進一步搜集遺落文章合編爲《逯欽立文存》。

56.《欣然齋筆記》　楊明撰

提　要

本書分三卷，是作者多年筆記論文的積累，其中約有十分之三未曾發表過，其他曾發表的内容，本次出版也都加以改寫。與《文選》相關的有卷一詩文雜談，收録了《〈神女賦〉中宋玉夢見了神女嗎?》《宋玉和神女的糾葛》《漢武帝始立樂府》《二陸所居之華亭》《陸機重視創新》《陸機〈演連珠〉的比喻》《連珠體的形成》《〈文選〉盧諶、劉琨四言贈答詩注誤》《劉琨贈盧諶詩"璧由識真顯"》《〈藝文類聚〉載盧諶〈答劉琨〉應是劉琨〈答盧諶〉》；卷三概念辨析，收録《阮元説文筆有誤》《釋〈文選〉賦"情"類的命名》等文章。

上海：東方出版中心 2010 年版。

57.《漢唐文學研賞集》　楊明撰

提　要

爲楊明教授榮休紀念文叢，分"辨思編"和"鑒賞編"。其中與《文選》相關的文章有：《曹丕文氣説考》《〈文選〉注的文學批評》《讀陸機的〈演連珠〉》數篇。

上海：上海古籍出版社 2010 年版。

58.《六朝文學與六朝文獻》　羅國威撰

提　要

本書爲作者二十年間陸續發表於刊物上論文的結集。十幾篇文章,大致可分爲三類:一類是關於《文選》的考釋,多從新發現的《文選》鈔本入手,與傳世的《文選》版本做比較研究。一類是魏晉南北朝作家的年譜、史傳。包括沈約、任昉年譜,《書〈梁書·劉孝標傳〉後》等。一類是《文館詞林》一書的校記。

成都:巴蜀書社2010年版。

59.《六朝文學論集》　穆克宏撰

提　要

本書是六朝文學、文獻研究者穆克宏的學術論文自選集,收入作者數十年以來有關六朝文學、文獻研究的代表作若干篇。其中《文選》學研究論文十一篇,包括蕭統研究三題,何焯、顧廣圻、阮元、梁章鉅、李詳、高步瀛、劉師培、黄侃的《文選》學研究,《文選》校詁專家述論及《文選學研究》後記。其中部分内容見於其《文選學研究》一書中。

北京:中華書局2010年版。

60.《學術的年輪》　蔣寅撰

提　要

本書共四輯,分别着眼於學術的基本理念、學術史的溝通、學者自身的命運、投身問學的經歷等方面,反映作者對自身及群體的反思,對學術史的回顧和思考。其中第三輯有"舊學新知:李審言《文

選》學的時代意義”，内容包括“李審言其人其學”“李審言的《文選》研究”“超前的文學研究意義”“李審言與揚州學派的文學觀念”。

南京：鳳凰出版社 2010 年版。

61.《文學教育視角下的文學選本研究——以家塾選本爲中心》

付瓊撰

提　要

本書的主要思路是以文學教育爲視角研究文學選本，包括《昭明文選》等。本書第五章集中探討《文選》與文學教育。共分五節：

第一節，《〈文選〉版刻年表》補正。對於范志新《〈文選〉版刻年表》所收録的《文選》版本二百二十七種，補録二十餘種。表明藏本特徵、藏地，并加以簡要叙録。

第二節，《文選》在明代的刊刻和流行。

第三節，宋人對《文選》文學標準的發難及其影響。

第四節，明代文學復古運動與《文選》的再度盛行。

第五節，清代科舉與《文選》接受。

本書通過將《文選》以及其他文學教育讀本放置到家塾教育的語境中加以系統考察，得出了一個基本的結論，就是折中載道觀的文學選本則在文、道兩個領域都獲得了合法的生存空間，因而具有持久的旺盛的生命力。具體來看，《文選》在明代的刊刻主要集中在晚明，在清代的刊刻主要集中在乾隆時期，值得關注的是，《文選》在清代的流行主要源於科舉的驅動和學術驅動，而在明代的流行則主要源於文學驅動。

南昌：江西人民出版社 2010 年版。

62.《宋代文體學研究論稿》　任競澤撰

提　要

書分十二章,其中第六章專論"宋代《文選》學之衰落",具體探討了"慶歷新政與歐陽修領導的古文運動對'《文選》學'的當頭一擊""熙豐變法與王安石'科舉罷詩賦'對'《文選》學'的徹底摧毀""元祐學術解禁、蘇軾其人其文、兔園册子及總集選本對'《文選》學'的替代和顛覆""宋代《文選》學之不絶如縷""《文選》之盛衰與文體之升降"等内容。

北京:商務印書館 2011 年版。

63.《中古賦學研究》　胡大雷撰

提　要

本書探討漢魏六朝賦學問題。第一章論賦學基本問題,第二章討論賦的幾種題材類型,第三章討論賦與《文選》,第四章討論與賦相關的文體,第五章討論先秦屈原與屈原賦,以示中古賦學的源頭。其中第三章集中討論賦與《文選》的關係。包括《從文體觀念論〈文選〉賦"序"》《〈文選〉録賦與史書論賦異同論》《〈文選〉不録齊梁賦辨》《〈文選〉所載即〈天子游獵賦〉——論别有〈子虚賦〉説不能成立》《"詩緣情"與〈文選·文賦〉寫作年代新證》《〈文選〉賦的以類相分》等内容。

桂林:廣西師範大學出版社 2011 年版。

64.《中國古代文體學·蕭統〈文選〉的體類觀》 曾棗莊撰

提 要

主要探討《文選》體類中兩個方面的問題，一是《文選》的編纂體例及其體類觀，二是《文選》體類的影響。

上海：上海書店出版社 2012 年版。

65.《文史知新》 周勛初撰

提 要

本書側重於考案史實，其中與《文選》相關的篇目爲《王粲患麻瘋病説》《左思〈三都賦〉成功經驗之研討》《郭璞詩爲晋"中興第一"説辨析》《論謝靈運山水文學的創作經驗》《潘勗〈九錫〉與劉勰崇儒》《〈文選〉所載〈奏彈劉整〉一文諸注本之分析》等。

南京：鳳凰出版社 2012 年版。

66.《中外文論史》(第二卷) 曹順慶撰

提 要

本書第四編公元 3 至 6 世紀的中外文論，其中有《蕭子顯與蕭統——〈文選〉標準的確立》一節，專論蕭子顯與蕭統的文論思想及《文選》選文標準問題。

成都：巴蜀書社 2012 年版。

67.《李白精神與詩歌藝術新探》 張瑞君撰

提 要

本書第四章"李白詩歌的淵源及影響"之第二節,專門探討李白與《文選》。論述李白對《文選》的學習與借鑒,包括李白對《文選》辭賦的學習,李白對《選》詩的學習等等。

上海:上海古籍出版社 2012 年版。

68.《〈樂府詩集〉成書研究》 喻意志撰

提 要

本書分爲上下兩編,上編探討《樂府詩集》的編纂背景,主要論述郭茂倩的生平家世、《樂府詩集》在南宋的流傳以及《樂府詩集》編纂的文獻背景及音樂理論背景。下編研究《樂府詩集》的資料來源,探討郭茂倩編纂《樂府詩集》時,利用作家别集、《文選》、《古今樂録》等文獻的情況。下編第二章爲《〈文選〉與〈樂府詩集〉的編纂》,探討"郭茂倩對《文選》李善注及五臣注的參考""《樂府詩集》所引《歌録》與《文選》李善注的關係"等内容。提出《樂府詩集》的編纂不但參考了《文選》李善注,也參考了五臣注。

長沙:湖南文藝出版社 2012 年版。

69.《古籍文獻叢考・海内外現存宋刻本〈文選〉略述》 丁延峰撰

提 要

針對已有研究中所存在的問題,作者對海内外現存宋刻本《文選》作了系統的梳理,包括:

（1）北宋本三種，中國國家圖書館藏二十三卷十四册，爲周叔弢舊藏。臺北“中央圖書館”藏十一卷四册，原國立北平圖書館舊藏。臺北“中央圖書館”還藏有另一殘卷二卷，卷一、卷三共十一葉。亦爲原北平圖書館舊藏。

（2）宋淳熙八年（1181）尤袤池陽郡齋刻本七種。中國國家圖書館藏三部，一爲六十册完本，王延喆、楊氏寶選樓、陳清華舊藏本。另兩種均爲殘帙。一爲鉄琴銅劍樓舊藏，一爲李盛鐸舊藏。臺北“中央圖書館”藏兩部，一爲葉恭焕舊藏，一爲張乃熊等舊藏。北京大學圖書館藏計衡修補本。上海圖書館藏三卷一册。

（3）宋紹興三十一年（1161）建陽崇化書坊陳八郎宅刻一種。臺北“中央圖書館”藏。

（4）南宋初杭州貓兒橋河東岸開箋紙馬鋪鍾家刻本兩種。北京大學圖書館藏第二九卷，中國國家圖書館藏第三〇卷。

（5）南宋紹熙、慶元間蜀廣都裴氏刻本一種。臺北“中央圖書館”藏。二十六卷爲原宋刻本，其餘配補明袁褧覆刻裴氏本。

（6）宋紹興二十八年（1158）明州修補舊刻遞修本八種。日本宫内廳書陵部藏全帙，爲今藏明州本最善者。金澤文庫舊藏。東洋文庫藏全帙，三十一册。御茶水圖書館藏兩殘帙。臺北“中央圖書館”藏殘帙五十卷，清内府舊藏。中國國家圖書館藏殘帙二十四卷，傅增湘舊藏。中國國家圖書館藏另一殘帙，毛晋、袁克文舊藏。

（7）宋贛州州學刻宋元明遞修本二十一種。今存全帙五部，分藏四家。日本静嘉堂文庫，宫内廳書陵部，中國國家圖書館二部，吉林省圖書館。其餘均爲殘帙。

（8）宋建陽刻本六種。中國國家圖書館藏兩全帙。

（9）宋刻本殘葉三種。上海圖書館藏卷一之殘葉十四葉。又三

個半葉。浙江圖書館藏四葉。

本文收録於丁延峰所撰《古籍文獻叢考》一書中，合肥：黄山書社 2012 年版。

70.《漢魏六朝文史論衡》　劉志偉撰

提　要

本書包括上篇“國家意識形態與文化創造”，中篇“感士不遇與志道風流”，下篇“《文選》與各體文學論考”。

上海：上海古籍出版社 2012 年版。

71.《敦煌文學總論・敦煌〈文選〉寫卷與李善〈文選〉注的體例》　伏俊璉撰

提　要

本書從文獻學的角度講敦煌文學，强調敦煌文學的儀式性和表演性，内容涵蓋敦煌文學的歷史演進、敦煌文學的作者隊伍、敦煌的經典文學、敦煌的唐詩、敦煌的白話詩、敦煌歌辭、敦煌的俗賦、敦煌的小説、敦煌講經文和變文、敦煌婚儀文學等。其中與《文選》相關的有第四章“敦煌的經典文學”，第二節敦煌《文選》寫卷與李善《文選》注的體例。考究《文選》李善注的體例：一、引用舊注的體例；二、李善自注之體例。提出今傳本李善注中彙輯了其三注、四注的内容，彙輯了唐人批注的内容，也是完全可能的。

《敦煌文學總論》，伏俊璉著，蘭州：甘肅教育出版社 2013 年版。

72.《中國古體賦學史論》 孫福軒撰

提 要

本書先探討古體賦論的發展史,分成五個相對獨立的時期,以重要的賦論家和賦論現象爲綫索,縱向梳理中國古體賦學理論的演進過程;又從横向辨析賦學與詩文理論、騷學和選學的會通和滲融。其中第五章專門論"古體賦學與騷、選及詩文理論的滲融",第二節專門論述"古體賦學與'選'賦批評",重點討論了"歷代對《文選》'選賦'的批評""《文選》評點研究與賦學"等内容。

杭州:浙江大學出版社 2013 年版。

73.《漢代宫廷文學與文化之探微》 (美)康達維撰,蘇瑞龍譯

提 要

本書是美國學者康達維漢學論文集,收集了十四篇文章,分爲四大部分:

第一部分爲西漢的宫廷文學,對漢武帝與漢代文學的關係,司馬相如《長門賦》,梁王菟園諸文士的辭賦和班婕妤的詩賦等主題進行討論和考證。

第二部分是對西漢末年的宫廷詩人揚雄的研究,他從宫廷文化的角度來探討揚雄的辭賦。包括:揚雄《羽獵賦》的叙事、描寫與修辭,漢賦的形式與功能研究,對揚雄《劇秦美新》的文學剖析等。

第三部分針對漢代和六朝辭賦的研究。包括漢賦中的紀行賦、論班固《東都賦》和同時代的京都賦、論張衡的《思玄賦》、鮑照《蕪城賦》的創作時間與場合等内容。

第四部分是食物、文化與文學。包括：早期中國文學中的食物、中世紀初的中國飲食。

上海：上海譯文出版社2013年版。

74.《門閥士族與文學總集》　劉躍進撰

提　要

本書分爲上、中、下三編：上編爲"士風與文風"；中編爲"《昭明文選》研究"；下編爲"《玉臺新咏》研究"。

《昭明文選》研究的主要内容包括：昭明太子與梁代中期的文學復古思潮、有關《文選》"蘇李詩""古詩十九首"若干問題的考察、從《洛神賦》李善注看尤刻《文選》的版本系統、關於《文選》舊注的整理問題等。

西安：世界圖書出版公司2014年版。

75.《唐代的文學與私學》　童岳敏撰

提　要

此書從私學發展角度切入，來研究唐代文學發達與私學興盛之間的因緣。主要涉及對唐代私學概況的梳理、唐代私學興盛的政治文化背景分析、私人講學與文學發展的關係、唐代的家學與文學的關係、唐代古文運動的私學性闡釋，以及唐代的書院、初級教育和唐人隱讀修業與文學的關係等諸多方面，較全面地探討唐代文學興盛局面的形成和私學繁榮之間的内在聯繫。附録有相關唐代文學家族稽考。其書共分七章，其中第三章第二節專論"唐代《文選》學的興盛及其影響"，分别探討了"唐代《文選》學的興起""《文選》學與唐代科舉"

"'熟精《文選》理'辨——兼論《選》體與齊梁體格"。

上海:上海古籍出版社 2014 年版。

76.《中古文學研究:中古作家年譜彙考輯要》 范子燁撰

提 要

以中古十九位作家爲譜主,包括曹植、阮籍、嵇康、張華、張載、張協、二陸、左氏兄妹、陶淵明、謝靈運、宋孝武帝劉駿、沈約、劉孝標、謝莊、謝朓、劉勰、徐陵、四蕭、庾信等人的年譜彙考。

西安:世界圖書出版公司 2014 年版。

77.《半室齋文學論稿》 丁福林撰

提 要

收録作者關於曹操、建安文學、陶淵明詩、謝靈運的辭賦和散文、謝朓詩、江淹生平及謝瞻、謝惠連、謝莊、鮑照、江淹評傳,《文選》樂府詩等的論稿。尤其是關於鮑照,有涉及其生年、籍貫、家世、著作等等各方面的考證性文章。

南京:鳳凰出版社 2014 年版。

78.《敦煌吐魯番文獻與名家書法》 毛秋瑾撰

提 要

此書第三篇爲"裴行儉與唐初書壇——兼及敦煌吐魯番本《文選》"。分别探討了裴行儉的仕宦與書法、存世的唐代《文選》寫本及其與裴行儉書法的關聯、裴行儉對唐初書壇的影響等。爲從書法角度探討敦煌寫本《文選》之作。

濟南:山東畫報出版社 2014 年版。

79.《南朝學術文化與〈文選〉》　周唯一撰

提　要

第一章論述《昭明文選》編撰的學術背景,具體包括南朝學術文化産生形成的歷史根源及政治根源。對南朝學術文化的形成、表現、意蘊等進行了探討。第二章對《昭明文選》的選編者蕭統及其宗室、周圍文人等進行了研究。第三章對《昭明文選》的文化價值進行了考察。最後結語部分對南朝學術文化在中國歷史上所處地位進行了總結、肯定。

北京:人民出版社 2015 年版。

80.《南蘭陵蕭氏著作綜録》　張敏編撰

提　要

本書共著録蕭氏人物一百〇三人,約二百七十部作品。另有南蘭陵蕭氏詩文歷代編集綜録、蕭氏人物世系表等。

上海:上海古籍出版社 2015 年版。

81.《中國古籍校勘史·〈文選〉李善注中的校勘》　羅積勇、李愛國、黄燕妮撰

提　要

本書共分爲七章,主要内容包括:校勘的初始階段;魏晉南北朝的校勘;唐五代校勘;宋代校勘;元代校勘;明代校勘和清代校勘。其中第三章第五節專論"《文選》李善注中的校勘"。對李善注校勘的特

點做了系統的歸納，包括據文字之字形校、對其所認定之音誤的校勘、據形音義關係校、據典故校。對同義、近義或兩通的異文，李善往往衹列出異文，一般不加妄斷。此外還包括李善對《文選》篇目編次的訂正。

作者也指出，李善《文選》校勘存在的問題就是，没有區别編者之誤與抄者之誤。這與他《文選》注中的校勘係依附注釋而行的整體格局不無關係。

武漢：武漢大學出版社 2015 年版。

82.《先唐文學研究》　胡旭撰

提　要

全書分四編，皆與選學有一定的關聯，或宏觀考察，或微觀分析。第一編，漢魏文學變遷。探討東漢建安文學的嬗變。第二編，魏晉文人與文學。分别探討三曹七子關係、竹林七賢與竹林之游、西晉文人的悲劇人生、西晉文學題材論、潘岳若干事迹考辨。第三編，齊梁文學的走向。包括梁武帝其人其詩、梁武帝與《昭明文選》《玉臺新咏》的編纂等。第四編，《文選》與先唐文學。收録《文選》對"建安七子"作品之去取、《文選·洛神賦》題注發微、《文選》不録張融之作的歷史考察、《文選·奏彈曹景宗》發覆、《文選·廣絶交論》探析、《文選》選文"任昉"現象之成因等内容。

上海：復旦大學出版社 2016 年版。

83.《漢字漢語與漢文化論稿》　卞仁海撰

提　要

本書分"字詞新解""語法修辭研究""詞源學研究""訓詁學研究""避諱學與漢語言文化""學術論文評論"等幾個部分,内容涵蓋了訓詁學研究、詞彙學研究、語言文化研究、文字學研究、語法修辭研究以及語言學術評議。在第四部分"訓詁學研究"中,"李善的徵引式注釋""試論《文選》李善注的訓詁成就與局限"等内容,專門討論《文選》李善注的徵引和訓詁問題。

廣州:暨南大學出版社2016年版。

84.《魏晋南北朝詩論史·蕭統與〈昭明文選〉》　梅運生主編

提　要

本文爲作者《魏晋南北朝詩論史》中第五章《南北朝詩論派别的分野》(下)中的第一節。本章共分兩節,第二節爲顔之推與北朝詩論。藉《昭明文選》與《顔氏家訓》兩部書來看南北詩論的分野。

見《安徽師範大學文學院學術文庫》第三輯,合肥:安徽師範大學出版社2016年版。

85.《〈唐人選唐詩〉研究》　石樹芳撰

提　要

本書第一章討論"選學"興盛與唐人選唐詩的歷史、地域因緣。分作三節來討論:第一節,從漢書學到《文選》學:史與文的嬗變;第二節,從宫廷史學到宫廷文學:科舉的意義;第三節,《文選》學與唐人選

唐詩的意義。附録收入其《江夏李氏考索——以李善家族爲檢討中心》一文。

北京:中國社會科學出版社 2016 年版。

86.《域外漢籍與宋代文學研究》 卞東波著

提 要

此書分爲三輯,第一輯《域外遺珍:域外漢籍中所見的宋代文學新文獻》,第二輯《域外受容:宋代文學在域外的傳播與接受》,第三輯《域外版本:宋代文學典籍的域外版本及其價值》。其中第一輯的第三章專門探討"曾原一《選詩演義》與宋代《文選》學"。

北京:中華書局 2017 年版。

87.《漢魏六朝文學與文獻論稿》 傅剛撰

提 要

本書收録了作者三十六篇論文和兩篇附録,分"總論""漢魏六朝作家作品研究""《文選》與《玉臺新咏》研究"三部分。其中每部分都收録了作者關於蕭統和《文選》的探討。如"總論"部分有"以蕭統爲中心論梁天監、普通年間文學思想與創作";"漢魏六朝作家作品研究"包括對曹操、諸葛亮《出師表》、《典論・論文》、曹植、陸機的研究,以及《論〈文選〉所收陸機挽歌三首——兼論宋本〈樂府詩集〉〈陸士衡集〉的編輯與〈文選〉的關係》;"《文選》與《玉臺新咏》研究"部分收録了《文選》與中古文學研究、《文選》的流傳及影響、二十世紀《文選》學研究、《文選》與《詩品》《文心雕龍》《文章緣起》間的關係、《文選》三十九類説考辨、《文選》難體、從《文選序》幾種寫鈔本推論其原貌等内容。

北京:商務印書館 2016 年版。

88.《清以前漢語音訓材料整理與研究》　吴澤順撰

提　要

本書在系統整理、彙編先秦至明代的音訓材料的基礎上,對清代之前音訓材料以及音訓方法進行研究。將散見於不同歷史時期的音訓材料進行整理、彙編,從歷史發展的角度審視音訓問題。其書分上編"史論編"和下編"材料編"。上編第四章"音訓之變革:唐宋元明時期的音訓發展",第三節爲"李善與《文選注》"。下編又專門列四十餘頁的"《文選注》音訓材料"。將李善《文選注》的音訓問題置於清以前漢語音訓的發展脉絡中加以討論。

北京:商務印書館 2016 年版。

後　記

本書的起因，在於當初參加劉躍進先生《文選舊注輯存》編纂校理的過程中，對於《文選》學的深入學習，和文獻視野的不斷擴展。劉先生經常告誡大家的一句話就是：要慢慢努力，做實實在在的，對自己有益，也對世人有用的學問。時光匆匆，已近十年。今天交出這份書稿，心中仍然忐忑，雖説自己在此過程中收穫了難以描述的學術年輪。

書稿的搜集資料和撰寫，也得益於團隊中馬燕鑫、趙建成、宋展雲、苗民、王瑋、崔潔、黄燕平等各位青年學者的好學深思，互相啓發，切磋研討。如今即使分散各地，也能提供最無私的支持，甚至深入到各自所在的圖書館查找資料。現在他們也正在學術奮進的道路上，預祝收穫更多的喜悦和果實。

本書共收録了歷代《文選》學相關文獻七百八十六種，涵蓋古今，兼收存佚，接通選學内外，一些重要的斷序零篇，也并記入。旨在以文獻彙聚、叙録、勾勒歷代《文選》學之面貌。其中有一些成書之後不爲人知的孤本、善本、稀見本，得以鈎沉；一些不知名的選學著述者生平，得以述考；一些模糊并似是而非的問題得以重新審視；一些分散在文集、筆記、詩話、史籍等著作中的觀點或材料得以輯録。我想這是今天終於鼓起勇氣獻芹的理由吧。但是畢竟"方其搦翰，氣倍辭前。暨乎篇成，半折心始"。呈現出來的，實際還有不少差距，希望在今後能有機會彌補改正。

在查閲資料的過程中，得到中國國家圖書館、重慶圖書館、四川

大學圖書館、上海圖書館、山東大學圖書館、華東師範大學圖書館、湖南圖書館、湖北省圖書館、無錫市圖書館、南京圖書館、日本京都大學圖書館古籍部的老師,以及鳳凰出版社姜小青、倪培翔社長及林日波博士,中國國家圖書館南江濤博士,中國社會科學院劉明博士,日本京都大學道坂昭廣教授,廣島大學陳翀教授的大力支持。泉州市社科聯也對書稿中有關地方《文選》學文獻的研究方面給予了立項支持;家人也無私而又毫無怨言地承擔起了生活的壓力。在此,一并致以衷心的感恩與敬意。

徐華於華僑大學

己亥十月廿日